谨以此书「祭祀」那些将热血、汗水、青春，甚至宝贵的生命都默默地奉献在万里银线上的通信战士们！

最后的「阅兵」

ZUIHOU DE
YUEBING

史家杰 著

黑龙江人民出版社

图书在版编目（CIP）数据

最后的"阅兵" / 史家杰著. —哈尔滨:黑龙江人民
出版社,2018. 5（2020. 6 重印）
ISBN 978 - 7 - 207 - 11347 - 4

Ⅰ.①最… Ⅱ.①史… Ⅲ.①长篇小说—中国—当代
Ⅳ.①I247. 5

中国版本图书馆 CIP 数据核字（2018）第 107588 号

责任编辑：刘恺汐
封面设计：张　涛

最后的"阅兵"

史家杰　著

出版发行　黑龙江人民出版社
地　　址　哈尔滨市南岗区宣庆小区 1 号楼
邮　　编　150008
网　　址　www. longpress. com
电子邮箱　hljrmcbs@ yeah. net
印　　刷　北京一鑫印务有限责任公司
开　　本　787×1092　1/16
印　　张　32
字　　数　630 千字
版　　次　2018 年 5 月第 1 版　2020 年 6 月第 2 次印刷
书　　号　ISBN 978 - 7 - 207 - 11347 - 4
定　　价　88. 00 元

内容梗概

　　这是一幕和平年代的"战争"剧;一支中国军队的"兄弟连";一曲用边关军魂谱写的《热血颂》;一柄由通信兵铸就的"亮剑"!

　　虽然没有铁马金戈,却同样有铁骨铮铮;虽然未现血雨腥风,却也令人荡气回肠;虽然只是平凡的岗位平凡的工作和平凡的人物,但同样让人激情燃烧,热血喷涌! 同样兵味十足,战味十足!

　　俗话说"养兵千日,用兵一时。"但对于担负着通信保障任务的通信战士来说,却是"养兵千日,用兵千日!"

　　"平时就是战时",工作任务的特殊性,决定了千里、万里通信线路上,就是通信战士面对的没有硝烟的"战场";确保线路的畅通,就是通信兵每时每刻所进行的没有枪炮的"战斗"! 面对严酷的自然环境、面对凶猛的洪水、面对突发的山林大火、面对凶残的野生动物、面对疯狂的盗线分子……通信战士必须随时做好"冲锋"和流血牺牲的准备!

　　"倒也要倒在护线的路上!"这就是通信兵所演绎所践行的"亮剑"精神! 有血性敢担当也是通信战士的本质特征。

　　耿大业是北方某军区某通信总站某营某外线维护连队的连长。他七十年代初从河南省入伍,到八十年代中期,已经在连长的岗位上干了七年。用他自己的话讲:"一不留神成了全总站的连长'专业户'"。

　　看上去耿大业有点"贫嘴",有点任性,有点玩世不恭,甚至有点"匪气"。但这只是一种假象,是各种客观因素给一位接地气并充满正能量的"真心英雄"编织的迷彩服。

　　在通信值勤分队,基层干部兵龄偏老、年龄偏大、职务偏低是普遍现象。但耿大业却是"普遍"中的个列。因为在他的档案袋里,立功的表格他也记不清有多少,反正光军区的典型他就当过两三次……

　　这样的典型"专业户"多年来未被提拔重用,并不是干部部门的工作失误,原因也简单得很。因为功立多了,贡献大了,人自然要有傲气,所以才会有"居功自傲"这一成语。

用某些领导的话讲他现在是干多少卖多少,优点和缺点都很突出……

成也萧何,败也萧何。耿大业不如"萧何"的是,在处理对上的关系中,他经常是分不清"大小王"。

含蓄点的领导则说他是"变形金刚",关键是很多事情一"变形",就"变性"啦……"变性"的"金刚","含金量"当然是大打折扣……

在这"因果关系"的作用下,他被干部工作的"潜规则"归入了"只能利用,不可重用"的行列。

一方面,总站的全面建设需要耿大业这样叫得响过得硬的典型人物来领军,来装点门面;另一方面,职务的原地"踏步",也是组织上对他的"考验"……

在提拔问题上能经得起"封杀"与"雪藏",这本身就是过硬的事迹,也是防止典型翘尾巴的一种"爱护"。再则,职务越低事迹才会越"动人",这是典型宣传的"潜规则"。

黄继光、董存瑞、邱少云、雷锋……他们的事迹要是发生在干部身上,肯定不会那么动人……反正宣传你时说你行你就行不行也行;提拔你时说你不行就不行行也不行。一句话:不服不行……

耿大业的另一根"软肋"是比较"独",喜欢一个人说了算。

用他的"歪理邪说"讲,解决棘手的问题请示领导不及时是怕给领导出难题;少跟指导员通气是怕万一出了错不想拉个垫背的……

1

虽然和他搭过班子的三位指导员都踩着历年耿大业带领全连官兵用汗水换来的"基层全面建设先进连队"等诸多的荣誉干了上去。但提起这位甘当"人梯"的搭档,更多的只是一声叹息……也难怪,既然是踩着人家的肩膀上来的,回过头来再去讲那些窝里斗的破事,那就是"坐轿的号丧——得便宜卖乖"啦!

现在和耿大业搭班子的指导员郝阅文的兵龄比他晚六七年,而且是学载波的出身。用耿大业的话讲叫:"内线内行,外线外行。"有这么充分的"理由",耿连长发挥"独立自主"的"特长"来处理外线连队问题更是"理直气壮"……

郝阅文挖门子盗洞从外军区的某通信单位调到该通信总站的目的是为了解决两地生活问题,他爱人苏晓红在总站的女兵连当连长。

这对儿令人羡慕的军人伴侣的苦衷是为了每年的"鹊桥相会",工资全都捐给了铁道部。更让他们叫苦不迭的是眼瞅着两个人都快到"而立之年"了,还是没敢要小孩。

对由此引来的一些闲言碎语他们权可当作"耳旁风",因为只要把孩子生出来就能堵住大家的嘴,就能证明他俩都没"毛病"……

可这连个固定的"家"都没有,有了孩子往哪儿生呀! 就算是母鸡下蛋也得有个窝吧……

久旱逢来的"甘露"是今年总站要建家属房,如果郝阅文能调到总站机关工作,按"双军人"的有关政策他俩可以排在随军的后面分到房子……

但费了九牛二虎的力,"运作"的结果却不尽人意。

郝阅文虽然跨军区调入了总站,但却不能一步到位留在机关,只能先到基层"过渡"等机关的"位置"。大两地变成了小两地,不但"十五的月亮"要继续唱,看来"我想有个家"能否唱到年底就结束也是个未知数……

按说"着陆"在耿大业所在的连队是件幸事,有连续多年先进连队的基础,又有一个各项工作都"独当一面"的连长,只要睁一只眼闭一只眼当好甩手掌柜的,"过渡"就可安全"渡过"。

可这技术精、业务通又喜欢舞文弄墨的郝阅文,却偏偏是"大姑娘要饭——死心眼",凡事总要叫个真。一个说了就算定了就干;一个眼里揉不进沙子。针尖对麦芒,俩人配合不到半年,就火药味渐浓。

其实,郝阅文倒不像他的前几任那样在乎的是连长拿指导员"不当干粮"。搭班子干工作就像结婚过日子,谁说得对谁就该谁说了算,这是保证夫妻"和睦"的"基本原则"。

他在乎的是干工作拳打脚踢的连长,有时"拳"打得过重,"脚"踢得太狠……而且根本就不按"套路"来……

/2/

就拿那已是军区典型的一排长来说吧,排里"千载难逢"地出了点事。耿连长竟罚正在线路上抢修的一排长张继成站在线杆上听连队的电话会议,听他的点名批评……

当时野外的气温可是零下三十多度呀! ……虽说是不能一俊遮百丑,但也不能一丑遮百俊吧？虽说是响鼓需得重锤敲,但也得考虑"鼓皮"的"抗打击"能力吧?……

更让指导员不能苟同的是,耿连长还要将这变相的体罚作为批评手段的"创新"加以"坚持推广"……还美其名曰只有站得高,才能望得远,才能记得牢,才能……同时,这也是检验上下级关系的又一标准。战士要是经常把他们的班长排长送上那"百尺竿头",证明他们的关系他们的感情不到位!

对连长的狗屁理论指导员当然要和他"理论"。

"理论"归"理论",不过指导员倒是从心里佩服连长能把"苦肉计"运用到如此炉火纯青的地步……

"最不讲理的人最会讲理。"这是指导员与耿连长进行过若干次"唇枪舌剑"后的"心得"。因为善于引经据典的他,几乎每次面对连长的奇谈怪论都是屡战屡败……

这不,因为一笔数目不大的线路罚款,指导员又和连长接上了火。原因是去处理"人为故障"的连长将罚款的钱顺路给各小组办了年货……

指导员认为罚款的钱虽然不多,但这既不上报也不上交,万一让上级知道了那还有好?

俗话说:喝凉水花赃钱早晚是事儿!

可连长却振振有词地讲:就是要抢在上级知道之前替他们为小组办点实事,要不然这点小钱交上去领导们也不知道咋花,多难哪?!只要咱一分也没揣进自己的兜,那就是一切缴获归了"公"……

其实,对连长"为公"的"思想"与"行为",指导员有时也是赞同并支持的。虽然这"本位主义"各级都批,但各级都有,而且各级都"屡教不改"。

临近春节,"后门兵"们都使尽浑身解数想请假回家过年。可无论是哪一级、无论是写条子还是来电话,耿连长都以连队兵员紧张春节期间不能出现"一人组"为由给顶了回去……

在此事上,指导员坚定地和连长结成了"统一战线"。因为事实是:去年老兵复员走得多,而今年新兵补得少,加上正常的官兵休假,连队的人员在位率已经破了上级规定的底线。平时是一个萝卜一个坑,现在一个萝卜都快俩坑啦……

最后逼得营长亲自来连队"协调",但也没好使!连里硬是顶着一个后门兵也没放。这次让营长犯堵的话是从指导员嘴里说出来的。气得营长骂他俩是"一丘之貉",并"提醒"郝阅文是近墨者黑,刚在河边走,立刻就"湿鞋"啦!……

/3/

让指导员犯堵的是，营长前脚走，连长后脚给连队的文书王洪国放了长假回家去复习考军校，要是三天两天的倒是好打马虎眼，可这三月俩月的哪有不透风的墙？……穿帮是早晚的事！吃锅烙是大小的事！能否影响"过渡"是不可预料的事！郝指导员的火上大啦……

更让指导员犯堵的是这外线连队的烂眼子事儿也太多啦。简直是冯小刚的贺岁片《没完没了》，简直是按一个葫芦起来几个瓢……

不说这今天某小组的班长让地痞打啦；明天某小组的战士让野猪给咬啦；后天又有战士让马蜂蜇啦；大后天老百姓又将房子盖到了某小组的菜地里……单说这分散连队男女之间的事儿，就能写本畅销书……

都说爱情是历史长剧中永恒的主题，所有的故事都离不开那首"主题歌"……

可"战斗"在"无人区"的一排长却面对"主题"总是"跑题"。据说他患上的是"职业病"，社会为他们这类病开出的诊断是一句顺口溜："十等人，傻大兵，刀山火海也敢冲，见了女人就发懵……"

看着一排长的年龄都快"而立"了，可处女朋友还不能"自立"。这谈情说爱的私事还总得拉上个"陪谈"来壮胆，结果回回是赔了女友又折兵……

气得连长想起来就骂他没出息！就算"女人是老虎"！你他妈的一排长就不能演一场《打虎上山》？你他妈的就不能有个下回分解？真是丢不起那人呀！……

跟工作在"有人区"的二排长比，一排长的"老大难"问题那是"耗子来例假——多大点'事'"呀！……

军校毕业的二排长一表人才，本来以为这心高气傲的"学生官"不会看上当地的女青年，可越是你认为上了保险的事儿越不保险。歌里都唱了"路边的野花不要采"！二排长偏偏就鬼使神差地"采"了……

直奔"主题"的结果是"野花"也采了，"地雷"也"踩"了……

还有那"军民共建"工作，这可是在新形势下搞好军民关系的新课题……放在集中的连队用集体的行动去完成这"新课题"很简单，但让"天高皇帝远"的小组战士单独去做此"课题"，那可就是老太太背手上鸡窝——不简单(拣蛋)啦……

"共建共育"是共建工作最"流行"的"款式"，可年轻美丽的山村女教师建着建着就爱上了好学上进的小组班长……你说这是"共建"的"成果"呢？还是"共建"的"硕果"呢？还是"共建"的"后果"呢？……

好在那位二排某小组的班长比他们的排长"立场坚定"。他牢记了"不能在驻地附近搞对象"的"军规"，时刻不忘连长"兔子不吃窝边草"的"教导"。心里唱着李春波的《小芳》，主动要求调离了该小组……

4

要说这高度分散条件下的军民关系也真难搞，只要这线路维护小组不是建在原始森林里，只要你的邻居不是野生动物，那就要和群众"鸡犬之声相闻"……都说是军民鱼水情，可哪一级不是谈"情"色变？你总不能在鱼与水之间建条隔离带，或是叫人民群众变成"忘情水"吧？

其实，即使是在深山老林的线路维护小组，那也是"香格里拉"而非"世外桃源"……

有着比山中百灵还美丽嗓音的林场女广播员，为了"八一"联欢会的一个合唱节目，经常翻山越岭地来找某小组的班长练《十五的月亮》……可这"八一"也过完了，"十五"也过完了，但"合唱"还在继续……

更不可思议的是，一个采蘑菇的小姑娘，竟然对雨夜深山里救她的"兵叔叔"有了朦胧的异样的感觉……于是，"叔叔"在他的称呼中"辈分"降为了"哥哥"……

也难怪，在那个崇尚英雄的年代，在一曲"血染的风采"唱来了全国人民对军人的牺牲奉献深深理解的同时。军营男子汉自然像现在的一句广告词："人见人爱！"要不怎么叫"最可爱的人"呢？

虽然这婚姻自主、恋爱自由是受法律保护的"人权"底线，但在这"绿色大院"里，"军规"大于"国法"；"人权"小于"特权"。想做一名合格的士兵，你就要学会对"身边"的爱情说"不"！

但面对农村"包围"线路、村屯"包围"小组的人民"战争"的汪洋大"水"，就算是"大禹"在世也得望"水"兴叹……你以为合格战士的"合格证"那么好考呀？担心"鱼"被"淹死"的连队主官哪个不是嘴起泡、尿黄尿、提心吊胆睡不着觉……耿连长这七八年来也真不易啊！……

下面遇到的事儿多，自然与上级发生的联系就多，这上牙嗑下牙的碰撞少了那才对不起耿大业的"大号"呢！……

一排的某外线小组班长王奉广在一次"意外"中右手被电锯切掉了四个手指。为了不让王奉广从此成为"一把手",连长和总站主任叫起了号!

总站钱主任骂不听招呼守纪律的耿连长太"护犊子"!

耿连长回敬主任连犊子都不护还谈什么"爱兵"? 那是"叶公好龙"!

气得总站的一把手为了"一把手"的问题摔了电话……

但耿连长并未被"镇住",我行我素的他连夜将王奉广送到了省城的医科大学……

为此跟着背黑锅的不光是指导员,还有总站卫生队的白医生……

/5/

要说耿连长的爱兵"壮举"那是"汽车压罗锅——死也直(值)啦"! 但白医生爱耿连长的"壮举"却让谁都觉得不值!

一个是柔情似水美丽如花的军营白衣天使;一个是脾气比毛驴子还"驴"的"二手男人"。本来自身条件的差距就很难让人理解,更让人不能理解的是白医生苦苦地追了耿连长八年,"鲜花"也没能插到"驴粪"上……

看来天鹅想吃癞蛤蟆肉也不是一件很容易的事……

耿连长经常标榜自己"狗肚子装不了二两香油"。但郝阅文逐渐发现其实他那"狗肚子"很能"装",不但能装"香油",还能装"荤油"……

有话就说,有屁就放",只是他性格特点的"之一"……

拿二排长东窗事发来说吧。在这"裤裆里抡大锤——沉重的打击(鸡)"面前,郝阅文是"伤痛的心一片空白"……可耿连长愣是"脸不变色心不跳"地把此事给"妥善处理"啦……

这样大的事隐瞒不报是要被"扒皮"的! 耿连长却告诉他:这事要是报上去,"扒皮"的就不只是你我级别的连干部啦! ……

他还煞有介事地告诉指导员:"坏事"连连有,不露是高手……这才是为领导"分忧"哪……

真不知道像这样"挽救了革命挽救了党"的"荤油"在他那"狗肚子"里还"装"了多少? ……

不过指导员郝阅文倒是愈发觉得,要抓好这高度分散条件下的连队管理工作,想"光着屁股坐板凳——有板有眼"不行;"横向到边,纵向到底"也是空话。有时还真不能按"套路"打……

耿连长好比是一座活动频繁但又无周期性的"活火山",适不当地就"喷发"一下。他"喷发"出的"言行",其"侵略性"与"征服性",绝不亚于炙热的"岩浆"……

郝阅文第二次看到耿连长"火山爆发"是在本连二排某小组。

下小组检查全面建设的连长指导员与下基层进行正规化检查的总站检查组不期而遇……

检查组带队的是牛逼烘烘的军务股长……"锯锅的戴眼镜"也罢,"吹毛求疵"也罢。反正从内务卫生到物品摆放到军容风纪到条令条列的背记,折腾了小半天也没在这"过硬"的连队查出不"过硬"的事……

查不出问题就显不出机关比基层有水平,于是军务股长便拿小组屋檐下的几个燕子窝说事儿……

/ 6 /

一开始耿连长还耐着性子求情,想等孵完小燕子再挪窝。可给鼻子上脸的军务股长坚决不同意"缓刑",非要现在就把燕子窝捅掉!

燕子窝还没捅到,他便先捅了耿连长的"马蜂窝"……

"别他妈的给脸不要脸!这燕子召你惹你还是抱你儿子跳井啦?!……谁敢来捅这燕子窝老子先劁了他……省得他一到基层就耀武扬威地装狗卵子!……跟我玩敲山镇虎打草惊蛇没缝下蛆杀鸡给猴看,那你是'撅着屁股瞅天——有眼无珠'!"

要不是碍于检查组成员之一的女军医白妮在场,在耿连长面前装"大个"的军务股长非挨揍不可!……

说实话,听耿连长骂人挺快感挺长知识的。对于个别机关干部的"无事生非",对于那些不切实际形式主义的"王八长痔疮——烂规定(龟腚)"。郝阅文也很反感,只是他没勇气像耿连长表现的那样"壮怀激烈"。

连长的"横",倒让他产生了几分"敬"。由此看来,在这样的"河边","湿鞋"仅仅是"始于足下"……

不过事后郝阅文还是要端起"党代表"的架子从"修养"的角度给耿连长补补课的:"老耿,你看就为几个燕子窝那点小事……"

"啥叫'小事'?啥事大呀?……"

郝阅文的话茬在"导语"部分就被打断了,因为"抢答"是耿连长的"固有毛病"。

"小燕子,穿花衣。年年春天到这里……这歌谁不会唱?咱先不谈这燕子是个什么鸟！就说这'五世同堂',人鸟和谐的'军营奇观',也该上赵忠祥主持的《动物世界》了吧?……"

"善辩"的连长很注意论证的"全面性"。

"人家燕子'飞入寻常战士家'冲的是什么呀? 还不是看咱小组的战士太寂寞,人家来帮你来建设'拴心留人'的环境……它们是咱历届小组战士心中的'宠物'啊! ……每年春天小组都会接到许多复员老兵的来信,他们走到天涯海角都惦记着那些'小天使'该回来了……你说这事小吗?……"

看来耿连长刚才的"表现"既不是小题大做,也不是借题发挥,他只是就事论事……

即使这样,郝阅文还是认为连长有点"过",不管咋地那是机关领导……

"他算什么机关领导?……吃饭加凳、发言溜缝、坐车靠蹭、提拔靠送……他们只会'拿着鸡毛当令箭',只会'耗子扛枪——窝里横'!"

7

从耿连长对机关的"成见"看,他刚才的"表演"既是对"事",也是对"人"……

耿连长的牢骚话并未就此打住:"咱也算'裤裆里的鸡巴——大小是个头',他不给咱留面子,咱就不'惯孩子'……"

这样的"礼尚往来"思想,"出处"肯定是:"……人若犯我,我必犯人!"

可那是对敌斗争的原则,这战友之间是谁跟谁呀?……

俗话说:没有无缘无故的爱,也没有无缘无故的恨。

虽然耿连长的每次"过激"都是"有缘有故"的,但细心的指导员逐步发现,最根本的"缘故"是他们所维护的那条一级国防线路,是日夜守护在线路旁的全连官兵! 只要是危及这"两点"的"缘故",耿连长什么事都能做得出来……

该连负责维护的通信线路有四百多"杆公里"。这在我军十几万公里的架空明线中只是短短的一段……

但就是这短短的一段线路,却穿越了小兴安岭原始森林的无人区……它保障着祖国北大门数万边防部队与军区指挥机关的通信联系……著名的珍宝岛自卫反击战的主要通信任务就是由这条线路来完成的……

战略位置的重要与自然条件的艰苦,使该连成了各级领导眼中的"焦点";成了各级新闻媒体经常热播的"焦点访谈";在该连创造过许多"奇迹"的耿大业顺理成章地成了"焦点人物"……

就冲着珍宝岛的硝烟应征入伍来到该连的耿大业,在那个"敌情"燃烧的年代……面对中苏边境剑拔弩张陈兵百万,聆听伟大领袖"提高警惕,保卫祖国"的谆谆教导,他早已把"时刻准备打仗"的警示提升为"时刻'都在'打仗"的警报。并将其融化在血液中落实在行动上……

据说他当战士时对自己的要求是:巡线要用急行军的速度;排故障要用武装越野的速度;上下杆要用孙猴子的速度……

提干后,"通信兵平时就是战时;通信兵养兵千日,用兵千日……"成了他教育部属的经典台词。

"生命不息,冲锋不止!"是他带领官兵战胜困难,确保线路畅通的精神武器……

"牵一'线',动全身"已定型为他特有的条件反射……

为此,面对洪水他不惜冒险渡河;

面对山火他不怕成为邱少云;

面对疯狂的盗线分子他举枪就打;

面对危害巡线战士生命的野生动物,他也会毫不犹豫地扣动扳机;

面对病危的小组战士,他将求救的电话直接打给了军区首长!

……

/ 8 /

用耿连长自己的话讲那就是:线路是"神经",我是"神经病"。谁要动我的"神经"我就犯"神经病"……而指导员发现"治疗""神经病"的办法很简单,那就是——巡线。

俗话说:鱼儿离不开水,瓜儿离不开秧。这外线连长离不开线路也属"务正业"。以连为家,以线为业嘛!

可耿连长对线路的感情是"超常"的!甚至有点"暧昧",那真是"众里'巡'她千百度……"

三天不上线路他就浑身难受,七天不去巡线他就心浮气躁,就像是犯了"大烟瘾"……

就算是线路上站的都是美女,这十几年来数千次的巡,数万公里的走,也该"审美疲劳"了吧? 可只要一提上线路,耿连长永远是"精神焕发",否则那脸色就是"防冷涂的蜡"……

耿连长的"原始病灶",是在线路大整修时被郝阅文"诊断"出来的……

某天,一名战士因线杆上有露水太滑而坐了"电梯"。气得小战士用脚扣子使劲地砍了几下线杆……

平时耿连长护犊子是出了名的,可这次他却把那名战士骂了个狗血喷头……

莫名其妙的战士流下了委屈的眼泪,耿连长的眼里也含着泪花……

他轻轻地抚摩着线杆上被砍坏的地方问周围的战士:"……你们拿这些线杆当什么? 当它们是一根根死木头吗? ……那你就是混蛋! 它们也有血有肉有灵魂有性格有志气……它们是无言的战友啊!"

"是它们顶着狂风冒着雨雪没日没夜地举着这条条银线,才使千军万马有了千里眼、顺风耳……"

"是它们组成了这一字长队才有了我们这些巡线护线的官兵……"

"本来它们都能长成参天大树,但为了能加入我们通信战士的行列,为了保证部队的电话通、指挥灵。它们不惜被'截肢',不惜被'扒皮',不惜下'油锅'……它们都是无名英雄呀! ……"

"当你们走在这线路上都应该骄傲! 应该自豪! 因为你们是在检阅由'英雄'组成的'列队'! ……"

"你们的职责是帮它们'纠正''队列动作',是帮它们'整理''军容风纪'。而无权对它们'打骂体罚'……况且'它们'都是'服役'十几年的'老兵'啦……'它们'还经历了珍宝岛战火的考验……它们的'兵龄'比你们的年龄都大! 论资排辈他们都该进'军博'……"

耿连长的眼泪终于流了出来……鼻涕也流了出来……

搭班子快一年的郝阅文,第一次体会到了这位比"高仓健"还硬的硬汉;比性格明星还有"性格"的搭档,那浓浓的"侠骨柔情"……看来真该把那首流行歌曲改为《我很"驴",但很温柔》送给耿大业。从此我们也不再去唱《你的柔情我永远不懂》……

"线杆就是'士兵',巡线就是阅兵'。"这就是外线连长耿大业爱岗敬业的"感情基础"!

这是爱到极致升华出的形象美,不是抽象的;这是"大风歌",而非"朦胧诗"……因此,战士们很容易"读"懂,很容易被感染……

9

在这强大精神动力的驱动下,该连的全体官兵都在用实际行动演唱着"特别的爱献给特别的你"这同一首歌……

在除夕夜的一次线路抢修中,两名年轻的战士还用生命谱写了一曲"爱"的"绝唱"……

两名烈士的英雄事迹被在全军区广泛宣扬,"感动上帝"的宣传结果是为耿连长换来了调职的"命令"。

面对这"迟来的爱",一贯"不识时务"的他,却向上级递交了坚决要求复员的报告……

离队前,耿连长掏心窝子地对指导员讲:"事迹"的背后是"事故"! 我是"引咎辞职"……我是"自罚"……至于我选择"复员"而没有选择"转业",是要拿到一笔"复员费",为八年前在线路维护小组被黑瞎子毁容的女儿去做整容手术……

离队前,指导员为老连长举行了一场特殊的"阅兵式"……

这既是对耿大业的军旅生涯的闪光诠释,也是决心扎根该连队的郝阅文对全连官兵"隆重"的承诺……

至于美丽的女军医与耿大业之间本应传颂的"佳话",最终被现实定格成了凄婉的"童话"……导致这"无言结局"的谜底,将被揭开……

10

军人,"生"于战争,"死"于和平!

若干年后……

随着苏联的解体;随着中俄关系的缓和;随着"双边"不住军等协议的签订……中国境内的边防部队被成建制地裁减……

北疆无战事。许多不再担负战备值勤保障任务的通信连队被撤编,耿大业曾经战斗过的那个连队也是其中之一。那条让官兵们魂牵梦绕的国防通信线路同年被撤收……

千百次上演的"阅兵式"——"无疾而终"。

但在每一位曾经战斗在这千里银线上的通信官兵心中,"最后的阅兵"——永不"谢幕"!

目 录

引 子

> 北国风光,并不"风光"!
> 滴水成冰,滴"尿"成冰!
> 北纬46度,零下46度!
> 山舞"银线",人造"奇观"!
> "无人区"里有军人!

北国风光,千里冰封,万里雪飘……

伟人抒豪情寄壮志的激扬文字。激发了无数仁人志士对"北国"壮美风光的心驰神往。

不过,你真要到那"朔风吹、林涛吼、峡谷震荡"的真正的"北国"去"风光风光"的话,眼珠子不冻碎在眼眶里都算你捡着!

书归正传。"滴水成冰"的冬季,在北方的室外厕所里。小便池的内外随处可见一尊尊像是在地里"长"出来的"钟乳石"。

这就是严寒联合"站着撒尿"的男人们"滴尿成冰"的杰作!

幸亏站着撒尿的"高度"有限,如果高度"无限"的话,"石破天惊"的成语定被有文化的人惊呼为"尿破天惊"!

按现代美学的谬论推理,如果把"缺胳膊少手的维纳斯"定义为"残缺美"的话,那连鬼都能冻掉下巴的"北国",则是一种"残酷美"!残酷的"恶果"是"残忍"!

北纬46度。

这是中国版图上最北的"北国"。这里的最低气温经常突破零下46度。

这里是小兴安岭的余脉。由于寒冷,这里人迹罕至,是生命的禁区!这里的一草一木仿佛都被冷藏在亘古不变的荒蛮时代。

"山舞银蛇"。

是这里唯一的"人造景观"。也可以称之为"人造奇观"!"银蛇"!是一条翻山穿林而过的一级国防通信线路。

顺着通信线路放眼望去,两个缓缓移动的绿点在逐渐地放大……给零下四十多度的气温所凝固的大地平添了一点点生命的气息。

在这样极端的自然环境下进行户外活动的,绝非披着厚厚毛皮的野生动物,而是两个闯进"无人区"的"人"！两个活生生灵长类动物的人！

但他们不是"武装到牙齿"的"探险者",也非包装得"无懈可击"的"观光客"。而是穿着普通保暖冬装的通信战士！

第一章

A | 温泉！该死的温泉！
常在"线路"走,冬天也"湿鞋"！
"线"与"路"的《长相依》！
抵御穿山风,腰带比大衣管用！

雪从没膝一下子变成了没胯,并且肆无忌惮地顺着军裤的"前开门"钻进了已经像"桑拿房"裤裆里……

冰火两重天的瞬间转换,刺激得"驻裆""部队",迅速地"紧急集合"紧急收缩！

比"紧急集合"更紧急的是一股暖流涌进了排长马继成的大头鞋里,那只被冻得已失去知觉的脚丫子,麻木的神经顿时惊蛰;顿时结束了"冬眠";顿时苏醒起来;顿时叫他体验到了由万箭穿"脚"到万箭穿心的传导过程……

在这尿尿都能冻成冰棍的死冷寒天里,鞋与脚都当"水冰(兵)"的后果可想而知！

温泉？该死的"温泉"！

你要是喷涌在大都市里,你是大自然奉献给人类的"馅饼"。可你要是暗藏在这通信线路下,你就是"陷阱"！"温柔"的陷阱！

这就是事物的"两面性",属"矛盾论"的范畴。

"线路"。

是通信兵的专用名词,而且是"线"与"路"的组合词。

形象的注释为:通信兵的头上有电话线;脚下有为了维护"线"而踩出的"路"。

"线"与"路"不但朝夕相伴、如影随行,而且还"唇齿相依","生""死"与共。俨然是一曲吟唱永恒爱情故事的《长相依》！

因此,温泉以"第三者"的身份"插足"在这通信线路上,完全是出于"羡慕嫉妒恨"！判定它为"陷阱",绝对不是"冤案"！

都说"老马识途"。但"识途"也有"失蹄"的时候,否则就是绝对论。

对于脚下的这条为维护通信线路而踩出的山中小路而言,排长马继成有资格被彪炳为"老马"。

入伍八年,从新兵到老兵;从战士班长到志愿兵班长……直至最后被破格提干为穿"四个兜"的排长,他始终没有离开过这条通信线路。

脚底板子对线路无数次的"测绘",肯定要比那五万分之一的军用地图要详细和准确五万倍。因为他脑海里所定稿的那份线路图,比例尺是1∶1的。

雪。

都是因为那诗人笔下迷人的雪;歌唱家口中动人的雪……用纯洁的外表伪装了险恶"陷阱",诱捕了这匹"老马"的"前蹄"。

其实,在冬季雪大的特定条件下,在地热资源丰富的路段"巡线",踩上并不"喷涌"而是"暗藏"的"哑泉"也算是通信战士的"家常便饭"了。

所以……"常在河边走,哪有不湿鞋"的成语,被外线维护官兵篡改为"常在线路走,冬天也'湿鞋'"的妙语!

马继成顾不得抽出那只陷落的脚,急忙回头朝着身后不远的战士小高连比画带喊:"绕开,有温泉!温泉!"

不知是寒冷把他的话冻碎啦,还是朔风把声波吹散了。虽然只有十几步的距离,踩着他脚印弯腰前行的小高愣是没有一点反应。

在雪地中行进,踩着前面人的足迹,是既安全又"节能"的经验和常识。

马继成想彻底转过身来,但温泉周围的淤泥却温柔地对他那只脚唱起了"把根留住"。

由于抽脚时用力过猛且没有达到目的,他的身子瞬间失去了平衡,一个趔趄差点摔个仰八叉子,肩上扛着的那根死沉死沉的木担顺势出溜一下插到了雪地里,很像准备发射的迫击炮。

"木担"这玩意就是横在电线杆子上的那跟像扁担似的横木。

顾名思义,它的使命自然与扁担类似。

不过它不是用来挑水、挑柴、挑粪肥的。

它的任务很单一,就是要"分段负责"地挑起那或铜,或钢,或铜包钢材质的电话线。不过使用时它的上面还要装上被外行人称作"电磁瓶",被玩弹弓孩子们所瞄准的"瓷猴",而学名实为"隔电子"的东西。

电话线就是靠木担的"臂膀",靠与"隔电子"的零距离"拥抱",才摆脱了大地的引力"高高在上""与世隔绝"的,否则也就完成不了传输电波的任务。

马继成抗的这根可装八个"隔电子"的木担,在通信器材的花名册上叫"八线担"。

因为它要"担负"起八根电话线近千斤的"重担",所以它的"体格"很是了得!

腿肚子般的"身腰",一人左右的"身高",硬杂木的身"材",再加上防腐外衣的"身份"……足可以保障它的"身价"不轻。

被肩上斜挎的小半盘比最粗的毛衣"棒针"还粗的铜线,压得呼哧带喘的战士小高,猛抬头见排长那并不高大的身影一下子变得比比萨斜塔还"斜",赶紧憋了口气跟头把式地向前窜了几步:"排长!你……"

"别过来！这有温泉！你别踩上！"

战士小高并没有听排长的指挥，深一脚浅一脚地加速往前蹿。但由于积雪太深，为提高步伐的频率他不得不把抽起的那只脚抬得很高很高，就像是在卖弄'太空步'的街舞高手……

马排长没再制止小马靠近，头也没回地大声喊道："拽住我的武装带，我喊一、二、三！你就使劲……"

武装带本应是出操走队列或参加集体活动时才扎的，上线路的官兵们扎它倒不是为了什么"军容风纪"，而是为了抵御那无孔不入的"穿山风"。

说实在的，就阻击"穿山风""穿身"而言，一条腰带还真比一件皮大衣管用。

小高想握紧排长的武装带，可那厚厚的皮手闷子让手的灵活性大打折扣。没办法，手闷子的"厚度"承载的是党和人民对高寒地区解放军官兵的"厚爱"。只是在这特定的条件下，"厚爱"有点"碍事"。

小高赶紧用另一只手去脱手闷子，但戴着手闷子的左手和右手，相互接触时一点感觉都没有。所以，谁也帮不上谁的忙。

想用牙咬住手闷子然后往下拽，可是挂在两只帽耳朵之间像是楚河汉界将面部一分为二的"护鼻"又让他"有口难开"……

这羊剪绒的皮军帽和军帽上，不用时像块膏药似贴在脑后，用时像"木担"似横在面前的"护鼻"，也是高寒地区军人所享有的特出待遇。就像山西农民头上蒙的白手巾，东北农民腰里系的麻绳，完全是一种"地标物"。

为了让嘴里的牙齿有充分的"用武之地"，他用手闷子使劲向上拱了拱护鼻。

谁知此举没捅马蜂窝却捅了"猫窝"，被"护鼻"护着的鼻子像被猫咬了，而且是被野猫咬了！被疯猫咬了！

其实，被冻后的五官和四肢有疼痛感是好事，那说明它还归你"管"，还没有"脱离组织"。在冰天雪地的大北方在不知不觉之中冻掉鼻子耳朵手指脚趾的也就算是个"旧闻"。被冻时的不疼，后果往往是恐怖的"心痛"！

尽管小高的鼻子还归他"管"，但鼻涕和眼泪却一下子脱离了"组织"。

它们出来"兜风"的"体会"是瞬间就由液体变成了晶体。小高用从手闷子里拽出的双手使劲揾了揾双眼，又把眼泪还原为"液体"，然后迅速擦掉。这才使他能翻动眼皮调整焦距看清排长腰带的位置。

这场"拔河"赛的主力队员还有那根斜插在雪地里"八线担"，是它对马排长双臂的全力"支持"，才打破了双方的力量平衡。

马排长的那只脚虽然和温泉唱了"吻别"，但他和小马却随着惯性相继四仰八叉地滚倒在雪地里。那根失去支点的"八线担"顺势砸在了他那出淤泥而被"染"的脚上，痛得他："哎哟！"一声。

挎在马排长腰间的工具袋里同时传出的金属"打击乐",像不友好的啦啦队在疯狂地鼓着"倒掌"。

滚倒的是两个着装的年轻军人,爬起来的是两位盛装的"圣诞老人"。

其实,就算是不滚浑身的雪,凝结在军帽周边的哈气,早已把他们"描绘"成了"白胡子"围剿五官的外国老头。

"排长,这处温泉咱不是做标记了吗?!"小高坐在雪地里喘着粗气。

"可能是——可能是——哎哟——"先爬起来的马排长伸手去拽小高,但腰间像岔气一样的疼痛,使他的动作突然"定格"。

"排长,你咋地啦?"

"没事,没事。被脚扣子搁了一下——"

站着说话也"腰疼"!冷空气制造的"面瘫"虽然阻止了张排长脸上的"造山运动"。但他说话的声音却在肆无忌惮地痉挛。

其实脚扣子也挺冤,这工具袋就是个百宝囊。里面钳子、扳子、紧线器、穿钉、套管、隔电子……全是死沉死沉硬碰硬的主儿,你咋就断定是脚扣子做的"案"呢?

通信兵上线路就像是远嫁的媳妇回娘家,"辎重"肯定要"超重"。工具器材样样都要四眼齐,否则关键的时候就会掉链子玩不了活。

"可能是来这找水喝的野猪把咱树的标记拱倒了吧?记着咱抢修回来时,多划拉点树枝放这,别在上线路时踩着……这,还有这!这一带有七八个泉眼呢……"

马排长用"八线担"当"探雷器",小心翼翼地绕开雪藏的处处"陷阱"。

"排长,你说这半山腰的咋冒出这么多温泉呢,再说咱这线路咋非得在这片烂泥塘过呢?"

"这山坡上咋会有不冻的温泉我也说不清。但我听连长说是先有咱线路后有这片泉眼的,总不能因为这几个'陷阱'就让线路改架挪窝吧……"

温泉,在天寒地冻中并不是一个"温暖"的话题,因为它给了外线排长马继成"温柔的一刀"。此时马排长的"大头鞋"已经变成了"大头靴",更可怕的是雪还在不断地往"大头靴"上"集结",过程与效果类似滚元宵。

B 日报变月报,月刊变季刊的"纪实"!
"坐地户"与"外来户"的对话。
我们是人民通信兵,来到深山,要——
谁的香肠掉雪地里啦?

北方某军区某通信总站某营某连是一个担负架空明线维护任务的连队。用通信兵的行话讲,叫"外线连队"。按地理位置称谓该连叫"兴安连队"。

既然叫"兴安连队",维护区自然穿越在荒无人烟的兴安岭上,连部也坐落在前不着村后不着店的兴安岭深处。

指导员郝阅文放下那本《军人心理学与应用》,揉了揉疲劳的眼睛。

即使身体也很疲劳,即使是在办公室兼宿舍的"连部"里,他也始终保持着"如钟"的"坐姿"。

一时一刻一点一滴的"养成",已将他的言行举止都对照条令规范化格式化。

"喂,连长。这《通信战士》上'无名英雄赞'栏目登的事迹都不错!但我看和你这位军区挂号的老典型比还差一点。我一定努力让你在'无名英雄赞'上再焕发青春重放光芒!你没意见吧?"

指导员翻看着刚收到的《通信战士》杂志。

郝指导员不是在该连成长起来的"坐地户"。而是从其他军区的通信部队调进来的"外来户",而且是"内线"连队调入"外线"连队的"外来户"。

"外来户"说这大话并不是"外行"在"吹牛"!即使是,他也有"吹"的"能力"和"资本"和"内功"。

"这86年第9期的杂志,差一点和87年的'元旦社论'一起到。'月刊'都变成'季刊'啦!"

因为连部里的温度很低,指导员边说边用哈气温着手。

对于郝阅文来讲,从"内线"到"外线"的水土不服还好"调整",只是这从繁华都市到偏僻山沟文化生活的巨大落差还难"适应"。

在原部队,经常有"萝卜条""豆腐块"见诸报端的"优秀报道骨干",自然"饥不择食"地盯上连队极其有限的报刊。

他拿报刊当山中的"珍宝",简称"山珍"。

既然是"山珍",郝阅文当然很在意,很斤斤计较它的"保质期"啦。

"你这有文化的骂人都不吐脏字呀,我的啥事迹?八年没挪窝当'连长专业户'的事迹?!再说我也不是'无名英雄',我有名呀。我姓耿,名大业。你咋两片嘴唇一动就把我的名给删了呢?"耿连长正心不在焉地在床上摆扑克。为了不破坏内务,他并没有坐在床上,而是盘腿坐在椅子上,不知道的还以为他在练"瑜伽"。

耿连长的全名的确叫耿大业。

这名字听起来很"俗"很没"文化"!

嚼起来给人的感觉是有点虚张声势;有点自我标榜;有点不"谦虚谨慎";有点不知道"天高地厚";有点"夜郎自大"!

其实名字这玩意就是个符号。不过这"符号"也是时代的"印记"。

翻看建国初出生人员的"花名册",什么"建国""国庆"啦、"宏图"啦、"大业"啦……倒是很响亮很时髦很时俱进的。

后来叫什么"抗美"和"援朝"的就"雄赳赳,气昂昂"地登上上了数量"冠军"的宝座。

再后来,叫"跃进"的靠"灾难性"的"人海战术","跃进"了破"冠军"记录的史册。

再再后来,"大跃进"果真被定性为新中国历史上的一场灾难。

那些已经人到中年的"跃进"们,只能既"无辜"又"无奈"地顶着这历史的"罪名"喽!

"刚才你说啥'月刊''季刊'的? 咱一排的小组'日报'都得当'月报'看;'新闻'得当'旧闻'读。《解放军歌曲》(刊物),曲曲都当'迟来的爱'唱! 知足吧,你就别饱汉不知饿汉饥;别坐轿号丧——得便宜'卖乖'啦!"耿连长是连队的"老人",因此说话虽不"卖乖",却总有点"卖老"的味道。

一般形容"坐地户"都说"土生土长"。可耿连长这个"坐地户"用土生"不长"更准确。因为在八年前,他的职务就"定格"在"连长"的位子上了。

其中缘由,就是《智取威虎山》中猎户老常的经典台词:"八年啦,别提他啦!"

"缘由"可以不提,但牢骚话总还是要有的。

耿连长玩的这种扑克摆法叫"别扭"。也许是今天的"别扭"太"别扭"啦,他摆了几把都没开,于是就把气撒在了指导员身上,话里明显的"带刺"儿!

"是不是吃错药啦? 又想找茬'掐'咋地? 不过我倒是发现你学会'偷换概念'喽,'有名'和'无名'运用得不错。进步不小呀,是不是偷着看'形式逻辑学'啦?"可能是"哈气"已经"不足",指导员边说边使劲地搓着不太听使唤的双手。

其实指导员岂止是"哈气"不足,他的"底气"也不足。虽然1976年入伍的他,掐指头算来已有11年的兵龄,但论资历在耿连长的面前还是个"小字辈",这点自知之明他还是有的。

外线连队"点多、线长、人员高度分散"。

为了杜绝在"天高皇帝远"的特殊条件下,连队的"军政双主官"分庭抗礼,争权争势,这种在兵龄上"拉开档次"的"老少配",已经成了上级党委调整连队"领导班子"中不成文的"潜规则"。用冠冕堂皇话讲叫"以老带新"。

"咱可没你那两下子,没事成天净研究人'心里'的学问。像咱这基层干部,得多琢磨事,少琢磨人。你要是赶上'文革',还不知道把多少老干部'琢磨'成'走资派'呢?"因为又没摆开,耿连长把扑克很不"友好"地胡拉在一起,又重新洗着牌!

"我看你今天不是'吃错药'啦! 是吃'枪药'啦。'心理学'不是'心里学',是一门科学,是研究人心理活动规律的学问,别理解得那么'狭义'。再跟我过不去我可不让你摆扑克啦,现在可是正课时间!"指导员的大头鞋在水泥地上敲着"鼓点",虽然目的是为了缓冲冷带来的"刺激",但形式上客观上好像是在配合"口头战争"。

"你不'狭义'? 不'狭义'咋立马就打击报复呀? 我摆扑克可不是为了娱乐,是在协助琢磨一会儿在会上还应讲点啥。你不是研究'心里'的学问吗？你说说我用这种方法'琢磨事'是个啥心理呀？"

这把牌好像有"开"的希望，耿连长有点得意。他把双腿伸直了搭在炕沿上，身子则向后倾斜，让椅子的两条后腿做支点，像玩不倒翁似地来回嘎悠着。

"从行为上看你好像是为了保持有意注意，但实质上'强迫症'的一种，是心理素质不强的表现！哎哎……你别在那又玩'安乐椅'，再得寸进尺我可要管啦。让战士们看见成何体统！"指导员站起身来蹽步到连部的门前，听了听门外的动静。虽然他和连长斗嘴是家常便饭，但他还是很注意场合，他怕官兵们因此而误会军政主官之间的关系。

"我心理素质不好，你身体素质好？这连部里也没结冰你就冻麻爪啦，你个'新兵蛋子'还管起我老兵来啦？还好（郝）指导员呢？我看你是坏……"耿连长的话还未说完，猛抬头见指导员用手指着他，后面的话不由自主地拌着吐沫又咽回了肚里。即使这样，还是没能逃过指导员的数叨："又犯老毛病了是不？倚老卖老也得分啥事，违反条令我可不惯着，管你是谁？这周可是我行政值班，小心我把扑克给你没收撕了……"

"别！千万别！我的郝大指导员，郝阅文大指导员！咱君子动口不动手，我知道错啦还不行吗？咱知错就改，知错就改！"俗话说蛇有"七寸"人有软肋，耿连长像个孩子似地划拉起扑克，麻利地放进床头那张属于他的"一头沉"办公桌的抽屉里，落锁后还不放心地拽了拽抽屉。

"你说我冻麻爪啦你没麻爪呀？你不冷你哆嗦啥？有煤舍不得烧，我看你是存心想冻坏战士削弱战斗力！你看咱连部的室内温度才是多少呀？喘气都能见着哈气啦！"占了上风的指导员乘胜追击，他顺手把挂在墙上的温度计堆给了连长，又用手指了指窗户上方的墙角。墙角上结着晶莹剔透的比久未粉刷的墙壁白很多、纯洁很多也"冷酷"很多的霜！

"冷酷"让连部的气温很像是给食品保鲜的"冷库"，但生命"保鲜"需要的则是"暖库"！

"说这话我可是比'窦娥'还冤呀！真是不当家不知柴米贵。要是可着劲烧，咱连部那点取暖煤都靠不到过年。再说我不是想攒下点煤，春节之前给二排的小组送去吗？那几个小组今年过冬的柴火不太足，我估摸着最多还能挺两月……咱这当父母官的，不就是要在关键的时候雪中送炭'送温暖'吗？"耿连长边说边把温度计凑到眼前，可能是因为看不太清楚。他用嘴朝上哈了点气，然后又用手擦了擦："你说咱连部多少度呀，这不是都快十度了吗？比室外高了四十多度可以啦，屋里太热了出门容易感冒！"

指导员被他的"儿童游戏"逗乐了："你再哈点气再用手捂一会就三十多度啦！小

把戏,小儿科! 把小组战士的冷暖挂在心上我举双手赞成,可这连部也有十多名战士呀! 这手心手背可都是肉呀!"

"还是'党代表'想得全面,我也想把这屋里烧得跟澡堂子似的,可这买煤的钱你让我去偷呀? 不行明天你当家管经费,我倒是要跟你学学这两个'子儿'咋花,一分钱咋能掰成两半?"耿连长倒不是有意叫板,分散连队的各项经费都超支不是普遍现象是"绝对现象"。因此指导员没有反唇相讥,倒是有同病相怜的感觉。

"是呀,来咱们连任职后我也发现,这'分散连队'就是比'集中连队'在经费上吃亏。大部分经费都是按'人头'来的……就……就拿这报刊来说吧,集中连队一个班少说七八个人,咱这小组也是班,可才两三个人,但按要求都要订一样多的报刊。我手里这点政工费也是捉襟见肘呀!"指导员皱着眉头,脸上写满了无奈。

"要我说,总部制定经费标准的干部,肯定没在咱分散连队干过! 这不叫官僚主义叫啥? 今年不是我从公杂费里给你补点,你还能完成订报'任务'呀? 还'捉襟见肘'呢? 你'裸奔'去吧!"

没办法,吃人家嘴短,拿人家手短。虽说订这报刊不是给指导员一个人看的,但终究是归他分工负责。所以任连长挖苦,他也一脸虔诚一脸谦虚一脸诚恳一脸感激地"聆听"。

"都说是'巧妇难为无米之炊',可咱耿连长是谁呀,耿连长是'巧夫'。虽说是拿点伙食费订报纸,但咱连的伙食标准还在提高。这叫精神物质互补,叫精神物质两不误,叫精神物质双丰收……要不怎么总站上下都叫您耿大——"出于对这位"老资格"搭档的尊重,指导员故意把"大"字拖了很长,他想"点到为止"。

"打住! 打住! 千万别叫我的'笔名',当心我跟你急。想'捧杀'我没门! 不过取暖这个问题……我尽快解决,尽快解决。"虽然知道指导员是在用"戴高帽"给他"挖坑",但耿连长倒是自愿往里跳的。因为冷在战士的身上,就等于冷在他的心上。耿连长一脸的严肃,平时少有的严肃。指导员知道他是认真的,而且只要他一认真,问题总会奇迹般的解决! 这是他俩搭班子以来最深的体会。

"你说得对,这屋里再冷也比室外暖和四十多度呀! 哎! 上任都快一年啦,我这个当指导员的还没真正体会到三九天上线路的滋味,失职呀!"见好就收,指导员故意岔开了话题。但内疚无奈伤感是无法"岔开"的。

一向乐观的指导员伤感起来倒是很有感染力,最起码耿连长就很是感动:"这不怪你,都是我怕冻坏了你这总站'站宝'级的大秀才,才耽误了你锻炼的机会。其实这零下四十多度也没啥吓人的,快点走身上照样出汗,可就是怕停下来或是遇上'穿山风'!"

"'穿山风'有多恐怖,你先给我学一学,好让我有个思想准备。"

指导员非常诚恳的目光,充分调动了耿连长情绪:"这'穿山风'吗……贴地皮刮的老百姓叫它'白毛风'……那是拧着劲儿……吹着哨……打着旋……放着横……真是鬼遇上都龇牙,关节都动得嘎巴嘎巴响呀!"

虽然是在形容一件非常残酷的事,但耿连长还是手舞足蹈,绘声绘色:"在半空中刮的'穿山风'叫'大烟泡'!那真是天昏地暗……一不留神眼珠子都能冻碎了掉地上!哎……你知道'喜儿'当年是怎么变成'白毛女'的吗?就是因为她天天唱那'北风吹',结果让穿山风把头发都'吹'掉色啦!那还不是在咱东北呢……"

指导员用力把连长比画的手按了下来:"别瞎比喻,要是'文革时期'非抓你个'现行',你少卖关子打'迷踪拳',来点具体的。"

耿连长卡吧卡吧眼睛,一本正经地道:"具体的吗?我……我听说过有个傻小子遇上穿山风时冻'来尿'啦。他也不找个被风的地方掏出来就尿……结果'方便'完了一提裤子,冻硬的'老二'被刮折掉在了地上!这小子瞅着自己的'家巴式'还纳闷:谁把半截香肠扔这大雪地里啦?"

高级的相声演员是逗观众笑时自己不笑,一本正经的耿连长把指导员逗得差点背过气去。他狠狠地捶了连长一拳:"编,真能编!没去当编剧,真是白瞎你这个人啦!"

"老乡:我们是,人民通信兵,来到深山,要……几十年护银线南北转战……"

耿连长可能是被指导员"表扬"得有点晕,扯开嗓子又来了段样板戏"新编"。

"停——停……打住!"郝指导员伸手做了个篮球裁判的动作,又指了指门外。

耿连长扫兴地收住嗓子,又尽兴地来了个"亮相"。

"虽说你这南腔北调、驴唇马嘴的,但也算把咱这通信兵的性质任务'坦白交代'得比较彻底"。指导员端起磁化杯,一本正经的。

"不过,这'南北转战'好像有点……对啦,咱连维护的线路是由南向北架设的……合辙押韵,合辙押韵!"郝阅文喝了口水若有所思不再作声。

耿连长突然眼前一亮,一本正经起来:"你这笔杆子要真是能笔下生花,最好把咱这'南北转战'的通信兵写成小说或搬上银幕!让咱这批'无名英雄'也出出名!要我说这中国的作家和编剧也够偏心眼了!我当兵都快二十年啦,就没看见过一部写咱通信兵的小说一部拍咱通信战士的电影!看来这'革命的重担'就只有落在你一个人肩上啦!"耿连长边说边重重地拍着指导员的肩。

指导员若有所思语速很慢:"咱通信兵是小兵种是技术兵种。小兵种没有作战部队有代表性;这专业技术用文字表达也很难交代清楚。要说搬上银幕吗,咱一没有飞机坦克的威武雄壮;二没有'向我开炮'的战火硝烟。读者和观众买你的账吗?"

耿连长的暴脾气又被引爆:"没有吸引眼球的就可以把我们通信兵的牺牲奉献一笔勾销了吗?!典型的奇谈怪论!"

见指导员的表情有点尴尬,耿连长主动开始降调:"哎!前几年有个电影叫《天山深处的大兵》你还记得吗?那是演工程兵在天山深处修路的事,虽然也不是战争片,但也很感人，我看也不亚于黄继光董存瑞邱少云的惊天动地！你将来就写一部《兴安深处的大兵》，歌颂歌颂咱默默无闻的通信战士！"

"伟大来自平凡呀！"指导员不再言语。

C

抢修！抢修！抢的就是时间！

"养兵千日,用兵千日"！

"不通"就不能叫"通"信兵！

"太平盛世"不是"太平天国"！

其实一般情况下的"穿山风"倒没连长蝎虎得那么厉害。

累出尿来的战士小高也没演绎"半截香肠"的"剧情"！待他"完事"后，走在前面的排长已经把他落了百十米，他是提着裤子往前赶的。因为冻僵的手能保证把"老二"安全地"送回去"，却保证不了按时的把腰带扣上。

"湿足"并没有影响马继成行进的速度，只是"一头沉"的那条腿让他迈步时身体摇摆的振幅加大！

工具袋里的"打击乐"与积雪被踩压时发出的"吱吱"声，合成了奇妙的"交响曲"。

终于将距离缩小到"紧随"范畴的战士小高，根本没有心情去欣赏那纯"原生态"的"乐曲"是否动听。因为"进出口"的空气,正在他的嗓子里拉着"风匣"！"风匣"呼呼啦啦地在报警！

"排长……你这速度比……比急行军还快。我——我实在是跟不上啦……"小高说话的节奏就像他的脚步，有点"蹒跚"，有点"没根"。

马排长答话还是头也不回。这不仅仅是因为系紧了带的军帽影响脖子的扭动，而是因为横在肩上的木担好像把他的头固定住了，根本没有转动的余地：

"这还叫快？咱连长当战士时，上线路抢修都是跑步……用连长的话讲'抢修、抢修,不把时间抢回来,修上也贻误战机喽'！"

由于说话加大了肺吸量，也加大了口中的"排气量"，在身边暗调子森林的衬托下，他俩好似两架"拉烟"的"喷气式"！虽然都是在超低空"飞行"，但一架像是在"起飞"，一架像是要"降落"……这是由"锻炼"和"短练"所决定的。

小高现在纯粹是"跟着感觉走"，两条腿机械地运动着，吐字也有点"机械"：

"可……可连长那时是因为中苏关系紧张呀！随时都要准备打仗！现在……中苏关系不是……缓和了吗？排长，我嗓子冒烟！渴……渴死啦！"

马排长戛然止步，"木担"轻车熟路地从肩上跃下成为了他的第三条腿。这"三角形"的稳定性保证了他语音和语速的"稳定":"那咱就'稍息'两分钟,正好我再给你补一补'战备观念'这堂课……"

小高并没有一屁股坐在雪地上,那是因为雪太深,坐下去容易起来时就难啦。他的休息方法是把从肩上取下来的那小半盘铜线骑在了胯下,像儿时骑竹马那样优哉游哉!

"缓和了就可以高枕无忧?缓和了就可以松懈?你这种活思想可是咱连长重点抓的。连长不是给咱讲过吗,二战时德国进攻苏联,日本偷袭珍珠港,都是靠'缓和'的烟幕弹做掩护……再说,南边的中越边境还在打仗,这北边的老毛子随时都可能趁火打劫背后捅刀子!你以为'北极熊'抢了咱黑龙江北岸的中国领土就再没野心了吗?渴了是不?来,咱吃点'冷面'。"

两名军人捧起地上的雪狼吞虎咽地吃了起来,这"冷面"是大自然恩赐给他们的"饮品"。既解渴又解饿又解乏还提神,据说女人吃它壮胆,男人吃它壮阳……猎人吃它壮威风!

"明白了排长,这就是咱连长常说的'通信兵平时就是战时,养兵千日用兵千日'!'不通'就不能叫'通'信兵吧?这就是咱连长常说的要有敌情观念吧?这就是咱连长说的'太平盛世'不是'太平天国'吧?"

提起了精神的小高把排长要讲的下一部分"内容"抢先说了出来,因为它在连长的嘴里强调过 N 遍,每个战士都烂熟于心了。

"原来你是装糊涂呀,就是想找借口歇会儿是不?还是油梭子发白——短炼(练)吧?看来这冬季的体能训练还得给你加码……来,把铜线给我,你背工具袋。"

知道排长的脾气酷似连长,说了得"算"!因此小高没和排长争谁来背铜线,而是抢先把插在雪地里的木担抽出来扛在了肩上:

"排长,我还是扛木担吧。咱通信兵平时也摸不着枪,我就拿它过过扛枪的瘾吧。"

木担和铜线都属"重量级"的,工具袋属于"次重量级"的。马排长知道小高的用心良苦,他用力地拍了拍小高的肩膀,并顺势摘下了磁石单机(电话机)跨在了自己肩上:"注意经常'换肩',过完'枪瘾'就给我……"

马排长的"起速"就比较快,小高一步也不敢"怠慢"。

"放心吧排长,'流血流汗不流泪,掉皮掉肉不掉队'!在这原始森林里,掉队就会变成'卖火柴的小女孩'……咱连长的话我一句也没忘!"

俗话说"路遥无轻载",这本来就"不轻"的木担硌得肩膀头子生疼。为了公平的分配重量,小高索性将木担横在了脖埂子上,双臂搭在两端掌握着平衡,形成了一绿一黑的两双臂膀。"臂膀"随着步幅高节奏地摇动,倒是很像"翅膀"。

马排长和战士的脚步越来越快,在洁白的雪地里,他们的身影逐渐缩小为两个绿点……

D 为了爱情,是他人生的败笔!

人在连部,心在线路……

牵一线动"全身"!

天若"有情"天"不"老!

连部里的设施很简陋,但很有特点。

卷柜、桌椅、单人床、书架、衣架、床头柜……全都成双成对并对应摆放,像是追求高度一致的孪生兄弟。

这样的物品配置,是由军政"双主官"的编制配置所决定的。唯一不对应的"配置"是:报刊架摆在了指导员的"一头沉"旁边,而"值班日记""电话通知记录""训练计划"等七八个蓝色塑料皮的本夹子,则是挂在连长一侧的墙壁上。所有这些,都可以成为军政主官平起平坐分工不分家的"参照物"。

再有所不同的是指导员的椅子上多放了一个绿色的椅子垫,床单上多铺了一条素杠的浴巾,被子上多绷了一个白色的被头。

这倒不是有意搞特殊化,而是指导员爱干净,连长爱"本色"的鲜明对比罢了。

今天下午连部的正课安排是战士们整理《革命人生观》教育的笔记;晚饭前一小时召开全连的电话会议。

既然整个下午战士们都在"自学",连长指导员也就"自由"啦。

见指导员聚精会神地在稿纸上"爬格子",耿连长轻轻地放下手中的圆珠笔,轻轻地合上了那本没有塑料皮的《工作日记》。然后又轻轻地拉开抽屉……

"老耿,你这心不在焉的下辈子也摆不开呀……"指导员边说边将黑桃7挪到了红桃8下面……

没理会指导员"动向"的耿连长被吓得一机灵,下意识地站了起来呈立正姿势,这是"做贼心虚"的条件反射!

"眼大漏神吧?"指导员倒是没计较连长的"屡教不改",因为对于一个"惯犯",越是认真越是适得其反。

他不想自己跟自己过不去,没事找气生!

他在给自己的"磁化杯"里倒水的时候,顺便"殷勤"地给耿连长那用罐头瓶"改装"的保温杯也斟上。

"不是漏神是走神。这线路一阻断我心里就像猫抓似的,什么也干不下去,真是越老越不禁事儿喽!"见指导员不是在和自己较劲儿,耿连长放松地端起杯子一仰脖。

但"放松"的结果是被烫得像是吃了辣椒的猴子。

这可是一个意外的惊喜,幸灾乐祸的指导员故意嗔怒地板着脸,得便宜卖乖地扩大"战果"

"瞧你那点出息,不就是一杯热水吗!'护食'的结果好受吧?再说你真是'卖老'不失时机,你老啦那把我也拐进更年期了呗?我可不想搭你的'老爷车',我的下一代问题还没解决哪!"

"没想到咱这'党代表'也有'活思想'呀!想解决'下一代'的问题你调到咱总站就该再挖挖门子使使劲儿留在机关,或者和你那当女兵'娘子军'连长的老婆'搭班子'去……你小子跑到咱这全军区最北边的兴安连队和我'同居'能有啥'结果'?咱俩可是腔挨腔,硬碰硬……"吃了哑巴亏的连长也知道指导员的"命门穴"。因此,报复也是一针见血,见血封喉!

指导员的脸唰地红到了脖领子,颈部动脉静脉都清晰可见:"——哎——哎,我说你这荤嗑都在哪儿淘弄来的,张嘴就来……我警告你,往后也别老拿我调动的问题说事儿!你这是存心诋毁政工干部的高大形象,真是用心险恶!"

在最短的时间内转守为攻,那是耿连长的强项:

"从内线调到了外线;从城市调到了山沟;从北京调到了北疆……这是多好的政治教材呀!有啥不敢说有啥不能说的?至于这不能一次到位需要'过渡'……至于这由大两地变成了小两地……那是咱连以上干部才有权了解的'内参',在战士面前咱打死都不说!这保密守则我是'融化在血液中,落实在行动上'……再说你要是万一一不留神在咱连队扎根了,那咱连就又出了个'高大全'。"

在指导员的军旅生涯中:为了"甜蜜的事业",放弃"热爱的事业";从繁华的都市,来到这"兔子不拉屎"的深山老林。而且还得继续唱"鹊桥仙",而且还授人以柄,确实是一处最大的败笔!

"没干政工真是白瞎你这张破嘴啦……都怪咱连部这暖瓶不保温,没能给你的口腔好好地'高温消毒'!"败下阵来的指导员,有的只是招架之力。他和搭档的每次过招,大都是此结果。

"宜将胜勇追穷寇"被耿连长运用得炉火纯青:"照你的逻辑推理,这军事干部说话都得吭哧瘪肚?政工干部都是走遍大江南北,全靠一张破嘴呗……"

无心恋战的指导员,想尽快结束这场引火烧身的口水战,于是使出了撒手锏:"这嗑唠散了可影响军政团结呀?"

可耿连长并不想鸣金收兵,于是便因势利导地给这个"小字辈"上起了辅导课:"咱是斗嘴不斗气,对事不对人!你的前任还有你前任的前任……我们在一起'搭伙'也是常掐,不'掐'明白了能面对面、实打实、心贴心吗?不'掐'出点道道来工作就没创新……这叫与嘴斗其乐无穷!虚心点,甘当小学生吧。"

指导员终于抓住了反败为胜的战机，再次地向对手亮剑：

"你行，你真行！你这继承、捍卫、发展'老人家'斗争哲学的本事，不比折戟沉沙的那个人差呀！没选你当'接班人'，真是'无产阶级革命事业'的一大损失呦……"

要说耿连长爱斗嘴不假，但他赢得起也输得起。在"大度"方面还是有个老兵样的：

"你真是干造反派的材料呀！这一回合算你赢啦。感觉咋样？其乐无穷吧？"

虽胜尤败，指导员又跳跃性地转移了话题，而且有点心事重重："我还真乐不起来！我走马上任也半年多了，唯一的感受是这外线连队的烂眼子事儿也太多啦！哎……你那句顺口溜咋说地来？叫……叫'操碎了心、磨破了嘴、累弯了腰、跑断了腿，'……总结得真是太经典啦！"

"不叫'经典'叫'精辟'吧？我的'郝'老师？"重新落座的耿连长，头也不抬地摆着扑克，带搭不理地回应着。

"你这是挨一巴掌还一脚，哪儿丢了哪儿找……也太小人了，一点都不厚道！这回你'其乐无穷'去吧！"

虽然两人搭班子的时间还不到一年，但郝阅文早已摸透了耿连长的脾气。很多人说耿大业个性太强难处难共事，其实这挺"冤案"的。

他爱发牢骚爱斗嘴不假，但那只是为了缓解高度的责任心和高节奏的工作造成的巨大的心理压力，当然也有对具体事物的不同见解。"我本善良"才是他"刀子嘴"的"英雄本色"！

于是指导员也就乐于在"有理有力有节"的原则底线上给他当"陪练"。因为《心理学》告诉他，这正是解决连长心理问题的最佳途径。

"说实话，我也乐不起来……我这右眼皮老跳！是不是左眼跳财，右眼跳祸？"

也难怪"别扭"越来越"别扭"，那是因为耿连长的心思一点都没有用在摆扑克上。

为了制止眼皮的跳动，他边说边在"工作日记"上扯下了半根火柴大的一小条纸，沾了点吐沫然后贴在了右眼皮上。

"你咋还信这个？我可向你广而告之，铲除牛鬼蛇神可是咱政工干部的权利和义务！瞅你这一出还哪像个带兵人，整个一跳大神的！"虽然是半真半假的话，但指导员却是在一脸认真地说。他顺手把连长眼皮上的小纸条揭了下来，原则问题不让步，这也是郝阅文的个性！

换任何一个人有此举措耿连长都得激眼，偏偏这比他晚当七八年兵的郝阅文愣是把他降住了！

这倒不是因为指导员在"身高"与"形象"上对耿连长有"压倒性"的"优势"。

"高度"停留在"三等残废"下线的他，服过谁？屈过谁？从不"自惭形秽"也许是河南人基因中祖传的个性！

别看他小眼睛单眼皮，可那眼神中闪耀的可是河南人特有的狡黠与睿智！

真正的原因是他在这深山老林中"修炼"了近二十年，还是第一次遇到可以"切磋"的对手。要知道"高手"没"对手"就是"寂寞高手"；而寂寞是很难耐的事！

心服口不服的他没了底气，小声嘟哝着："又上纲上线了是不？要是倒退十年，你小子非把我打翻在地，再踏上一万只脚……再说你这'动口'又'动手'手的，算个啥'君子'呀？"

知道刚才的"举动"有点过，指导员顺着连长的话调侃："'踏上一只脚'就免了吧，让你遗臭万年也算达到'革命'目的啦。再说我压根就不是'君子'，我是'正人君子'，搞'政'治的'人'穿'军'装的'子'弟兵！"

"还'正人君子'呢？真是一点阶级感情都没有呀！不过想对我'造反有理'，想让我永世不得翻身？那可是瞎子点灯白费蜡……太监娶媳妇白忙活！"

耿连长并没有发现"正"与"政"、"君"与"军"的偷换问题，因为指导员的文化水平理论功底比他高出一大截子。所以有自知之明的他不敢轻易地和指导员玩咬文嚼字的游戏！他的强项是直来直去，一针见血。因此他不怕和指导员叫板！

指导员也非等闲之辈，更不是省油的灯。长期的政治工作磨炼了他"口诛笔伐"应对自如的"基本功"！因此你连长敢叫板，他自然就敢叫号：

"太自信了吧？我倒想领教领教你是怎么用'反革命'的两手来对付'革命'的两手！今天的'批判会'我是开定啦！"

"真想和我过招呀？！那我倒是要先考考你，咱连维护的这条一级国防线路，两头的终端都是哪儿？"连长卡巴着一双诡秘的小眼睛，他使出了看家本领在诱敌深入，在给对手挖坑设套。

跟"老奸巨猾""实战经验"丰富的连长比，指导员还只是"初出茅庐"，还是嫩了点！因此他的回答几乎是不假思索："一头是军区指挥机关；一头是边防部队这个问题太初级阶段了吧？你真的拿我当'小新兵'啦？"

见指导员上钩，连长心中暗喜。于是他开始步步紧逼："那我再问你，咱负责通信保障边防的部队有多少？"

指导员也想看看连长的葫芦里到底卖的是什么药，因此也就有问必答："大部队有一个守备师；一个反坦克旅；一个巡逻艇大队；四个边防团……加上炮兵、工兵和边警……大约有几万人吧？我说你这是往哪儿绕呀？再绕可就泄密啦！你可是罪加一等……"

连长一改平时急三火四的脾气，继续不紧不慢地："也就是说……咱维护的是一条事关祖国的北大门……事关几万边防将士存亡的'生命线'啦？也是我们通信战士需要用生命去维护的线路，因此无论从哪个角度去论，'生命线'的叫法都无比的精准。"

平时温文尔雅的指导员倒是有点沉不住气啦,他一反常态地用"粗鲁"的动作喝了一大口水,水也同样"粗鲁"地回敬了他一嘴角一前襟:"越说越对! 但这和你眼皮子跳有啥联系?!"

掌握了主动权的连长继续得意地玩着猫捉老鼠:"这话该我问你,既然是'生命线'……那牵一线动全身不很正常吗? 哎……哎……没人跟你抢水,咱连又不是上甘岭! 呛着你这'正人君子'那可是重大责任事故!"

失态的窘迫并不妨碍指导员的反唇相讥:"动'全身'很正常,只动'眼皮'就不正常啦? 你又不是半身不遂!"

洋洋得意的连长一龇牙,笑里藏刀地回敬:"这话乍听起来有点像人身攻击! 哎……毛主席给咱通信兵的题词是啥来着?"

"'你们是科学的千里眼顺风耳'呀?"

指导员边说边顺手摸了摸连长的脑门:"你也没发烧呀? 咋把'最高指示'都就饭吃啦? 这是算'新生事物'还是'阶级斗争新动向'呢? 千万别拿'健忘症'来当盾牌!"

耿连长并不搭理指导员的挑衅,边继续心不在焉地摆扑克边像考官似地继续按部就班地提问:"那'千里眼'出了问题,咱这保护'千里眼'的眼皮能不跳吗?"

指导员终于缴械:"这概念让你偷换得都空前绝后喽,真是最不讲理人最会讲理呀! 三心二意地摆你的扑克吧,我知道这线路一断你就魂不守舍,抢修的人员不安全地回来你就魂不附体。还不快感谢我的'理解万岁'?!"

要说耿连长与该连维护的这条通信线路还真的有点"神通"。这条线路俨然是一条从他肚里抽出的蛛丝,通着他的血脉、连着他的经络。说"牵一线,动全身"一点都不为过。

考究这条"线路"的历史,也确实和耿连长有着"剪不断、理还乱"联系!

这条线路是在珍宝岛的硝烟中"速生"的。转年,耿大业就挥着拳头,高呼着"打倒苏修帝国主义!"口号来到了它身边。从此,不离不弃。

"速生"儿自然有些"早产"带来的"先天不足症"。

耿大业和他的班长、排长、连长们,边维护,边整治。在"生命不息,冲锋不止!"精神的激励下。发扬"一不怕苦,二不怕死"的革命斗志! 很快就让"速生"的线路"速长"! 一跃成为"标准线路"、再跃成为全区的"标杆路段"。

但让耿大业始终耿耿于怀的是:他的军龄比这条线路的"线龄"晚了一年。这可让他"与线路共存亡"的誓言打了不少的"折扣"!

天若有情天"不"老!

苍天不老的原因就是它很有"人情味"。尤其喜欢"成全"勇者!

今年来部队开始重新界定入伍时间,几乎所有军人的军龄都"长"了一岁。耿大业自然也在其中。

虽然只是从 70 改称为 69，而且是"小 69"；虽然军龄工资只长了一元钱。但一年之差却让他的军龄跨越了一个年代的"时空"。他终于可以骄傲地拍着胸脯说"同生死，共存亡"的豪言壮语啦！

不过六十年代的兵还在"连职"的位子上奉献，这也让他一下子"木秀于林"；一下子成为"焦点访谈"！

"不好！我这保护'千里眼'的眼皮跳得厉害，一排长他们八成有啥情况?!"

耿连长把手中的扑克一摔"噌"地站了起来，他的右眼皮确实像在过电，他的心里一定也在过电！

指导员诧异地盯着连长的眼皮："说你胖你就喘！你……你还真来神啦?!"

第二章

A 有熊出没！不尿裤子的都是"豪杰"。
线路：通信战士的"通路"，野生动物的"生路"。
"党指挥抢"演绎的"政治笑话"！
枪与"老二"的辩证关系。
已经延误了"六次"战斗的时间！

通信线路经过的地方叫"路由"，通信线路穿越林区要将"路由"上的树木砍掉，一般的规范要求是左右各砍五米宽。

这也就是说，通信线路的所经之地，林中都要像犁地一样被"犁"出一条十米多宽的"无树区"。

在春、夏、秋三季，因为线路下不生"寸树"还要生"寸草"，所以线路还可以凭绿色赖以充"林"，但是到了冬季可就泾渭分明了。

每年从第一场雪过后，这山这林中就会显现出一条洁白的"玉带"。偷换"山舞银蛇"的概念，那就像是一条穿山穿林而过的"银蛇"，而通信线路恰似"银蛇"的神经中枢。

这是通信线路上景色最有韵味最有诗意最有情调最有浪漫感的季节。

但对于维护线路的通信战士来讲，这是最为艰苦最为艰难最为残酷最为危险的季节。

该连所维护的这条通信线路，穿越的是兴安岭脊背上的原始森林。参天的松树虽然可以为通信战士们"让路"，但雪却十分偏爱这条并不平坦的"坦途"。如果林中的积雪有一尺深，线路上的积雪肯定会超过一尺半。

原来雪也具有往低处"流"的规律性，也有水的本质特征！

和通信战士们过不去的还有那山里的风，"树欲静而风不止"是通信线路上风的真情告白，因为线路很自然地为风的运动提供了"通路"。

虽然是逆风，但谢天谢地的是好在风今天选择的是凛冽而不是肆虐。因此它所制造的阻力和麻烦远远小于厚厚的积雪。

马排长深一脚浅一脚地朝着故障点疾进，这回小高没有被落下。他仍旧横担着木担，双臂摇摆着紧紧跟随在排长的身后。

一阵夹杂着雪星的风卷地而来，他俩同时低下头，用棉军帽的帽顶迎接并抵抗着这不知是第几百次的袭击。

在通信兵的业务分类中，他们所在的连队叫"外线连队"，所从事的叫"架空明线维护"任务。要完成好这项任务，无可选择地面对着两条路。一条是他们用脚板踩出的"山路"，一条是他们用肩扛起的"天路"。"山路"和"天路"继续在他俩的脚下和头上延伸……

马排长突然一个"急刹车"，只低头看路的小高差点和他"追尾"。

"有情况！——"

排长马继成的声音很低，但很有力。他用那带着皮手闷子的手向小高做了个不要讲话的手势，然后又指了指线杆上。

阵风过后是短暂的寂静，但架在杆头线担上的几组线条却在大幅度地晃动着，像是有节奏地荡着秋千。

排长又向小高做了个手势，两人悄悄地卧倒在厚厚的积雪里。

顺着线路望去，一只体形硕大的熊瞎子正在前方 150 米左右的一根线杆上蹭痒……线杆在巨大摩擦力的作用下，不停地晃动着。幸亏熊瞎子是背对着他俩……

小高用手闷子挡着半边嘴，为的是不让声波朝熊的方向传输："排长，排长。它没发现咱俩吧？"

马排长的双目紧紧盯着黑瞎子，将头向小高这边靠了靠：

"肯定没发现，熊瞎子的视力差。但听觉和嗅觉发达，咱俩是借了顶风的光。"

"线路"的"诞生"。打破了山林的寂静，也破坏了山里的生态平衡。

没有了高大树木的遮挡，沐浴到阳光的野草尽情地疯长。

"风吹草低"的诱惑引来了大量的食草动物；食草动物的云集又引来了"食肉动物"。

于是，原始森林中的"食物链"开始重新布局。生物往"线路"两边集中，"线路"成了新版的"动物世界"。

"线路"，这条通信战士开辟的"通路"。也成为了野生动物的"生路"！

所以，巡线的官兵遭遇野生动物的概率很高。在线路上端窝野鸡、打只野兔是常有的乐趣。线路上还随处可见被啃噬后的狍子、野鹿的尸骨……

有时森林狼"跟踪"巡线的战士甚至跟到了小组！

就连"黑瞎子敲门——熊到家啦"的"寓言故事"，也时不时地上演"现实版"。

据说早年线路刚通时，还发现过东北虎、东北豹的足迹！

和北大荒的拓荒者们"棒打狍子瓢舀鱼，野鸡飞到饭锅里"的豪情"剧照"相比，深山里小组战士的生活倒很像是贯穿着历险"剧情"的"恐怖片"！

小高向张排长身边凑了凑:"那咱俩撤退吧？这在这深山老林里遇见熊……跟……跟在动物园里看熊的心情不……不一样。咱俩怕不是它的对手！"

小高的声音压得很低,但这断断续续是颤抖造成的。

"回去？那故障还咋排除?! 故障点离咱不足五百米啦。"排长的声音还是那样的低沉,那样的坚定有力,没有半点商量的余地。

"对！不回去！'更无豪杰怕熊罴',咱跟它拼了！"小高用一只手将木担拢在身边,像"紧握手中枪"那样"紧握"着。

"啥时候了还要贫嘴,不吓尿裤子你就算'豪杰'啦!"马排长将手伸进工具袋里,握住了那只冰冷的枪刺。

小高用手轻轻地捅了捅排长:"这不是咱连长说的革命的乐观主义吗？排长……你看……"

只见黑瞎子正像人一样站立着向这边张望,然后缓缓地向他们移动……

线杆与线杆之间的"杆距"是五十米,因此熊与他们之间的距离很好测定。此时熊已经向他俩的方向移动了三分之一的杆距。

排长将摘下的工具袋往小马身边推了推,然后双手扩成话筒嗓音压得更低:"熊瞎子要是过了第二根线杆,我就往树林里跑,把它的注意力引过去。然后你就戴上脚扣子上杆,立即向连部报告……"

小高看了看离他俩只有几步距离的那根线杆,又感激地看了看排长:"那你咋办？熊瞎子跑得可比你快呀！"

"我徒手上杆的速度是六秒……不等熊瞎子到……我就爬到树上啦!"

"排——长——你的脚——行吗？"

排长再一次做了个止语的手势,因为熊瞎子继续东张西望地向他们靠近……

连长"啪"地一掌拍在桌子上,震得杯子和扑克玩了把"三级跳"。他又撕下个小纸条往眼皮上粘,可眼皮跳得厉害,纸条刚粘上去就掉了下来。

连长按着黑色的磁石单机使劲地摇了几圈,然后拿起了听筒:"机务站吗？一排长他们有多长时间没和你们联系啦？什么……什么？50分钟没联系啦！一旦和你们联系,立即向连部报告……"

放下电话的耿连长,驴拉磨似地在连部里转了几圈,自言自语道:"规定的联系时间是半小时一次……现在都超了二十多分钟啦……"

指导员拧着眉头思索着:"会不会是为了抢时间把联系的事给忘啦？"

耿连长背对着指导员,他没有回头,只是把右手举起摆了几下:"别人都可能会,但一排长不会！他的纪律观念最强……"

连部里出现了短暂而又令人窒息的静默,连长的脚步也停止了……

"文书!——文书!——"

耿连长突然嗷唠的这一嗓子,把指导员吓了一跳,更是把正在隔壁房间看书的文书王洪国吓了一跳!

"到!——"

声到人到,文书王洪国跑步进门,"啪"地立定在门口,眼睛紧盯着连长。

"通知抢修排准备出发,让司机现在就发动车。还有……让……让抢修排的房排长带上一只'半自动',这是我那把枪库的钥匙……指导员……你那把呢?快点!快点!"

虽然毛主席题词"提高警惕、保卫祖国"的标语牌从建连起就始终占据着连队操场上最显著的位置;

虽然"提高警惕"伟大教导还始终占据着边防官兵的思想高地,但担负"保卫祖国"使命的枪支弹药却从通信分队排、站、组收缩到了连部,收缩进了武器库。

上级对"刀枪入库"的"硬性规定"是"三铁一器"。即"铁窗、铁门、铁皮柜"外加能将刺耳的尖叫声送到连队每个角落的"报警器"。

比"硬性规定"更"硬"的是,武器库还要实行"双人双锁"。

一般情况下是连长与副连长各执一把锁,钥匙各自保管。

这样分工负责的"双保险",在预防重大政治事故方面确实比较的"保险"。最起码要比美国的核武器保险,因为美国"核按钮"的钥匙只由总统一人保管。

因为该连的副连长长期的"空缺",所以保管枪库另一把钥匙的重担就落在了指导员的肩上。按耿连长的"戏说"是:

"两个军事干部管枪库,那是'枪指挥党';政工干部管枪库,这叫'党指挥枪'。"

这话总结得虽然顺口虽然幽默,但指导员曾满脸阶级斗争地郑重警告说:"这样的'政治玩笑'开不得!"所以耿连长的"戏说"也就变成了"不说"。

"军人离开枪,就像男人没有'老二'!该硬的时候硬不起来……哼!"嘴上虽然"不说",耿连长心里却不服气地"常说"。

"是!——"

文书接过连长指导员分别递过来的枪库钥匙后,一个标准的向后转动作,走廊里立刻传来了"咚、咚"的跑步声……

"哎……"

指导员好像还要嘱咐什么,但跑步声已经渐远。

"你还有啥补充指示吗?我就喜欢咱小文书这精气神!随叫随到,啥工作都不用布置两遍,从不拖泥带水的。"

耿连长边说边系着大头鞋的鞋带,椅子被他嘎悠得直叫唤。

指导员附和地点着头:"王洪国是块当兵的好料,他要是能考上军校,准保有大的发展……"

耿连长扣上武装带的卡扣,从衣架上摘下那双被一根长带拴在一起的皮手闷子。他将手闷子带挂在脖子上,然后熟练地将两只手闷子从胳肢窝下掏到背后,两只手闷子在他腰与臀结合部被拧了一个劲儿便"悬停"在了一起。

在一整套动作完成的同时,连长也在"完成"着自己思路的表述:"差不多吧,他当兵前是大学漏子。文化课的底子厚着呢,就是在连部干复习的时间少了点。"

指导员从身后帮他正了正皮帽子:"这军帽戴你头上咋就成道具啦,不是像车老板,就是像武工队,再歪一点就是土匪喽。你又要亲自上线路呀?那……那今天下午的电话会议还开不开?"

整装待发的耿连长回过身来:"照开不误呀。咱说了就算、定了就干……解决问题不能过夜嘛,再说,这故障点在'一·一'小组的维护区,离连部才几十公里……要是'一·四'小组可就惨喽!咱那'大解放'拉货能,爬坡熊,能开到'一·一'小组就算超水平发挥啦……想去'一·四'小组,一百多公里的上山路,全都得靠步量……那才叫步步登高,一步一榔头呀!"

马排长和战士小高一动不动地还匍匐在雪地里,风里夹杂来的浮雪已经将他俩伪装成了两个小雪堆。"雪堆"前方约七八十米的地面上,一串清晰硕大的熊瞎子足迹延伸进了森林……

马排长将紧握的军刺慢慢地送进了工具袋……用牙咬住手闷子,用力地往里吹着气。对于早已冻僵的手来说,这点热量还不如"杯水车薪"。

战士小高丢开木担往排长身边挪了挪:"排长……你说熊瞎子走……走远……了吗?"

马排长把脸转向小高:"不好说,咱再等五分钟……哎……小高……"

"啥事儿排长?"

"你知道这线路的尽头是哪里吗?"

"是界江呀……"

"那你知道界江上有个'珍宝岛',还有'个珍宝岛'战役吗?"

"'珍宝岛'我知道……但'珍宝岛'战役时还没我哪。"

"那你知道'珍宝岛'战役中最著名的一次战斗用了多长时间吗?"

"多长……时间?"

"还不到五分钟就结束战斗了,共击毙苏军几十名……其中包括那个最坏的'瘸子上尉',指挥这场战斗的……"

高中毕业的小高并没有被冻傻也没吓糊涂:"排长你在这大雪地里给我讲故事……是……是啥意思……呀?"

马排长侧过身来，用手拍了拍小高："你知道我们在雪地里趴了多长时间吗？"

"多长时间呀？"

"整整 30 分钟！"

"明白了……排长。"

"你明白什么啦？"

"我们已经延误了'六次'战斗的时间！"

"那我们现在该咋办？"

"跑步前进！"

"对，冲锋！"

排长和战士从雪地上一跃而起……抗着沉重的抢修器材向故障点飞奔……他们的"冲锋"从速度上界定倒很像是"冲刺"，积雪在他俩的身后溅成了"浪花"。

B　冬天乘敞篷车，不想当"冻死鬼"！

就学会当"缩头乌龟"！

你这葫芦里到底卖的啥药呀？

有点"政治家"的胸怀行吗？

连部门前的操场上，连长耿大业正在亲自组织抢修排的战士蹬车。

因为要在寒冷的野外乘车和作业，战士们都穿着厚厚的皮大衣，皮帽子和护鼻也系好了扣子。由于行动笨拙，好像一群卡通人物在做表演。

连长："抓紧时间……抓紧时间！动作都麻溜点！大箱里的人不想当冻死鬼就学着当缩头乌龟，能蹲的蹲着……能坐的坐着也行！大衣领子都给我捂起来，咱这不是去相亲，没人管你的仪表，咱这也不是去旅游……不用观光望景的！"

全连的官兵早已熟悉并接受了耿连长这骂骂咧咧的关心与关怀，至少它要比"同志们好！同志们辛苦啦！"实在得多，具体得多，可操作性强得多。

真要是离开了这张"婆婆嘴"，心里还真的有点没底，真有点空得慌。

由于连里的抢修车是"大解放"，驾驶室里只能坐仨人，这其中还要包括驾驶员和带车干部，所以大部分抢修人员要坐在车厢里。

这样的"硬坐"，在坑坑包包的土路上都能把肠子颠出来。但是为了避免不必要的牺牲，战士们早已练就了硬车板上"打坐"的硬功夫。

为了迅速地提高水温，驾驶员大脚轰着油门。

发动机肆无忌惮地咆哮着，没深没浅不知天高地厚地和耿连长在嗓门上争着高低。

耿连长倒是不会和汽车计较，但他肯定会和司机计较的。否则就不是他啦："司机！司机！没记性咋地，轰那么大油干啥？你当咱这油是大风刮来的！咱现在烧的可是明年的油指标，啥时候能学会过紧日子呢！"

挨了"苛"的司机偷着做了个鬼脸，发动机垂头丧气地改唱起"低音"。

说者"有"意，听者也有心。帮着往车上装器材的指导员凑了过来："今年的指标油真没啦？为啥呀？为啥不早告诉我？"

耿连长围着大解放转着圈，不时地用脚踹踹轮胎。跑长途前用这种有点原始方法检查那已经被驾驶员检查过 N 遍的车辆，已经是他的习惯动作："照你说我是为了吓唬战士在编故事啦？为啥呀？笨寻思呢？60 年那会儿为啥挨饿咱就为啥没油？实话跟你说吧，咱连的指标油 9 月份就用没啦。再说告诉你也就是又多了个'分忧'的，而来不了个'解难'的！这'要饭'的事我比'丐帮帮主'还内行，就没敢劳您的大驾。不就是死皮赖脸跟运输股'借'了点明年的油，只要咱这大车不趴窝，磕头下跪都成！"

跟连长学着用脚试"胎压"的指导员显然心里有点超压："不踩咕人能憋死你咋地？你真有本事'要饭'我还不愁了呢，你这是'借饭'！这不是拆东墙补西墙吗？那明年咋办？"

转到车前面的耿连长把脚踩在保险杠上，对驾驶室里的司机比画着："再试试刹车，还有远近光……"

然后扭头一脸无所谓地安慰指导员："怕啥呀，发昏挡不了死，虱子多了不咬得慌……明年咱再'借'后年的。反正年复一年是没有穷尽的，反正车到山前必有路，反正面包会有的，一切都会有的。初级阶段吗，部队要忍耐。你就学着'忍耐'吧！"

愁眉不展的指导员此时没心思和耿连长贫嘴："你以为你这是革命的乐观主义呀？和你搭班子我天天都在'忍耐'。可这样的雪球滚起来，啥时候是个头……我在集中连队那咱……"

耿连长最大的特点是一心可以二用，可谓眼观六路，嘴说八方："又提你那'集中连队'！真是小姐身子丫鬟命，还是面对这'分散'的现实吧。在全总站的外线队里，咱连的日子还是过得最好的呢！哎……哎……房进！没说叫你去拼刺刀，赶快把枪刺折起来，扎着人看我怎么收拾你！见了枪就稀罕个没够……你小孩儿呀？！"

连队抢修排长房进小心翼翼将"半自动"的枪刺折了起来，然后像《海岛女民兵》剧照那样亮了个像，几名战士羡慕得直咽口水。

房进是干部，但他确实比孩子还喜欢枪。其实，喜欢刀枪并不应该是孩子的专利，哪个男人不崇尚"刀剑入梦"？只可惜这和平年代的通信兵和枪玩起了"距离产生美"，除了新兵训练时能过几发子弹的"枪瘾"，再往后就是等到复员就是等到转业就是等到地老天荒海枯石烂也只有在定期擦枪的时候才能借机拉几下枪栓。

枪呀，通信战士想说爱你也不是件很容易的事！

"都坐好啦,坐好啦。咱马上就开路!谁要是颠出尿来冻出尿来就赶快敲驾驶楼。笑,你小子笑啥?憋坏了可不是闹着玩的,哭你都找不着北!"

耿连长蹬着驾驶楼的脚踏板,扒着大箱帮往里车厢里巡视着。

指导员拽了拽他的腰带:"行啦,别婆婆妈妈的啦。你要是回来得晚,我就利用下午的会议时间安排一堂政治教育课啦,咱这半年政治教育可是'欠账'不少呀!"

耿连长一屁股坐进驾驶楼开着车门:"我发现你们当指导员的都会见缝插针,我把明天上午的时间让给你抓'生命线'不行吗?要不这抢修排的战士参加不上你还得补课。"

"不是给我,是还给'主阵地'!"

"政工干部的嘴大,犟不过咱不犟,惹不起咱不惹。你现在就坚守'主阵地'去还不行吗?我们可要'转移阵地'啦!"

"哎……哎……这一不留神又让你给绕进去啦!明天是'二五普法'日,时间本来就是我的,你倒像受了多大委屈吃了多大亏做了多大牺牲似地……"

指导员"嘭"地关上车门,又拽了拽把手证明确实关牢。然后放心地退了两步,朝连长挥了挥手表示放行。

文书王洪国气喘吁吁地跑了过来,他斗胆地:"报告……一排长和机务站联系上啦!"

连长打开车门探出半个身子:"……他们现在在哪儿?"

文书:"……已经到了故障点!现在正在抢修。"

耿连长一个高儿蹿了下来:"妈地!一排长还算是识实物……这电话要是再晚来一分钟,老子这一箱油就报销了!"

指导员偷偷地捅了下连长小声道:"战士面前注意点语言美!"

耿连长脚刚站稳就布置道:"文书!立即要各小组上线,十分钟后连部人员集合,到会议室开会!"

"是!——"文书应声向连部跑去……

"那一排长他们咋办?"指导员询问着。

耿连长的神态诡秘:"我心里有数……咱来个'革命生产两不误'!"

指导员疑惑不解地:"你这葫芦里到底卖的啥药呀?……又是那骨碌花花肠子在蠕动……"

耿连长是所问"不"所答,不理指导员的茬……

耿连长又对着正在下车的抢修排人员:"房排长……把你的兵全带回去准备开会,刚才全当是'军事演习'!器材就不用卸啦……哎哎……先把枪送枪库去!注意枪弹分离……这是我那把枪库钥匙……"

指导员提醒着:"按规定进枪库得三人以上……一个人去不合适吧?"

耿连长不屑一顾地:"啥规定?!那是王八长痔疮——烂规定(龟腚)!不提这事儿我还不来气……不是'枪杆子里面出政权'吗?可这有了政权就刀枪入库……还要加上'三铁一器',还要三个人三把钥匙三把锁……好像这枪杆子不太听党指挥啦!有点紧急情况拎烧火棍子出去都比拿枪快……咱这还叫军队吗?这就是'中国特色'吧?"

指导员心无底气但很及时地回敬到:"这话太过啦!典型的'奇谈怪论'……小心抓你个'现行'!"

耿连长随口回敬到:"又'上纲上线'……我说你这套'业务'挺熟呀?没赶上'文化大革命'白瞎你这块料啦!"

"真是狗咬吕洞宾,你这话可是既对事儿又对人呀!"

"算我说'秃鲁'嘴啦还不行吗?斤斤计较……小没个小样!"

感觉刚才的表达力度还差点,耿连长又补充到:"你……我说你还逮个屁嚼不烂啦!有点'政治家'的'胸怀'行吗?"

指导员宜将剩勇追穷寇:"按你的混账逻辑……'军事家'就可以名正言顺地当'小人'……"

这次的"其乐无穷"俩人是同时脱口而出的,而且"音高"和"拍节"惊人的"合一"……就连俩人的面部特写都惊人的"雷同"……这是"掐"出来的"共鸣"。

C 通信战士的"近水楼台"。
电线杆上听"电话会议"。
美丽"冻人"的实况!
耿连长被一个"熊"字吓坏啦!

连部会议室里,文书王洪国正在用磁石单机摇各外线小组上线……

该连有两个外线排,八个外线小组。

用磁石单机摇一长一短的信号就是叫一排的"一·一"小组上线;摇两长一短的信号就是叫二排的"二·一"小组上线。以此类推……

连长与指导员来到会议室时,文书正在摇二排的"二·四"小组。摇出两长四短的振铃后,文书对着送话器呼叫……"二·四、二·四……听到了请回答……听到了请回答……"

"二·四到……二·四到……"

受话器里传出的声音很大也很洪亮,就是有点串杂音!

连长与指导员进入会议室时文书并没按条令的规定立正报告,甚至是头不抬眼不眵地忙自己的……他的这种少年老成正是连长所赏识的。

本来吗，交代的工作还没完成，老玩那立正敬礼多耽误事儿！在耿连长手下干工作，形式主义的东西越少越好，甚至条令条例的内容也要被简化……因为他注重的是结果！

文书动作麻利地将勤务线接在会议机上，对着麦克风"喂……喂……"了几声，然后道："各小组注意……各小组注意……听我的声音怎么样……听我的声音怎么样？请回答……请回答……"

会议机里传来了外线各组依次的回答……

文书顺手用抹布擦了擦会议桌，然后将两把椅子向前挪了挪，然后又去给连长和指导员倒水……在耿连长给他"输入"的程序里，接受的工作正常完成后也不必报告，没有完成才应该报告

脾气比"紧急集合"还"急"的耿连长的命令是张嘴就来："文书——"

训练有素的文书声到人"到——"

耿连长不眨眼地吩咐道："你去告诉机务站：一排长他们抢通后……让他上勤务线……然后接到会议室来……"

"是！"文书应声跑步离去！

"勤务线"是通信战士的"近水楼台"。就是在他们所维护的线路中，有一条是供他们业务联系使用的"专线"。

连队的会议室也叫"多功能室"，图书室、阅览室、荣誉室、棋类活动室……还有听广播、看电视、学文化、搞教育、晚点名……反正集体和不集体的活动都得在这儿举行……否则只有到室外，谁让外线连队就这条件呢。

走廊里传来了大头鞋"集体"闷地的声音……这声音很雄性、很男人、很铿锵、很刺激听觉器官！如果"阵容"再强大一些，肯定赛过"威风锣鼓"！

十几名战士"入场"后在一排排长条凳前站好……这些凳子的"兵龄"肯定比这些战士的年龄大！凳子的"着装"完全可以证明此判断……

值班员是抢修排长房进，战士们全部立定后他开始下达口令："向——右——看齐……向——前看……稍息……立正——"

连长用手势"减免"了值班员接下来的"程序"和"内容"："先唱歌吧……等等一排长他们。"

戴红"胳膊箍"的房进指挥唱歌的动作像摆弄铁线那样"娴熟"……"军歌嘹亮"和"军事过硬"在该连是齐名的，在总站是出名的！这也是耿连长性格与风格的投影。

"银线架四方，

电波震长空……"

《通信兵之歌》虽然没有流行歌曲"流行",甚至在通信兵中都不"流行"。但却是该连的"值班歌"。逢会必唱。

"铁脚走万里,

一颗红心为革命……"

在各小组里收听电话会议的战士,全都拿着单机唱了起来。这种形式的大合唱,是通信兵"近水楼台"的"专利"……

"党的号令迅速传到连队,

战士决心及时送往北京……"

在线杆上捆匝线的战士小高冲杆下的马排长喊:"排长,连里的电话会议还没开始呢……现在连里正在唱歌……听得老清楚了。"

"我们是科学的千里眼顺风耳,

我们是……"

挂在杆上绿色磁石单机的受话器里传出的歌声在林海雪原中飘荡……

"磁石单机"就是一个体积相当于两个饭盒大小可背在身上移动的有线电话机。只要用专用的电话线将它连接在电话线路上,使用磁石单机的人就成了该线路上的一个"用户"。因此它也是巡线官兵必备的通信工具。

会议机的扬声器里传来了上线所特有的杂音……歌声在耿连长的示意下停止。

"报告连长……我是马继承……阻断故障已经排除……"

耿连长关心地:"一排长……你辛苦了呗?"

一排长声一音不太清晰:"……不……不辛苦!"

耿连长面带微笑:"既然是不辛苦……那我就叫你辛苦辛苦! 今天的电话会议你就站在线杆上听吧。"

虽然勤务线上传来的声音不好,但一排长的回答却很清晰很坚定很有力:"……是!"

指导员用肘部撞了两下连长,刚想开口。却被连长把手按了下去……

耿连长的表情由晴转阴:"你还——'是'? 既然你回答得挺脆生……那我要问问,你知道什么是'骄傲'? 什么是'谦虚'吗?"

外线杆上的一排长回答得有点口吃:"知……知……知道。"

肯定是肚里有气,耿连长步步紧逼:"你张排长平时并不口吃……大概是线杆上'美丽动(冻)人'吧?"

会议室里传来了一阵低沉的笑声……

耿连长一瞪眼:"笑什么笑……这个问题好笑吗? 谁要是想笑……就到连部训练场的线杆上笑去! 外线各组也给我听好了……会议期间我要随时抽查……三秒钟不

上线……照样罚你们上杆听去!"

因为从来没有见连长发这样大的火,会议室的气氛一下子紧张起来……

耿连长环顾着对面的战士们:"我告诉你们大家……'骄傲'就是'牛'……'谦虚'就是'装'!你马排长刚才回答抢修'不辛苦'……'不辛苦'实事求是吗?不实事求是不是'装'是啥?"

再一次想插话的指导员又被连长挡了回来,气得他虎着脸眼睛盯着天花板!

耿连长的话匣子一打开,喷涌而出的定是"洪水":"啥样的干部带啥样的兵,啥样的铁匠锻啥样的钉……你排长能'装',你的战士就更能'装'啦!你们一排的两名老兵前两天复员离队时私自跑到总站机关去装'大瓣蒜'……说什么当兵三年还没见过穿'半毛'的团领导……说什么没有太高的要求只想跟主任政委照张相拿回去让俺爹开开眼!你看这话说得多谦虚……你就没想到让你爹开眼界啦,给领导上眼药啦!昨天通信部的交班会点名批评了我们总站……说站领导深入基层不够……说营团两级有严重的'离兵'现象!现在的影响面已经扩大到了司令部的全直属队……真是'光腚拉磨——转圈丢人'呀!"

一吐为快的耿连长出了口气,喝了口水,扫了一眼都低下头的战士们……

"为什么这样的'重大新闻'会出在咱们连队?会出在你们一排?那是因为你们'骄傲'啦!因为咱们是全区最艰苦的连队……因为一排的小组全都分布在原始森林里……因为你们比别人吃得苦多遭得罪大做的贡献突出……所以你们就骄傲啦!所以你们就'牛'啦……所以你们就'敢作敢为'啦!这'牛'的问题在你一排长身上也有体现吧?就因为你是立过一等功的排长……你就可以不按时和机务站联系!害得抢修排紧急集合要去接应你……你看你多'牛'呀!"

会议机里传来一排长的声音:"报告连长……我们不是有意不与机务站联系,我们在线路上遇见熊啦……"

没想到一个"熊"字差点让耿连长蹲碎了水杯!

耿连长惊恐地:"在什么位置?!是不是那只'一撮毛'?!为什么不早报告?!"

一排长"远距离"地解释着:"在'1087'号线杆附近……距离远没看清是不是'一撮毛'!我想抢通完再报告……可抢通完你就让我听电话会议啦……"

耿连长的气又不打一处来:"这'你死我活'的重大问题应该在抢通前就向连队报告!你又'谦虚'又'装'了不是?再'装'你非让黑瞎子舔了!"

会议机里是短暂的静音,然后又传来了一排长的回答:"明白了连长!"

耿连长对着送话器指手画脚地命令到:"行啦……你们排的问题讲完了!你现在立即和战士返回小组,注意安全……保持联系!"

这回会议机里传来了一排长的快速反应:"是!——"

耿连长又扫视了一下全场:"现在我再讲讲二排的问题……"

D 我就是要挥泪斩马谡!

"水"再大也"淹"不死鱼!

"开水"能把鱼"煮"啦!

都是"鱼水关系"。

一向不温不火的指导员今天来脾气啦。电话会议没结束时他的气就"内蒙古(猛鼓)"啦!他重重地推开门……将腰带摔在床上……

跟在后面的连长不紧不慢地问:"这政工干部咋也不讲'修养'啦?"

指导员:"政工干部就该和风细雨?政工干部就该委曲求全?政工干部就该当小脚女人?政工干部就该温良恭俭让?"

耿连长倒是不紧不慢地:"哎哟……还一套套地'组合拳'哪?这'排山倒海'的'地毯式轰炸'?到底是谁给你这么大的屈受啦?"

指导员也不客气也不藏着掖着:"你也太独裁太霸道太一言堂了吧?"

耿连长知道指导员指的是啥:"耗子来例假——多大点事呀!你说咱俩这军政主官……遇事儿不就得一个唱黑脸一个唱白脸吗?这就叫'黑白'两道!"

指导员没好气地吼道:"你那叫'黑脸'吗?你那叫'黑心'!"

这话耿连长有点不爱听:"这话太狠点了吧?我'黑心'……你又在'坐轿的号丧——得便宜卖乖'啦!"

指导员一屁股坐到床上继续发着牢骚:"你以为我愿意当那老好人呀?……那叫'占着茅坑不拉屎'!"

耿连长故意用话激着:"现在'屎'也不晚呀!你'屙'吧?"

指导员的鼻子都气歪啦!拉出了决战的架势:"你让一排长站在杆上听电话会议……这不是变相体罚吗?!"

耿连长却洋洋得意:"还'变相'干吗?我就是要'体罚'……我这叫'杀一儆百''挥泪斩马谡'!"

见指导员不回应,耿连长也缓和了口吻:"一排出了这么大的事儿,不动点真格的他们能长记性吗?一方面,让马排长这当红的典型'冷静冷静',有利于他百尺竿头……另一方面,是想用这'苦肉计'来检验一下官兵关系。现在不是讲'感情带兵'吗?这兵要是对你有感情……就不会再把领导送到线杆上……"

气还未"烟消云散"的指导员终于开口:"我发现你比'墨索里尼'还'墨索里尼'!"

耿连长赖皮赖脸："折杀我也……折杀我也！咱当不起那名人！"

指导员又没好气地换了话题："那你说二排有啥事儿？你鼻子不是鼻子脸不是脸地一顿臭批！什么别见了大姑娘小媳妇就走不动道……什么当心天鹅想吃癞蛤蟆……什么寡妇门前是非多！当领导的说话要有根有据。"

始终端坐在椅子上的耿连长正色道："你以为我是空穴来风？男女关系这事儿……过去有教训,现在有苗头,不抓就有咱瞧的!"

指导员也咬死理："不是军民'鱼水情'吗？'水'再大还能把'鱼'淹死？"

耿连长想以事实为依据："'水'是'淹'不死'鱼'……但'开水'能把鱼'煮'了！集中连队好管理……四门落锁就高枕无忧！你说咱这天高皇帝远的……你知道哪个大姑娘睡在了咱小组的炕头上……你知道哪个战士钻进了隔壁小媳妇的被窝里……"

指导员当然不服："你太耸人听闻了吧？草木皆兵!"

以老自居的耿连长开导着："是你太文质彬彬啦……不见棺材不落泪!"

熄灯号响起,连长主动挂起了免战牌。

也脱鞋上炕的耿连长哀求到："你说咱俩这两眼一睁,'掐'到熄灯……够累的啦！我先告饶睡觉喽……晚上还得查岗呢……"

还在兴头上的指导员则不依不饶的："谁笑到最后谁笑得最美……你这就想退出历史舞台啦？"

耿连长不再反唇相讥,他将大头鞋和袜子摆在暖气上……然后掏出鞋垫塞进暖气片的夹缝里……一套"格式化"的习惯动作……

"哎……"指导员无奈地叹了口气。

"摊上你这个搭档……我是白天也受气……晚上也受'气'……生不逢时呀!"

已经用"紧急集合"的速度钻进被窝的耿连长调整着"卧姿"幸灾乐祸地："没有脚丫臭……那来线路通……咱维护线路的通信兵都得练一双铁脚板……既然是'铁脚板'能没点'铁锈'味吗?"

也关灯上床的指导员拉过被子："依此类推……竞走运动员的脚板应该是'钢锈'味啦!"

耿连长："……慢慢'熏陶'吧？早晚咱们会臭味相投……的……"

耿连长的鼾声绝不比他斗嘴的水平差!

深夜,野外的山区公路上,一条通信线路与之交叉而过。

远处传来马达的轰鸣……与连长的鼾声共鸣成特殊的小夜曲。

突然"嘭"的一声巨响,将露宿山林的飞禽惊起逃向了夜空……

耿连长也被急促的电话铃声惊得一骨碌爬了起来!

第三章

A 这"苏连"不是那"苏联"！
革命不分"前门""后门"！
"外线"呆三年,母猪赛"貂蝉"！
千里"情话"一"线"牵。

清晨,连部的操场上。

几只过冬的麻雀趁着没人叽叽喳喳地在地上觅食,这也是官兵们唯一的"邻居"。

催人奋进的起床号刚刚响起,指导员就扎着腰带站在了连队的操场上……文书边跑边整理着装……

文书跑步来到郝阅文的面前,准确地立定在离他五米远的地方:"指导员……还出操吗?"

郝阅文扫了一眼操场,略加思索:"人太少就不出啦……通知勤杂人员整理完内务打扫室内外卫生,不能有死角。"

"是——!"文书转身去落实指导员的指示。

指导员下意识地抬起一只手:"哎……哎,连长他们来电话了吗?"

文书又转回身来答道:"刚才来电话说往回返啦。"

望着文书迅速离去的背影,指导员边解腰带边向连队的猪圈房走去……

正在和饲养员唠嗑的指导员突然听到有人在喊他。

文书在离他十几米远的地方喊他,嘴里还喘着粗气:"指导员……您电话!"

指导员迎了几步:"……哪来的?"

文书站着没动:"……总站。"

指导员下意识地放大了自己的"音量":"……总站谁呀?"

口齿伶俐的文书,突然有点结巴:"是个女的……但不是您家属……"

指导员心里合计着自言自语,然后提高了嗓门吩咐文书:"女的……还不是我家属?告诉她……我马上来。"

"是——!"

文书转身又是一路小跑。原来他刚才和指导员"保持距离",就是为了让来电话的人少等几秒的时间。

指导员的爱人是总站女兵连连长,她叫苏晓红,人们习惯简称她"苏连"。用她自己的话讲,要不是中苏关系缓和了,我才不愿意背这"苏修帝国主义"的"骂名"呢!和"苏修帝国主义"沾亲带故同名同姓同流合污的,谁再把我那"连长"的"长"字删啦我跟谁急!

狠话是放出去啦,但熟悉她性格的战友该咋叫还咋叫。

苏连是一个既漂亮又有气质的军营美女,她那圆圆的杏核眼和不用做"拉皮"就高挑的眼梢,很容易让人联想起毛主席诗词《为女民兵题照》中"飒爽英姿五尺枪"的"原照"!

典型的"明星"脸,一米六八的"模特"身高,"比例"恰到好处的"魔鬼身材"……让苏连即使穿最普通的"军装"都显得不那么"普通"。最不"普通"的是她有两条让穿军装的女人都羡慕嫉妒恨、让穿军装的男人们容易产生"遐想"的美腿!她那圆润、笔直、修长、性感的美腿,大有绿色军装"锁不住"的感觉。

要说她到底有多"出众"?几年来,她的单身照也罢,与战友的合影也罢,都牢牢占领着不同人手中不同影集的"首页"!甚至不同的家庭还把她或者"她们"的放大照当作"挂历"!

容貌并不能说明一个人的履历。苏晓红的"简历"是:1977 年入伍,也就是"小76"的那批在"只此一次下不为例"的"最高批示"下穿上军装的"后门兵",而且是一名"奶牙"还没"退"完的"小兵"!

虽然是"后门"入伍,但"天生"是"当兵材料"的苏晓红完全靠个人的努力,成长进步得比很多"前门"入伍的"大兵"前进得还快、步幅还大!

她在军区司令部业余演出队挑过大梁;演出队解散后她下连当过"话务员""炊事员""饲养员"……抢勺炒过菜、挥刀杀过猪!

要说苏连当年杀猪的"传奇",那真是"刀剑如梦"!

有一年过节女兵连准备杀一口猪改善生活,于是请来了其他连队的男兵们帮忙。机不可失,男兵们自然不会放过在"娘子军"面前装爷们装阳刚装大个秀"肌肉"的机会,为了在女兵心里"打烙印"于是连讽刺带打击带挖苦地故意用语言挑衅:"'娘子军'都往后闪,当心溅身上血!""女兵们都闭眼呀!当心晚上做噩梦尿床!""战争和杀猪都得让女人走开!"……

没想到女兵群里突然横杀出个"穆桂英"!杏眼圆睁撸胳膊挽袖子的"黄毛丫头"苏晓红上前一把夺过男兵手中的杀猪刀:"不就是杀个猪吗?有啥好显摆的!多大点事?!大刀向——"

手起刀落!被惊呆的男兵女兵是被猪的惨叫声惊醒的!猪虽然还在垂死地嚎叫,

但已被苏晓红一刀开膛破肚,肠子流了一地。从此"苏一刀"便成了苏晓红的"笔名"!

出了名的"假小子","谱写"过许多让"真小子"们汗颜的"传奇";也"创造"了一些至今在军区司令部"直属"部队(通信兵隶属'直属队')内广为流传的"神话"!

于是她一年入党、二年提干、五年当连长……

看来革命非但不分"先后"也不分"前门""后门",还不分"大""小"。部队也真是一座"大熔炉"、一所"大学校"!

此时,已经是"老资格"的苏连正半个屁股蛋倚在连部的"一头沉"书桌上向她家的"党代表"训话……

翻阅着《值班日记》的她对着话筒半真半假地娇嗔道:"接个电话还磨磨蹭蹭地……对我这连长不感冒咋地?"

听筒里传来了妻子调侃时所特有的腔调,接电话的郝阅文自是不敢怠慢:"我说你们这些当连长的咋都会扣帽子、打棍子呀?借我个胆儿我也不敢对您不'感冒'呀!北边的'苏联'是'苏修帝国主义'是'纸老虎'……睡在我身边'苏连长'可是'真老虎',而且是'母老虎'!"

苏连有点得意有点陶醉有点自我感觉良好:"思想认识还蛮高的……不然的话非叫你'葬身虎口'!哎,你刚才出操去啦?"

显然,老婆的清晨来电指导员是一个"意外惊喜":"别人都是晚上'查岗',你是早上也'查岗'!昨半夜线路阻断,耿连带抢修排出现场啦,连部就剩下些'勤杂人员',比'胡传魁'的队伍还少,就没出操……"

"那你咋才来接电话?!"苏连的眼角有继续向上运动趋势。

"我在猪圈房那转转……快过年啦,看看有几个够刀的!都怪文书'耳功'有问题,没听出来是我家的'法人'……要不我早百米的速度来啦!"

"猪圈里养的都是母猪吧?不都说'外线呆三年,母猪赛貂蝉'吗?你可是在外线连队才待了不到一年呀!就——哈哈……"

熟悉她的人都说苏连的笑声有点像银铃"清脆"。可今天她的笑声却像铃铛果有点"酸脆"。

虽然远隔百里,郝阅文的脸也被骚得有点"酸",他用指尖有节奏地敲打着桌面,一手捂住送话器一脸正色道:"哎哎……注意点影响!'线'上还有总机呢!"

也许是笑累啦,也许是屁股倚得有点酸了,苏连双腿一弹,索性坐在了"一头沉"上,"一头沉"变成了"两头沉":"刚才我是叫总机要的你们连……文书要是把小女兵听成你家属,那就不是他的'耳功'有问题,而是你的'作风'出问题啦!"

也想和妻子调侃调侃的指导员:"这么说我还歪打正着地通过考验啦?再选文书还真得选个耳朵背的……"

"你还真'贼心不死'呀？当心我'休'了你！"苏连一边"发狠"，一边用手整理着她那长度和"真小子"不相上下的短发。

电话这边的指导员故作委屈地："我就是因为没哪个'贼胆'，所以'贼心'早'死'啦'！要杀要剐你来个痛快的……省得我'骑虎难下'哟。"

为了安抚已经数月未见的丈夫，苏连调侃着："这三日不见当刮目相看……你贫嘴的功夫见长呀……在哪儿'修炼'的？"

指导员咬文嚼字地纠正："不是'修炼'是'锻炼'！守着耿大业这么有才的'教练'……能不出'成绩'吗？再说，咱俩哪是'三日'不见……都快三百日没见啦！"

已婚女人特别是长期分居的已婚女人，对丈夫的思念是一张不可触摸的网。此话触动了"网"上最柔软最酸楚最敏感最脆弱的地方；苏连那颗"潮湿的心"迅速将"潮湿""传染"到双眼："你以为我不想见呀？你以为我不想'朝朝暮暮'呀？竟说那没用的干啥？哎……生气啦？"

也同样在唱"潮湿的心"的指导员赶紧安抚："我哪敢生气，借我个胆吧！"

苏连用纤细的手揩了下眼角，迅速转移了话题："你们外线连队真好……说不出操就不出操……我们守着机关太严啦。"

这边的指导员对着话筒苦笑道："你以为我们外线连队天高皇帝远就可以睡懒觉哇……守着机关严？哼……守着耿大业更严！今天是特殊情况他没在家！是'山中无老虎'，出不出操我做主……平时我们是春秋十公里冬夏五公里……雷打不动。哎……你今天咋没出操啊？"

此时的苏连回归为"小女人"："我'大姨妈'来啦……前天疼得直打滚，连里的交班会都没参加……我要不是当连长的真想大哭一场躺两天……你一点都不关心我！"

"你'大姨妈'从哪来的呀？她给你带啥吃的啦？把肚子都吃坏喽？哎——咱俩认识这么长时间啦。我咋不知道你还有个'大姨妈'呀？"满腹狐疑的指导员决非故意的调侃故意的逗哏故意的装疯卖傻。

虽然是只闻其声，但苏连也能想象到有些"书呆子"德行的丈夫那一脸的迷茫。这要是零距离或是面对面，她准保要连掐带拧带咬地用"武力"去"注释"："书呆子！都结婚这么多年啦，你咋还跟唐僧似地？你没听说我有个'大姨妈'？是女人就都有'大姨妈'这个'亲戚'！她就从你最想'去'的那个'地方'来！明白了吗？你真愁人！"

如梦初醒的指导员也是柔情似水的"大丈夫"："这隔着十万八千里的……我是鞭长莫及呀……你就别老拿自己当'娘子军'中的'铁娘子'啦！抓紧去医院看看，你这可是老毛病喽，别有啥……过几天我找机会去趟总站……"

似乎还在痛苦中的苏连数落道："平时你多来点儿电话就行啦……谈恋爱时的主

动劲儿都就饭吃啦?"

满腹委屈的指导员嘟哝着:"你不知道我们外线连队要一次机关的电话多费劲……要经过好几个总机……再说我这当主官的也不能带头泡电话呀!"

丈夫的一句话让来苏连来了劲,她要"宜将剩勇追穷寇":"你以前电话还少'泡'啦? 你就是照相馆的药水———还'泡人''哪! 第二次见面就摸人家的手! 你还没那个'贼胆'! 我看你的'胆'比倭瓜还大!"

指导员避开锋芒搪塞着:"就这么点'英雄事迹'的'小辫子'让你抓住啦! 以前我在机务站,'泡电话'那不是近水楼台吗? 算啦算啦……咱好汉不提当年勇!"

苏连突然想起了什么:"你刚才说连长不在家……他去哪儿啦?"

指导员调整着接听电话的姿势:"看你这记性,我老婆真的'老'喽! 不是和你说啦抢修去了吗? 昨晚二排方向又出故障啦,哎……一天两次大通路阻断……要血命喽! 一天全年故障指标就超……真是天不怕地不怕就怕半夜来电话!"

苏连拿出"一把手"的派头正色道:"往后这抢修的累活你也主动点! 别当甩手掌柜的……让人看出来你有临时观念就不好啦。"

指导员真的有些委屈:"这事儿还用你教我? 可老耿他说我是'内线内行,外线外行'看家护院'在行'……我是'屙屎攥拳头,有劲使不上'呀!"

苏连眉头紧锁一脸的"忧郁美":"你俩是不是又闹矛盾啦?"

指导员也难得一吐为快:"昨天又掰扯了一天……都是工作上的事……不影响团结!"

放下心来的苏连展现出女性的"柔美":"老耿可是咱总站出了名的连长'专业户'……虽说是抗上没提起来……但他有水平人不坏……在基层威信特高……你啥事别太认真了……"

此话倒让指导员的心理有点"失衡":"来不来你这胳膊肘先往外拐……我是支部书记……原则的问题我能不争吗? 老耿干工作的劲头有,点子也多……就是总是不按套路出牌!"

"美人"的"柔美"是"有限"的。苏连又还原了"铁娘子"的"本来面目":"他'驴'你'酸'! 针尖对麦芒……都不是省油的灯!"

指导员也赶快见风使舵:"我这'家里家外'都得受'连长'的气……命苦啊! 我倒是想跟他尿到一个壶里……可他偏要往外呲!"

这回改为苏连"警惕性"高:"行啦行啦……电话里别啥都说! 小心机务站给'挂小喇叭'! 传出去影响团结。你,你尽快过来一趟吧……有要紧事儿和你商量,电话里不好说……"

满脸问号的指导员心不在焉地回答:"遵——命——!"

B

有"要紧的事"要说？

你是饱汉不知饿汉饥！

将在外，"军费"有点"就收"！

"鱼"心不忍呀！

还拿着话筒的指导员自言自语地重复着妻子的话："要紧事儿——不好说？"

使劲儿想也想不明白的他将话筒重重地按在压叉上……

"嘀呤……"

电话铃又使劲地响起……吓了正在出神的指导员一跳！

指导员没好气地抓起电话："喂——哪里——讲话呀？"

听筒里传来了范营长的声音："这一大早晨就吃枪药啦？你可别跟拉磨的睡觉脾气就见长！一山不容二虎，一个槽子拴不住两头犟驴呀！"

吓了一激灵的指导员赶紧解释："对不起营长，刚才我没听出来是你。"

营长没好气地："没听出来就有理啦？听没听出来更得客气点，勤务用语不用我教你吧？你可别给我学耿大业狗藏狗藏的那一出！"

指导员下意识地起身立正，像一个输入了条令程序的"机器人"："是……是！下不为例。营长您这么早来电话有啥指示吗？"

范营长不训人时嗓子的"音量开关"控制得很低，因此连部里只能边见指导员"嗯……嗯……是……是……"的应答声。

"报告——"刚整理完电话记录的指导员思路又一次被打断。指导员并未抬头，因为现在的连部里他是最高长官："进来——"

文书进门后敬个礼后立定："指导员，开饭啦。"

虽然连长在时这样的"礼节"常被省略，但文书的敬礼动作还是很标准。因为抓队列科目训练，耿连长也是坚持"高标准、严要求"的原则……

指导员和气地向文书交代："我等连长他们回来一起吃，通知连部和小组今天上午的普法教育改为自学。等人员齐了再统一上大课……还有……告诉炊事班……把给抢修排留的饭热在锅里。"

"是——"文书应声而去，像一股充满朝气的疾风。

"要紧事——不好说——"指导员又自言自语地重复起妻子的话……

耿连长带抢修排返回连队时已接近中午，听到院里的车声人声和紧接着从走廊里传来的大头鞋擂地声，指导员抬腕看了看表，没等文书报告就迎了出来……

此时的耿连长正抄着手跺着脚龇着牙指挥连部的人员卸车。脸上身上的灰尘告诉指导员,他又没按规定在驾驶室里带车……

让指导员大惑不解的是,从大箱里卸下的不只是抢修器材,还有一筐筐看上去很新鲜的冻鱼!

耿连长边搓手跺脚边吩咐:"慢点……慢点!这鱼冻得邦邦的掉地下就摔两半啦!炊事班长!把鱼锁仓库里一条也不能吃,一条也不能少!"

迎过来的指导员插话:"老耿……你这是抢修去啦?还是打土豪去啦?在哪儿发的国难财呀?"

耿连长一脸的神秘:"进屋说……进屋说!冻得前心贴后背啦!饿得肠子缩进胃啦!"

来到走廊的指导员喊道:"炊事班长,赶快开饭!"

一脚门里一脚门外的耿连长补充道:"抢修排的不用卸车啦……都到饭堂去。今天是先吃饭,再洗漱,再睡觉。咱来个'倒装句'。炊事班长,烧两锅开水!"

"是——"

走廊里传来了炊事班长的应答声。

小菜早已在餐桌上摆好了,两个"连干部"刚刚落座,炊事员就端上来一盆热气腾腾的馒头。耿连长伸手抓起两个对炊事员道:"先端给抢修排那桌。"

话还没说完,已有半个馒头堵住了他的嘴!

指导员揶揄道:"你饿死鬼托生的?看你的手跟老虎爪子似地!"

耿连长满不在乎地:"不干不净吃了没病……你是饱汉不知饿汉饥呀!"

指导员有意加重了语气:"这屋谁是'饱汉'?我也是'饿汉'!我也没吃哪!"

耿连长客气道:"那咱哥们见面,一家一半!"

耿连长说边将没咬的那个馒头递了过来,馒头上印着黑色的指印。

指导员用手挡了回去:"看这'印章'就知道你又没按规定在驾驶室里带车吧?都'签字画押'啦,你就留着自己慢用吧。"

此时炊事员又给他俩端上一盘馒头,指导员用筷子夹起一个馒头。

耿连长自嘲着:"我忘了你是秀才……秀才就得穷讲究。咱不'慢用'咱'快用,!"

耿连长将剩下的半个馒头都塞进了嘴里,顿时噎得流出了眼泪。

指导员抢白着:"你喝口粥,没人和你抢!"

在粥的"帮助"下,耿连长好不容易将馒头咽了下去:

"你刚才批评我什么?又没按规定带车?"

指导员认真地:"我说错了任罚!"

耿连长不服:"你哪能有错,是'规定'错啦!干部就一定比战士有水平?驾驶员的技术不过硬,军委主席带车该进沟也进沟……炊事员,给我来两棵大葱!"

站在一旁的炊事员插嘴:"连长大葱有。但没大酱啦。"

耿连长："有酱油就行,加点盐,我口重!"

领命后炊事员即刻转身："是——!"

指导员还想掰哧："你别躺着! 盐吃多了对血管和气管都不好。规定干部带车不是'水平'问题,是'责任'问题!"

耿连长自然振振有词："咱没老婆,躺不出'妻管严'来! 车辆肇事干部有责任。冻坏了战士干部就没责任?"

指导员知道"秀才遇上兵"的结果,赶紧转移话题："咱今天先不讨论'责任'的问题。你不说你没老婆吗? 明儿我去问问总站卫生队的白医生……姓耿名大业的家伙归不归她管?"

被抓住"软肋"的耿连长立刻缴械："哪壶不开提哪壶! 算你狠!"

六个馒头三碗稀粥两棵大葱下肚的耿连长起身向外走。

刚吃了一半的指导员："你这老'速战速决'的,胃受得了吗?"

耿连长打着嗝："细嚼慢咽的胃才受不了呢。我得赶快上茅房去倒倒地方!"

指导员一口稀饭喷了出来："吃完就屙! 真是直肠子!"

邻桌的抢修排战士也憋不住乐出了声!

耿连长"倒完地方"洗完手回到连部,指导员将电话记录递给了他："早饭前营长亲自通知的。"

刚看了一行的耿连长就乐得拍起了大腿："太好啦! 总站给咱连一台'大屁股'抢修车……这'带车'的'问题'从'根'上解决啦!"

指导员冷着脸提醒着："别高兴得太早啦! 接着往下看……"

耿连长边看边和指导员说："这有啥呀! 文书——"

"到!"文书声到人到。

耿连长不打锛地口述着指示："告诉机务站的张技师,把昨天两次阻断故障的情况写个报告,白天一排的故障是死树砸断的,是自然故障;晚上二排的故障是人为阻断! 是地方的运输车刮断的,阻断的时间和抢通的时间他那儿都有详细的记录,让他一式两份……一份报营里一份报总站业务室。"

"机务站"也是通信兵的专用名词。

人说话的声音是低频信号,由于低频信号在电话线上衰减得快,传输的距离就近。

而且同样的低频信号相互干扰,因此同一条通信线路上只能供两个人相互通话。

为了延长通话的距离同时提高电话线的利用率,于是"载波机"就应运而生。

"载波机"的使命就是将相同频率的音频(低频)信号,变频为不同频率的载波(高频)信号。

这样既延长了"信号"的传输距离,也利用不同波段的载波信号不相干扰的特性,提高了通信线路的利用率。

需要"举例说明"的就是:如果你开通的是十二路载波机,那么在同一条电话线上就可供十二组人员同时通话。

技术问题解释清楚了,"专用名词"也好理解:放置"载波机"的地方叫"机房";有人员值守的"机房",就叫"机务站"。

通常情况下,每个外线连队都有一到两个"机务站"。其任务主要是将路过该连维护路段的载波信号放大后继续传播。这样不断地"接力",能听百里、千里、万里的"顺风耳"就形成了!

连队的"机务站"还有一个重要的使命:就是当维护区内线路出现故障时,它可以通过脉冲判断故障的性质是阻断还是混线;同时准确地测量出故障点的距离。以便通知离"故障点"最近的线路维护小组出勤去排除故障……

由此看来"内线""外线"既"有别";又"密不可分"。也是相互依存关系!

"是!"文书又应声跑步而去。

耿连长非常满意地:"给咱这文书交代工作一遍就行,不带差样的。"

一边的指导员却有点耐不住了,他手指敲着桌子:"你先别研究文书,还是先研究研究下面的内容吧?"

耿连长迅速浏览着电话记录本下面的内容。他的眼睛突然瞪得滴溜圆:"咱们走了十二个老兵,才给补八个新兵?!这不是'凉水洗卵子——疼疼回去'了吗?人员支呼不开这工作还咋干?我得找营长说说理!"

指导员赶紧"灭火":"免了吧,百万大裁军没'裁'到通信兵头上,咱就没事偷着乐吧!这编制员额裁点也是情理之中。要是没难处,营长能亲自通知吗?"

耿连长卡巴着眼睛想了想:"也是,'有困难找组织——组织比我还困难'!这八个新兵都是哪儿入伍的?"

指导员如实地介绍着:"三个农村的,五个城市的。"

耿连长的眼睛瞪得比刚才又大了一圈:"给咱们分那么多城市兵干吗?竟给基层出难题!"

对这问题指导员倒是很不以为然:"城市兵咋成'难题'啦?你可不能有'歧视'的思想!"

耿连长对此的"解释"是同牢骚话一起发出的 :"城市兵是'巴啦狗钻灶坑——一身的娇(焦)毛'!就是不如农村兵能吃苦。不适合干外线。行啦我得先补觉,你这'城市官'有啥不服的等我睡醒了再练!"

耿连长边说边一头栽到床上,把文书给他叠得有棱有角的内务压得稀扁。

指导员却是不依不饶死死纠缠着:"你还真不能睡,你得先把这鱼的问题给我交代清楚!"

一听"鱼"字耿连长一个鱼跃坐了起来。

像打了鸡血的耿连长眉飞色舞地:"你不提我还差点儿把这事儿给忘了。走……我领你看看鱼!文书,叫炊事班长把副食库打开。"

指导员被连长生拉硬拽地来到副食品仓库,连长拿起一条一尺多长的冻鱼:"这么大的纯江鱼可不多见,今天让我给碰上了!"

指导员示意炊事班长退去后:"这'鱼'比'兴奋剂'还好使呀!摸一下就见效啦?赶快'坦白交代'吧?"

耿连长并非"装"糊涂:"'交代'啥呀?"

指导员单刀直入:"这么多鱼哪儿来的?"

耿连长嬉皮笑脸:"买的呗……还能是偷的?"

指导员穷追不舍:"买鱼的钱是哪儿来的?"

耿连长龇了龇牙:"罚的呗……还能是抢的?哎……你咋猜出这钱的'来路不正'呀?你挺神的。"

指导员绷起了脸:"那还用猜,因为咱连现在的账上根本就没钱!"

耿连长树起了拇指:"你快成仙儿啦!咱回连部说去吧,这仓库比外头还冷!阴冷阴冷的!"

见连长先走了,指导员顺手锁上了库门。

耿连长回到连部又一头栽在了床上。

指导员拽过椅子坐下,拉出了打持久战的架势:"你别耍赖啊?今天这事儿要整不明白你就甭想睡觉!"

耿连长无奈,只好又坐起身来:"有啥'整不明白'?咱的线路让超高的车给刮断了!超高车崴进了沟里。我们抢通了线路又把肇事车辆拽到了路上……然后进行了罚款……就这么简单!'交代'完了。"

改革开放,最早被放开松绑的是运输市场。

"多拉快跑"!是"运输专业户"致富的口号。也是"致命"的"毒药"!

"超载、超高、超速。"虽然当时还没有这"三超"的叫法;但却有了"三超"的做法。"摸着石头过河"要付出的代价就是面对各种各样的"新生事物",管控和制度的滞后。各级、各部门都拿因"三超"而激增的交通肇事没有好的治理办法。

按说,通信兵就像"铁路警察"管不着交通肇事"那一段"。但有一类"交通肇事"通信兵是一定要管的:即通信线路在跨越公路的交叉点上,虽然线路距路面的高度有"硬性规定",但因载货超高的车辆刮断电话线、刮倒电线杆的肇事还是屡有发生。

在穷尽了所有的预防措施也不能"杜绝"的情况下,对肇事车辆进行"罚款",变成了治标不治本唯一而又无奈的手段。

指导员核计了一会,然后一本正经地:"这线路罚款是要如数上缴的……你想当反面教员呀!"

虽然指导员不是照本宣科,但这罚款的"去向"也是有"硬性规定"的。

人为阻断有多种情况:如伐树砸断线路、施工挖断地缆……但不管哪一种原因造成的故障,"罚款"都是"必须"的;但不论罚款的数额大小,如数上交也是"必须"的。一般情况下,营、连是无权截留使用的。

在那个全民经商的大潮中,军队也站上了奔涌的潮头。团以上部队大都成立了"生产经营办公室",其"经营"的收入,用来弥补军费开支的严重不足。

这种自给"不足"的养兵方式,不但是绝对的中国特色;还是绝对的光荣传统!"工作队、战斗队、生产队","自己动手,丰衣足食"吗!

但这翻版的"南泥湾"绝非往日的"南泥湾"。而是一条"难泥弯"!

因此它注定不能成为"红色经典"而永久"流传"。

"线路罚款",作为一项生产经营的收入,支配和使用权自然在通信总站。

连长对指导员的警示并不在意:"当'反面教员'!咱可没那'雄心壮志',我是为上级领导分忧解难呀!你想想,这点小钱儿要是交上去,那不是给领导出难题吗?领导咋花呀?这一点点的'军费',咱就替领导收着吧。"

指导员被噎得脸红脖子粗:"你————"

连长依然是一脸的无所谓:"跟你开个玩笑,别当真、别当真!人为故障是要按阻断的时间和路数计算罚款的……真要丁是丁卯是卯的罚……那司机把车卖了都不够!咱是解放军哪能黑老百姓?所以我只是象征性地罚点……让他长长'记性'!就算是拽车他付我的油钱……你说这点小钱咱要是交上去,浑身是嘴咱也说不清楚呀?"

用一本"不正经"方式说一本"正经"话题,是耿连长的强项。这样原本严肃认真的问题,就被化解得轻描淡写"平易近人"了。

被耿连长化解的"罚款"的"硬指标"是由总参谋部和邮电部联合制定并下发的。其中对肇事者罚款数额的计算方式是:阻断的路数乘以阻断的时间再乘以金额的基数……

最通俗易懂的解释就是:如果刮断的一对电话线上开通的是十二路"载波机",那罚款就按每分钟阻断十二条电话线计算!

由此算起来,别说是运输"专业户",就是"运输公司"恐怕也要"关门大吉"喽!

因此,耿连长的做法,虽然是"违规",但不"违心"!

道理是讲明白了,事情也交代明白了,但指导员的担心也来了:"那上级要是追查起来咋办呀?"

耿连长轻松地拍了拍指导员的肩膀:"看把你吓的? 咱连肇事车辆的影都没'追上',他追查谁去? 你真是大姑娘要饭——死心眼呀!"

死心眼的指导员又提出疑问:"你的'花花肠子'都咋长出来的呢,那你也不该自作主张把钱给花了吧?"

自知理亏的耿连长若有所悟地解释着:"我明白啦……这是你心里犯堵的原因吧? 花钱没跟你商量是我的不对! 但这点'军费'咱一不能入账、二不能设小金库……放在兜里烧得慌! 回来路过山河镇的大集……见到这鱼我就走不动道啦! 上级抓的'菜篮子'工程不是'斤半加四两'吗? 这每人每天'一斤半蔬菜加一两油、一两肉、一两蛋、一两鱼'可是规定死的硬指标。你说咱落实得咋样啊? 咱小组的战士怕是有半年多没吃到鱼了吧? 所以我'鱼'心不忍呀!"

心里犯堵指导员口里自然也没好气地抢白:"小组的战士要是吃不上肉你还'猪'心不忍呢!"

此时耿连长的态度极好极有耐心,能让自己的战士"多吃多占",那心情就是个"日落西山红霞飞":"关键是有钱没地儿买去,我怕过了这村就没这个店啦! 被逼无奈就先斩后奏还顺便给各组办了点年货。再说我回来'请示'你你也肯定同意。脱了裤子放屁多费二遍事儿我怕……我怕的是这大车多跑个来回多费两遍油! 伙食搞好了抵半个指导员! 我替你做工作你不领情不道谢好心当成驴肝肺!"

耿连长话音越来越小……逐渐被呼噜所取代! 边说边睡是他的"特异功能"……

指导员无奈地摇了摇头……打开自己的军大衣给他盖上……

C
天塌啦? 还是人死啦? 你慌什么慌?
"手足情"。手断啦,足能不跺吗?
不想装好人! 就想让战士有双好手!
裤裆里的鸡巴,大小也是个"头"!

林场是林业工人向森林"进军"的大本营。采伐工人"进军"到哪里,林场也就跟进到他们的"身后"。

某林场就是这样"跟进"到了原始森林的腹地;在"无人区"中制造了一小片"有人区"。

某林场与某通信连的关系是:同为该片原始森林的"入侵者"! 二"者"最近的距离点只有十几公里的山路。

因此,离林场较近的线路维护小组,战士们经常向赶集那样到林场采购生活用品。绿色森林中的绿色林场中出现几名穿绿色军装的战士也就不足为奇了!

但是今天下午,出现在林场医院的两名战士却非同往常。

某林场的医院是几排刷着白石灰水的"洋铁盖"平房。墙体上用红砖砌出的浮雕效果的红"十"字格外地显眼醒目。

这可是全林场最"奢侈"的建筑群啦!

因为在这远离城镇的原始森林里,它是"高危"职业的伐木工人生命的"救助站"。而且是唯一的"救助站"!

平房内的结构很简单;阳面是一间间的科室,阴面是贯通式的走廊。

走廊里,一名军装上染满血迹的战士从急救室踉跄地跑向值班室……几名穿白大褂的医护人员则向急救室跑去! 水泥地面上奏出了杂乱的"打击乐"……

神色慌张的战士抓起值班室的磁石电话疯了似地摇了几圈……歇斯底里冲着送话器:"请给我要军线——请给我要军线——我要军线——"

"磁石单机"就是靠摇柄的旋转发射电磁信号与"总机"取得联系的"最原始"的电话单机。

地方林场的电话能连接上部队的"军线",这完全得益于"军民共建"! 受惠于"相互依存"!

连部里的"鼾声交响曲"被打断!

被电话铃惊醒的耿连长将指导员的军大衣下意识地掀到了地上:"天塌啦还是人死啦——你慌什么慌——慢点讲——"

听到"动静"回屋的指导员拣起地上的大衣惊恐地盯着连长那同样惊恐的脸。

耿连长惊诧地紧握着电话:"——什么? 你们班长的手被锯掉啦?! 怎么锯的——左手还是右手——你能不能说清楚点?!"

"闲人免进"的林场医院值班室里,"火药味"依然十足。

呼哧带喘的战士眼泪和鼻涕流在了"送话器"上,他胡乱地用手抹了一把:"昨……昨天晚上——一只——一只黑瞎子……闯……闯到小组来……来啦! 它……它……它把小组的板障子全都推倒……倒啦! 还把鸡和猪都……都给咬死啦! 还……还咬折了一条羊腿……"

电话线里传来的令人惊的信息,让连部里,一下子也充满了紧张的气氛!

连长急切地问:"伤人没有——那黑瞎子是不是头上有撮白毛?"

此时林场医院值班室里的小战士,已不顾忌身边还有医院的值班人员;也无暇顾及解放军战士的"高大形象"。

他的声音更加颤抖:"我们没敢出……出屋……没看清黑瞎子啥样,幸亏小组的狗把黑瞎子引走啦……"

因为听见"黑瞎子"没有伤着人,连部里的气氛略有缓和。

连长坐在床沿上边穿鞋边问:"为什么不报告? 你们跑到林场去捉啥妖?"

连长的话提醒了小战士:"报告连……连长! 昨晚电话断啦……要不通连部……怕熊瞎子今晚上再来捣乱……班长起早领我到林场来要了几根原木……想破点木方加固小组的板障子……但原木冻得太硬……从电锯上滑了下来……班长的右手一下子被锯掉了四个手指和半个手掌……呜……"

吓蒙瞪的战士终于哭出了声……

此时的耿连长已经完全摆脱了"睡眠状态",他在电话线"允许"的活动范围内快速地踱着步:"发昏挡不了死……哭有啥用? 你们现在在哪儿呢……锯掉的手指呢?!"

听筒里传来战士带着抽泣的回答:"我们现在林场医院……班长锯掉的手指我交给医生啦!"

耿连长"拉磨"的速度在加快,手也在空中比画着:"越哭越耽误事儿……快去把医生找来……"

战士哽咽着:"——是——"

放下电话的战士在走廊里边跑边喊:"医生——医生——快接电话——"

急诊室里传来了一个女医生的应答:"谁的电话?"

战士一时不知道如何解释:"你的电话——"

正在"急救"的女医生隔着"急救室"的门:"我问你谁来的电话?"

已经没有解放军"光辉形象"的战士顾不上擦会聚在面部的鼻涕和眼泪:"我们连长来的——"

女医生快步向值班室走去……突然她止住脚步回头向急救室里喊道:"快把断指也做消毒处置……然后送保温箱冷藏……"回过头来的医生向值班室一溜小跑……

慌慌张张的战士"呼"地闯进急救室……里边的几名医护人员正在紧张地为班长王凤广处置伤口……地上医疗垃圾桶里带血的脱脂棉和纱布已溢了出来……

坐在椅子上的王奉广没受伤的手拳头紧攥,牙根紧咬眉头紧锁双目紧闭……汗水顺着鬓角紧着往下流……

战士一把握住班长紧攥的左手……"班长——疼吗? 你——你千万挺住——千万挺住!"

意识还很清楚的班长眉头紧锁有气无力责怪着:"——你告诉——连长——干吗——这点小伤——"

战士并不理会班长的责怪,因为他现在心里想的事只有一件:"班长——你的手肯定能接上——连长肯定有办法！"

班长王奉广的身体随着被战士摇动的左臂抖动了两下……

刚刚做完紧急处置的护士长用眼剜了剜战士，然后毫不留情面地呵斥："你出去！别影响我们抢救——"

耿连长脖子上的青筋都快爆了！瞪得溜圆的小眼睛倾泻着仇恨的目光。他一拳砸在桌子上……咬牙切齿地……："又是黑瞎子叫门——熊到家啦！'一撮毛'老子早晚干掉它！"

指导员也有些诧异："黑瞎子不是冬眠吗？"

此时的耿连长无心解释不耐烦地："有极个别的不冬眠。但冬天的食难找……所以这时的黑瞎子攻击性强……特凶残！"

听了个一知半解的指导员："哦……"

"喂……喂……"听筒里传来了女医生的声音……

耿连长尽力平和着自己情绪，尽量放慢了说话的语速："你好医生……我是受伤战士的连长……"

待耿连长的话告一段落后，女医生插话回答着："……送来得挺及时……我们正在处置……"

耿连长的话终于又告一段落，女医生皱起了眉头："……林场的外伤患者挺多……做截肢处理我们有经验……再说他也不用'截'啦……"

手握听筒的女医生极力解释着："……那我们做不了……专家和专业设备我们都没有！能……能……那能……省城的医科大学就能做！叫'显微外科'吧？行……行……但要抓紧！对……对……不能超过六个小时……断指我们已经做了保护性处理！好……好……我等你电话……"

连部里的气氛依旧紧张压抑！

被此"突发事件"搞得有些六神无主的指导员小心翼翼地："这事儿是不是得先请示上级？"

此时的耿连长倒是临危不乱，略加思索后："按程序来肯定是不赶趟啦！刚才医生说断指离开母体最多能存活六个小时……林场医院到省城医大有三百公里……最快也得四个小时！这样……你到机务站直接上线和各级领导请示……我联系医院落实车辆……"

指导员边说边往外走："好吧。"

总站卫生队与总站机关在同一个大院，它是机关的编制，隶属总站后勤处。但它却不与机关在同一栋楼办公而是"另起炉灶"。

这样既方便机关干部与家属就医,又方便到机关办事的基层人员顺便看病,更重要的是不影响机关的办公秩序。

卫生队值班室负责接电话的"值班员"是一名志愿兵。

他放下电话后快步来到"内科"门前,见里面没有就诊的病号,很礼貌地敲了敲敞开着的门:"白医生,电里有话啦。"

志愿兵边说边做了一个既随意又形象的接电话的手势。

志愿兵与义务兵的区别就是,他们从"兵龄与职务上与干部更接近。因此与干部交往不需要凡事都中规中矩的""一本正"。

通信总站是一个"正团级"单位。由于"战线"拉得太长,所维护线路经常"跨省"。所以人们戏称总站的主任(军事主官)手"伸得"比省长还"长"!

"点多、线长、偏大,人员高度分散"的特点,决定了总站"卫生队"的编制要比野战军团级单位的"卫生队"大得多功能也"全"得多!它不但担负着连队卫生员、营里干部军医的业务培训工作;自身也设有多个"科室"。即便如此,每年下基层巡回医疗服务时,人员还是"捉襟见肘"。

女军医白妮有着和姓一样白崭的皮肤,加上那不用眉笔就浓黑工整的眉毛、加上那不用唇膏就鲜亮红润的嘴唇、加上那"全优组合"的身高和身段和五官……"站花"她是当之无愧。看来"天生丽质"有时也钟爱农村长大的姑娘……

白妮有着"一双美丽的大眼睛"和"粗又长"的辫子,很容易让人把她和李春波的《小芳》对号入座。只是她的眼神更像《渴望》里的慧芳……充满了让人伤感的"忧郁美"。

又黑又粗又长的齐腰辫子,也因部队正规化的要求"缩编"到了刚过肩头。辫子的"不彻底革命",倒不是她对"正规化"有抵触情绪,而是在她们老家有个不成文的习俗,辫子是姑娘"至今未婚"的"真情告白"!

其实,白妮身上最"引人入胜"的是她的"气质"。一种小鸟依人的阴柔气质!

正在看医学书籍的白妮起身:"谁来的?"

已经转身离去的值班员回头做了个鬼脸:"没听出来……反正贼横贼横的!"

白妮接电话的动作十分优雅:"喂……是,我是白妮。"

看来"电"里不但有"话",话里还带"电"!

触"电"的白妮兴奋得有点"失态"!幸好值班室里没有他人,就连值班的志愿兵也知趣地躲了出去。不然的话战友们肯定要拿她的"失态"开涮。

"啊……是你呀哥!"

白妮一手紧紧攥着话筒,另一只手不住地去按想从白大褂兜里跳出来的"听诊器"。但无法"按住"的是要"跳"出来的"心"!

此时的"幽雅"被"狼狈"所取代。

亢奋的白妮突然眉头紧锁:"什么……咋那么不小心?医大我能联系上……去年我不是在那儿进修了一年吗?'显微外科'我也熟……我认识他们主任……他是全国第一把刀……"

连部里的气氛依旧紧张!

像是捞到救命稻草的耿连长也有点失态:"太好啦……太好啦!你真是大救星!你现在就请假去医大……哦……最好是到总站'保密室'开张介绍信,不好开卫生队的也行……就说一名战士因公负伤失去了右手……四小时后送到医大救治……现在已在途中……让他们一定把手术台留出来!什么……负伤的经过……你就编一个吧……对……事迹编得越'伟大'越好!什么……钱不成问题……我连的司务长正好在总站财务报账呢,对……对……你去财务找他……让他从财务多借点钱!就说我说的……让他跟你走就行……可以……可以……按地方的规矩来……该甩红包甩红包……只要能把战士的手接活就行……"

……

嘴都说起沫的耿连长又想起了什么:"对啦……还有……你到运输股找于股长要辆车……就说是我耿大业个人求他啦!你联系好医院的事儿就和司务长去国道的入城口等着给送病号的车带路……啥车送还没定哪……你们把急行灯打开到时候他就找你啦!对啦……你最好是要一辆带警报的小'北京'……我怕市里堵车……"

耿连长对着电话布置"任务"时手还不断地比画着,活像一只吐着泡泡挥舞着巨螯的螃蟹。

"连续作战"是耿连长的强项。刚放下电话没几秒,他紧接着又死命地摇总机:"给我要九站林场孙场长!"

指导员阴着脸回到连部:"别联系啦……总站领导不同意咱们的方案……联系也是白忙活。"

连长并没注意看指导员的表情也没注意听他说的什么:"喂……老孙吗?你还没死哪……我可是要死啦!为啥……咱小组战士……什么……你知道啦?就等我电话哪……看来你真不能死……因为你快成精啦!对!对……就是往省城送……太好啦!不用'213'四小时到不了……想得太周到啦……最好是多带点急救药品,再跟个医生……那好、那好……你办事我放心!我还哪儿有工夫'飘扬'你呀……我都伤痛得心一片空白啦!那不成问题……都安排好啦……在入城口那儿接……车号……车号……车号就不用记啦……反正是台军车……打着'双闪'哪……好!好……那现在就出发把……一定要保证安全……"

仿佛是刚指挥完一场战斗。放下电话的耿连出了口长气,顺手拽过来刚才"靠边站"的椅子。虽然坐了下来,依然像一只手舞足蹈的螃蟹在"横行":"该出手时就出手……孙场长真够意思……这十几年的大哥我没白叫……哎……你刚才说谁不同意来着? 你咋嘟噜个脸子?"

指导员依旧像霜打的茄子,心情郁闷地嘟哝着:"请示的事……营里同意……总站不同意!"

耿连长从"手舞足蹈"一下子又变成了"张牙舞爪":"总站谁不同意?!"

指导员哭丧着脸:"钱主任……你赶快告诉孙场长别送啦!"

耿连长的"问号"脱口而出:"'一号'呀! 啥理由?"

指导员像泄气的皮球,复述着上级的"精神":"第一战士不是在线路上负的伤……第二省城的部队野战医院也不能做再植手术……第三在地方医院做手术费用没地方出……第四距离太远怕路上再出事故……第……"

耿连长的屁股还没坐热,一下子又从椅子上弹了起来:"行啦……哪儿那么多'第不第'的……我找他……"

指导员想夺过耿连长手中的电话的计划落空了:"你以为你是谁呀? 你比营领导的面子还大! 营长教导员刚被撸完。再说你这不是隔着锅台上炕吗?"

耿连长一边摇着脑袋一边摇电话:"我想'隔着锅台上房'! 喂……给我要总站钱主任……"

一向和连长"唱反调"的指导员在此问题上,从心里和连长"步调一致"。因此他没有再阻止耿连长的冲动。

耿连长双手捧着电话:"喂……是钱主任吗? 主任你好……是……是……我是耿大业……您的指示我们接到啦……但有这么个情况……现在伤员已经送往省城啦……我们不是先斩后奏……是情况太紧急……我们现在联系不上呀……"

指导员拽了拽连长的衣角……

连长惊诧地瞪圆了眼睛:"什么……送到省城也不许去地方医院……主任您先别发火! 您听我解释……您说这战士力也出啦、活也干啦、也为部队建设做贡献啦、复员回家手不见啦……战士的父母能不骂娘吗? 你不怕……你不怕我怕呀……我们也是做父母的,比如你儿子才比王奉广小两岁……我不是咒你儿子……我是说比如王奉广就是你儿子……他的手指有接活的希望你给不给他接?"

指导员又拽了拽连长的衣角。没想到适得其反……耿连长对着送话器一顿河东狮吼:"你说我护犊子?! ……我就是护犊子!! ……连'犊子'都不护……那叫'爱兵'吗?! ……那叫'叶公好龙'!! ……我不是想'装好人',就是想让战士有双好手! 大不了年底复员……王奉广的医药费从我复员费出!!!"

摔了电话的耿大业怒发冲冠,驴脾气大发:"都说'十指连心',遇上这没长心的,你还往哪儿连呀!? 就是有心也不是他妈肉长的!"

连部里出现了少有的寂静。

心情已经"重度雾霾"的耿连长意识到刚才自己的话有点"过",小声唠叨着为自己找"台阶":"官兵是手足情。这手断了,足能不跺吗?"

一向唇枪舌剑的指导员并没有抓住理把连长"批倒批臭"! 他依旧觉得无话可说,只是用力地拍了拍"搭档"肩,默默地表示着自己的理解和支持。

耿连长的心头一热:"裤裆里的鸡巴,大小是个'头'。这事我担啦!"

指导员又轻轻地拍了拍耿连长的肩:"哎! 别忘了连队是'双主官'。天塌下来也得算我一半!"

耿连长用力地握了握指导员的手!

第四章

A 领新兵、接吉普，送礼顺便"看"家属。
探亲也得"多合一"！
两个"美女"一台戏！
连长负责"睡觉"的问题！

黄昏时分，因为还是"正课"时间，所以总站的大院内"门可罗雀"。

指导员郝阅文提着个大经编袋子找到总站卫生队时已是满头大汗……要不叫天冷他真想把棉衣脱下来凉快凉快。他敲了敲卫生队值班室的门……

因为对机关的情况不熟，指导员的举止小心翼翼："请问……白医生在哪科？"

一位值班的男医生头也不抬地回答："内科。"

指导员来到"内科"门前轻轻地敲了两下。

间隔了几秒后，里面传来了一听就让人有安全感的带着职业医生沉稳节拍的女人声音："请进！"

指导员推门进来……突然脚步僵住了……在检查床上系扣子"整理着装"的女军官正是他昼思夜想的爱人苏晓红。

这可是一个不小的惊喜！苏连失态地很麻利地从检查床上跳了下来："阅文……是你呀！你咋知道我在卫生队？"

由于太突然太没思想准备，自以为这半年多练得嘴皮子挺溜的指导员卡了壳："我……我……"

室内出现了瞬间的凝固，为了缓解尴尬，正在写病历的军医白妮站了起来解围道："晓红……这是你爱人吧？"

脸颊升起两团火烧云的苏连长赶紧回答："是！这就是我家老郝。这位是你们连长家还没过门的'耿嫂'……白妮……白大军医！"

白妮的脸一下子红到了脖子根，变成了名副其实的"红妮"。她在苏晓红的屁股蛋儿上使劲拧了一把："不疼了是不？下回来事儿别找我！"

苏连极力用顽皮掩饰着内心的激动与冲动："我保证二十天之内不找你。这二十天之后吗，不找你找谁呀？"

话到手到,苏连在白妮的腰上还了一把……

卫生队与女兵连在总站大院里是最近的"近邻"。

因为同是总站的"窗口单位",这样既便于各级的莅临检查指导,同时也便于爱闹"病"的女兵们前来就医。

本职就是面向基层为其服务的卫生队,也乐意担当起女兵们"保健医"的角色。

既然"鸡犬之声相闻",所以彼此经常"往来",所以都很熟悉、很随便,所以两个姑娘就可在此上演"一台戏"。

如今一个"阳光美",一个"阴柔美"的主角领衔的这出"戏",可谓"争奇斗艳,美不胜收"。也有"梅需逊雪三分白,雪却输梅一段香"的难分伯仲的诗意。

羞涩依旧的白妮咬牙切齿的模样更可爱:"死丫头!一点亏都不吃……从'B超'上看有点子宫后倾……没啥大事儿!注意别着凉……多做些热敷……不用吃药。"

苏连摇了摇头,一脸少有的无奈:"在连队干,哪有条件做'热敷'呀,愁死啦!我现在真是怕'事'啦!"

已经恢复"常态"的白妮像个和蔼的姐姐,她呵护到:"买个'电热宝'就行……比'热水袋'方便……行啦……别占用'牛郎''织女'的宝贵时间啦……你俩赶快'鹊桥相会'去吧……"

从不"吃亏"的苏连不依不饶,她撒娇地搂住白妮的脖子:"这当医生的不结婚也啥都知道哇?"

这又回轮到白妮尴尬。她边说边比画:"再说把你嘴缝上……我这儿可有手术用的'肠线'……"

指导员挡住占了便宜撒娇躲在身后的妻子:"手下留情!手下留情!白医生……我是来找你的……"

一句话又把尴尬"妙传"给了苏连,此时的"尴尬"变成了"干醋"……

指导员看了一眼眼梢更加上调的妻子:"我是来给白医生送东西的……要不死沉死沉的我还得拎着到处跑……"

白妮是得理就"饶人"的厚道人,她随即也转移了话题:"我哥带来的吧?啥东西呀?"

指导员:"都是山货……还有几对'飞龙'……"

白妮幸福地嗔怪着:"我哥真是的,总拿我当小孩。我吃机关食堂……这些东西咋做呀?"

指导员的"口齿"已恢复了"常态":"老耿让你送给你医大的老师……王奉广的事儿没少给人家添麻烦……"

白妮的心跳开始放缓:"为这事儿呀?那就不用啦!咱该给的'红包'也给啦……第二天我们卫生队长又'代表'总站亲自做东请了主刀的医生和麻醉师……还有科主

任和护士长。这两天新兵体检忙得脚打后脑勺,我没工夫去……小王恢复得咋样?"

指导员此时的定位是战士的家长:"今天中午一到我就去医大啦……小王的手恢复得相当理想……才一个多星期,断指就有神经反应啦!这个功劳有你的一半也有连长的一半!还有……给咱连办事儿还让你破费……今天我代表全连请请你……"

心情复杂的白妮顺水推舟:"谢谢啦……我可不想给你俩当电灯泡!还说呢……那天吓死我啦!隔着电话我都能想出来我哥发疯的样子……"

见老公和白妮你一句我一句的插不上嘴,苏连突然横在他俩中间:"哎……哎……你咋一口一个'我哥我哥'的?你俩到底啥关系呀?不会是'近亲'吧?"

白妮也不回避,正色道:"我们是老乡……我还没当兵就认识……叫惯啦……你还想查啥?"

苏连好像发现了新大陆:"原来还真是'近亲'呀!?"

说罢苏连拉着指导员跑出了门……

"慢点……你不能做剧烈运动!"身后传来白妮的叮嘱……

快到开晚饭时间了,总站大院里流动的人员开始多了起来。

郝阅文和妻子苏晓红并肩走着。通信兵"双军人"比较普遍,所以他俩的出现并不扎眼。

心不在焉在"心事"的指导员还是很关心这宝贵的时间如何支配的:"咱俩这是去那儿呀?"

苏连故意嘟噜着脸,故意掩饰着心中的"狂喜":"想去哪儿就去哪儿呗。你不是有的是地方去吗?"

为了不破坏这宝贵的"喜相逢"的氛围,本来就"气管炎"的指导员耐心地哄着:"真生气啦……我不是想把事儿办完了消消停停地去找你吗……"

醋意未尽的苏连还是嘟嘟哝哝:"笨寻思呢……要不是在白妮那儿'遭遇',我还不知道你来了……你啥意思呀?"

指导员则是一脸真诚的委屈:"总站不是分给我们连一辆北京 212'大屁股'抢修车吗?今早上临时决定我来接车……就手儿把新兵拉回去……顺便带点山货给白医生还还'医大'的人情……考虑到我到位后一直蹲在连队,教导员'特批'了我一天的'探亲假'。"

苏连小声地惊叫道:"这也叫'探亲'呀?这叫'假私济公'!"

指导员只能苦笑着:"知足吧!这外线连队'小两地'的干部,不都是长假短休。新媳妇放屁——'零揪'吗?咱还真得做好长期'战斗队'的心理准备!"

没有心理准备的苏连不想岔开话题,继续着争论的主题:"那……那也该先来个电话呀?重友轻色!"

已经心猿意马的指导员催促着:"我不是想给你个惊喜吗!都老夫老妻的啦还啥

色不色的……来点'实际'的多好!"

苏连心也开始"自由飞翔"!但嘴还是不饶人:"和着你要是不为这点'实际'的事儿……你今天就不来找我啦?"

知道自己是心急想吃热豆腐的指导员吧嗒着嘴:"借我个胆也不敢这么想!算我说错了还不行……吗?"

大获全胜的苏连也鸣金收兵:"料你也不敢!"

指导员顺势连哄带求:"该'多云转晴'啦吧?我这千里迢迢为了情,你给点笑容行不行?"

苏连也见好就收就此打住:"饶你这一次,下不为例!哎……你住哪儿啦?"

提到住宿,指导员的心情又一下子蓝蓝的天上"乌云"飘,随口抱怨着:"还说呢……哪儿也没住下。这不新兵要下连了吗?总站招待所住的全是新兵家属……连训练队的空房间都住满啦!不怪耿连长不愿意要'城市兵'……娇生惯养不说……刚当几天兵连七大姑八大姨都跟着追到部队来了!这下连以后可咋办?"

苏连的批评从来都是"及时有效",这也是基层带兵人的"看家本领":"你不是'城市兵'?不也提干当指导员啦吗?虽说现在这官难当兵难带……但也是有规律可循的。你还没看看我们连呢,女兵小兵'后门兵'……既是娘子军又是杂牌军又是儿童团!我们管得不也挺好吗?"

指导员故作惊讶地:"吆……吆……我发现这当连长的都比当指导员的有水平……我快下岗喽!"

苏连得意地抢白到:"连住宿的地方都找不到……你寻思你还有'位子'呀!"

指导员小声商量着:"要不咱到总站附近找个地方的招待所……"

"地方招待所登记要'结婚证'……咱俩的'结婚证'在你妈那儿放着那。真闹出点啥笑话?我可丢不起那人呀!"一提到"结婚证",苏连心中的"小兔子"就不住地狂跳!看来"久别胜新婚"是朴素真理,它不但适用于凡人;也适用于军人!

"要不咱俩就去'压马路'……虽然冷点……也算是'旧梦重圆'……"真是"一张床"难倒英雄汉,无能为力的指导员底气全无。

为了不影响丈夫的心境以至于影响到他晚上的"发挥",苏连话中的"刺"少了许多:"看你那点能耐……没咒念了吧?还是我想办法吧……"

激情重新燃烧的指导员得便宜卖乖:"这'行政工作'本来就该连长抓。再说……男主'外'……女主'内'吗?"

已经"性趣"盎然的苏连没再计较:"你在外线连队……我在内线连队……这'主外''主内'的还用得挺巧!你等我一会儿……我往连队打个电话……"

心有灵犀,开始幻想销魂一刻的指导员:"我就在这等……我不愿进机关的楼……谁也不认识。"

B 解决"问题"不过夜与"为过夜"的区别！
一会该玩的就是"心跳"啦！
两个指导员，只能一个与连长"同居"。
这可是"性质"问题！

望着妻子走进机关楼的"娇"影……指导员尽量平息着心脏因冲动而不安分的狂跳，用鞋尖在雪地上练起了"书法"……

由于全神贯注，妻子回来时他全然不知……

已大功告成的苏连像一只欢快的小鸟飞落在丈夫的身后："哎……写啥哪？"

吓了一跳的指导员赶紧用脚掌去擦地面："打死也不说！"

难掩兴奋的苏连已无心去"追究"丈夫"脚书"的内容。知夫莫过妻，她能猜出个大概："问题解决啦！"

倒是一向沉稳的指导员有些迫不及待："痛快……人家是解决问题'不过夜'……你是解决问题'为过夜'！今晚住哪儿呀？"

被丈夫并不"露骨"的暗示刺激得心潮澎湃脸发烧的苏连，破天荒地没有让丈夫去猜；她怕丈夫去乱猜："住我们连部……"

可一头雾水的指导员还是难解心中疑惑："你住的是单间？"

高兴过头的苏连很想一语道破，但却有点画蛇添足越描越黑："我和指导员住一间。军政不分'家'，这是上级的规定。你们不也是吗？"

果真被误导的指导员胡思乱想着："仨人同居呀？我不敢！"

真想扑上去狼狼（狠狠）地咬丈夫一口的苏连只能耐着性子解释："美死你啦！'马指'今晚'让位'。她出去找宿……"

不再心猿意马的指导员如梦初醒，有点窘迫有点忐忑。于是没话找话："你们指导员姓马呀？"

苏连并未"宜将剩勇"地对丈夫刚才的"花心"进行"追穷寇"！而是边批评边安抚，就像对一个偶尔犯错误的孩子："你真官僚！老婆的搭档姓啥都不知道。我们指导员叫马刚。女人起了个男人名！性格也像老爷们。她过去在总站政治处搞计划生育……因为谁都不'尿'下来的……说话可喇呋啦……'黄嗑'张嘴就来！你可得有点思想准备……见面她肯定不会轻饶你！你得'禁泡'……别动不动就撂脸子！"

得到特赦的指导员保证着："放心吧……跟耿大业搭班子……我早就变'泡'兵啦！别说……马指跟耿连倒是'阻抗匹配'。应该把他（她）俩整一块去……"

苏连虽然也是"内线"，但她的"话务"内线和指导员的"机务"内线的技术含量不一样,因此她对丈夫的比喻有点费解:"啥叫'阻抗匹配'?竟整这专业术语我听不懂!"

指导员的解释自然不是纯技术的,而是纯幽默的:"都是'祖宗'都'抗上'……'势均力敌'不就'匹配'了吗?"

晚饭号还未想起,操场上的人已开始兴旺。团结紧张了一下午的官兵们不住地抬手看表,一顿丰盛可口的晚饭是对一天单调生活最好的调剂。从机关大楼出来的干部三三两两有说有笑直奔机关食堂;结束正课的勤务连和训练队的战士则在操场上自由活动等待集合站队进饭堂,几名活泼的战士还在争分夺秒地练着投篮。

早已"归心似箭"的苏连没心思看热闹,她顿着脚催促着丈夫:"我发现你的语言不是老师是导师啦!行喽,咱俩就别在这儿就着西北风练嘴啦!我里面没穿棉裤都冻出尿来啦!快开饭喽,跟我回连吧?"

已在山沟里"清闲"过度的指导员,此时有点像刘姥姥进城,他也用手比画着"投篮"的动作:"去你们连吃呀?我……我不去!"

苏连用拳头插着他的肩:"怕啥!嫌我们连伙食不好哇?我告诉你,干部灶都赶不上我们!今晚……今晚我们吃鳕鱼……还有小鸡炖蘑菇!"因为操场上人多,怕引来过多的"关注",夫妻间亲昵的小动作也只能"点到为止"。

终止了"投篮"的指导员则大胆地攥住苏连的拳头,使劲地揉搓着:"吃啥都无所谓……我是怕……我是怕……"

苏连警惕地扫了下四周,然后用力地"收拳":"怕啥呀?别吞吞吐吐的,这不像你的风格!你现在的胆子不挺大吗?"

此时的指导员真想将久别的妻子用力揽在怀里尽情地爱抚,然后对着众目睽睽大声地说"搂自己的老婆,让别人去看吧!"但他落实在行动上的则是小声地:"我是怕这'娘子军'连真来了个'洪常青'。女兵们把我给'分餐'喽……"

醋意顿生的苏连被丈夫"幽默"得真想一下子扑进他的怀里使劲地捶打尽情地撒娇,但此时此地她只能是克制克制再克制:"别臭美啦!还以为你是当年的帅哥呀?不嫩装嫩你能憋疯呀……转过来我瞅瞅……还别说……我老公还真不老……还挺有魅力的……我还真得以'预防'为主。"

为了多留住些"值千金"的二人时光,足智多谋的指导员望着总站的大门:"那咱出去吃……我请!"

满脸"日落西山红霞飞"的苏连"咬牙切齿"地:"你以为我请啊?白妮今天给你省啦,我可不客气!我想吃海鲜……"

指导员幸福地"苦笑"着:"'遵旨'!对……我老婆从来不当装'假'(甲)兵……你就使劲'削'!"

急不可耐的苏连大方地挽起丈夫的胳膊："便宜不了你……我都吃了一下午的醋啦……"在绿色军营里,这是夫妻间激情燃烧的行为底线。在共同关注中,"底线"也是一道令人羡慕的"风景线"!

指导员终于抓住了"批评教育"的时机："都当连长啦还使小性子!"但听不到他讲话的"观众",能猜到的是他在对身边的女军人说着"甜蜜蜜"……

女兵连的连部自然很有"女人味"。屋里不但十分的整洁,各类物品也摆放得十分有序,十分得体。一开门还能闻到一股淡淡的清香,只是没有一般闺房里常见的小物件。

苏连和郝指靠到快熄灯才回到连部……正在连部的办公桌上鼓捣啥的女兵连指导员马刚起身相迎……

从模样上看,马指长得并不"爷们",也不"阳刚"。倒很厚道、很文静、很贤妻良母的。只是她的身材更"厚道",军装穿在身上"肥瘦"总好像"小一号"!但也给人一种肥而不腻的肉感。

不过她一张嘴便锋芒毕露了："这对儿游荡神还知道回来呀?不用介绍啦……你在咱连长的床头桌上'住'了几年啦……害得我不闭灯都不敢脱内衣……今天终于见到'真人'啦……"

马指边说边将手伸了过来……麻利的动作,确实少了份女人的矜持……多了份男人的豪爽。

虽然郝指是"有备"而来……还是有"阴盛阳衰"的感觉……"你好……马指导员……"郝指机械地握住了马指的手……

马指倒是没关注郝指的窘态："叫马姐就行……要不咱俩重名!脸红什么?刚才玩得精神焕发呀?一会儿该'玩'的就是心跳啦!"马指显然是话中有话,而且还很露骨很具体很刺激很有针对性。

不知该如何回答的郝阅文手足无措："马指……"

见老公不是对手……苏连急忙救驾："我的马大姐……别六亲不认啦……想整死谁咋地?!"

马指神神秘秘地坏笑着："倒不是我想整死谁,我是怕他今晚'整'死你!这秀才的手也太有劲儿啦……可别对我个半老徐娘产生啥犯罪心理!松手吧?"

因为不是对手所以忘了松手……郝阅文是兵败如山倒……连招架之力也用错了地方……

终于稳住阵脚的郝阅文红着脸恭维到："马姐真幽默……"

马指则不领情不笑纳："就别拍'马'屁啦……我是你们耿连的手下败将!给我捎个话……找机会让他再陪我练练!"马指边说边摆出了个武林高手过招的架势。

郝阅文乖乖地保证:"是……是……一定办到……一定办到!"

马指故作惊讶:"呦……太听话啦……真是个好孩子……这我就放心啦! 今晚我把这美女连长就正式'移交'给你啦……虽说咱俩都是'指导员'……但谁跟连长'同居'可有'性质'的区别! 这话很'哲学'吧?"

马指瞅瞅他又瞅瞅她……目光中有挑衅也有挑逗……

知道两口子绑一块也不是对手……苏连和她打起了"太极"……苏连明知故问,也没想是否飞蛾扑火或是引火烧身:"马指你今晚住哪儿呀?"

成心拿今晚说事的马指早就有话候着:"住这儿不抢你活吗? 我在值班室对付一宿……你们就今夜无眠吧!"

苏连口是心非画蛇添足地谦让道:"那你今晚辛苦啦……"

马指一脸的"苦大仇深"一脸的"严肃认真":"错! 今晚我是'命苦'。谁让人家'第三者'插足'插'到连部了呢? 我是不但让连部,还得让床铺,彻底奉献啦! 你今晚才——'辛苦'——哪!"

马指突然压低了嗓子,一副神秘兮兮的表情对着苏连:"操练完'事'后,你睡我的床。要不然传出去是'郝指上了马指的床'! 再传就变成了'郝指'把'马指'给'睡'啦! 浑身是嘴,你能解释清郝指'睡'的是马指的床吗? 谁信呀?!"

也不等苏连回答,马指突然捶胸顿足:"惨喽! 我让你的'郝'老公给'睡'啦! 我可亏大发喽!"

马指真是一名出色的相声演员。出色就出色在她把别人逗得乐背了气,而自己还是一脸的"阶级斗争"。干政治工作,真是有点白瞎她这块料啦!

任马指如何"挑战",苏连就是"免战"就是不接马指的话茬:"那有电话我让接值班室去……"

不怕无人喝彩就怕无人理睬,既失落又扫兴的马指无精打采酸溜溜的:"早安排完啦……良宵一刻值千金……这事还用你操心要指导员干嘛……用不用我在门上给你们上写副对联?"

憋了半天的郝指嘴欠:"啥对联?"

见有人接招……马指又来劲儿啦:"久旱逢甘霖……久别胜新婚……横批是……干柴烈火! 咋样……我挺有才吧?"

面部"高烧"浑身膨胀的苏连只能硬着头皮挺身去替丈夫堵枪眼:"您是太有才啦……三句话不离老本行!"

已经走到门口的马指又站住啦,这回是一本正经地:"不提我还忘啦……你俩还没要'指标'呢吧? 那'安全措施'可要跟上! 我抽匣里有你们想要的'军需品'! 我心里'没数'……你们就不用'查数'啦! 敞开供应……'公粮'不限量,可以多交!"

门外又传来马指的"补充"提示:"我抽匣没锁……"

C 饿狼来啦！色狼来啦！
不谈工作，谈"干柴烈火"！
就怕"办"夜来电话。
"贼"没啦！"贼"又来啦！
床啊床！床啊床！
"生精办""射精办"、计生办！

马指的脚步声消失在走廊后，苏连轻轻地关上了连部的门并随手反锁上……又站在门口听了听动静……然后出了口长气……

如释重负的郝阅文一屁股坐在苏连的床上："我'地'妈呀！山呼海啸……真是'苞米面它爹——苴（楂）子'！她要是和耿连长配对儿……能整出一台春节晚会！"

苏连温柔地坐到丈夫的身边，将头依偎在丈夫那熟悉而又陌生的肩上："马指有嘴没心，其实人特好。连队还真得有这样个领导才能镇唬住！咱连的小女兵们都特怕她……也特爱她……可愿意听她胡扯六碴地侃大山啦！她扯着扯着竟能把政治教育的内容给扯进去……大家哈哈一笑……认识提高啦！"

郝阅文充满爱意地用手梳理着妻子的秀发，若有所思地："这也许就是我们政治工作所要借鉴的……我还真得跟耿连长多学两招。但风风火火的干部容易不得烟抽……尺度难把握呀！"

苏连坐直了身子想了想："也不是绝对的……新上任的政治处王近民主任就挺理解这样的干部。他在一次干部会上说'还想让人家拉重车，还不让人家叫唤两声'这样考核干部的办法不公平！"

郝阅文的手移师到妻子的腰部，并用力拉妻子的身体向自己靠拢："王主任是基层上来的比较理解下边的疾苦……但他毕竟只是部门领导！怕是胳膊拧不过大腿……一碗水很难端平！就拿王奉广这件事儿来说吧……于情于理耿大业都没错。错就错在没执行上级的指示……但上级错误的指示也一定要执行吗？官大一级压死人！总站领导大会小会点名不点名地批评个没完！还让不让人活啦？通过这件事我倒是重新认识了耿大业，他不是表现欲强爱出风头……而是责任心强爱兵如子！他还真有点'宁死不屈'的气节！"

苏连好像有所预感，不放心地叮嘱加提醒："这话咱俩说说就算啦……你可别犯虎去打抱不平引火烧身！"

可能意识到了时间的"紧迫"，突然她话锋急转："咱今晚儿咱不谈工作行吗？"

心领神会的郝阅文明知故问："那谈啥？"

同样心领神会的苏连直接点题:"时间太宝贵啦。谈'干柴烈火'呀!"

既然已经"破题",郝阅文便直奔"主题":"应该谈'大干快上'!"他边说边抱起妻子按在床上……

苏连出于女性的矜持半推半就:"还没熄灯呢……你饿狼呀?"

欲火中烧面红耳赤的郝阅文:"我都快饿成'色狼'啦……咱就争分夺秒不等'熄灯号',先吹'冲锋号'吧?!"

已经做好充分准备的苏连拦住丈夫的脖子,小声地提示:"你到马指的抽匣里拿个套……"

手忙脚乱的郝阅文急切地在马指的抽屉里翻找着:"到底是搞过计划生育的……各种'药具'一应俱全……"

苏连起身先仔细地检查了一遍早已拉好且根本不透光的窗帘,这是生活在军营男子汉"部落"的女人们都十分注意并念念不忘的生活细节;放心后就要去关灯,因为二人世界最担心最忌讳最害怕的就是"曝光""走光",同时不忘提醒丈夫:"你别瞎翻……"

"我不是想长长知识吗……哎哎哎……你先别闭灯呀……我还没找着哪……"

"性福"如期而至,已在苏连体内潜伏了数月又被压抑了一下午的"魔兽"终于像火山一样喷发,地动山摇!

但单人床上滚两个人肯定是"超载超重超人"……再加上两个人"破坏性"地折腾! 床也会"呐喊"!

苏连不住地轻生提醒:"你轻点……我'大姨妈'刚走……媳妇不是租来的!"苏连在丈夫后背合拢的双臂,随着"壮怀激烈"的震荡缩小着"包围圈"。

站了上锋的郝阅文没有被"性福"冲昏头脑,他心领神会地:"我明白……亲媳妇要'省着'点用!"

身下的苏连又打翻了醋坛子:"你还有个'后'媳妇呀……还敢说不?!"

背部的强烈刺激让郝阅文立刻为刚才的调侃买单:"你指甲太尖啦……想'掐'死我的温柔呀? 这床咋比劁猪叫唤的还凶?"

依旧咬牙切齿的苏连顺势紧紧抱住身上的丈夫:"我这指甲是特意为你留的……你敢'花心'就给你破相! 这是单人床……又超载又超重又超人的它能不'呐喊'吗? 再轻点……走廊里还有人哪!"心中期待渴望"暴风骤雨"冲击的苏连被条件所迫,只能违心地劝丈夫和风细雨……

通信兵对电话铃声都很敏感,因为不管是悦耳的还是刺耳的电话铃声带来的都可能是命令,只有迅速的接听迅速的落实它们才不辱使命。

"嘀吟……………"

清脆的电话铃声盖过了"人声"和"床声"……

如同听到了紧急集合号,苏连条件反射地一骨碌爬起来。"聚精会神"毫无准备的郝阅文竟被一下掀滚到了地上……

苏连光着身子一把抓起了电话:"你好! 我是女兵连。啊啊……指导员在值班室……"

放下电话她才意识到"身上人"不见喽……

重新"归位"的郝指导员嘟哝到:"他好我不好! 差点没摔死! 真扫'性'! 马指不是交代好了吗……谁在恶作剧?"

苏连抱着丈夫浑身揉着:"对不起……是自动号拨进来的……干部股长找她……总机控制不了。"

借着微弱的光线,郝阅文这才看清了"一头沉"上摆着两部电话。一部没有拨号盘的是"磁石单机",是由总机转接的。另一部有拨号盘的可通过"自动交换机"拨号呼叫营区内的"同类"单机。俗称"小自动"。总机确实对它无法控制。

作为一个老"内线",解决此矛盾是"小菜"。郝指光着身子就要下地:"那把连线拔了不就得了吗?"

苏连从披着的被子伸手拽住他:"那可不行! 咱连在机关眼皮子底下,抽查是常有的事儿。真是天不怕,地不怕,就怕半夜来电话呀! 别不高兴……从头再来吧?"

"扫性"的郝阅文边揉摔疼的胳膊肘边嘟哝:"应该是天不怕,地不怕。就怕'办事'的夜晚来电话! 这好不容易'贼心贼胆'都有啦,但是'贼'没啦! 还来啥呀?"

同样也很"扫性"的苏连默不作声,她将一团早已准备好的手纸塞给了丈夫:"擦擦吧……"

意外的"无言结局"带来了短暂的无言,少许郝阅文边擦"下身"边抱怨:"这床也是的! 也'咯吱咯吱'地叫唤个没完没了!"

听着老公的抱怨,委在被窝里的苏连突然笑出了声。

郝阅文被妻子笑得一头雾水:"笑啥? 神经啦?"

由于屋里黑,看不清苏连的表情。只听她笑着回答:"我笑这床,床在'叫'! 咋晚马指刚讲了一个'叫床'的黄段子。真是笑死人啦! 我发现马指每晚不讲个'黄段子',快乐快乐嘴的话她睡不着觉。"

显然郝阅文还是没提起"性趣":"叫床有啥好笑的? 哎,马指家是哪的呀?"

又是短暂的沉默,苏连叹了口气:"哎! 她哪有家呀。和咱俩一样,她也是'双军人'。她爱人在野战军,是个副营长;还是全军的训练尖子。整天整月整年都贼啦忙,她俩都两年没机会见面啦!"

洗耳恭听的郝阅文若有所思:"噢! 她是憋的,用语言来释放生理压力呦! 她讲的床咋'叫'啦?"

苏连撒娇地委到郝阅文的怀里,轻轻地揪了一下丈夫的鼻子:"你也想听啦? 我们家的正人君子也想被这'黄'色熏陶熏陶? 但你要经得起考验,保持单命本色呦! 傻帽! 不是床叫,是'叫床'!"

可能是羞于启齿,她双臂勾住丈夫的脖子,声音很小:"说有一位农村籍的干部,在城市待的时间长啦就开始嫌弃农村的媳妇。有一天他对媳妇说'听说城里的女人办那事时都会'叫床'。你们农村的女人啥也不会! 就是屯老帽!"

"那后来呢?"可能是有了"性趣",郝阅文急着听"下回分解"。

"哎呀! 你别抱得太紧,我喘不过气来!"苏连边在丈夫的"抱(暴)力"中挣扎,边断断续续地讲:"后来他媳妇说啦,有啥呀! 不就是'叫床'吗? 是个女人都会。今晚我就叫给你听!"

郝阅文不再追问,只是屏住了呼吸……

"到了晚上办那'事'时,这农村的媳妇突然扯开嗓子,像杀猪似地叫了起来'床啊床'! '床啊床'!"

这一回是苏连将丈夫抱得太紧,高耸的乳峰排山倒海般地压在郝阅文的胸前。郝阅文幸福得要死!

突然郝阅文吻了吻妻子的脸颊,趴在她耳边神秘地说:"贼又有啦!"

苏连腾出一只手来拧了丈夫一把,这里面传递着不言而喻的爱的信号!

郝阅文"接旨"后就急着要下地:"我,我再去马指的抽屉里拿一个……"

可苏连还是死死地抱住他不放:"不用啦。马指好像说过,刚'完事'这几天是'安全期',不用采取措施。"

"马指怎么啥都教哇!? 能'保险'吗?"小心谨慎也许是郝阅文的本性。

"马指她能把总站的'生产经营办公室'和'社会主义精神文明办公室'简化成'生精办'和'射精办'! 你说她啥不教?"可能话有点"黄",苏连的脸有点"红",身子有点"烫"……

"马指是搞计划生育的出身,也就是'计生办'的,这是她的'本行'呀!"郝指的解释还是坚定自信的。

"这概念偷换得高级呀! 万变不离其宗,紧扣主题,紧扣主题!"

解除了疑惑的郝阅文信心倍增、干劲倍增:"这下可以'轻装上阵'啦! 咱打一场'持久战',把刚才的损失补回来!"

说罢他迫不及待地抱住妻子"就地卧倒"在单人床上……

一阵"狂风暴雨"后,进入"持久战"状态郝阅文喘着粗气。突然他捏着嗓子学着女人腔调,随着身体"运动"的节奏叫了起来:"床啊床! 床啊床……"

身下的床也有"灵犀",很配合"咯吱! 咯吱!"地回应着。

苏连被夹在丈夫和床的中间,上压下举的力揉挤得她快成了"压缩饼干",越笑越喘不上气来。她索性闭上眼睛屏住呼吸,细细地品味着这"叫床"与"床叫"的因果关系形成过程中所释放的令人窒息的幸福与刺激与快感!

D

"抱团取暖","暖"在心里!

我想有个家!

让我温暖你那苍凉的"胸膛"!

今晚你上"指导员"床!

"柔情似水,佳期如梦,忍顾鹊桥归路……"

终于结束战斗可以放平身子躺下的郝阅文有感而发地吟诵着"千古绝句"!

妻子苏连侧着身子紧紧地依偎在他的怀里。单人床上挤两人,这也许是最佳的"卧姿"组合啦! 也许是"欲火"还未"熄火","余火"烧得两个人忘记了盖被。这样零距离的"抱团取暖",也是"暖"在心里。

"那有啥办法呀! 结婚四年多……连个'窝'都没有。东躲西藏地到处打游击,孩子也不敢要! 有地方生没地方养……对啦……我差点把正事儿给忘了……总站要盖家属房啦……"苏连边感慨边诉说同时把丈夫搂得更紧,她真想永远和丈夫黏在一起成为他身体的一部分。

刚才可能体力有些"透支"。郝阅文有点打不起精神,对妻子的回答有点敷衍:"我们下边也听说啦。你说的'要紧事'就是这个? 咱俩都是正连……没咱啥事吧? 要说这分房子是最'论资排辈'最不公正的……两个'正连'加起来比个'副团'挣得都多! 但愣是没个'副营'好使……上哪儿说理去?"

苏连的身体上移,双手捧着老公的脸:"别那么悲观。没有好事儿我能急着叫你来吗? 我啥时拖过你的后腿?"

都说冲动是魔鬼。不是"魔鬼"的欲望也有"魔力"! 郝阅文顿时又精神亢奋:"天上掉馅饼啦?!"他的手在妻子光滑浑圆而富有弹性的背部腰部臀部漫游着。

浑身酥软的苏连将一条腿也盘缠在丈夫的身上,像一条蟒蛇在玩弄自己收获着的猎物。但这条蟒蛇不是冷血而是热血的,"致命"缠绕没有让猎物"窒息"而是让猎物"苏醒"。她则故意温柔地卖乖:"至少是'要掉'馅饼啦! 能不能'砸'到咱头上不靠'运气'靠'运作'!"

郝阅文腾出一只手来轻轻地托起妻子的下颚："你就别卖关子啦！"

苏连索性重叠在丈夫的胸前，胸贴胸"高地"对"高地"地零距离对话："前几天总站'分房委员会'透露……随军的分完了还能剩几套一屋一厨的小户型……结果是'随队'的也争'双军人'也争！最后干部股到上级查来了文件……'双军人'可以享受随军待遇……这下'随队'的就没戏啦！"

另一种欲火被点燃的郝阅文一只手用力拍着妻子那溜光溜圆的屁股蛋："那咱们不就有戏啦吗？"

苏连尽情地享受着丈夫的抚爱："别打岔！你听我说。总站制定的'细则'是……'双军人''双机关'的在前；一个机关另一个基层的其次；两个都是基层的再次……同等条件还要按职务的高低、任职时间的早晚、进机关的先后来排号。"

这回轮到郝阅文双手捧着托举着妻子的脸："那咱们排在哪儿？"

苏连的情绪急落，她移开丈夫的手，将脸埋在丈夫的胸前，有点沮丧地："排来排去咱排在最后……可能是正好分不上！"

沮丧的情绪"传染"很快，刚刚堆砌起来的期望一下子塌方！郝阅文活动了一下被妻子枕麻的肩："分不上你叫我回来干吗呀？"

苏连则"信心"又重新坚定起来："'不要哭，面包会有的，牛奶也会有的！'找你回来'运作'呗……"

郝阅文则信心全无，沮丧地自卑地："我蹲在山沟里。能'运作'啥？"

此时苏连给丈夫当起了"指导员"："你听我说……你跨军区调到咱总站虽然是我爸找的主管干部的直属工作部部长……但总站的主任政委也没少使劲，又是写证明又是打报告的。咱到现在还没去感谢人家呢。咱俩明晚分别到主任政委家去串串门……一是表示感谢；二是讲讲咱们的实际困难；看能不能把你早点调到机关……到今年5月份你在基层任职就满一年啦……当时他们答应下基层只是过渡一下的……礼物我都准备好啦。"

"礼物是我从家里带来的。"苏连又"补充说明"。

郝阅文对妻子的"运作"并不感冒："净出馊主意。我不去！"

苏连有点失去了"耐心"，她将面颊从丈夫的胸前移开，只在那里留下些口水："啊……我调动你调动都是我爸出头……你总是擎现成的！这为咱俩要房子的事你还当缩头乌龟呀？你是男人不？有点责任心吗？下回你妈再说想抱孙子……别拿我工作忙当挡箭牌！"

角色不停地迅速转换。郝阅文又换回了"指导员"的角色："还说我酸呢？来不来你先激眼啦！不是我想当'缩头乌龟'。你想啊……耿连长为王奉广的事刚刚和钱主任撂完电话！咱俩这时候去领导家去串门……是替耿大业当说客还是去'落井下石'

把自己摘干净？咱说得清楚吗？"

理虽然是这么个理。但分房子毕竟"事关重大"，毕竟"机不可失"！所以苏连毫不让步："说不清楚就不说！咱就谈咱的事儿……别的都不提！"

无可奈何的郝阅文耐心地解释："你不提领导能不提吗？现在的情况是王奉广已住进了医大……而且手接活啦！在这基层叫好领导下不了台的时候咱去谈调动……不是'老太太带卫生巾——没'事'找'事'吗？"

同样无可奈何的苏连用手捏住老公的嘴："你咋跟马指一样，不说'黄嗑'能憋死你呀？那房子就不要啦？总站再盖楼可是得猴年马月！"

虽然有了回旋的余地，但郝阅文的嘴被妻子捏着说话有点含糊不清："谁——说——不——要——啦？这不是还有'缓冲期'。等我在基层干出点成绩来……"

苏连的嘴虽然没有被"捏"，但却撅得老高："干出成绩基层就离不开你啦……"

郝阅文说话终于"顺溜"啦。于是他顺水推舟："那就不出成绩！"

苏连又把他堵了回去："不出成绩机关就不调你啦！"

郝阅文愁眉紧锁，自言自语："二难推理……很有哲理！"

苏连继续连挖苦带开导着："有理跟你也讲不出个！不讲'道理'也得讲一讲'生理'吧？"

心里也犯堵的郝阅文故作轻松："讲不出就不讲。大人物想干什么就干什么！小人物能干什么就干什么……"

苏连又伸手捏住丈夫的鼻子追问："你还能干什么？"

郝阅文想趁机"转移阵地"："你说我还能干什么？你摸摸就知道啦！"

苏连生气地挣脱了丈夫的怀抱："就这点'能耐'呀！我不摸……你想干……我还没心情呢！"

越说越生气，苏连索性转过身子，留给丈夫一个赤裸冰凉的脊背。

郝阅文也随着妻子把"仰卧"调整为"侧卧"。

单人床上卧"双人"，不是胸贴胸，只能背靠背。唯一的第三种选择就是像现在这样的胸贴背！

郝阅文一边用自己的胸膛给妻子"送温暖"，一边抚爱着妻子浑圆光滑的肩膀："盖上点，别冻着！要不你先到马指的床上……"

"让我温暖你那苍凉的胸膛！"郝阅文的手随着借用的时下最流行歌曲中最经典的歌词，向妻子"峰峦起伏"的前胸滑去……

苏连用肢体语言坚决地对丈夫的手说"不"。她拽过被子把本来对丈夫"开放"得"一览无余"的身体裹了个严严实实。头也不回地蹦出一句话："你不是很能'干'吗？今晚你上马指的床去！"

这种"拒绝没商量"！把赤身裸体的郝阅文尴尬地晾在了床头……

E

步兵紧，炮兵松，屌儿郎当通信兵！
比"铁人五项"还残酷！
卵子仔还两个呢。不吃肉能长肉吗？
部队也要拉饥荒！敢问路在何方？

又下了两场清雪，大地像被"漂白"过。

只有连部的操场上没有一片积雪。始终保持砂石"本色"的操场，在银装素裹的林海雪原中显得分外"妖娆"！

提前起床在营区"转悠"是连长的"作息"规律。如今"近墨者黑"的指导员也入流了此"规律"。

"哒……嘀……嘀……哒……"

起床号在山谷里回荡……唤醒了沉睡的万物……

连部的操场上，战士们正以紧急集合的速度列队……

排头兵找好了基准位置后，战士们按大小个依次向右看齐同时用节奏紧张的碎步找齐排面并自动稍息……

今天戴"红胳膊箍"的值班员是一位志愿兵……见连长与指导员扎着武装带朝这里走来，他立即下达口令："向右看——齐……向前——看……稍息……立正————"然后向连长跑去……

值班员立定向连长报告："连长同志——连部早操应到十五人——实到十五人——值班员韩铁请指示——"

耿连长还礼后："早操科目——五公里越野——"

值班员："是——"

值班员跑步回到指挥位置："科目——"

成"稍息"站姿的早操人员自动立正……

值班员复述着连长的指示："五公里越野……右后转弯……跑步——走——"

干净利索的口令……干净利索的队列动作……干净利索的大头鞋擂地声！这支"小部队"倒很容易让人联想起队列训练有素的"大部队"。

耿连长的脸上写满了得意满意快意惬意……

耿连长的得意从来都写在脸上："都说是'步兵紧、炮兵松、屌儿郎当通信兵！'你看咱的兵'屌'么？"

心情不好的指导员故意不买他的账："王小卖瓜……自卖自夸！你就不能谦

虚点？”

连长继续伸张自己的观点：“我不哝说过吗，谦虚就'装'！咱不装……咱是正确评价自己……”

指导员今天没心情和他掰：“哎……我说。新兵下连这段时间……又是专业训练，又是队列训练，又是体能训练！有点'超负荷'啦吧？”

连长解下武装带，“馈”起来敲打着手掌。

耿连长今天的心情特好，什么话题都感兴趣：“都说作风靠养成，训练靠集中。新兵训练的底子不抓紧在集中的时候打厚点，下到小组仨瓜俩枣的再想提高就难喽。从明天起体能训练我想再加点码！”

见耿连长越说越来劲。指导员被迫“叫停”：“你打住吧……别拿战士当运动员！够用就行啦，咱又不是为了去夺金牌……累出毛病来咋交代？”

耿连长还是觉得未尽兴：“关键是不'够用'呀！咱现在每天才跑五公里，但小组的战士一出勤就是几十公里！而且还要'全副武装'地携带工具和器材；而且还有时间要求；赶上战备都得一路小跑！现在轻手利脚的几公里越野都拿不下，到时候就'肉包子打狗——有去无回啦'！”

指导员想让耿连长不能自圆其说，便加重了语气：“'无回'？能去哪儿呀？”

耿连长的下句早等在这里：“累死在半道啦！”

可能觉得“例子”举得还没有“征服性”，力度还不够。耿连长反问指导员：“野战军的'被复线'连你知道吧？”

“我知道！”指导员不想去猜耿连长的“葫芦里”卖的什么药，因为猜也猜不着。

“被复线的训练那才叫'狠'！那'万米收放线'。没有'流血流汗不流泪，掉皮掉肉不掉队！'的顽强意志；没有革命加拼命加玩命加不要命的'三郎'精神……有几个能挺过来？”

“被服线”指导员听说过，“万米收放线”也听说过。但它的训练过程竟如此的残酷、如此的恐怖、如此的“魔鬼”、如此的“法西斯”！他还是首次听说。

“前几天电视上演的那铁——铁——铁什么来着？”

“铁人五项！”指导员赶紧接住话茬。

“要是你能过'万米收放线'这一关。你就是'钢人'！是'钢铁人'！跟人家比，咱这点体能训练充其量是个'小儿科'！”

耿连长终于过足了“嘴瘾”！

连队的报刊虽然“滞后”，但连部的广播和电视却和外界“同步”。虽然由于信号太弱，电视上经常是“只闻其声，不见其人”。但政治教育“硬指标”的每天“三个半小时”（即每天半小时电视、半小时广播、半小时读报）。其中的前两个“半小时”，连部这里还是能够“坚持”的。

特别去年广电部门在附近的林场建了电视的"插转台",连队的电视信号也借光走进了"新时代"。

难怪耿连长还一知半解个纯属"新生事物"的"铁人五项"!

指导员今天倒是很快被"征服":"太悬乎点了吧?不过也有点道理。那就循序渐进……讲究点科学。"

受到"表扬"的耿连长摆出了老大哥的姿态:"去了趟总站有进步啊!不和本连长抬杠啦!你家'苏连'教育的吧?以后真得多给你找点'受教育'的机会……"

指导员发自内心地长叹:"我命中注定和当连长的'犯相'!身心疲惫呀!"

听出来话里有话。耿连长一本正经地关心到:"小两口热乎过头闹意见了咋地?"

指导员自是一肚子的苦水却无法诉说:"一言难尽……"

此时俩人已转悠到了训练场。连长弯腰将几根寸八长的铁线头拣在手里:"真是败家不等天亮!这么长的线头都扔啦。哎……电影《李双双》里有句话咋说地来着?叫……叫……叫'天上下雨地上流,小两口打仗不记仇,早上吃的一锅饭,晚上睡觉枕着一个小枕头'!是因为枕一个'小枕头'的时候太少吧?都怪我这当大哥的粗心,找机会我替你去赔罪!哎……屙完屎我的肚子就开叫,瞧我这点出息!没办法,人争气肚子不争气。走……到炊事班转转去。"

不等指导员答话,耿连长拽着指导员就走……

连部的饭堂与灶房是相通的"一条龙"。

饭堂里的桌椅摆放整齐但空无一人。相反,灶房里则是"热火朝天"!

连长与指导员俩来到灶房时馒头刚出锅,热气腾腾地散发着香气。连长抓起一个,被烫得左右手来回倒,炊事班长赶紧递过来一双筷子。

耿连长得寸进尺,将手中的馒头穿在筷子上顺势又在笼屉上穿了两个……

耿连长边用嘴吹着馒头边问:"小常(炊事班长),今天早上都拿啥给我们喂肚子?"

炊事班长小常用围裙擦着手答到:"馒头、大米粥、两个小菜、两个咸菜……"

已经开吃的耿连长进食的动作切换成"慢镜头":"一点儿荤腥的都没有哇?"

他咽下一口馒头的同时又用拇指和食指掐起一根咸黄瓜……

炊事班长小常胆怯地回答:"每人还有一个鸡蛋,午餐有点肉。都是按食谱来的……"

耿连长一手往嘴里塞着馒头,另一只手比画着:"鸡蛋不算荤腥!去……把司务长找来。"

炊事班长小常如释重负,转身迈着有点"沉重"的步伐离去。留下的是同样有些"沉重"的:"是——"

见炊事班长走远,指导员插空进行"教育":"连长……你这吃相就不能文明点?

当着战士我都不好意思说你!"

两名炊事员端着两盆小菜从"操作间"进来,指导员拽了拽连长:"走,到饭堂吃去……"又扭头对炊事员说:"给连长盛碗粥。端盘咸菜。"

两名炊事员端着菜盆立定回答:"是!"

在饭堂"连首长"位子上落座的耿连长满不在乎:"啥文不文明的。咱是'猪圈里长大的孩子——过不了人的日子'! 饿了就急着叨两口……"

郝指导员也边说边落座:"你是'瞎子闹眼睛——没治啦'! 真是不可救……"

见司务长与炊事班长进来……指导员把"要"字咽了回去。

耿连长不等司务长站稳就开始数落:"哎……我说。昨天的花卷碱小啦……今天的馒头碱大啦! 咋连着丢手艺呢?"

司务长急忙辩解着:"增加了几名新兵就餐,炊事员一下子掌握不好量。"

咽下嘴里的馒头后,耿连长的"口齿"开始伶俐,开始清晰:"这是理由吗? 就不会边使碱边揪个面球烧烧尝尝……这事儿还用我教? 你们是揣着明白装糊涂,就是图省事儿!"

炊事班长抢着为司务长解围:"是……是……下次一定注意!"

耿连长对炊事班长摆了摆手:"没有下一次啦! 快开饭啦,你去忙吧。"

炊事班长"擅"不搭地退场:"是!"

耿连长示直视着司务长:"这段时间训练的运动量大,战士的体力有点透支……你得想办法保证营养跟上! 我看'每日一蛋'太少,还不够塞牙缝的! 卵子籽还俩哪……咱就改为'每日两蛋'。而且三餐都要有肉! 是吧……指导员?"

耿连长又把脸转向指导员。目光不是征求意见,而是要他表态同意。

指导员只能表态同意:"连长说得有道理,就按连长说的办!"

司务长的表情有点为难,连长好像并未擦觉……

得到"支持"的耿连长继续布置:"你看那几个城市兵,虽然个头有……但像豆芽似地。外强中干……眼瞅着就要趴窝啦! 饭菜不可口就偷着嚼饼干……那玩意'干不拉擦的有啥营养? 想长身子骨还得吃肉! 所以咱得顿顿有肉。上级的'规定'是'斤半加四两'。咱玩'重体力'的外线连队就得'斤半加八两'! 这样才'收支平衡'。既然训练超负荷,伙食就要超指标,这是必需的。咱可不玩那纯粹花架子的'一刀切'! 对啦,新兵里不是有个'回子'吗? 叫炊事员每顿给他炒盘鸡蛋,吃腻了就调调样蒸鸡蛋糕。妈的……咱这'兔子不屙屎的地方'牛羊肉也不好淘弄!"

司务长的表情很为难:"那……那……伙食费就超啦! 这个月还有春节会餐。"

耿连长:"超就超吧……分散连队哪项经费不超呀? 哪个连队不超呀?"

司务长的表情更加为难:"可是……"

耿连长:"有话就说,有屁就放! 别'西瓜皮开腔——磨磨唧唧'的……可是……

可是啥呀?"

被逼无奈的司务长,只得"坦白"交代:"可是总站财务把咱连的各项经费都停啦……只给拨生活费!"

耿连长立马火冒三丈:"咱犯哪条党纪国法哪?拉出去枪毙也得先让吃饱喽呀!"

司务长吭哧憋肚地小声地解释:"王奉广住院不是在财务借的钱吗?五千多……总站经费也挺紧张,财务股长都挨批啦!"

知道此祸是自己惹下的,耿连长也没了电:"哦,我明白啦。这'小鞋'立马就开始穿啦!咱还真有点对不起财务股。"

在一边搓手跺脚干着急的郝指导员往前凑了凑:"要不求营里跟总站商量商量……每月少扣点?经费全停了还让不让人活啦?"

耿连长的倔劲又来啦:"活!咋不活呢?咱还要活出个样来。但咱就是不下跪!咱是'冻死迎风站、牙疼吃硬饭、饿死打饱嗝、病死不住院'!就是砸锅卖铁……我耿大业也得叫战士们顿顿吃上肉!"

为了给耿连长降温,郝阅文故意浇起了冷水:"肉就不要顿顿吃啦。和尚不吃肉不是也活得倍棒吗?"

因为司务长是个比一些干部还老的老"志愿兵",同时又是连队"班子"成员,所以两个连头并不拿他当"外人",所以一向"注意影响"的指导员才敢当着这"第三者"的面与连长搞"摩擦"。

郝阅文没想到的是,浇下去的是一盆水,遇火却变成了一盆"油"!

倒出手来的耿连长竟鼓起了掌:"你这'风凉话'说得恰到好处真是时候呀!那练武功的和尚不也是'狗肉穿肠过'吗?上个月咱连部去林场看的《少林寺》,这和尚吃肉的情节你没忘吗?看来这娱乐活动还得多搞哟!"

洋洋得意的耿连长眯起小眼睛斜瞄着指导员:"这就是'老人家'说的,搬起石头砸自己的哪儿来着?"

脸上有点挂不住的指导员在桌子底下解气地踩了一下耿连长的脚!

受到如此"严重"的"踩"激报复!耿连长却一反常态,故作若无其事……

为了给指导员个"台阶"下,耿连长擦了擦嘴,又故装轻松地道:"天下事难不倒共产党员。"

见指导员和司务长都大惑不解,耿连长开始详细地解释:"这样,现在咱这'共产党员'就布置任务。司务长你明天去趟总站,找卫生队李队长先串换点钱……他们现在'对外门诊'搞得火呀,有活钱!"

稍微顿了顿,耿连长又接着布置:"从下月开始……除新兵外津贴费一律停发。就说是连队暂借,要打借条……但要做好工作别'鼓包'。往后的事办法我来想……"

司务长得"旨"后底气又足了起来:"那我今天就去吧!连里已经没钱啦,现在是抽探家干部的'工资代'花呢。"

耿连长做个可以走的手势:"去吧,嘴严点! 到总站谁都别见,快去快回!"

已经快走到门口的司务长回头道:"放心吧! 我明白。"

望着司务长离去的背影,耿连长自言自语:"你办事,我还真的很放心……"

很不"放心"的指导员也像是自言自语:"拉一屁眼子饥荒可咋还哪? 愁死个人啦!"

耿连长却满不在乎地给他吃起了"宽心丸":"虱子多了不咬得慌。活人还能让尿憋死? 拉饥荒过日子不是啥砢碜事! 哪个外线连队没拉过饥荒? 一有工程啦就先要基层垫资先开工。上级等着要政绩,不拉饥荒任务咋完成? 不用愁,车到山前必有路。"

稍微开点窍的指导员还是不放心:"那敢问'路'在何方呀?"

耿连长也不正面回答:"现在不是讲'摸着石头过河'吗?'路'还真不一定在'脚'下呀!"

指导员的心里烦着哪,说话也没好气:"没心思和你逗哏!上次王奉广住院让人白医生掏自己的腰包请客搭人情。这次你又要连累李队长,你跟卫生队到底啥关系呀?"

耿连长则故作惊讶:"这不是'和尚头上的虱子——明摆着吗'? 那是咱'老丈人'家呀! 不用白不用。过这个村可就没这个店啦!"

说罢得意地将最后一块馒头和最后一节咸黄瓜一起塞进嘴里,噎得"哏喽"一声! 吓得指导员赶快帮他敲背……

指导员揶揄着:"你不但'护犊子'还'护食'儿! 没人和你抢,哎……我说……一提'娘家戚'咋把你兴奋成这样?"

耿连长已被噎出了眼泪,干瞪眼说不出话……

"连长——连长——"

走廊里传来了文书王洪国急切的喊声!

见连长的一口馒头还没有咽下去,指导员替他答话:"喊什么喊!? 找连长啥事?"

已慌慌张张跑进饭堂的王洪国喘着粗气道:"出——出——出事啦——"

一口馒头被"惊"到肚里的连长问:"谁出事啦?"

文书定了定神:"一排长——"

第五章

A 训练场上有条"高仿真"线路。

外线技术是靠铜线铁线"堆"出来的！

"无米之炊"都把我"难为"死几次啦！

高！实在是高！"一举两得"！

连部训练场占据着连部操场的一侧。操场中间的"黄金地带"是篮球场兼队列训练场兼室外集合点名用的"多功能"场地。

训练场靠连队的围墙一字排开立着几根电线杆子。除了杆与杆之间的"杆距"，杆子上的"木担""隔电子"、电话线一应俱全，与"真实"的电话线路没有区别。在两头被称作的"终端杆"的线杆上，还有着为了平衡线路到此的"戛然而止"而造成的拉力的"偏坠""打"的"地矛"拉线。

外线业务的专用名词太多，要想都弄明白，除非你到外线连队去干个一年半载的。否则光靠文字只能"说明"个也许大概差不多喽。

这样的"高仿真"线路每个外线连队都有。这是供人员训练"上杆"和"杆上"作业使用的"专用道具"。

"高仿真"上唯一"不仿真"的是：线杆外表那由沥青进行防腐侵染的黑色"外衣"，已经在频繁的"上下"过程中，被"脚扣子"上的"钢牙""啃噬殆尽"。花里胡哨地露出了木头的本色。

离"高仿真"线路不远，还有一条"高仿真"但"低高度"的"线路"。这是供业务水平还在"初级阶段"的新战士，站在地面模仿"杆上作业"的训练"道具"。

与"高仿真"线路遥相呼应的是作为训练场背景的院墙上，白底红字的八个一人来高的"仿宋体"字："严格要求　严格训练！"

虽然"仿宋体"仿得不那么规范，但却很醒目、很响亮、很有冲击力、很让人为之一振、很让人摩拳擦掌、很让人跃跃欲试……

"再紧点，再紧点……"

耿连长蹲在地上像弹琴似地用指头拨弄着"40"铁线。铁线的一头系在水泥桩上，五十米开外，几名战士正在用"紧线器"将其抻直。一旁还摞着几盘没打捆的铁线。

将一圈一圈的铁线抻直，是所有训练科目的第一步。

连队今天上午给新兵安排的训练内容是打"五股束合地矛"，这是所有训练科目里最"浪费"线的一项内容。耿连长这个心疼哟，好像要抽他的筋扒他的皮！

见本应是坐在连部背政治课的指导员也朝训练场走来，耿连长起身扑拉扑拉手迎了过去："你这'大政治家'也坐不住冷板凳啦？也想把这思想工作的大课堂，'深入细致'到这热火朝天的训练场来？欢迎！欢迎！热烈欢迎！"

突然他停住脚步回头叮嘱："线头掐短一点，咱这点训练器材不是大风刮来的！"

已经来到跟前的指导员也不甘示弱，随即挖苦着："你真是'葛朗台'呀，连点儿线头都算计！"

耿连长却一脸正色道："我想当地主老财也得有那么多的'存粮'不是？这几盘铁线还是咱历年的'积累'呢！这几年上边下发的训练器材是'老太太过年——一年不如一年'……去年领的器材还不够一人打一根儿'地矛'的。你让我拿啥'训'？让战士们拿啥'练'？巧妇难为无米之炊，我都快憋屈死啦！"

指导员用棉手闷子帮连长扑拉着身上的灰："'过渡时期'部队要忍耐。军费紧张又不光是咱通信兵……你就少当着战士发点牢骚吧！"

耿连长真的很委屈："你要是能给我整几盘铁线来，我立马闭嘴！"

很显然，指导员对此"现实"也是无可奈何："你这是朝大姑娘要孩子！想难为死谁呀？"

耿连长更"无可奈何"："咱不能和'步兵'比，一颗教练弹能扔十几年，一杆练刺杀的木头枪能'杀'上万人！'外线'的技术，是靠这铜线铁线堆出来的。这铜线铁线在训练中是不能反复使用的'耗材'。但耗材'耗'的可是'真金白银'！不怕你笑话，'无米之炊'都把我难为'死'几回啦！"

耿连长"死"了几回没人知道，但这"回"确实是他主动打破僵局的："走吧，既然咱俩呛呛不出器材来，还是看新兵打'地矛'去吧？还是在这上下下功夫！"耿连长用手指了指"严格要求 严格训练"的标语。

一字排开的新兵队列前，连队的一位老志愿兵"教员"正在给新兵讲解打"地矛"的要领并做示范。

他边讲解边用牙签粗的"铁匝线"将五根两米多长的"40"铁线"束合"为一体："……打'地矛'的关键是要扭好'地矛鼻子'……扭'鼻子'要领的口诀是'手握折点线端平，用力压合成'U'型……'"

耿连长赞许地点着头对指导员说："过去培养一个这样的业务骨干，两年就撸出来。现在训练的器材少，要靠在值勤和整修中进行辅助训练。这培养业务骨干的周期就长啦！有时还没'练'出来就该复员啦……真是'青黄不接'呀！这'以勤带训''以整带训'……再有一个什么'带训'就好啦喽!"

显然,指导员也没想出什么高招:"再有一个什么呢?"

一心可以"多"用是耿连长的强项。虽说在和指导员唠嗑,但他的眼睛始终没有离开训练的新兵:

"哎! 你这钳子一定要把'麻箍圈'带紧……要不'缠绕'出米也是稀松的。"

连长把一名正在打"地矛"的新兵扒拉开……接过这位新兵手中的钳子,亲自做起了示范:"看见没有? 得这样……"

连"值班员"快步来到训练场:"报告连长、指导员!"

"示范"得正来劲的耿连长头也没抬:"啥事儿…呀?"

值班员是来告状的:"文书又在正课时间偷着看文化课的书! 昨晚还不按时就寝,在小包库里学到十二点以后。这周他是第三次啦! 总搞特殊化,影响不好。"

耿连长抬起头,直了直腰:"知道啦,这事儿我来处理。"

转身要走的"值班员"又被连长叫住……

耿连长吩咐道:"哎……你和文书到器材库里找八个小木箱搬到训练场来,不要太大的。"

"是!"

值班员转身里去。

指导员疑惑地:"这儿要木箱干什么?"

"每个新兵一个,放线头和其他废料。一是废物回收;二是谁掐下的线头都要对号'入箱'……没见咱早晨拣到的线头比火柴还长吗?"耿连长边解释边挥挥手叫"值班员"去落实。

很不以为然的指导员还为"线头"的事和耿连长斤斤计较着:"有时候就'赶'到那么长了吗……"

耿连长的霸道劲又来了:"'赶'到那么长也得用钳子掐短! 掐铁线练手劲就得用费料。拿整根的铁线练咱'消费'得起吗?"其实耿连长的话不无道理,练"掐线"用长线确实是一种浪费。

指导员咂着舌头挖苦:"你真是算到骨头里啦……"

"原则"问题绝不让步的耿连长哭丧着脸:"你当我不想省省脑细胞呀! 紧着算计这点料还'捉襟见肘'呢。俗话说得好哇,'吃不穷、穿不穷、算计不到才受穷'。咱是'穷'得叮当响啦!"

见耿连长说得确实在理,指导员赶紧纠正:"理解万岁! 理解万岁! 哎……你说文书这事儿咋办? 如果给时间复习,他考上名牌军校没问题。而且将来还会有大的发展……小伙子有心劲儿,是块儿好料! 可是这复习需要时间……"

耿连长的脸上出现了很少有的愁云,小眼睛卡巴了几下:"这事儿是挺棘手。文书工作没黑没夜的,按理儿说挤点个人的时间自学无可厚非。但他是连领导身边的人,战士们都拿眼瞄着哪……"

指导员倒是率先想到个不知可否的点子:"我看唯一的解决办法就是让他下小组去。小组大块的时间多,再说培养好'学员苗子',也是一项重要的政治工作。"

连长在训练场上来回踱着步,边听着指导员讲话边看着新兵训练边想着文书的事……突然他眼前一亮,脸上露出了狡黠的笑容。

耿连长接过指导员的话茬:"高!实在是高!这知识分子也开窍啦。文书下小组好,下小组好!真是一举两得的高招!就让他跟新兵一起下去……"

B

"死不瞑目"也得死!

烈士生前就有"遗愿"?

儿"埋"千里母担忧!

你是"海豹"能咋地?

郝指导员并没有被"胜利"冲昏头脑,他要抓住时机和耿连长说句"心里话":"今儿早上我是第二次看你兴奋,看来这太阳真的是打西边出来啦!说说……卫生队咋成你'老丈人'家啦?"

还惦记着文书下连这事的耿连长,此时也乐意回答指导员"惦记"的事:"还惦记着这事儿哪?那是卫生队李队长占我便宜的口头语儿……白妮不是在他手下吗?所以他见我就把'老丈人''大舅哥'挂在嘴上!"

这些郝指导员早有耳闻,他所关心的是"下回分解":"听说你和白医生'马拉松'式的恋爱'跑'了七八年啦!啥时候能到终点呀?"

耿连长的脸上突然"晴转多云",连说话都没了底气:"遥遥无期呦!一言难尽、一言难尽呀!哎……"

指导员"宜将剩勇"不依不饶猛追猛打:"白医生的年龄和我差不多,都三十出头啦。陪你打了一个'八年抗战'还要打'持久战'……人家靠得起吗?你到底安得啥'狼子野心'?"

耿连长来了个"死猪不怕开水烫":"你就别'打破砂锅——问(纹)到底'啦!这是我的'隐私'……我有权保持沉默。"

"秀才遇上兵"的指导员今天是非要把"理"说清:"这词儿是在电视上学的吧?用的倒是恰到好处!咱不打听你的'隐私'……我就问问你和白医生到底是啥关系?"

耿连长不但"放横",还抓住"战机"反攻:"'男女关系'呗。这话问得有点'弱智'!可不像出自你这大秀才之口。"

指导员并不计较被耿连长反"咬"了一口，也不计较他的话中带了多少的"刺"……

这"穷寇"指导员今天是"追"定啦："既然是'男女关系'，那白医生为啥一口一个'我哥我哥'的叫？还满顺口的……"

没想到指导员的话又给了耿连长"可乘之机"："我也是'你哥'呀！你不叫……说明你没礼貌！"

指导员今天不但铁心和"穷寇"较劲，还摆出了"舍得一身剐"架势："今天你甭想蒙混过关！这事儿你无权保持沉默。我是指导员，我有权对你进行'政审'……"

被"逼"无奈的耿连长长长地叹了口气：

"哎……你是成心想让我'痛说革命家史'呀！"

耿连长此时是真的动了情："……我和白妮的哥哥是一个车皮入伍的'纯'老乡。他叫白壮……身体特棒人特好……我俩摽着膀子地干工作谁都怕被对方落下……入伍三年后我当了一排长他当了二排长……"

指导员有点明知故问没话找话："都在咱们连吗？"

已经进入角色的耿连长心里话就像那决堤的水："都在咱们连……一起入伍……一起入党……一起提干……连探家都一起走……好得跟一个人儿似的。当时才十六七岁的'黄毛丫头'白妮自然管我也叫'哥'。只不过是叫'耿哥'。"

指导员的脑海里映出了一幅"哥俩好"的画面："那啥时候改口叫'我哥'的呢？"

一向嬉笑怒骂的耿连长表情愈加严肃："有一年咱们地区发大水，大雨小雨哩哩啦啦地下了半个多月。有天二排的线路出了故障……白壮带着战士去抢修。出故障的那一段线路在'落雷区'，白壮是排长……当然要抢着上杆。线路刚刚接通……天空就响起了一声炸雷！"

为了不让泪水流出眼眶……耿连长使劲地用脚"刨"着地面……

已经猜到结果的指导员还是急着进一步求证："白壮牺牲啦？"

耿连长的眼泪在眼圈里转着："那还有好呀？他被烧焦啦，安全带都烧折啦！尸体倒挂在了线杆上……可眼睛却是瞪得大大的！"

指导员的眼里也浸满了泪花……

少许，指导员抬起了头："那后来呢？"

耿连长的话有点断断续续："由于山洪冲毁了去小组唯一的道路……老连长和老指导员爬了两天的山才一身泥水地赶到小组。洪水越来越大，白壮的遗体根本运不出去只能就地掩埋……没有亲人相送……也没有开追悼会……连一具棺材都没有哇！哎……用他自己的行李裹着上面盖了件雨衣就埋了……最值钱的一件随葬品……是还带着老指导员体温的那副近视镜……白壮并不近视……听老连长说……那是因为白壮的尸体都发臭啦……可他的眼睛还是闭不上……还是水灵灵的……好像有话要说。我知道他是死不瞑目呀……黄继光堵枪眼……董存瑞炸碉堡……王杰救战友……还都有个选择考虑的瞬间……如果人有选择死亡的权利……谁都会去选择壮烈的死……可老天爷连'瞬间'都没给他留！死不瞑目也得死！他是没得选择呀……真是活得伟大，死得憋屈！"

想让泪水不流出来，心必须是个大海。但此时指导员的心就是个"大洋"，也难挡泪水的"溢出"！

怕被训练的战士们看见两个连头"不轻弹"的眼泪，以免引起不必要的误会不必要猜疑不必要的议论不必要的联想，连长和指导员信步向空无一人的连队的篮球场走去……

指导员率先打破了这不堪回首的沉默："军人的牺牲何止在战场啊……那再后来呢？"

耿连长深有感触："是呀，谁让咱通信兵上的是没有硝烟的战场；打的是没有枪炮的战争呢？"

"你常挂在嘴边的通信兵是'养兵千日，用兵千日'！'平时就是战时'！的口头禅就是从此有感而生的吧？"指导员好像触摸到了些耿连长的思想与性格形成的初始脉络。

耿连长点了点头表示默许。但他的思路，还痛苦地停留在"白壮事件"上："白发人送黑发人的情景惨哪……他的父母都是很老实厚道的农民……他们没有向部队提任何的要求……只是想把儿子的尸骨挖出来背回老家埋到祖坟里！因为白家是几代单传……白壮虽然有了对象但还没结婚……没有留个一男半女的……从此白家断了香火不说！俩老人最担心的是儿子埋在他乡……将来连个上坟的人都没有……不就成了'孤坟野鬼'啦吗？"

指导员不假思索地表态："落叶归根。两位老人的要求不高……应该满足他们。"

耿连长使劲地摇了摇头……

"不行啊……当时白壮的事迹材料已经报到了军区……材料里有一条就是'根据烈士生前的遗愿和烈士家属的强烈要求……白壮同志被埋葬在了他生前战斗过的地方……日夜守护着他生前维护的千里银线……'还有什么'青山处处埋忠骨……何必马革裹尸还……'还有什么来着我记不得啦！反正都是什么'亮点'……都是他妈'没眼的鸡吧——瞎编（鞭）'的！我是白壮生前的好友，我咋没听他说过要留下什么'遗愿'！"

这回指导员认真地思索了好一会："这是宣传的需要……也是没办法呀？否则烈士的形象就不够'高大'，事迹就不够'完美'啦。"

耿连长还是有点愤愤不平："……哼！'宣传的需要？！'……那烈士父母的'需要'呢？良心的'需要呢！？"

知道自己又有点"失言",指导员赶忙又打岔："这个问题咱往后再谈,往后再谈！那再后来呢？"

耿连长知道指导员不是在这重大的"是非问题"上有意和他唱反调,于是他平静地道出最后分解"："为了不让两位老人过分伤心……为了白壮和我的那份兄弟情谊……我跪在两位老人的面前磕了三个响头！我说……'从今天起我耿大业就是您二老的儿子……我不但要给您二老养老送终……我还要照顾好埋在这里的兄弟……我活着不让兄弟的坟上长一根野草……死了要埋在他的身边我们哥俩做伴……'"

指导员出了口长气："明白了……从此白妮就叫你'哥'了吧？"

耿连长也长长地叹了一口气："……哎……就这样……我又多了个爹……多了个妈……多了个妹子……"

指导员又关心地问："两位老人现在咋样？"

耿连长痛苦地摇着头："没啦！脚前脚后地都跟白壮去啦……受那样大的打击……得多硬的心肠的人才能挺住呀！"

指导员想把话题往白妮身上引："老人们临死前还留下啥话没？"

耿连长知道指导员话里有话："要不说白妮这丫头心里苦哇……虽然为了安抚烈士的家属军区特批她当了兵……又特批她提了干……还保送她去军医大学去深造。当时是叫'接过烈士手中枪'……《解放军报》都登啦……正经轰轰烈烈了一阵子呢！但白妮一提起埋在咱'二·三'小组后山上的她哥哥还是心有不甘……因为她父母临终的时候还是嘱咐她一定要想办法把哥哥的遗骨接回来……不然的话他们在天上都呆不踏实……有句古话叫'儿行千里母担忧'！这儿'埋'千里母就更担忧啦！即使是'在天'的父母也同样的牵肠挂肚呀！'你哥不能尸骨还乡……你也别来我们的坟前烧香啦'！这就是白壮的父母留给闺女最后的遗嘱……我家属活着的时候白妮没少跟她嫂子哭……哎！她该咋办？她又能咋办？"

指导员如梦初醒："白妮的命够苦的啦……怪不得她的眼神总是那么忧郁！"

耿连长眼里的泪花依旧闪烁："其实……心碎的又何止她一人呀……当时有张画通信兵的油画你知道不？"

指导员对画颇有研究也颇感兴趣："你说说具体的内容……"

耿连长用颇感笨拙的语言开始描述："画的是一名女通信战士冒雨在线杆上打电话……"

指导员脑海里开始迅速地搜索扫描："我知道……叫《我是海燕》吧？我们刚当兵的时候连里还贴着这张画……"

由于找到了共同的"画"题,耿连长的表述也开始顺溜了许多："因为画的是咱外线维护的内容……画得又是那么的美……所以当时我们每个小组都挂那张画……"

指导员满脸疑云："这张画有啥毛病吗？"

耿连长摆了摆手："不是这张画有啥毛病……而是白壮死后我们老连长的心理出了'毛病'！打那起……他见了这张画就扯！边扯还边叨咕……'你是'海燕'……你就是'海豹'还能禁得住雷劈呀？这不是找死吗?!'"

"细想想老连长说得也十分的在理。这雨天上杆作业，本来就是违反安全规定的。不过想想画家也挺冤枉，按你们宣传干部的逻辑推理。这么画也是为了'宣传的需要'呀！这'需要'和'现实'和'规定'啥时能画上等号呢？"

C 怕就怕天鹅想吃癞蛤蟆！
啥驴都能拉磨，啥铁都能锻钉！
开飞机的咋"出息"了个空军司令？
不"练"半点马列主义也没有！

见耿连长的眼泪和鼻涕一起"溢出"，而且是情不自禁地无法控制的"溢出"！指导员没有再刨根问底去提他和白妮之间的其他事儿，而是换了个话题：

"这一排长受伤住院……抢修排长去'填坑'代理。你是既要抓全面又要抓具体，新兵的训练害得你亲自挂帅，够你喝一壶的啦！"

一提训练连长好像又换了个人："他们都在这儿……训练工作我也不松手！不拿眼睛盯着我不放心！走……再过去看看。"

此时新兵的训练科目已经转为了"捆匝线"……这也是外线"杆上做业"最简单最容易掌握的科目。

两名新兵边操练边小声议论："这外线活也太简单太没文化啦。给狗脖子上拴块大饼子狗都能干。"

一名叫杨喜的新兵也跟着嘟哝："没一点技术含量！练再好将来也没啥出息！哎……咱咋就没命分到内线连队去学载波呢？真像老兵们说的，咱是当对了兵，但进错了门走歪了路呀！"

杨喜是一名很容易给人"打烙印"的新兵。

他的"与众不同"不仅仅是因为他是背着吉他走进军营的，更重要的是他有一张和时下正风靡大陆的台湾"小虎队"中的"乖乖虎"苏有朋一模一样的脸庞。

正因如此，他被接兵的干部相中。被"内定"为留在总站给首长当"公务员"的重点培养对象。其实，每年在接兵时，负责接兵的干部都担负着为首长物色几名既老实又厚道又机灵又勤快又有文化形象又好的"公务员"人选的任务。

这些"苛刻"的条件杨喜都"符合"，唯一不"符合"的是他长得太"招风"太"人见人爱"。整个一苏有朋的"山寨"版！即使如今他已穿上了军装并理了军人标准的"寸头"，但仍无法"脱胎换骨"，无非是"山寨版"改成了"戎装版"，活生生一只"绿色"的"乖乖虎"又展现在"粉丝"的面前。更不"符合"首长心愿的是在一次新兵连和女兵连的联欢会上，他模仿"小虎队"的一首《青苹果乐园》才演唱了一半，就引来了台下女兵们不停的尖叫不停的跺脚不停的呐喊！

这样的已经有"苗头"的兵放在首长的身边那不是"定时炸弹"吗？因为"调整"杨喜的分配去向，总站的钟参谋长和钱主任，还在研究新兵分配的"常委"办公会上闹了个"半红脸"。

钱主任认为：像杨喜这样长相和歌声都"招蜂引蝶"的兵，最好是'芭蕉扇打蚊子——远点煽着'！非但不能当公务员，就是总站机关也不能留。最好放在基层连队，而且离机关离女兵越远的连队越"保险"！

由于新兵的分配既不是什么"重大事项"，也不牵扯到任何人的"利益"，既然"一把手"已经"一锤定音"，所以常委们谁也没有提出"异议"，只有总站的钟参谋长硬着头皮想再"争取争取"。

其中缘由是：钟参谋长是杨喜他们这批兵的"司令部直属队"接兵团的"团长"。这"短命"的"团长"虽然是司令部直属工作部临时任命的，但他却没有"临时观念"。为了总站的"长远建设"，他没少动用手中的"特权"。

按兵员的"划片"，杨喜应该去"直属队"别的部队。而且那个部队的接兵干部也相中了这名生龙活虎的小伙子。钟参谋长又是拉关系又是做工作，好不容易把被他相中的杨喜"调整"到了自己的总站。这没有"功劳"也有"苦劳"；没有"苦劳"也有"疲劳"。结果是"好心"没有得到"好报"不说，就是对自己在部队的"发展"已经被"钦定"有所"耳闻"的杨喜和杨喜的家长也有点"交代"不过去。

于是钟参谋长小脚女人般地想再"谈谈"自己的想法："公务员归总站勤务连管理，让勤务连看紧点，不一定就会出事吧？"

对于连"副手"都不够的部门领导敢公开地和自己唱"反调"，钱主任心里自然不悦："'看得紧'纸里就能包得住'火'呀？咱当兵的时候部队看得紧不紧？男兵女兵说话都要有第三人在场，那也没挡得住出事！也没挡得住癞蛤蟆'吃'到天鹅的'肉'！再说，我们下班后这办公室和宿舍就归公务员'管'啦。勤务连管得再严，也无权限制公务员给首长打扫卫生吧？想出事，这时间地点不都是现成的吗？"

为了避免两个"常委"为了个新兵闹得"矛盾升级"撕破脸，总站的高政委赶忙插话"和稀泥"："钱主任说得对！钱主任说得对！行政'事故'就得要预防为主。不过现在也不能和咱当兵的时候比，过去不是极'左'吗？"

对于高政委的这种各打五十"大板"又各给一个"甜枣"的"调停"。钱主任是既不买账又不领情，甚至还很反感这政治工作者"滑头"的"专长"："现在是不一样啦！

现在改革开放啦。这女兵比男兵还'开放'！咱总站领导办公室的窗户正对着新兵的队列训练场，不知道你们看没看见，只要那个叫杨喜的一上队列训练课，小女兵们就仨一群俩一伙叽叽喳喳地围观……怕就怕这'天鹅'想'吃''癞蛤蟆'！"

钱主任"所说"，常委们也有"所见"也有"所闻"而非"空穴来风"。因此常委们没人再发表不同的"意见"。况且，兵是你参谋长接的，"愿"也是你参谋长许的，这"蜡"当然也要由你来"坐"啦！

但在杨喜到底应该放到哪个连的"定位"问题上又"卡了壳"。大家的"心态"都是怕当老太太的尿盆——找挨"骂儿"！

最后还是钟参谋长厚着脸皮打破了僵局，谁让他在新兵家访时一高兴在杨喜家吃了饭还喝了酒还抽了烟还……还拍了自己的胸脯呢！所以他不下地狱谁下地狱？

"我看这样一个因为咱没有兑现'承诺'，而可能背上严重思想包袱的兵放在那儿都棘手，都容易出事。不行就当'重点人'把他就放"耿大驴"的连吧？这几年总站头上'长角'、浑身'带刺'的'重点人'可是没少往他那儿'流放'！他还'来者不惧'。真邪门，啥驴到他那儿都能拉磨；啥铁到他那儿都能锻成钉！含金量多少的在他那儿都发光……要说'耿大驴'摆弄这包袱的兵、后进兵、调皮捣蛋的兵还真有点特异功能！他要是真帮杨喜放下思想包袱解开思想疙瘩转过思想弯子……还真备不住又培养了一个正面典型呢？"

钟参谋长的性格不温不火，说话慢条斯理的。这与大部分军事干部风风火火的"暴脾气"大相径庭。

但此时此地他的"慢条斯理"却像故意的"气人"！特别是临了对"耿大驴"那几句"飘扬"，更像有意地"狗尾续貂"，有意地"画蛇添足"，有意地给你心里添堵！钱主任没有理由否定钟参谋长的意见，他也确实找不出更好的意见，就是"犯堵"也得挺着，于是虎着脸眼睛瞅着常委会议室的天花板。刚想起来耿大业与钱主任"过节"的参谋长"求助"地看着高政委……

"杨喜这件事就议到这儿，下面来研究研究女新兵的分配问题……"

作为"一班人"的"班长"，高政委对平衡协调关系的"该出手时就出手"拿捏得炉火纯青恰到好处，"及时雨"般地为钟参谋长解了围。

"耿大驴"是耿连长的"荣誉称号"！此"殊荣"是什么时间由什么人"授予"的已无从考证。但此"称号"在总站流传得甚远、甚广却是不争的事实。

总站老资格的连以上的干部当面也敢这么叫。对此褒贬"统一"的"雅号"耿大业倒不介意，不发驴脾气时还欣然地"笑纳"。甚至有时还故意做个"尥蹶子"的动作逗得大家哈哈一笑，然后他还要"追加"一句：

"小心我踢得你满地找牙！你们大家都躲远点，当心崩一身的血！"

耿大业对这"不雅"的"雅号"不但顺坡下驴，他还顺理成章地发表过独出心裁的

"驴论"：

"不管黑驴还是白驴，能拉磨的就是好驴！我是既尥蹶子又能拉磨，算不上'好驴'，只能三七开，简称'三七驴'，爱咋咋地！"

来到连队后，杨喜的思想情绪比较大。明明是到总站来当公务员的，他弄不明白为啥又被稀里糊涂地"流放"到了这最边远的外线连队？新兵连的指导员和他"单独谈话"时，"端正入伍动机、正确对待革命分工、要经得起组织的考验"！入伍后已经听过N遍的大道理又反反复复地给他讲了N遍。只是杨喜一遍都没"入心"！

本来计划着在部队当完"公务员"当"小车司机"，然后再转志愿兵然后再……最次也要到"内线"连队学学载波。他家在省会城市，学载波的复员兵电信部门抢着要！本来就不高不远大的理想和追求一下子变成了五彩缤纷的肥皂泡，你说他能"正确对待"吗？

"别理我，烦着哪！"

这人要是走"背点"，喝凉水塞牙！刚发了两句牢骚，又撞到了耿连长的"枪口"上。真是活该倒霉！

也许还是受刚才情绪的影响，听到新兵的对话耿连长噢唠了一嗓子。把"对话"的和"没对话"的新兵都吓了一跳！

耿连长并没马上进行批评教育或者"批判"教育。而是朝领着训练的老兵吩咐：

"教员——给我掐三米'4·0'铁线来——"

所有在场的人都猜不出连长的葫芦里卖的什么药？只见他捏着教员递过的铁线两头，面对着所有的新兵……

耿连长接着介绍，俨然是一名合格的外线教员："明线断线的接续有两种。一种是用套管用工具的接续叫'另缠'；一种是不用套管不用工具的接续叫'自缠'……"

耿连长边说边开始表演"自缠"，筷子粗的铁线在他的手里如面条似的……

耿连长手忙嘴也忙："自缠多用于战场上和紧急情况下，这种接续手段的优点是速度快且不用借助任何的工具……"

转眼间已被弯成闭合曲线，铁线的两头已像"麻花"似地紧紧地拧在了一起。更叫眼神不够用的新兵们震惊的是：只见连长两手划了两个弧线……"麻花"外多余的两节线头竟齐刷刷地被拽断……断茬比钳子掐得还齐！

要知道这"40"的铁线的拉断力可是800公斤哪！

连长扫视一眼直咽吐沫的新兵们……明知故问：

"谁刚才不怕风大膻了舌头……说咱外线一点'技术含量'也没有？还说给狗脖子上拴块大饼子狗都能干！没技术含量这铁线是咋断的？现在我给你脖子上拴个馒头……你照我的样干干看！"

耿连长搞教育，从来都是见好就收点到为止。见新兵们都低下了头……他便适时地换了口气,话题却还是围绕着刚才新兵的言论并未"跑题"。他走到新战士杨喜的跟前……

耿连长拍了拍杨喜的肩:"小伙子长得虎头虎脑的挺招人喜欢呀!但你刚才说的话不招人喜欢。兵没当几天,这'活思想'还挺多!奇谈怪论也不少!还净是三七疙瘩话!"

耿连长明显的话里有话。杨喜下连前,钟参谋长曾亲自给他来电话,千叮咛万嘱咐的。

"你就把心放到肚子里吧参谋长!是'乖乖虎'咱就不能把他带成'乖乖猫'!我保证叫他虎虎生威,还要虎啸深山哪!"

耿连长"锵"儿也没打地就向参谋长打了保票。如今这基层为上级领导"排忧解难"也是常有的事,只是耿连长从不借机向领导讲价钱,借机向领导"伸手",借机敲领导的"竹杠";也不借机"高攀"!也从不发驴脾气,从不犯自由主义。

"杨喜,我想问你个问题。你说这当多大的官才算有出息?"

这是个简单的"问答题"。高中刚毕业的杨喜要是答不上来,那可有点诋毁中国的义务教育啦!

杨喜惊恐地望着连长!但不敢和连长的目光对视……也不敢回答连长的问题。其实就是敢回答他也答不全面答不具体!

看来耿连长是要有针对性地给杨喜"吃点小灶"。他依旧心平气和地:"按你'追求'来推理,当'将军'应该算是'有出息'吧?你们几个都别笑,都给我把那嘴唇子关紧点,小心冻感冒你的牙!想当将军可不是什么'歪理邪说',那应该是'远大'的革命理想!不想当将军的士兵都是屌兵!'屌兵'能有啥出息?你想当'元帅'才好哪!革命理想高于天嘛,你们几个还笑,都给我严肃点!"

没办法,啥话一到耿连长口里,就"篡改"成了"包袱"成了"段子"!就连"名言名句"都不能"幸免"。第一次听到连队的首长这样的讲话这样的训人,新兵们是想忍也忍不住呀!

耿连长一本正经地接着问:"但不是个好士兵,想当将军当元帅那是做梦!想有'出息'得先有'技术'?那你们说是开飞机技术含量高?还是修飞机技术含量高?"

这个问题是困扰杨喜的"心病",他当然想回答敢回答。也自信能答得对答得准确答得正确:"当然是——修……修……修飞机的技术含量高!"

耿连长更加的"胸有成竹":"那我再问你,怎么开飞机的'出息'了个空军司令!而修飞机的没'出息'个空军司令?"

也许是这个问题对新兵来说实在是太难啦!杨喜脸憋得通红低下了头……

于是耿连长进一步的"注释":"告诉你们吧。咱解放军空军现任的王海司令员,在抗美援朝的战场上就是米格战斗机的驾驶员!是一级战斗英雄!"

这个问题耿连长没有再让战士们回答。因为"答案"只有他一人晓得。因为这"题"是他在这训练现场临时"出"的!

耿连长并不想故弄玄虚让战士们去自己想,而是趁热打铁地亮出了答案:"想有'出息'不在于你学的技术有多复杂、多尖端……而在于你干的具体工作有多出色!在于你能不能立足'本职'。平时多做贡献,战时多杀敌人!"

耿连长一鼓作气将他的"一言堂"进行到底:"别瞧不起咱这干外线活的。外线通信传输距离远、通话质量好、保密性强!俗话说'电话不通,指挥不灵'!这是对咱外线业务多高的评价呀?你们想想,哪位首长哪个部门能离开咱这'顺风耳'的电话?这说明无论平时还是战时,咱'外线'都是通信业务中的'老大'!"

耿连长虽然不是"文革"中的"造反派",但他"慷慨"起来,比当年的"造反派"头头讲话还有煽动性!

虽然耿连长没有"要掌声",新老战士们还是不由自主地鼓起掌来!

与演员不同的是,耿连长没有因为掌声而"尽兴"而收场。他要在"火"上浇"油":"告诉你们吧,咱们军区通信部的部长,也是外线出身。他当年干的还是技术含量不如咱'架空明线'的'被服线'呢!就是抗着线拐子满山跑的那种……只要你们能在本职工作上干出点名堂来……没准儿在咱们连就能'出息'个通信部部长!"

战士们被"部长"的位子"刺激"得大笑了起来……

这是开心的笑、尽情的笑!这笑声是放下思想包袱轻装前进的起点!

耿连长拍了拍杨喜的肩:"想明白没有?"

杨喜越是"想明白"了越是不敢搭话……

耿连长又扒拉了一下他的"虎"头:"想不明白使劲想!使劲想也想不明白找指导员去帮你想……"

战士们又是一阵窃笑!

连长又转向操场上的战士们:"该干啥干啥吧?别都傻站着啦!想在本职岗位上干得出色,就要熟练掌握该掌握的专业技术。这熟练掌握专业技术,没有捷径可走。一个字就是埋头苦'练'!光说不练的是假把式;不'练'就是纸上谈兵。不'练'半点马列主义都没有!"

新战士们应声"开练"!已经把连长的话"融化在血液中,落实在行动上",新战士们撒欢地练起来!

"行!老耿,演出相当的成功!"离开训练场的指导员向耿连长竖起了大拇哥!

耿连长一反常态的脸上有点烧得慌:"雕虫小'枝';雕虫小'枝'!"

指导员再接再厉地:"你这不是也'装'上了吗?行就是行!谦虚啥?"

耿连长还是自揭谜底:"不是谦虚。也不是'装'!用手断线这活是个'寸劲'。只要训练的铁线备足了,认真练半个月就行。岗位大练兵那时咱连的二年兵都能做到,还真是给狗块大饼子狗都会干！"

指导员十分认真地强调："我是说你刚才临场发挥的教育，分寸和火候把握得恰到好处。"

耿连长嘿嘿地笑着："'遭到'党代表的表扬我还是头一次呢！"

指导员立即制止道："别着急，我还没'表扬'完呢。你还是个能进'女排'的'二传手'，使劲想都想不明白的'球'一下子就'传'我这来啦。"

耿连长故意装作不解其意："那你委屈啥？这训练中的思想政治工作本来就是你的'球'吗？"

指导员一把按住耿连长的肩："哎！你先别急着溜。我还有一个'怎么想也想不明白'的问题。通信部的部长家我去过，他老人家也是咱'外线'出身，这'光荣的历史'我咋没听他说呀？"

耿连长一脸的坏笑："那是因为你一到部长的家，眼睛准跟恶狼似地'咬定'部长家那如花似玉的大闺女'不放松'！你就是有功夫咽口水，也没有心思听部长'讲那过去的事情'呀！"

"我真想踢得你满地找牙！你必须正式地向我道歉！"指导员的脸臊得，一会"精神焕发"一会"防冷涂的蜡"，幸好没有第三者在场！

"算我口误！算我口误！严重的口误！我为说秃鲁嘴及时向'政工干部'赔罪！哎，我这破嘴呀。一不留神咋'实话实说'呢？"

耿连长夸张地扇着自己的嘴……

D

医生，我没"搞"的时候就疼！

媳妇还是个"处女"，这几年白"忙活"啦！

顶门户过日子，就得"点子"多。

有门子的回家团圆；没门子的留守值班！

这碗水你咋能端平？

说话间……一辆半新不旧的北京"212"吉普风尘仆仆地驶进了连部的营区，车轮卷起的沙石噼里啪啦地击打着车身……

耿连长整理着"着装"书归正传："我这'二传手'该退役啦。因为'发球'的来了，咱俩就等着'接发球'吧。"

连部的挂图室里。四张"三屉桌"拼在一起上面蒙了两张绿的军毯形成了一张颇具"规模"的大会议桌。

挂图室相当于连队的"指挥所",镶嵌在墙壁上的挂图板上……分别是连队维护区域五万分之一的军用地图和自己绘制的线路路由图,以及相关的各种规章制度和各种图表。

营长范某的习惯是边看东西边听汇报;教导员郑某则与之相反,他能一字不落地记下汇报的所有内容。

耿连长合上他那没有"塑料皮"的"工作日记"本:"……连队近期的工作就是这些,有什么遗漏请指导员补充吧。"

说完他喝了口水,瞅了瞅指导员。

指导员明白连长的"用意"。这大半年的搭班子"彩排",他已熟悉了啥叫默契啥叫配合啥叫唱双簧:"工作方面我没什么补充的了。还是那个老问题,咱连的副连长已经空位快一年啦。能否尽快配上?"

已对全营的维护区域烂熟于心的营长还是在认真地看着地图……教导员则放下笔活动了一下手关节。

营长说话时还在装模作样认真地看地图,还是背对着大家。

营长干咳了两声:"一排长的腿到底是怎么折的? 一个月内出了两起伤人的行政事故! 你们的'两防'工作是咋抓的? 该认真查找一下原因了吧?"

连长在回答问题之前和指导员交换了一下眼神……

耿连长的语调中少了理直气壮的成分:"我们已经开过支委会啦,两起伤人事故虽然都有其客观的原因。但还是我们思想麻痹,工作疏漏……'两防'工作没有横向到边纵向到底。主要的责任由我来负……"

营长有些不耐烦:"行啦! 你就别拿那些官话套话来对付我啦! 该追查责任的时候跑不了你个卖酱油的。你说的那只黑瞎子到底是咋回事?"

耿连长有点愤愤地:"还是八年前伤我家属和孩子的那……"

一向说话不打"锛儿"的耿连长突然顿住! 表情也同时"顿住"!

耿连长不自主地咬牙切齿:"……就是那只'一撮毛'! 一排长第二次遇上它时看清楚啦。头上的那撮白毛很扎眼的! 虽然为了掩护战士一排长滚下山坡摔断了腿,但也算是拣了条命! 要是让'一撮毛'搛上……那还有好!"

营长冷不丁转过身:"这'一撮毛'可是有年头没到咱线路上来祸祸啦?"

耿连长卡巴着小眼睛:"但它也没消停! 前两年还伤过几个林场的伐木工人……我们分析是因为森林采伐造成它的活动范围缩小,又把它搛咱线路上来了。"

始终进行"听写"的教导员抬头插话:"你们想没想点防范的措施?"

耿连长的话里开始带着情绪了:"'老虎一个能拦道,耗子一窝也喂猫'! 没有枪啥措施管用?"

营长用两个指头敲着桌子:"有枪你敢打呀? 这山上现在除了耗子都是保护动

物！你还嫌惹得乱子少是不?"

教导员配合着营长:"这个问题我们马上向总站汇报。近期你们上线路要保持多人,还要带点'家把式'。"

刚被营长"撅拉",耿连长的情绪有点低落:"已经布置啦……"

明察秋毫的教导员及时地更换了话题:"一排长的个人问题解决没?这可是你们连队的'老大男(难)'哪。这事小郝你也得多上上心,官兵的'个人问题'这是政治工作的范畴。"

知道该轮到自己上场啦,指导员赶紧"接球":"上个月还托人给介绍了一个省城的,但没成!"

缓过秧的耿连长主动"抢答":"没成就对啦!要成我都不干。长得跟《鲜花盛开的村庄》里'六百工分'似的!领出去不'影响市容'也影响咱当兵的'光辉形象'呀!哎……哎……这些教导员你就别记啦!再记我可一句实在话也不敢说啦。"

教导员合上了硬皮活页的笔记本,笑了笑调侃:"合着你刚才汇报的都'失实'呀?好记性不如这烂笔头子,我还想拿这跟你'秋后算账'呢!"

营长端起茶杯吹了吹上面还漂浮的茶叶,但水还是有点烫,所以他没喝:"我听明白啦。原来一排长处一个不成、处一个不成……都是你搅和的呀?什么'影响市容''光辉形象'……把关还挺严的!还是把你自己的事先'整明白'再替别人操心吧!"

耿连长拉出了据理不"争"的架势:"营长你这么批我可是比'窦娥'还冤呀!一排长的对象我少介绍了吗?可他一见女人就'草鸡'……吓得连话都不敢说。这怨我吗?"

教导员假装安抚:"看把你冤的,都快委屈出'心结石'了吧?夸张的有点过啦!一排长小伙挺精干的。"

耿连长向教导员跟前凑了凑,神秘兮兮地:"长得'精干'有啥用?一排长的这里有'毛病'!"

教导员故作惊诧:"一排长被你传染啦?也得了'心结石'?是你有'毛病'还是他有'毛病'?"

耿连长不苟言笑地顺杆往上爬:"教导员,我没瞎掰。要说这一排长心里长的'石头',比我长的可是大多喽。他那'石头'都大成'障碍'啦!这事儿我问过卫生队的李队长,一排长患的叫……叫……叫什么'心理障碍'。一句话就是在深山老林里蹲的,就像《女人是老虎》里唱的一模一样。他就是那'小和尚'!"

水温终于降到了营长可以接受的温度,他咕嘟咕嘟一口喝了半茶缸:"净瞎掰。一排长在山沟里蹲七八年就成'小和尚'啦?那你在山沟里蹲了十七八年咋没成'老和尚'?我看你快成精啦,安个尾巴就是猴!"

耿连长又转向营长:"营长大人在上,'臣'真的不敢瞎掰!书上也这么说。这书李队长还送了我一本呢,叫《普通心理学》。我刚看了一半……"

教导员若有所思地:"李队长说得有道理。那一排长的个人问题更要抓紧……结完婚就好啦。"

耿连长也咽了口水:"那也未必,两位领导,我给你们讲个故事:说有一个已婚的部队干部……也是常年在山沟里蹲傻啦!他得了叫……叫什么'副睾结核'的病。当时他也不知道是啥病,于是就到部队医院去看。唉……给他看病的偏偏是个女医生,他一见是个女的就蒙门啦。医生问他哪儿不舒服?他说肚子疼……医生按了按他肚脐的四周……问他是上边疼还是下边疼?他说是下边痛。医生说那你是小肚子疼?他赶紧说是比小肚子还小的肚子……女医生立刻明白啦。那你是'睾丸'疼?你们猜他咋回答?他提上裤子满脸通红地赶紧解释,医生……我没'搞'的时候也疼!"

见两位营领导都被逗得前仰后合了,耿连长又甭着脸:"这可不是我瞎编的,这是真事儿!是总站原先搞计划生育的马干事下连时给我们讲的。有名有姓有鼻子有眼的,马干事现在和咱指导员的家属搭班子……不信你们去问问。马干事还说那……"

正用手绢擦眼泪的教导员肯定是还没听够:"还说啥?"

连长:"还说这种个别现象在军营有向'普遍'发展的迹象!所以当下社会上流行一套嗑叫'十等人,傻大兵,大水大火往前冲,见了女人就发蒙!'希望部队的各级领导一定要引起重视。对啦,他还举了个例子,说有位蹲山沟的干部结婚两三年啦家属就是不怀孕。着急要'下一代'的俩人到医院去检查,结果男方啥病也没有,媳妇竟然还是个处女,他这几年算是白'忙活'啦!"

耿连长白话完后立即向指导员使了个眼色,指导员会意。

"两位领导。一排长在咱总站范围内也是'老基层'啦,上级能不能考虑给他换个环境。咱连副连长不是'空位'吗……虽说连部也是山沟,但与外界接触得多一点。"

始终没有记录的教导员如梦初醒:"你俩的迂回战术打得不错呀!练了多长时间差一点叫你们给'绕'进去!"

营长推开了面前的茶杯:"一唱一和!狼……狼……你俩都瞅我干啥?那句成语不能用,用了怕伤你俩的自尊心!"

耿连长换上了赖皮的嘴脸:"领导不就是想'赞誉'我俩'狼狈为奸'吗?这词挺好的,这不正好说明我和指导员是'思想红、作风硬、团结战斗没派性'吗?"

营长又端起了茶杯无可奈何地摇着头:"又开始见缝插针地'飘'扬自己啦?"

教导员却是比较认真:"行,磨合得挺快。能尿到一个壶里去啦!"

耿连长赶紧抓住时机:"俗话说'火车跑得快,全靠车头带'!咱这班子里关键是有个好'班长'……咱指导员常跟我讲'相互补台,好戏连台。相互拆台,一起垮台!'咱现在还不想垮台呀!"

营长起身:"说你胖你就喘上啦!没工夫看你俩演双簧啦。走,到营区转转。一排长提副连长的事儿,我和教导员回去研究研究……提职这事儿营里只有建议权。我可没给你们许愿呀,是不是教导员?"

连部训练场上热火朝天。

见营长一行向这里走来,教员并没有对正在兴头上的新兵们"叫停",而是只身向营长报告……营长还礼。

耿连长十分殷勤:"营长、教导员,你们两位首长随便点个新兵出来,检验检验咱连的训练质量和成果……"

营长摆了摆手:"又拿你的'强项'显摆?在训练工作上你们连可以'免检'!到时候在总站的专业技术竞赛上把外线各单项冠军保住就行。教导员,他们连再包揽一届冠军就几连冠啦?"

正蹲在器材箱旁边扒拉里面废料的教导员回答:"六连冠!"

教导员起身扑拉扑拉手:"你们这废料回收做得不错……'颗粒归仓',应该在全营推广。"

耿连长确实为难:"不是我拉松套……再包揽一届外线的第一我可不敢打保票!"

耿连长跟跟屁虫似地跟在营长和教导员的身后不停地诉苦……

"虽说今年的新兵文化水平高,接受能力强,但这业务尖子可是用铁线堆出来的!现在训练打的这点底子,保证正常的值勤绝对付,想拿第一……"

营长有点不耐烦:"干点工作就讲价钱!全总站的新兵都在一个起跑线上,都是一样多的训练器材。咋就你叫唤得欢?"

耿连长的"抗批评能力"特强:"关键你不是叫咱拿第一吗?您说这训练的器材要是一断流……前面学的就'熊瞎子掰苞米'啦。"

营长皱起了眉头:"这训练器材营里尽量给你们解决一部分,主要还靠你们'自力更生'!"

耿连长见好就收:"给点就行!给点就行!咱要饭的哪有嫌'酸'的?"

营长挖苦道:"你这话还不够'酸'吗?"

连部的菜窖是由七十年代的"防空洞"改造而成的,所以属面积"超标"的那种。

检查工作不留死角是营长一贯作风……一行人转着转着就搂草打兔子地来到了菜窖。

连部菜窖里的大白菜储藏了不少,而且储藏的方法很特别,每棵白菜的根上都有一个小铁钩……白菜是一棵一棵挂在墙上的。

教导员揉了揉眼睛:"老耿,你这是啥'战术'?"

耿连长赶紧凑前两步:"这样吊着白菜不伤热、不掉帮。能吃到5月份……"

营长用脚踢了踢埋大萝卜的沙土:"冻储冬藏还是动了点脑筋的。这外线连队自己'顶门户过日子',就得多想点儿'点子'。咱耿连就是数'花大姐'的,点子多。"

耿连长双手抱拳央求到:"营长您就嘴下留情吧,再说我就成害虫啦!"

从菜窖出来一行人就直奔连部饭堂。

营长盯着食谱又皱起了眉头:"小日子过得不错呀!早晨改炒菜啦?肉菜还不少哪,也不怕放屁油了裤子?"

对营长的这记"扣发球",指导员赶紧抢着"救球":"考虑到城市兵身子骨单薄;训练的强度又大,所以我们每顿加了两菜,新兵下小组后我们就改为正常啦。"

营长还是不悦:"有钱你们不改也行,顿顿生猛海鲜才好呢!"

耿连长哭丧着脸:"哪有钱哪?马上就揭不开锅啦!总站把咱连的各项经费都停啦,我们现在是拉着饥荒过日子,吃了上顿没下顿,眼瞅就扎脖喽!就是想'勒紧裤带学雷锋,吃大饼子就大葱'都坚持不了几天喽!"

也看不出营长是在同情还是关心:"这事我知道。王奉广的手术花了多少钱?"

耿连长蔫了:"五千多……"

这次能看出来,营长是真的想为他们排忧解难:"脚上的泡自己走的!下个月营里少给你们补点,别让其他连队知道!不然的话就都来打土豪啦。"

耿连长欣喜若狂有点失态:"谢谢营长!谢谢营长!哎……真是'天大地大不如营长的恩情大……'"

营长终于被逗乐了:"你闭嘴吧!下句是不是'爹亲娘亲不如教导员亲'呀?有奶便是娘!"

耿连长也嘿嘿地笑了:"营长说得对呀!没奶的那是爹。我这不是太激动,抑制不住这颗'红心'在激烈地跳动吗?理解万岁!理解万岁!"

教导员落座在饭堂桌椅"同生"的"联体凳"上:"老耿,你认识问题别那么偏激。总站领导就不理解你们啦?昨天钱主任还带着政、后的部门领导到医大去看望王奉广呢。"

耿连长始终站着没敢落座:"报告营首长!我错啦,是我错啦!我是以'连长之心'度'主任之腹'!找机会我一定到总站找钱主任去'负荆请罪'!要不让钱主任打我二百'军棍'?"

营长一屁股坐在了教导员的对面:"那天你还敢和钱主任摔电话?真是'胆肥'啦!现在知道后悔啦?"

耿连长赶紧解释:"我那不是'瘸子打围坐山喊'!急的吗?"

营长力度不大地拍了拍餐桌:"管几百里线路你就成'瘸子'啦?那我和教导员管上千里线路就该是'截瘫'啦?"

教导员装作认真:"都别往下推理啦,再推理总站的主任政委成'植物人'喽!"

已经放松的耿连长:"都是我的错,破嘴惹的祸!今天我还以为两位领导是来'兴师问罪'的呢,看把我吓的,舌头底下都出汗了!"

营长话还是连挖苦带损的:"你耿大业还有害怕的时候?你的胆不是比倭瓜还大

吗？你没以为我们是'黄鼠狼给鸡拜年'来啦呀？"

四个人在餐桌前落座。文书提着暖水瓶进来……

营长端详着文书："不喝水啦,你去忙吧。"

见营长把文书支走,耿连长的心又悬了起来。他瞄了指导员一眼,正好与指导员的目光相对,好像在相互提醒,真正的'险球'要发出来了……虽然只是瞬间,但却被营长看在眼里。

营长也是个眼里不揉沙子的主："不错呀！你俩现在'心有灵犀'啦？是不是穿一条裤子都嫌肥？该穿一个裤衩了吧？"

耿连长毕恭毕敬地起身："大人息怒！大人息怒！有什么话您老人家就明说吧,我听候发落！"

营长这回把手当成了"惊堂木"："那我就打开窗户说亮话吧。司令部点名的几个兵你咋还不放行？你是不是有毛病呀？咋老和机关对着干呢？"

营长的态度虽然急转直下……但耿连长的心里却有了底儿。

耿连长玩起了"太极"："为这事儿呀？我还正想和您汇报呢。"

营长被他"太极"得心里"太急"啦："有话就说！有屁就放！有啥理由你就讲吧？我和教导员洗耳恭听！"

不管营长有多急,耿连长的'太极'还是不紧不慢："今年我咋这么倒霉呢？线路上杀出个黑瞎子……造得我们是损兵折将。光一排就非战斗减员两人！还都是一个顶俩的骨干。真是'裤裆里抡大锤——沉重的打击(鸡)'呀！人家是一个萝卜一个'坑';我这两个'萝卜'三个'坑'。'坑'还有余富！我都快成'胡传魁'的队伍啦,统共才有十几个人——七八条枪。"

营长和教导员对视了一下……态度有所缓和。

耿连长察言观色地道："再说,今年就分给我们八个新兵。一下子就让我们放五个有关系的'后门兵'回家过年。这真是'高丽过年要狗命啦'！"

营长眼盯着耿连长："别指桑骂槐。你说清楚点！谁是狗？"

耿连长立刻解释："我是狗呗。我连狗都不如,狗挨欺负了还敢龇龇牙瞪瞪眼呢。我敢吗？明摆着人家在扒拉事儿我也得夹着尾巴！"

营长停拍了"惊堂木"："没人不让你翘尾巴呀！我知道你对机关的某位干部有底火,分兵的事与人家无关,别没事找事啦！"

耿连长是"心""口"都不服："有没有关我心里最清楚,有些事没法跟你说。"

营长又有些不耐烦："没法说就不说！烂在肚里也没人拿你当哑巴卖啦。你们有难处我知道,可你们也得理解理解领导的难处呀。你以为上级跟下级就那么好张嘴呀？你以为我和教导员大老远地来一趟就像走城门呀？"

指导员郝阅文特想替连长挡一挡;特想表明一下自己的观点;特想说一下连队的

实际情况。他"特"没想到的是,下不了台阶的营长把他当成了"台阶"!

"营长,教导员。连长说的是我连的实际情况,为了保证春节期间连队人员的在位率,我们已经停止了所有人员的休假。耿连长已经三年没回家过年啦,但他还是要得两天亲自送新兵下小组去……为了防止再有战士遭到黑瞎子袭击。他还要蹲在一排和小组的战士一起过年……一起出勤……确保……"

营长感到指导员的话更不中听:"得得得!我听出来啦,就你们觉悟高!就你们贡献大!我告诉你们。教导员都四年没休假啦。不也得挺着吗!"

教导员赶紧打圆场:"该说啥事说啥事,我那是特殊情况。咱们通信兵里就是'后门兵'多,这是普遍现象;要从这是各级首长对我们通信部队的信任和厚爱的正面去理解。只要我们坚持严格管理,坚持不搞'特出人''特出化'。把一碗水端平,这坏事也能够变成好事,消极因素也能转化为积极因素……"

营长想要的不是"因素",是明确的答复,因为有些事儿他的压力也大:"没时间和你们磨牙!你们两个连队主官现在就研究,这几名兵你们放还是不放?"

话不投机的耿连长又要起了驴!

"不用研究,营长你要是下命令我放!你要不是下命令我不放!除非你撤了我。在位一天我就不能让连队出现'一人组'!教导员,你说这'后门兵'回家团员;'前门兵'留守值班,没'门子'的有假不让休,有'门子'的没假请事假!这碗水你让我咋能端得平?"

营长真的下不来这"台"啦!

"受教育!今天我是真的受教育!你不是耿大业,你是耿'大爷'行了吧?少跟我玩那滚刀肉,少跟我玩那死猪不怕开水烫!你是典型你怕谁呀?教导员,咱们走!就别等着人家下逐客令啦!"

缓过神儿来的指导员赶紧"盛情"地挽留:"营长,教导员。吃完饭再走吧?连里都安排啦……"

"吃气都吃饱啦!"

营长起身就朝外走,教导员拽了拽指导员……伸出两个手指小声说:"放两个吧?要不营长也交不了差!这年我们营连两级都不消停……"

指导员点了点头……他拽了拽低头生气的耿连长:"咱赶快去送送营领导。"

吉普车的车门被重重地关上!一溜烟地出了连部的大门。尘灰里只剩下还是敬礼姿势的连长和指导员。指导员缓缓放下敬礼的手:

"又要当'出头鸟'啦?鸟怕出头猪怕壮啊……"

还保持敬礼姿势的连长好像是对指导员……又好像是自言自语……

"不怕出头不怕壮,不怕复员没班上!宁死不屈就这么犟,爱他妈咋样就咋样!"

然后是一个带风的带声的带速度的带力度的"礼毕"动作!

第六章

A 穿林海,跨雪原,一身臭汗!
不管是"小虎队"还是"大虎队",
穿上军装就是"猛虎队"的!
为我们伟大祖国"巡线"!
"红"苹果乐园里好歌多。

朔风吹,林涛吼,峡谷震荡……

在通信线路的"路由"形成的"峡谷"中,传来了粗犷豪放的歌声……

"穿林海,

跨雪原,

气冲霄汉!

抒豪情,

寄壮志,

面对群山!"

一队解放军官兵正沿着通信线路踏着没膝的积雪一步步走上这高高的兴安岭。

他们每人都用绳子费力地牵引着一挂爬犁,爬犁上载着行李、粮油,还有各种各样的"年货"。

旷野放歌的,是连长耿大业。他的嗓子不错,很有"杨子荣"的味道与豪气!只是胯下少了匹"青鬃马",肩上多了条牵引绳。

紧跟在连长身后的是新战士杨喜,他的爬犁上比其他战士多了件物品———一个装吉他的琴箱。杨喜猫腰紧赶了两步……

"连长,你嗓子的条件真好。特别是高音区……很浑厚,穿透力很强。连长,您学过专业吗?"

耿连长回头瞄了一眼:"小新兵蛋子!哪个班长教你的溜须拍马呀?看来这'不正之风'是无孔不入'呦!连奶牙还没退的都学会'跟风'啦?"

杨喜紧赶几步和耿连长拉近了距离:"连长,向毛主席保证我不是'溜须拍马'。当兵之前我学过几天专业,我能听出来……"

耿连长放慢了脚步等了等杨喜:"不提我还忘啦！你是背着吉他入伍的,好好发挥你的特长。将来当个军营歌星……超过那什么郁钧剑,阎维文的,坐轮椅的徐良就更好超啦,为咱通信兵争争光!"

杨喜非常激动:"是! 连长。"

耿连长又回过头来:"刚才我犯了'主观主义'的错误,'溜须拍马'的话我批错啦,现在我收回,敬请杨喜同志原谅!"

能跟连首长近距离的交流,杨喜大有受宠若惊的感觉:"连长,看您说的。我们新兵常私下议论……"

因为遇到个陡坡,耿连长突然加速冲坡。把说出的话落在了身后……

"议论啥呀?"

杨喜小步快倒紧赶慢赶:"议论说,听您批评都挺长知识,挺享受的。"

连长:"这句话有'溜须拍马'的'嫌疑',我还得准备'严重'的批你!"

见连长与杨喜唠得挺热乎,新战士们都加快脚步往前凑。见此,耿连长停了下来:"都停下来歇歇吧……"

战士们跟跟跄跄地拉着爬犁围了过来……耿连长关切地:"大家累不累?"

战士们异口同声:"不累!"

一名擤鼻涕的战士慢了半拍,赶紧补充到:"不——累——"

其余的战士们哄堂大笑……

耿连长笑望着大家:"不累咋都冒汗了呢? 裤裆里也抓蛤蟆了吧? 这穿林海,跨雪原肯定是一身臭汗! 赶快把皮大衣都穿上,这穿山风刮骨头呀!"

战士们边笑边各自穿上了皮大衣……"

一名新战士好奇地问:"连长,咱运这么多给养进山。小组能吃了吗?"

"还能吃了——吗? 咱运一次给养就得够小组吃个仨俩月的。开春雪化前得把半年多的给养一堆儿运进去,不能拉爬犁时光靠肩膀头子抗,费了个牛劲,累死个人啦!"

耿连长边说边比画,逗得新战士们又是一阵哄堂大笑。

"杨喜呀,唱支歌露两手,给大家鼓鼓劲儿!"

"是! 连长!"

杨喜摘下手闷子抱起了吉他。

"唱啥呀? 连长?"

此时天空飘起了雪花,耿连长抬头望了望天,又用手接了接雪花……

"就唱点和这雪花有关的吧? 你看这山里的雪花多白多美呀!"

杨喜轻轻地拨弄琴弦……

耿连长双手扳着杨喜的肩膀:"你转过来,转过来! 别冲着风,想喝一肚子冷饮呀?"

战士们又一次被连长的话逗得笑声不断……

杨喜背着风,被战士们围在中间。他边弹边唱……

"洁白的雪花飞满天,

白雪覆盖着我的校园,

漫步走在小路上,

留下脚印一串串。

有的直,

有的弯,

有的深,

有的浅……"

连长皱着眉头用手做了个篮球裁判"叫停"的动作。

"停,停,停……"

停下来的杨喜和战士们都疑惑地望着连长……

耿连长明知故问:"你唱的是台湾校园歌曲吧?"

杨喜抱着吉他点了点头……

"我说咋听起来面咕嘟的像棉花套子似的。"

一名新战士往前凑了凑:"连长,台湾校园歌曲您也知道,您太有文化啦!"

这话耿连长有点不爱听:"你这马屁拍得有点偏!离'专业户'的水准差远啦。你以为部队干部都像电影里演的大老粗;像书里写的都是'山炮';是'屯迷糊'呀?不学习就要落后,落后就要挨打!咱解放军啥时候挨过打?解放军是所大学校你们都忘啦?我都上了十六七年'大学'啦!连小学生都会唱的台湾校园歌曲我这'老大学生'还会不知道?"

耿连长的话里虽有"水分",但也基本尊重事实。台湾的"校园歌曲"虽然未在部队"流行",但也未被"禁锢"。不过"小虎队"这新名词他是前几天才听参谋长说的,为了尽快地"知己知彼",他特地让"走南闯北"的司务长弄来一盘"专集"的磁带,关在"小包库"里一顿的狂听狂补!

战士们再一次为连长诙谐的语言感染,都'支棱'着耳朵把"包围圈"缩得更小……

"我不是说校园歌曲不好!那首'姥姥的澎湖湾'就挺好听的。但咱是军人,军人就要唱点威风威武的,就要唱点提神提气的,就要唱点铿锵有力的!不管你过去是'小虎队'的还是'大虎队'的,穿上军装就是'猛虎队'的!就应该雄赳赳气昂昂地唱那些'豪情壮志冲云天'的歌。"

洗耳恭听的战士们变成了"洗耳恭笑"。

只有杨喜投来询问的目光？他不是在询问"外婆"为何变成了"姥姥"。而是……

耿连长当然是有"问"必答啦："杨喜呀，你就唱《我爱你塞北的雪》吧！就是殷秀梅唱的那首……多大气。"

杨喜摇了摇头："连长，这首歌我没学过……"

新战士们七言八语的："连长，您给我们唱一首吧？刚才您唱的那首就挺来劲儿！"

耿连长也不客推辞："那我就再来一首……"

"朔风吹，

林涛吼，

峡谷震荡。

望飞雪，

漫天舞，

巍巍群山披银装！

好一派北国风光。"

耿连长那长长的"拖腔"被战士们热烈的掌声打断……

一名新战士突然问道："连长，您唱的都是'样板戏'吧？"

耿连长不以为然："'样板戏'咋啦？"

另一名新战士："'样板戏'不是江青搞的吗？江青是'四人帮'的……"

耿连长嘿嘿地笑啦，对新兵的"质疑"，他满意："政治觉悟还蛮高的嘛，'样板戏'首先是'戏'。这'京戏'是咱中国的国粹，已经有几千年的历史啦。她江青才多大岁数？"

又有战士憋不住乐……

"再说，曲波写《林海雪原》时江青还不是'旗手'。还不知道在哪个庙烧香哪！"

还是有战士憋不住乐……

耿连长又比画着："所以呀……说'样板戏'是江青搞的那是她沽名钓誉，拿群众的智慧往自己脸上贴金！"

听了耿连长的话，新战士们开始呛呛："连长说得有道理！连长说得有道理！我也喜欢'样板戏'，但没敢唱。"

耿连长也插话："道理归道理，我倒不是让你们都去学'样板戏'。我们当兵那会儿没别的歌学……不过有一首好歌是叫我终生难忘，长期受益的！"

一听让他们从心里佩服的耿连长，心里有一首让他由衷佩服的歌，新战士们都急着打听："连长，啥歌呀？连长，你给我们唱两句吧？"

耿连长没有回答是啥歌，而是整理了一下着装，然后是一个标准的哨兵造型……

"手握一杆钢枪，

身披万道霞光，

我守卫在边防线上。

为我们伟大祖国站岗……"

耿连长完全沉醉在歌声之中："为我们伟大祖国站岗，真是无限幸福！无上容光！无上豪迈……"

"好！好！好……"

听得陶醉的新战士们不由自主地鼓起掌来！

可是一名新战士却有些丧气："哎！可惜站岗放哨与咱无缘啦！"

"错！"

耿连长一脸的愠怒："我问你，这站岗放哨的要是发现了敌情该怎么办？他不得立马向上级报告吗？他报告得用什么？不得用电话吗？没有咱通信兵的维护保障，他的电话就不通！电话不通还报告啥呀？早被报销啦！因此，咱通信战士是'为咱们伟大祖国巡线'！比站岗放哨的更容光！更豪迈！更骄傲！"耿连长是用一个通信战士奋勇向前的造型做"收场白"的。

"好！"

一连串的问号解开了一连串的疙瘩。新战士们又齐声叫好！

已经没有疑问的杨喜却又提出了新的疑问："连长，这么好的歌。我以前咋没听人唱过呀？"

"那是因为你们都是刚从'乐园'里摘下的'青苹果'呀！"

《青苹果乐园》被耿连长分解后又以引经据典的形式运用得恰到好处，引得新战士们又一阵的欢笑和喝彩。

"现在不同啦。现在你们穿上了绿色的军，装虽然更像'青苹果'。但这新兵连一结束，你们就'一颗红星头上戴；革命的红旗挂两边'。就变成'红苹果'，熟苹果啦！"

耿连长再接再厉又做了一个摘苹果吃苹果的补充动作。

不是新战士们有意捧耿连长的"臭脚"，听耿连长讲话你就是不由自主地想笑想鼓掌想踩脚想喝彩……

在这"红"苹果乐园里，好听的军营歌曲有的是，什么《骏马奔驰保边疆》；什么《血染的风采》呀；特别是那首《热血颂》。一听就让人热血沸腾！

杨喜惊喜地道："还有《小白杨》，阎维文唱的。真好听……"

耿连长重重地拍了拍杨喜的肩："好听你们就在小组多练几首。谁英雄，谁好汉。连队开电话文艺晚会时比比看！"

新战士们又小声议论起了"电话文艺晚会"的事……

耿连长看了看表："天不早啦，咱们抓紧时间给小组的战士们送'见面礼'去。"

那名刚才说也喜欢"样板戏"的新战士和了句《智取威虎山》的台词："把虎搭着牵

着马……"

说完他也学着连长的动作在"乖乖虎"的头上撩了一把。

因为都是一个车皮来的纯老乡,杨喜并未激眼,而是做了个"反击"的假动作。

耿连长把眼珠子一瞪:"你把咱都当土匪啦?"

知道用错"台词"的新战士做了个鬼脸,吐了一下舌头……

B

"无言的战友"叫"路虎"。

万绿丛中"闪闪的红星"!

当兵的行李是"四大娇"之一。

小组的战士住"独栋"的"别墅"!

美哉雾凇!壮哉雾凇!天灾"线松"!

一排的"一·一"小组是该排的"中心组",也是该排"条件"最好的小组。所谓的"条件",一是该组的"海拔"相对较低,算是刚刚进山;二是该组十几公里远有个地方的"九站"林场,算是临近"人烟"……

林场的名字叫"九站"听起来让人费解,破译后原来这里面还包含着"深远的历史意义"。据史书记载,清朝的鼎盛时期,曾有大量淘金者在中俄的界河中淘金。淘到的金沙由官兵押解运往内地,运金的队伍日行夜宿。"九站"就是运金的队伍由边境前往内地的第九个歇脚的"驿站",这也是"文革"中极少幸免的"怀旧""怀古"的称谓之一。

小组是六十年代末的"产物",砖墙上的红土子不知厚厚的刷了多少遍。偶尔"暴皮"的地方能清晰地查出"年轮"……小组的房盖肯定不是"原作",鱼鳞铁砸的房盖在落日的余晖下银光闪闪的。

外线排的"排部"通常情况下设在"中心组"。一旦其他小组出现了人员的空缺,排长就要及时地"替补"到"空缺"的小组去"填空"。但排长一旦"空缺",连队就要派人来"替补"。

来给一排长打"替补"的是连部的抢修排长房进。因为该组的班长王奉广受伤住院,房进领着那名曾经在林场医院给连长打电话的战士"迎候"在院子里准备敬礼报告,这是"条令"要求的。只是他们的"队伍"太不"壮大",场面太不"壮观",倒是有点"凄凉"。

耿连长离院子老远就扯开了嗓子:

"房排长——报告就免啦。赶快出来接把手,别跟木头桩子似地……"

房排和战士应声跑步出院,他们还保持着"行进"的队形。

耿连长边喘粗气边摆手："别接我的,我没事儿! 赶快接最后面的新兵……刚掉队的……都累拉拉尿了!"

细心的房排发现连长的爬犁上显然"超载"了

"连长,你咋拉了那么多东西?"

耿连长靠在小组的大门上,上气不接下气："少废话! 我'多吃'就得'多拉'啦! 哎,烧热水了吗?"

擦肩而过的房排回头答应："烧好啦。"

连长身后两名没掉队的新兵显然是把"多拉"理解成了"多屙"! 他们把最后一点力气笑了出来……然后一屁股坐在了爬犁上。

院子里没有一点的积雪,因为积雪早已变成了"雪墙",所以爬犁下的"摩擦系数"加大。连长转过身……像倒走的纤夫一样喊着号子将爬犁拽到了小组的门前。

耿连长费了九牛二虎之力才把爬犁拽到小组的门前"他妈的! 这骨碌比走二里地都费劲! 早知道院里的雪不扫这么干净就好啦。"

始终背身拽爬犁的耿连长一转身……看见墙上贴着"热烈欢迎新战友"的标语。他立马笑了。

连长边笑边快步去接落在后面的新兵,还双手攥拳双臂挥舞。

"欢迎、欢迎! 热烈欢迎!"

新战士们都"咧咧沟沟"地进屋后,院子里只剩下连长和房排长。

已经缓过劲来的耿连长吩咐着："等新兵们洗完手就卸货。"

正摆放爬犁的房排长问："给下几个小组的东西也卸吗?"

耿连长过来给房排长搭了把手："这么多好吃好喝的堆在院子里,你想把狼和野猪招来呀?"

房排长孩子般地傻笑着："光图省事儿啦。我咋没想到这点呢? 大意啦!"

耿连长拍了拍这名爱将："大意失荆州呀! 油梭子发白'短炼'吧? 小组生活的'说道'多啦。慢慢学吧。"

房排长勤快地帮连长扑拉着身上的雪："连长,你也进屋洗洗吧? 饭菜都做好啦。"

耿连长靠在房山墙上要喘口气："不忙! 不忙! 我进屋啦新兵就得'让位'。加那'塞'儿还是干部吗?"

喘匀了气的耿连长开始背着手在院子里巡视,眼睛也净朝那犄角旮旯儿"撒么",这是他的工作习惯,和营长像是一个师傅带出来的。

"板障子都夹上啦?"耿连长边用手试着新板障子的强度边问。

房排长递过来一把扫帚头子,示意连长扫扫鞋上的雪："一排长没受伤前就夹上啦! 这几天我们又加固了加固,外面还堆了点障碍物。"

耿连长边扫边跺达着脚:"好!好!也知道想点子啦?我给每个小组都带了袋三寸的钉子!你们明天把它都钉在板障子上……尖冲外……黑瞎子再来扎死它个狗娘养的!等过完年我淘弄着'刺鬼'再发给各小组,编在板障子上。咱这'家'得'固若金汤'呀!"

接过连长还回的扫帚头子,房排长:"连长想得真周到!"

耿连长禁了禁鼻子:"用不着你表扬我。想得不周到还配当连长吗?哎,这两天线路上咋样?"

已经习惯了"挨呲"的房排长并未介意:"线路上挺太平的,没出啥故障。我们坚持正常出勤,也没碰到那只黑瞎子。"

院子里很冷,耿连长又重新戴上了手闷子:"那也不能放松警惕!黑瞎子啥时上线路可不提前通知咱,巡线时'家把式'得随身带着。"

房排是个"好战分子",一提到熊便跃跃欲试摩拳擦掌:"对付黑瞎子枪刺有点不够劲,我们背着线路砍路障的大砍刀。"

耿连长也被他的"战斗精神"鼓舞得血往上涌:"好!好!熊不犯我,我不犯熊;熊若犯我,我必犯熊!管它是不是保护动物,咱得先保命。砍死它也算是'正当防卫'!"

小组的战士推门喊,屋里的热气也跟着喊声飘了出来:"连长,排长,开饭啦!"

房排长用手比画着吩咐:"先叫大家出来把东西搬进去!"

"是!大家都出来往屋里搬东西。"

小组的战士也模仿排长的动作朝屋里比画着如同一个提线木偶。

小组的室内是"穿糖葫芦"的格局。一进门便是热气腾腾的厨房,由于小组的取暖和做饭都烧的是柴火,所以扑面而来的是焦烟、油烟和各种食材烹调后溢出的香味的混合气体。

中间的屋子较大,算是寝室兼办公室兼餐厅兼活动室的"多功能室"。新战士的行李整齐地摆放在那铺占据空间"半壁江山"的"通栏"的大火炕上。火炕此时"火"得"烤验"人!

最里面的一间,确切地说算是"半间"是器材仓库。由于是没有取暖设施的"冷库",给其他小组带的怕化的给养都堆在那里。

小组的饭桌是"靠边站"。由于现在它没"靠边",而是"站在"地中间三条腿着地,有点儿不稳。

因为凳子不够耿连长坐在了火炕上。

耿连长"撒么"着桌上的菜肴:"你们挺富呀!这野鸡、野兔、野猪肉……再加上这冻白菜冻萝卜蘸酱。你们快成'野战军'啦?没留点过年吃呀?"

刚挤空坐下的房排长想站起来被连长制止:"都是林场的孙场长派人送来的,每个小组一份儿……都带过去啦。今天吃的是我们组的,我虽然是'代理排长',新战友来了,总得表示表示吧? 今天就算提前过年啦!"

耿连长反客为主地张罗:"到底是当干部的思想觉悟高。来来……来……都动筷! 今天咱'共产主义',都造没它! 咱小组这日子过得比城里人好……听说城里人馋得实在没啥吃的,把蚂蚱子都吃啦?"

连长的一句话把大家都逗喷了! 尤其是"吃过"蚂蚱子的城市新兵。

"连长,来口酒不? 解解乏?"

"年不年节不节的喝那'猫尿'干啥? 明天我们还得起早往下一个组赶呢。有大葱吗? 给我来两棵!"

小组的战士放下筷子:"有冻的?"

耿连长既没放筷也没住嘴:"冻的也行,更脆生!"

房排长用"紧急集合"的速度扒拉完了碗里的饭,起身示意两边侧着身子的新兵往他坐的地方串串:"连长,明天我去送新战士吧?"

耿连长落口有声地嚼着大葱:"你老实在这'中心组'待着吧,这是你的'指挥位置'。咱俩虽然都是'代理排长',但你是'固定'的;我是'流动'的。分工可要明确呀! 舀点大酱来,我口重!"

一只刚出生十几天的小狗崽可能是闻到了饭菜的香味,从火炕的一角蹒跚着走到了坐在炕檐上连长的腿边,用鼻子到处嗅着。耿连长抱起小狗,用筷子沾了点菜汤点在手心。小狗有滋有味地舔着……最后还使劲地吧嗒着嘴,迎来战士们爱喜的欢笑,大家争着来抚摩小狗。

耿连长忽然想起了什么:"这是'大黄'下的吧? 咋没看见'大黄'呢?"

小组的老兵有些愣神:"'大黄'死啦! 那天晚上黑瞎子来作妖……'大黄'怕它闯进屋来伤人,便拼死地咬。最后到底将黑瞎子引出了小组,第二天王班长的手出事我忙蒙啦,也没顾上找它。马排长回来后我们顺着血迹在山后的树林里找到了'大黄'……"

老兵哽咽了……

小组的这名"老兵"几天前还是"新兵"的称谓。因为有更"新"的兵下连了,所以"称谓"只能"让位"。后来者居"新",这是"新""老"称谓转换的规律。

房进接过了话题:"'大黄'死啦! 尸体被我们运回来了,暂时用雪埋在了后院。'大黄'头盖骨都被拍碎啦……肠子被黑瞎子掏吃啦。'大黄'的嘴里还咬着一块带毛带肉的黑瞎子皮。"

"大黄"是一只纯种的德国牧羊犬,因为它除了黑色的脊背全身都是黄褐色的棕毛,战士们就亲切地称它为"大黄"。它是几年前耿连长死磨硬泡地在省军区犬队淘弄来的"淘汰"的军犬。为此,他那在犬队当"狗官"的老乡还跟着吃了"锅烙"!

耿连长平时对"大黄"很高看一眼,他期盼着"大黄"能下"一个连"的"小黄"装备给每个小组。真是期望越大失望就越大！

"开春后找个好地方把'大黄'的尸体好生埋了吧。它是咱无言的战友，虽然咱不能给它评个'烈士'或是授予啥称号，但享受'见义勇为'或是'因公牺牲'的殡葬待遇总可以吧？现在这小狗喂啥？"

小组的老兵将小狗崽爱怜地搂在怀里："现在喂羊奶，幸好小组的那只山羊没被黑瞎子咬死，只是咬折了一条腿……'大黄'一窝共下了六只狗崽，两只冻死啦；另外三只不吃羊奶饿死啦。就活下来这一只，连长，你给它起个名吧？"

连长沉思片刻……

"咱小组的狗一生下来就跟着战士上线路，它是既要保卫通信线路又要保卫巡线战士的安全。责任重大呀！就叫它'路虎'吧？往后给狗起名子，别除了'大黄'就是'老黑'的。都要和咱这组咱这线有点联系。有意义！"

新战士杨喜将小狗举在面前……

"'路虎'你好！我叫杨喜，咱俩是一年兵。但你是'坐地户'请多关照！"

杨喜的话让大家沉重的心情有所缓解……

一新兵小声地问小组的老兵："老兵，这水有股啥味呀？"

连长抢答道："是'冷饮'味呀！因为这水都是雪化的，跟城里人喝的'雪碧'差不多呀！"

一名战士乐出了声……把刚喝到嘴里的"雪碧"喷了一地。

耿连长也端起碗呷了口"雪碧"："待两天你就乐不起来了。常吃这雪水容易缺碘，所以要多吃点咸的。想过'水土不服'这关都得扒层皮，老二都不例外。"

这回所有的战士都乐了……都端着"雪碧"傻笑。

一名新战士终于鼓起勇气将"雪碧"一饮而尽："连长，那咱夏天吃啥水呀？"

耿连长示意再给自己满上"雪碧"："夏天咱吃井水，咱的井都打得浅，一到冬天就冻啦。"

"连长，那为什么不打深水井呢？"

"你以为打深水井像撒尿和泥放屁崩坑那么容易？咱这小组打深水井得九十多米。'一·四'小组得五百多米……而且还要打穿几道岩层呀！"

一想到小组的艰苦生活，几名新战士都闷头吃饭……

水足饭饱的耿连长放下了筷："咋就耷拉脑袋啦？不用怕！苦不苦想想红军两万五；累不累想想革命老前辈。你们知道咱这小组的外墙为什么要刷红色的吗？"

新战士们集体摇头……

"到了春天，兴安岭上是一片翠绿……再看小组，那是万绿丛中一点红。咱就是那'闪闪的红星'……"

"就像有首歌中唱的'四周环抱着绿树红'房'……'。我敢说，咱小组战士住的是全中国最美的别墅！还是'独栋'的！"

一名新战士十分好奇："连长，啥叫'独栋'的呀？"

"你这还不懂？方圆几十里内，就咱小组独立的一栋房呀！你们都别笑，咱这'独栋别墅'比'将军楼'不就少一层吗？等哪个小组将来出了个将军，咱就给哪个小组再接它一层……让这个小组的战士住'独栋'的将军楼'！"

吃完饭，战士们开始解行李准备就寝，分到该组的杨喜看着火炕上房排和老兵有棱有角的内务非常的服气上。

杨喜摸着房进的行李："排长，你说咱军人为啥要把这被子叠得像豆腐块似的？"

"为了整齐划一，为了体现军人的风貌呗。"

正在一边提牙的耿连长插话：

"还因为这行李是'四大娇'之一呀！"

一句话勾起了大家的兴趣，纷纷问连长"四大娇"都是什么？

耿连长如数家珍："'四大娇'就是'木匠斧子瓦匠刀、跑腿子行李、大……大'……这第四大我忘啦。"

"连长……啥叫'跑腿子'？"

"'跑腿子'就是'光棍'！你们这些没结婚的战士不都是小'跑腿子'吗？"

"连长，那'跑腿子'的行李为啥'娇'呀？"

"因为在打仗的时候咱当兵的是'灶王爷'贴腿肚子上走到哪哪是家，没看见电影电视上演过去的镜头军人都是背着行李打仗吗？行李就是军人的家呀！你们说'家'能不娇贵吗？"

战士们还是在交头接耳地议论……最后得出的结论是："想不明白使劲想！使劲想也想不明白找指导员去！"

这一次是连长被逗乐了……

"这帮浑小子！学我哪？谁敢学我把牙给他掰去！"

战士们哄堂大笑……艰苦环境带来的巨大心理压力被缓解了许多……

出外解手的老兵突然慌慌张张地跑了进来

"连长——下雾啦——！"

连长立刻严肃起来……

"雾下得大吗？结没结凌？"

被下雾吓到的老兵忐忑地："雾老大啦！十米以外啥都看不见，已经开始结凌啦！"

"情况不妙！房排长你立刻通知其他小组。"

一名战士好奇地问："啥叫结凌？结凌有啥可怕的？"

耿连长边穿鞋边说:"树挂你们都见过吧?"

因为都是东北入伍的,所以战士们都不住地点头……

"树挂就是树结的凌,因为看上去很美,很壮观。所以人们也叫它雾凇!线路上结凌形成雾凇现象很容易把线条坠折,预防的办法就是顺着线路走……然后不停地用长杆子敲线条……把'冰凌'给震下来。大家明白没有?"

已随着连长穿戴整齐的战士们异口同声:"明白啦——"

连长:"明白啦就跟我出发————"

C 瘦虎雄风! 卧虎"熊"风?
全军都莫忧愁呀!
堵自己的道,通老百姓的路。
再也不能这样活!
"外财"不是"歪财",高"线"亮节!

通信部队过完春节后,机关一般都要进行"拢人收心"教育。目的是让各类人员重新紧张起来,恢复正常的生活秩序。

与机关相反,这时基层连队则可以"松口气"了,由于完成节日战备执勤任务而紧绷的神经终于可以放松放松啦。

指导员郝阅文脸上盖了本《解放军文艺》斜着栽歪在床上,他那"一头沉"的办公桌上,一台"双卡"录音机正播放着歌曲……

"莫愁湖边走,

春光满枝头……"

耿连长风风火火地推门进来:"呀! 这大白天的'烀猪头'? 可不像咱'一本正'的指导员干的事!"

话到手到,连长掀起《解放军文艺》一屁股坐在床上看了起来,在蒙眬之中惊醒的指导员也坐了起来。

"老耿,你啥时候回来的? 咋不提前给个动静? 好派车去接你。"

耿连长用食指沾了点吐沫,继续翻着《解放军文艺》:"一排长提前出院啦,我就下岗啦呗。我让小房在一排再顶几天,一排长的腿还没好利索,先不叫他上线路。我履着线路走着走着就走回连部啦。没提前向你汇报……不'挑理'吧?"

指导员看了一下表……

"还没吃饭吧? 我叫炊事班给你弄点吃的。"

"不用啦! 没多大一会儿就开饭啦。你这蔫啦吧唧一副'月落乌啼霜满天'的德行是犯啥毛病啦？哎，这《解放军文艺》咋也改成'动物世界'啦？这'瘦虎雄风'写的是东北虎还是华南虎呀？"

指导员揉了揉惺忪的眼睛："嗨，最近老是失眠。安定吃多啦，白天也昏昏沉沉的。这是昨天刚到的《解放军文艺》，这'瘦虎雄风'是一篇报告文学。写的是咱们军区的某集团军由于经费紧张，军长都不坐'奥迪'坐吉普啦！结果闹出了不少的误会和笑话。"

一听"经费紧张"，耿连长就有点同病相怜的精神紧张："快说说'下回分解'？"

"哎！真是篇好文章呀！我是一口气读完的，一夜没合眼。我先睡会啦？"

耿连长越着急指导员越卖关子。没办法，求人就得低三下四："急死人不偿命咋地？快说'下回分解'吧？祖宗！"

架不住耿连长的央求，指导员振作了一下精神："后来该集团军励精图治，积极投身地方的经济建设……"

"好！这瘦虎还是只'开路虎'呀！咱们不也是只'瘦虎'吗？咱们这只'瘦虎'瘦得都皮包骨，走道都打晃啦！"

耿连长兴奋得像打了鸡血！动作也有点"打晃"。

"好啥呀？咱也只有叫好不叫座的分。人家野战军人员集中、时间集中，搞生产劳务可以整营整团的上！多大的工程都能'拿下'。咱通信部队是被拴在线路上的'卧虎'！是龙盘着，是虎'卧'着。'卧虎'还有啥威风？只能是'熊'风呀！你瘦得尿血也没用呀！"

耿连长不以为然："拴在线路上咱就是'路虎'！跟'一·一'小组的狗重名。你这盘磁带不错呀！'全军莫忧愁……'唱得多好……全军莫忧愁。"

指导员被气得哭笑不得："那是'劝君'莫忧愁！这'路虎'的耳朵是咋长的?"

见指导员要上套啦，耿连长心里偷着乐："我这不是'劝君'呢吗？你那点愁事都写在脸上！为啥呀？"

凄风苦雨愁云惨雾的指导员："还能为啥？省着省着窟窿等着……欠总站财务的钱也不知道猴年马月能还完？咱连都三月没发津贴啦，官兵们已经有牢骚话啦。"

耿连长并没有跟指导员一起长吁短叹："还是蚊子来'例假'，多大点事呀！我先跟你商量件棘手的事。这回下小组'走全程'，我特地研究了咱二排线路上的那几处'过道杆'子。原来这几年地方反复的修路路基都抬高啦，造成了咱'跨越线'离地面的净高已经不'达标'。我说最近咋老出刮线的故障呢？我想……"

使劲想也想不明白的指导员脱口问道："你想干吗？"

耿连长也不卖关子："我想给上级打个报告，要求在今年大整修时把所有的'过道杆'都加高。"

指导员还是想不明白："加高的后果是什么？"

耿连长单刀直入:"后果是彻底消除了隐患!降低了人为故障率。"

想不明白但听明白的指导员这个气:"后果还有一个。那就是咱再也罚不着款,彻底堵死了连队来钱的道。那么多的饥荒还拿啥还?"

耿连长并没在乎指导员的态度:"都说'君子爱财,取之有道'。咱为了还账也不能取之于'道'呀!那咱不成了'拦路虎'吗?"

"壮士断臂!我该为你的壮举鼓掌吧?"

"你也先别忙着挖苦。我知道这叫'八戒啃猪爪,自残自身'!但过去咱是不知者无罪,可现在我们要是知错不改,那跟截道的还有区别吗?堵自己的'道',通老百姓的路。这不是顺理成章吗?"

道理是无懈可击,但才下眉头又上心头的指导员还是有点不适应连长的"急转弯"。没办法,都是被外债逼的:"你高风亮节?我看你是起高调!你不怕其他连队咒你死呀?"

在原则问题上,耿连长是有足够耐心说理的:"咱'堵'自己的'道',不管别人说什么!指着收点'买路钱'来补经费的不足,咱再也不能这样活啦!你不是说'高风亮节'吗?咱是高'线'亮节!不是起高调,是起高'杆'。别的连队爱咋想咋想爱咋骂咋骂,咱对老百姓问心无愧就行。"声情并茂的耿连长越说越是一副"任尔东西南北风"的大义凛然的架势。

见连长并没有和自己唇枪舌剑,指导员也把话往回拉:"我知道我的理由拿不到桌面上来。你爱咋办咋办吧!"

"是该咋办咋办。我就知道指导员的觉悟高,一定会'大力支持'的!"

指导员始终阴沉着脸,被饥荒压得他是想乐也乐不起来:"少给我戴高帽!你是'挨骂'也拉一个垫背的,我上那儿说理去?现在你说,咱上那儿弄钱堵窟窿?咱不能拿全连官兵的津贴费和伙食费堵吧?"

"我不是说过'车到山前必有路'吗?你就不能露出点'苦恼人的笑'吗?"

"但这'有路'咱也没有'丰田车'呀!你就别逗我'咽泪装欢'啦……赶快'仙人指路'吧?"

耿连长拍着手中的《解放军文艺》:"这'瘦虎'的'雄风'不是给咱指了路吗?咱没地方'弄'钱就找地方'挣'钱去?'九站林场'今年不是要架一条通信线路吗?"

指导员怕连长把《解放军文艺》给弄卷了,顺手接过来放在自己的"一头沉"上:"我当有啥高招呢!快死了那条心吧!林场的通信工程总站'生产经营'的领导去了都没谈下来。再说也没有连队牵头干'工程'的先例呀?"

"'生产经营'没谈下来是因为林场半路杀出个'副场长'来。听说这小子挺不是个东西的,仗着上面有人。刚调来就炝蹶子,有点不服天朝管。工程的事他死钉着不放,是因为他手里有个个人组织的工程队。老孙是正职,不能一竿子捅到底。只好咱俩亲自出马啦!"

指导员还是有点前怕狼后怕虎的:"那总站那边咋说?"

显然耿连长已经运筹好了对策:"该咋说咋说呗。他们揽了工程都雇野战军的连队干,肥水全都流了外人田。家门口的事儿,咱挣点'劳务费'还不行吗?'人不得外财不富,马不吃夜草不肥'。咱要是不挣点'外财',经济上恐怕是难打翻身仗啦!只要这'外财'不是'歪财',咱就当仁不让!再说咱还可以提出个'以干工程带动训练'的思想。啥事只要有了'思想'就有了最充分的理由,你就顺着'以工带训'的路子发挥吧。报告由你来写!我就不信总站不想把基层的训练质量搞上去?"

D

"好话"不怕晚!唇齿不依,距离产生美?

万一老毛子打过来!你有几个脑袋?

军事禁区,"线"人免进!

边疆的"小烧"清又纯。打死也不说!

一辆军用的北京大屁股线路维护车"吱"地停在了九站林场场部的门口……连长指导员下车时林场孙场长与新来的殷副场长等已"恭候"在场部的门口。林场是连队的老"关系户",登门拜访也是常事。

连长与孙场长也非一般关系,这一点从他们见面的礼节上就能体现出来。

孙场长满脸堆笑的以主人的身份先打招呼:"不知驻军最高长官驾到。有失远迎!有失远迎!"

耿连长下车脚跟还没站稳:"我和指导员来给地方的领导拜个晚年,祝领导'晚年'幸福!这'迟来的爱'还不算太晚吧?"

"不晚,不晚!要是拜明年的年,还早三百多天呢。离我退休回家安度晚年还提前了二十多年呢!"

其实耿连长是没话找话地故意卖了个破绽:"指导员,我说得没错吧?孙场长批评人都用表扬的方式。我这嘴皮子就是跟咱孙场长练的,可惜只学了个皮毛。"

作为耿连长"嘴上功夫"教练的孙场长,当然不会叫"话茬"掉地上:"现在'皮毛'可是比肉贵!听说城里已经改叫'皮草'啦。来,我介绍一下,这是咱林场新调来的殷副场长,这位就是大名鼎鼎的耿大连长,这位是郝指导员。"

连长与指导员都向副场长主动伸出了手……

"耿大业。"

"郝阅文。"

"殷扬,昂扬的扬。"

有备而来的耿连长是步步紧逼:"副场长真是年轻才俊,斗志昂扬的,前途肯定无量啊!"

殷场长当然也不肯轻易缴械:"嘴下留情!嘴下留情!我是给孙场长打工的。不求有功,但求无过。"

孙场长一语双关:"进屋说,进屋说。咱是'好话'不怕晚!进屋你们就着好酒好菜就竹筒倒豆子切磋切磋。直接到餐厅吧?酒烫热啦,菜快凉啦!嗑可别唠散了。"

林场可谓"材"大"木"粗,餐厅里的桌凳都是"足斤足两"的三寸厚落叶松板材加工而成。不但看上去厚道,坐上去的感觉更"厚道"。

众人依次"对号入座",孙场长与耿连长分别坐在"主陪"和"主宾"的位子。陪酒的还有林场的几名中层干部,不胜酒力的指导员见这阵势有点心里没底,只好给连长观敌瞭阵。耿连长则是牢牢地把握"主攻方向",他的盯人战术是一定要把殷副场长坚决"拿下"!

主人还未举杯耿连长就开始"挑衅":"现在的年轻人多谦虚呀!那歌星影星的谦虚是为了要掌声;领导谦虚是为了要政绩吧?这副场长可是在一人之下万人之上,换'文化大革命'的词就是'接班人',孙场长你可要防止'抢班夺权'哪。"

为了尽快落实预谋的"预案",孙场长赶紧举杯:"来,来,都把酒满上,郝指导员不喝酒,那喝'健力宝'或者是'荔枝'饮料你自选吧?"

耿连长也一语双关:"还是孙场长了解咱,部队有个不是'条令'的规定。军政主官到酒桌上,就得一个'明白'一个'糊涂'。因此搭班子时就用'酒精测试'选的人,敬请原谅!敬请原谅!"

孙场长端起了足有"二两""容积"的口杯:"都是老朋友,我就不'造句'啦!朋友来了有'小烧',一般的客人来了迎接他的是'杜康'。可别小瞧咱这散装的'小烧',这是用比张艺谋的《红高粱》还红的纯东北大高粱加兴安岭的天然山泉水酿的。李谷一都唱啦'边疆的"小烧"可是清又纯'呀!这'清又纯'的小烧比那'不纯'的'杜康'可是强百倍!耿连长你喝了它就'大胆地往前走吧'!扯远啦扯远啦,我提议,为了咱十几年唇齿相依的军民关系,咱'烧'一口。'万里林海浪打浪'我敬酒我打样啦!"

孙场长虽然没有"造句",但他的敬酒词比"造"的还长,还好。特别是对耿连长"大胆地往前走"的"暗示",更是炉火纯青到了"造极"的地步!不愧"酒精"沙场的孙场,口杯里的"小烧"正好下去了一半。

耿连长"跟进"后接过话茬:"指导员带本没有?最后这两句词儿多好!快记上……"

孙场长瞄了瞄耿连长:"耿连长,今天你可悠着点。咱殷副场长可是'一斤酒,漱漱口,长城内外无敌手'哇!"

耿连长故作惊诧:"想'毁我长城'呀?那来吧,咱是'人民军队千杯不醉,钢铁长城咋喝都行。横批是:试看天下谁能敌。括弧是:缴枪不杀'! 来……殷副场长咱哥俩干一个。"

殷副场长有点被连长的"酒嗑"整懵啦;也被他"嗑"中的"含义"整懵啦;一杯酒下肚就更懵啦!

看到孙场长递过的眼神,耿连长心领神会。于是他换了个话题:

"听说春节前孙场长到咱连去慰问没喝好……?"

孙场长故意板着面孔:"不但没喝好;而且没吃好! 菜刚上来你们司务长就介绍,这猪是咱自己养的,鸡是咱自己喂的;蛋是咱自己下的……你耿连长自己下的蛋我哪敢吃呀?"

众人笑得前仰后合,桌上的气氛愈加浑和!

孙场长继续绷着脸:"司务长刚说完,炊事员又上来了。边擦手边跟我说'领导没啥好东西,都是战士揍的'……一听我都成战士'揍'的啦,我赶紧'挠杠子'跑吧!"

有人笑呛着啦……在酒桌上咳嗽起来!

孙场长又给耿连长递了个眼神,耿连长马上接过话茬:

"我们过去是解放军叔叔,是老字辈的;自从出了下岗'军嫂'就降成了大哥辈的;现在又都叫'子弟兵'。我们也成了'儿子'辈的啦! 咱还是平辈,你没吃啥亏呀?"

一桌的人像听相声似地欣赏着他俩的调侃……

怕把话题扯远了,耿连长适时地切入"主题":

"趁着现在还'明白',向在座的领导们请示一件事;通报一件……事。"

孙场长赶紧表态:"啥事说吧? 别大姑娘上轿'孜孜妞妞的'!"

"请示的事……是你孙场长答应的给我们每个小组二十根木耳段今年是不是该兑现啦? 小组的战士是盼星星,盼月亮,天天这电话打的呀! 我的耳朵都听木啦,都快成'木耳'啦。不信你摸摸……"

孙场长笑得一脸褶子:"你这'木耳'不值钱,不是'野生'的。不过倒挺厚实,像是'秋耳'。"

耿连长使劲揎着耳朵:"手下留情手下留情,像'秋耳'也不能现在就采呀! 我这耳朵可不是采一茬长一茬。"

孙场长不再玩笑:"这事是我许的愿,在座的谁管采伐谁去落实。咱这也算是'物质拥军'吧? 小组的战士不容易呀! 有的一年四季连青菜都吃不上……都跟咱的孩子大小差不多呀!"

一位中层干部赶紧表态:"这事我来办,每个小组再加十根!"

孙场长继续安排:"把木耳菌都给种好喽,小组的战士们不会弄。"

那位中层干部更是"立场坚定"地:"明白啦! 一个人情送到底。我连盖木耳段的草帘子都一块给带去!"

耿连长起身举杯:"激动的心,颤抖的手,'鱼'要敬'水'一杯酒。我得代表全连的官兵谢谢这位领导啦!来,我单敬您一杯!这军民鱼水情,不喝真不行。看我先见底啦,还带'甩干的'呢!"

见耿连长"甩干"着手中的酒杯不依不饶,那位中层干部赶紧抓垫背:"我真不会喝酒,应该和郝指导员享受一样的待遇。论喝酒,我是水裆尿裤的'水'。我投降!我投降!再说要谢你得谢孙场长。你得分清真假'五十K'!"

孙场长幸灾乐祸地:"烧错香了吧?还有啥'无理要求'都一块'抖搂'出来吧?你是夜猫子进宅——无事不来呀!"

耿连长礼节性地"自卫还击",他要配合场长把"戏"演好:"谢谢真'五十K'的高抬贵'嘴'!还没把我们直接抬举成前来'拜年'的'黄皮子'。那也别老把我当成是要账的鬼呀!你就不能抬高抬高自己?说我是'无事不登你的三宝殿'!"

孙场长依旧是很有"内涵"的笑脸:"你就别'寸土必争'啦!殷副场长还等着和你单独切磋分个高低呢?服务员,再把耿连长这酒热热。他胃不好,就怕喝凉酒花赔钱。这话没错吧?"

孙场长瞄了一眼服务员,又瞄了一眼耿连长。

耿连长清了清嗓子:"你们今年不是要架一条通信线路吗?"

孙场长的"笑脸"凝结了:"打住!打住!你可别惦记我们那点工程,那工程已经有主啦,是吧,副场长?"

耿连长的话题并没有"凝结":"你倒听我把话说完,再下决定行吗?我们今天来是想向你们通报一下,你们的工程先不能开工。"

殷副场长借着酒劲阴阳怪气的:"我们的工程为啥你说不能开工就不能开工?"

连长见副场长终于"接招",便及时地与孙场长交换了一下眼色。

耿连长压着性子耐心地:"说远了不是?什么你们我们的。就说是咱们要架的这条线路吧,有一骨碌必须跟现有的军用线路并行,最近的一段也就几米!这电磁相互干扰产生串杂音是肯定的,那可是一级国防线路呀!重要性一会让孙场长告诉告诉你。"

殷副场长更不以为然:"那问题好解决,你们重新配下交叉不就解决了吗?"

"配交叉"是外线施工中最常用但最难"说清楚"的专用名词。其最简单的注释就是为了消除电话线与电话线之间相互的"电磁干扰",每隔一定的距离,两条电话线就要交换一次"场地"。但具体如何实施,那就要"工程师"级的人员通过计算来决定。

没想到殷副场长是个"内行"。耿连长的脑海里迅速搜索着对策:"看来咱副场长外线的工程没少干呀!是内行就好,一说就明白。这几公里的并行需要重新配十几公里的交叉,这工程量可是不小哇。"

殷副场长禁了禁鼻子:"那让我们雇的工程队给你们干……"

耿连长板起了面孔："这可不是谁干的事！重新'配交叉'就要中断线路,老毛子要是趁那时打过来。你有几个脑袋够砍的！再说你见过军用线路的工程让地方干的吗？万一出现失密,也是要掉脑袋的！"

殷副场长下意识地摸了摸自己的脑袋,就觉着脖子后凉飕飕的："耿大连长,那你说咋办？"

掌握了主动权的耿连长故意不紧不慢："我说这事也好办。由总站向上打报告做工程计划呗。"

殷副场长可有点耐不住了："那得多长时间？"

耿连长掰着手指："这连里报告到营里;营里报告到总站;总站报告到军区;军区报告到总参。各级研究后再往下批复,有一年半年的时间差不多吧？"

殷副场长真的有点急了："干吗用那么长时间？部队的办事效率也太低了吧？"

耿连长拍了拍殷副场长的肩,示意他把屁股坐稳了："一听这话你就是不了解部队,不了解这条军用线路,你知道这条线路的前端是哪儿吗？是'珍宝岛'！"

作为"边民","珍宝岛"三字殷副场长的耳朵都听出了茧子："'珍宝岛'咋啦？"

连长压低了声音："这话咱说哪了,千万别传出去。'珍宝岛'是咱军区的主要作战方向,它和军区作战部二十四小时都有联系。牵'一线'动'全区',一半年能不能批下来还不好说呢！说不定卡在哪级还有可能得先派调查组来……"

殷副场长彻底没电啦："那不把咱给拖死了吗？这工程一跨年度,预算就得成倍地增加！"

耿连长同病相怜似地："谁说不是呢,我也为这事儿上火！咱们两家谁跟谁呀？先不说这事。来,咱哥俩再干一个！"

殷副场长端起又放下了酒杯:

"这酒我喝不下去啦！你能不能帮我们想想办法？"

"你先喝了再说,我都落你一杯了！你不把我陪好我咋帮你想办法呀？咱哥俩是够不够水平练练看;够不够酒量喝喝看;够不够朋友处处看！"

副场长无奈地端起了酒杯……

连长故弄玄虚地："办法倒是有一个,行不行得试试看？"

看了半天热闹的孙场长终于发话："老耿,你就别兜圈子啦。看把我们殷副场长急得都冒汗啦！"

耿连长一脸的委屈："不是我兜圈子,这招儿行不行我也说不准。"

殷副场长双手作揖："说不准也先说说……"

耿连长心中很得意,于是玩起了"烽火戏诸侯"："军民关系是唇……唇……看我这心里明白嘴打'摽'！今天真是喝高啦……"

"唇齿相依！说你不行你还'拉硬',嘴都瓢了吧？"郝指导员以为搭档真的贪杯误了事,赶紧补充到。

没想到自己的表演不但'戏'了'诸侯',连指导员这个'军侯'也给游戏了,耿连长很有成就感:"对!是'唇齿相依'。但这军地的通信线路最好是唇齿'不'依,距离产生美吗?这兴安岭大了去啦!你们再砍出一条路由来另起线路多省事呀?反正采伐都归你们林业局管……"

"赶快停吧!这哪是高招呀?纯粹的损招!另辟蹊径谁不会呀?但这成本就是把林场卖了都不够!再说,这片原始森林是国家新划定的高纬度高寒地区天然红松物种保护区,联合国都承认啦!别说林业局,就是林业部都没权动!谁敢冒那天下大不韪呀?谁想把牢底坐穿呀?"

孙场长看上去很生气!"叭"地把筷子拍在了桌子上。

见状耿连长赶紧赔罪:"就算我没说,敬请领导息怒。那……那……那就只有一条路可以试试啦,就是按军队以通信支援地方经济建设的名义向上打报告。后面再附上咱们两家十年相互支援……唇……唇……孙场长说的是唇什么来着?我又忘啦!"

指导员终于再次找到了插话的机会,但这次他的心里明白了于是随口提示:"唇齿相依!"

耿连长使劲拍着自己的脑门门:"我说酒桌上得一个明白一个糊涂吗?就是'唇齿相依'的关系!再附上十几年来曾无偿地为该林场提供了一条通信线路……再……也许会特事特办?快一点!"

此时耿连长的舌头倒是真的大了一点,郝指导员这个担心呦!主要的'任务'还没完成,可别现在就'一个明白''一个糊涂'啦!

殷副场长无可奈何地:"那就按你说的试试?"

耿连长其实一点都没'糊涂':"你说'试'就'试'呀?哪有那么简单!不附上军地双方签的合同,那不是'造假'吗?上级又不是傻子!"

殷副场长两眼直勾勾地望着孙场长,但孙场长并不表态。

志在"多"得的耿连长却急着继续"将军"扩大战果:"唉!真是线长事多呀!就是这条线路架啦将来的维护也是问题,军用通信线路是军事禁区!你地方的线路维护人员是不能进入禁止通行的……"

既然已经亮了底牌,耿连长准备收场:"指导员,咱撤吧?他们的'小烧'劲太大!上头……"

殷副场长真的沉不住气了:"孙场长你倒是表个态呀?耿连长他们要走啦!"

孙场长没听见似地还皱着眉头寻思……耿连长有点"火"了:

"老孙你啥意思?怕担责任咋地?没见过你这样的主官。看把副场长急的,当副手的容易吗?'不干不够意思,干点意思意思,干多了你啥意思'?哎……摊上你这么个正职……人家想'意思'都不知道你是啥'意思'?真是白瞎殷副场长这么个人啦!"

"火候"已到,孙场长一猛劲端起了酒杯,他的"结束语"也"炉火纯青":"我是哥。你是弟。你说咋地就咋地!干——!"

夜幕中,大屁股吉普车行驶在崎岖的山路上。

坐在副驾驶位置上的指导员拍了拍司机:"慢点开,别把连长'颠达'吐了!他今天喝了一斤多,为这工程玩命啦!你没看他刚才走路都'画龙'了吗?"

正眯着眼睛的耿连长冷不丁发话了:

"酒场如战场,把胃献给党!但命就一条,咱可玩不起!"

指导员一头雾水:"你没睡呀?"

耿连长坐直了身子:"我正琢磨着咱这大整修和通信工程怎么同时进行呢?人员太少啦,咱只能兵分两路。倾巢出动!"

指导员十分惊诧:"思路还挺清晰!你今天是不是有点'蛇吞象'啦?哎,你到底有多大的酒量啊?"

耿连长十分得意十分惬意:"我没多大量呀!但我的胃口大,咱不但一口吃了个大工程,这每年代维护的'夜草',足够咱吃个十来年的!如果再喝两杯小烧,我连恐龙都敢吞!"

指导员有点回过了劲来:"那你喝的是——"

"边疆的'小烧'清又纯呀!打死我也不说……哈哈……哈哈……"

第七章

A一不怕苦;二不怕死;三不怕水!

春江水冷兵先知。

石头风化,作风硬化,线路标准化!

万里"线杆"永不倒!

春回大地,乍暖还寒。

一段通信线路浸泡在泽国里,由于一个冬夏的冷暖作用,线杆已大部分不再保持"立正"的站姿。

身穿迷彩服的战士们忙着从"大解放"上往下卸工具和器材,耿连长挽起了袖子开始布置任务:"咱这大整修的第一仗就是块硬骨头!这块'硬骨头'啃下来,山下的重点路段就不在话下啦……"

一名新战士对眼前的景象十分地费解:"连长,咱这线路为啥要架在水里呀?"

为了缓解大家的紧张心理,耿连长笑了笑幽了战士一默:"因为这段线路是海军帮咱设计的!哈……哈。"

新老战士都随着连长笑了起来……

抢修排长房进边指挥整理工具边为新战士们答疑解惑:"前年咱这线杆还是'陆军'哪,离咱线路十几里的地方建了个水库。去年水库一蓄水就把咱的线路给淹啦……现在都变成'海军'啦!"

耿连长由近而远地往线路方向扔着石头,然后回头把房进叫了过来……

"现在是枯水期,最深的地方也就刚没'脖朗'盖。咱得抓紧时间把这段线路的杆根加固完……雨季一到这儿的水就没腰啦!"

房排长停下手中的活儿:"一根杆大约要四五十袋沙土,这三十多根杆子得一千多袋……咱带的经编袋差不少呢?"

耿连长望着一片春水:"中午车来送饭时告诉司机再去买点。但袋子里不能装土,装土水一泡就成稀泥啦。那不是'上坟烧报纸——糊弄鬼'吗?那是无效劳动!"

房排也环顾四周:"可这附近也没处去取沙子呀?"

耿连长拍着房排的头:"真是戴着眼镜找眼镜。身后这小山包不就有风化石吗?

比沙子还好,就是死沉死沉的!"

房排长恍然大悟:"风化石得刨,我说早上出来您非叫带几把镐呢?"

"这叫不打无准备之仗。这样,你和小秦带两个新兵刨风化石装袋;我当运输大队长领着剩下的几个人往杆子底下运。"

"连长,还是我领着往里运吧。最远的杆子有三里多地哪……"

"听你那意思是我老了呗?不中用了呗?"

"连长,我不是那意思。我是怕水凉,你不是有关节炎吗?指导员特地叮嘱过。"

耿连长愠怒:"哦,你是心疼怕我叫凉水'拔'着。那战士们让凉水'拔'着谁心疼呀?干部干部,就是要干在前头带动部下!小平同志不是都说了吗?不干半点马列主义都没有!你小子想叫我当假马列呀?"

"我……"

耿连长见战士已经卸完了车上的器材和工具物资:"我什么我!集合队伍,做开工前的最后动员!"

由于参加大整修的人员大部分是从各外线小组抽调的,为了尽量不影响小组的日常工作,出发前人员并没有按"常规"到连部集中。因此"有声有势"的"大整修动员"也没有搞,耿连长认为"动员"搞早了反而适得其反。就像拼刺刀,吹冲锋号!把握好"战机"。"好话"也要用在"刀刃"上。因此连队只是召开了一次"开至班"的电话会议,具体布置了一下大整修期间的各项工作的具体调整和安排。

耿连长站在集合好的队伍前并不急着讲话,而是挨个检查着大家的着装和携带的工具:"大整修是什么?"

耿连长冷不丁的提问让大家面面相觑。

耿连长也不等回答:"大整修就是'四大'!它既一场大练兵;也是一场大会战!我们的业务水平要有一次大提升;我们的作风和斗志也要经受一次大考验!一句话,谁英雄,谁好汉,大整修中比比看!"

虽然没有振臂高呼的响应,但还是有人攥着拳头重复着"比比看!"

耿连长的"动员"就这么短,且从不拖泥带水;紧接着就开始布置任务:"小秦,还有你们两个,跟房排长刨风化石装袋。其余的人,准备跟我往里抗。"

被划到"运输队"的战士们摩拳擦掌,有的开始挽裤腿子。

耿连长急忙制止:"不能挽裤腿,不能挽裤腿!这水里蚂'贴'(水蛭)可多啦,这群'吸血鬼'一冬天没吃没喝,都饿疯啦!你有多少血够它吸的?"

连长边说边系上迷彩服裤腿的扣子,然后又用绳子缠了两圈。

耿连长一边做着"示范"一边叮嘱:"都像我这样,一定要系好。否则让蚂'贴'(水蛭)钻进来,有你们好受的,鞋带也一定要系紧……"

一名新战士望着这一片汪洋心里有点打鼓,脱口问道:"连长,你会水吗?这水深吗？我……”

耿连长知道新战士们是有点“恐水”，他直起腰来：“会不会水并不重要，重要的是我们要牢记毛主席的伟大教导‘一不怕苦！二不怕死！三不怕水！’这水也是‘纸老虎’！你不怕它，它就怕你！”

这毛主席的“教导”是既熟悉又陌生。大家都“使劲地想”它的“出处”。

耿连长扛着满满的一袋风化石深一脚浅一脚地走在前面，身后是五六名同样扛着风化石袋子深一脚浅一脚的战士。新战士杨喜也在其中……

战士们在小声议论：“这水真凉啊！”

“我脚有点抽筋……”

这水不但是“真凉”，而且是“相当的凉”！如果说“春江水暖鸭先知”的话，恐怕这北方的“春江”连鸭子也不敢一试身手。这“水冷”也只有“兵”先知了！

连长听到了战士们的议论回过头来

“谁的脚抽筋啦？放松点，放松点，越紧张越厉害。你们听说过‘冬泳’吗？”

紧跟在连长身后的杨喜：“我家在松花江边，我见过‘冬泳’。”

耿连长回头问：“那你知道咱这叫啥吗？”

杨喜是真的想知道：“连长，咱这叫啥呀？”

耿连长艰难地蹚着水前行：“咱这叫‘春泳’，而且是‘武装春泳’！”

第一根线杆当然是最近的，只有几十米的距离，因此第一袋风化石很快就扛到了目的地。见连长将肩上的袋子卸在离杆根一两米远的地方，身后的战士有点疑惑。

杨喜又好奇地问：“连长，这不是用来加固杆根的吗？咋放这儿啦？”

正在深呼吸的耿连长活动着膀子：“咱再运几趟，等攒多了，然后得用大绳将线杆拽直，再把这风化石一起码到杆根就挤住啦。‘新媳妇放屁——零揪’不管用！”

战士们哄堂大笑……

“哎……哎……哎……别光顾了笑！这袋子下肩时要小心轻放，不能摔！谁把袋子摔破了我罚他多扛三趟！”

也卸下“包袱”的杨喜往连长跟前凑了凑：“连长，你说话总是一套一套的。还幽默还有哲理，咋练的呀？”

这是个可以“拒绝回答”的“无理”提问，可能是耿连长太喜欢杨喜啦，于是他嘴对嘴地开始传授：“这有啥难的，总结呗。你比如我们扛的是风化石，练的是意志和作风，整修的是线路……就可以总结为‘石头风化，作风硬化，线路标准化！’归根结底就是少说废话！”

得到“真传”的杨喜高兴地挠着脑袋：“少说废话！对，少说废话！”

当杆根下的风化石袋子堆成了一座小山后，连长指挥一名老兵爬上线杆将大绳的一头拴在杆头上。连长仰着头，用手比画着……

"往上点往上点，绑'八线担'上面。越往上拽起来越省劲儿！"

拽线杆时连长边指挥边眯着眼睛调线……

"再来点，再来一点。好……你俩拽住别松劲！"

余下的战士与连长一起迅速地将袋子码在杆根下……

耿连长不断地叮嘱："一袋压一袋，一定要压紧！"

望着已经恢复"立正"状态的线杆，战士们高兴地擦着脸上的汗水，但汗水已变成了泥水……

杨喜忽然发现了问题："连长，这线担还是歪的。咋不一块儿正过来呀？"

另一名新战士："杨喜，你是'十万个为什么'呀？"

耿连长接过话题："'十万个为什么'好！谁的问题越多，证明谁的求知欲越强，告诉你们吧，这线担暂时不能正，得所有的线杆都正完了才能一起正线杆。然后再一起调垂度……"

杨喜又有了新问题："连长，啥叫'垂度'呀？"

"'垂度'……就是……"

耿连长边说边领着战士们朝"岸"边走去……

第二根线杆比第一根杆增加了五十米的距离，已经"重"车熟路的几名新兵都抢着走在连长的前面。连长在后面赶紧吆喝：

"都悠着点，路遥无轻载。太猛了不行，这帮小生荒子……"

不是被耿连长"言中"，而是这一百来斤重的风化石袋子确实考验人！刚刚加固完三根杆子，生龙活虎的战士们就打蔫了。步履蹒跚的脚像灌了铅，耿连长走在大家的中间：

"咋样，都没'章程'了吧？告诉你们悠着点，悠着点，累过油子了明天都起不来炕！别看这三十来根杆子，咱得照着一个多礼拜干。谁不行了下趟和房排他们'交换场地'，别硬挺。闪着腰可不是闹着玩的！"

耿连长的话断断续续，显然，他也是在"硬挺"。

杨喜喘着粗气："连长，给……给我们讲个笑话吧？"

连长也同样喘着粗气："我有劲讲，你们有劲笑吗？"

战士们异口"异"声地回答："有。"

耿连长咽了口吐沫润润冒烟的嗓子："那你们听好喽。我当新兵战士的时候，我们排长有个照相机。是'海鸥'牌的，就是镜头能折叠的那种。我整天吮叨要排长教我照相，有一天排长终于答应教我。他教我怎么取景，怎么按快门，怎么上胶卷，然后摆好姿势让我先给他照一张。我把眼睛贴在取景窗上问排长'您是要照全身的还是要照半身的'？排长说'照张半身的'，于是我又问'您是照上半身还是照下半身'？排长一把夺过相机,'照下半身谁能认出来是我'呀?"

一名战士笑岔了气,肩上的袋子差一点捆到水里,耿连长一把将他扶住:

"这袋子要是掉到水里再扛可就难啦!再加把劲,'胜利在向你招手,曙光在前头'!"

一名与耿连长擦肩而过的战士问:"连长,这大整修年年都整吗?"

耿连长帮他往肩上捆了捆已经"偏坠"的袋子:"年年整,年年修。全靠平日辛勤的维护和每年集中的整修,才保证了这擎起万里银线的线杆永不倒!保证了这条条电话线的'路路通'!再加把劲!为了'路路通'。咬牙往前冲!"

看见一名新兵扛着风化石直打晃,耿连长上前扶了一把:"站直了,别趴下!通信战士倒下头也要朝着线路前进的方向!"

快吃午饭了,战士们都四仰八叉地躺在山坡上。耿连长将房排长叫到了一边:

"得想点招,光靠这肩膀头子往里扛太窝工,太不出活!用不了两天战士们就都累散架子啦。"

房排长很明白连长的用心良苦:"关键是这水太浅,水要是深点能走船就好啦。"

耿连长的眼前突然一亮:"小房,你马上上杆和小组联系一下。告诉连部的司机,送饭时……"

一名躺在地上的战士突然大叫了起来:"哎呀!哎呀!什么东西咬我?唉呦!"

战士们都围了过来,七手八脚地帮叫喊的战士解开了裤腿。只见一只小手指粗的水蛭吸在他的小腿肚子上,一名战士伸手就要往下揢。闻讯赶过来的耿连长一把抓住了那名战士的手:

"不能揢!不能揢!让我来。"

耿连长顺手脱下被咬战士的鞋,用鞋底子对准水蛭"叭叭"就是两下狠抽。只见水蛭立即缩成一个圆球掉在了地上,殷红的鲜血从战士腿部的伤口中流了出来。

耿连长用手扒拉着地上蜷缩成"肉团"的水蛭:"赶快往外挤挤血!都给我记住喽,被这'蚂贴'叮上了千万不要硬往外揢。你越揢他娘地这熊玩意就越往肉里钻,搞不好你揢出来个'半截美'!它的脑袋可就在你的肉里生根发芽啦!"

耿连长狠劲地用脚将被他扒拉到一块石板上的水蛭碾的"粉身碎骨"。

一名心有余悸的新战士怯怯地:"连长,那为什么要用鞋底抽呀?"

耿连长轻松地拍着问话的战士:"用鞋底子抽你你也得缩成团,这裤腿子扎得好好的它是咋钻进去的呢?"

耿连长抬头冲着正在杆上往小组打电话的房排长:

"小房,叫他们再带点红药水和碘酒来!"然后又自言自语道:"哎……这连里要是有个卫生员就好啦。"

耿连长回头见刚才问他关于"鞋底子"的战士还在疑惑地望着他:

"还没想明白哪?"

战士摸摸头又摇摇头。

"想不明白使劲想,使劲想也想不明白问指导员去。"

"水蛭"制造的恐惧被驱散,快累散架子的战士们又使劲地笑了起来……

B 都来握握这曾经"离队"的手。

小小"竹排"江中游。

敬酒不喝喝"罚酒","自罚"。

"外财"用在"刀刃"上。

"连长——房排长——"

公路上传来了熟悉的声音,一名背着挎包,提着袋子的战士快步向他们走来……

耿连长手搭凉棚朝公路上望去:"王奉广,王奉广回来啦! 王奉广回来啦……快,快,杨喜,快去帮接接你们班长。"

伤愈出院的王奉广兴奋地跑过来和连长房排长及战友们握手……

耿连长少有的兴奋,他握着王奉广的手不停地摇着:"好利索了吗? 功能恢复得咋样? 呦,这疤瘌可是不小! 找对象时得戴上手套,装一本正啦。但管咋地还是原装的,你别说,现在这医学可是够神的啦!"

王奉广兴奋地握着连长的手:"全好利索啦! 现在都能使筷子啦,连长你看。"

因为在场的新兵都不认识王奉广,耿连长忙着向大家介绍:"来……来……来! 大家都跟王班长握握手。他这只手哇可不一般,因为它曾经'脱离'过'革命队伍'。现在又重新回到我们身边来啦! 轻点……轻点! 他这只手还不能吃劲,谁给握坏了我让谁赔。"

杨喜挤到了王奉广的面前:"班长,我是今年分到咱小组的新兵。您的事儿我们都听说啦!"

耿连长"见缝插针"地幽默道:"看看,杨喜这新兵蛋子多会来事儿。人家能分出大小王来! 以前连长就是他的命,现在他见了班长就不要命啦!"

好在杨喜和战士们已经习惯了连长的玩笑话,否则还真有点下不来台。

和大家一一握完手后,王奉广又挤到连长跟前:"连长,这是白医生给你的信,还有一包东西。"

一名新战士好奇地问:"班长,白医生是谁呀?"

另一名新战士也抢着问:"白医生是连长家属吗?"

耿连长把脸一绷:"去去去! 不说话能拿你们当哑巴? 保密守则忘了吗? 不该知

道的机密不问。你们先陪王班长热乎吧,我去学学'最高指示'。"

白妮的信很短,没有一点情书的成分:"哥:王奉广的手还需要很长时间的恢复期,近半年内不要给他安排较重的工作。听说大整修很苦,要干一两个月,有时还要吃住在野外。你也是三十多岁的人啦,千万要多注意身体,不能老跟年轻的战士们较劲地干。治关节炎的药和去痛片我给你带过去啦,药一定要按时服。去痛片不能常吃,容易产生依赖性。还带过去一些黄连素、扑尔敏等常用药,还有蛇伤药,估计战士们会用得上。但一定要按说明使用,外伤药和碘酒带去的不多。不够用可以到药店去买……妹:妮。"

耿连长将信看了数遍后细心地折起放在上衣兜里,用手使劲捏了捏膝盖。然后打开白妮带给他的包,找出几片要吞进嘴里。一抬头,房排长已把军用水壶递到了他眼前……

房排长压低了声音:"连长,您的腿?"

耿连长看看四周:"小声点!泄露了机密军法从事!去,把王奉广叫来。"

耿连长想站起来突然又一屁股坐下,瞬间的"龇牙瞪眼"被细心的房进收录在眼里,他赶紧搀了连长一下,才没让"屁墩"产生什么"后果"。

房进回头喊着:"王奉广,连长找你。"

王奉广应声答"到!"几个月的住院治疗并没有钝化他的反应能力。

王奉广快跑几步:"连长,您找我?"

腿疼得有点冒汗的耿连长坐在地上,他示意王奉广也坐下:

"你小子出院不安心回小组养伤跑整修现场来干啥?"

王奉广并没有遵命坐下,而是保持着"立定"的姿势:"我给连里挂电话,连里说你们都来大整修啦。我问清了地点就直接来啦,住这几个月院我都快憋疯啦!连长您就让我留下吧。"

耿连长咬了咬牙,以此来对抗来自腿部的疼痛:"想留下可以,但要约法三章'一是干啥都行,干活不行。你小子要是再把手累坏了我可没钱给你治啦!二是……二是你也快久病成医了吧?白医生带来的这包药就交给你管,你尽快把这说明书都给我背熟了。一个卫生员顶半个野战医院,你这半个卫生员要给我顶一个野战医院!三是……三是……三是什么我得考验考验再告诉你。"

王奉广兴奋地立正敬礼,用哪只刚刚"归队"的手做了个标准的动作:"是——!"

拿起药包就想走的王奉广又被连长喊住:"别跟火燎屁股似地,这两盒是我的,其余的拿走吧。"

耿连长找出治关节炎的药和去痛片揣在自己的兜里……

连部的司机老远就按响了喇叭……饿得前心贴后心的战士们欢呼起来……

"饭来喽!开饭喽!"

"吃什么？包子？太好啦！是肉的么？"

已恢复常态的耿连长起身问道："大家还有劲吃饭吗？"

这是个非常奇怪的问题,战士们的回答当然是肯定的："有！"

"有就好,有就先把咱的'军舰'卸下来,要不我可没心思吃饭。"

战士们面面相觑："啥'军舰'呀？""车上啥也没有哇？""汽车能拉动'军舰'吗？"

驾驶员已爬上了大箱："谁也不用上来啦,你们就在下边接着吧！"

四个充足了气的拖拉机后轮的巨大内胎被从汽车的大箱上扔了下来,在地上欢快地跳着高。随后"下车"的是几块木板,耿连长吆喝着大家滚着轮胎扛着木板来到水边。轮胎下水后连长又指挥到：

"把木板'堂'上,别'堂'多了,'堂'两块就行。"

见战士们仍疑惑不解,耿连长继续指挥：

"杨喜,还有你！你们两个坐上去。"

杨喜和另一个战士奉命坐在了像碰碰船一样的"军舰"上,乐得直颠屁股。

"杨喜,你说你俩有几袋风化石沉？"

杨喜边玩边回答："有三袋……"

另一战士则认真地："有四袋沉。"

战士们突然恍然大悟,顿时欢呼起来："我们有'军舰'喽！我们有'运输舰'喽！"

大家挣着蹬上另外几只"运输舰"。

"玩会儿行啦,快吃饭去吧！"

连长叫住司机：

"这活干得挺明白！花了多少钱？"

笑嘻嘻的司机很有成就感："没花钱呀！在农机站借的,到那一提你真好使！"

耿连长眯起了眼睛："没看出来你小子还有点外交家的天才？没打着我的旗号干坏事儿吧？"

司机的回答只是几声傻笑："嘿嘿……"

战士们狼吞虎咽地吃着包子,大葱大酱。王奉广拎着挎包来到连长面前……他从挎包里拿出两瓶"明光大曲"。

王奉广怯懦地："连长,喝点酒吧？"

耿连长斜着眼睛瞅了他半天,瞅得王奉广心里"突突"的！

王奉广的头快要低到了胸腔里："前几天我爸从安徽来医院看我,酒是我们老家的特产……他让我一定用受伤的那只手把酒启开给……给您敬上……他和爷爷奶奶还有我妈在千里之外给您跪下磕头啦！"

王奉广终于没有控制住自己的眼泪……耿连长也是……在场的战士们都是……

耿连长接过王奉广用康复的右手启开用双手捧上的酒瓶：

"这酒我喝,这酒我喝,大家都喝! 这是喜酒,是庆功酒,为庆祝这场'手指保卫战'的胜利,干!"

耿连长一口气揦了小半瓶,然后一抹嘴将酒瓶递给了房进:

"会不会喝的都来一口,正好活活血。有这口'庆功酒'垫底,下午再凉的水咱都能对付!"

酒瓶在战士们的手中传递……酒在战士们的心中燃烧……

耿连长打了个酒嗝:"小王啊,写信告诉你爹你妈。什么磕不磕头的,你是部队的人,部队管你是正常点事儿。但有一点你也得告诉他们,我得扣你在部队多干几年,你总得为部队建设多做点贡献吧? 要不然便宜死你小子啦!"

耿连长喝多啦,而且是喝醉啦! 因为是醉在心理,所以他做起了美梦……所以连总站主任来到他跟前他都一点不知道。其实,他的"醉因"还有一个,那就是错把"朴而敏"当成了"去痛片"。一向工作细心的他,"吃错药"的"医疗事故"总是屡有发生!

吃完午饭,房排长指挥战士们用"运输艇"运风化石。战士们用"解放"出来的精力和体力,触景生情、情不自禁地引吭高歌:

"小小竹排江中游,

巍巍群山两岸走……"

一辆"北京213"疾驶而来。停在了连队整修的现场。车上下来的是总站的"一号首长"钱主任,紧随其后的是总站总工程师。总工姓米。人称"米工。"

见有领导来了,房进赶紧趟水跑过来报告。

钱主任摆手示意他放慢速度:"你们连长呢? 他咋不在现场?"

房进终于上气不接下气跑到首长的面前:"报告主任,连长他……"

钱主任横了横眼睛:"咋吞吞吐吐的? 你们连长上那儿'犯错误'去啦?"

耿连长的呼噜声"恰到好处"地暴露了目标,钱主任快步向鼾声如雷的耿连长走去。见瞒是瞒不住了,房进抢先跑过去推醒了连长。

房进的脸憋得紫茄子色:"钱主任,我们连长他病啦……"

钱主任的脸色也很难看:"还帮你们连长遮! 我都闻到酒味啦!"

已经"艰难"地站起来的耿连长揉了揉眼睛……当他看清面前的首长是谁时,心里暗自叫苦。酒也醒了一大半!

耿连长狼狈地立正敬礼:"主任你好! 您亲自到现场,咋不打声招呼? 我们好去迎迎……"

钱主任阴沉着脸:"打招呼还能抓到你'现形'吗? 战士们在太阳下晒着;在冷水里泡着! 你倒好,小酒喝着;小觉睡着;小呼噜打着! 这可不像你耿大业干的事儿! 你咋解释? 哎……你腿咋地啦? 是不是压麻啦? 快走两步!"

耿连长低着头:"主任我错啦! 我不解释,我接受批评!"

见战士们都围了过来,房进壮着胆赶紧将主任拽到一边:"主任,我跟您汇报个情况……"

围过来的战士们有的递上毛巾叫连长擦擦脸上的土;有的递过水壶叫连长润润干裂的嘴唇;有的还帮连长整理起了着装。此时听完房进"汇报"的钱主任高声喊道:

"王奉广!你过来!"

王奉广被主任的一嗓子吓得一激灵:"到——!"

望着眼前吓冒汗的王奉广,钱主任和蔼地问:"你爸带来的酒呢?"

平时不结巴的王奉广结结巴巴:"喝……喝啦……"

钱主任疑惑地:"都喝啦?"

终于镇定下来的王奉广眼前一亮:"还……还……还有一瓶。"

钱主任命令到:"启开!也用那只受伤的手启。"

不知钱主任让他启酒的目的,王奉广还是有点战战兢兢。递给主任的酒瓶也在抖动,钱主任接过酒瓶闻了闻:

"你们连长喝的是敬酒,我今天喝的是'罚酒'。我是'自罚'!"

钱主任实实惠惠地喝了一大口,然后将酒瓶递给了米工:

"总工,这'明光大曲'不错呀!不是勾兑的。你也来一口尝尝,对你是不'敬'不'罚'呀!"

米工会意地一笑,接过了酒瓶……

寻思"明白"的战士们朝着钱主任鼓起了掌!

见战士们又生龙活虎地开干,钱主任拍了拍还耷拉着脑袋的耿连长:

"认罪伏法的态度挺好吗?下不为例!"

耿连长瞪着通红的眼睛:"向毛主席保证,没有下一次!"

钱主任:"告诉你两件事;一是你们提出的'以工带训'的思想得到了通信部领导的充分肯定。总站已研究决定,各连可以从本连的实际出发承揽一些通信工程。利润的一半上缴总站,另一半用于连队建设。二是你们提出的加高过道杆,不当'拦路虎'的思想受到了通信部领导的表扬。我和总工这次下来就是对全总站的'过道杆'再进行一次实地考察,然后统一做工程预算。"

米工闷了口酒有些上脸,站在那里像戏台上的关公:"你们的加高工程就随大整修进行吧,现在总站器材没有8米的杆子,你们就用'单接杆'加高吧。"

"是——保证完成任务——"

也许是酒精的作用,钱主任也是脸色红润:"一提工作,你就来电啦?"

耿连长有点不好意思:"嘿嘿……"

钱主任故意绷着脸:"还嘿嘿呢?你这是将功补过!要不然正课时间喝醉酒啥理由我都得收拾你!还有,你的腿再不能下水啦。要不然我和你新账老账一起算!哎……你们揽的林场的通信工程开始了吗？"

"报告主任，通信工程和整修是同步开始的。工程由指导员负责；一排长指挥。人员也是以老带新，小组能抽的人员都抽上来啦。"

钱主任终于绷不住啦："王奉广接手总共花了多少钱？不许报'水灾'！"

耿连长茹茹喏喏地："总共花了六千多吧？准数司务长知道。"

钱主任皱着眉头想了想："今天再决定两件事。一是水库淹咱线路的赔偿款可能已经到账啦，你让司务长到总站财务把王奉广的医药费都核了吧、我回总站后让司务长直接找我去签字，这也是下不为例！正常经费里没法核销；二是你们这次工程的一半利润就不用上缴总站啦，给你们连一排那几个始终不通电的小组各配一台'收录机'，要'双卡'的能唱'卡啦OK'的那种！本来计划着等经费宽松了全总站的小组一起配，但你们连的这几个组是全区最艰苦的，也是文化生活欠债最多的。咱就'特事特办'，早解决一天是一天！把这笔'外财'用在'刀刃'上吧？总工，再开首长办公会时你在会上提一下这事儿。就说是咱俩在该连'现场办公'时定的！"

耿连长被刺激得血要"井喷"："谢谢主任！谢谢总工！敬礼——"

C

敬礼！为你送行。没路也有通信兵！

线杆是士兵，巡线是阅兵！

连长捧臭脚的典故。越是艰险越向前！

远山的呼唤："为人民服务！"

大整修如火如荼地进行了两个多月，耿连长率领的这支整修队不但人困马乏，而且衣衫褴褛，但斗志不减，精、气、神更加旺盛！

进山的线路上，荆棘丛生。耿连长叫房进集合好队伍，他要进行一项"庄严"的"仪式"。

房进站在指挥员的位置下达口令"敬礼——"

耿连长和整修队员们手执大砍刀，面对线路下生长的小树在行军礼！

礼毕后耿连长来到队伍前："大家知道我们为什么要给这些小树敬礼吗？那是因为它们都是绿色的生命，只是它们生不逢时生不逢'地'。它们长在这线路下既影响我们巡线作业；还危及线路的安全。你们看，前面有一棵小树的树梢离咱线路的线条还不足一米啦。看见了吗？就是那棵！"

战士们都顺着连长的手指望去……

耿连长接着补充道："再让它长半年，就会造成接地阻断！因此，我们要'忍痛割爱'。因此，它们必须为国防线路的安全做出牺牲！让我们再一次向这些绿色的生命敬礼致意,敬礼为它们送行!"

穿绿军装的人向穿绿衣衫的树敬礼,这也许是世界上最深情最诚挚的礼节!

耿连长用指头试了试手中砍刀的刀刃:"砍路障是我们两个月大整修的最后一仗,也是最硬的一仗!大家有没有决心啃下这块硬骨头?"

战士们齐声回答:"有——"

耿连长举起砍刀:"开始冲锋——"

战士们挥舞着大刀向线路下的树丛冲去……

"大刀向……"

一个战士脱口唱起了《大刀进行曲》,但却被连长制止了:

"停……停……停!你'停'嘴吧!虽然咱现在玩的也是大刀,但咱这大刀可不是向鬼子的头上砍去。这些小树是为国防线路'捐躯',也就是为国'捐躯'!如果给它们戴上'侵略者'的帽子,那是天底下最大的'冤案'。要鼓劲咱就唱……唱……唱《解放军进行曲》。"

"向前——向前——向前——我们的队伍向太阳……"

嘹亮的歌声在山谷里回荡,伴奏比"打击乐"还铿锵。因为那是任何乐队也无法演奏的"砍激乐"!小树也许听入了神,一棵棵地"倾倒"……

饭后休息时,战士们相互比着手上缴获的"大炮"。杨喜凑到连长身边:

"连长,咱这军用线路咋大都建在荒无人烟的地方?"

仰壳躺在地上的连长将作训帽盖在脸上:

"这个问题由一排的王班长回答……"

王奉广遵命回答:"为了保密!隐蔽,安全!"

一个刚解完手的战士笑嘻嘻地问:"连长。在野外生活。为啥要顺风撒尿?顶风屙屎呀?"

耿连长的脸上仍旧盖着作训帽:"这个问题由二排的秦班长回答……"

秦耕耘身材不高,但很壮实;他的回答也很朴实,没加任何的修饰:"顶风撒尿浇裤子,顺风屙屎闻臭味!"

战士们哄堂大笑!班长秦耕耘造了个大红脸。

"笑啥?不信你们问连长呀!"

耿连长推开了盖在脸上的作训帽:"不用问我,谁不信谁去试试呀?"

战士们越问越来劲:"连长,撒尿时要是遇见人咋办?"

耿连长挥手驱赶着脸前的蚊虫:"五个手指头一挡,人家还以为你是六指呢?"

一名战士又被求知欲驱使着:"连长,为啥被水蛭咬了要用鞋底子抽,被这山里的草耙子咬了却要用烟头烫?"

耿连长重新将作训帽盖在脸上:"这个问题由房排长回答……"

房排长学着连长的口吻:"用烟头烫你你不想跑呀?"

战士们又是笑声不断……

杨喜又往连长跟前凑了凑:"连长?这山里也没有路,当时咱这线是咋架的?"

连长一把抓下盖在脸上的作训帽坐了起来……用手点着周围的战士:"你们这帮小子是成心不让我眯一会儿呀!我问你们,丰田汽车的广告词都还记得吧?"

战士们都抢着回答:"车到山前必有路,有路必有丰田车!"

耿连长顺手揪下节草叶放在嘴里嚼着:"现在我告诉你们咱通信兵的广告词儿。'车到山前没有路,没路也有通信兵'!当年唐僧师徒为去西天取经是'踏遍坎坷成大道'。如今为保线路畅通是'踏遍坎坷成小道!'敢问路在何方?路就在通信战士的脚下!连鲁迅先生都说'其实世界上并没有路,有了通信兵就踩出了路'。想明白没有?"

战士们七嘴八舌地:"想明白啦!"

"不用使劲就想明白啦!"

"不用去问指导员啦?"

"哎,鲁迅的话我好像还想不明白!"

耿连长站起身来挥了挥手:"想明白想不明白都开始干活。先把砍倒的树堆好,晒干了好背回小组去当柴火 。杨喜,你上去把这空线的垂度调调。"

杨喜领命后很冲动,很想在新老战友面前露一手:"是——"

杨喜麻利地戴上脚扣子,他想在大家面前露一手。于是就用最快的速度往杆上爬……结果爬过一半时一脚踩空从杆上"坐电梯"滑了下来,引得战士们哄堂大笑。

丢了面子的杨喜气得举起砍刀向线杆狠命地砍了两下:

"叫你摔我!叫你摔我!"

"住手!——"

连长的一声吼把杨喜惊呆啦!把所有的人都惊呆啦!因为包括房进在内谁也没见过连长发这么大的火,谁也没见过连长对战士发这么大的火!

耿连长一把夺过杨喜手中的砍刀扔在了地上:"屙不出屎来怨地球没吸引力!自己得瑟摔啦拿线杆出啥气?打人还不下死手哪,看你把这线杆砍的?"

连长抚摩着线杆上的"刀口",好像是在抚摩受伤的战友。他的动情让大家动容。让杨喜无地自容……

从"失态"恢复到"常态"的耿连长环视了一眼大家:

"你们拿这些线杆当什么?当他们是一根根死木头吗?那你就是混蛋!它们也有血有肉有灵魂!它们是无言的战友啊!"

杨喜耷拉着脑袋:"连长,我错啦!"

耿连长用刀背轻轻地砸着线杆上的刀痕,让"伤口"尽量"愈合"些:"是它们顶着狂风冒着雨雪没日没夜地举着条条银线,才使边境上的千军万马有了千里眼、顺风耳……"

耿连长站起身来,用手指着向北延伸的通信线路:"是它们组成了这一字长队才有了我们这些巡线护线的官兵!"

耿连长又转过身来面对着线路旁的森林:"本来它们都能长成参天大树,但为了能加入我们'通信战士'的行列,为了保证部队的电话通、指挥灵,它们不惜被'截肢'、不惜被'扒皮'、不惜下'油锅'……它们都是无名英雄呀!"

耿连长又用激动的目光环视着战士们……"当你们走在这线路上都应该骄傲!应该自豪!因为你们是在检阅由'无名英雄'组成的'队列'!……"

耿连长愈加激动,眼泪在眼圈里循环……

"你们的职责是帮它们'纠正''队列动作',是帮它们'整理''军容风纪'。而无权对它们'打骂体罚'……况且'它们'都是'服役'几十年的'老兵'啦!'它们'还经历了珍宝岛战火的考验。当年毛主席的指示……周总理慰问……还有军委总参的作战命令……都是在它们的肩头传递的!去年小平同志视察边防,也是它们担负的通信保障任务。它们都是人民的功臣……它们的'兵龄'比你们的年龄还大!"

耿连长的眼泪终于流了出来……鼻涕也流了出来……

房进加快速度紧赶了几步撵上了挥刀向前的连长:"连长,这路障都砍了一个多礼拜啦,我看战士们实在是抡不动砍刀啦。再加上蚊子和草耙子的叮咬,估计马上就要出现非战斗减员啦。您看是不是撤到就近的小组休息两天,让大家休整休整?"

耿连长费劲地直起腰来:"不能撤!这劲一松就再难鼓啦,加把劲还有两天的活。不是谁笑到最后谁笑得最美吗?"

房进也"咬牙切齿"地挺起了腰:"现在进入高温期啦,昨天小组送来的干粮今天就馊啦。"

耿连长望了望被甩在身后的战士们:"那就让王奉广再给大家发点黄连素,先吃药;后吃饭。咱今年整修加施工的'兵力'不足,已经超时间啦!昨天总站不是通知说雨季提前,要各连做好抗洪的准备吗?咱得尽快结束战斗!"

"啊呀——"

一名作业的战士发出了惨叫,连长和房进闻声赶了过来关切地伸手去摸:"怎么!是不是砍脚上啦?"

坐在地上的战士此时连惊带疼已经是满头大汗,他痛苦地回答:"不是,可能是蛇咬的!隔着袜子咬脚脖子上啦。"

连长赶紧帮被咬的战士脱鞋脱袜子:"啥样的蛇看清楚没有?呀!咬得还挺深,都出血啦。"

被咬的战士面部痉挛着："看清啦,脖子上一圈红一圈绿的。"

耿连长听罢心也陡然紧张起来,他的手加快了速度："不好,是'野鸡子'!剧毒呀,得赶紧把血吸出来。"

耿连长毫不犹豫地捧起战士那一个多礼拜没洗的臭脚嘴对着伤口狠命地吸起来："王奉广,赶快把蛇伤药拿来。就是那'季德胜'!"

耿连长站起身,嘴角还带着血迹："越是艰险越向前!还剩下几公里的线路在等待我们去'检阅'。让我们先和它们打声招呼,慰问慰问!"

耿连长双手括成"话筒",朝着线路延伸的方向："同志们好!"

战士们也学着连长的样子："同志们好——"

远山,传来了"同志们好——同志们好——"的回声。

耿连长又使劲地和大家一起："同志们辛苦啦——"

远山又传来了清晰的回声"为人民服务——为人民服务——"

房进侧身支棱起耳朵听了听："连长!是指导员和一排长他们!是他们!"

耿连长朝掌心吐了口吐沫："就要和指导员一排长他们胜利大会师啦!向前!向前!向前——"

战士们又振臂挥舞起了大刀,力量来自于这"远山的呼唤!"还来源于连长"捧臭脚"的鼓励!

"向前……向前……向前……"

线路的前方隐约地传来了同样的歌声……

"胜利会师"的场面可想而知……

耿连长兴奋地用拳垂着指导员的胸："你这党代表真是'及时雨'宋江啊!"

指导员扳着耿连长的肩："不是智多星'无用'就行!"

"别说,这两个多月没和你掐着架,嘴都撅荒啦!还挺寂寞的。林场的活干完啦?哎……你们咋跑我们前面去的呢?"

指导员得意地："不怕无人喝彩,就怕无人理睬吧?工程提前完工,孙场长还奖励我们一台大收录机呢。至于我们咋跑到前面去的,你想不明白使劲想吧。"

"收录机在哪?我看看……"

"回去再仔细看吧?要下雨喽,咱们撤吧?"

耿连长抬头望了望天："一排和房排,组织大家收拾工具撤退!每人都背一捆树枝……给小组捎回去。"

一排长打开了"奖品"录音机,干活的战士们跟着录音机唱了起来:

"日落西山红霞飞,

战士打靶把营归……"

指导员双手打着拍子："这军营歌曲是战士们的精神食粮!借总站给个别小组配

收录机的'东风',我想给其他的站组都买一台录音机,把分散条件下的文化生活有声有色地开展起来。"

耿连长也随指导员打着拍子:"好歌是能鼓舞士气,陶冶情操的!你这想法不错,有'无产阶级政治家'的远见卓识!本连长拟同意。"

指导员停住手:"本指导员'遭到'您表扬还是第一次!我都'准备'不好意思啦!"

耿连长给了指导员"温柔"的一拳,前面传来了战士们的歌声:

"夸咱们歌儿唱得好……

夸咱们枪法数第一……

一、二、三、四!"

第八章

A 一条大河波浪宽。

卸车容易装车难,洪水殃池鱼。

冒不"冒险"得看多大的事?

光腚涉水无"牵挂",谁没进过"澡堂子"?

淫雨霏霏,一条"增肥"的河流将两岸"过河杆"淹没在水中。湍急的水流,已将线杆推得像"比萨斜塔"!

连长指导员带领抗洪抢修队来到现场时,河水已加快了上涨的速度。

望着这满眼的河水,耿连长慨叹:"这洪水还真是他妈的猛兽! 上个月大整修时这响浪河可都见底啦,转眼就唱起了'一条大河波浪宽'。还把咱的两根过河线杆'宽'到它肚子里啦!"

已经对外线业务有了一定了解的指导员分析到:"看来这两根过河杆子还得加固。河水再涨点杆子就挺不住啦!"

架空明线穿越江河时,一般情况下是转用铠装的通信电缆从江河的底部穿过。但像眼前的这条"季节河"就无法铺设地缆,因为一到"枯水期"地缆就会裸露在外,这是极不安全的。

因此,"过河杆"就成了跨越中小"季节河"的唯一手段。所谓的"过河杆"就是将线杆加高,将两根"过河杆"中间的"跨度"加大。也就形成了"一线飞架南北"的视觉奇观!

眼前的这条响浪河虽然是松花江的一大支流,但它也是一条"季节河"。过河杆大约有十几米高,两杆间的跨度为二百米。如今的"丰水期",两根"过河杆"已经变成了"定河杆"。好像定在河心的两根"神针",不"神"的是它既不能"定水",也不能阻止"苍河"横流。

倒像是两尊瘦弱的"泥菩萨",自身难保!

耿连长用手指做标尺目测着过河杆的斜度:"现在加固杆根起不了多大作用,只有在来水方向打一条拉线拽着。但这水已经平槽啦,地矛可怎么固定呢?"

此时,两名村民模样的人顶着雨跑了过来……

一名满身泥水的村民,大口大口地喘着粗气双手作揖:"解放军同志,能帮我们拽拽车吗? 我们的车淤住啦!"

耿连长目不转睛地:"你们车上拉的啥呀?"

村民结结巴巴地:"拉的全是毛石。"

耿连长的目光中流露出兴奋与贪婪:"多大个的毛石呀?"

村民用手比画着:"都像脸盆那么大的!"

连长的眼里又冒出了贼亮贼亮的光,连长用胳膊肘碰了下指导员:

"走,看看去?"

指导员疑惑不解:"老耿你……这拉线?"

连长压低了声音:"踏破铁鞋无觅处,得来费点小功夫。"

连长又抬高了声音:"车在什么地方?"

见解放军肯帮忙,村民高兴地:"那不就在前面吗? 都能瞅着!"

运毛石的是两辆农用车,由于道路翻浆翻得厉害,两辆车在泥里陷得很深,有一辆已经托底盘啦!

耿连长故作为难地:"你这是重车,得把石头卸下来才能拽出去! 你这毛石是干啥用的?"

村民并不知道耿连长的"用心险恶":"这石头是村长家砌养鱼池用的。解放军同志,你们能帮忙卸下来吗?"

耿连长信心十足:"没问题,房排长,上!"

"速战速决"是我军的作战作风,更是该连的作风。也就一个小时,石头被卸下……农用车被拽出了泥潭。

两位驾驶农用车的村民拉着耿连长的手:"解放军同志,真是太谢谢啦! 帮忙帮到底,送佛送到西,您看能不能再帮我们把石头装上?"

耿连长显出了"装腔作势"的嘴脸:"你们是想要石头呢? 还是想要车呢?"

村民不解此话的用意:"当然是想要车啦!"

耿连长拍了拍一村民的肩:"你们往前看,这洪水已经上道啦。装上石头的重车你能开得过去吗?"

村民望望远方的道路,愁眉苦脸地自言自语:"这可咋办,这可咋办? 回去可咋向村长交代呢?"

耿连长又扮演起了救苦救难的"菩萨":"我帮你们想个办法吧,回去你就跟村长说'石头交给抗洪部队代管啦'。"

村民还是疑惑不解:"解放军同志,啥叫'代管'呀? 再说我们空口无凭,村长能相信吗?"

耿连长不想为难两位朴实的村民:"啥叫'代管'你们村长知道,其实这石头你们就是运回去也用不上啦!你没见这洪水铆劲地往上涨,等把你们村长家养鱼池的鱼都冲跑了,他哭都来不及。还砌鱼池有用吗?"

"理儿是这么个理。可是……"

耿连长不想把宝贵的时间浪费在"嘴皮子"上,他急着要把眼前的石头派上用场:"这样吧,我给你们打个收条。地址我给你们写好,有啥事叫你们村长来找我。石头我就堆在那两根电线杆下,洪水退了你们就自己来拉吧。"

村民站在正在写"收条"的耿连长身边嘟哝:"太谢谢啦!太谢谢啦!回去有交代就行。其实我们也不想冒险,空车往回开我们都害怕!"

指导员拽了拽正在认真打收条的耿连长……耿连长用胳膊挡了回去。

村民揣着"收条"……一路加大了油门……

"老耿,你这不是违犯群众纪律吗?"

耿连长并不理会指导员的提示:"房排,快组织战士们运石头,堆在'过河杆'西边十五米处。越快越好!"

布置完工作耿连长才回答指导员的问题:

"啥'群众'纪律?'三大纪律'里是有一条'不拿群众一针一线',但没说不拿村长一针一线?村委会也是地方的一级政府,村长是政府的'要员'不是普通群众!'要员'为当地的抗洪做点贡献,那不是天经地义的吗?否则他就该回家'卖红薯'啦!这石头要是普通老百姓的,我肯定当场点钱买!"

指导员还是未被彻底地说服:"就算它不是普通老百姓的,但谁给我们的权利'代管'啊?"

耿连长一边继续指挥着运石头,一边继续耐心地解释。"大水当前",他不想让两个指挥员之间存有"分歧":"不是谁给我们的权力?而是'水'给我们的权力!没看见前几天电视上播长江流域抗洪吗?为了堵口子,管你是大车还是大船……征过来就往里填!为啥呀?你说是人民的生命财产重要?还是村长家的养鱼池重要?咱二排维护区的这段线路要是一断,抗洪一线的几万官兵可就指挥不灵啦!再者,我不是说'代管'没说'征用'吗?洪水一退他们就来取吧,我保证一块也不带少的。"

思想终于"统一",指导员不再和连长理论,他边帮战士往肩上捆石头边问:

"连长,这石头咋用?"

耿连长边说边打着"手语"配合说明:"现在咱想打拉线的地方大概有一尺深的水,想打桩拴地矛是不行啦。水一泡,桩再深也得被'蒿'出来!所以这桩咱索性就不埋了,把它横在水里然后用石头压上。但要用'8'号线编点大铁笼子,把石头装在笼子里,这样水再大也冲不走啦。"

"明白啦!老耿你去编笼子,我组织运石头。"

指导员说罢搬起块大石头扛在肩上……

"咱俩都得运石头,我往对岸运。那边的杆子也得打拉线,编笼子让小房他们弄就行啦。"

连长说罢也拣了块大石头扛在肩上,与指导员脚跟脚地趟着水往前走。

指导员望了望湍急的河水:

"这水太急啦,上哪儿去找只船呢?"

耿连长被肩上的石头压得歪着脖子:"上哪儿也找不到船。这是条季节河,平时连耗子都淹不死。只有扛着石头趟水过去!"

指导员听罢将肩上的石头一下子抱在怀里:

"安全工作'八不准'里明确规定,'不许冒险渡河'!这事我决不答应。"

连长也一下子将石头移到了怀里:

"啥叫不许'冒险渡河'?'四渡赤水'叫不叫'冒险渡河'?'突破乌江'叫不叫'冒险渡河'?不'冒险渡河'红军早就被灭啦!"

指导员抱着石头继续往前走:

"那是战争时期,那是打仗!"

连长也抱着石头与他并行:

"那咱现在不是打仗是啥?一不怕苦是用在平时;二不怕死就是用在现在!什么'八不准''九不准'的,冒不冒险,要看多大的事!大型的军事演习还有伤亡指标呢?"

见指导员闷不作声,连长用肩撞了他两下:

"放心吧指导员,别看眼前这水挺急的,但没多深!最多也就没腰,而且还是'硬底'儿的。每年我都在这走十几趟,咱不会去做无谓的牺牲。"

见指导员还不表态,连长抢前了两步,扭过脸对着指导员:

"我先空手趟过去,我在腰里捆根备复线。到对岸后用备复线将大绳拽过去,大绳的两边在'过河杆'上拴牢,运石头的战士一手把着绳子,一手……"

指导员疑惑地:"平时没看你下过水,你水性到底咋样?这事可不能逞能!"

说到游泳,耿连长十分得意:"不是我吹,水里的鱼能淹死我都淹不死。因为我三岁就能潜水摸蛤蟆啦……"

指导员还是将信将疑:"那你也得把救生衣穿好。"

耿连长也十分认真的:"遵命!你在这边把人组织好,不会水的战士坚决不能过河。"

指导员停住了脚步:"你就放心吧!哎……你的腿咋样?"

耿连长也跟着停住:"咱的腿没那么娇贵!哎……小房……叫后面的战士扛捆备复线,再把大绳和救生衣拿过来。"

房进高声答道:"明白啦!"

耿连长的救生衣和腰里的"备复线"都是指导员亲自系上的。系好"备复线"指导员又使劲地拽了拽:"老耿,有什么情况喊一声,我们好把你拽回来。"

一名战士跃跃欲试:"连长,一会我们也过河吗?"

耿连长系着救生衣的带子:"过呀。改革开放要'摸着石头过河',抗洪救灾咱们要'扛着石头过河'呀!"

战士们个个摩拳擦掌,争着要穿救生衣。

耿连长急忙制止:"哎……哎……别争啦,不是所有的人都能过河!"

一个抢到"救生衣"的战士没敢往身上穿:"为啥呀? 连长……"

已经走出几米的耿连长回过头:"为啥自己想去! 想不明白问指导员去! 哎……哎……'备复线'别拽得太紧呀! 一定要让它顺着水流有点弧度,要不我迈不动步。"

指导员开始集合队伍:"会游泳的战士举手,不许说谎!"

耿连长的这次"强渡"是有惊有险,水的深度超出他的所料已经齐胸,水的流速更让他很快失去重心。这倒不是他的水性不好,而是腰里拴的被复线在河水的冲击下产生了巨大的拉力。他扑腾了半天才游到对岸,但已经偏离目标一百多米远。他拽过大绳拴好后扯着嗓子朝对面使劲地喊:"哎……我这头绳子拴好啦! 你们开始拉紧吧。一定要拴牢,过河时不要脱鞋,水底有石头扎脚!"

"过河杆"的跨度只有二百多米,但这风声、雨声、水流声还是让"人声"显得有些音量不足。

指导员在这边也扯开了嗓子:"哎……水流急吗? 能不能穿衣服?"

耿连长伸着脖子扯着嗓子:"哎……水流太急! 穿裤衩都兜水! 最好啥也别穿。但一定要系安全带,把卡子卡在大绳上……"

指导员回头对准备过河的战士们:

"按连长说的,把所有的衣服都脱掉,这军用的大裤衩子也脱! 只穿救生衣,系好安全带,卡扣……"

战士们面面相觑,都不太好意思:

指导员命令道:"没听懂吗? 就是让你们光腚! 有啥呀? 就当是进澡堂子! 这荒郊野外的又是大雨天,没有人看哪!"

战士们的集体"裸泳"并不是抗洪开幕式的"买点",这场戏的"买点"是在同样"光腚"的连长带领下,他们终于抢在又一次洪峰到来之前,运完了石头,打好了拉线并全部安全返回。"断后"的耿连长解下拴在自己腰上的大绳,他十分惬意地挥臂向回畅游,河心传来断断续续的歌声:

"松花江水波连波……

浪花里飞出了欢乐的歌……"

一名战士指着河中的几件漂浮物问:"连长,您看那是啥?"

正在换衣服的耿连长眯起了眼睛:"那……那……好像是蜂箱? 对……是蜂箱!

你看那黑乎乎围着飞的就是蜜蜂。"

耿连长突然拍了一下脑门："房进！房进！你赶快和二排的'二·四'小组联系一下，他们小组 2238 号线杆附近有一家安徽来的养蜂户，让小组立即派人通知他们把河床上的蜂箱和住人的帐篷撤到山坡上。他们是外来户，消息闭塞。"

房进拎起草绿色的磁石单机，朝距离最近的线杆跑去，把回答留在了身后："是！"

一天来在雨水泥水里的滚打让所有的人都"浓妆素抹"，战士们相互打趣说："咱们都变成黑猫警长啦……"一旁的耿连长插话："咱这叫'不管黑猫还是白猫'，保证畅通就是好猫！"

一旁的指导员也自言自语："保通才是硬道理呀！"

跑步回来的房进："报告连长指导员。刚刚接到总站通知，命令我连抢修队立即赶到松嫩大坝吴家屯段，去接受省抗洪指挥部和驻军首长交给的任务……"

B

要路还是要命？

为了谁？

统一去领"买路钱"！

农民兄弟也不容易呀！

耿连长与指导员乘坐的大解放在泥泞的道路上疾驶，大箱的篷靠里激战了一天的战士们在啃着干粮。连长咬了口馒头吃了口咸菜："指导员你说让咱到松嫩大坝吴家屯段是执行啥任务呢？那里可没有咱部队的线路啦。"

指导员捧着背壶喝了口水，望着车窗外的景色道："管他啥任务呢，等到了就知道啦。到吴家屯还有多远？"

驾驶员目不转睛地盯着前方："还有二十多里地，路要好走一个点就到。"

耿连长也集中精力注视着前方："让你说着啦，路不好走啦！你看前面是不是堵车啦？"

前面何止是堵车，一流三十多辆大大小小的车辆是被拦下的！拦车的不是交警不是路政不是任何穿制服的也不是任何戴胳膊箍的。拦路的是一伙村民，而且大多是爷爷奶奶辈的村民。

耿连长与指导员下车步行往前去，房排长从大箱里跳下紧跟在后面，耿连长边走边打听：

"咋地啦？咋堵这么多车呢？"

一名在路边抽烟的司机答道："前面的路上水啦！"

又一名拎着矿泉水瓶子的司机补充着："得从旁边的屯子绕。"

耿连长疑惑地:"那咋不绕呢? 都停在这干啥?"

耿连长和指导员的脚步倒是没停,他们继续边走边问。

一名脱光了膀子的司机靠在大货车的前保险杠上:"村里的老百姓不让过,把村口的路给堵上啦!"

又一名擦汗的司机头也没抬:"还都是些老头老太太,沾边就赖呀!"

心急如焚的司机们见有当兵的过来,都从驾驶室里探出头来,所以耿连长并不用停下来打听……

耿连长扬脸问一坐在驾驶室里的司机:"那咋不找他们村长呢?"

"他们村里的头头都藏起来啦!"

"村民说找村长也不好使……想从村里过必须交钱!"

耿连长一行继续边走边问:"交多少钱呀?"

有位司机从车窗里伸出手比画着:"大车一百,小车五十。重车还要加倍!"

"太黑啦! 我们这几辆车拉的还是抗洪物资呢!"

前面的司机也附和着:"我们拉的也是抗洪物资,都在这儿困了四个多小时啦!"

耿连长一路打听着情况,一路琢磨着对策。几个好信儿的地方司机也下了车,跟在连长指导员的后面。有的诉苦,有的出儿,有的递烟……,好像是看到了救星!

"穷山恶水出刁民! 刁民也怕解放军!"

"他们不让路就来硬的! 你们是当兵的你们怕谁呀?"

"对,跟他们横点。越软越不行!"

"我把汽车的摇把子都拎来啦,只要有'陈胜吴广'我们就上! 打不死他们……"

耿连长突然停住脚步转过身:

"你们有完没完? 谁有'章程'谁去呀! 想跟我去的就别惹事儿,也别多嘴!"

后杨家窝堡村是车辆绕行的必经之地,在这里设卡拦车,如同卡住了运输抗洪物资的咽喉!

村口上横着两台农用车,十几名上岁数的村民打着伞站在车前。见有当兵的过来后面还跟着十几名怒气冲冲的司机! 他们有点人人自危,于是纷纷躲到农用车的后面。耿连长一见农用车心里有了主意:

"你们谁是领头的?"

一个身材壮实的村民:"我们没领头的,你是谁呀? 有话就说吧。"

耿连长耐着性子:"我是省抗洪指挥部的! 谁叫你们拦路的?"

一名岁数较大的村民:"村里的路是我们自己掏钱修的,车一走路压坏了谁给我们修呀? 要过得留下修路的钱!"

耿连长面对村民的无理也只能晓之以理:

"你们说是路重要还是命重要？这些抗洪的物资运不上去,洪水一过来你们连家都没啦!连命都没啦!赶快把路让开!"

可村民却并不买账:

"你说让开就让开？你以为你是谁呀？"

"谁能证明你说的是真的？抗洪指挥部的,我咋没听说?"

"你甭吓唬我们,我们这好几十年啦就没发过大水!"

耿连长使劲压着心中的火苗:"我是谁不重要!你得看我们是为了谁？平时你们见过这么多外地运物资的车通过这里吗？不是为了抗洪保卫你们的家园,我们是吃饱撑的冒着淹死的危险还往前冲呀!省抗洪指挥部就在前面吴家屯的大坝上,你们派个代表跟我走一趟吧。但我可把丑话说在前面,再回来的可就是警察啦!按中国的刑法,故意破坏抢险救灾并造成严重后果的,要判有期徒刑坐大牢的!"

一听"警察"要来;一听要坐大牢,村民们面面相觑。耿连长趁热打铁:

"别耽误时间啦,快把你们村长找来吧。你们也在这大雨里浇了挺长时间了吧？别冻坏了,都是上岁数的人啦!"

村民们自知理亏,态度也软了下来:"我们也不想在这儿冻着,村长真的不在。"

"他到吴家屯开会去啦!"

"听说有个省长来啦。"

耿连长因势利导:

"省抗洪指挥部在吴家屯对吧？村长不在我也不为难你们,今天所有车的过路钱由我统一给你们打一个'欠条',村长回来让他到省抗洪指挥部去取吧。指导员,你那儿有纸吗?"

村民们还是有点不托底:"你打条能好使吗？村长不认咋办?"

连长一边打"欠条"一边说:

"你们村长他敢不认？他家砌养鱼池的石头都由我们那里代管着呢,不信你们去问问给他家拉石头的两个司机?"

一村民赶紧吩咐:"赶快去找大成和二柱子来……"

早上求耿连长拽车的两个司机从人群的后面挤了过来:"解放军说的是!"

"我俩的车还是他们帮着拽出来的呢。"

耿连长趁机套着近乎:"过来吧,咱们也算是熟人啦!你们俩赶快把车开走,把路让出来吧。哎,你们中间谁识字？来帮记个数,你们这村叫啥……"

村民中挤过一个识字识数的,他拿着"欠条"仔仔细细地瞧了半天:"我们叫后杨家窝堡,解放军同志,您叫……"

"我是某某军区的耿连长,叫耿大业。你看,这条上的字和我军官证上的字一样吧?"

村民拿着耿连长的军官证和"欠条"上的签字认真地对了半天:"是一样的,是一样的……"

车队开始缓慢地前行,耿连长和指导员并肩坐在驾驶室里。

虽然"拦路虎"被顺利地搬开,但指导员心里的石头却还压着:"老耿,你说这后……后……哎,这村名叫得真'别'嘴!你说这村长真要是拿着'收条'和'欠条'来部队找咱要钱咋办?"

由于车行缓慢,司机也分散出精力来插话:"连长您还给留的真名呀?"

耿连长喝了口水:"开你的车吧!不留真名那不是唬老百姓吗?放心吧指导员,就是借他个胆村长也不敢找咱来要钱,除非他的乌纱帽不想要啦!"

耿连长他们的车开到村口时,前面的重车已经把村里的路压翻了浆……

随车"扭大秧歌"的连长自言自语:"这路还真是压坏啦……"

同样"扭大秧歌"的指导员:"你说啥?"

耿连长注视着翻浆的路面:"我改变主意啦……"

指导员侧着耳朵:"没听清……"

耿连长大声地:"我改变主意啦!"

吴家屯松嫩大堤上人声鼎沸,几万抗洪大军正在争分夺秒地加固大堤。

天黑前按时赶到的耿连长一行来到了松嫩大堤上。此时这里已经戒严,陆续赶到的各路抗洪大军都忙着安营扎寨。自报家门后一位参谋将耿连长和指导员领到大堤上一段"安静"的地段,几位省领导和几位驻军的首长正在现场指挥。

参谋忙着介绍:

"这位是S集团军的尚副军长,是省抗洪领导小组的第一副组长。"

连长和指导员赶紧上前敬礼报到!尚副军长示意小声,因为他身旁的省长正在与国家抗洪领导小组用无线电通话:"副总理您好!是我,是……我是姚云青……"

省长的方言很重,加上无线的信号不好。显然那位国务院的副总理听得费力……

省长踱着步不断调整着方位:"现在我省的松嫩流域整个唧全是水呀!省会流域都快冒漾啦!今天大安那旮哒出现两次管涌。什么?'整个唧'就是全都是的意思。好……好……好……我不用方言!大安的管涌已经堵住啦,但有隐患的地段还不少。我们的意见还是死保!不到万不得已不能泄洪!那样农民的损失太大……农民不容易呀!再有'个巴'星期麦子就抢收完啦。好……好……我随时汇报……"

通完电话的省长转过身来,副军长将耿连长和郝指导员介绍给他:"这是军区通信总站先期赶到的通信保障分队。军区从辽宁调来的炮兵师、舟桥旅、工兵团已向我省摩托化开进……先头部队估计明天上午就能到达指定位置。姚省长看您还有什么指示?"

据说省长也是农民出身,因此很朴实,没有"封疆大吏"的官架子:"兵贵神速!关键时刻还是正规军有战斗力！哎……你们通信保障分队有什么困难吗？我可是全省抗洪大军的'后勤部长'呀！"

指导员一把没拉住……耿连长上前一步来到省长的面前："报告省长同志，我们有一件事情想向您汇报。"

见几位领导示意他讲，耿连长又上前一步……指导员手心的冷汗这个冒呀！

耿连长却毫无惧色："因为部分路段已经上水，我们来时和许多运送抗洪物资的车辆都是从一个屯子里绕的。该屯的路面全部被压坏，刚才省长说啦，农民兄弟不容易！不能让他们的损失太大，所以我请求……"

耿连长的话被省长的手势打断："尚副军长，这人民军队真是秋毫不犯呀！唐秘书，把这位部队同志反映的情况记下来，我签字后转到省交通厅……"

当指导员手心的冷汗变成热汗时，唐秘书已经记完了耿连长反映的情况……

尚副军长开始向他们下达任务："你们的任务是从我站的这里向北架一条临时的备复线路，与大约十几公里外的地方邮电的线路对接。为外省调来的抗洪部队提供通信保障，有什么困难吗？"

耿连长不假思索地回答："我们是从整修现场直接赶来的，器材和给养都没带足……"

副军长："阎参谋！"

一位参谋应声答"到"！

副军长低声下达命令："你们的问题由阎参谋协调解决。线路要求在明天上午架通。但抗洪部队不撤你们不能撤……"

连长指导员齐声答："是——"

C 妹妹找哥泪花流。
原来你不是铁打的！
找到他的"命门"啦！
不"改口"就难进洞房。

一队身穿迷彩服肩背红十字药箱的男女军人从松嫩大堤上快步走来……

走在最前面的是女军医白妮，她见几名战士正在像搭"豆角架"似地在给地上的备复线"搭架"。便更加快了脚步："小同志，你们是哪个部队的？"

因为在"同志"的前面有个"小"字，回话的战士心中不悦态度有点生硬："我们是通信总站的。"

白妮听后脚步再次"提速"，她并不理会小战士的态度："是通信总站哪个连队的？"

战士有点不耐烦:"三营二连的!"

白妮乐得差一点蹦起来:"你们连长在哪? 快说! 你们连长在哪?"

一听是找连长,战士立刻"重视"起来。他站起身目光搜索着周围,指着前方二百米远的一片树林:

"我们连长就在那里。连长……连长……有人找你!"

白妮已起步朝战士所指的方向奔去:"不用喊啦! 我过去找他。哥……我来啦! 哥……我是白妮!"

白妮越走越快,最后索性撒腿往树林的方向跑去。前面的一片水洼她也不躲不闪,一片片晶莹的水珠被"幸福"地溅起,在半空中飞行的轨迹上凝望着这位比它们还要"幸福"的女兵……

耿连长此时正在树林里指挥几个战士砍树枝,听到战士的喊声他转过头来。但嘴并未停下来:"树枝不要砍太粗的,树枝长这么粗不容易呀! 咱只是临时用几天。哎……谁找我? 我……"

耿连长的嗓子凝固啦! 他的眼球也凝固啦! 因为他看到了一个魂牵梦绕的身影;听到了朝思暮想的"哥"声!

"妮儿——妮儿——"

耿连长的身影在树林里"飞行",同样"幸福"的水花也在不时地"飞起"……

还差一米就要迎面相撞,两个人同时凝固住了。目光凝固在彼此的脸上,白妮肩上的药箱轻轻地滑落在地上……

瞬间的凝固很快被沸腾的热血融化,白妮张开双臂扑进耿大业的怀里……汗水和泪水在耿大业的胸前扩张……耿大业将她紧紧地搂在怀里……

白妮委屈地数落着:"哥,都一年多啦! 你也不想我……也不去看我……没事连电话都不打!"

白妮在抽泣,耿大业的心在抽动……

"妮儿,我……我……我不是忙吗?"

"哥,你都坏死啦,接新兵你咋不去?"

"妮儿,指导员也是半年多没和家属见面啦。所以我……"

"哥,所以你就找到借口啦! 你在故意躲着我?"

"妮儿……妮儿……我……"

白妮抽出一只手……将耿大业的嘴捂住。

"哥,你别说啦。我不怪你,我知道你的难处。"

耿大业把白妮抱得更紧……

"哥,我喘不过气来,我的腰快折啦!"

耿大业将搂在白妮腰间的手臂松了"一扣",白妮趁势向上一蹿。双手搂在耿大

业的脖子上,嘴唇飞快地在耿大业的脸颊上亲了两下……然后嗔怪道:

"哥,你说实话……多长时间没洗脸啦?"

"妮儿,我们天天都洗脸。就是这坑里的水脏一点!"

"哥你撒谎! 你撒谎! 你脸上都能刮下盐来啦,胡子有一周没刮啦吧? 你看把我嘴唇扎的!"

"妮儿,别这样……战士们在远处看着哪! 放开手,听话……"

"我不! 我就不! 除非你亲我两下,我让你抱起来亲我……"

耿大业吃力地将白妮抱起,突然双腿一软……瘫倒在地上……五官在痛苦中"紧急集合"!

"哥! 你咋地啦? 哥你咋地啦? 李队长,你快过来!"

耿大业在命令自己的五官"解散"……他想用手去捂白妮的嘴……但手抖得不听指挥……

"妮儿你别喊,别喊! 我没事儿,就是腿有点……"

白妮赶紧将耿大业的裤腿挽起,只见他的小腿肿得像大腿……

白妮心痛地埋怨着:"哥,你是不是没按时吃药? 是不是又下水啦? 我的话你咋就不听呀!"

总站卫生队李队长闻讯和几名医生赶了过来……指导员和房排长也从远处跑了过来……李队长用手按了一下耿大业的膝关节,肿胀的关节处立即"塌陷"出一个白色的"深坑"。耿大业的牙龇得怪吓人的!

李队长继续给耿连长做检查:"你小子还知道龇牙呀? 我还以为你是铁打的呢,原来不是呀! 风湿性关节炎这病说小就小,说大就大! 我们卫生队将来可不收坐轮椅的姑爷!"

郝阅文主动上前和李队长等人握手:"你好,李队长! 耿连长的病都怨我没照顾好……"

李队长双手按摩着耿连长的腿,回头对指导员说:"你就别往自己身上揽责任啦! 天老大、地老二、他老三! 你是老几呀? 你还能管了他?"

白妮将两片阿司匹林塞在耿大业的口中,又用背壶给他喂了口水……

耿连长用袖子擦了一把脸上疼出的汗:"李队长,你们咋来啦?"

李队长为耿连长挽着裤腿:"军区命令我们总站给舟桥旅和工兵团提供医疗保障。你以为我们大老远的是专程来看你呀? 美死你啦! 一辈子不见都不想你!"

一名女军医插嘴道:"队长你不想有人想呀! 你没看刚才有人像跑百米似地,现在又像演《卖花姑娘》似地!"

白妮知道自己刚才的失态,她赶紧掏出手绢擦了擦眼睛……随手掐了一把刚才说话的女军医:"死鬼,等回去再跟你算账!"

女军医边揉胳臂边瞅李队长:"队长,我这可是'工伤'呀!回去她找我算账,我就找你报销,我可是为你打抱不平!"

李队长正色道:"回去再闹吧,现在赶快抓紧给战士们检查一下身体。真是帮姑奶奶!谁找我算账我都得受着。"

指导员赶紧布置:"房进,赶快把战士们都集中过来。"

李队长从药箱里盒出了一个针盒,取出几只用酒精擦拭着……

"'姑爷',来……本'老丈人'给你'扎古'一下缓解缓解,摊上这么好的'娘家戚'你偷着乐吧?"

"队长,手下留情!手下留情!我……我晕针!"

李队长听罢嘿嘿地笑着:"呦,原来你耿大业也怕点啥呀?我还以为你刀枪不入呢?来……指导员白妮你俩给我把他按住。白妮往后他敢欺负你就给他扎针……这回我找到他的命门了!"

其实针灸并不像耿大业想象的那么"恐怖",特别是像李队长这样有"妙手回春"本领的高级军医。认穴之准,入针之快,更是让耿大业没有来得及喊"救命"!

为了缓解耿连长的"恐针症",李队长耐心地讲解着:"针灸的功效是'疏经活络;祛风散寒;活血化瘀;消肿止痛;提高血清抗体反应'……白妮,将来你要是给这么个不管不顾的活驴当'保健医',还真得学学针灸。风湿性关节炎针两个疗程就好!"

白妮十分认真地观摩着李队长针灸过程的每一个细节:"我抗洪回去就学。你得教我啊?"

指导员在一旁奉承着:"早听说李队长是神针!像祖传的老中医。"

李队长用手拈着已针身刺进穴位的针柄:"咱哪是老中医,咱是'老军医'。老喽,快退休喽!哎……'姑爷',你小子够有福的啦。你的白妮可是我的'关门弟子'呀!哎……你们的任务重不?野外生活的食宿咋样?"

疼痛稍有缓解的耿连长故作轻松地答道:"任务倒不重,就是得死看死守!这不,昨天还是干地,今早到处是水洼!备复线也得'架空',要不就接地。"

指导员在旁边补充道:"野战军给我们提供了两顶帐篷,还有压缩饼干和罐头……吃的还行。就是喝水困难点,没法烧,战士们有拉肚的。"

给战士们检查身体的几个军医回来围在李队长身边。

一名军医放下急救箱汇报:"战士们的身体都很虚,有的是拉肚拉的;有的是吃不惯压缩饼干;长期吃不着青菜,患口腔溃疡的比较普遍;还有皮肤病挺多,大部分是由蚊虫叮咬引起的。个别的是湿疹和紫外线过敏……"

李队长没停继续给耿连长治疗:"都处理了吗?"

刚才汇报的军医蹲下身也观摩着李队长进针的穴位:"都处理啦,口服药和外用药都留啦。"

李队长不放心地嘱咐："再给他们留个急救箱,多留点扑尔敏和黄连素,特别是维C多留点。吃不到青菜就用维C补吧,哎,治湿疹的皮肤病药也多留些。他们在野外连续作战都快仨月啦,估计'烂裆'和阴囊湿疹的也不少,怕是小伙子们害羞没好意思说。药给他们留下,谁有谁就自己上吧。"

耿连长趁机插话:"您要是再给我们留个卫生员就更好啦,在外线连队一个卫生员可是顶半个野战医院呀!"

"你得寸进尺啦? 哎……你还说着啦,总站最近还真分来几个卫生员,你们营部还分了一个。能不能抠来就看你的道行啦。"

半天没插上嘴的指导员:"队长,今天真是太谢谢您啦! 真是雪中送炭哪……"

队长边给连长拔针边说:"都是一家人,客气啥? 有事就到大堤上找我们,抽时间我们也会再过来的。"

指导员风趣地道:"这百年不遇的洪水……让我们相遇在百里之外……真是拍电影的好素材呀!"

李队长细心地擦拭根根钢针,又小心翼翼地将它们装盒:"拍电影咱倒不敢想,我这带着相机呢。咱们还是拍几张照吧? 来……先给我家'姑娘'和'姑爷'照一张。你俩靠近点! 再靠近点! 好,茄子……"

李队长将相机交给了另一位军医,用手指着耿大业:"看你造得这小样! 跟'污鸡'似的,那配得上我家的白凤呀?"

那名刚才"被掐"的女军医又管不住嘴啦:"'乌鸡白凤丸'。这正好配对呀! 还是副好药哪!"

耿连长被逗得有点不好意思……白妮给他擦着汗:"你们别老说我哥黑! 我哥这不是晒的么?"

收拾针盒的李队长起身活动了一下全身的关节:"白妮你往后还真得改改口。别老一口一个'我哥我哥'的叫! 真要是不叫'哥'难受的话,应该叫'阿哥',要不你永远进不了洞房!"

指导员一时没转过弯来:"'我哥'和'阿哥'有区别吗?"

李队长故意严肃地:"有'质'的区别!"

指导员摇着头:"我不太明白?"

李队长是又好气又好笑:"都说你挺有才的,原来是个书呆子! 你说这'口'跟'嘴'有区别吗?"

指导员更加疑惑:"没区别呀!"

李队长只好道破"天机":"那'领导跟我亲口说的'与'领导跟我亲嘴说的'也没区别呀?"

大家爆发出洪水般的笑声……

第九章

A 丢命也不能丢"武器"！
轮到我们"打冲锋"啦！
随身携带"净水器"。
风雨浸衣骨更硬！

在抗洪现场临时搭建的通信"指挥所"里，气氛有点火药味，有点让人窒息！

耿连长接电话的表情有点惊恐！还是第一次有人看见他的眼球有如此的"直径"："是，我是通信保障分队！什么？您再说一遍……听明白啦！听明白啦！我们马上执行命令！"

连长手中的单机还没放好，命令已经出口："房进，跑步把指导员找来！再通知线路上的所有人员集合待命……"

"是——"

说话间房进已飞奔出了"指挥所"。

指导员就在附近。因此，耿连长刚放下电话通知记录本指导员就回到了他们的临时"指挥所"：

"啥事这么急，连长？"

此时耿连长一点玩笑的心情都没有："啥事？大事！比天还大的事！刚刚接到通知，根据国家抗洪领导小组的指示，为确保下游省会城市的安全……省抗洪指挥部决定，在我们上游五公里处炸坝泄洪。现在工兵已经在埋设炸药，泄洪区所有的抗洪部队和居民已经开始撤离，指挥部命令我们也要马上撤离。"

指导员十分惊诧："什么时间炸坝？"

连长始终阴沉着脸："时间定在下午三点半，也就是第九次洪峰到来之前。"

指导员抬腕看了看表："还有四个小时，撤离的方向……路线……距离……是？"

此时房进跑步回来了："报告连长，都通知完啦！"

耿连长一边回答着房进一边跨步到临时布置的挂图板前，手指随着目光在五万分之一的军用地图上快速地搜索锁定："知道啦！撤离的方向是东北，路线是沿205国道，距离是五十公里以外待命。"

指导员翻阅着电话通知记录本:"咱们离205国道不远,时间完全来得及。组织大家吃完饭再走吧?"

耿连长从地图上挥挥手:"要吃饭时间就来不及啦!因为我们要把备复线路撤完就得三个多小时。"

指导员又一遍认真地看着"电话通知":"指挥部要求我们撤电话线路了吗?"

耿连长接过指导员手中的本夹:"那倒没有,是我决定要撤这临时线路的。"

房进插嘴道:"连长,那我们要这点破备复线干啥?又值不了几个钱!再说,三个多小时也撤收不完十多公里线路呀?"

耿连长又急眼了……眼睛瞪得比接电话时还大:"你那是放屁!这是值不值钱的问题吗?这通信器材是什么?是我们通信兵手中的武器!就好像步兵手中的枪;炮兵手中的炮;眼前的战斗还没结束,我们就把手中的枪和炮都丢啦!再遇到情况我们当逃兵吗?"

见连长说得有道理,一旁的指导员赶紧向房进使了个眼色:"连长说得对!连长你就布置吧。"

房进的脸憋得通红:"连长,我错啦。我不该……"

耿连长不耐烦地:"行啦行啦!没时间听你检讨,废话就少说吧,指导员你看这样行不……"

在连长身边工作时间较长的房进并不在意连长的批评和态度,他也跟着指导员凑到连长展开的地图前……

耿连长站在军用地图前开始布置:"你们看咱们的临时线路是沿一条乡村公路架设的,到线路的终端再往前走一千多米就上了205国道。让房进带车拉上大部分战士和收线用的'线拐子',立即出发。每隔二百米下一个带线拐子的战士分段撤收……战士下完啦他们继续向前;还是每隔二百米扔一个线拐子……一直到终端再原路返回到咱这出发点;线路上的战士收完所负责的一段线路后便将撤收的器材放在原地。然后跑步超过前面所有的战士继续撤收前面的二百米线路……有点像跑接力赛!"

指导员听明白啦,但还有不明白的:"那我俩呢?"

"我俩带两名战士把这两顶帐篷和其他物品撤收好,等大车一返回就立即装车。然后沿途装撤收好的器材……就跟'拾麦穗'一样。"

平时很精干的房进没能一下子进入角色,于是有点傻乎乎地问道:"那我呢?"

"你的指挥位置在线路上,具体的地点自己选去!"任务越是紧急耿连长却越冷静越有耐心,这也是为了防止自己忙中出错防止自乱阵脚。

已经对耿连长"你办事我放心"的指导员立即表态:"我同意连长的撤收方案,房进你没意见就立即执行吧!"

"是——"

此时对任务心领神会的房进转身离去，随后便传来他的声音："面向我成一路横队集合！"

望着房进的背影，连长满意地点了点头："我就喜欢他这麻利劲！"

指导员这时开始"秋后算账"："那你刚才还张口就骂，像个军阀似地！"

耿连长为刚才自己的行为辩解："没事，这小子皮实着哪。在我身边早撸出来啦，响鼓就得重锤敲。急眼啦我还给他两脚呢！"

指导员今天不想较真，只是"点到为止"："说不定哪下敲漏啦你就不敲啦，别说，你刚才还真有点运筹帷幄的大将风度。工作布置得滴水不漏！"

耿连长并不接受这真诚的"拍马"："咋没漏呢？"

"？"

"把你漏下啦在这说废话！哎，你俩赶快过来咱们一起先撤帐篷，再归拢东西。一定要归拢利索点，别像丢盔卸甲的逃兵似像。"

耿连长没有给指导员反唇相讥的机会，就转移话题招呼门外的战士。

两名战士应声："是！"

耿连长给两名手忙脚乱的战士吃着定心丸："咱这可不是打了败仗要逃跑！咱这是'战略转移'！对吧，指导员？"

指导员并未搭话，耿连长也并未察觉，所以他并未停嘴："唉！要不是我现在腿脚不利索，真想上去和战士们比画比画。这'百米收放线'，我连野战军的都不服！哎……指导员你咋没动静啦？"

指导员终于找到了"报复"的机会："这'废话'留给你说吧。"

耿连长意识到自己刚才有点"过"，赶紧圆场："这点小事你还计较呀？算我用词不当行了吧？关键是我这人最怕表扬，一听表扬就不知道自己姓啥啦……一不知道姓啥嘴就没把门的！"

指导员并未得理不饶人："你这叫自己的刀削不了自己的把！"

"这话在理！这话在理！你看咱这速度三个小时能撤到205国道上吗？"

"按速度算绝对没问题！就怕是节外生枝呀？"

真让指导员不幸言中，"节外生枝"的事情发生在离临时线路终端还有三公里左右的地方。临时线路的右侧二百米的距离出现了一条与之并行的小河，河对岸传来阵阵急切的呼喊："解放军同志！快救我们过去！快来救我们！快来呀……"

放眼望去，对岸有二十多名群众被河水所阻。且老的老小的小！河并不宽，但水很急！深度不详。

连长指导员房进六目相对，结论是一致的。

指导员投来信任的目光："救群众于水深火热是我军的使命！连长，你就下命令吧！"

耿连长一把将头上的作训帽攥在手里："终于轮到我们保障分队打冲锋啦！一定要打好这一仗，让咱通信兵在野战军老大哥面前露露脸！现在马上把线路上会水的战士集中过来，携带所有的救生衣，由我带领去河对岸救人！指导员和房进带剩下的战士继续撤收线路，然后迅速撤离！"

"我不同意！还是等群众救过来一起撤离，要不你们没有交通工具。在洪水到来之前根本撤不出泄洪区！"

连长斩钉截铁："不行！那样我们就可能'全军覆灭'！别忘了抗洪指挥部给我们下达的命令是后撤五十公里待命，很可能还有新的任务！所以我们必须要有一部分人撤出去，咱就别争啦！"

此时，几名会水的战士已经接到通知向这里飞奔……

指导员仍不放心："那你们咋办？"

连长环顾了一下四周，迅速下定决心："我们先把救过来的群众转移到那个小山包上，再想办法。"

此时集中过来的战士们已经在房进的指挥下开始穿救生衣，指导员一把拽住连长手中的救生衣："要去也得我去，你的腿不能下水。"

耿连长推开指导员的手："轻伤不下火线，重伤不去住院，死了不去阎王殿！我的腿连轻'伤'都够不上，但你这'旱鸭子'不能游泳可是'硬伤'！下去还得连累战士救你呀？"

房进挤了过来："那让我跟连长去？"

连长眼睛一横："哪乱哪有你！指导员外线业务不熟，你不在他身边，再有通信任务咋完成？"

已经穿好救生衣的连长用拳头敲了敲指导员的前胸："放心吧，老伙计！你们的任务也不轻呀，剩下的这几个人想把线路撤完也就快炸坝啦！上道你们得扤蹶子'撩'吧。"

不等指导员表态连长已经带着战士们快步向河边小跑：

"指导员，派一名战士把我们脱下的衣服先送到小山包上。哎……老乡们！别害怕！自己的队伍来到面前啦……"

指导员的热泪夺眶而出："房进！派两名战士，把连长他们脱下的衣服还有咱们所有的干粮和水都送到小山包上去！还有药箱……"

决堤洪水排山倒海，耿连长一行刚刚将被救的群众转移到指定的小山包上，洪水就赶到进行"围城"。围困中的山包变成了一座孤岛。

"孤岛"上，耿连长和战士们将指导员留下的干粮和水分发给老人和孩子。水和干粮在战士和群众中推来让去……

战士们有的枕着救生衣休息……有的坐在水边出神……很多人的嘴唇都干裂出了血口子……

一名实在渴得不行的战士用手捧起浑浊的洪水，水中的漂浮物让他犹豫不定。

连长走过来拍了拍他的肩："忍不住了吧？真想喝？"

战士点了点头。

"来，我教你一个过滤水的专利，可不许外传哪！"

又有几个战士围了过来。

耿连长瞅瞅大家："你们都想喝呀？"

大家都无声地点了点头。

耿连长吩咐："把药箱拿来，每人先含嘴里几片黄连素。"

见战士们都各就各位……

"这'过滤器'吗？远在天边，近在……"

耿连长边说边示范，只见他用军帽舀起浑浊的水举过头顶。一小股清凉的水滴入他的口中，把他下面的话给浇了回去。

耿连长咽下最后几滴水："这就叫久旱逢甘露……"

"每当我看见天边的绿洲，就会想起东方奇落瓦。"一名"解完渴"的战士吧嗒吧嗒嘴，为自己的调侃沾沾自喜，很多疲惫的战士眼前都浮现出了"天边的绿洲"。

耿连长笑着摇了摇头："这广告词是好，但你用错了地方。现在去想'东方奇洛瓦'那是画饼充饥望梅止渴！咱们还是'苦不苦想想红军两万五，累不累想想革命老前辈'吧。这是我军的光荣传统是精神食粮，是我们战胜一切艰难困苦的力量源泉！是战斗力！"

天色已黑，小山包像一座海洋中的孤岛。一名触景生情的战士随口唱出：

"这绿岛像一只船，

在月夜里摇呀摇……"

耿连长一边用手轰着蚊虫一边摇头："停，停！这《绿岛小夜曲》虽然抒情，但'面咕嘟地像缺钙似的。不鼓劲！咱唱首鼓劲的……《长征组歌》都会唱吗？"

战士们齐声回答："会——唱！"

"那就唱段《长征组歌》吧？"

"连长，唱哪一段？"

"就唱'过雪山草地'。"

"雪皑皑，

野茫茫，

高原寒，

炊断粮。

红军都是钢铁汉！

千锤百炼不怕难，

雪山低头迎远客，

草毯泥毡扎营盘。

风雨侵衣骨更硬……”

歌声在夜空中回荡,洪水为她和弦！

远处隐约传来马达声,比马达声"马力"更强的是呼喊:"耿连长——耿连长——"

孤岛上的战士们欢呼起来:"指导员！我们在这里！指导员……"

B 文化也是"菜篮子"。

事迹不能"移花接木"！

天下事难不倒共产党员！

借点"警威"来开路。

连队的大屁股吉普车在"水毁"后简单修复的道路上扭着"秧歌"前行。

"指导员。"

坐在副驾驶位置的耿连长回过头……

"这一段时间大事不断,咱是既要'抱西瓜',又要'拣芝麻'。这日常管理就得'日常'管,两业生产就得'两头'抓。'菜篮子工程'也得当'重点工程'干！特别是你提出的军营文化生活的'菜篮子'工程,咱得列为这次下小组的重中之重来抓呀。这'精神食粮'要是'断了顿',战斗力和士气也会受影响。"

指导员的身体随着车身扭动着:"这次用干工程挣的钱给各组买的收录机,都带卡拉OK功能,硬件建设算是一次到位啦。我给各组都选了些优秀的歌曲,还买了些空白带。让他们跟着磁带学会后录下来,然后连队定期进行评比。再开电话文艺晚会,就不愁像'赛诗会'啦！"

由于耿连长必须要侧着身子回过头才能和指导员"面对面"交流,所以给人的感觉"坐姿"很别扭:"有你这样好的'精神厨师',咱连文化生活的'硬件''软件'就配套啦！咱连偏僻的小组,马上就要文化'脱贫'喽!"

指导员谦虚地推脱:"那还不是因为有你这'坚强后盾'呀?"

耿连长坐正了身子,用手按摩着有些酸痛的脖子目视着前方:"你说咱俩这一唱一和地相互吹捧,还真就没脸红?"

指导员也调整着坐姿,放松着身体:"这是实事求是,你不老是烦谦虚,烦'装'吗?

那咱就不'装'啦!"

连长:"不该'装'的事就不能'装'。比如咱连这次参加抗洪,该报的材料就报,该要的奖励就要。现在战士复员有立功卡片的安排工作给加分!你说在事关个人前途命运的大事上咱装谦虚。那不是'误人子弟'吗?但在我的立功问题上该装不装也不对,最好是把我的材料写成是房进,小房也该调职啦。"

指导员又开始"装"了起来:"张冠李戴,移花接木!那不是弄虚作假吗?"

耿连长这次没有"斤斤计较",而是很有耐心的:"咱通信部队使用干部的规则是:有线不如无线;外线不如内线;明线不如地缆。你说咱不'弄'点'做'点,连里的干部不都压住了吗?一排立了一等功还压了这么多年呢?房进咋地咱也要帮他立个二等功呀?"

任耿连长如是说,指导员还是不松口:"你就是说出花来这事我也不能做!'实事求是'是政工干部的底线。再说你……"

耿连长又重新侧过身子回过头:"不要再说啦。我听明白啦,'实事求是'是政工干部的'底线'。那我们军事干部的'底线'就得降低了呗?我不是叫你把房进写成耿大业!而是说要把宣传的重点放在房进身上,把那些什么'亮点'往他那儿转移转移。再说我已经是总站的连长和立功'专业户'啦!除了'全军英模',该有不该有的荣誉我都有啦,再去立功也没啥意义啦!"

指导员终于抓住了"把柄":"这你可就是自己打自己嘴巴啦!刚才你还说给房进争功是为了他的'进步';你立了那么多的功也没'进步'到哪去呀?所以事情没有绝对的!"

耿连长一脸的苦笑:"打人不打脸!骂人不揭短!你咋招招见血呢?太狠点了吧?你是'外来户'不了解情况,在调职的问题上组织上不是没考虑过咱,而是咱没'考虑'……唉……荣誉有时也是十字架呀!算了……换个话题吧……"

"既然要换个话题,那我就给你出点'难题'。一排的各个小组都没有电,靠用电池听录音机又听不起!你说咋办?"

"咋办?该咋办咋办呗!"

"你别哪丢哪找?少跟我打哈哈玩太极。还'天下事难不倒共产党员'呢?我看你是被难住啦!"

耿连长得意地:"被难住了还真不是共产党员!这样,咱到总站器材股多领点'方A'电池,那玩意不好看好用。一块顶七八节电池的使用时间……"

身为"党代表"的指导员还是被难倒了:"咱去领人家就给呀?"

耿连长更为得意地:"器材股长是我老乡,咱说话好使!唉……我这军事干部又没'底线'啦!"

指导员的态度也十分积极:"这回我陪绑!和你一块'没',行了吧?唉……常在河边走,哪有不湿鞋的呀?"

"'湿鞋'!只是起点……下水'才是目的!近墨者黑嘛!"

"打住吧,再说咱俩就成'团伙'啦!"

耿连长得意得有点"忘形":"'团伙'好!'团伙'好!我快当'团长'啦……哈哈哈……哈……"

连长与指导员的对话是被急刹车打断的,由于"忘形",没提防的耿连长脑袋差一点撞在风挡玻璃上。

前边的一辆拉柴火的农用车已经"压"了他们很长一段距离,任你再按喇叭也不让道。不紧不慢地在道中间晃荡不说,还时不当地给你来点"情况"。因为它的后面根本没有尾灯,刹不刹车也没有提示。所以连长他们的车刚才差点追尾……耿连长有点恼火!

"给他点动静!"

驾驶员小马:"是!"

随着驾驶员手指按向仪表台上一个不起眼的按钮,一阵刺耳的警报声突然响起。"霸道"的农用车像听到"口令"似地躲向一边,连长他们的车呼啸而过。

指导员十分惊诧:"咱这车啥时安的警报?"

耿连长则不以为然:"接车时我就叫司机在总站那儿安啦。"

"私安警报是不允许的!军车也不能搞特权!"

耿连长很无辜地:"咱还哪敢搞特权呀!咱是'特没权'!如今这道上跑的,四个轮子的是'四爷';三个轮子的是'三爷';两个轮子的是'二爷';背手在大道中间溜达的是'大爷'!咱是谁呀?咱就是孙子!可线路出了故障咱不能争分夺秒地及时抢通,咱就是再装孙子,再当孙子,上级答应不?咱这不也是被逼的吗?所以只能'借'点'警威'啦!军警一家嘛!"

指导员第一次"慢半拍"地提出意见:

"装就装了吧……没它关键时候还真叫不开道。但不能随便用呀,具体的就是:不是去抢修不能用;不到万不得已不能用!"

连长拍了拍驾驶员:"你小子听明白啦?这是指导员给你规定的'底线'!这下你心里有'底'了吧?"

C

"陆海空"全无,光杆司令!

握"枪杆子"不能搂"锄把子"?

艰苦奋斗不是让战士们饿肚子!

业务不精能"指挥"个啥?

连长与指导员此次下小组的第一站是二排的中心组。

二排长李新潮是去年晚指导员五六个月来到该连的"学生官"。由于这一年多连队的"大事"不断，所以耿连长光顾此排的时候比往年少。"光顾"少的另一个原因是耿连长想让心高气盛的"学生官"放手一搏，是骡子是马也遛遛看！

李新潮报告时的语音语速有点像背台词，敬礼的动作也有点表演的色彩：

"连长同志，二排'二·二'小组迎接首长检查，请指示！排长李新潮。"

还完礼耿连长也按条令规定命令："请稍息。"

"是——"

李排转身跑到两名列队的小组战士面前下达口令：

"稍息！"

两名战士稍息后，李排跑步"入列"，站在排头的位置。

连长与指导员走上前来与李排和两名战士握手：

"不错，不错，对照条令，一字不差。这落实条例条令，全靠平时养成啊。哎……指导员，你说往后咱俩要来，能不能把'首长'改为'领导'？咱这连队干部也称'首长'，有点离兵远的感觉。"

指导员拉近了与连长的距离后才小声回答："你想修改条令？向总参打报告呀！但在没有被批准之前，还得按原条令来！"

一向在下级面前不和连长"一般见识"的指导员今天有点破了"规矩"，耿连长心里明白。因为自己对"学生官"有点"看法"，指导员是想用"下马威"来提示他要在"学生官"面前把握好分寸。

二排长李新潮毕恭毕敬地拉开小组的房门："连长，指导员，请进屋检查吧？"

"指导员先'请'吧？我先去趟厕所，憋不住啦！"

耿连长的"内急"真是说"急"就"急"！他边说边向厕所一路小跑。

二排线路维护小组的营房格局和一排是"一个模子"打造的。都是仨屋。进门的一间是厨房……里间大一点的是寝室……里间的里间是兼器材、小包、粮食、杂物等诸多'物资'为一体的'综合仓库。

指导员刚进到里间屋，就听到上完厕所的连长在院子里嚷嚷：

"这室外卫生打扫得还行，就是榆树墙剪得不齐，跟狗啃的似的！哎……我说李排，你们这'中心组'咋鸡鸭鹅狗……带毛的没有哇！这'两业'生产是咋搞的？没有'陆海空'，你是'光杆司令'呀？！"

指导员与李排长赶紧又回到院子里，室内只剩下驾驶员在教两名小组的战士如何摆弄他们给小组带来的收录机。

李排长抱怨着："这榆树墙咋剪也剪不齐！"

耿连长"针锋相对"地继续批评："那是你们剪得不及时！隔三岔五地就剪一遍，你看它齐不齐？总站要求的养殖种植这'两业'生产你们咋落实的？"

李排长是由地方的应届生直接考入军校的,对部队的"光荣传统"是既不理解又有不同的"见解":"什么'陆海空'呀?不就是'鸡鸭鹅'吗?养那些东西也挣不了几个钱,还弄得院子里怪脏的。风一刮屋里净味!"

耿连长斜着眼睛瞅了李排足有十秒钟:"我看你是思想'有味'吧?挣不了几个钱但可以改善伙食,这是'菜篮子'工程,是必须完成的硬指标!"

学生官最大的特点是"书生气","书生气"最大的缺点是没理也辩三分,心里不服的李排梗着脖子:"我们伙食费省点花照样可以有节余!"

耿连长知道这是个难剃的脑袋:"你还挺能对付!我问你,你们仨人一天的伙食费是多少?"

"一天三块多钱。"

"三块多钱你还要再节点!战士们每天能吃到'斤半加四两'吗?"

李排继续狡辩:"我们不是提倡艰苦奋斗吗?"

耿连长有点失去了耐心:"靠'扎脖'去艰苦奋斗?是军校的教官教你的?还是高中的老师教你的?那'南泥湾'精神?'北大荒'精神往哪摆?'艰苦奋斗'和'自己动手丰衣足食'都是我军的光荣传统!而不是'矛'和'盾'!"

李排长还想狡辩,被指导员制止了:"你老实听连长说。"

显然,指导员对这名"学生官"也有了些"看法"。

耿连长最烦"嘴硬"的,见李排低头不语,他也缓和了口气:"咱外线连队的工作是重体力活!一盘铁线二百多斤,一根八线担也几十斤。战士们不但要扛着它上线路抢修,还得扛着它上杆作业!你把战士饿得都像露筋狗似地,他们能有力气干活吗?我要的是战士都有虎背熊腰!"

指导员也插话批评:"连长批评得对!主业副业都要抓,另外你们的菜地种得也不行,草比苗都高。"

李排终于"忍无可忍":"我们是军人,又不是农民!我们的手是握枪杆子的,又不是搂锄把子的。要想种地我就不来当兵了!"

耿连长真的"怒发冲冠"啦:"说啥哪?你再给我说一遍听听!农民咋地啦?你吃的、穿的、用的……哪样能离得开农民?现在是十个农民的劳动才能养活一个士兵!多少个农民的劳动才能养活你一个军官?哼!瞧不起农民?瞧不起农活?我军的性质不是工作队、战斗队、生产队吗?我倒要问问你:这'生产队'里包不包括农业生产?王震当年带着三五九旅搞大生产……不也当上了开国上将吗?"

"不能搂锄把子的手也不配握枪杆子!我看连握笔杆子都不配!"

一贯自以为是自命清高自命不凡的李新潮虽然找不到"论点"和"论据"再去和连长争论,但还是梗着脖子歪着脑袋,耿连长'斜愣'着他:

"咋地!还背手尿尿不服(扶)呀?指导员,咱到屋里看看。看看咱这位'留守大员'都干了哪些'革命工作'?"

连长的一句话倒是提醒了李排,他紧跟了两步:"连长,我对你有意见!"

耿连长一脚门里一脚门外:"有意见提嘛,我不压制民主!"

李排步步紧跟也句句紧逼:"我是学通信指挥的,大整修和抗洪这样重大的通信任务为啥都不让我参加呀?不压制民主是压制……"

要说这个问题在李排长心里还真是积压已久。他是学通信指挥专业的,按常规应当定位在位置重要的机务站。但按上级培养"复合型"后备干部的新思路,因此他先被分配到外线连队来充实锻炼。对此,李新潮一肚子的不满!他偏激地认为这是对"人才"的浪费!是误人子弟!

耿连长直等到他一屁股坐到小组的炕沿上才回话:"这个问题应该问你自己呀?我问你,你现在上杆的速度是多少?打地矛打拉线换木担用多少时间?"

能言善辩的李排还真被问住啦:"这……"

耿连长不慌不忙地:"'学生官''学生官'。你以为能当个好学生就能当个好官呀?业务不比战士强,就别在这外线连队混!让你在家留守不是让你养大爷,是让你在家'补课'!你也是二年官啦,但这业务水平能赶上二年兵吗?你自己说……学通信指挥的,业务不精又能指挥个啥?"

耷拉着脑袋的李排:"我……"

D 发现问题是本事!解决问题是能力!

仨人去照相,小组谁值班?

排长住"排部",全军唯一!

不是"摇滚"是要"滚"拉!

为了给李排个台阶下,指导员顺手摘下挂在墙上的政治教育记录本。

李排长忙着把仨人的学习笔记……会议记录等拿给连长指导员看……

耿连长却冷不丁插话:"最近的《解放军报》都登了些啥内容呀?哎……你们几个先到院子里去,我和指导员要和你们排长说点事儿。"

李排长胸有成竹地回答:"人生观教育方面的文章比较多。"

耿连长头也不抬,他更"胸有成竹":"你把上周五的《解放军报》给我拿来看看。"

李排长找了半天也没找到上周五的《解放军报》。

耿连长抬起了头但没抬眼:"不用找啦,报纸在厕所哪。已经当开腚纸啦!还有今年第三期的《通信战士》杂志。"

指导员的脸也气成了猪肝色:"订报纸是给你们当手纸用的吗?你这管理工作是

咋抓的?"

李排长还是一肚子的理:"我管天管地,也不能管……"

耿连长终于抬起了眼皮:"咋不往下说啦?是不好意思说了吧?不就是'不能管人家屙屎放屁'吗?斯大林说班长是军中之父;拿破仑说班长是军中之母。这班长都是战士的'父母'啦,那你排长哪……应该是'父母'的'父母'吧?既然是当'祖父母'的。你说这'儿女'的'屙屎放屁'问题你该不该管?"

李排长也红着脸继续强词夺理,这就叫"煮熟的鸭子嘴硬":"就算是该管!那我也总不能连战士上厕所也跟着吧?有些事没办法发现我咋管呀?"

耿连长终于坐不住炕沿啦,他起身围着李排转着:"发现问题是本事!解决问题是能力!不勤学苦练哪来的'本事'?哪来的'能力'?"

李新潮疑惑地望着连长……

耿连长停住脚步:"看我干嘛?听不懂中国话咋地?我现在就发现点'问题'!教你点'本事'!"

连长拿起桌上的一个相框:"呦!哥仁好,照得不错呀?"

相框里镶的是一张三人的合影,梳着大分头的李排端坐在中间,两边是小组的两名战士……

说到照片李排长有点得意:"是在镇上照的,是镇上最大的照相馆……"

耿连长把相框递到李排长的眼前:"最大的照相馆照得也不咋地!你发现里面的问题没有?"

李排长的头摇得像拨浪鼓,连指导员也跟着摇了摇头。

耿连长收回相框将其扣在桌上:"镇上离小组多远哪?"

李排长做作地立定回答:"三十多华里!"

耿连长的表情很淡定:"来回得一天吧?"

李排长顺杆爬着:"是得一天,正经得一天哪!"

连长认真地看了看照片上的日期:"也就是说今年的六月六号这天,你们小组出现了无人组!也就是说,如果这天你们组所维护的区域不论出现任何故障都无人去抢修?"

无言以对,李新潮第一次低下了他那骄傲的头……

耿连长表情和语气瞬间骤变:"指导员,帮我想着……回连后查一查那天是谁值班?他那一天肯定没有按规定对各小组进行抽查!"

此时指导员也感觉到了问题的严重性:"这件事就交给我来办吧,不牵扯你的精力啦……"

耿连长环视了一下屋内,他又发现了新的问题:"你们小组是仨人,怎么只有两套行李呀?"

耷拉着脑袋的李排长小声回答:"我的行李在里屋。"

连长指导员同时把目光聚焦在"里屋"的门牌上,门牌已由"仓库"升级为"排部"。

耿连长咬牙切齿地挖苦着:"你这'排头'很有'派头'呀?'排部'都建起来啦?'硬件'挺上档次呀!再干几年就该住将军楼了吧?"

"排部"的建设确实很上"档次":单人床上铺的是格床单;内务上蒙着花枕巾。墙上挂着李排的标准相,相片上的李排笑得很得意,因为他可能是全军第一个住进"排部"的排长!

耿连长压着火翻了翻书桌上的书,大部分是琼瑶的小说和汪国真的言情诗……耿连长按了下那台排长"专用"的'砖头'录音机的播放键,里面传出了声嘶力竭的呐喊:

"我要给你我的追求,

还有我地自由,

可你却总是笑我一无所有!"

耿连长气得七窍生烟,"叭"地关上录音机:

"你的追求就是这个?你真是'穷'得'一无所有'啦!"

李排长小声嘟哝:"这是崔健的摇滚……"

连长终于怒吼啦:"我看你是'要滚'啦!不但要滚出咱连,都要滚出军营啦!"

李排还要争辩,被指导员的声音给压住了:

"你先闭嘴!建'排部'你建出了全军第一!你这是严重的'离兵'行为。你不知道基层干部要和战士实行'五同'吗?"

李排今天是倒了血霉啦!不但事事挨批,而且还批得不轻,于是他玩起了"死猪不怕开水烫":"我睡火炕不习惯!另外我喜欢静!"

耿连长还就是不怕这"滚刀肉":"睡火炕不习惯?让你睡中南海习惯不?是不是让小平同志给你倒个地方啊?毛主席当年还住窑洞呢!你喜欢静?太平间肃静,你搬那儿住去吧。"

耿连长话到手到,他把书籍和录音机……墙上的标准相一股脑地扔在格床单上。又揪下花枕巾也扔在上面!

"让这些东西赶快给我消失!咱这是军营不是花花世界。我看你早晚要整出点'花花事'来!"

指导员跟进补充:"还有这军装!都立马叠起来,你这个级别的把军装挂着就是搞特殊化!"

李排精心布置的"家"瞬间被"抄"!他的眼里含着眼泪:"军装一叠全是褶子!"

耿连长此时是软硬不吃,他是一点的情面也不留:"军人就要'晴天一身汗！雨天一身泥'！心里没'褶子'就行！穿得跟打板先生似的,你就能进仪仗队啦？你不用耍横啦,现在限你五分钟把行李给我搬外屋火炕上去,夏天住炕头……冬天住炕梢。这是当干部的指定位置！"

F　穿皮鞋走线路,练不出铁脚板！

　　"二百五"理解的普法！

　　传令兵为啥累死啦？

　　喜鹊在线杆上建"排部"！

耿连长沿着巡线的路由急行,指导员一溜小跑紧随其后;李排磕磕绊绊地被落得老远。连长抬头查看了一段线路,然后回过身:

"你看那'绣花枕头',连个小脚女人都不如！"

指导员紧走几步:"从学校直接到军校,没有经过当战士的锻炼过程,差距是挺大呀！往后我也得重点研究一下这'学生官'应该怎样安全度过到部队'适应期'问题。"

耿连长有意放慢了脚步和指导员并行:"'学生官'也不都这样,也许就这么个'宝贝'让咱摊上啦！真是掐半拉眼珠子都看不上他,军校咋能培养出这么个主？"

尽管连长已经放慢速度,但指导员还是得一路小跑才能"紧跟":"越这样越有挑战性！能把他改造好肯定会出经验。但心急吃不了热豆腐,得循序渐进啊。"

"这文章还是由你来做吧,但愿你慢工出细活,希望寄托在政工干部的身上。做好了我给你请功！"

指导员才知道又上当啦:"这'球'又传过来啦？"

耿连长"以滋鼓励"地撞了撞指导员的肩:"就看你'临门一脚'喽？哎……李排长你就不能小步快倒呀？真是'油梭子发白——短练(炼)'！"

满头大汗的李排抱怨着:"唉！我的脚？我在军校体能测试是满分。单双杠都能做七练习。"

耿连长是"吃辣椒放辣屁！连讽刺,带打击"的:"不是'好汉'也敢提那当年勇？军校那点老底子早让你就着干饭吃完啦！你的脚？谁叫你穿皮鞋走线路啦？"

李排长脚上穿的是双很时髦的"盖鞋",虽然一路走来布满了灰尘,但还是能看出平时的"维护保养"是很好的。

李排深一脚浅一脚的:"我是汗脚,穿胶鞋有味！所以我把胶鞋给老百姓啦。"

耿连长继续深入地"打击":"你是墨索里尼吧？'汗脚'就得把被装都送老百姓啦？你要是把军装也送出去,再上线路你就'裸奔'吧！"

耿连长斜着眼睛瞅着李排长的脚,没好气地:"穿皮鞋为啥不穿部队发的'三接头'?看看你这双'够长犄角——洋(羊)式'的鞋,连个鞋带都没有,跟'趿拉板'似的能跟脚吗?你这是人爱得瑟,脚丫子也跟着搞特殊化,脚指头也想出风头!"

"这不是'趿拉板',这是'盖鞋',穿着舒服还方便;部队发的'三接头'太板脚啦。"李排长小声地申辩着。

早已怒发冲冠的耿连长强压着火:"部队发的鞋板脚?部队发的军装还板身子呢?想宽松想方便?明天你也学朝鲜妇女,胸罩下缝个裙子穿!但那能打仗吗?!"

"那是朝鲜的民族服装,也不是打仗穿的呀?"李排长不服地继续"抵抗"。

指导员对终于忍不住朝站都站不直溜赶路的李排呵斥道:"还狡辩啥明天打电话找司务长,看看能不能再领一双?"

耿连长的"批评"也随着指导员的思路转为"教育":"哪个铁脚板没有脚丫子味?咱通信兵的'千里之行'也始于足下。但没有一双脚是穿着皮鞋开始上路的!更没有一双'铁脚板'是穿皮鞋练出来的!"

不见棺材不落泪的李排感觉自己还没理屈词穷:"美国大兵一年四季都穿皮鞋。不也照样训练作战吗?

耿连长的话早在嘴里等着他啦:"所以穿皮鞋的美国佬被穿布鞋的志愿军在朝鲜战场上打得屁滚尿流!最后不得不在谈判桌上签字!"

指导员在一旁把握着火候,见李排无言以对便恰到好处地"扳道岔":"你有多长时间没上线路啦?说实话!"

李排迟疑了一会:"我……我……业务部门规定'2·5'巡线;政治部门规定'2·5'普法。我们也不知道该听谁的,所以就……"

耿连长是又好气又好笑:"能把'2·5'巡线和'2·5'普法弄一块去?你可真是军校培养的高才生呀!我看你纯粹是'二五子'一个,连'二百五'都不如!"

指导员无可奈何地苦笑着:"'二五普法'是指第二个五年普法教育阶段。不是指星期二和星期五!让我咋说你好呢?"

耿连长感觉没有必要再解释啦:"真是愁死个人呀!抓紧走吧?司机小马还在前面路口等着咱呢。"

指导员有些疑惑:"按计划咱不是要顺着线路走到下一个小组吗?"

耿连长也无奈地摇着头:"计划没有变化快呀!你看李排那双鞋;你再看他那身汗!咱还是'循序渐进'吧,得亏我留了一手,叫司机在前面的路口等咱到了再走。"

心中暗喜的李排长嘴上还装"硬":"连长,我能坚持!"

此时耿连已无心计较李排的表白有多少真实的成分:"别硬挺啦!你是文化人,我问你这'马拉松'是咋来的?"

不知道连长的葫芦里卖的什么药,李排长第一次没了自信:"我怕说不好?"

耿连长也不正眼瞅他："说不好就瞎说！谦虚啥？"

李排长又恢复了信心："好像是在公元前……有一次波斯人和希腊人在一个叫'马拉松'的地方打仗。希腊人胜利啦，一个传令兵跑了四十多公里回到雅典送信。在人们高呼胜利的时候，传令兵倒地牺牲啦！为了纪念雅典的胜利和牺牲的传令兵，在第一届奥运会上就设立了'马拉松'的项目……"

耿连长的目光终于开始"正视"："你还真是挺有才的。说得一点不错！那我问你：当时的传令兵为什么牺牲啦？而后来的运动员却没有牺牲的？"

李排的自信心又一次受到了挑战："不清楚……"

耿连长心平气和地："那是因为传令兵没有经过长跑的训练。而运动员天天都在训练！你不想当传令兵，平时该咋办知道了吗？"

李排又一次低下了高贵的头："知道啦！"

连长用手指着近处一根线杆的杆头……几只山喜鹊正在木担的隔电子旁搭窝。

李排长顺着连长手指的方向看了看："连长，喜鹊在干啥？"

耿连长诙谐地："没人上线路，它们在建'排部'！"

羞愧的李排捡起块石头就要朝喜鹊窝扔……

耿连长伸手拦住："住手！砸坏了隔电子咋办？"

李排长扔掉石头："没带脚扣子，也上不去杆呀？"

耿连长朝手心碎了口吐沫："学着点！"

连长"徒手上杆"的速度比猴还快……指导员和李排长都看傻啦！

第十章

A 树墙是绿色军营的"军装"!
仨人升国旗,祖国在心中!
"面子活"顾"前"不顾"后"?
班长受表扬,排长挨批评。公平吗?

二排的"二·三"小组是连长一行的第二站。条令化的"报告"刚结束,例行的检查就开始了。

耿连长像木匠吊线似地睁一只眼闭一只眼伏身在小组的榆树墙上瞄了老半天:"好!好!好!横平竖直,这榆树墙剪得是屁股上挂暖壶——有一定(腚)的水平!来……来……李排长,你过来学习学习。哎……秦班长,跟你们排长介绍介绍经验。你剪这榆树墙都有啥绝招,你可不能有招不露哇?"

小组班长秦耕耘被耿连长一表扬有点脸红,他唯唯诺诺地小声道:"其实也没啥经验,就是预备两根木棍一根细线。隔两三天就把棍插上,把线拉上。把'过线'的树叶剪掉,很简单的。"

耿连长树起了大拇指,他批评人和夸奖人都经常有手势的配合:"再简单的事情,要是能坚持到底也就不简单啦!"

李排长在一边耿耿于怀:"连长,在个榆树墙上下这么大的功夫。是不是有点形式主义啦?"

耿连长知道李排心中的"小九九",于是又耐着性子给他"讲课":"啥叫'形式主义'?必要的形式和形式主义有质的区别!你说'三军仪仗队'是不是形式主义?国庆大阅兵是不是'形式主义'?咱再说说眼前的:就那内务卫生来说吧,把被子褥子洗干净不就'卫生'了吗?但那还远远不够!因为我们是军人,所以我们还要把被子叠得像'豆腐块';把褥子铺得像'水平面'。我们就是要通过这整齐划一的必要形式,来体现正规化军队的精神风貌!哎……你不用拿本记……这些事儿要记在这儿!"

耿连长用手指了指脑袋瓜……

耿连长接着一吐为快:"咱在接着说这榆树墙。不都叫咱'绿色军营绿色军营'吗?这小榆树墙就是绿色军营的绿色军装,也是咱小组的'仪仗队'!是'仪仗队'就不能水裆尿裤的,就得整整齐齐横平竖直的! 这样,不管是谁,只要他一进屯子,一眼就能看出哪个院是军营,哪个院是老百姓,"

李排长终于有所醒悟:"还有这么多说道呀?"

耿连长做思想工作的耐心是"无限"的:"说道还不止这些! 咱再拿这升国旗来说吧,一般的人都以为小组就仨人俩的,每周还搞什么升旗仪式? 你二寸照片少'整景'吧? 但不一般的人就知道:这飘扬的五星红旗是在告诉大家,这里是当地的'驻军'! 更不一般的人就是咱的小组战士,每当他们亲手将这五星红旗升起的时候他们都会想到自己的职责和使命! 不忘自己是区别于身边老百姓的革命军人! 可以说,每一次升旗仪式都是一次理想信念教育呀! 哎,你们中心组的升旗仪式是不是没坚持搞呀?"

李排长羞愧地点了点头……

"我们回去一定补上! 连长,其他连队的小组咋没搞这个呀?"

耿连长注视着飘扬的国旗:"其他连队有其他连队的做法,搞社会主义还要坚持中国特色呢? 咱就坚持咱连的特色! 哎……小秦,指导员给各组买的录音带里,专门有一盘国歌的音乐带。下次再搞升旗,把录音机搬院里来,把动静整大点。咱就是要大造这爱国主义的声势!"

秦班兴奋地立定回答:"是!"

耿连长的思路又跳跃性地转移到小组的种植养殖的"两业"生产上:"哎……我说小秦。你们这'陆海空'的都养了点啥? 给我报报数!"

秦班长如数家珍:"我们养了26只鸡、4只兔子、4只大鹅,还有两对鸽子。"

"鸡和鹅都下蛋吗?"

秦班继续掰着手指汇报:"都下蛋啦! 鹅蛋我们攒了五十多个,都腌上啦,准备冬天吃;鸡蛋一天就能拣十多个,我俩吃不了,前几天给'二·四'小组带去了一百个。听说他们小组的鸡都被黄鼠狼吃啦,当地鸡蛋又不好买。"

耿连长赞许地不住点头:"好哇! 都是兄弟小组,应该相互支援! 你们的鸽子训得咋样啦? 在线路上放飞能找到家吗?"

因为熟悉亲历亲为的各项工作,秦班长是对答如流:"能! 能找到家! 前几天送鸡蛋时我们把它捎到'二·四'小组,四十多公里不到一个小时就飞回来啦! 连长,我们想多攒点鸡蛋然后托一排长帮我们换一只山羊,听说喝山羊奶挺好的。"

耿连长摇了摇头:"挺好是挺好! 但山羊得放,你们小组不具备这条件。不放它不产奶,放又没时间。一排各组都在深山老林,羊放出去吃饱了就自己回来啦。你们这养放出去不是被偷啦! 就是把老百姓的地给祸祸啦! 搞这'两业生产'一定要从本单位的实际出发,连里为啥不提倡小组养猪? 因为两三个人开伙剩的泔水少,靠买饲料喂是零钱凑整钱。白忙活划不来……"

见连长与秦班长唠得挺热乎,插不上嘴的李排长知趣地往后院溜达。但他的心里不是滋味,班长居然比排长强? 连长有点偏心眼!

秦班长紧跟在耿连长身后:"那我们的鸡蛋吃不了咋办? 拿出去卖又影响不好?"

连长想了想:"这样,你们再支援'二·二'小组点,他们今年一只鸡也没养;还有节余连里收啦。按市场价收,然后你们把钱补到伙食费里去。"

秦班不好意思地:"给连里我们不要钱,算我们支援连部!"

耿连长又习惯性地批评道:"你也跟着犯'玩谦虚'的毛病啦是不? 该要不要就是'装'! 连里还能'卡查'你们小组的油水? 哎……你们的木耳段长得咋样?"

"长得可好啦连长! 都收一茬啦,晒干了有半斤多。"

"小秦,木耳段在哪?"

"连长您看,就在那边的草帘子底下。"

耿连长快步过来掀起草帘子,摘下一个木耳放在嘴里嚼着:

"还是这新鲜的好吃,肉头!"

后院突然传来李排长的大声询问……连长与秦班长赶紧向小组的后院走去……

"秦班长,这樱桃都掉地上啦咋也不摘呀? 你是咋管理的?"

李排长的面前是一棵半人多高的樱桃树,北方的樱桃树都长不高;樱桃也长不大。像豌豆粒似的,但鲜红的颜色非常诱人。其实地上并没有掉几个樱桃,李排长故意想夸大一下好不容易才找到的该组的"毛病"!

见连长也跟了过来,李排长有意想表现一下自己发现问题的"本事":

"我说秦耕耘,干工作不能光为了装门面,搞花架子,只顾前院不管后院! 这樱桃掉了一地都不拣? 你看,还有烂在树上的!"

连长已经猜到了李排长的"险恶用心"! 便故意凑过去装着想看个究竟:"我看看,树上有多少烂的?"

连长揪下一个"烂樱桃"放在嘴里嚼了嚼……挨了一天批的李排长终于找到了平衡,他在等着"功高盖主"的秦班长像他一样地挨批!

连长:"伟大领袖毛主席说过:没有调查研究就没有发言权;要想知道梨子的滋味必须要亲口尝一尝梨子。"

没有等来连长对秦班"预期"的批评,李排长心中的问号挺多的……

李排长有些愤愤不平:"那还调查啥呀? 事实都在这明摆着吗? 前院后院不是一个标准,就是弄虚作假!"

李排长万万没想到搬起石头砸了自己的"脚"! 等来的是耿连长对他的批评:"没想到你官不大官僚主义还挺严重! 现买现卖,好本事学不来,打棍子、扣帽子学得倒快! 是眼里揉不进沙子? 还是心里容不下别人比你强?"

宽容的秦班长马上给李排长解围:"排长,是我错啦! 你和连长先进屋吧,我把这樱桃拣一拣。"

耿连长又来了"六亲不认"的劲儿："拣什么拣？小秦你想息事宁人也分对什么人？也分对什么事！现在给我一边待着去！你李新潮先给我尝尝树上的樱桃是不是烂啦？快点！自己动手摘。"

李排长嘟哝着："摘就摘，尝就尝……"

"烂樱桃"刚入嘴，李排长就被酸得牙根子直流酸水……

耿连长幸灾乐祸地："我说你不了解情况就没有发言权吗？咱这北方的土樱桃有个别长不成的就这闹不登的味！就这闹不登的色！它是'赖'在树上等待成熟，不是'烂'在树上等你去'批'！就像你是似的，总是闹不登地潮得呼的！"

李排暗自叫苦，大意失荆州！我咋就没先尝尝呢？

耿连长接着发难："我想问问你，咱这小组几个人？"

李排长随口答道："俩人。"

"我再问问你，咱这小组有几棵樱桃树？"

"就一棵。"

耿连长不厌其烦地："我还想问问你……你看这树上有多少个樱桃？"

李排长非常认真地查了起来……"1、2、3……89……"

耿连长被气得要"疯"："唉！真是'阴天打鼓潮不楞地'！你不缺心眼吧？不缺心眼估摸一下就行！"

李排长又有点"丈二和尚"："有……有……大约有一百三四十个吧？最多不超过一百五！"

"疯"了的耿连长还耐着性子得装"正常"："那你就掰着指头算算，两个战士守着一棵樱桃树……吃不到一百五十个樱桃……要用多长时间？"

李排长还真掰着指头算起来：

"按一分钟每人吃五个的速度，十分钟每人能吃五十个……连长，中间休息不？洗不洗呀？"

耿连长哭笑不得："随你便！"

李排长仍不紧不慢不慌不忙地："不休息，也不清洗，最多用十五分钟时间……"

李排长有点沾沾自喜，用这么简单的数学题来考我？哼！

耿连长继续出他的"数学题"："那你就要好好琢磨琢磨，他俩十五分钟就能把这棵樱桃树'罢园'！为什么还会有熟透的樱桃掉在地下？"

李排长也听不出个好歹来，还是振振有词地："这要问秦班长呀！我不正为这事批他呢吗？"

耿连长真的"疯"啦！再一次对李排长吼了起来："我要为这事儿批你！我还想为这事儿揍你呢！我们成天喊'理解万岁！理解万岁'！……你拍拍自己的良心，你理解你的战士吗？你知道他们在想什么？他们需要什么吗？樱桃之所以能掉到地上，那是因为他们舍不得吃;那是因为他们盼着有人来小组是能吃到他们亲手种的樱桃!只要你说一句'好吃',他们会比自己吃了樱桃心里还甜!"

李排长真是有点糊涂啦!于是随口说道:"有那么复杂吗?"

耿连长继续吼道:"还有那么复杂——妈(吗)?还有那么复杂'爹'呢!不信你问问小秦,樱桃是……不行……咱还真不能问小秦!他怎么回答你都会以为他是顺着我说。走……到屋里去,咱问问你们小组那个……小……小?"

秦班长赶紧回答:"小赵。"

耿连长:"对……问小赵去,而且由你李排来问,省得你以为我误导!今天我非得叫你见见'棺材';到到'黄河'!"

B 樱桃落地的"用心良苦"!
头重脚轻根底浅,嘴尖皮厚腹内空!
为"窦娥"申冤!理解万岁!
《柳堡的故事》不是好故事!

小组的室内和院子里一样的整洁。

指导员与连部的司机正在教小组的战士小赵使用发给他们的录音机,李排长在前耿连长和秦班长在后急匆匆地进来……

指导员抬起头来对着众人:"连长啊,咱们真得服老啦!你看现在的战士多聪明,接受能力还强!这收录机上所有的按钮,没用十分钟就摆弄明白啦!我可是对照说明书学了两三天哪……"

耿连长顺着指导员的话茬:"弄明白就好!李排你不是有事也想弄明白吗?你就抓紧弄吧?"

李排长当然想尽快"弄明白"为啥"都是我的错":"小赵,你们后院的樱桃熟了咋不摘呢?"

小赵的兴头还在录音机上,因此头也不抬地回答:"班长说啦,这两天连领导和你要来……他想让你们都尝尝我们栽的樱桃好不好吃!"

李排长吹毛求疵地:"我们要是不来呢?"

小赵的注意力终于集中到回答排长的提问上:"后天村里小学的部分师生要来和我们一起搞升旗仪式。班长说啦,领导们要是不来的话就把樱桃留给同学们吃。"

李排长大有不在鸡蛋里挑出点骨头不肯罢休之势:"那为什么不摘下来留着?掉在地上多可惜呀?"

保持"立正"姿势的小赵头摇得像拨浪鼓:"不能摘!我们小组没冰箱,樱桃摘下来放不住！树底下的地最阴凉啦,掉地上的樱桃接地气一周多都不烂,我们就把那儿当冰箱啦。班长,我去给领导们摘樱桃去吧？"

耿连长急忙制止:"不用啦！还是留给同学们吃吧？李排长,你整明白没有？"

此时"瘪茄子"的李排长张狂全无:"整明白啦……"

也不发"疯"了的耿连长"得寸进尺":"那我问问你,为啥说'墙头的芦苇,头重脚轻根底浅;山间的竹笋,嘴尖皮厚腹内空'！你明白吗？"

其实耿连长的问题并不难回答,但李新潮还是憋哧了半天:"明白啦——"

得饶人处且饶人,耿连长不想让李新潮在战士面前太难堪:"既然明白啦,那就理解万岁吧？"

李排长赶紧顺坡下驴:"理解万岁！理解万岁！"

不"明白"的指导员一头雾水:"你俩这一唱一和演的是哪出戏呀？"

耿连长的回答让指导员更"不明白":"演的是'窦娥冤'呀,秦班长刚才比'窦娥'还冤哪！不说这个啦,来……小秦,汇报汇报你们近期的主要工作。"

秦班长的汇报简单得不能再简单啦:"近期的日常工作都是按连里和排里的工作计划进行的,小组没有特殊的工作要上报。"

小赵在一边提醒:"班长,那锦旗的事儿？"

秦班赶紧补充道:"小组想给村里的共建小学送一面锦旗,想以连队的名义送。"

指导员也学着耿连长的作风刨根问底:"为什么事儿要送锦旗？"

见秦班长不好开口,小赵抢着回答:"前几天班长去巡线,被马蜂给蜇伤啦！回来时迷昏在了半道,幸亏山泉小学的宋老师带同学们野游回来碰上啦！他(她)们把秦班长抬到了村'赤脚医生'那里。"

耿连长认真地点着头:"这个锦旗该送！做锦旗的钱连里掏,送锦旗时李排长你来一下,代表连里讲几句。哎……小秦,马蜂出现的位置在多少号杆附近？"

"出风头"是李排长的强项,于是他很乐意受此"重任":"是！送锦旗时我一定来……"

见李排长表完了态,秦班赶紧回答连长的问题:"马蜂窝在 2058 号杆那儿……"

"双拥"工作是指导员的"管区",他用商量的口吻:"咱们是不是再给老师和同学们买点图书文具啥的？就算是'纪念品'吧。"

为了表示对指导员的支持,耿连长立马"拍板":"好哇！钱先由排里垫上,然后和做锦旗的票子一起拿司务长那儿去报销。"

耿连长看着还在摆弄录音机和录音带的连部司机小马:"来,放两首听听……"

司机小马顺手拿起一盘录音带:"好咧,先听听这盘《电影金曲》吧？"

录音机里传出了电影《柳堡的故事》的主题歌:

"九九那个艳阳天来哎哟,
十八岁的哥哥呀惦记着小英莲。
东风呀吹得风车转呀,
蚕豆花儿香呀啊麦苗儿鲜……"

连长又习惯地做起了那个篮球裁判叫停的动作:

"停——停——停!"

司机小马条件反射地关了录音机,疑惑地望着连长……

耿连长拍了拍收录机严肃认真一本正经地:"看来'燕舞燕舞'还真是一曲歌来一片情呀!不过这也不意味着哪片情都可以随随便便地飞进军营。看来这录音带还真得审查审查,指导员你可是把关不严哪?"

"不明白"的事一个跟着一个地来,指导员如堕雾里:"我被你整迷糊啦!我咋把关不严啦?"

耿连长的表情并不像在逗乐:"你想想呀,这十八岁的哥哥就'惦记'着小英莲;咱这二十多岁的战士们听了心里能不痒痒吗?这心里一痒痒没准就违反规定在驻地附近搞上对象啦!电影《柳堡的故事》我看过,那里讲的就是一个班长在驻地附近搞对象的事。我看这'故事'就不咂地!有点教唆战士早恋和违反纪律的嫌疑。"

李排长的"老毛病"又犯:"那为啥不许战士在驻地附近搞对象呀?婚姻自由是法律规定的!"

耿连长又瞪起了眼睛:"那是指地方,在咱这部队军营的'绿色大院'里,'军规'有时就是大于'国法'!你想想看,在驻地附近搞对象一是影响部队的日常管理;二是……哪那么多为啥不为啥?不让就是不让!兔子还不吃窝边草呢!"

李排长再一次瞪大了疑惑的眼睛……

耿连长紧盯着李排:"想明白没有?"

李排长摇了摇头又点了点头……

"想不明白使劲想……使劲想也想不明白问指导员去!"

C 兔子为啥不吃窝边草?
他要是好,能躺在这里吗?
墓碑的高度,体现烈士的职务!
我要"我哥"向"我哥"发誓!

"二·三"小组背后是一座小山,上山的小路是战士踩出来的。

"哈哈哈哈……哈！"

山路上传来指导员爽朗的笑声……

走在"向导"位子的耿连长不住地回头："头一次看你笑得这么开心！你是在'笑话'我呢吧？"

指导员的笑声还是刹不住车："'笑话'别人对得起你吗？能把'兔子不吃窝边草'和'战士不许在驻地附近找对象'联系在一起。亏你想得出来？这个球可别'传'给我……累死我也解释不通！"

耿连长却不以为然："你以为我是在演'脱口秀'哪？跟你说实话吧，我这联系还真是经过深思熟虑的！你想想：铁打的营盘流水的兵……这一茬茬的战士要是把当地一茬茬漂亮的姑娘都拐跑啦！当地娶不到媳妇的'光棍'们还不把军营当'兔子窝'给你平了？"

对此指导员有着不同的见解："爱情不是洪水猛兽，它是生活中永恒的主题。现在思想解放啦，我们也要顺应形势，引导战士们解决好追求美好爱情和遵守部队纪律之间的关系，而不能对所有的新生事物简单地说不……"

耿连长抢过话题："有些问题上还就得坚决地说不！你就拿那首《'光腚'情歌》来说吧。什么甜哥哥蜜姐姐的……适合战士们天天挂在嘴边吗？军人自有军人的爱，但这军人的爱，必须是能稳定军心鼓舞士气的！"

指导员略有所思地点了点头："别说，还真有点联系，贴点铺衬，但是不是很全面。不过本指导员必须严肃地给你纠正，那叫《康定情歌》！不是《'光腚'情歌》！是民歌中的经典。你也太没文化太盲流太流氓啦！至于什么样的情歌可以进军营，咱往后再慢慢讨论。哎……白壮的墓离这还有多远？"

"还有三四百米……快到啦！"

一路"紧跟"的指导员换了个话题："我看秦耕耘这个班长不错，挺成熟，挺有数的，是块好料呀！"

指导员"所说"，正是耿连长"所想"；也是他的"心病"："是好料也不好留住！如今这战士直接提干的指标太少，总站每年才一两个，根本轮不到基层连队！不过小秦挺有韧劲的，虽然只是初中毕业，但坚持自学……去年考部队院校只差了两分。估计今年是'老太太擤鼻涕——手拿把掐'的！但今年也是他的最后一搏呀，考不上就超龄啦！唉……小秦这小子也有个毛病：心事重，老气横秋的！"

指导员是抬头看路低头思索："那就给他争取个'志愿兵'的指标，这样的骨干应该想办法保留呀！哎……你刚才进屋时和李排长一问一答的，到底是为啥事呀？"

一提李排耿连长就气不打一处来："李新潮这小子太不是个东西！连战士他都嫉妒！结果是搬起石头……"

耿连长的声音随着他们的脚步渐远……

白壮烈士的墓位居山头,是小山的制高点。

白壮的墓是一个直径不大的半圆形水泥建筑,墓碑也是水泥做的,不足一人高。要不是碑上刻着"烈士"两字,谁都不会把他生前的职位和军队干部挂钩。不过墓后的几十棵松树,倒是创造了不少令人肃然起敬氛围!

耿连长与指导员脱帽在碑前站了很久:

"兄弟!今年我才抽出空来看你,你没不愿意吧?你肯定不会的!你不是不通情理的人,唉……今年又是个多事之年哪,指导员你说是不?"

耿连长犯神经似地突然"叭"地拍了下自己的脑门:"看我这记性!忘给你介绍啦,这是咱连新来的指导员。你们哥俩还真有点像,都那么有才,都那么一本正,都不'惯着'我,总是和我捣!"

指导员往前走了一步:"老排长你好!我叫郝阅文,往后我也会常来看你的!别听连长瞎比喻,我的水平不如你。一定向你好好学习!"

围着墓转了一圈的耿连长盘腿坐在碑前:"我就是受不了你们秀才的这股'酸'劲儿,竟整那'文言文'客套话。还什么'你好'!他要是好的话他能躺在这儿吗?按他的能力和水平他早该当营长啦,可他永远是一个排岔子!"

耿连长打开手中拎的军用挎包,从里面掏出四个小碟。然后把里面分别放上馒头鸡蛋木耳和樱桃:

"兄弟,小组的战士对你挺上心的。刚才我都检查啦,他们没让你的坟前长一棵野草呀,这我就放心啦!小组现在的变化不小,特别是伙食提高了不少;战士们现在顿顿都吃细粮。不像咱刚当兵那会儿,一天三顿高粱米,跟刷肠子似的!唉……你是一天福也没享着哇!"

指导员环顾完四周后:"连长,白壮这墓碑的朝向是哪儿呀?怎么和刚才路过的老百姓的墓碑朝向不一样啊?"

耿连长继续整理着祭品:"他的墓碑朝向是朝南偏西,是朝着他老家的方向,这是他父母向部队提的唯一要求。"

指导员站在连长的身后:"这片小松树以前就有吗?"

耿连长抬起头来:"以前这啥也没有,秃了光叽的!白壮埋这儿后,每届小组的战士都要在这里栽几棵松树,让它们在这里和排长做伴。这不,都快成林啦!"

指导员手指着树林:"最前边怎么有两棵死啦?为什么不伐掉,怪扎眼的?"

耿连长用力地摇着头:"不能伐!那是白壮的父母临走前亲手在儿子的坟前栽下的。头几年长得可好啦,你说怪不怪?他父母死后,这两棵树跟着就死啦!"

指导员凝视着两棵枯黄的松树:"世界上是有很多事情无法解释!要不怎么有那么多'之谜之谜'的。这水泥的墓碑有点裂啦?"

耿连长起身拍打着屁股上的灰土:"是啊!这几年我就核计这事儿呢,我想等连队的家底攒厚点,给他换块石碑。听说老营镇今年要架到各屯的广播线,我和他们镇长书记也是老朋友,估计这个工程咱们也能'拿下'! 到时候咱们给白壮换个高点的碑,烈士吗,就得让活着的人仰慕!"

指导员用手比量着墓碑的高度:"那当时怎么将墓碑建得这么低呀?"

本来心平气和的耿连长情绪有些激动:"别提啦! 当时不是因为白壮的职务低吗? 上级不让建高喽!"

"还能有这事吗?"

"事实不是在这摆着呢吗? 这也是见怪不怪的,前几天的报纸上还登过一条消息;说杨子荣的墓也被削掉了半截……"

"为啥呀?"

"不为啥,杨子荣牺牲前的职务也是排长,侦察排长。当地的领导不允许他的墓碑比县委书记的高!"

指导员过来帮耿连长拍打着裤子上的土:"小报上的消息咱可别信,有些是胡编乱造的!"

"小报上的消息我可以不信,但这人活着要论资排辈,死后要按官排'位',我不能不信! 你不信你死后埋进'八宝山'让我瞧瞧?"

指导员大度地:"今天守着白壮我不想搭理你,你也别得寸进尺呀? 哎……你说咱私自把白壮的墓碑加高能行吗? 让领导知道了该咋办?"

耿连长又小心翼翼地排列着地上的供品:"跟你说句实话吧,自从白壮的事迹宣传结束后,他的墓前再就没见过领导! 我倒是想让领导知道,可通过什么途径呀?"

指导员沉默不语……连长也沉默不语……白壮更是"沉默"不语……

"连长——"

"指导员——"

"哥——"

喊声由远而近……连长和指导员都站起身来。

指导员仔细听着:"好像是咱连部的司机,还有……"

耿连长胸有成竹地:"还有白妮,我妹子!"

白妮和连部的司机小马急匆匆来到白壮墓前时,白妮的脸像刚蒸完桑拿……

白妮尽量平息着激烈的呼吸和激动的心情:"指导员你好! 谢谢你能来看我哥!"

指导员并非调侃:"那也是我哥! 如果他还活着,我们还真被不住能成为最好的哥们! 唉——"

耿连长爱怜地为白妮整理着着装:"妮儿,你咋来的?"

白妮的脸又变成了"红妮":"我是搭总站正规化检查组的车来的;不过我也是'公干',卫生队要给全总站的各小组配一个药箱,因为你们连还没有卫生员,队长要我把咱连的亲自送……"

指导员递过来一叠面巾纸："我们真是近水楼台呀,这都得感谢你!哎,检查组来咋没提前通知一声呢?我们好提前准备准备……"

白妮用面巾纸粘着脸上的汗:"各连都没通知。"

耿连长对"突检"还是能正确认识的:"提前通知还能检查出个啥呀?咱是货真价实的先进连队,经得起'突然袭击'!"

指导员也习惯性地整理了一下着装:"既然检查组已经到啦,那我就先回去看看,否则不礼貌。你俩先唠悄悄话吧,有啥事我让战士来叫你。走……小马。"

指导员和司机离去后,白妮盯着耿连长一言不发。耿连长的心里有点发慌……他故意没话搭话:

"刚才我听你喊'哥'!你是在喊你那'亲哥'?还是在喊我这'后哥'?"

白妮嗔怪着:"我喊'亲哥'他能听见还是能答应?你这'后哥'又犯啥错误啦?"

耿连长故作镇定:"我——我最近表现挺好的……也没犯啥……"

白妮板起面孔:"'也没犯啥错误'是吧?那我问你:抗洪撤离时你是不是又下水啦?为了救群众还差一点淹死!李队长不是叮嘱过你吗?有关节炎的人一下水很容易产生痉挛……你就是当耳旁风!"

耿连长被问得张口结舌:"这……"

白妮噘着小嘴:"我知道你要说啥?这群众是要救!但你的腿你的命也得要哇!你在岸上指挥不就行了吗?"

耿连长终于抓到了"稻草":"你是听谁胡说的?那都是抢修排长房进干的事!不信你去问问我们指导员?"

白妮用手捂住耿连长的嘴:"学会撒谎了是不?我不用去问指导员!你的事迹材料就是他亲自写的,都报到总站政治处啦!临来前政治处王主任找我去核实你风湿性关节炎的事儿,材料我都看啦!"

谎撒得"穿帮"啦,耿连长这个气呀:"这个郝阅文,先斩后奏呀!等回……"

白妮使劲攥着耿连长的手:"等回去咋的?指导员做得不对吗?"

白妮突然扑到耿大业的怀里……哭出了声:

"哥,我不要你当什么英雄!我只要你活着,只要你健康地活着!好好地活着!就算不是为我,你也要为了妞妞呀!"

白妮"狠狠"地咬着锤着"她哥"……

耿大业的心潮起伏,白妮和妞妞。是生命中两个最需要他照顾的女孩……也是两个他最问心有愧而又没办法问心无愧的女人!

白妮擦了擦眼泪:"哥,你过来!"

耿连长怯生生地:"去哪?"

白妮拽着耿连长的手:"到我亲哥的坟前来!"

耿连长想把手抽回来:"干啥?"

但手被白妮死死地攥住:"我叫你当着我亲哥的面,再重复一遍你对他的承诺!我要你面对着我亲哥好好想想,你每次去冒险的时候,是不是还记着你对他的承诺?"

耿连长和白妮并肩站在白壮的墓前:"我耿大业活着不会叫你的坟前长一棵野草! 死了埋在这里和你做伴! 我要为你的父母养老送终。我还要……"

白妮使劲摇着耿连长的胳膊:"还要什么?"

耿连长抑扬顿挫地答道:"还要照顾好咱的妹妹!"

白妮转到耿连长的对面,心潮起伏地:"我没听清……"

耿连长双手扳住白妮的肩,声嘶力竭地呐喊着:"还要照顾好咱的妹妹!"

白妮幸福地闭上眼睛:"我还是没听清……"

耿连长欲喊又止:"我还要……妮,哥知道错啦! 别闹啦,快擦擦眼泪!"

耿大业掏出手绢递给白妮……

白妮没有接,而是将双手背在身后:"不! 我要你给我擦!"

耿连长像哄小孩似的:"都这么大闺女啦,还撒娇! 好,我给你擦!"

白妮的眼角还挂着泪花:"不是大闺女,都是老闺女啦! 我不要你用手绢……我要你用……"

耿连长有点慌神:"别这样! 别这样! 你哥在看着咱们呢!"

白妮索性将头埋在耿连长的胸前:"我就是想让我亲哥看着咱们! 我亲哥也想看着咱们……他最近老是给我托梦……老是问你的事? 老是问咱俩的事?"

耿连长双臂紧紧地揽住白妮:"是啊,他也老是给我托梦……老是问连队的事? 老是问线路的事。"

白妮在耿连长的怀抱中不停地扭动着:"你又撒谎……我哥他肯定还问你咱俩的事儿啦?"

白妮的拳头又在"她哥"的胸前像擂腰鼓似地擂了起来……

D | 汽车压罗锅——死也直啦!

别拿"鸡巴毛"当令箭!

我看你应该叫"疯牛"!

小燕子,穿花衣,年年春天来这里……

小组院子里不同往常,十分的热闹。

大老远的就听到小组的院子吵吵巴火的……于是耿连长加快了脚步……

耿连长老远就先打招呼:"你好牛股长!几位参谋干事们好!不知领导驾到有失远迎!有失远迎!"

说话间他伸出了双手……检查组的一位参谋和一位干事也伸出手来和他握手寒暄……而领队的那位军务股的牛股长并未和他握手!只是将两只带着雪白雪白手套的手相互拍打了两下……算是打招呼啦。本来两人就因为分兵和给后门兵请假的事有底火;见这位牛股长当着一院子的人让自己下不来台,耿连长的火也噌噌地往上蹿!但出于礼貌他还是强装笑脸,这也是因为白妮在旁边的缘故。

耿连长只好自己找台阶下:"股长咱俩就不用握手啦,您的手套太白啦,别让我给您握埋汰了!"

牛股长还是板着面孔不给面子:"你少说风凉话!你们这小组的战士太不像话,尤其是这名班长!"

耿连长咽气装欢:"看您说的,像画(话)早贴墙上啦!你俩真是有眼不识泰山,咋把牛大股长给得罪成这样?"

两名含着眼泪的战士刚要回答,牛股长"剥夺"了他们发言的权利……

"老耿你少要贫嘴!我现在宣布:这两名战士不能考学!不能转志愿兵!年底一起复员!"

耿连长实在忍不住回敬到:"他俩犯没犯死罪?犯死罪了现在就拉出去枪毙!但你总得把'罪状'公布一下吧?好让他们死也瞑目!"

牛股长居高临下地指责道:"他俩违抗命令!不听从指挥!"

耿连长继续赔着笑脸:"是'罪该万死'!是'罪该万死'!战场抗命那还真是死罪!但我不知道他俩抗的是谁的命?抗的是啥命?"

牛股长背着手更加的牛气:"老耿你别老跟我油腔滑调的!真是有啥样的连长就有啥样的兵!我叫他把屋檐下的几个燕子窝捅掉,他们不干,还阻止他们排长干!"

耿连长听明白了"因为所以":"按你的推理是'上梁不正下梁歪,中梁不正倒下来'吧?有啥火你就冲着我这'上梁'发!有啥气你也朝我这'上梁'撒!和'中梁''下梁'过不去,多丢身份呀?"

受了刺激的牛股长用手点达着:"瞧你和你这帮熊兵的德行?往你自己身上揽事这俩战士也得处理,至少每人一个行政警告处分!"

耿连长双手作揖:"我再跟你牛大股长说一遍:千错万错都不关战士的事,我是愿做茅房一块砖,有尿你就呲!有稀你就窜!"

牛股长被耿连长这不阴不阳的态度气坏啦:"你少跟我要'滚刀肉'!少跟我要那'死猪不怕开水烫'!今天我还真要直直你这'罗锅'!"

吃软不吃硬的耿连长更不是省油的灯,他伸长脖子拉出挨宰的架势:"离开你这'张屠户',大家还真得吃那'带毛的猪'?能做你的刀下鬼,我是'汽车压罗锅——死也值(直)啦'！动手吧！还等啥？"

指导员此时的心已提到了嗓子眼。凭他所了解的耿连长,忍耐已经到了极限！真要是"火山爆发",肯定是天崩地裂"毁灭"性的！于是他赶紧斡旋……

"有啥事进屋说吧？有话好说,院里太晒得荒。牛股长你看能不能这样？现在这五个燕子窝里都孵出了小燕子……燕子是益鸟……能不能等它冬天迁徙后我们再把燕子窝处理掉？"

牛股长是机关干部也是机关"高高在上"的作风,在基层干部面前从来都是说一不二的主:"郝指导员你少和稀泥！少装老好人！今天我就现场办公:这件事要是整不明白,我连你们连领导一起收拾！李排长,你现在就把这几个燕子窝给我捅掉,我看谁敢拦！还不服天朝管啦呢？"

在一边站得溜直的李排长胸脯一挺:"是！"

不知深浅的李排长是真想在机关领导的面前表现一把,这半天来他被连长批得啥也不是！现在有机关领导撑腰,他想借机报复报复连长！于是拿起根杆子就要奔燕子窝去……指导员一把没拽住……心想坏啦！

只见连长臂膀一伸……轻轻一拽然后用力一送！木杆子不但到了连长的手里……李排还一连倒退了十几步……"咣当"一声靠在了小组的墙上！

耿连长向对为虎作伥的小人一样吼道:"'芭蕉扇打蚊子你给我远点扇着'！我看你是'撅着屁股瞅天有眼无珠'！'捧着屁股亲嘴不知道香臭'？拿着'鸡巴毛'当令箭！不想挨揍就哪凉快哪儿待着去！想窝窝头翻个你也要看看火候,当心演砸了'显大眼'不成却变成了'现大眼'！"

在基层一贯耀武扬威的牛股长顿时火冒三丈:"老耿你嘴干净点！少指桑骂槐,谁是'鸡巴毛'？别以为你是典型我就不敢收拾你！"

耿连长针尖对麦芒地寸步不让:"你谁不敢收拾呀？你牛逼大去啦！你还少给我来那耗子扛枪窝里横。别一口一个'老耿老耿'的,'老耿'两字是你叫的吗？我提干的时候你还没他妈的长毛呢！你不张口就'收拾'这个'收拾'那个吗？来……你先把这几个燕子窝给'收拾'喽！在我耿大业管辖的范围内,不亲自动手你就是不好使！"

耿连长说罢把杆子朝牛股长扔了过去……自己顺手抄起一把挂在栅栏上的镰刀……

牛股长还是第一次见到这玩命的架势:"你想干什么？你别跟我倚老卖老！我不吃你这一套,我——我不怕你！"

耿连长挥舞着镰刀:"不怕你往后退啥？不吃这一套你哆嗦啥？今天我明确告诉你:你敢把我这燕子窝桶喽,我就敢把你剐喽！省得你一到基层就耀武扬威地装狗卵子！你以为你是天皇老子呀？给鼻子上脸……小猫没眼瞎虎！不知道自己姓啥啦吧？想在我面前耍大刀？你还得找个师娘再练两年！"

白妮在一边这个急呀:"哥——"

白妮嗔怒的一声"哥"……为牛股长解了围,也为他免去了一场血光之灾!

耿连长狠命地将手中的镰刀砍在了栅栏上……被刚才的一幕惊呆的参谋和干事赶紧过来打圆场……

"耿连长你消消气!都是为了工作嘛,有事商量着来。"

"牛股长也是好意,对先进连队不是想要求高一点吗?再说这正规化检查上级机关要求也是挺严的!我们也是没办法呀?"

耿连长的气还没出尽哪能消:"商量着来?你们看他刚才那德行是商量着来吗?指手画脚的不是要处理这个,就是要收拾那个!什么也是'好意'?我看他是不怀好意!我看他是吹毛求疵!我看他是锯锅的戴眼镜没茬找茬!我看他是没卵子找茄子提溜!告诉你姓牛的:见你我就不烦别人!咱俩是'吃冰棍屙冰棍没话(化)!你不用瞪我,有招想去,没招死去!我不怕你去打小报告!你不就叫'牛风'吗?我看你应该叫'疯牛'!整天装疯卖傻见人就顶的'疯牛'!今天我这老'罗锅'子还就是想自己伸伸腰……想摸摸老虎的屁股,想撅撅你这'疯牛'的犄角!"

检查组的一位参谋接着圆:"刚才指导员说得对!燕子窝就等秋天再说吧?"

耿连长用力地一挥手:"没啥再说不再说的,冬天也不能动!咱先不说这'五世同堂'的燕子和咱的战士同在一个屋檐下算不算千古奇观;咱也不说这人鸟和谐能不能上赵忠祥的《人与自然》……咱就说这'飞入寻常战士家'的小燕子在战士们心中的位置吧:咱们小组的抽屉里有几十封复员老兵的来信都是问小燕子的!有的老兵都走了八九年了还在每年的春天给小组来信,问咱们的小燕子飞回来没有?燕子窝还在不?'小燕子,穿花衣,年年春天到这里'……这歌谁不会唱?这小燕子是咱战士心中的天使……心中的精灵……心中的宠物!你们机关天天叫我们要给战士们创造拴心留人的环境!创造拴心留人的环境!可你们连这几只燕子都不让留!这不是在破坏'拴心留人'的环境吗?"

耿连长越说越激动……越说越动情……

"小秦,给我拿粉笔来!小赵,给我搬个梯子。"

耿连长带的兵还就是耿连长说话"好使"!两名战士用最快的速度去执行连长的"命令"……

蹬着梯子的耿连长用粉笔在屋檐下的墙上写下:"捅燕子窝者瞎"几个字;他想了想,又瞪了瞪脸已憋成牛肝色的牛股长……然后他把"瞎"改成了"杀"!又一笔一画地落上了自己的大名。

扔掉粉笔头的耿连长抬头对着燕子窝轻轻地吹了两声口哨,每个燕子窝里都同时伸出了几个小脑袋……片刻,又同时张开小嘴欢快地合唱起来……

第十一章

A
"军政主官"就像"两口子"。
就是要"杀牛"给猴看！
查不出问题就是最大的问题！
小燕子"传书"的"传奇"。

　　耿连长和牛股长的"短兵相接"很快烟消云散，分道扬镳后"各奔前程"。耿连长和指导员继续他们既定的"全程行"，吉普车在山路上颠簸前行……

　　耿连长端坐在副驾驶位子上余怒未消："不是我一见李排长就眼眶子发青！你说他咋就老太太尿盆挨呲没够；洗脸盆里扎猛子不知道深浅呢？纯粹是巴拉狗钻灶坑——一身的娇(焦)毛！"

　　"大屁股"吉普车为了多拉乘员，后排座设计安装在"大箱"的两侧，与前排成丁字形。

　　坐在后排的指导员为了稳定自己的坐姿，一只手紧把着副驾驶的座椅靠背："这名干部身上的毛病是挺多！不但书生意气，表现欲也太强！特别是判断是非的能力，唉……是块心病呀！我回头和他好好唠唠，急功近利有时适得其反呀！"

　　耿连长不断地随着路面的变化调整着坐姿，嘴里附和着："是块心病也是个隐患哪！凉水泡茶慢慢浓的道理我懂，我倒不是恨铁不成钢。我不指望着他'成钢'，就指望着他别'成病'呀？是福不是祸，是祸躲不过！"

　　侧坐的指导员把上身转向耿连长："眼前的问题是他跟小秦的关系肯定不好处啦，这李排可不是个省油的灯呀！"

　　耿连长扭过头来："这我倒不太担心。小秦比他成熟，他不会跟排长别着干的。哎……今天感谢你该出手时就出手呀！"

　　指导员故意不顺毛抹撒："你以为我是在帮你呀？我是在主持公道！那个牛股长也是太牛点啦……不问青红皂白的……杀杀他的威风也应该！就是你这舞刀弄枪的太吓人啦！不是白妮那声'哥'叫得及时……我还真有点麻爪啦！不管咋地人家也是机关领导呀……"

　　耿连长终于有了谈话的兴头："你'主持公道'；我'匡扶正义'！咱俩还是'统一战

线'，还是'同一战壕'。只要都拴在同一个连队的同一条'线'上，就是跑不了我也蹦不了你。其实这连长和指导员就像是两口子，关上门打的是'内战'，开开门就一致对外！想跟我划清界限？除非咱俩'离啦'！哎……你刚才说啥'舞刀弄枪'的来着？我还真不是想杀杀他的'威风'，我就想胖揍他一顿！这几年基层各连都让'牛股'给熊苦啦，都是敢怒不敢言。这头'疯牛'把基层逼得都闻'疯'丧胆啦！今天我就是想'杀牛'给猴看，我就是想替所有的连长们出出这口恶气！没想到那也是只'纸老虎'，八成都尿裤子啦！哼……说他是机关领导？他配代表机关吗？'发言溜缝、吃饭加凳、坐车靠蹭、提拔靠送'……我看他是害群之马！是臭鱼一条！哈哈哈哈哈……"

很少背后犯"自由主义"的指导员也心有不平："你说这所有的检查组咋都犯一个毛病？检查不出问题就是最大的问题！今天检查完室内没挑出毛病来，我看牛股长的脸就不是色，心想坏啦！这不是让检查组显不出自己的水平来吗？结果真的……"

耿连长反过来开导："其实这也正常！就好像给领导写材料，你不故意留几个错别字让领导改，那再好的材料也得枪毙！机关想显得比基层有水平咱也没啥说的，但你也不能'只许州官放火，不许百姓点灯'呀！啥叫机关？就是要机关算尽地给基层出难题设'机关'！一句话，现在的机关干部大都是喝酱油耍酒疯——闲{咸}的。没事不给基层出点难题就屁眼子抽筋，浑身痒！人浮于事，无事生非咱也理解，咱也不是天生抗上，就不服天朝管；一开始咱的态度多好？顺坡下驴得啦，干啥不依不饶？就是欠揍！哼，小人得志的通病就是统治欲膨胀，总想上管天下管地中间还要管空气！就是不知道天高地厚，充其量是个井底的癞蛤蟆呀……"

指导员终于说出了心中的疑问："世界上没有无缘无故的爱；也没有无缘无故的恨！光为几个燕子窝你就想拼命不至于吧？这其中的'缘故'……是不是因为年初分新兵的底火？我这可不是隔着门缝看人把人看扁啦！"

耿连长已经有心情抬杠了："还'文化人'呢？'隔着门缝看人把人看扁啦'是个千古'病句'！咱笨寻思吧……门缝是竖的，隔着它只能把人看'窄'了；或是把人看'长'了。只有趴在门槛子上才能把人看扁啦！对不'大秀才'？但有一点你分析对了，我今天发那样大的火是有别的缘故。那是因为……不说啦！一提就怪难受的……"

指导员很想知道其中的缘故："说出来也许会好受点……"

耿连长目视着前方思绪飞回到从前："唉……这燕子窝还是和白壮有联系；白壮活着的时候小组的屋檐下就有一个燕子窝。他说，这北方的燕子大多是到咱们老家那里过冬，小组的那对儿小燕子，备不住就是在他家房梁上做窝的那对儿。于是他经常对着燕子唠嗑……春天小燕子飞回来时，他就会问燕子'我爹我娘都好吗'？秋天燕子要飞走前，白壮又会求小燕子'告诉我爹我娘……我在部队挺好的'！那对小燕子也挺通人性，每次都跟白壮叽叽喳喳一会儿。你说怪不怪？白壮牺牲后……那对燕子再也没回小组！白妮探家时也发现,她家屋里房梁上的那对燕子也不见啦！唉……从此小组的战士们盼呀盼……终于又盼来一对燕子在小组的屋檐下做窝;战士们像爱护自己的眼睛似的呵护着它们。这一对一对的小燕子是咱这偏僻山沟里小组战士们心中的'信使',是他们精神的寄托！所以……小秦他们才……"

指导员掏出手绢……

"别说啦,谁敢再来捅燕子窝……我往上冲！我也不怕去捅他那马蜂窝！"

耿连长若有所思:"所以,想当个外线连队合格的主官,就得能'吃得了辛苦、耐得住寂寞、顶得住压力、受得了委屈'……因为机关和基层看问题的角度有很大的差别！哎？你刚才说啥来着？捅马蜂窝？小马,现在到多少号杆啦？"

司机小马回答:"大概是20……2056吧？"

耿连长拍着小马的肩:"停车……快停车！"

吉普车"吱"地一个急刹车……

检查组和连领导都离开后,二·三小组院子里又恢复了往日的宁静。

战士小赵从屋里搬出板凳,拿出理发工具;秦班长边给理发推子上油边说:"排长,连长临走时要求我们仨都把头发再剪短点。我先给你剪吧？"

李排长用手捋了捋鬓角,又掏出小木梳和小镜子边梳头边照……

"你们理的水平还不得像狗啃的呀？那可白瞎我这头型啦！你俩理吧……我到老营镇去理。"

小赵赶紧将已经摆在排长身后的木凳移开:"排长我给你拦一辆顺路的车吧？老营镇离咱这好几十里地呢！"

李排长用力甩了一下分头:"不用啦,我走着去！连长不是说穿皮鞋不能走远路吗？这几天非要试试,人家美国大兵从来就没穿过什么破胶鞋！"

秦班长放下手中的理发工具:"排长你还回来住不？"

李排长又用手捋了捋最让他得意的头型:"不回来啦！我直接回'中心组'。"

秦班长一脸的诚恳:"排长你能不能在我们小组多待两天？后天'共建'小学的老师和同学们要来咱们组搞'升旗式',我想让你给同学们讲几句话。"

李排长又习惯性地一甩分头:"都闹死我的'中国心'啦！你们还给我'破车揽载'？挨了一天的狗屁呲,我哪有什么心情讲话？净没事找事！"

李排长说罢走出了小组的院子……

小赵怒视着排长的背影:"班长,咱是猪八戒照镜子,里外不是人！拿咱当出气筒子,有章程和连长使去！"

秦班长又重新拿起理发工具:"不要背后议论领导！快坐下,理发……"

B 叫马蜂"父债子还"！

历尽苦难"吃"心不改！

鲁迅才是咱的"师傅"。

路还真在脚下！

线路旁的公路上，指导员和司机焦急地等待着。

反穿着雨衣的耿连长手里还拎着一个大经编袋子，他边跑还边向停在公路边的吉普车这里喊……

"快发动汽车！快把玻璃摇上！你们快上车！快……"

指导员和司机小马赶紧照着连长的吩咐迅速地上车，跑到跟前的连长跳进汽车使劲地关上车门……

"快……快……快开车！开得越快越好！"

指导员边用帽子驱赶着追进车来的马蜂边埋怨："你不是说先侦察侦察吗？你咋把马蜂给端啦？看你脸上都叮起包啦！手上也有，别动……这还有马蜂哪！"

指导员光顾拍连长身上的马蜂，结果自己的手也被蜇了两下。耿连长使劲攥着经编袋子的口……

"我是先'侦察'呀！'侦察'，'知己知彼'了该出手时就出手了呗？不端它的老窝还留着它害人呀？斩草就要锄根！要不根大成树；树大成林；林大藏虎；虎大伤人！它刚才不是叮咱的肉，喝咱的血吗？咱一会到下一个小组吃它们的蛹，报复它们的'下一代'！这也叫'父债子还'！让马蜂断子绝孙！指导员，你把身后的那根绳递给我，我把袋子口系上。让它们全都成为瓮中之鳖，应该叫'袋中之蜂'！对吧，文化人？"

指导员用嘴吸着手上被马蜂叮起的包："你别死猫烂狗的啥都吃！小心得点乱七八糟的病！"

耿连长满不在乎地振振有词："吃是人的天性！你没听《少年壮志不言愁》里唱吗？'历尽苦难吃（痴）心不改'……咱都是中年啦，这吃的天性更改不了喽！况且这马蜂蛹营养价值高着哪，三个就顶一个鸡蛋。用油一炸，那口感……"

指导员"腾"出手来帮耿连长扎着袋子口："那口感我没尝过，不知道，那口水我倒是看见啦！刚才你又篡改歌词，小心作者告你去！哎……你那雨衣刚才为什么要反着穿？有啥说道咋地？"

耿连长扎好袋子出了口长气，神秘兮兮地："当然有说道啦！这马蜂对颜色有分辨能力。它是既记色，又记仇！雨衣的正面和咱军装的色差不多，我穿着正面的雨衣去端它们的窝……等小组的战士再上线路被马蜂认出来,还不使劲地报复战士? 这反面是黑色的,马蜂想找'作案人'难喽……"

指导员笑着点头道:"你这脑袋都快成'大全'啦! 割下来能跟'爱因斯坦'的卖个差不多的价。"

为小组除了害的耿连长也除掉了一块"心病":"你比马蜂下口还狠! 小马……后面还有'追兵'吗?"

司机小马一加油门:"早让我给落没影啦……"

耿连长伸头朝车后望了望:"那就停车,停车! 指导员,求你给写个纸条;内容是'马蜂窝已端'! 哎哎……别太大啦,字条越小越好。"

耿连长掐着指导员写的小纸条比量着"尺寸",然后指挥司机说:"把咱的'通信兵'请出来吧?"

司机小马从后座下端出个鸽子笼……

指导员还是没跟上耿连长的思路:"你又搞啥名堂?"

耿连长愉快地回答:"让咱的'通信兵'回去送信呀!"

指导员终于整"明白"啦:"到下一个小组打个电话多省事呀?"

耿连长将纸条叠好小心翼翼地往鸽子腿上绑:"省事的手段没乐趣! 别看咱这是简易通信,但它是苦中有乐,其乐无穷呀! 小组的战士们高兴着哪!"

耿连长将系好纸条的一对鸽子抛向天空……鸽子在他们的头上盘旋了几圈,然后向着小组的方向飞去……越飞越高……越飞越远……越飞越快……

指导员手遮阳光遥望天空:"它们归心似箭……是要把快乐送回给小组战士们哪!"

这是一段不与公路并行的通信线路。

"弃车"的连长和指导员一前一后地走在线路上……

"怎么样,还能坚持住不? 离'二·四'小组还有十多里地哪!"

步步"紧跟"的指导员:"没问题! 要是中长跑,我还备不住把你给落下哪!"

耿连长边走边介绍着:"二排的线路有一半是和公路并行的,所以咱省了一半的时间。一排的线路全都在山里,用步量个来回就得一个星期。真叫劲儿,真锻炼人呀!"

指导员也是边走边不停嘴:"其实二排的线路咱也不应该一段一段地走,我知道你是为了照顾我。下回咱俩一定要走全程,决不'偷工减料'!"

耿连长用老资格的口吻:"行! 像咱连的干部! 走全程的目的是要我们及时发现线路上存在的问题,你发现什么问题没有?"

指导员虚心地当着"小字辈":"你不是说'发现问题是本事'吗? 现在我正虚心地

跟你学'本事',你就别保守啦。"

耿连长故作为难地:"我还是有顾虑呦,这常言道'教会徒弟,饿死师傅'。特别是像你这样聪明鬼精的学生!"

指导员双手抱拳:"'徒弟'在这有礼啦!我决不会忘恩负义把'师傅'饿死的,只想把'师傅'饿蒙!"

耿连长还处在端掉马蜂窝的亢奋中:"冲你敢说实话我就再教你两招。哎……鲁迅有句关于'路'的名言怎么说来着?"

指导员认真地想了想:"给你当徒弟可真不容易,学点业务上的事儿还得先考文学!叫'其实世界上本没有路,走的人多啦就变成了路'。回答正确吧'师傅'?"

耿连长也认真地:"其实鲁迅才是咱们的'师傅'!咱'师傅'不是说'走的人多啦才变成路吗'?咱线路底下小路都是巡线战士用脚踩出来的。战士们巡线的出勤率高啦,小路就踩得硬实;战士们的出勤率低,小路就荒凉,就不清晰。你没看二排中心组维护的那段线路上,巡线的小路上净是荒草吗?这就证明他们的出勤率极低……所以喜鹊才敢在线担上搭窝!"

指导员若有所思:"看来这敢问路在何方?路还真在脚下!"

耿连长也十分感慨地:"咱们明线维护的官兵的面前有两条路:一条是扛在肩上的;一条是踩在脚下的。脚下的路踩不实,肩上的路就保不了通!要想'路路通',必须'路路通'呀!"

指导员举手表示赞同:"深刻,太深刻啦!我今天这'师傅'没白叫,这是真正的经验之谈……真正的'实践出真知'呀!"

耿连长却一脸愁苦地:"看来我这'师傅'离'饿死'不远啦!"

指导员假惺惺地安慰道:"长江后浪推前浪,前浪死在沙滩上!你要真是被'饿死',那还真是'虽死犹荣','死而无憾'。不好!你听这'嗡嗡'声,是不是马蜂又追来啦?快走……"

C 穿皮鞋走远路的"实践"。
甜蜜的事业,真的无家可归!
"雪中送炭"的"赈灾款"!
谢谢地方"政府"!地方"党委"!

车少人稀的公路上,着军装赶路是十分扎眼的!

"走……走……我就不信穿皮鞋就不能走远……远……远路……"

走在公路上的李排长脚步像灌了铅……嘴里还咬牙切齿地嘟嘟哝哝!

他摘下军帽当扇了扇着风,听后面有车过来,他用手梳了梳头形。

司机在他的身边点了脚刹车:"解放军同志,捎个脚不?"

李排长十分排斥地摆了摆手:"不用!不用……谢谢啦!"

运输车从他身边呼啸而过,扬起的灰尘让李排长用手捂住了鼻子和嘴。突然他想起了什么?冲着远去的汽车不住地挥手……

耿连长朝着线路的远方不住地挥手……

又回头安慰着有点谈"蜂"色变的指导员:"你少要担心休要害怕!那不是马蜂是蜜蜂,是来欢迎我们的!哎……老田……老田……我来啦!我是耿连长……"

指导员疑惑地:"老田是谁呀?"

耿连长回头答道:"老田是一个安徽的养蜂人。每年夏天都到咱这里采蜂蜜,蜂箱就放在离线路不远的地方。全家老小都吃住在野外,也算是咱小组的邻居。比咱们小组的战士还辛苦呀!"

指导员感慨地:"他们是追逐鲜花的人,从事的是'甜蜜的事业',过得却是吉卜塞人的日子!"

耿连长赞许道:"总结得好!这回我叫你'师傅'!"

远处传来养蜂人的呼唤……

"耿连长……我在这里哪!"

养蜂人老田见了耿连长特别的激动!握着连长的手使劲地摇……

耿连长急忙侧身让指导员上前并介绍:"老田,别光顾跟我握手。这是咱连的指导员;来……认识认识!"

指导员非常友好地伸过手来:"你好,老田!我叫郝阅文,叫我小郝就行!"

耿连长一边"扑哧"一声乐了:"指导员你又'谦虚'了不是?老田还没你岁数大呢!他是岁数小长得老;文凭低水平高。要论养蜂采蜜,人家可是专家呀!"

老田被说得有点不好意思:"是!我才三十虚岁。指导员,上回发大水的时候幸亏你们啦!要不是小组的战士及时来通知我,我这几十个蜂箱还有我的小命就全没啦!你们可得给小组的姚班长立功呀!他是顶着雨跑来的,刚帮我把蜂箱倒腾到高处,山洪就下来啦!那水那急呀……连长指导员进帐篷里说吧?外面蚊子太多!"

耿连长推辞着:"不麻烦啦!我和指导员还要赶路哪;看见你没啥事儿我就放心啦!哎……咋没见弟妹和你孩子哪?"

老田哭丧着脸唉声叹气:"可别提啦!我们老家的洪水比咱这都大,家里的房子都冲没啦!因为家里没人,啥也没抢出来;前几天亲戚捎信来说政府在统计各家的受灾情况,说是要发放赈灾款,要按人头发;你弟妹就赶紧领着孩子回去啦。唉……我们这回真的无家可归啦!"

见连长和指导员边说边要走,老田赶紧往帐篷里钻……

"连长指导员你俩等一会儿,我给你们留了几桶纯椴树蜜。"

耿连长连连摆手:"心意我领啦,先谢谢!我有糖尿病不能吃甜的!"

老田又一把拽住指导员的袖子:"那指导员你拿着,这蜜纯着呢!"

指导员也摆手拒绝:"我也有糖尿病,谢谢啦!"

望着连长指导员的背影,老田疑惑地……

"都多大岁数呀?咋能得那病呢?俩人还得一样的……"

连长走了几步又突然折了回来:

"老田我刚才忘了件事儿,咱们当地的赈灾款也下来啦!你们属流动人口给得少,我替你在政府领回来啦!就这些……你数数?"

耿连长将一卷钱塞给了老田……

这真是雪中送炭,老田惊讶得合不拢嘴:"不用数!不用数!你替我谢谢政府!"

跟回来的指导员也将一卷钱塞给了老田……

"这是地方党委发的,你揣好喽,一起邮家去吧。"

老田的眼角挂着惊喜的眼泪:"好好好……我明天就邮家去。你替我谢谢地方党委!谢谢……"

D 不说实话就甭想过关!
是当兵的就跟我上车!
今天给你交足"保护费"!
让你知道啥是真正的"刀枪炮"?

"二·四"小组院里一片狼藉,好像刚被抄过家!

"二·四"小组的班长小姚耷拉着脑袋站在连长指导员的面前,他脑袋上的青包比连长脸上被马蜂蜇的包大多啦!他的一只眼睛正常;一只眼睛却变成了熊猫!特别是用绷带吊着的手臂,更是让耿连长气不打一处来!站在姚班身边同样耷拉着脑袋的小组战士小季,偷偷地用眼睛的余光眇了下连长,立刻吓得赶快又去瞅自己的脚尖。耿连长背着手在他俩的面前像驴拉磨似地来回踱着步……

"哼!不小心摔的?说死也没人信!编得不像重编……不说实话今天你俩甭想蒙混过关!"

指导员也看出了其中一定有问题:"是不是有什么难言之隐?只有说出来连里才能为你们解决呀!"

耿连长在姚班的面前停了下来……

"从你头上的伤看,好像是棒子削的?"

耿连长用拳头在姚班的眼前比量了又比量……

"这乌眼青肯定是拳头打的;这胳膊上的伤倒像是摔的,但自己摔摔不了这么重!你又不是半身不遂!"

耿连长又站在战士小季的面前……

"你是脑血栓后遗症呀?还是有抽羊角风的病史?不好好站着老瞅啥?把裤腿子给我挽起来!"

小季磨磨蹭蹭地挽起了一条裤腿……

耿连长:"把那条裤腿也挽起来。"

另一条裤腿挽起后,腿上的瘀肿清晰可见!

七窍生烟的耿连长追问道:"能把腿磕这样也真算是'技术'!好像是谁用脚帮你'磕'的吧?"

耿连长越是分析,两名战士的脑袋越往下耷拉……

耿连长突然停住了脚步,厉声问道:"光耷拉脑袋不管用!就是把脑袋耷拉到裤裆里你们也得跟我说实话!说吧,上哪撩嫌去让人揍的?好汉做事好汉当!敢做不敢当那不是好汉是软蛋!"

战士小季委屈坏啦:"我们没去撩嫌!是他们找上门来的!"

姚班长急忙制止:"小季——"

战士小季使劲擦了把眼泪:"我就说!说完了我就脱军装走人!'打不还手?骂不还口'?在家我爸我妈都没动过我一手指头,这窝囊兵我不当啦!"

耿连长拍了拍姚班长又拍了拍战士小季:"老兵油子!老兵油子!小姚你兵当老啦,是不是人也要变油呀?战士都委屈成这样啦!你还没一句实话?小季诚实,小季你讲……"

战士小季鼓足勇气:"我和班长身上的伤都是'三拐子'他们一帮给打的!"

耿连长已经猜到了个大概:"是村头老肖家的老三吧?"

小季咬牙切齿:"就是他!"

指导员不解地问连长:"三拐子是谁呀?"

耿连长边答话边问话:"是村头老肖家的老三。从小就偷鸡摸狗的啥都干!有一次扒茅房偷看人家的大姑娘撒尿,被人家放狗把脚筋给咬伤啦,从此走道一拐一拐的!好模好样的他为什么打你们呀?是不是你惹着人家啦?"

战士小季止不住委屈的泪:"我们哪敢惹他呀?躲还躲不起哪!三拐子现在是'刀枪炮'的头子,在镇上都有名!最近他老是领着一帮人来小组闹事,见啥拿啥!要不就砸东西……"

耿连长强压着火:"因为啥呀?"

姚班长嘟哝道："他说只要把当兵的给平啦！他在镇上就是老大啦！"

耿连长要气"疯"啦："你闭嘴！瞅你那熊样！小季,你接着说!"

小季又用袖子擦了擦眼泪："这事不怨我们班长！他每次来闹事班长都哄着他。班长说咱别给连里惹事;当兵的和地方的人打仗,再有理也是没理！咱不搭理他他闹几次就不来啦。"

耿连长为委屈的小季整理着着装："哦……我明白啦！你们小组的鸡是不是都让他给逮去吃啦? 怪不得小秦说你们小组的鸡都让黄鼠狼子给叼啦,给你们捎鸡蛋呢?"

小季要来个竹筒倒豆子："是! 秦班长给带的鸡蛋也让三拐子给抢走啦！连这个月的油都给抢啦！还说……"

"还说什么?"

"还说你们臭当兵的应该'艰苦朴素学雷锋,吃大饼子就大葱;要忆苦思甜'……还说小组下个月的豆油要主动给他送去'进贡'。"

耿连长一边盘算着对策一边继续追问道："你们不是每次都让着他们吗? 那怎么又打起来啦?"

小季争辩道："我们没动手,是他们打的！昨天他们一帮又来小组闹事,见实在没啥拿的,就要拿那半盘备用的铜线;说就算是交这月的'保护费'啦！班长不让,说这是维护线路用的器材！我俩就跟他们抢……结果就被打成这样！铜线还是被……"

小季的眼泪,好像高号的汽油往耿连长的心里灌……

"你俩给我说实话,你们真的没惹着这帮小地癞子?"

小季抽泣得无法回答……

姚班长不敢抬头："连长指导员,我们真没惹他们！这几个月除了上线路,我俩都不敢出门！要是有我们的责任,我们敢去报案吗?"

再生气也要把情况了解清楚,这是耿连长的性格特点："你们已经报案啦? 那公安局抓没抓他们?"

姚班长抬起头来："镇派出所新来的片警和三拐子家沾点亲戚,他说这是军民关系的问题,不归他们管！还说人民军队为人民,他们要啥你给他们啥不就没事了吗? 就算是拥政爱民做贡献啦……"

耿连长的肺真的气炸了："放他娘的狗屁！在哪能找到三拐子?"

姚班长用没缠绷带的手指着院外："他们一帮天天骑着摩托在村里晃荡,好找。"

耿连长一声怒吼……"走——"

指导员忙问："上哪去?"

"抓三拐子去!"

见大家有点犹豫,耿连长咆哮着:

"是当兵的就跟我上车！不是当兵的就赶快脱军装滚蛋！小马,给我拿几根铁扎线来!"

村外的公路上,吉普车咆哮着疾驶。

吉普车里,指导员在试探着连长的口气……

"连长,你看这事咱是不是报到总站？由保卫股出面和县公安局……"

耿连长没好气地:"我可丢不起那人哪！等公安局来处理？小组的房子都给扒啦!"

指导员继续用探讨的口吻:"那找找他们的家长？管管……"

耿连长又把指导员的想法堵了回去:"歪把子葫芦隔路种！癞蛤蟆没毛随根！他爹就搞老娘们蹲过大牢！他家老大二十出头就有了人命吃了枪子！老二现在还被通缉……找他家长好使吗?"

指导员还想说什么:"这……"

耿连长的火想压也压不住:"别这个那个的！你要是怕事你下车!"

战士小季突然手指前方:"连长,他们在那儿!"

吉普车的前面不到二百米的路上,两辆摩托车正在横行霸道地在路中间画着"龙"……其中一个光膀子的身上还文着毒蛇的小子,随着摩托车音箱中声嘶力竭的音乐,疯狂地扭动着上身。摩托车随着他的扭动"疯狂"地在公路上"扭"着迪斯科!

耿连长咬着后槽牙:"你看准啦?"

小季和姚班长也咬着牙:"没错,就是他们!"

耿连长斩钉截铁地命令:"小马,加油门！把他们都给我挤沟里去,一辆也不能叫他们跑啦!"

不跟耿连长对脾气,也不能给耿连长开车！早就手心痒痒的小马让吉普车变成了野马……指导员刚要说什么还没等张口,小马向右使劲一带方向然后一个急刹车！两辆摩托车一前一后飞下了路基……

当摔得鼻青脸肿的四个小地癞子爹呀妈呀地爬上路基时,耿连长已经像半截铁塔似地站在了他们面前!

三拐子一见是当兵的立刻来了神:

"操你妈的'黄皮子'！你们眼睛瞎呀？敢撞老子的车,你活腻歪了咋地?"

耿连长嘿嘿地冷笑着:"我想多给你交点保护费!"

耿连长话到手到,只见他像老鹰抓小鸡似地左手'蒿'住三拐子头发……右手一个黑虎掏心！只听'嗷'的一声,三拐子的胃液喷了一地!

后爬上来的三个小地癞子嘴里叫着把连长围在中间……

"当兵的打人啦！当兵的打人啦!"

"他敢打'三爷'？今天废了他!"

此时,指导员与各小组的战士也跳下了车! 指导员用手指着小地癞子们:

"我看你们谁敢动手?!"

司机小马轮起摇把子朝着前面拎链子锁的那小子就砸……

连长一把抓住了摇把子:

"杀鸡何用砍牛刀? 别脏了你们的手! 咱们是抓歹徒不是打群架! 你们不是说当兵的打人了吗? 老子在战场上还敢杀人呢! 今天我就把全年的保护费给你交足!"

在地上疼得打滚的三拐子号叫着……

"都给我上! 打死这'黄皮子'我偿命! 老子公安局大门前脚进去,后脚出来!"

小马一个箭步上去骑在三拐子身上,抡圆了拳头……

"我叫你叫! 叫你叫!"

三拐子杀猪般地嚎了起来……

众人一愣神的工夫,另外三个小地癞子"妈呀""妈呀"地喊着都被耿连长放倒在地上……

收回"扫堂腿"的耿连长用手指弹了弹脚上的灰……很像电影里武林高手的习惯动作……

"都给我捆起来!"

没伸上手刚回过神的小季:"连长,没带绳子?"

耿连长吩咐:"不是叫你们拿扎线了吗? 把他们的大拇指用铁扎线拧一块,越紧越好! 来……这样! 这叫'苏秦背剑'……叫他们知道知道啥叫'马王爷三只眼'!"

被小马骑在身下的三拐子还是气焰嚣张:"姓耿的我认识你! 我跟你没完!"

耿连长蹲在三拐子的跟前,用一只手捏住他的下巴……

"你认识我? 你那抽大烟的爷爷和蹲大牢的爹还认识我哪! 不用你跟我没完,我先叫你玩完!"

连长手上一较力,三拐子的下巴差点脱钩! 这一次三拐子的嚎叫像劁猪……

"两年没见你都出息成'三爷'啦? 现在我叫你记住谁是'大爷'! 你不是公安局的大门前脚进去后脚出来吗? 今天我叫你躺着进去……爬着出来! 我先把你这条好腿也废了……"

连长一手捏住三拐子的脚,朝着反关节的方向一掰! 这一次三拐子发出的嚎叫是既像杀猪! 又像劁猪!

指导员上前一脚踩住满地打滚的三拐子:"算啦! 连长,教训教训行啦! 还是把他们送派出所去吧?"

显然,耿连长还没过足手瘾没出透气:"老虎不发威,他还以为咱是病猫哪? 你们这群地癞子叫啥来着?"

正帮小马"捆人"的小季回答:"叫'刀枪炮'!"

耿连长用手扇着三拐子的嘴："今天老子让你认识认识啥叫真的'刀枪炮'！"

耿连长扯着脖领子把三拐子拽了起来……

"小鬼子厉害吧？国民党能耐吧？老毛子尿性吧？不都叫咱这共产党的'刀枪炮'给打跑了吗？你是不是也想试一试真刀真枪真炮的厉害？"

三拐子有气无力地摇着头："不想！不……不……不想啦！"

耿连长冷笑着："不想也晚了啦！"

只见他一个"踮炮"比电还快地飞了过去！要不是指导员搪了一下……三拐子从此肯定要有新的外号！

耿连长指着飞出几米在地上打滚的三拐子问另外三个小地癞子……

"你们谁还不服还惦记着到小组去'打、砸、抢'啊？"

小地癞子们手被铁扎线勒着只能弓着身子作揖："我们不敢！再也不敢啦！解放军叔叔，解放军爷爷！饶了我们吧？我们马上把东西都送回去！吃了的我们……我们吐出来！"

耿连长用脚踩住那个身上有"刺青"留"板寸"头的小地癞子的肩："呀！大丈夫能屈能伸……好汉不吃眼前亏？转身就不是你们了吧？杀人偿命……欠债还钱……老子今天一把一利索！"

看了看缩成一团的小地癞子们，耿连长松开了攥紧的拳头……

"先给他们松开两个，让他们自己抽自己的嘴巴！每人二十下；这头十下是还吃小组东西的债；另十下是还你们污蔑解放军的债！还……还得再加十个，是还你们打伤小组战士的债！不想让老子动手的……就使劲打！"

E

警匪还真的是一家呀！

再小的部队也是"军事机构"！

器材就是通信兵手中的武器！

路边的野花不要采！

由于过了下班时间，小山镇派出所内冷冷清清的。

派出所的门被推开的速度和力度不亚于被"台风"刮开！三拐子等四个小地癞子连滚带爬地"飞"了进来！值班的民警姓贾，他吓了一跳！

耿连长进门后也不客气，拉过把椅子给了指导员；然后又拉过一把一屁股坐下……

"谁是管事的？我来报案！"

姓贾的民警一看就知道发生了什么事情，他明知故问……

"你是谁呀？这么横？!"

一见是张陌生的脸……听答话的口气耿连长就猜出了对方是谁，于是先声夺人地：

"我是中国人民解放军的耿连长！想看证件吗？"

姓贾的警察端坐着没挪窝，只是歪了歪嘴："解放军也不能随便打人呀！你看这几个人让你们给打的？"

贾警察用眼瞄着三拐子，意思是想让他说话。已经领教了"大爷"手段的三拐子根本不敢抬头！

耿连长针锋相对："你挺会猜呀？不审不问咋就知道这些人是解放军打的呢？小姚小季你俩过来，让这位警察同志猜猜……这解放军身上的伤是谁打的？来……小季你把裤腿挽起来……"

贾警察不耐烦地摆着手："不用啦！这事我知道，不就是地方的小青年到小组去发生点不愉快的肢体接触吗？"

耿连长蹭地站了起来："你真是站着说话不嫌腰疼！多轻巧，仅仅是不愉快吗？那叫到部队去打、砸、抢！这已经不是简单的治安问题啦！"

跷着二郎腿的贾警察也不示弱地站了起来："那你说是啥问题？你们那也叫部队？跟养路的'道班'有啥区别！"

耿连长虎视眈眈地逼近："我现在郑重地告诉你！再小的部队也是部队！也是驻军！你冲击当地的军事机关敢闯军事禁区？就应国法论处！怪不得这帮'刀枪炮'子这么狂呢？原来有后台呀！"

贾警察喷着吐沫星子："你别'血口喷人'！谁是'后台'？你说清楚！"

耿连长步步紧逼："这警匪还真是一家！没提你名心惊啥？我要是抓到谁是后台'我不但扒了他的'警皮'，我还扒了他的人皮！少跟我在这废话，这件事你咋处理吧？"

贾警察的气势站了"下风"，态度也有所缓和："你们该打也打啦！该捆也捆啦！事太小不够立案的，我们只能批评教育！"

耿连长愈加气势汹汹："他们抢夺军用器材事也算小吗！你说啥事大？"

贾警察想息事宁人："不就是半盘铜线吗？小题大做，还想整死谁咋地？"

话不投机，耿连长雷霆震怒："放你娘个驴屁！通信器材就是通信战士手中的武器！就像你们佩带的枪支警具，被人抢了也是小事？也不够立案吗？！我看出来了，你是'王二小放羊——不想往好草赶哪'！那我现在就借你的枪和手铐子玩玩……"

耿连长话到手到，闪电般地来个反腕……贾警察"妈呀"一声栽起了膀子！

贾警察叫嚣着："你想干啥？你想干啥？我到军区告你去！"

耿连长蔑视地摆弄着已经到手的手铐子："不怕引火烧身你就去！你到中央军委

去告也没人拦着！我保你有去无回！不过在临去前我想给你上上法制教育课，让你从今记住解放军从来不打好人！"

指导员挡住了耿连长的拳头，但没挡住他的威慑！刚才还以为到了派出所就没事的三拐子知道这回摊事啦！尿顺着库筒子流了一地……

夜晚的老营镇上一片萧条，只有星星点点的"灯红酒绿"

腰酸腿疼的李排长来到老营镇时天已经大黑啦。灯光稀疏的街道上，"阿娇美发"的招牌也算醒目！李排长停留了片刻……然后整理了一下着装……

美发厅里的空间不大，也没有其他的顾客；惨淡经营说明了"美发"不是这里的主业。

给李排长理发的发廊女边理发边跟老板娘浪闹……音响里传出邓丽君的歌声：

"送你送到小村外，

有句话儿要交代……"

老板娘扭动着丰乳肥臀："大军官！你当兵的时候有没有人送呀？都交代啥啦？嘻嘻……"

李排长没话作话："老板娘，你这发廊为啥叫'阿娇'呀？"

老板娘娇滴滴地："因为我姓焦呀！'性交'你知道吗？"

李排长不知是挑逗："姓焦我咋不知道呀？"

老板娘与发廊女："他知道啥叫'性交'呀！哈哈哈哈……"

李排长有点蒙……音响里的歌声继续……

"路边的野花不要采"！

发廊女的身体跟着乐曲扭动，嘴里还哼着："不采白不采！"

老板娘与其默契地交换着眼神：

"白采谁不采？"

老板娘与发廊女合声道：

"谁采都白采……

哈哈哈哈……"

发廊女开始挑逗："大兵是采过'家花'呀？还是采过'野花'呀？"

李排长的书生气又来了："什么家花野花的？"

又是一阵阵的浪笑……理完发的李排想赶快逃离！他掏出钱，刚一站起身……

"呀"的一声又坐下："我的脚……"

老板娘暧昧地："你的脚咋地啦？快让大姐看看！"

李排长的脚上是一串串的水泡……

老板娘装作心痛地:"呦……快成炮兵啦!"

发廊女借机插话"点题":"是'泡妞'的兵吧?嘻嘻……"

老板娘抓住时机:"快让小妹帮你挑开!再给你按摩按摩……小妹……快扶兵哥哥去里屋吧……"

老板娘一脸的浪笑变成了坏笑……

"采了不白采!"

第十二章

A "智力"也能"拥军"！

新沂蒙颂。乳汁救伤员！

妈妈的吻，期望的吻！

在那遥远的小山村。

"二·三"小组院子比往日更整洁。

清晨，在雄鸡啼鸣中传来了嘹亮的国歌乐曲声……

"二·三"小组整洁的院子里，小组的班长秦耕耘战士小赵正在与驻地山泉小学的十几名学生在举行升旗仪式……两名小组的战士向冉冉升起的国旗敬军礼！胸前佩戴红领巾的同学们向国旗行队礼！老师兼"校长"兼大队辅导员的宋春雨向国旗行的是注目礼！

宋春雨美丽的脸庞被初升的太阳和鲜艳的国旗映衬得鲜艳美丽……

升旗仪式结束后，同学们有的去逗屋檐下叽叽喳喳的小燕子，有的直奔后院的樱桃树，有的则缠着战士小赵要看他徒手上杆……

宋老师捧起放在窗台上的一撩书和练习册："秦班长，你最近做的练习我看啦。化学有很大的提高，公式记得比较扎实；但数学的立体几何还得多做练习。正好今天上午有时间，我再给你讲讲，最近你做的物理练习册拿来我给你看看……"

正在收拾录音机和电源线的秦班长吩咐小赵领同学们到小组的训练场去……

"宋老师，您先到屋里吧？我的物理练习册在桌子上，您先帮我批改一下，我把院子里的东西收拾好就进屋。"

面如桃花的宋老师："来，我帮你一起弄吧？哎……秦班长，我给你提个意见：你叫我宋老师或者叫小宋都行。就是别一口一个'您您'的，叫人听着别扭！按生日算，我还比你小两个月呢。"

憨厚的秦班长没敢抬头："是，我往后一定改！"

可能是为了迎接前来参加活动的老师和同学，'二·三'小组的室内也经过了精心的打扫和整理。

已走进小组的秦班长和宋老师将收录机电源线放在小组的桌子上……

宋老师用一块干抹布精细地擦拭着录音机："这台收录机的音质真好，是四个喇叭的吧？"

勤快的秦班长没有停手地收拾着外接电源线："是，还带卡拉 OK 功能呢！前天连里才发的；还发了好多录音带，叫我们跟着练习，连里要定期进行卡拉 OK 的比赛。我正在为这事犯愁呢？"

宋老师小心地摆弄着录音机上的功能键："唱歌是娱乐活动，是抒发感情开心的事！有啥犯愁的？"

秦班长停住手，习惯地"立正"回答："关键是我五音不全！唱部队的队列歌曲还行；抒情歌曲自己一唱就跑调！"

宋老师认真地想了想："'五音不全'其实不是发音的问题，而是听力的问题。只要克服了心理上的不适应，多练习练习就好啦。好多歌唱家有时还跑调哪。"

始终保持"立正"站姿的秦班长无可奈何地摇着头："我昨天下午跟着录音机练了两个多小时……连三四句歌词都没练会，看来这连队卡拉 OK 的奖旗与我们小组是无缘啦！内务卫生、行政管理、政治教育、文化学习、值勤训练的流动红旗我们小组都得过！这卡拉 OK 的流动红旗要是得不来，就太遗憾啦！都怪我这当班长的拖了后腿……"

宋老师真诚地安慰道："别那么自卑！凭你能自学初中高中文化课的能力和毅力，把歌唱好也没问题！等有时间我教教你，在读大学的时候我是学年的文艺骨干。"

秦班长给帮他批改练习题的宋老师倒了杯热水，然后又从床头柜里拿出一桶麦乳精，从里面舀了满满的两勺搅和在里面……用双手捧着轻轻地放在宋老师的跟前。

正认真批改作业的宋老师边看作业边对秦班长说："我托教委高考办的同学给你带来了几本最新的高考复习题集，数理化语文的都有。考军校和考地方院校的题型都差不多，都是题库出题。就得平时多做练习；基本题型都要做熟。你的物理提高很快……这次一道题也没错！"

宋老师合上秦班长的练习册……她顺手端起那还冒着热气的军用茶缸子……

"你又放了这么多的麦乳精？都有点犒得荒了！再说这么一大缸子我哪儿喝得了呀？快再拿一个杯来，给你倒一半。"

秦班长慌忙摆手："不！不！我不喝麦乳精，喝不惯那个味！"

宋老师将端到嘴边的杯子又放下："啊！原来这麦乳精你是特地给我买的呀？"

说罢，宋老师的脸有点发热……秦班长的心有点发慌……"发热发慌"持续了几秒后，宋老师打破了僵局……

"同学们还要再活动一会儿哪！来，你唱两句昨天学的歌我给你挑挑毛病！"

秦班长仍旧心潮起伏里慌张的："不，不，不再麻烦您啦！本来您的教课任务就重，二十多个学生分三四个年级；还要抽时间帮我复习考军校。本……本来部队应该给地方多做点贡献；可你们又救我，又是……这些书多少钱？我……”

同样心潮起伏的宋老师故作镇定地把话题转移：“你又是‘您、您’的啦！帮你复习没占用多少我的时间！再说，‘智力拥军’是咱省各级教委都在抓的一项工作。没看佳市前段时间被评为全国的拥军模范城？他们开展的就是让教育走进军营活动。书是我借的，等你考完试还给我就行啦。哎……不说我还忘了，你让马蜂蜇的伤怎么样了？那天真是挺吓人的！我和同学们发现你的时候你的脸都‘沧’起来老高啦！赤脚医生光是在你的脖子上就摘出了十多根马蜂针，胳膊上更多，连头皮里都有！还有肩上，隔着军装都刺透啦，我都不敢看！赤脚医生还说：这种山马蜂不但毒性大，而且攻击目标都是‘自杀式’的！它会把毒针留在你的肉体里，然后自己也死掉！它是想和你同归于尽！过去老牛都有被蜇死的，你能拣条命，全仗你的身体素质好。还有……”

“还有什么呀？”

见宋老师没有回答的意思，秦班长没有继续往下问……

“现在我全好啦！第二天就开始消肿啦，也不知道赤脚医生给我上的是什么特效药？真应该找她买点给各小组；前天我们连长去端马蜂窝，听说也被蜇得不轻！不知道现在咋样啦？哎……宋老师，我跟赤脚医生不熟，您……不不……不是‘您’，是‘你’……你能帮我买点她那天给我上的药吗？”

宋老师听罢笑弯了腰，而且脸笑得通红！秦班长如堕雾里……宋老师没有直接回答这个问题。因为作为一个还没有谈恋爱的女孩，她实在是无法回答这个问题。宋老师红着脸想了想……

“秦班长，《沂濛颂》你知道吧？里边有个最动人的剧情是……”

秦班：“我们老家就是沂濛山区的，《沂濛颂》的故事就发生在我们那儿！里面最动人的情节是：‘乳汁能够救伤员’！赤脚医生给我上的药难道是？乳……乳……”

自己道破天机的秦班长窘迫得既脸红……又心跳……又出汗……又……

虽然也“乱了阵脚”，但宋老师毕竟是老师，她略微定了定神，然后大大方方地道：“被马蜂或者蜜蜂蜇了抹乳汁解毒是最好的偏方！听说你被马蜂蜇昏了，咱村里好几名哺乳期的妇女都主动来献奶！村长说：自从维护军用线路的小组建在这里，几十年来小组的战士们给咱老百姓做的好事不下几百件！要不是为了保卫咱边疆，人家小秦一个山东的孩子，能跑到咱这北方的小山沟里来挨马蜂蜇呀？哎……十多年前他们的一个排长还牺牲在咱这里！埋在咱这里！连‘家’都没回去！献奶的妇女们有的都哭啦，她们说‘只要是能把小秦救过来，不要说是献点奶水！就是吃……’”

见秦班长把头低了又低……宋老师也突然感到自己也有点失态有点窘迫有点狼狈！毕竟她是一个未婚的女性；面对的是一个未婚的男性！稍许……

宋老师整理了一下额头前的刘海：“要是知道当年《沂濛颂》的故事今天发生在沂

濛子弟的身上,肯定会来不少的新闻记者!但老村长说'你们这些老娘们嘴都给我严点!今天的事你们谁也不许往外讲!要不人家小秦一个大小伙子,往后见了咱村里的人该不好意思啦'!今天要不是求我给你买治马蜂蜇的药,我也不会……"

秦班长抬起了头……

"你告诉我对!我一定要努力考上军校,为边疆人民站好岗!放好哨!"

此时,战士小赵正在院子里教同学们走"正步"……望着同学们认真的表情和认真的动作,宋老师很感慨……

"其实你们已经做了很多贡献啦!如今的学生智育不好是次品;体育不好是废品;德育不好是危险品!这'共建共育'就是在预防'危险品'的产生!是在预防社会主义的襁褓里……培养无产阶级的掘墓人!小组作为咱这山沟里唯一的德育教育基地,使命光荣,责任重大,任重道远呀!"

秦班长听得有点入神:"宋老师你真有水平!不愧是师大毕业的高才生,说出的道理真深刻!你再喝口水吧?凉了就不好喝啦!"

宋老师喝了口麦乳精,她甜在嘴里……也甜在心里……

人面桃花的宋老师双手捧着自己有些发烫的脸:"别光听我高谈阔论啦!那些都是材料上讲的。你不是说连里还给你们发了一些录音带吗?能选一盒听听吗?哎……班长……今天上午是不是耽误你们正常的工作啦?"

秦班长赶紧将指导员拿来的录音带全从抽匣里连"窝"端了出来……

"不耽误我们的工作,不耽误我们的工作!今天上午我们是党团活动日,你们来'共建',我们都跟连里汇报啦。"

宋老师从录音带里挑出了一盒……

"连里还给你们发流行歌曲哪?就听听朱晓琳的这盘吧?"

录音机里传出了让无数远方"游子游女"们魂牵梦绕的歌声……

"在那遥远的小山村,
小呀小山村;
我那亲爱的妈妈已白发鬓鬓……
过去的事情难忘怀,
难忘怀!
妈妈曾给我多少吻,
多少吻!
吻干我脸上的泪花安抚我那幼小的心,
妈妈的吻甜蜜的吻,
让我思念到如今!

在那遥远的小山村，

小呀小山村。

我那可爱的小燕子可飞回了家门？

女儿有个小小心愿，

小小心愿……"

宋老师的歌声肯定没有朱晓琳的"动听"，但肯定比她的"动人"！因为她眼前浮现的画面，和歌词是那样的吻合……

秦班长把叠的像豆腐块的毛巾递给了宋老师……

宋老师用毛巾擦了擦湿润的眼角："不好意思！一唱这首歌我有点想家……"

秦班长也深有感触地："我听这首歌时也有点想家，只是我妈妈已经不在啦！"

宋老师紧紧地攥着毛巾："你妈妈是什么时候没的？"

秦班长沉吟了半晌："是我当兵的第二年，妈妈怕我在部队分心，弥留之际还叮嘱家人'咱们是革命老区，不能拖部队的后腿！不能告诉耕耘呀！只要他在部队里能有出息，我在九泉之下就瞑目啦！'所以我没能见上妈妈最后一眼！"

宋老师又把毛巾递给了秦班长……

"妈妈和姥姥是战争时期的两代支前模范，对人民军队有着特殊的感情！听说妈妈咽气前还吻了我穿军装的照片……"

宋老师的热泪夺眶而出："所以你立志要考上军校！以此来告慰母亲的在天之灵？"

沉默是金！秦班长没答话，只是坚定地点了点头……

不想延续这令人落泪的话题，秦班长擦了擦眼睛："宋老师，听说你的家乡在四川山区？你是怎么到咱这里来的？"

宋老师用力平和着自己的心态，红着眼睛答道："我考上了这里省城的师范大学，本来想毕业后回家乡去教学，但学校偏偏把我推荐给了咱们地区的教委。我在学校里入的党，我必须带头服从组织的分配！"

"是地区教委又把你分到咱山泉村来的吗？"

"不是！我当时留在机关工作。后来咱们省搞教育下乡，教育扶贫。在一份调查报告中我了解到咱们山泉村因为偏僻，孩子们到最近的小学上学也要走十几里地。好多孩子都辍学在家，因为这个原因，这里不但几年没出一个大学生！甚至连一个高中生都没出！这让我想起了我的家乡，想起了我的老师……"

"你的家乡？你的家乡村里也有咱这样的小学？"

"不，没有小学！我们那里的村子都太小，多的有十几户人家，少的只有几户人家。我们老师是一位当年下乡插队的知青，他背着教具，挂着竹竿穿山越岭地把课堂摆在各村学生们的家里。没日没夜,一教就是二十多年! 后来下乡的知青都陆续地返城了,可为了把我们这些大山里的孩子送出大山,他将自己的根扎在了大山里! 我当年最大的愿望是毕业后回乡去教学,去接我们老师的班……"

"没有实现自己的理想,你就主动要求来到了这山泉村?"

"是呀! 教育下乡是轮换的,但我提出的'轮换'条件是:'第一,我要亲手为山泉村培养出两名以上的大学生;第二,要等到有合适的人选来接替我。'我要以此来回报把我送出大山而自己至今连婆娘都没讨到的老师!"

秦班长十分激动:"你的思想境界真高呀! 我应当向你学习!"

B 敢拿排长不当干部?

"本科"对"本科"才"匹配"。

"军民共建"还是"男女共建"?

静坐常思己过,闲谈莫论"领导"!

"谁的思想境界还会比你秦大班长高呀?"

秦班长与宋老师唠得太投入……李排长一脚门里一脚门外地进屋搭话他们才知道。

秦班长赶快伸手去接排长肩上的行李和手中的提包……

"排长,您咋来啦? 咋不提前通知一声呀?"

在女性面前特别是年轻女性的面前,李排长不但很注意自己的仪表,而且更注意表现自己的"干部"身份;更注意"展示"干部高人一等的八面威风! 他卖弄地甩了一下自我感觉良好的分头,然后开口批评:

"还'您咋来啦'? 难道我不该来? 难道我不能来? 难道不欢迎我来? 难道我这当排长的来不来还得请示你这个班长呀? 你也敢不拿我这排长当干部?"

秦班长赶紧解释:"我不是那个意思! 我是说通知我们也好去接接你呀? 这些行李一个人背着怪沉的!"

李排长还是阴阳怪气的:"你是连长眼前的红人! 我可不敢劳你秦大班长的大驾! 这位是……"

被批得蒙头转向的秦班长又忙着介绍:"忘给您介绍啦! 这位是咱村小学的宋老师,这位是我们的李排长。"

虽然李排进门后与秦班长话不投机,话也不多,但他的油头粉面他的阴阳怪气他的盛气凌人让宋老师心里很不舒服! 部队咋还有这样的领导? 但出于礼貌,宋老师还是主动上前一步伸出手来:

"你好李排长！我叫宋春雨,往后请李排长多帮助多指导!"

李排长急不可待地赶紧握住宋春雨的手:"你好! 我叫李新潮,木子李;新旧的新;浪潮的潮! 谈不上帮助指导,相互学习! 相互学习!"

秦班长察觉到宋老师有点尴尬有点敷衍有点不自然,便继续介绍:"宋老师是咱省师范大学毕业的高才生。是主动要求来山区支教的! 宋老师的思想境界可高啦!"

李排长越听越像打了鸡血,浑身发胀:"原来宋师是'大本'学历呀! 我是军校毕业的本科生。咱俩文凭相当是一个档次的,'大本'对'大本',才'匹配'呀!"

李排长一边自我标榜一边蔑视了秦班长一眼……

宋老师的脸被李排长"匹配"得像火烧云! 她无言以对。

李排长的眼神此时好像有点不够用! 他有生以来还是头一次见到如此落落大方、如此楚楚动人、如此青春亮丽、如此……如此……的女孩! 一时间他握着宋老师的手由一只变成了两只,而且已严重"超时"!

"宋老师,同学们的队列已经训完啦。"

小赵急匆匆地进门终于让宋老师找到了抽手的理由:"那排长、班长、小赵你们先忙! 我还要领同学们回去上课呢,谁也不用送啦!"

宋老师虽然"逃离"的速度比较快,但还是不失礼貌地和大家告别。

小赵跟出去送老师和同学们……

被婉拒的李排长意犹未尽地从窗上望着宋老师离去……

秦班长从厨房端着脸盆进来:"排长,洗一洗吧? 一路上灰挺大的!"

李排长心不在焉地所问非所答:"听口音宋老师不是本地人吧?"

秦班长把香皂……毛巾……一一摆好后:"她是四川人。"

李排长用打好肥皂的毛巾使劲擦着耳朵里的灰……

"哦! 原来是四川的? 我说咋跟东北的姑娘气质不一样呢?"

李排长把毛巾扔到盆里! 然后将盆一推……秦班长赶快过来帮他收拾。

李排长背着手问道:"她一个四川的姑娘咋跑到这山泉村来了呢?"

秦班长在盆里使劲"投"着毛巾:"她是咱省城师大的大学生,毕业后分到了咱地区教委。去年主动要求到山沟来教学的!"

李排长还是酸溜溜的:"呦,了解得挺详细呀! 她有对象吗?"

"那咱可不了解。"

"是不了解? 还是不想说呀?"

李排长端起桌上的茶缸子喝了一口……

"呦! 你这军民共建还真是建出'甜头'来啦! 你挺舍得投入呀? 这杯水是刚才给宋老师倒的吧?"

见李排长总是话里有话,总是话里带刺! 秦班长闷不作声地为李排长解开行李整理内务……

李排长则不依不饶："不说就是心里有鬼！刚才小赵给学生训队列，你和宋老师在屋干啥来着？"

秦班长坦坦荡荡地："宋老师为我批改了些作业，又给我讲了几道类型题。"

李排长似乎发现了问题："这'军民共建'变成了'男女共建'！你这往轻说是'假公济私'！往重说……"

整理完内务的秦班长起身："排长您批评得及时批评得对！我以后一定注意！您累了吧？您先休息，我和小赵训练去。"

盯着秦班长离去的背影："还挺倔！看我往后咋收拾你！"

然后一头栽在火炕上，眼睛看着天棚……脑海里浮现出前天夜里离开"阿娇发廊"时的画面，发廊女微微挽着他的胳膊……

"大排长你可要常来看我呀！要不然小妹我哪天想你啦？就……就去小组找你。我知道你们小组在哪儿。"

乱了方寸的李排长："别……别……你千万别去小组！我会常来的！我会常来的！你可千万别去小组找我……"

微微一阵浪笑……"看把你吓的！"

……

李排长闭上了眼睛……他侧过了身，嘴里自言自语："我叫你找！我叫你找！我叫你找不着！"

小组的训练场上只有秦班长和小赵。

训练还未开始，憋不住的小赵先开话："班长你咋那么愿意伺候他？处处和你找茬，换我就把他干起来！"

秦班长整理着训练器材："刚才你进屋时为啥不跟排长打招呼？就是对领导有意见也要有礼貌，因为咱是军人！"

小赵噘着嘴："在院子里我已经给他'施礼'啦！要不就他那小心眼，还不马上就报复？刚才你看他那掉价样！拽着人家宋老师的手就不撒开，让人家宋老师以为咱当兵的都是啥人啦？"

秦班长既是安慰又是教育的："静坐常思己过，闲谈莫论人非；咱尤其不能在背后议论领导！"

小赵赌气地摆弄着脚扣子："那也得看是啥样的领导？你怕他，我可不惯着他！我一不想入党；二不想提干；三不想转志愿兵！大不了年底走人，他敢找我的别扭我就和他干！谁怕谁呀？"

"你的意思是，我是为了个人的目的才不敢顶撞领导的吧？"

"我不是那个意思，我是看你忍气吞声太窝囊！他今天到咱组是'黄鼠狼子给鸡拜年——没安好心'！你得有点思想准备……"

为了控制小赵的情绪，秦班长不得不"强制性"地扭转话题："从现在起一个字也不许提与训练无关的事！开始训练……"

小赵理解班长的为人，也理解班长的难处。于是便迅速地调整好自己的心态："今天训啥内容？"

"体能训练！各种器械……各一百次！"

"是！"

小组的"器械"非健身房中的"器械"……秦班长举的杠铃是一根"八线担"两边坠两个沙袋……小赵掰的哑铃是四个"隔电子""组装"而成……

C 军事演习代号"前进——111"！

胶鞋大头鞋管够穿，交旧换新！

全凭"童子功""老底子"！

"吃饭"还真能堵住嘴！

总站业务室内气氛紧张。

业务室是总站的"军事指挥所"。今天的"指挥所"里座无虚席，总站钱主任坐在"一号"的位置作指示：

"……这次代号为'前进——111'的军事演习，是军区在部队精简整编，走上正规化建军之路后的第一次大规模的……模拟在实战情况下的综合演练；由军区首长组成的'导演部'就设在宾市附近，演习的主战场全部在我们总站维护区域内，参演部队有两个集团军；4个整编师；5个合成旅；三个独立团的兵力。演习地域广阔，参演部队流动性强，这就给通信保障工作带来了很大的难度。总站已经成立了以我为组长，参谋长为副组长的'前进——111'军演通信保障领导小组；负责指挥协调全总站的行动……确保演习期间的通信指挥的万无一失！"

钱主任环视了一下全体在座的与会人员，耿连长、苏晓红都是与会的人员之一……

钱主任喝了口水接着指示："今天把你们部分营连的军事主官找来参加这个会议；那是因为你们将在一线直接实施通信保障！你们担负的通信保障任务除以前有的明线地缆为主外，还要随时为参演部队提供有线与无线；明线与备复线；军用线路与地方线路的连接与对接。一句话，部队行动到哪里，我们的通信保障就跟进到哪里！"

参加会议的人员都在认真地记录……不落一字地认真记录。耿连长的笔记本记满啦，他又从旁边营长的本上扯下了几张纸……

钱主任又补充道:"有关演习前的通信保障演练,技术人员的配备,通信器材的配发等具体问题,参谋长还要做具体详细的部署。我们总站党委提出的口号是'全站动员,全力以赴,确保演习通信顺畅!一切为了演习,一切服从演习!'"

总站的营区外是居民生活区,因此各种商业网点密布。附近某小饭店的一个小单间里,几位着装的军人落座……

一张小圆桌前坐着耿连长、指导员、白妮和指导员之妻女兵连的连长苏晓红。

耿连长的兵龄和年龄最老,因此他主动张罗着:"不好意思呀!因为是中午,咱就不找大饭店啦!不过咱既然来小店,就点点可口菜。今天我请客!我请客!"

指导员在一边"揭发"道:"你兜里还有钱算账吗?你的钱不是都当'赈灾款'发给养蜂的老田了吗?还是我请吧?"

被"揭老底"的耿连长装作若无其事的样子:"苏连长呀!这小饭店是你推荐的,菜你就安排吧?主食就要点水饺,上车饺子下车面;正好我吃完饭就上车往连队返,咱节省点时间!"

苏晓红爽快地答应:"恭敬不如从命!那我就安排啦。到总站来我是地主,得让我尽下'地主之谊'呀!耿连长你没啥忌口的吧?"

耿连长手脚麻利地用调料瓶中的米醋给大家的餐碟"消毒":"我没啥忌口的,什么都吃!"

白妮接话说道:"你是'地主'?我也不是'贫农'!咱俩一起安排吧?"

白妮起身和苏晓红一起去点菜……

耿连长借机找指导员"算账":"当着你老婆的面我不'希得'揭你的老底!我的工资变'赈灾款'啦?你的工资没变'赈灾款'呀?还地方'党委'发的,真是画蛇添脚丫子,差一点崴脚脖子露馅穿帮!"

指导员解释道:"我和小苏是双军人,现在是又没孩子又没家……所以在经济上比你宽绰!不像你,一个人挣工资,养活老家的一家子人!"

耿连长也争辩着:"我家在农村,花销少;你现在是没孩子没家?将来不得有哇?所以你别老是抢着替我'消费','攀比之风不可长'呀!你瞪我干啥?这是小平同志说的!"

指导员不留情面地抢白着:"瘦驴拉硬屎!好啦,别说啦,她俩回来啦……"

耿连长无可奈何地"休战":"你这时间差打得挺好呀!轮到我自卫反击,维和部队来啦!"

耿连长与指导员都会心地笑啦……苏晓红与白妮回到桌前不解地问道:

"你俩笑啥呢?耿连长你是喝点啤的还是喝点白的?"

耿连长赶紧推脱:"酒水酒水……咱今天是不喝酒,只喝水!喝酒有时耽误事!

下午我还要带车回连队呢。"

指导员却劝说道："连长，咱们两家是第一次坐在一张桌前吃饭，不行你就喝点啤的吧？让我们家的苏连陪你！下午回连我带车……"

苏晓红瞪了指导员一眼："耿连长说不喝就不喝吧？下午我们连还得开会传达参加演习的事；我喝完酒上脸！哎！你俩好不容易上来一趟，可来也匆匆，去也匆匆！要是能住一宿，赶上晚饭我真能陪耿连长好好喝点！"

苏晓红的话让耿连长若有所思……

"你看看，在关键的时候政工干部还是没正事吧？我们当连长的从现在起就'一切为了演习！一切服从演习'啦！可你这党代表还在这劝酒！还你带车，那车里有你的地方吗？你装的车你还不知道呀！"

指导员无奈地摇着头："常言道，'狗咬吕洞宾，不识好赖人'。你是逮谁咬谁！这车里……"

不等指导员的话说完，苏晓红就插嘴到："耿连长我还正想问你呢，你整那么多的胶鞋大头鞋干嘛呀？车还不敢往总站的院里开，害得我们连的女兵一趟一趟地从后门往外帮司机倒腾……不知道的还以为我家老郝在搞第二职业呢？"

这个问题让耿连长感到欣慰："真对不起呀苏连长！替我谢谢你们连的女兵们吧！今天咱是没喝酒，要是喝酒我真得自罚一杯！唉……咱这外线连队的战士们不容易呀！天天上线路；一双胶鞋两个月就磨漏底啦！大头鞋一冬天就踢开花啦！咱今年不是搞工程挣了点钱吗？人家是好钢用在刀刃，咱是有钱花在鞋底上！从现在起……咱连战士们的鞋是交旧换新；随交随换；换多的有奖！不让战士们再穿漏底儿的鞋上线路……是我这当外线连长多年的心愿呀！"

苏晓红很受感动："外线官兵的生活真是太辛苦啦！今天要是有酒，我真应该敬耿连长一杯，你这个连队的主官当得够格！"

耿连长被"表扬"得有点不好意思："你就别拿老大哥开涮啦！我够啥格呀？这不，我俩偷着带车上来……结果我有点贪啦！车里装得太满，回去连指导员坐的地方都没啦！所以还得麻烦你苏连长，今晚帮我们连的指导员找个地方住。最好在给他传达传达有关'演习'的事。也省得我再浪费嘴皮子啦……"

指导员知道耿连长是醉翁之意不在酒："连长的美意我领啦！但就是给我挤成个'大头鞋'样，我也得跟车回去！演习这么大的事咱得抓紧准备！"

连长心有不甘地接着劝："这事你不用担心！演习还得七八天以后才进行呢，咱连的底子你还没底呀？咱不用'临阵磨枪'，'叫得响、过得硬、上得去、接得通'；咱平时就是按这实战的要求练的！再说，我也不光是想给你们夫妻找个过'鹊桥'的机会……让你明天回去还得辛苦地搞一回长途贩运呢！"

指导员也不知道耿连长的话是真是假："你来趟总站，又是胶鞋又是大头鞋又是方 A 电池……还没划拉够呀？还让我当'运输大队长'！你又瞄上啥啦?"

耿连长转向苏小红诉苦："苏连长,你看见没有? 你家的这位'党代表'呀,老是不理解我们当军事干部的!这连队工作就像居家过日子……缺了啥行呀? 况且我明天让你捎的还是给咱小组的宝贝呀!"

指导员边挖苦边追问："在你眼里啥都是宝贝!可这宝贝到底是啥呀?"

耿连长只能"坦白交代"："我托军需股长找他的同学的同学,在省军区的犬队又要了几只淘汰的狼狗崽子。你说咱外线的各小组,要是都养个一两条厉害狼狗,还怕它黑瞎子再来祸害? 还怕他小地癞子再来捣乱? 就是上线路也更有安全感吧? 你说明天让你'贩运'的是不是'宝贝'呀?"

指导员略加思索："也是,'二·四'小组要是有几条好狗,战士也不能被欺负成那样? 也不至于要你亲自出手! 哎……不提我还忘问啦,你到底都会啥呀? 咋身手比李连杰还快? 那天我压根就没看见那仨小子是怎么被你撂倒的!"

耿连长很无所谓地回答："我们老家离少林寺才百十里地,村上的娃娃从光腚时就练'童子功',什么南拳、北腿、二指禅的……都会两下子! 不信你问我妹子,是吧? 妮儿?"

白妮"听明白啦",于是赶紧追问："哥,你又跟人家打架啦? 伤着没有?"

耿连长也不申辩："啥叫打架呢? 都多大岁数啦? 我不过就是和几个小青年'切磋切磋'……让他们知道知道啥叫爱军习武,啥叫崇军尚武! 是吧,指导员?"

指导员并未添油加醋地让耿连长"获得更多的批评和埋怨"："还'切磋切磋'呢? 警察的枪都差点让你给下了! 这次我的感触很深,有时'按套路打'还真难解决问题! 那几个小地癞子该揍,包括那警察! 不过我平时也没见你比画呀?"

耿连长笑着："你说我一个当连长的,要是带头打拳踢腿的……连里'重点人'还能少了哇? 咱是'寡妇生孩子——全凭老底子'!"

指导员一本正经地："现在你就是连里的'重点人'!"

白妮一边羞红了脸："哥! 你又说粗话! 苏连长还在呢?"

苏晓红倒是满不在乎："没事! 我们连的马指导员说话比这还'拉吃'! 哎……白医生,你啥时能改口不叫'哥'? 我们也好改口叫'嫂子'呀?"

白妮的脸红上加红："吃饭也堵不住你的嘴! 来……'嫂子'喂你饺子……"

白妮"喂"的饺子真的把苏晓红的嘴给"堵"上了,耿连长与指导员笑得前仰后合……

连部的司机小马慌慌张张地推开了餐厅的门……

耿连长忙招呼小马一起吃饭："小马快坐下,坐我旁边,就等你吃饭呢! 吃完了咱好开路!"

小马耷拉着脑袋怯生生地："连长指导员,出……出事儿啦……"

屋里的四个人异口同声:"出啥事啦?"

只是苏晓红因为饺子堵嘴慢了半拍……

D 裤线再直还能削大萝卜?

军民共建结要"硕果"啦!

你没见排长的"眼神"——

原则问题不能胡说!

"二·四"小组的室内格外的肃静。

磁石单机的受话器里,传来连长的声音……

"我们连所维护的区域是这次军事演习的主战场……军区设立的导演部与总站设立的通信指挥所距我们连部都只有一百多公里……各级领导与参演部队随时可能到连部及各个小组检查指导! 这就要求我们在确保线路畅通的同时;还要保持良好的军容风纪……昂扬的精神风貌! 要把我们作为总站的窗口;把分散值勤单位正规化的成果展示给各级首长和老大哥部队。演习期间,正常出勤时也要携带必要数量的抢修器材……"

班长秦耕耘左手拿着话筒认真地听……右手在电话记录本上认真地记……

李排长在火炕上认真地叠着晾晒干的军装,由于在室外的灰尘比较大,战士们习惯将洗好的衣物反过来晾晒。

李排长抖搂干净晾干的军装上的浮灰后,将军裤比好裤线反着叠了起来……战士小赵在一旁提醒……

"排长,你的裤子叠反啦。"

李排长非但不领情,还借机批评:"这事还用你告诉我? 正着叠放几天就蹭脏啦! 不动脑筋呢? 哎……你们小组有电熨斗吗?"

好心被当成驴肝肺的小赵赌气地回敬:"咱哪有那玩意! 军装洗干净;叠整齐就行,还熨它干啥?"

李排长用轻蔑展示着自己的"大度":"知识决定层次,真是和你们无法交流! 算啦……算啦……"

李排长不耐烦地用手使劲捋了捋裤线然后将军裤叠好放进枕头包里……

小赵在一边小声嘟哝:"穷讲究啥? 裤线再直还能削大萝卜呀?"

一旁记完连队电话会议的秦班长用手拍了小赵一下……小赵不再言语。

秦班长将电话会议记录本递给李排长:"排长,连里的电话会议记完啦……您看一下吧?"

李排长不耐烦地接过电话会议记录本,他扫了几眼突然拧着眉头寻思起来……

"小秦,军事演习期间连队要求各组天天出勤上线路……我的业务不熟,别关键的时候耽误事!你看这样好不好?线路上的事由你和小赵负责……'共建共育'的工作由我负责……"

秦班长痛快地回答:"好……好……我俩一定保证咱组的线路上不出任何问题!"

小赵在一边不冷不热地敲着边鼓:"这回可要军事政治'双丰收'啦!军民共建要结'硕果'啦!"

秦班长听出小赵话中有话,用手在小赵的背后捅了一下;小赵把下面的话咽了回去……

风和日丽,通信线路在寂静的森林中"穿插"。

秦班长和小赵一前一后地走在通信线路下……夏季的山区层层翠绿,野花遍地。

虽然他俩携带的工具与器材足够分量,但两人的脚步却十分轻松!小赵手里还挥舞着树枝驱赶着蚊虫,他的动作很容易让人想起草丛中捉蜻蜓的半大男孩!

抬头看着线路的秦班长提醒小赵:

"小赵,你的手可得老实点!千万别打到马蜂啥的,上一次我就是因为无意间打到了一只总在我面前绕来绕去的马蜂才引来了'杀身之祸'!'2057……2058……'上次我就是在这根下开始被蜇的!当时我拼命地跑,就听耳边'嗡嗡'……像飞机俯冲似的!"

小赵还在不停地挥舞着手中的树枝:"你看清马蜂窝在哪了吗?"

秦班长的记忆和眼神都在不停地搜索着:"好像就在那棵树上挂着……有水桶那么大!哎……小赵你说咱连长神不神,那么高他是咋把马蜂窝给摘掉的呢?"

小赵终于停住手:"听说咱连长也没少挨蜇?'二·四'的小季说连长到他们小组时脸上还有好几个包呢!"

秦班长心存感激地:"连长都是为了咱们的安全呀!也不知道他上的是啥药?要是在咱们村……"

小赵疑惑地:"在咱们村咋地?"

秦班长知道自己说走了嘴,赶紧打岔:"咱们山泉村的老百姓真好!"

小赵停住脚步:"要我说是咱村小学的师生更好!是他们把你救回来的……"

秦班长也跟着停了下来:"是呀,要不是宋老师她们把我抬回来,我可能连'追悼会'都……开完啦!"

小赵噘着嘴:"你还明白呀?明白咋还把'共建共育'的工作交给李排长?"

秦班长知道小赵心中是咋想的但还是解释:"排长是军校毕业生;文化水平和理论水平都比咱俩高!再说他对这线路不熟……演习期间真要是在咱的维护区出点啥

事,影响可一下子就造到军区啦!"

小赵不服气地反问:"那你就不怕排长把'影响'造到地区呀?你没见排长他看宋老师的眼神⋯⋯让人浑身都起鸡皮疙瘩!我看他主动要求去搞'共建'⋯⋯就是目的不纯!图谋不轨!"

秦班长正色道:"我不跟你说过吗?不要在背后议论领导!排长是干部,他就是对宋老师有啥想法也是正常的!条令里没规定干部不许在驻地附近搞对象。"

小赵无语,默默地走了一段路,又不甘心地开了口:"搞不搞对象咱是管不着!我怕他把这'共建'给搞砸啦,给咱小组抹黑,给咱当兵的丢脸!唉,班长⋯⋯你要是干部多好?我看小宋老师对你⋯⋯"

秦班长愠怒地制止:"你给我闭嘴!往后不许胡咧咧,这可是原则问题!快走吧,到'交接杆'跟姚班长他们会合去⋯⋯不知道他的伤咋样啦⋯⋯"

两名战士的身影逐渐消失在线路上⋯⋯

第十三章

A "规定"是条"高压线"！
大难临头不能"比翼"飞！
杜绝"公函旅行"的"妙招"！
教你"独立解决问题的能力"！

连部院里一改往日的宁静，开始热闹非凡……

一辆挂着"演"字牌照……插着小蓝旗的山猫吉普车疾驶出了连部的大门；望着扬长而去的吉普车，耿连长拍了拍指导员的肩："成啥事啦？'蓝军'找不到'红军'；想'挨打'都找不到人！回屋里说吧，看让他搅得这一院子灰，就是车好也不能这么造呀！"

指导员用手绢认真地擦着脸上的灰："别进屋啦，一会儿不是'红军'要来吗？我怎么觉着这演习有点像演戏？而且还处在'排练'的初级阶段！"

耿连长双眼注视着连部的大门方向："他演不演戏的咱没心思管，该咱们演的戏不砸锅就行！等'红军'来了你负责有线与无线的对接；我带抢修排的上线路去。咱俩'点''线'结合打他个有把握、有准备之仗！"

指导员也盯着"红军"将要出现的大门方向："'点'上的工作量不大，咱们的主战场是在'线'上。你又要多受苦啦！"

耿连长背手在院子里踱着方步："只要不出差头，再累咱也认啦！就怕是……唉……你说这人要是不走运喝凉水都塞牙？'大姑娘上轿头一回'私自带车去总站；把车藏在小胡同里还就叫钱主任给碰上了呢？真是无巧不成书，就等着演习完了挨收拾吧！"

指导员还是原地不动地站在原地："这就叫要想人不知，除非己莫为！这件事我也有责任，这'规定'是一条高压线，谁碰谁触电呀！这回我陪你一起被'击穿'！"

耿连长的"方步"又踱了回来："这话我爱听！说明你小子不是那'大难临头各自飞'的主儿，但你想大难临头和我'比翼飞'的情我领啦！但我不能临死拉个垫背的。车是我带去的；规定是我违反的；你就说你没去总站。保住你……关键的时候你能帮我把情况说清就行！"

这回轮到指导员踱"方步"了："欺骗领导那可是罪上加罪呀！就怕到时候我也是'泥菩萨过河'……"

耿连长也跟着指导员的步伐："难保也得保！让我再想点别的理由……"

指导员停住脚："你就别越描越黑啦！我看咱俩不等演习结束，就主动打报告请求处理，'负荆请罪'……咱也争取个'坦白从宽'！"

耿连长也跟着立定，俩人肩并着肩，活生生的难兄难弟："我是哥，你是弟，你说咋地就咋地吧，但咱们不经请示带车去总站的客观原因一定要讲清楚，要杀要剐就让各级领导看着办吧！这还有一件事你说说该'咋地'？"

指导员向前一步站到了和耿连长"面对面"位子上："打报告的事不用你教我，不咋地的事你也别跟我说啊！我可不想再上'贼船'啦……"

耿连长一副心胸宽广的样子："恐怕跟你说了……你还哭着喊着要上呢！哎……我刚刚得到最新消息，国务院下发的救灾款已经到咱省了？"

指导员果然对耿连长的话题感兴趣："这是好事！咱连不是有三名本省入伍的战士吗？他们的家里也都受灾啦，我正想在全连为他们搞一次捐献活动呢……这下从根本上把问题解决啦！"

耿连长拍了拍指导员的肩："你还真别高兴得太早！据说灾民的补偿标准主要是根据承包土地的多少和受灾程度……这样咱们的战士就太亏啦！因为咱省农村的战士入伍后，他们的那份承包地就取消啦！所以他们的家庭所获的救灾款相对就少……"

指导员皱起眉头："这属于'政策性亏损'！咱们也使不上劲呀？"

耿连长的"方步"又开始"起步"："那就看使不使劲啦！这三名战士都参加了咱省的抗洪，而且都曾冒着生命危险抢救过当地的人民群众……而他们却没有一个因自己的家里也在受灾而产生私心杂念的……这舍小家顾大家的好战士咱能让他们再吃亏吗？"

指导员也不由自主地跟着耿连长"起步"："你就别兜圈子啦……就直接说咋'使劲'吧？"

耿连长不紧不慢地："我这不是先把道理给你讲明白吗？我想以部队的名义给他们家乡的当地政府分别写封信……把他们在咱省抗洪期间的事迹介绍一下。也许当地政府会在灾民救济方面对他们的家里有所照顾……"

指导员沿着耿连长的思路："这事好办！咱给营里打报告……营里再给政治处打报告就解决啦！"

耿连长又接过指导员的话茬："政治处收到营里的报告后再请示总站领导……总站再开常委会研究……然后政治处再根据常委会的决议去落实……等信函邮到当地政府黄花菜都凉啦！"

指导员无可奈何:"还真存在这'公函旅行'的问题!"

耿连长停住脚步,神神秘秘地:"所以呀!咱就简化简化程序吧?就由你代笔……直接给咱连战士家的当地政府写信;咱就不麻烦各级领导啦!领导是想大事……抓大事的……咱得学会为领导分忧呀!"

跟着停步的指导员没有停止提问:"这'忧'恐怕咱'分'不了!信函我可以写……但公章咱上哪盖去呀?"

耿连长轻松地:"咱连不就有章吗?"

指导员还是没"明白":"咱连的章上有'23分队',门头太小了怕不管用!"

耿连长"口语""手语"并用:"这还不好办?你不会用张小纸片把'23分队'给盖……"

耿连长虽然凑到指导员的耳边压低了声音……但还是把指导员吓了一跳……

"那可不行!那可不行!那不是弄虚作假吗?"

耿连长一甩剂子:"看把你吓的!我倒要问问你,三名战士抗洪的事迹哪条是虚的?哪条是假的?"

指导员略加思索:"事迹是实实在在的!政治处那儿也有……可能他们立功的事都快批下来啦!"

耿连长"宜将剩勇":"那我再问问你!发公函的事报上去总站能不能批?"

指导员未加思索:"百分之百的能批!"

耿连长稳操胜券:"这不得了吗?事迹是真的,上级又肯定能批准……咱不就是把那'23分队'暂时给'弄'没了吗?你说这算是'虚报冒领'呢?还是'欺骗组织'?"

指导员苦笑着:"我算看透啦!你是一步一步地把我给套牢啦,这上'贼船'还真身不由己呀!"

耿连长安慰道:"别'绿豆蝇猫月子——抱屈(蛆)'啦!我这是教你提高'独立解决问题'的能力!还没朝你要学费呢?"

指导员附和着:"教'独立解决问题的能力'!你不是'老师'是'导师'!"

B "无烟连"的"戒烟令"!

报告:"蓝军"找不到"红军"啦!

"牲口"不是在"楼"里吗?

大汽车原来是上劲才走的!

一辆挂着"导演部"标志的吉普车和一辆挂着"演"字车牌插着小红旗的无线微波接力车开进了连部的院里……

吉普车上下来的军官胳膊上戴着"导演部"的袖标；他与迎上前来的立正敬礼的耿连长和指导员握手并自我介绍；并将从微波车上下来的军官做以介绍……

"我姓段，是作战部现在是'军演'导演部的参谋；这位是 G 集团军通信团接力连的童连长。"

耿连长也赶紧自报家门："我叫耿大业，是军区通信总站二营三连的连长；这位是我连的指导员郝阅文。"

指导员也主动上前："段参谋你好！童连长你好！我们已经接到了总站的通知，具体的任务请段参谋指示……"

"导演部"相当于一部电视的"导演"，而小小的通信连在"军演"这部"电视剧"中充其量只能算个"群众演员"。

因此段参谋摆出了大"导演"的架子，毫不客气指手画脚地立即向耿连长指导员下达指示……

"根据军区导演部拟订的演习预案，近期红军 G 军的一个坦克团；一个榴弹炮旅要在你连附近的战区寻找战机歼灭蓝军。为配合装甲部队在运动中歼敌，G 军接力连要与你连实施有线与无线对接，保障红军部队在运动中与导演部的联系……具体的对接方法由童连长与你们研究实施……"

因为是同级同职又是同行，"接力连"的童连长十分客气："对接的方法很简单，将我们接力车上的有线电缆与你们机务站的十二路载波机对接后……我们在这院子里架设一副微波天线就行！"

受领任务的耿连长立即表态："机务站方面由我连的指导员与一名技师负责，我组织连抢修排的战士协助你们架设天线……"

此时，接力车上已陆续下来了一名干部和五六名战士……

童连长也是个痛快人："耿连长，架天线就不用你们伸手帮忙啦！但你这篮球场我得占用，天线得架在这里。"

痛快人对痛快人，办事就是痛快！耿连长痛痛快快地回答："别说是篮球场呀！就是架在我连部里我都立马倒地方！"

童连长也不言谢："都是为了演习！谢谢的话我就不多说啦。指导员，从这接力车到你连部的机务站大概有多少米？"

指导员略加思索："不足五十米。"

童连长立马开始指挥："张技师，你带一名战士把'话缆'放到机务站去；用五十米那盘，跟着郝指导员走就行！刘班长，你带其余的人架天线，位置就在篮球场上！"

见耿连长站在一旁帮不上忙……童连长歉意地朝他笑了笑……

"不好意思，咱这野战通信就得争分夺秒！哎……还真有一件事相求，你看我们就十来个人，也没带炊事员……能不能……"

不等童连长把话说完，耿连长就明白了他的"意思"："还啥能不能的？都在我们连就餐啦！每顿再给你们加俩菜，想吃啥直接跟炊事班说就行，保证大家吃饱吃好！"

童连长双手抱拳："真是太感谢啦！不用加菜，你们吃啥我们吃啥就行！唉……我们都吃了三四天的罐头和压缩饼干啦……吃得直吐酸水！"

耿连长又理解又同情地："搞野战通信的真不容易呀！那你们先忙……我亲自到炊事班布置一下。"

童连长望着转身离去的耿连长忽然想起了什么……

"耿连长，伙食费我们一起跟你算！"

耿连长头也不回："少跟我来那'亲哥们明算账'！再提伙食费我跟你急！"

见耿连长已快步走进连部，童连长自言自语："是个红脸汉子，也是热心肠呀……真讲究！"

接力连的战士们可谓训练有素！几十米高的天线十几分钟就架设完毕。只"观摩"到"收尾工程"的耿连长凑到段参谋和童连长跟前，童连长掏出一盒烟……先递给段参谋一支，然后又抽出一支递给耿连长。

耿连长客气地拒绝："真不好意思！咱连是'无烟连'，都不抽平时也就没预备烟；所以还得你们客人自带。我不抽……你们来吧？"

童连长掏出打火机先给段参谋点上，然后又自己点上：

"那么巧呀！咋全军不抽烟的都凑你们连来啦？"

耿连长笑着解释："不是不抽烟的都'凑'我们连来啦，而是'凑'到我们连就都不抽烟啦！"

童连长也跟着笑了笑："有点意思，你们连有戒烟的药呀？"

耿连长措了措辞："我们连没有戒烟的'药'，倒是有个戒烟的'令'！咱连维护的线都在这山区林区……到处都能看到'禁止火种进山'的标语！过去是提溜耳根子告诉，连里的'烟民'们也忍不住……不带火种烟咋点？"

耿连长边说边观察着众人的反应："你想想呀！毛主席当年搞'星火燎原'是为了中国革命。咱现在一不留神搞个'星火燎林'那是'反革命'！于是，我当连长后就下了条死令：会抽烟的一天内戒掉！戒不掉的自己找地方走人！为这事连里的'军人委员会'没少给我提意见，但意见归意见；令行就得禁止！唉……想一想倒是挺对不起中国烟农的，我们这'无烟连'少给国家纳了不少的税呀！"

"听明白"的童连长立即掐掉了手中的半截香烟……

"我这是不知者无罪！我们也'入乡随俗'，坚决执行耿连长的命令！一会我就通知大家咱'流动人口'也不能坏了'无烟连'的规矩！"

耿连长千恩万谢："多谢支持！多谢支持！你们是'野战'不'野蛮'呀！请转告贵连的烟民们：离开我连时，每人两盒'红塔山'，算是'精神赔偿'！"

段参谋皱了皱眉头,转过身去继续吸烟。显然,他有点下不来台;更有点反感!可不知深浅的耿连长偏偏又凑了过去……

"段参谋,向您汇报个情况……早晨咱连来了伙'蓝军'……"

盛气凌人的段参谋不冷不热地阴阳怪气地:"'蓝军'到你们这干啥? 你们只归'导演部'管!"

段参谋边说边了动带着"导演部"袖标的那只胳膊……

耿连长只能硬着头皮往下说:"我这不正跟您'导演部'的领导汇报呢吗?"

段参谋不耐烦地:"说吧……"

耿连长绘声绘色:"来的这伙'蓝军'说;他们也是按照什么'预案'……在此区域的山头上蹲了两天啦;就是不见'红军'来打他们! 他们使用的无线信号不好,想通过我们和'导演部'联系一下……请示请示是不是可以撤啦?"

段参谋又吸了两口烟:"他们和'导演部'联系上了吗? 导演部'怎么说的?"

耿连长犹豫片刻:"'导演部'刚接通……他们又走啦! 还嘀嘀咕咕的……好像想搞什么动作?"

段参谋悠闲地吐着烟圈:"那就不管他们!"

"知趣"的耿连长还是"不知趣"地试探着:"您看我是不是派人去找找他们? 他们也怪可怜的,都快断粮啦!"

段参谋有点不耐烦,他扔掉手中的烟头用脚使劲地碾着,开始鼻子不是鼻子脸不是脸的:

"我都不管呢,你跟着操啥心? 真是皇上不急急死太监! 你是'铁路警察管不着那一段'!"

这回轮到碰了一鼻子灰的耿连长下不来台啦,他自嘲地拍了拍脑门:"瞧我这记性! 我还以为自己是'导演'呢? 忘搬块豆饼照照啦……"

怕不愉快朝着更加不愉快发展,童连长拽了拽耿连长:"老耿,到我们车里看看吧? '对接'这业务双方都得熟悉。"

耿连长顺坡下驴……跟童连长向接力车走去……

站在接力车前,耿连长:"这接力车我早就见过,军区通信团也有。不过那都是些嘎斯51车……"

童连长自豪地介绍:"那是电子管的'A366T'……咱现在是晶体管的;通信距离远,信号还好不少……"

接力车里,战士们有条不紊地在开机试机……

耿连长边参观边感慨:"按通信手段分,我们是打'阵地战';你们是打'运动战'! 我们'阵地战'的'武器'没啥提高,你们就不同喽!"

童连长站在同行的角度安慰道:"彼此彼此,不过要想发展也快! 听说有线已经开始使用光缆传输啦?"

耿连长还是饶有兴趣地这摸摸那看看:"光缆我知道,筷子那么粗就能通上万路话!哎……我说你们这接力车远瞅像不像个房子?"

童连长拍了拍车厢:"还像房子? 它本来就是房子! 在野外进行通信保障时,我们就吃住在里面。听我们团长讲……七十年代初他们在草原搞试站时,牧民骑着马在接力车的后面追……等车停下来牧民们围着车议论:有的讲'你说这房子没牲口拉咋跑这么快呢'? 另一个说'谁说没牲口拉,牲口不是在楼里吗?'"

正在作业的战士们一阵哄堂大笑……

耿连长也笑得前仰后合:"是啊,现在发展得真快! 尤其是近几年……你看咱这山区的路上也大车小车啥都跑啦! 听我们老连长说,这里刚建连时……施工部队的汽车开到半山腰灭了火;司机下来用摇把子摇……采山货的山民们说'这家伙不吃草不吃料的咋还能走道呢'? 另一个山民看明白了,他指着摇发动机的司机说'我知道啦,原来这大家伙是上劲儿才走的'!"

战士们又是一阵笑声……

C 玻璃上有一张扭曲的脸!
"叔叔,您的裤子咋是这样的?"
对琼瑶和汪国真说不!
要给孩子们"纯净水"!

"二·三"小组的室内正上演着"独角戏"。

排长李新潮穿上叠得板板正正压得正正板板的军装,他从背包里掏出一个小镜;他对照小镜捋了捋由分头改成的背头,又捋了捋鬓角……然后一手端着镜子,用另一只手戴上军帽,再然后是正了正军帽。

他将小镜揣进兜后,双手捏起桌上的几本书顿了顿……突然想起了什么似的他又将书放在桌上;然后拿起第一本书像点钞机一样飞快地翻着……让书页停住的是一张他的彩色标准照。他认认真真地端详了一遍照片上的自己,然后又翻过照片检查了一遍签字留言;再然后又将几本书重新合到一起又重新顿齐。

"二·三"小组驻地的山泉村小学,坐落在村头的一角。

山泉小学其实只有两间房。一间是教室,另一间是"校长兼班主任兼大队辅导员"宋春雨的宿舍。因为这里原来是"村委会",所以院子的占地比普通村民的院子"宽容"些;整齐些。

要不是院子里立的一根木桩加几块木板组装起一个简易的篮球架,要不是院子的一角有一个用水泥和砖组合而成的乒乓球台,外来的人们还是会把这所房子判定为民宅,这两个"标志性设施",是秦班长和小赵用节余的经费……在业余的时间为"共建"做的贡献!当然'贡献'又何止这些!

李排长来到小学时学生们正在上课,他扒在第一间房的玻璃上往里瞅……因为那是宿舍也是"闺房",所以里面挡着窗帘,什么也看不见!

隔壁的房间传来了学生们的读书声,李排长又转移了"阵地"……

他隐约看到宋老师正在左手方向的前面的黑板前讲课,但由于军帽的帽遮影响他拉近眼睛和玻璃的距离,更影响他侧视,于是李排长索性摘下了军帽……

教室里上课的同学们不经意间看到一张紧贴在窗户上的脸先是吓了一跳!然后又被这张被玻璃挤得像漫画一样夸张的脸逗得哄堂大笑……

听到教室里传来的笑声,看到同学们的笑脸……李排长赶紧离开了窗户。

站在"校园"的树荫里等宋老师下课的李排长背对着教室的方向。他浮想联翩,眼前浮现的宋老师的身影渐渐淡去,重新清晰后却变成了发廊女微微!微微风骚的双目死死地盯着他,然后张开双臂扑了过来!李排长下意识地往后一闪身……正好栽到刚刚站在他身后的宋老师怀里!

李排长的脸一下红到了肩胛骨,宋老师的脸更红……至于红没红到脖子根李排长没敢看!

丑态百出的李排长赶紧解释:"实在对不……不……起!我不是故……故……故意的!您下课啦,宋……宋老师?"

宋老师羞涩地:"没关系!就叫我小宋吧,李排长找我有事吗?"

心底有"私"的李排长结巴依旧:"没……没啥事;我来是……是想告诉您一声,秦班长最近工作忙……'共建'的事今后由我来管!往后有事就和我联系吧?"

听到李排长的话后宋老师先是一愣,但很快恢复了常态……

"知道啦,往后还请您李排长多多指导!"

李排长心中狂喜:"相互学习!相互学习!"

李排长本能地将双手捧着的一摞书全部交到左手,然后向宋老师伸出右手……但宋老师并没有和他握手的意思。因为有片刻的停留与尴尬,李排长左手的书一下子散落到地上!宋老师赶紧帮他把书都拣了起来……

"要是没别的事我先领同学们上课去啦?"

不等李排长回答,宋老师便回过身去:

"同学们,上课啦!来,向解放军叔叔问好!"

正在操场上疯玩的同学们纷纷向教室走……路过李排长跟前时都很有礼貌地问:

"叔叔好!"

"叔叔好!"

"叔叔……叔叔……您的裤子咋是这样的呢?"

闻讯的同学们都驻足相望……片刻是一阵哄堂大笑!原来李排长的裤线是朝里去的……强忍着没笑的宋老师板起脸:"有什么好笑的!快进教室去,这节课先上自习,五年级的写作文……四年级以下的做算术题……"

目送着最后一名学生走进教室……宋老师主动打破了僵局:"李排长您的裤子是洗完后反着叠的吧?"

为刚才的窘迫而无地自容的李排长小声嘟哝:"都怪咱小组的条件太差,连个熨斗都没有!"

宋老师并没有顺着他说:"我觉得军人的形象主要在气质和举止……像秦班长和小赵那样军装整洁就行,不一定要熨裤线什么的……"

李排长也赶紧改口:"我……我明白啦!今天我给你带来了几本书,都是当前最畅销的……"

宋老师并没有去接李排长双手递过来的书……

"刚才我帮你拣时已经看到啦,你怎么也读琼瑶和汪国真的作品?"

李排长疑惑地:"他们的作品不好吗?很言情的,很多年轻人都喜欢!"

宋老师坦荡地阐述着自己的观点:"我不否定他们作品的抒情和言情,但我觉得这类书籍与我们的职业不相符。我之所以临时改变课时,就是想跟你谈谈这方面的事。说错了请你批评也请你谅解!"

李排长则殷勤地:"你说得都对!你说得都对!我洗耳恭听,我洗耳恭听!"

宋老师双手将教科书抱在胸前:"在我们师大的校园里,我们早就告别了你拿的这些书;还有北岛和舒婷的'朦胧诗'……"

碰了一鼻子灰的李排长不死心:"为什么?北岛和舒婷的'朦胧诗'也很有读者群呀!"

宋老师进一步解释着:"因为我们师大的学生,将来大部分要去做园丁,去做人类灵魂的工程师!在人类灵魂的'工程'里,最主要的构成不是这些!"

"大本"学历的李排长肯定听"明白"啦,但他还像小学生似地装不明白:"那是什么呀?"

同样"大本"学历的宋老师也看"明白"啦,但她碍于情面没有戳穿:"是理想、是信仰、是拼搏、是奋斗!而不是丢失了自我或者是完全自我的迷茫!"

李排长无可奈何,只能央求道:"宋老师,这书我都拿来啦,你就留……留下来批判吧?"

宋老师十分坚定地用手将李排长递过来的书挡了回去,虽然她不知道书中的秘密……如果知道,她会更加坚定!

"要给同学们一杯水,我自己必须先有一桶水;我必须要保证桶里的水不受污染,才能给同学们送去'纯净'的水!还有……你也看到了,我教的学生虽然不多,但他们却分几个年级,我现在根本没有时间读课外的书。"

关心代替了尴尬……李排长收回了送书的双手:"我能为你做点什么吗?"

宋老师真诚地:"'共建共育'既是为我在做工作;也是在为学生们做工作;更是在为祖国的未来做工作!"

李排长殷勤地表示:"我一定在您的领导下努力工作!努力工作!"

宋老师整理了一下有些凌乱的头发:"咱这些山沟里的孩子们,灵魂纯洁的就像一张白纸;写什么样的文字,画什么样的图画,决定着他们将来要走什么样的道路!"

李排长随口答道:"要教他们走正路……走正路……"

说这话时,李排长的底气有点不足……

宋老师非常诚恳地:"我希望你能像秦班长那样,经常给同学们讲英雄的故事,经常和他们一起开展有意义的课外活动,经常……"

D 我们走在大路上!
我给你出道数学题。
再给你出道数学题!
答案是"少说废话"!

通信线路上野花盛开,彩蝶飞舞。

耿连长哼着歌走在线路上……

"我们走在大路上,
意气风发斗志昂扬!
毛主席领导革命的队伍……
披荆斩棘奔向前方!向前进……
向前进……"

他手中挥舞的一根柳树条子,既是指挥棒;又是撒手锏!不时有昆虫在空中被他"击落"!

连长的情绪影响了跟在身后的抢修排长房进和一名抢修排的战士,他俩也跟着哼了起来……

"我们的道路多么宽广，

我们的前程无比辉煌！

我们献身这壮丽的事业，

无限幸福无限容光！向前进……向前进……"

边走边唱的耿连长突然"减速"："房进！"

房进应声答道："到！连长，啥事？"

耿连长发问："考考你，这段线路维护得咋样？"

房进思索片刻："巡线的小路踩得硬实，木担没有'吊炮''扇风'；线条的垂度调得标准一致。是……是一段标准线路，维护人员尽职尽责啦！"

耿连长十分满意："你小子鬼子六呀？我这点本事学差不多啦！来……我再教你一样……然后我这师傅就擎等着饿死喽！"

房进嬉皮笑脸地凑到耿连长的面前："哪能呢？师傅永远是师傅！连长，你再教我一样啥？"

耿连长手指线杆的上方："你看见那隔电子没有？擦得多亮，一个发污的都没有！这说明啥呀？"

房进不加思索地回答："说明维护这段线路的人员干活不糊弄！"

耿连长得意地拍了拍房进的肩……

"还是嫩点吧？这是道数学题！"

房进不解："怎么是数学题呢？我……"

耿连长得意地："现在我说你算！"

房进跃跃欲试："好吧！"

耿连长一改快人快语的风格，慢条斯理地："你算算按标准的作业速度，多长时间能擦完一个杆的隔电子？要把走一空距离的时间也算进去。"

"大概……大概……大概要十分钟时间。"

"那一天最多能擦多少根杆子？"

"最多五十根杆子！"

"那咱每个小组大约要维护多少根杆子？"

"最少也要有七八百根杆子……"

"那七八百根杆子的隔电子要全擦一遍要多长时间？"

"咋地也得15、6个出勤日！"

耿连长终于亮出了底牌："现在我最后问问你？要使隔电子保持这样的净度。每个月最少要擦一遍……你把结果给我算出来吧？"

房进掰着指头："最后的结果？结果……这结果……"

耿连长大步流星地朝前走,房进挠着脑袋跟在后面,他后面的战士也在挠着脑袋帮排长算:

"每周两个出勤日;一个月八个……"

房进突然使劲一拍脑袋:

"连长,我算出来啦!"

耿连长像监考老师似的既严肃又认真:"结果是什么?"

房进胸有成竹地答道:"结果是——他们要比规定的出勤日再增加一倍的出勤量!"

耿连长万分满意地笑啦:"小子,你毕业啦!"

房进借机又问道:"连长,这么多的绝活,那你的师傅是谁呀?"

耿连长故弄玄虚:"想打听我师傅是谁呀?那我还得给你出道题算算!"

房进摩拳擦掌:"连长您出吧!"

耿连长就喜欢房进这不服输的劲:"呦……还挺自信!那我问问你:人为什么有两只耳朵,两只眼睛,两只脚,两只手,而只有一张嘴呀?"

这一次房进怕是把脑袋拍"娄"了也想不出来啦!于是他赶紧告饶……

"连长,我真想不出来啦!你还是告诉我吧?"

耿连长得意扬扬:"上帝之所以这样造人,那就是叫人要多听、多看、多行、多做;而且要少说废话!知道我师傅是谁了吧?"

恍然大悟的房进高兴地直跳……"知道啦!知道啦!我知道师傅是谁啦!"

跟在身后的战士也反应过来高兴地叫道:"我也知道师傅是谁啦!"

"连长——房排长——"

"连长——房排长——"

线路的远方,传来阵阵的呼唤……

耿连长侧耳听了听:"说曹操曹操就到啦!"

房进兴奋地道:"是小秦他们!是他们!"

秦班长和战士小赵在线路上与连长他们会合……高兴的心情自不用提!

房进捶着秦班长结实的胸:"小秦,咱连长夸了你一路。我都有点妒忌啦!"

耿连长伸手将房排长扒拉到一旁:"平时我还少夸你啦?知足吧小子!"

秦班长一步跨了过来:"报告连长,前边的线路上发现了情况。"

耿连长书归正传:"什么情况?"

秦班手指他来的方向:"在前面大约三十个杆空的地方,有一伙演习的部队在咱的线路上挂线……好像是在窃听!树林里好像还有他们的帐篷……但我没看清。"

耿连长追问到:"他们发现你们没有?"

"他们肯定是发现我们啦!但我们装着没发现他们。因为知道你们一会儿从线路上过来……所以我俩紧着往前赶来迎你们,连长你说这个情况该咋处理?"

耿连长听后满意地:"你刚才'处理'得就挺好,口头嘉奖一次!走……看看去,注意隐蔽……"

E

咱"红军""蓝军"都不是!

不干那"狗拿耗子"的事!

"剧本"早就写完啦!

李排长吓出一身冷汗!

一行人悄悄地接近到离"有情况"地点一百多米的地方,只见杆下有两名穿迷彩服的战士在向线杆上望着……手还比画着!仔细分辨,隐约可见从线担上向旁边几米远的树林里好像有根线条悬在空中。

房进兴奋异常:"连长,我过去侦察一下,看看是'红军'?还是'蓝军'?"

耿连长一把将他按倒,自己也就地卧倒:"那还用'侦察'呀?大摇大摆的是'红军'!偷偷摸摸的肯定是'蓝军'……"

房进还是想起身往上冲:"那我们上去把他们给'拿下'吧?咱们人多!"

耿连长转过身,用胳膊肘拄着地半仰卧地挥手招呼大家围了过来……

"你们说咱算是'红军'?还算是'蓝军'?"

大家七嘴八舌地呛呛了半天……结论是啥"军"也不算!

耿连长嘴里叼着半截草棍:"既然咱们啥军也不算,那咱上去把他们给'拿下',那不就成了'狗拿耗子'了吗?用导演部的那位段大'导演'的话讲,咱们是属'铁路警察'的,管不着那一段!"

见大伙还是不太明白,耿连长又补充道:"'红军'和'蓝军'好比篮球场上的两支球队;该怎么打是教练的事,该怎么罚是裁判的事!咱在场外就是个巡边拣球的,咱连啦啦队都不是!所以……咱不去扯那犊子!再说,'蓝军'再蹦跶,也是'红军'赢!导演部里的'导演'们早就把'剧本'写好啦,咱就别狗尾续貂……画蛇添足喽!"

有点泄气的房进坐在地上:"那咱们还过不去啦?"

耿连长眼珠子一瞪:"过!咋不过呢?这是咱们的地盘,咱们的防区呀!"

秦班蹲在耿连长的身边:"可是连长,咱们过去不往杆上瞅像是装的;往杆上瞅发现不了问题更像是装的!"

耿连长想了想:"这个问题好解决!来……咱们……"

一伙人围住连长听候吩咐……

耿连长一伙人大摇大摆地从线路上走来,而且还有说有笑动静挺大!这种"打草惊蛇"的目的是叫"蓝军"的士兵们隐身到树丛之中。

走在一行人中间的房进按"既定方针"开口啦："连长，我们有点走累啦！你给讲个笑话吧？"

耿连长也按"既定方案"开讲："那就给你们讲一个吧……说的是古代有一座桥，只许健康的人过，不许残疾的人过。而且还有兵丁把守检查！"

小赵半真半假地："那残疾人不去告他？"

秦班长也半假半真地："你以为是现在哪！古代法制不健全，还是听连长讲。连长……您接着讲！"

耿连长接着胡编："有一天来了三个残疾人……他们一个是罗锅，一个只有一只眼，一个是瘸子，走路一条腿拖地！而他们三个都要过桥去办事……"

小赵又忍不住插嘴："那他们肯定过不去！"

耿连长边想边说："见守桥的兵丁检查得严，他们三个合计了一下……罗锅拣起根树棍往地上一按，边走边说'我给你们画一条线'……一只眼睛的用手捂住那只瞎眼装作吊线……'你画歪啦！画歪啦'！瘸子把拖着的那条腿往线上一搭……'我给你擦啦！我给你擦啦'！守桥的兵丁愣是没发现这是三个残疾人！"

大家边笑边走，连长分明听到树丛里也有笑声，但又戛然而止！

小赵拣起一根树枝，猫着腰在地上画着……"我给你们画条线！"

房进用手捂着一只眼睛……"你画歪啦！画歪啦！"

抢修排的那名战士拖着一条腿……"我给你擦啦！我给你擦啦！"

笑声在线路上远去……钻出树林的"蓝军"士兵边笑边开始"工作"……

说话声和脚步都停下来后耿连长吩咐："小秦，往后再路过这里时就提前弄出点动静，咱不去打那'遭遇战'！咱也别坏了'蓝军'的好事……我倒真想看看往下的'剧情'该咋'导演'？"

秦班长擦了擦眼角："是！我明白连长的意思。"

耿连长忽然关心地："复习得咋样啦？等演习结束后，给你放长假，让你们排长上线路。你'脱产'复习到考前，今年可是你的最后一搏呀！"

秦班长心存感激地："谢谢连长！'脱产'倒不用，每天能有两个小时复习做题就问题不大……"

耿连长板起脸："我要的不是'问题不大'，我要的是'没一点问题'！不要把考学提干当作是自己的事，这也是连队的事，也是部队长远建设的事。而且这既不是'演习'也不是'演戏'！而是'真刀真枪'的打仗！懂吗？"

秦班长吞吞吐吐地："我懂了连长，但我们排长他……"

耿连长一听"李排长"就气不打一处来："你们排长他又起啥幺蛾子啦？"

秦班长唯唯诺诺地："连长您别误会！我们排长他现在主抓'共建'工作。您要不是想演习结束后让他替我上线路？我就不提这事啦！好像我……"

耿连长没听完就听明白啦："不用往下说啦，我明白你的意思！主抓'共建'……是李排长主动要求的吧？他那点花拳绣腿去搞'共建'？哎……你说……他咋突然对'共建'来神了呢？会不会是……这事还真不能问你，你是战士不好说呀，这事就由我来处理吧。"

一处公路与线路的交叉口。

离公路还很远呢，耿连长一行就听到了震耳欲聋的马达声……战士们像吃了兴奋剂似地往公路上奔……

公路上，一辆辆插着小红旗的坦克车呼啸而过……阵势煞是威武雄壮！

身背通信器材和工具的战士们有点自惭形秽，连房进都羡慕得咂舌：

"还是野战军好呀！这装甲部队多威风呀！"

耿连长在房进的脖子上使劲地撸了一把……

"这山望着那山高啦！光威风有啥用？飞机大炮要是离开咱通信兵的线拐子、脚扣子，照样是废料一堆；费铁一块！咋地……你不信呀？不信咱骑驴看唱本——走着瞧……骄兵必败呀！"

"二·三"小组的院子外，树影婆娑。

"演出"失败的李排长垂头丧气地往回走，快到小组时，他又翻开了手中的书……书中夹的标准相上的"李新潮"正在朝他微笑！可他越看越像是"嘲笑"，于是他狠狠地瞪了"李新潮"几眼……然后"砰"地把书合上！

猛抬头，李排长突然发现发廊女微微正在小组的门前徘徊……吓出一身冷汗的李排长赶紧闪身到树后……

第十四章

A

| "骄兵必败"! 撤离战区!
| "大会议室里"来了两位"大官"!
| 班长又揭我的"老底"!
| 报告:这件事不用追查!

还是那处通信线路与公路的交叉口,情景却和往日大相径庭。

前天刚刚从这里开过去的"红军"坦克部队,今天又原路返回,并稀稀拉拉地停在路边休息……完全没有了前日威武的雄风。

秦班长和小赵再次和他们相遇时,垂头丧气的坦克兵们有的正在树荫下休息;有的坐在炮塔上闲聊……

一辆悬挂"导演部"牌照的北京213吉普车飞驰而来,"吱"地停在路边,一位戴臂章的参谋人员跳下车来……

"你们的指挥员在哪里? 你们指挥员呢?"

一位军官闻讯走过来:"啥事? 我是参谋长,这里我负责指挥。"

"导演部"的参谋大声命令:"导演部不是判定你们'被歼'了吗? 赶快撤离战区,不要影响其他部队的行动!"

那位"红军"的参谋长回答:"是——"

因为"是"字拖得太长,显得非常消极,有点无精打采!

参谋长像轰小鸡一样轰赶着"放羊"的"红军"部队:"上车! 上车……开拔!"

上车的官兵们同样的消极,同样的无精打采!

小赵不解地问:"班长,'红军'咋还能'被歼'呢?"

秦班长想了想:"也许这就是咱连长说的'骄兵必败'吧? 也许还真跟咱这线拐子、脚扣子有关呀?"

两名通信战士边议论边消失在线路上……

总站大会议室里座无虚席。

总站有两个会议室。"小会议室"是用来研究"大事"的,"大会议室"则是用来传达和总结"大事"的。当初有关演习的"大事"之所以在"业务室"进行布置,那纯粹是因为"业务"的需要。

今天的"大会议室"里来了两个"大官"！总站钱主任"一号"的"第一把交椅"已经被转让……他现在"屈居第三"！与会的人员不光有当初"个别"有演习保障任务的营连主官；而且是全部的营连主官；还有全部的机关股以上干部。总站宣传股的报道干事也扛着摄像机……挂着照相机使劲地"忙活"着……

钱主任清了清嗓子道出开场白："今天前来参加我们总站完成军区'前进——111'军演通信保障任务总结大会的军区机关首长有，军区作战部郭副部长和军区通信部程副部长；大家鼓掌欢迎！"

两位"副部级"首长也同时鼓掌向大家表示谢意……

掌声渐稀，钱主任又清了清嗓子接着讲话："下面由我来先进行小结，然后请两位部长作指示！"

"正"部长不在场时，称谓中免去副部长的"副"字！也许这并不是"疏漏"。

钱主任的讲话不"拖泥带水"全是"干货"："……在历时 11 天的通信保障期间；总站共动用了 2 个营；6 个连队以及机关干部 418 人；有 9 个机务站；37 个线路维护小组直接参加了这次保障……"

与布置演习任务时相比，与会的人员虽然也都在用各种姿势在记录……但记了多少只有鬼才知道，因为这些枯燥的数字，不是他们所关心的！而是汇报材料所"关心"的！

钱主任环视了一下大家，接着照本宣科："演习期间，我们共保障明线 675.8 杆公里；地缆 197.3 沟公里；动用车辆 23 台；设立通话所 12 个。对上调通电路 28 条；租用地方长话电路 16 条；农话 71 条；开设通信指挥中心一个；临时机务站 5 个；接转等级电话 4 300 多件……"

"军演"落下帷幕，通信兵的生活也恢复到"通常"，"二·三"小组院内整洁依旧。

秦班长在院子里洗衣服，他的习惯不像其他的战士只用手搓……而是像主妇那样用搓衣板……

秦班长挥着沾满肥皂泡的手："小赵，把你的军装拿来！还有背心、臭袜子！演习这段时间是不是又攒一大堆啦？"

正在摆弄鸽子的小赵将鸽子抛向天空……然后又不住地朝着鸽子挥手……

"班长，我……我一会儿自己洗。老是你帮我洗，都把我惯懒啦！别人还以为是新兵欺负老兵哪！"

秦班长认真地搓着衣服："你得了吧！我还不知道你呀？得过且过！就拿袜子来说吧，总是脱下'更臭'的，换上'稍臭'的！过几天再……"

小赵不好意思地："班长，你又揭我老底！小心让……"

小赵用手指了指屋里……

秦班没停手："怕揭老底就乖乖地把该洗的都拿来！正好你去问问排长,他有没有什么要洗的？一起拿来！你们都不会用这搓衣板,用手搓费劲……还搓不干净！尤其是油渍……"

小赵朝屋里"横拉"了一眼,没好气地："管他干啥？瞧他那德行！好像谁都欠他八百吊似的!"

秦班长将手中的肥皂往搓衣板上使劲一搁："小赵——"

小赵"溜溜"地闭嘴,然后"孜孜妞妞"地朝屋里走去……

"排——长——"

总站大会议室里,军演的总结继续。

钱主任："我们虽然圆满地完成了'前进——111'演习的通信保障任务;受到了军区'导演部'的表扬和通信部的嘉奖。但是,在保障过程中也暴露出许多问题！特别是'蓝军'某师曾在我们担负的演习保障的通信线路上进行了有线窃听,然后在演习预案外的地域设伏……致使'红军'的两只装甲分队'被歼'！使演习方案不得不进行临时调整,给军区'导演部'的领导添了乱;给我们总站抹了黑!"

钱主任有点激动,眼睛有点像甲亢患者似地向外鼓！他扫视了一眼会场,几乎所有的人都感觉到了压力……所有的人都低着头！但只有一个人相反,好像跃跃欲试……

钱主任顿了顿,一字一句咬牙切齿地："这件事我们要认真追查！对有关的责任人进行严肃处理!"

耿连长突然起身："报告!"

钱主任没好气地："请讲!"

众目睽睽之下,耿连长面不改色心不跳："这件事不用追查啦！窃听的事件发生在我们连二排'二·三'小组负责维护的区域内第2134号线杆上;'蓝军'实施窃听的时间是九日上午七时致十日晚二十二时……"

B | 如果"蓝军"不是"假想敌"！

"敌情观念"一刻也不能松！

战争就在我们身边！

最早吃"螃蟹"的人！

主持会议的钱主任真是七窍生烟……怒发冲冠！这件事如果在会上无人认账,将来就会大事化小……小事化了！你耿大业是在跟谁叫板呀？是在跟两位军区的部长呀？既然是你自己找死……那就别怪我挥泪斩马谡啦！

钱主任横眉冷对："你们既然发现了'蓝军'在窃听，为什么不报告？为什么不制止？你是什么动机？"

一向快人快语的耿连长今天一反常态……说话以是不紧不慢：

"我认为没有必要报告；也没有必要制止。我的动机就是想让'红军'打一次败仗，长点记性！"

钱主任这回岂止是"七窍生烟"？岂止是"怒发冲冠"？他暴怒地……"啪"地一掌，把偌大的会议桌拍得一颤！

"耿大业——你闭嘴——这没你发言的权利！"

跟钱主任的情绪正好相反，两位军区的部长似像是对耿连的话很感兴趣……他们相视了一下……

通信部的程副部长和颜悦色地："钱主任你不要发火嘛，让这位连长把话讲完，这位连长姓耿吧？耿连长你接着说……坐下说……慢慢说……把心里想的都说出来……"

范营长此时手中的笔"叭"地掉在了地上……不知他是害怕耿连长往下讲，还是暗示耿连长不要往下讲！还是……

不过……耿连长好像根本没有听见……一见部长叫他讲他就更加的毫无顾忌……更加的肆无忌惮！

"说句心里话，像这样提前就设计好结果的'演习'就像是'演戏'；甚至还不如'演戏'！因为'演戏'还要面对台下的观众，你演不好观众还要鼓倒掌，甚至把你轰下台去！可咱们现在的'红军'，已经被'蓝军'惯得连'走台'都不认真练啦，反正'导演部'的'导演'们把'剧本'都写好啦；反正'剧本'的结局他们也知道啦。不就是'红军'胜'蓝军'败吗？这个结局连我们在座所有人都提前知道……是吧？"

军区作战部郭副部长赞许地不住地点头……见耿连长顿了一下，郭部长插话道："这位耿……耿连长你还是坐下说，钱主任你叫人给他倒杯水……"

见没有遭到首长的批评，耿连长更来劲啦："演习不是要从实战出发吗？假如'蓝军'不是假想敌……我虽然没参加过实战，但我知道'实战'肯定不是这样！咱远的抗日战争解放战争抗美援朝不说……"

耿连长的发言变成了演说："咱就说身边的珍宝岛自卫反击战和中越自卫反击战……'红军'你事先知道每次战斗每次战役的胜负吗？因为不知道，所以就要认真地对待；所以就要认真地研究；所以就要提高警惕！咱再看看参演的'红军'，大摇大摆耀武扬威的！坦克车开进连伪装网都不上……使用有线联系连保密机都不加……就'地瓜地瓜、我是土豆'地直接喊话……连暗语也不使用！这能不失密吗？能不暴露作战意图吗？能不被'歼灭'吗？"

耿连长见两位部长没有叫他结束的意思……他十分大胆又十分大动静地喝了一口水……

"我认为只要是军队，不论是平时还是战时，都要时刻保持高度的警惕性！敌情观念一刻也不能松！就拿我们连维护的线路来说吧……前几年还时不常地有特务在打信号弹……战争其实就在身边……说来就来！"

耿连长边说边用眼扫了一下钱主任和范营长……两位领导用点头来肯定了他所说的是事实……

耿连长心里更有了底数："我们发现'蓝军'窃听既没报告也没制止，那是因为演习的任务中没有明确我们是属于'红军'还是属于'蓝军'；而且也没有命令我们要对线路的保密负责，所以错不在我们！部长同志……我斗胆地提一个问题可以吗？"

正在沉思的两位部长一愣……

郭部长客气地表态："可以……可以……完全可以！也欢迎在座的同志多提问题！"

耿连长："我们是乒乓球大国，也是乒乓球强国！但我们国家还没有一个乒乓球运动员是只跟'陪练'玩完了就去参加世界大赛并且还拿了冠军的！何况我们现在既不是军事大国……也不是军事强国呢？"

耿连长的话这次是真的被打断了……是被郭部长的掌声打断的……

"好……讲得好！"

郭部长兴奋地扫视着大家，最后目光停留在耿连长的脸上……

"首先声明一点，我这次和程部长来通信总站：一是对你们在演习期间出色地完成通信保障任务来进行表扬；二是代表军区首长对常年战斗在值勤一线，为军区机关和边防部队提供通信服务的全站官兵表示慰问！"

由于在场的人都松了一口气……所以会场上的掌声也格外的热烈！

郭部长："我们这次来，绝没有对线路被窃听兴师问罪的意思。而是想围绕这个事件进行一下调研……刚才这位连长的一番话思路清晰思想超前，正是我这个大军区的作战部长最近所思所想的，真是意外收获！意外的大收获呀！"

钱主任不失时机地："现在就请郭部长和程部长分别给我们作指示，大家欢迎！"

待会议室的掌声渐落……

郭部长和程部长交流了一下目光："指示谈不上。我是作战部长，当然三句话不离本行。我这次是为演习的事来的，咱们就谈谈演习的话题吧，我军在演习中很早就有了和'假想敌'对抗的设想。然而……不可否认的是，在建国以来到现在的很多次演习中，我军由于种种原因，习惯于把装备和训练都较差的部队临时拉出来充当这个专门挨打求败的角色！有时甚至用两个团打一个营！大多数情况下，假想敌蓝军处于绝对的弱势……行动事先被人了如指掌;位置早已被人指定,红军只需按预案一打一冲……然后就插旗表示胜利! 自导自演、自训自评……再加上某些政治需要,给大家留下了一击就溃……一打就败的'演习'如'演戏'的印象! 在这一点上,不光耿连长有想法……我也有想法……军区的首长也有想法……参演的部队更有想法! 就连你们在座的也不会没有想法吧?"

总站的会议室开始活跃起来,大家开始交头接耳地议论起来……以至于部长的讲话已无法继续……

钱主任不悦地敲了敲桌子:"大家肃静! 一会儿给大家时间讨论。郭部长,请您继续作指示……"

郭部长并未计较讲话被打断:"大家议论是好事! 证明大家都关心这个话题,既然大家都关心,那我就继续抛砖引玉……1985 年 1 月……南京军区开始在安徽三界建设完成中国第一个合同战术训练基地,可供师级以下单位进行对抗演习。今年年初,在南京军区向守志司令员的指导下,由第 Y 集团军模仿苏军编制……抽调若干步炮分队组建了中国第一支真正意义上的假想敌部队——蓝军团。他们的任务就是用真刀真枪……真车真炮结合电子、激光等器材'打击'来训练基地演习的'红军'! 很好地锻炼了部队的战斗力……名声渐长……最近有消息说,在我军内军外鼎鼎有名、如雷贯耳、战力强悍、装备精良的 SB 军闻名后不太服气,于是派 YYE 重型机械化师 SSG 团……就是平江起义团,彭德怀的老底子部队! 就在上周与蓝军团进行一比一的对抗……你们猜结果如何?"

在座的人无不摇头……即使是有人猜到了结果……也不敢斗胆地说……

郭部长笑了笑:"我就知道大家不想讲,也不愿意往那个方面去想! 现在我把刚刚得到的结果告诉大家:结果是'红军'输得惨不忍睹……据说'蓝军'不到两小时就挑掉了他们的指挥部!"

会场再次的活跃起来……很多人不顾钱主任的眼神大声地议论……郭部长与程部长也好像是在交换意见……然后郭部长的声音盖过了大家……

"也就是说……从现在开始……'红军'在演习中百战百胜将成为历史……有输有赢会成为不争的事实!"

会议室里响起热烈的掌声! 这掌声不是在庆祝"蓝军"的胜利,"红军"的失败。这掌声是在庆祝中国特色的强军练兵"大戏"拉开了帷幕!

郭部长声音洪亮有力:"这次在'前进——111'演习中我们判定没有执行'预案'的'蓝军'设伏成功,判定'红军'的两只装甲部队被'歼灭'! 就是在尝试'蓝军建设'的新路子……在这条路上,咱们的这位耿连长走在了前面……他是比我们还早'吃螃蟹'的!"

会议室里有人朝着耿连长鼓掌……耿连长的脸憋得像猪肝……

突如其来的荣誉,让耿连长手足无措:"部长……我……我……我可没有那么高的水平! 也没想那么深……那么远……我……"

程部长出手为自己部下的部下解围:"小耿你就不要谦虚啦! 郭部长还有任务交给你哪,郭部长要你思考一下在对抗演习中的有线通信的保障与保密的问题……你是搞通信的,找郭部长交流不难吧?"

耿连长双脚并拢:"是——坚决完成任务!"

C | 去晚就见不到我们老师啦!
好像部队没人了咋匹地?
我就是你们的老师! 上课去!
你是"程咬金"托生的?

自从李排长"蹲组"来到"二·三"小组,"二·三"小组的室内基本上就被他"霸占"。秦班长和小赵除了出勤上线路,平时就在小组的院子里活动,尽量不进屋打扰排长。

秦班长正在院子里晾晒刚刚洗完的衣服。小组的晾衣场非常的"制式",完全是一段降低了高度;缩短了距离的"通信线路"。而且是"四线担"线路。

突然,几名学生没命地跑了进来……

一学生惊慌失措地高喊:"秦……秦……秦叔叔,宋老师昏倒啦!"

另一名上气不接下气的同学:"我们老师……病……病……病得不轻! 都不能睁眼睛不能说话啦!"

一名低年级的学生一把拽住秦班长的衣服,"呜呜"地哭了起来:"秦叔叔……我们老师要死啦! 叔叔你快救救她吧!!"

还有两名更小年级的女声"哇哇"地大哭起来……

也有些惊慌的秦班长拉着一名稍大年级的同学赶紧打听缘由:"别着急……慢慢说! 到底怎么回事?"

高年级的学生志忑不安地回答:"我们老师下午给我们上课时,念着念着课文就昏倒啦……"

另一名学生摸了把眼泪连说带比画地补充道:"我们老师的头磕地上'咣'的一声……可响啦!"

那名还在哭的低年级同学:"我们谁也没气她!"

两名最小年级的同学:"我们上课没说话!"

"我们也没搞小动作!"

秦班长边哄着几名哭的小同学……边追问:"你们找赤脚医生了吗?"

高年级的同学:"找啦,赤脚医生说得快送医院……晚了就不行啦!秦叔叔你快去吧……一会就见不到宋老师啦!"

急出一脑袋汗来的秦班长站着小组的院子里:"李排长……李排长!"

村小学的院子里围着许多村民……

李排长和秦班长跑来时,一辆手扶拖拉机已经停在小学的院子里。车板上铺了好几层厚厚的棉被,村里的赤脚医生坐在车上……将宋春雨老师抱在怀里……此时的宋老师双目紧闭!脸色煞白!呼吸急促!

村长和几名村民们正在往一起凑钱……

李排长拨开人群挤到车前:

"何医生,宋老师她怎么啦?她得的是啥病呀?"

村里的赤脚医生姓何,村里的人有的管她叫"何姐";有的管她叫"何医生"……

何医生摇着头回答:"说不准是啥病,从症状上看像是乙型脑炎;因为前天她被蚊子咬了不少的包……她上我那去要碘酒时就有点发烧,我劝她休两天打打点滴退退烧。她说现在的课程太紧,没时间……"

何医生边说边从宋老师的腋下抽出体温计:"你看……她现在都烧到四十多度啦!还有呕吐症状……还伴随有抽搐和肢体僵硬……前屯有一名得乙型脑炎的,和她的症状差不多!可能是蚊子传染的。"

村长急切地催促着:"何医生,快走吧……千万别把小宋老师的病耽误了!这些钱你先带上,到市里住哪家医院来个信,明天我叫人再给你送钱去……"

一直沉吟的秦班长也挤到车前:"排长,我也跟车去吧?一是看路上能不能截辆小车……这手扶拖拉机太颠达还太慢!二是宋老师病成这样怕是何医生一个人经管不了她,再说宋老师是地区教委的在职干部,到市里后我去教委告诉一声……也好……"

李排长抓住已经发动的拖拉机,一抬屁股坐在箱板上……

"共建这块归我管!你还是留在小组管线路吧,再说你一个战士到教委去反映情况力度不够,好像咱部队没人了似的!"

跟着拖拉机走出院的村长还在叮嘱赤脚医生……

"何医生,别舍不得花钱……一定要用好药……用进口的!唉……这小宋老师生生是为了教咱村的孩子累的,把脑袋都累出炎症来啦!这要是有个好歹的……咱可怎么向人家的父母交代呀?!唉……"

所有人的眼里都含着泪花,几个妇女的泪花没含住……滴在了大襟上!

不知是哪位同学也不知是在问谁……

"我们没老师啦!我们还能上课吗?我们是不是又要失学啦?"

秦班长回过头来,他看着孩子们充满失望又充满期望的眼睛……突然他的眼前浮

现出一滴滴奶水滴在自己肩上的画面……耳边想起了从小就非常熟悉的歌声:

"续一把蒙山柴炉火正旺,

舀一瓢沂河水情深谊长。

愿亲人……

早日养好伤……

为人民……"

见没人回答,那位同学喊起来:"我们没老师喽!我们不上课喽!走喽……上山抓鸟去喽!掏鸟蛋去喽……"

刚要一哄而散的同学们突然听到了一个坚定的声音……

"谁说你们没老师啦?从现在起,我就是你们的老师!都进教室……上课去!"

秦班长的背后,是村长与村民们热切的目光……

总站院内,悬挂着"欢迎首长莅临检查指导!"的标语。

从总站大会议室里走出的人都挺兴奋,都在相互间议论、争论着!范营长与耿连长并肩而行,他俩谈论的话题,肯定是与众不同……

范营长边走边说:"你'耿大炮'真是'程咬金'托生的?总是大难不死!总是绝处逢生!'福将'啊……"

耿连长却故意哭丧着脸:"啥福呀,豆腐吧?今晚回连队的长途车没啦,又得在总站招待所蹲一宿……连吃饭都没着落呢。"

范营长不解地问:"总站招待灶的会议餐多好呀?晚上是八菜一汤;还有啤酒。你还想要啥呀?你真以为现在就长到'金銮殿'上去啦?还想用'御膳'呀?美的你……"

耿连长赔着笑脸:"营长大人,你别老是拿话刺激我……我知道我今天又乱放炮啦!我错啦我改还不行吗?要不你就把我拉出去毙了,以绝后患!哎……都怨咱是井底青蛙,见了这'公鸡的脑袋——大官(关)'吓得'牛犊子叫街——蒙门'了吗……"

"你现在就少装犊子装孙子装可怜装无辜吧?你大名鼎鼎的军区典型,多大的人物没见过?多大的官你服过……"

二人说着走着已来到了总站的大门口,哨兵向二人行礼!二人还礼后走出总站大门……

耿连长闪身到营长的身后磨叽着:"不是我不想去招待灶吃饭,营长,今晚我在招待灶一出现……肯定会被各连的连长们批得'体无完肤''无地自容,……还不如在你这挨颗枪子好呢!"

猜到了耿连长的葫芦里卖的什么药,范营长一语道破:"你就别'新媳妇放屁零揪'啦!有啥要求提吧?"

耿连长换上了笑脸:"营长就是营长!我一撅尾巴……哎……要吃饭啦,不说这让人反胃的话！营长您说这要挨枪子的人临死前是不是都要管顿好饭呀？营长您别瞪我千万别瞪我！我没有要狠宰你的意思，部长说我是……是什么第一个'吃螃蟹'的人？其实我不得意海鲜……咱来点肥肠就行！标准不高吧？"

范营长无可奈何地："今天遇上截道的啦！标准高不高也得交这'买路钱'呀？咱在这等会教导员，他一会就来。"

耿连长搓手跺脚："教导员也来总站啦？太好啦！这顿饭的钱你和教导员 AA 制……我赶放开肚子造啦！"

D 你是"黑大"毕业的呀？

无利不起早，宰你没商量！

肥肠不臭不吃！"臭"就来两尺！

评功一定要公平！

二人站在总站院外没人的地方你一句我一句唠得热乎乎。

范营长被耿连长的无厘头弄得没办法："你小子不问教导员来总站干啥？先把这顿饭钱分一半给教导员！你是'黑大'毕业的呀？"

耿连长用话试探着："听营长这话里有话，教导员来总站肯定和我们连队有关啦？"

范营长直言不讳："要不我老说你安个尾巴就是猴呢？教导员这次来总站一是到组织股去给你们抗洪的战士多争取几个立功的指标；二是到干部股汇报一下马继承提副连长的事；三是找政治处王近民主任汇报汇报你的事……你也该动动啦！"

耿连长心存感激："那太谢谢营领导啦！今晚这顿饭我请……"

范营长边说话边朝总站大门方向"撒莫"着："你小子真是个做买卖的料，无利不起早！哎………教导员来啦！"

耿连长被批得心里挺舒服的，于是他顺着营长的话："咱做买卖也算是买卖公平呀！您好……教导员！"

耿连长迎上去给教导员敬礼握手，教导员瞅着这俩人有点愣神……

"你俩开完会在这待着干啥？"

范营长抢过话头："等着宰你呗！耿大业的小刀可是磨得飞快！"

耿连长赶紧解释："没有大宰的意思！咱就想薄薄地片……"

耿连长用手比画着厚度……"厚度"随着语言的进程在逐渐加大……

教导员没有推辞也没有拒绝："吃饭可以，但我不能喝酒……王主任约我八点钟到他办公室呢。"

范营长抬腕看了看表:"时间不早啦! 就到对面的小店吧?"

教导员也不停地瞄着总站的大门方向:"我还约了副营长一会在总站门前见面,这……这样吧,我告诉门卫一声,副营长一会来了让他到对面小吃店找咱。"

耿连长赶紧抢先:"还是我去告诉门卫吧? 你们两位领导先去点菜,别在这和总站领导打'遭遇战'……"

耿连长向哨兵走去……营长和教导员过横道向对面的小吃店走去……

范营长疑惑地:"副营长咋也上来了呢? 昨天他还在营里?"

教导员解释到:"今天上午他接到家里的电话;他岳母病危……他爱人在医院陪护,孩子没人管! 我就叫他先回来料理一下家里的事,本来想和你先通一下气……谁晓得你们的会开起来没完没了联系不上! 没办法,我就先做主啦。"

范营长苦笑着:"这会开成了'马拉松'……还得感谢咱那位'耿大炮''耿大爷'! 副营长的岳母在哪家医院住院? 今晚咱俩得去看看……"

教导员始终是那样的平和:"我叫副营长接完孩子到总站来找我就是这个意思。咋地,耿连长又在会上惹事啦?"

范营长伸手推开小吃店的门:"进屋再说吧,你先进,客气啥?"

范营长侧身让比他年龄、兵龄、干龄以及任职时间都晚的教导员先进门,这是他多年养成的习惯。就好像管干部的教导员给副营长准假后马上就向营长解释一样,所以总站的上上下下都评价他俩是老有老样小有小样的"黄金搭档"……

小吃店的小单间很小,一张小桌几把椅子就让屋里显得"爆满"!

耿连长来到小单间里时营长与教导员正唠得热乎,他知道肯定与他今天会上的事有关……于是他明知"故不问"!

还是范营长先开了口:"坐吧! 我和教导员点了四个菜……剩下的你点,不用'嘴下'留情!"

耿连长没看"菜谱"而是开口吆喝:"服务员……有肥肠吗?"

服务员应声走进单间……:

"有……肥肠、苦肠、心、肝、肺都有! 还有腰花和猪尾巴……"

耿连长先用目光征询了一下两位"营头",然后接着问服务员:"肥肠臭吗?"

服务员赶紧打保票似地回答:"肥肠不臭! 洗得可干净啦。"

没想到适得其反,耿连长听后坚决地表示:"不臭不吃! 这肥肠就像臭豆腐……不臭就没啥意思了?"

服务员又赶紧改口:"臭……臭! 咱店的肥肠没用火碱拿……可臭啦!"

耿连长满意地吩咐:"那你给我来两尺!"

服务员一时无语,想了半天为难地道:"咱店的肥肠不论尺卖! 论盘卖……"

耿连长也没故意刁难:"那就给我们来一大盘! 不溜不炒……就要清水煮的;沾

蒜泥吃。两位领导,咱喝点啥酒?"

教导员边擦"方便筷"边回答:"王主任约我晚上谈话……我就不喝啦! 你问营长喝啥吧?"

范营长认真地扒着蒜瓣也没抬头:"我晚上也有点事……就喝点啤的吧?"

耿连长"领命"后赶紧"抓落实":"服务员,给我们先上六瓶啤酒。营长您喝凉的还是喝不凉的? 教导员你来点饮料吧? 要'荔枝'还是要'健力宝'?"

范营长抬起头:"我不喝凉的,我胃不好!"

教导员也停住手:"我不喝饮料,来壶茶就行,我血糖高!"

耿连长又扯着嗓子吩咐:"服务员,啤酒要三瓶凉的;三瓶不凉的! 再沏壶茶……要新茶!"

教导员关切地问道:"你能喝了三瓶吗? 别喝多了误事! 郭部长交给的任务你可要引起重视,别'稀喇嘛哈'的不当回事!"

范营长一撇嘴:"三瓶就能撂倒他吗? 别看他个不高,腿肚子拉开都能到两瓶白的进去……我还不知道他! 来……自己倒上,倒满倒满,小心我……你……"

耿连长赔着笑脸奉承着:"我早就说咱营长最有水平,骂人不吐脏字! 教导员,今天你可得给我做主呀! 哎……教导员,我们连抗洪立功的事批了吗?"

教导员不紧不慢地:"集体立功没问题啦! 就是这个人的立功组织股的意见是想和半年总结挂钩……我没同意! 和组织股长呛呛了一下午,晚上我还要跟王主任'掰哧'这事! 这谁干呀? 这事咱得争!"

范营长也边听边发表自己的见解:"抗洪属于突发事件,不应该占全年的立功指标。再说直工部也给了机动名额呀? 要说这参加军事演习的事算到半年总结里还贴点铺衬……组织股这事办得不咋地!"

E 你是"请罪"还是"请功"呀?

"训练""挣钱"双丰收!

文书啥时"归队"呀?

官小岁数大。今日痛饮"惩罚"酒!

教导员苦笑着摇了摇头:"还有比这更不咋地的呢!"

范营长没有言语,只待下文。

教导员长长地出了一口气:"……干部股长偷着跟我说,咱连副连长的'令'被机关的一名参谋给占啦;最早也得明年年初才能倒出来。所以马继承的提职问题还得等……"

范营长的脸红一阵白一阵的:"干工作基层'优先',提职晋级机关'优先'! 上哪说理去呀?"

为了缓解不悦的气氛,耿连长斟满酒后主动举杯:"这事儿给两位领导添麻烦啦,我代表全连官兵先谢谢两位领导! 我先干一杯,哇……这凉啤酒一口下去就到胃啦……真舒服! 爽!"

教导员端起茶杯:"那我叫你'不舒服'一下! 这半年总结的立功指标要是争取下来……营里可要扣一个! 你又吃肉又啃骨头……也得给其他连队喝一点汤吧?"

耿连长边擦嘴边表态:"坚决同意! 坚决同意! 我没啥不舒服的。"

范营长端起杯来也一饮而尽:"没看出来! 你这还没'冲出总站,走向军区'呢;觉悟先跟上级领导同步啦! 这可不像你'寸土必争'的风格呀?"

耿连长又端杯起身:"人哪能老是没进步呢? 立功的指标给咱营的哪个连我都高兴! 这叫肉烂在锅里……这叫肥水不流外人田! 来……我再敬两位领导一杯!"

范营长没有跟着耿连长的节奏起杯:"你先别忙着敬酒,我得先罚你几杯!"

耿连长先干为敬:"凭啥呀? 线路被窃听的事领导不是有定论了吗? 部长都没罚我,您干嘛要追加呀?"

范营长示意耿连长坐下:"演习的那档子事算你因祸得福! 算你逃过了一'劫'! 你咋知道我是因为这事罚你呢?"

落座后耿连长还继续鸣冤叫屈:"领导嘴大! 我也不跟您犟,只要不是冤假错案……你说出我几件错事来我认罚几杯! 教导员……您可要当好这包青天呀!"

范营长挽了挽袖子拉出了秋后算账的架势:"上次你不经请示私自带车来总站的事你该不该罚?"

耿连长不以为然地:"这事我们不是负荆请罪主动检讨了吗? 报告是指导员亲自打的……"

范营长用指头敲着桌子:"你们那报告是'请罪'呀? 还是'请功'呀? 什么为了签下广播线架设的合同……一直等到离开会还不到八个小时才往总站赶;因为是半夜出发……为了不打扰领导休息……所以就没请示。是这么找的理由吧?"

耿连长强词夺理地纠正:"不是'找'的理由,确实就是那么回事! 不信你们可以看合同上的签字日期!"

教导员和颜悦色地批评道:"客观存在我们相信,但你们来总站后见了营长也得说一声吧? 结果被钱主任逮了个正着营长还蒙在鼓里……闹得我们十分被动!"

耿连长理屈词穷只得"认账":"哎! 这人要是走被点喝凉水都塞牙,这放屁砸脚后跟的事咋又让钱主任逮个正着呢!? 还是教导员讲得透彻,我该罚! 我喝……我喝……请营长督察,我干完啦。"

范营长认真地履行"酒监"职责:"还剩点底……你想养鱼呀? 你要是偷工减料我

可要'累计'追加呀！说说这项工程吧……"

一提"工程"耿连长就滔滔不绝："这个工程可比林场的活'肥'！林场那活是他们自己投资，他们想少花点……咱们就只能少挣点！老营这广播线的工程就不同啦，这是县广播局投资……咱是该挣就挣！"

范营长一粒一粒地向嘴里扔着盐爆花生米："一年干两大工程……你们连快成'暴发户'啦！你可别干了副业丢了主业呀！"

耿连长也学着营长抓了把花生米在手："两位营领导放心，我们有计划分步骤地……正好边干工程边练兵！过去是'革命生产'两不误！现在我们的口号是'训练''挣钱'双丰收！今年总站的专业技术竞赛我们还要拿第一呢！"

范营长听罢主动提议："那好呀，应当再奖励你一杯，我陪着！你满上满上……再满一点……"

耿连长既谦虚又自觉地："我还是先喝'罚'酒吧，这又'奖'又'罚'的我快招架不住啦！"

范营长突然板起面孔："那就先'罚'再'奖'！省得你以为我和教导员在灌你……现在我说第二件事；你们连队的文书王洪国该归队了吧？私自放长假好几个月……你可真是贼胆子！这要是叫机关知道了……连我们都吃不了兜着走！"

耿连长明白这事"证据确凿"！于是赶紧认账："这事我不解释。我认罚……我认罚！营长，我再加罚一杯……您能给我透露透露您是咋侦察得这么准的吗？"

范营长想让自以为是的耿连长"死个明白"："这事还用侦察吗？王洪国从春节前就在家晃荡……上完这个班上那个班……他在咱营没老乡呀？别人的家长不来信问呀？你以为自己做得天衣无缝呀？你以为这世界上真有不透风的墙？"

教导员敲着边鼓补充："这事营里早就知道啦，营长没少替你们对上打马虎眼！要不是考虑王洪国确实是一个好苗子……我们早收拾你啦！"

范营长把手中的花生米一同扔到嘴里使劲地嚼着："最可气的是，连指导员也替你唬！我打电话问他他还瞪着眼睛撒谎……硬说王洪国在小组里……看我倒出时间来咋收拾他这'装纯真'的！"

耿连长端酒杯的手有点抖，啤酒哩哩啦啦地往外洒："千万别……千万别！领导请息怒！这事指导员他真不知道，我是在送王洪国下小组时偷着把他送到车站的……要罚就罚我一个人吧？我接受两位领导狼狼（狠狠）的批评！"

教导员有点慢怒："这么大的事，你为啥不跟指导员通个气？太一手遮天了吧？"

耿连长默默地喝了两杯"罚酒"："教导员您这样理解我可是冤死啦！当时您不是跟营长来给那几个有门子的兵请假……我不是把营长惹火了吗？我想这顶烟上的事指导员肯定不会同意！再说这事早晚要穿帮……就我一个人顶着吧？这事全是我的错！我再自罚一杯……我可干完啦！两位领导真够狠的……就没一个人拦我？"

一把花生米把范营长噎得直哏喽，他咽了口啤酒："别说是再干一杯，就是再干一瓶我都不拦你！表现不好……喝死拉倒！"

笑脸相迎的耿连长往桌前凑了凑借机劝酒："哪能呢，我知道营长舍不得我死！我死了谁给你添乱呀？营长您陪一杯吧？不陪一杯我心里没底儿！"

范营长无奈地端起酒杯："好……你添乱有功！我陪你一杯……我陪你你也要再干一杯呀！别得寸进尺呀！赶快干……别剩个底呀！我现在再罚你第三杯……"

耿连长开始装熊："我都罚四五杯啦！还没罚完呀？"

范营长不依不饶地："我就罚了你两杯，剩下的都是你自罚的！你听好喽，听说你差一点把总站正规化检查组的牛股长给'劁'了？还在燕子窝下写什么'瞎'什么'杀'的？这个乱子惹得可是天下第一啦！你龇啥牙？你属狗的……还想咬人呀？赶快自觉点……罚一杯吧？服务员，给这位先生再启两瓶啤酒！"

耿连长不情愿地端起杯："我不是属狗的，姓牛的那小子才是属狗的呢！你看他对待同级是狼狗；对待下级是疯狗；见了领导像哈巴狗；见了女兵像癞皮狗；早晚得变成落水狗！这杯酒我不认罚，我没错！"

教导员动作迅速地指了指隔壁，意思是隔墙有耳："小声点……刚才你说的那套嗑儿哪说哪了！传出去影响团结，正规化检查组有些事做得是太过火。各连都有反映，我们有意见可以通过正常的渠道向上提，但不能有对抗情绪……更不能有过激的行为！"

耿连长还是不服还在辩解："我的大教导员！那天他不把燕子窝端了不罢手……我向上提意见来得及吗？不是说高尚是高尚者的墓志铭，卑鄙是卑鄙者的通行证吗？跟这样的人玩墓志铭不好使！把他的'通行证'一撤，他就老实了！"

范营长有些不耐烦地催促道："你还背手尿尿'不服'？！错了就是错了，还狡辩啥狡辩？再罚你一杯！我查三个数，不喝再加罚！今天非罚你个驴打滚！一……二……"

见范营长要动真格的，耿连长赶紧好汉不吃眼前亏地端起杯干了。不过酒刚下肚肠子就悔青了："原来营长你没数'三'呀！刚数了个'二点五'就把我给吓蒙了！真是人老奸、马老滑、上岁数的兔子鹰不抓……我这是关公面前耍水果刀啦！"

营长和教导员笑得前仰后合。

小单间的门被"呼"地推开！一个身穿卡通服装四五岁的小男孩闯了进来……他将手中的纸飞机向空中一撒……

"飞机"在屋里盘旋了几圈"着陆"在餐桌上……小男孩拍着小手欢呼……

"我的飞机降落喽！我的飞机降落喽！"

教导员定了定神："龙龙……你爸呢？"

门外传来常副营长的声音："我在这，营长……教导员……"

声到人到,常副营长大包小裹地出现在小餐厅的门口,其中连背带拿的大部分东西是"龙龙"的"装备"。

龙龙用小手比作枪的姿势向副营长瞄准……"叭"

副营长装作中弹叫了一声……"呀"!

龙龙拍着小手欢呼着:"打中喽! 打中喽……打中爸爸喽!"

耿连长赶紧起身相迎……

"副营长你好! 这是你儿子呀? 太可爱啦! 服务员……给加两套碗筷;再来两瓶饮料……再来几瓶啤酒!"

副营长摸着儿子的脑袋:"龙龙赶快问两位大大好……"

龙龙稚嫩的声音更可爱……"大大好!"

副营长又指了指耿连长:"再问这位叔叔好!"

耿连长的话抢在了龙龙的前面……

"有没有搞错呀副营长? 我的官比你小,年龄可比你大多啦! 我也是'大大'!"

副营长赶紧赔不是……

"对不起……对不起! 龙龙快问耿大大好!"

龙龙望着耿连长……怯生生地……

"耿大大好!"

耿连长刮了一下龙龙的小鼻子:"耿大大是官小年龄大,龙龙不怕老虎怕!"

耿连长慈爱地望着龙龙可爱的小脸……眼前浮现出女儿妞妞小时候的笑脸……

范营长挪了挪凳子给副营长腾出了位子:"副营长你喝点啥? 来两瓶啤酒吧?"

副营长无奈地摇着头:"我不喝……晚上我还得看孩子呢!"

范营长用筷子起开一瓶啤酒,这是他的绝活:"来两瓶润润嗓子没事,我和老耿一人三瓶都进去啦! 哎……你岳母咋样? 晚上我和教导员还要……"

耿连长端起酒杯……

"龙龙,来……跟大大碰碰杯好吗?"

龙龙用小手端起饮料……

"耿大大,干杯!"

耿连长高兴地一饮而尽:

"干杯……干杯!"

第十五章

A 妞妞的脸不停地浮现在眼前。
要是早点把事办啦,孩子也这么大啦!
耿连长的手在"液体"中"荡漾"……
他将白妮猛地抱起放在床上!

夜,熄灯号响过后,寂静的军营中只有总站卫生队医生值班室里还亮着灯。

"干……干杯!"

耿连长双手捧着杯子一饮而尽! 他使劲地咂了咂嘴……感觉有点不大对劲? 好像这酒的口感怎么? 他睁开眼睛看了看手中的杯子……这不是饭店的口杯;是一只精美的保温杯! 拿保温杯把的那只手嫩白纤细……

耿连长使劲晃了晃头……定了定神! 这里原来已不是饭店;他坐在卫生队值班室的检查床上。白妮坐在他的旁边;一手扶着他的肩,让他有了靠背的感觉。另一只手帮他掌握着保温杯的角度……那是怕他喝水呛着!

白妮温柔地:"哥……你再喝一杯不?"

神志恍惚的耿连长疑惑地:"妮儿,我咋在这呢? 这是那儿呀?"

白妮将他紧紧地揽在怀里:"这是总站卫生队值班室,是你们营长和教导员把你给送来的。我看他俩都没咋地……你咋喝成这样呢? 哥……我还是第一次看见你喝醉呢? 可吓人啦……一头栽在这检查床上捅都捅不动!"

耿连长使劲地回忆着:"我咋啥也想不起来了呢? 我只记得我和龙龙在干杯,干了一杯又一杯……干了一杯又一杯;干着干着……龙龙变成了咱家的妞妞……变成了还没受伤前的妞妞……"

说着说着……龙龙与妞妞的小脸不停地在耿连长的眼前切换着浮现……重叠……

白妮将脸轻轻地贴在耿连长的面颊上:"哥,龙龙是谁呀? 你刚才说梦话时还叫他好几次呢!"

耿连长定了定神:"唉……龙龙是我们常副营长的儿子,也就四五岁……长得特像当年的妞妞,不……当年的妞妞比他长得还好看!"

白妮的心头一紧:"哥,你这是见景生情,酒不醉人人自醉呀! 别想太多啦,今年春节咱俩一起探家回去看看姐姐吧? 不管她对我……"

白妮的话没有说完……她是怕把最后的话说出来,眼泪也流出来了……

依旧醉眼蒙眬的耿连长摸索着揽住白妮的腰:"妮儿,我在这睡了多长时间啦?"

白妮看了看墙上的石英钟:

"你睡了三个多小时啦,熄灯号都吹完半天啦!"

耿连长松开手要下床:"那我该回招待所啦,你也早点休息吧?"

白妮却扳住他的肩头不肯放手:"不忙,今晚我值班……你就多陪我一会儿吧? 陪我唠唠嗑……"

耿连长顺从地又手归"原处":"妮儿,你说怪不怪? 这酒装在瓶里啥事也没有;装在肚里就有事。喝酒不闹事说明酒没劲! 我咋刚才的事一点也想不起来了呢?"

耿连长努力地回忆着刚才喝酒时的细节……

白妮轻摇着耿连长的肩:"听我们队长说,喝醉酒的人都会出现一定时间的意识空白。这跟年龄和情绪有关,你的岁数不小啦……往后喝就要控制点!"

耿连长突然一拍脑门……

"我想起来啦!"

白妮一激灵:"哥,你想起啥啦?"

耿连长边回忆边复述:"我想起来营长好像跟我说……"

白妮捧起耿连长的脸:"哥,营长跟你说啥啦?"

耿连长断断续续地:"营长好像跟我说,你别一杯一杯的……别把龙龙给灌多了! 我说龙龙喝的是饮料,营……营长说……饮料也不行! 他得有那么大的肚子呀? 营……营长还说,你那么喜欢小孩……你……你……"

白妮有点迫不及待:"你什么呀?"

耿连长突然变得茹茹诺诺吞吞吐吐地:"我……我……我想不起来啦!"

白妮捧着耿连长的脸不停地晃动着:"哥你骗人! 因为你不会撒谎,你不说我生气啦! 人家白伺候你半天啦……"

耿连长怯生生地:"妮儿,我说……我说……我说出来你可别生气呀?"

白妮没有回答,只是顺从地点了点头……

耿连长运了运气:"营长说,你这么喜欢孩子,你和白妮早点把事办了吧? 你俩要是早几年把事办啦! 孩子不也这么大了吗?"

耿连长说完低下了头……白妮听后转过了身……许久……

白妮用颤抖的手按摩着耿连长的腿:"哥,你的腿最近咋样?"

耿连长故作轻松地答道:"我的腿没事,夏天从来不疼!"

白妮停住手:"我给你买了个'神灯',我去给你取来!"

白妮向外走去,始终没有转过身来……耿连长也始终没有抬起头来……

过了比"许久"还"许久"的时间,白妮手里拿着一个很像台灯但又没有"灯泡"的东西回到值班室。她的眼圈红红的……耿连长心里明白,她出去不光是为了取所谓的"神灯"……

白妮极不自然地:"哥,这就叫'神灯'! 做理疗用的……治疗风湿的效果不错。对外门诊那边每天来烤'神灯'的病号可多啦! 我在医疗器械给你买了一个,来……你躺下,我给你烤烤腿……"

白妮脱下白大褂将它挂在衣帽架上。按条令的规定,女军人的衬衣是要扎在腰带里的。衬衣扎在腰带里的白妮显得曲线优美迷人……细细的腰肢衬托得酥胸更加丰满挺拔……

耿连长比听话的孩子还听话地躺在床上,白妮为他轻轻地挽起了裤腿……然后将已接上电源的"神灯"对准他膝盖的位置调整着高度。

白妮动作轻柔又娴熟地:"哥,如果感觉烫了你就吱声! 我给你调整高度……否则会烫伤皮肤的。"

耿连长注视着白妮性感的身段……

"嗯……"

白妮边操作边讲解:"哥,你每天在连队抽二十分钟理疗;坚持一个疗程就见效!一个疗程是半个月。"

白妮用手试着神灯的热度,继续弯腰在床前忙活着。她的酥胸在耿连长的瞳孔中晃动……放大! 妻子去世八年来,虽然他与白妮也有过亲吻与拥抱等亲密接触的甜蜜瞬间……但这样近距离;这样长时间地注视一个女性的乳峰还是第一次! 他的心跳在加剧……他的热血在加温……

白妮好像感觉到了他异常……但医生的直觉让她"误诊"为那是对"灯"的反应!

白妮像对待怕打针的小孩似地:"哥,你别紧张! 烤电一点都不痛,我给你按摩一下腿部……你放松点……再放松点! 不行……你的肌肉绷得太紧啦!"

耿连长的声音颤抖:"我……我……我不紧张! 我……我……我放松……"

为了缓解耿连长的"紧张",白妮故意找话题分散着他的注意:"哥,小组的燕子窝最后咋办了? 牛股长后来没再找茬吧?"

耿连长既蔑视又兴奋:"他就是有那个贼心也没那个贼胆! 燕子窝好好的,小燕儿都会飞啦!"

提到小燕子,白妮一下子回到了过去。她心驰神往地:"这小燕子是很通人性的。当年我哥活着的那咱……每当小燕子离开小组的时候,他就给家里来信;问燕子飞回家没有? 燕子总是和信脚前脚后地到。每年燕子从家里飞走的时候……我就给我哥去信,我哥说燕子也是和信脚前脚后地到小组……"

耿连长也是思绪万千:"要不是为这,我能和那姓牛的抢镰刀吗?"

白妮给耿连长按摩的手也在颤抖:"哥,我知道你是为这才发得那样大的火!但我哥牺牲后……那对燕子再也没回家!唉……燕子是有家不回;我现在是无家可归呀!"

耿连长的心也在颤抖"共振":"妮,都怨我!委屈你这么多年……耽误你这么多年……我……"

白妮将头埋在胸前:"哥,别说啦……我不怨你;我知道你比我更难!哥……你的腿上咋这么多的伤疤呀?"

白妮在拉近她的目光与他的腿的距离的同时……也拉近了彼此间身体的距离;耿连长的血已经顶了脑门上……就像是喝了二斤"小烧"!

耿连长南辕北辙地为自己开脱着:"我是斑痕性体质,蚊子叮一口都落疤瘌。妞妞的体质就随我……"

白妮抬起泪眼婆娑的头:"哥,你又撒谎!你腿上的疤瘌不都是蚊子叮的,倒像是树枝划的!还有……"

白妮将眼睛与腿的距离拉得更近……更近……耿连长感觉到来她身体的热量已经超过了来自"神灯"的热量!耿连长的热血终于"喷发"……

耿连长不由自主"呼"地坐了起来!他在"瞬间"将"神灯"推向一边……还是在同一"瞬间"将白妮搂在怀里……

白妮被这"突发"的"幸福"击中:"哥——"

白妮的"哥"字只说了一半……便被也是在同一"瞬间"到达的热吻给"阻击"啦!

白妮的身体很快从"固体"融化为"液体"……柔情似水的"液体"!

只是"融化"的"瞬间"比上一个"瞬间"晚了"瞬间"……耿连长的手在"液体"中"荡漾"……

过了一个比"瞬间"长很多的时间……耿连长翻身下床,他将白妮猛地抱起放在床上……

沉浸在幸福醉意中的白妮有些清醒:"哥,哥你想干什么?"

耿连长壮怀激烈地喘着粗气:"妮,妮儿……我……我……我想……我想要……我现在就'想要'!"

白妮"瞬间"又从"液体"还原成"固体"……她从床上迅速地坐起来,两手护在胸前……

对耿连长的"要求",白妮既不震惊也没震怒!而是矜持地:"哥……哥!不……不行!这里是值班室!"

耿连长百爪挠心:"这……这么晚了不会有人来的!我……我……"

白妮站了起来……她整理着衣扣……

"这是检查床,什么患者都躺,太不干净的!"

耿连长急得大汗淋漓："那……那就去……你……"

白妮掏出手绢为耿连长擦着汗……

"哥，别怪我不答应你！其实我更想……咱俩真要是走出了这一步……如果今生无缘做夫妻,恐怕连兄妹也做不成啦！我怕……我……"

耿连长又将白妮揽在怀里……

"妮儿，别说啦！我知道……我……"

许久……许久……

白妮系着胸前的纽扣整理着凌乱的头发："哥,你在这检查床上躺了半天啦,我给你打点水洗一洗。说罢,白妮端着脸盆出了值班室。

在地中间站了一会儿,情绪稳定后的耿连长坐在值班医生的椅子上……他顺手拿起桌上的小录音机摆弄着……他按下了播放键……

"两颗心要承受多少痛苦地煎熬,

才能够彼此完全明了?

你应该会明白我的爱,

虽然我从未向你表白。

多年以来默默对你深切地关怀,

为什么你还不能明白?

不愿放弃你的爱,这是我长久的期待!

不能保留你的爱,那是对她无言地伤害!

伤痛的心,一片空白！如何面对……"

"啪"！

耿连长使劲地关上了播放键！

"叭"！

耿连长使劲地搧了自己一个嘴巴！

B

老子奉陪到底!

东风吹,战鼓擂,到底谁怕谁?

"小组"改"哨所",分量不一样!

"一贯正确""不予追究"!

连部里的气氛少有的严肃。

"啪"！

耿连长发狠地将电话扣在压叉上！

"愿意上哪告上哪告去,老子奉陪到底！"

正在"一头沉"前看政治教育教材的指导员关心地问:"怎么,三拐子把你给告啦?"

耿连长愤愤地:"肯定是那个姓贾的警察给他出的主意。他们把告状信直接写到军区去啦！总站说直工部要来调查组,我说三拐子他们放出来后咋这么消停呢? 跟我玩阴的……背后下手了！"

指导员放下教材起身:"这事是他们先到小组闹事打人在先,而且派出所又不管……上边来查我顶着！"

耿连长却一脸的无所谓:"没事,打冷枪是小人干的事！不行咱就把事搞大；咱也把派出所'警匪一家'的事直接给他捅公安部去！东风吹……战鼓擂……看看到底谁怕谁? 听兔子叫咱还不种豆子了呢,我真后悔当时没把'三拐子'的那条好腿掐折……看他今后还咋蹦跶?"

指导员双眉紧锁:"以毒攻毒……你说的'办法'也是没有办法的办法！我想直接找一下政治处的王主任,看看能不能通过保卫股向省公安厅反映一下当地的社会治安与驻地部队的安全问题?"

耿连长咬牙切齿:"一俊不能遮百丑,一丑也不能遮百俊！给老子个处分咱还有十多个功再那勾着；真要是查出那个姓贾的警察和流氓团伙有瓜葛……非扒他的警服不可！"

指导员给耿连长倒了杯水……

"来,喝点水灭灭火,消消气吧? 邪不胜正！虽说是恶人先告状,但谁笑到最后谁笑得最美！"

耿连长突然想起了什么:"真要是向地方公安部门汇报的话,咱把'线路维护小组'改称为'通信哨所'。虽然性质一样……但分量不一样！"

指导员赞许地点着头:"你这也算是'机关算尽'……贾警察和三拐子算是撞到枪口上啦！"

耿连长狠狠地:"对这样的'小爬虫'决不能心慈手软！一定要让他这辈子都不敢再去太岁头上动土！"

指导员也端起了自己的水杯:"咱不为这事再浪费吐沫星子了,你说这老营镇的广播线工程怎么个干法? 你'一贯正确'！我听你的。"

耿连长咬文嚼字地挑着"骨头":"我咋没听出来你这话是褒义还是贬义呢? 行了,咱大事讲原则,小事就讲风格吧? 此'词'就'不予追究'啦！我想为了避开干工程与参加总站技术竞赛的矛盾,咱们先在连里搞一次选拔赛,把干工程作为优胜者的第一次实战练兵！工程结束后再优中选优,进行封闭式的突击训练!"

指导员水没喝到嘴里却洒了一身:"说你'一贯正确'你还'不予追究'? 你要是'一贯不正确',我就'针锋相对'啦! 就按你刚才说的办……"

指导员边说边用毛巾擦着前襟。

C

"比赛第一,友谊也第一"!

谁敢"对不起人民,对不起党"?

"代课"? "补课"? 小秦站在岔路口!

动机:"跳农门"还是"跳龙门"?

连部的训练场上,比新兵训练时还热闹!

几名已经"过关"的战士神情放松地当着观众……耿连长调好了秒表……

"就剩下两个名额你们四个人争! 虽然是站排头、创一流要当仁不让! 但体育精神还是要讲的。我说的体育精神不是那'友谊第一、比赛第二'……咱连的口号一贯是'比赛第一、友谊也第一'! 这次选拔赛虽然是为了争夺进施工队的名额,但也是将来参加总站专业技术竞赛的预赛;将来参加总站的专业技术竞赛你们谁也不能为了什么'友谊'去给我玩谦虚! 我说的'体育精神'是要严格地遵守比赛的规则,谁也别给我玩那投机取巧弄虚作假的轮子! 刚才谁换木担时隔电子下的螺丝没给我拧紧? 谁给我再看看这句口号!"

耿连长用手指的"口号"是训练场上八个醒目的大字"严格要求 严格训练"!

一口气讲了半天的耿连长还没有"结束"的意思:"都看完了吧? 现在每个人都在心里默念三遍! 革命靠自觉,念两遍你就是对不起人民对不起党!"

四名抗着线担准备上杆的战士都神情严肃地在心中默念着……因为他们不但要"对得起人民、对得起党";他们更要对得起这有着光荣传统的连队! 更要对得起给他必胜的勇气与顽强的斗志与过硬的作风与张扬的血性与拼搏的力量的……连长!

耿连长举起秒表问道:"大家都准备好了吗?"

四名战士齐声回答:"准备好啦!"

耿连长高声问道:"我们的口号是什么?"

四名战士齐声呐喊:"严格要求、严格训练、奋勇拼搏、唯我第一!"

耿连长满意地:"好! 声音挺洪亮,底气都挺足! 各就各位……预备……开始!"

在耿连长按下秒表的同时……四名战士抗着木担同时向线杆上窜去!

指导员急匆匆地从连部向训练场走来……向耿连长走来……

耿连长用余光瞄到指导员。他一手继续掐表;一只胳膊向着指导员高高地扬起……指导员明白了连长的意思,于是他来到跟前并未讲话,他认真地看着比赛的战士们在杆头上换木担……

当第一名战士操作完毕从杆上下来报告时,耿连长同时按下了秒表!耿连长满意地点了点头:

"很好!比上次提前了十一秒!快接近总站的记录啦!房进,你上杆验收一下,质量不合格的坚决淘汰!都合格就按顺序取前两名……"

担任裁判的房进应声上各个线杆上去检查……

耿连长故作殷勤地:"指导员亲临训练现场,本连长热烈欢迎!有啥重要指示?"

指导员只能"迎战":"你又挑'衅'?又挑'衅'!就不能'友好'点?"

"没办法,做下病啦!不整两句嘴就痒痒……说正事吧?"

"刚接到总站干部股的通知:叫各连的学员苗子两日内到干部股报道,然后由干部股带队到军区司令部干训队统一参加考前的文化课复习培训……供给关系开一个半月的;还要求自带行李及组织关系介绍信……"

耿连长立刻猜到了指导员的"下文":"'二·三'小组的秦耕耘不是给山泉小学当代课老师哪吗?他参加不了补习班咋办?"

此时检查验收完比赛"质量"的房进跑了过来……

"报告连长,四名参赛人员换木担的质量完全合格!"

耿连长吩咐到:"那就从前往后排,取前两名进工程队!你告诉炊事班,给没取上的战士今晚加两菜……安慰安慰!"

房进脚跟一磕:"是——"

耿连长又面对全体参赛"队员"……

"你们入选的别骄傲,落选的也别气馁!将来谁能代表连队参加总站的专业技术竞赛还说不准呢,你们几个没选上的回小组后卧薪尝胆偷着练!争取在下次'选拔'中都冒冒尖!雪雪耻!鹿死谁手,还得'且听下回分解'呢!好啦,今天的选拔就到此结束。都回去快洗洗吧!"

战士们陆续往连部走去……

指导员拉近了和耿连长的"间距":"我就是为小秦的事发愁呢,干部股说……上级规定,不参加补习班的学员苗子,不能参加预考和总考!因为今年要换新的题型,上级要抓升学率!"

耿连长也犯了难:"这么说小秦现在是站在岔路口上啦?没有第三条路可走啦!能不能再向上反映一下实际情况,争取让他考试前去补习班报到?"

指导员无可奈何地:"这话我都说啦!但干部股的高干事说这不是总站说了算的事……再说新的题型他要是不熟悉,就是允许他去考试也是白扯!你说能不能调个文化好点的兵替他去代课?"

耿连长皱着眉头:"这招刚才我也琢磨啦!但你想想……咱连能给学生讲课的就是那几个'学员苗子'!舍个卒保个兵?背着抱着一边沉……手心手背都是肉,真是巧妇难为无米之炊呀!"

指导员又心生一计:"你看能不能叫李排长替小秦去代课?他是军校的大本毕业生,文化水平是咱连最高的?"

耿连长坚决否定:"啥?你说李新潮?那是个绣花枕头,中看不中用!让他去给学生代课,别误人子弟啦!老师除了传授知识还要为人师表;将来这山沟里的孩子要都跟他学得装腔作势油头粉面没事就掏出个小镜子照……你我都无脸去见山泉的父老啦!他现在能坚持住替小秦出勤上线路我就烧高香喽!"

指导员并未反驳:"还说呢,他对你硬性规定他负责出勤巡线意见挺大的!给我来过几次电话,反复磨叨大材小用啦……你偏心眼啦!再有就是说小秦考军校的目的不纯,是想借军校的跳板'跳农门'!"

耿连长一听就炸庙啦:"放他娘个驴干屁!你当时没问问他:他考军校的目的不是为了'跳农门'是为了啥?他倒是想'跳龙门'……凭他那两下子他跳得了吗?再说,想'跳农门'咋的啦?人往高处走……不想当将军的士兵能是好兵吗?别说小秦的目的到底是不是为了'跳农门'?他就是想进北京……想进中南海……想当军委主席咱也应该支持!对思想动机不好的人那叫'野心'!对思想动机好的人那叫'上进心'!"

指导员左右为难地:"你说的道理我也懂,所以他每次给我打电话发牢骚我都没少批他!可现在的问题是他对小秦由妒忌产生的误解越来越深……更重要的是小秦是'代课'还是去'补习'的矛盾该咋解决?"

耿连长认真地想了想:"自己的命运应该由自己来把握!我看这事还是先征求征求小秦的意见。不管是'代课'还是'补课'……咱们都不能代办也不能包办!"

因为事关战士的"命运",指导员也十分认真:"那我再向政治处请示一下……小秦能不能晚去报道几天!咱们想办法和乡中心小学联系一下,看他们是否可以派一个临时的代课老师来?"

D 一封家书,老师的"梦"。
这是道人生观的选择题!
渴望:此情温暖人间!
放下电话的他表情木然!

山泉村小学的教室里,坐着年龄和年级和身高都参差不齐的学生们。

站在讲台上的班长秦耕耘此时不是在给同学们讲课,而是在给同学们读一封信。

同学们各个全神贯注……因为解放军叔叔的声音……让宋老师的身影浮现在他们的眼前……

"亲爱的同学们:

当我从昏迷中醒来时,首先想起的就是你们!我第一担心的就是你们当中有没有人被老师传染……因为老师不了解医学知识;所以犯下了带病为同学们上课的错误!老师在信里向你们检讨;其次我担心的就是你们的学习,不知道我离开后是不是还有新的老师为你们上课?当护理我的赤脚医生告诉我你们都很健康!现在有解放军秦叔叔在为你们上课时……我很欣慰!你们一定要听……"

宋老师的话被解放军秦叔叔"翻"了过去!当同学们都瞪大了眼睛望着秦叔叔时……宋老师的声音又在他们的耳边响起……

"老师跟你们一样也是生在山沟里的孩子……记得你们当中有同学曾问过我:'老师,您姓宋……但为什么叫春雨呀'?现在老师告诉大家,那是因为老师的祖祖辈辈都是种地的。对于农民……特别是山沟里的农民来说,'春雨贵如油'呀!如果春天的雨水不足……夏天就要颗粒无收……山沟里的人就要和牲畜家禽抢野菜吃!"

虽然课堂上的同学们的学年与年龄有所差距,但宋老师的话他们都能听懂……因为他们现在就生活在山沟里!

"因此……'春雨'两个字寄托了我们家几代人的期盼!老师从很早就认识到……我无论如何也不能化作'春雨'为山沟里的农民们送来粮食;但我可以走出山沟为我的父老乡亲们去寻找一条不再和牲畜……不再和家禽抢野菜的'路'!"

对于所有的同学们来说,老师的信更像是一本故事书……一本连环画……课堂上静极啦……

"当老师通过努力的学习……踩着书本为我铺成的路终于走出这封闭的大山时,我惊喜地发现:外面的世界真精彩!外面的世界真可爱……"

虽然低年级的同学们还不能完全理解什么叫"精彩"……但他们知道"精彩"一定比"好玩"更"好玩"!因此他们也像高年级的同学们一样地全神贯注!

"所以老师在大学读书时就想：我一定要用书本为更多山里的孩子们铺一条路，铺一条帮他们走向外面世界的路！这就是有的学生曾经问过的，老师来到咱山泉村的原因！"

高年级的同学终于解开了心中的一个谜……低年级的同学们努力在哥哥姐姐们的眼神里寻找着什么……

"同学们，你们的爷爷奶奶们从未走出过这大山，你们的爸爸妈妈们也很少有人走出过这大山！老师希望你们要成为爷爷奶奶们的眼睛，走出去替他们看一看这外面的世界！老师希望你们成为爸爸妈妈的脚，走出去闯一闯这外面的世界！老师还希望你们要成为这大山的梦……这大山的梦就是要把城里那宽敞的马路修到山脚下；要让那长长的火车开到山脚下；要让那高楼大厦盖到山脚下……"

高年级的同学们眼里都浸着泪花……低年级的同学们没有控制住眼中的"金豆豆"……

要让眼泪不流出来……心必须是一个大海！秦班长的眼泪融进了大海……

耿连长与房进正在组织"施工队"的战士们装车。因为这次的工程量较大，所以这次连队是大车小车一起出动！

指导员沮丧地来到连长的身边……

"跟你通报三个'噩耗'！第一，干部股请示上级后否定了咱们提出的让小秦晚几天去补习班报到的请求！第二，乡中心小学根本派不出来教师去山泉村代课，中心小学因为师资力量严重不足……高年级的学生每天只能上两节课，一年级的学生已经提前放假啦！第三，据了解小宋老师患的'乙型脑炎'最少要治疗一个半月……她在近期回来的可能性基本没有……"

耿连长万分感慨："真是'自古英雄多磨难'！那你就把情况跟小秦讲明吧……这道人生观的选择题，让他自己去'选择'吧？我组织装完车就回连部去……咱俩在核计……"

"二·三"小组的室内很静。

班长秦耕耘正端坐在"三屉桌"前为学生们批改作业。这位穿军装的园丁认真的神情……能让人感知到他向对待国防事业一样的敬业精神！

放下笔的秦班长活动了一下手关节，他拿起五年级的语文书准备备课……但又若有所思地放下……他又拿起了宋春雨给同学们的来信认真地读着……

良久……放下信的他从属于他的那个抽屉里拿出一盒录音带……录音机的"四

个喇叭"中传出了宋春雨的"立体声"……

"尊敬的秦班长，本来也想给你写一封长信……因为我从昏迷中一觉醒来时，好像有很多话要对你说……但给同学们写完信后我的手已经再也拿不动笔啦！因此我只能通过语言直接向你倾诉心声……"

宋春雨的声音微弱，秦班长将耳朵贴在录音机的喇叭上……

"你能在关键的时候挺身而出……这是我冥冥之中早就感知到的情节！只是你也是大山里走出的孩子；能不能考上军校决定着你是不是还要重返大山！我最担心的就是因为代课影响了你的复习……最担心的是因为我和我的事业影响了你在部队发展的计划和断送了此前为之所做出的一切努力！如果结果是我最不期待的，我将对你负疚终生！现在说多少感激的话都是画蛇添足……我只想用一首歌来表达我对你的祝愿与期盼……"

"有过多少往事……

好像就在昨天。

有过多少朋友……

仿佛就在身边。

也曾心意沉沉。

相逢是苦是甜？

如今举杯祝愿，

好人一生平安……"

病榻上的宋春雨虽然是清唱；虽然她的体力她所处的环境"约束"她不得不在"哼唱"……但这更增加了歌声的穿透力……

"谁能与我同醉？

相知年年岁岁……

咫尺天涯皆有缘，

此情温暖人间！"

"铃……铃……"

急切响起的电话铃声，打断了"温暖人间"的歌声！也把正在被"温暖"的秦班长吓了一跳，他赶紧关掉录音机……拿起了话筒……

"到！是……我是秦耕耘！指导员你好……指导员您能稍等一下吗？我把电话记录本拿过来……"

秦班长刚想放下单机去拿电话通知记录本……但指导员的话让他又停住了手……

秦班长又紧握话筒："好……好！您说吧……我听着哪！嗯……嗯……嗯……"

紧张开始爬上了秦班长的面孔……因为指导员传递给他的信息,正在他的心中引起一场"地震"!而且是一场毫无思想准备的"地震"!

秦班长的表情严肃:"指……指导员,现在的情况是这样:这山里的孩子们都野惯啦,真要是再一放养……收心可就难啦!特别是有几个下学期要上初中的高年级同学,他们期末的考试成绩……是……是……有影响……影响还挺大的!这……这……这件事太突然啦!您能给我十分钟的时间来考虑吗?谢……谢谢……指导员!"

放下电话的秦班长表情木然,他慢慢地闭上眼睛……但激烈的思想碰撞让他的面部肌肉不断地在局部痉挛着……

E 他会经得起考验!

"牺牲"我一个……他很平静。

"心"不苦!命苦!我招谁惹谁了?

你家的情书这么写呀?

连部里的空气让人窒息。

指导员在来回地踱着步……耿连长推门进来……

"怎么样……通知小秦了?他是咋决定的?"

指导员默默地摇头:"他还没做出决定,他让我给他十分钟的时间来考虑……"

耿连长胸有成竹地:"十分钟的时间不多!你不用急,小秦会经得起考验的!"

二·三小组室内的空气同样让人窒息。

秦班长虽然仍旧闭着眼睛……但面部的表情却逐渐松弛下来。此时他的脑海里在过电影……而且画面全都是重叠的!

《沂濛颂》中受伤的排长在画面中不知怎么就"蒙太奇"成了他;那飘香的鸡汤也变成了一碗碗乳汁……在他的身上……在他的心里流淌着!突然……一座座大山压在了他的肩上……压得他喘不过气来!又突然……一本本书在大山上搭起了一架天梯!有语文书……有算术书……还有……还有的是宋春雨病榻上憔悴的面容……

"同学们:你们要成为爷爷奶奶的眼睛……替他们去看看外面的世界;你们要成为爸爸妈妈的脚……替他们去走走这外面的世界;你们要成为这大山的梦……要把城市宽敞的马路修到山脚下……要让长长的火车开到这山脚下!"突然……画面上的火车拉响了汽笛……从他的脑海里呼啸而过……

秦班长猛地睁开眼睛……他抬手看了看腕上的表:十分钟的时间正好过去了一半……他拿起了磁石单机……摇柄在他的手中飞快地转着……

"喂?机务站吗?我要连部……"

连部里的气氛由"窒息"变为了"沉重"!

指导员放下电话的手有点沉重……表情有点庄重!良久……

耿连长表情沉重地:"老山前线的战士们不是喊出一句口号?叫作'牺牲我一个……幸福十亿人'吗?小秦也是在'牺牲我一个'呀!"

指导员的表情同样的"沉重":"军人的牺牲又何止在沙场呀?吃亏与奉献作为口号喊人人都能……但真正做起来面不改色心不跳的又有几人?小秦是好样的!做出这样重大的选择,他的心情很平静……"

耿连长态度坚定地:"咱这当父母官的,决不能叫好人老是吃亏!今年咱连转志愿兵的指标……小秦排第一位!你看行吗?"

指导员的态度同样的坚定:"我同意!支委会上我来提……"

思想高度统一,"沉重"的气氛也有所缓和,耿连长的眼珠子一转:"咱俩谁提不重要,还有一件重要的事情非你莫属!我想让你把小秦的事迹材料整理一下,再联合村、乡及地区教委给总站和直工部首长写些情况反映……看看能不能从'共建'的角度争取一个士兵转干的名额?"

指导员对此没有信心:"这件事可能难度挺大!战士直接提干和志愿兵转干加一块总站一年也就一两个名额……每年都是内线和地缆的……"

耿连长还不死心:"世界上没有做不到的,只有想不到的!咱运作运作看……被不住就行呢?"

二·三小组内也是"决战"后的轻松氛围。

秦班长喝了一大缸子凉水……他坐在桌前,铺开信纸……

"尊敬的宋老师您好:

不知近来您身体恢复的如何?学校这里你不用挂念;同学们的学习劲头都很高!都盼望……"

小组的门被"咣"地踹开……

巡线回来的李排长一头栽在火炕上……眼睛望着棚顶……帽子撇到了炕的另一头……

秦班长赶紧起身……

"排长你回来啦?你辛苦啦!我给你打水洗洗吧?"

李排长躺着没动:"'心'不苦……命苦!你是既爱江山又爱美人!害得我天天上线路上去唱'踏遍坎坷'……我这是招谁惹谁啦?"

对于李排长的连损带刺……秦班长早已见怪不怪……

"排长,小赵呢?"

李排长阴阳怪气地："懒驴上套屎尿多！一进院就钻厕所去啦……"

秦班长搬过凳子，将打好的洗脸水放好……

"排长您先洗把脸吧？我给你俩热饭去……"

秦班长刚刚来到厨房……就听李排长在屋里没好气地叫他：

"秦耕耘，你进来！"

应声进屋的秦班长见李排长正拿着他给宋老师刚刚写了个开头的信……

"排长……你？"

李排长的气焰嚣张："你什么你！我们天天去线路上唱'敢问路在何方'？你却像进了女儿国的八戒……猫在家里不务正业写情书！让我抓到现形了吧？"

小赵一脚门里一脚门外地进来……

"谁在写情书啦……让我看看……"

手快眼快的小赵一把夺过信……他扫了一眼……

"这是你家的情书呀？连个'亲爱的'都没有！你家的情书就这么写呀？班长你不用怕……这事要是整到连里我给你做证！人是越软越挨欺负！要是换成我……"

第十六章

A 你们"班长"是男生还是女生？
她的心一下跳到了嗓子眼！
你收获了一颗滚烫的心！
我们的生活充满阳光……

某地区医院住院处的病房内，没有鲜花和慰问品。

躺在病床上，左手还扎着滴流的宋春雨听着枕边录音机进入到蒙胧中……她的枕边还放着小学各个年级的课本。显然，她刚才还在带病坚持背课……

慢慢地……课本里渐现出一个熟悉的身影……他在为山泉村的孩子们讲课……当这个身影转过去在黑板上写课文时……高年级最调皮的学生锁柱和大娃子悄悄地掏出弹弓……他俩悄悄地嘀咕着……然后向着黑板前的背影拉开了弹弓……

宋春雨大声地呵斥这两个淘气的学生……但他俩根本不听……弹弓的皮筋越拉越长……宋春雨赶紧呼喊那个熟悉的身影注意……但他就是不理不睬……

当她急得要哭时……她感觉到有人在使劲地推她……"宋老师，你醒醒……你醒醒！是不是又做梦啦？"

宋春雨睁开还挂着泪珠的眼睛，见护士小刘站在她的面前……她不好意思地笑了笑……由于还没有完全从刚才梦幻的剧情中走出来……所以笑得很勉强。但勉强的笑会给人更多联想……

"不好意思呀小刘护士……我刚才是不是睡着啦？"

小刘护士认真检查着宋老师的输液情况："不但睡着啦，还在说梦话，不……是在喊！你老是放心不下学校的事……可影响你的恢复呀！医生不是不让你看书吗？你咋又把课本都掏出来啦？小心医生给你没收了！还有……信也要少写……总之，医院就是治病养病的地方……'养'字在辞海里怎么解释？你当老师的比我了解吧？来，坐起来……把药吃了……看你出的这一头汗……把被盖严点。"

宋春雨喝了一大口水，一仰头把药片咽了下去……

"小刘护士，我刚才做梦都喊啥啦？"

小刘护士调整着点滴的"流量"："还能喊啥？还是秦班长！秦班长的……哎……

你们班的班长是男生还是女生?"

宋春雨的脸一下子变成了"初升的太阳"……为了不引起护士的注意,她赶紧转移视线……

"我点得是不是太慢了点儿? 饭前怕是点不完啦……"

小刘护士耐心地解释着:"你现在身体太虚,点快了心脏受不了! 我给你稍微快点吧。哎……你还没回答我你们班的班长是男生还是女生?"

宋春雨羞红着脸:"这个问题很重要吗? 非回答不可呀?"

小刘护士装作认真的样子:"非常非常重要! 这有利于'对症下药'……你明白我的意思吗?"

宋春雨红着脸疑惑地答道:"我不明白! 但我告诉你,我们班的班长……是……是……是个男生!"

好奇心得到满足的小刘护士满意地:"这就对了!"

宋春雨更加地不解:"对啥了?"

护士看看旁边的病床上没人,她凑近了宋春雨……

"幸亏是小学生! 要是大学生……准保会发生师生恋啦!"

护士说完转身就跑……但还是听到身后传来"呀"的一声! 她赶紧回身……

"看……都回血了吧? 别动……别动! 好了……这下没事啦。现在我不跑了……让你报复报复吧。对了……你还真不能'报复'我,你要是'报复'我……我兜里的东西就不交给你了!"

宋春雨用没扎滴流的手紧紧抓住小刘护士的手:"你得先告诉我是啥东西? 你又想骗我呀?"

脱不了身的小刘护士只得"坦白交代":"我不骗你! 我兜里有你的一封信……你看!"

宋春雨一把夺过信来:"那就将'信'补过吧!"

等护士出门后……宋春雨拆开了秦班长的来信……

"……同学们听了你的来信后都流下了热泪! 山沟里的孩子们不善于语言表达……但我能从他们对学习的认真程度和良好的课堂纪律,感知到他们是在用行动去完成你对他们的期望! 以前你最头疼的锁柱和大娃子这两个淘气包的进步最大,他们不但课堂纪律好啦;学习的态度也发生了根本性的变化! 最近的几次测验他俩的名次都很靠前;而且他俩最近还经常和我谈起他们的理想。锁柱的理想是将来考入军校……献身国防……当一名军人! 大娃子的理想是做一名教师,一名像你一样不为名……不为利,一心去帮山沟里的孩子走出大山的乡村教师!"

秦班长的话让宋春雨很感动！她为山村的孩子对她深深的理解而感动；也为孩子们远大而又现实的理想所感动；更为秦班长能在如此短的时间内就在她与同学之间的心灵上架起一坐理解与沟通的桥梁而感动！但秦班长接下来的话让她的感动变成了激动与冲动……

"尊敬的宋老师……我敬佩你高尚的思想品德和执着的人生追求……但有一件事情不知怎样向你开口……"

宋春雨的心一下跳到了嗓子眼……她把秦班长的信拥在了胸口……待情绪稳定后她才接着往下阅读……

"正常的事情不被人去正常的理解这就是'误解'！我们李排长对咱俩之间关系的误解就很深。对于我来讲……我可以用沉默去回避'误解'，因为不论我是报考军校还是年底复员……我都可以在很短的时间中从'误解'之中彻底地解脱出来！但你的情况就不同啦，你康复后还要在山泉村继续任教；还要面对小组的官兵；还要面对山泉的群众和你的一批又一批的学生！因此……任何的误解和由误解所导致的流言蜚语……都可能对你造成极大的伤害！虽然我们有'身正不怕影邪、脚正不怕鞋歪、心底无私天地宽'来自慰。但'人言可畏'！对于一个女青年，一个未婚未恋的女青年来说还是要引起足够重视的！不知我连篇累牍地说了这么多用心良苦的废话是否表达明白了一个意思？那就是我们今后是否应该尽量避免接触……包括书信的往来……"

宋春雨闭上眼睛……将信盖在脸上……她超常的呼吸……很容易让人误以为是输液反应！虽然她在秦班长的信里没有如期地看到她所期待的内容！但却为她表达"期待"提供了一扇虚掩着的门……她下定决心把这扇门推开，不管里面等待她的结果是什么！

她迅速地坐起……将枕头倚在背后……然后用课本垫着信纸……

刚写了几个字，她就将写过的信纸扯掉……然后又重新开始……

直到信纸扯得只剩下了几页……她也没有写好一封信的开头……因为她的手抖得厉害！因为她的心抖得厉害！

靠在床头上的宋春雨无奈地注视着病房的天花板……又无奈地闭上眼睛……

突然她眼前一亮！她迅速地从病床的床头柜里翻出一盘录音带……看了看内容后……她将录音带迅速地换到小录音机上……

山泉村小学的教室里，不同年级的同学在做着不同的事。有的在认真地写课堂作业；有的在背诵课文；有点则坐姿端正地注视着黑板……

班长秦耕耘正在认真地为学生们上课……但画外音里却传来了宋春雨的声音……

病榻上的宋春雨："耕耘你好！请允许我这样称呼你，也请你原谅我不得不继续用这种形式与你交流沟通……因为我的手抖得厉害……实在是无法把我的心里话变成文字……"

秦班长在黑板上写完了一年级的几道算术题；然后又在旁边开始写三年级的造句题。他的手也有些颤抖……粉笔折了好几次！

宋春雨的声音娓娓动听："……首先……我要感谢你出色地完成了一项本该由我去完成的工作！这也许是对于病榻上的我……最好的一剂良药！但你为此所付出的艰苦的努力……也许只有站在讲台上的老师……才能切身地体会到……"

黑板前，一名小学生正在做算术题……秦班长用树枝削成的教鞭在为三年级的同学讲造句的注意事项……

宋春雨的画面一闪而过，声音却久久不散："一分耕耘就有一分收获……你耕耘的是一片希望的田野……收获的是一颗滚烫的心！由于我的手跟随这颗心剧烈地跳动……才使我无法给你写信……"

秦班长的手好像跟画外音同步，教鞭突然掉在了地上……他赶紧弯腰捡起。此时做完算术题的一年级学生正愣愣地望着他……秦班长检查完他在黑板上做的题后……手把手地帮小学生修改着算错的结果……

走进勤耕耘脑海里的宋春雨的脸微红，声音有些颤抖："……其次……我要感谢李排长对你的误解！因为对你的'误解'正好是对我内心的一种理解！简单地说……他帮我捅破了一张隔在你我之间的窗户纸……他给了我向你倾吐心声的勇气！"

秦班长眉头紧锁……他放下手中的六年级学生的作文本……然后叫起一名同学提问……

宋春雨的脸庞在勤耕耘的脑海里不断地放大："部队有铁的纪律我知道，部队有关战士不许在驻地找对象的规定我清楚！正是因为如此……我才一直没有勇气把一个女孩的心里话说给你听……"

秦班长提问完一个同学后又在提问另一个同学……

秦耕耘思维的画面上宋春雨羞涩地低下头："哪个少年不钟情？哪个少女不怀春？你我早已过了少男少女的年龄……因此……恋爱和婚姻是我们彼此应该坦然面对而不可回避的话题……"

秦班长提问完同学后……开始讲一篇范文……显然他讲得很生动……因此高年级的同学们听得很入神……

走进定格在脑海里的宋春雨抬起头后目光炙热："我知道当前你们部队正在进行人生观的教育……我也知道正确的婚姻观是革命的人生观的一个组成部分……如果你不反对的话……我想和你谈谈我的婚姻观……恋爱观……当然……你要是反对的话……你可以就此关上你的录音机……"

秦班长讲完范文之后，又来到一年级同学的座位前，他为一个同学纠正完坐姿后……又掏出一张手纸为这名同学擦着鼻涕……旁边的同学们在偷偷地乐着……

突然秦耕耘的心一颤，因为他仿佛看到了宋春雨的眼中有一闪一闪的反光："让我最感动的书是作家魏巍写的《谁是最可爱的人》……让我最激动的一次听课是从老山前线归来的'新一代最可爱的人'为我们在校的大学生做'牺牲我一个，幸福十亿人'的专场报告！因此……我对军人的崇拜和对军人的爱……是有着牢固的思想根基的……并不是一时的冲动——一时的'怀春'……"

一名同学举手提问……正在批改作业的秦班长认真为他讲解所提出的问题……

虽然平时勤耕耘没有敢直视过宋春雨的目光，但脑海中跨时空的遭遇已经不可避免："耕耘……你虽然不是从前线凯旋归来的将士……但在你的身上……我看到了一名革命军人所应有的品格和闪光的亮点……我是大山的女儿……我喜欢你像大山一样高远的志向……我喜欢你像大山一样宽厚的胸怀……我喜欢你像大山一样沉稳的脚踏实地……我喜欢你像大山一样困难面前决不低头！我相信你无论在战场上还是在平凡的岗位上都是一名合格的军人……你就像一首永远萦绕在我心中的经典老歌……"

下课啦……秦班长和高年级的同学一起打篮球……

宋春雨的独白变成了一首吟唱的歌：

"……幸福的花儿心中开放，
爱情的歌儿随风飘荡，
我们的心儿飞向远方……
憧憬那美好的革命理想
……啊……"

宋春雨对着录音机的麦克轻声地吟唱……眼含着对美好未来的无限憧憬……

秦班长帮一名同学纠正完投篮动作……又被两个小一点的同学拽到水泥做的乒乓球台前……

"并蒂地花儿竞相开放；
比翼的鸟儿展翅飞翔。
迎着那长征路上战斗的风雨，
为祖国贡献出青春和力量……"

宋春雨深情投入吟唱的画面和同学们重叠在一起……
秦班长和全体同学手拉着手围成一个大圈……一起唱起欢乐的歌曲……幸福在同学们的张张笑脸上荡漾……

"亲爱的人儿携手前进，
携手前进……
我们的生活充满阳光，
充满阳光——"
同学们的画面渐渐隐去……在宋春雨的脑海里……幻想出秦耕耘和她在一起的画面……

B 想追星？我把冠军介绍给她！
女人是老虎！女兵是狮子！
这是剐我的肉呀！
有啥"价钱"你讲吧？

总站的操场上龙腾虎跃。

总站的操场变成了竞技场,专业技术竞赛正如火如荼地进行……横幅的红布会标上用大头针别着用白色绘图纸刻的大字:

"军区通信总站19××年度专业技术竞赛大会"!

虽然会标上的个别字被风刮得掉了角,但这一点也没影响到参赛人员的情绪……更没影响到会标下的"主席台"上就座的总站领导和裁判人员的注意力……

比赛场上同时进行着两个项目的决赛!参加地缆接续封焊的八名选手灵巧地将两根地缆头上几十对比牙签还细的地缆芯线红对红、绿对绿、黄对黄地连接;然后进行绝缘处理……每个人的身边……各有一盏喷着蓝色火焰"呼呼"燃烧的汽油喷灯。

八名裁判员手执秒表认真地监督着他们的工作程序和质量……第一名进入"封焊"程序的战士开始用喷灯化焊锡……融化的锡水在他厚厚的手套上变成了听话的"雕塑"泥,把地缆的接头圆润地封住……

场外观摩并充当啦啦队的女兵连的女兵们抻长了脖子……有的还从马扎凳上站起来看着这出神入化般表演似的比赛!同样充当啦啦队的总站勤务连的男兵们;目光的焦点则更多地集中在女兵们身上!

花样年华的女兵们既像一条绿色的彩虹,活力四射魅力四射,鲜艳亮丽光彩照人;又像一张张挂在操场中央的视力表,既吸引眼球,又检测"视力"。

女兵连带队的是指导员马钢。见女兵的次序有点乱……她低声命令……

"你们几个给我坐下!谁想当追星族……一会我把冠军介绍给她!"

站起来的几个小女兵们伸着舌头做着鬼脸归位到马扎凳上……

勤务连的男兵中有人笑出了声……马钢向笑声传来的方向瞪大了眼睛!

"笑什么笑?没看见过当妈的管孩子呀?小心我叫你吃条笋疙瘩炖肉;鞋底烀大饼子!告诉你们吧,女人是老虎!女兵是狮子!当心河东狮吼,吓得你尿裤子!"

没等到"河东狮吼",也没等男兵们再次笑出声来……勤务连的副连长马上对着男兵们吼起来:

"严肃点……严肃点!再笑把牙给你掰去!你……你……还有你……注意保持坐姿……"

副连长悄悄地凑到马指导员跟前……既讨好又殷勤地用手指了指主席台……

"您老人家息怒!千万别让老弟下不来'台'呀?"

马指导员也没正眼瞅他:"少套近乎!我有那么老吗?包括你在内……你们这帮臭小子都把眼睛给我管住了!这女兵看多了可容易产生'犯罪心理'……谁要是看眼睛里拔不出来!我可连眼球一块摘……角膜都给你捐献了!"

副连长倒抽一口冷气倒退着……嘀咕着……

"这下拍马蹄子上啦!造一脸的青包……一脸青包!"

耿连长的注意力全部集中在明线打地矛决赛这边。场上同样是进入前八名的队员,他一边掐着秒表一边对两名本连的战士小声喊……

"注意质量……已经破纪录啦!注意质量!"

从主席台那里走过来的范营长轻轻地拍了拍耿连长的肩;耿连长头也不回……只是不耐烦地用一只挡了挡……

"好……好……好样的!"

他按下秒表看了看后才带着满意的笑容回过头来:"呦……是您呀营长?"

营长示意他出来……耿连长离开了各连参赛"领队"的座席……

范营长反问:"那你以为是谁呀?不会是以为裁判要把你这嘴不老实的领队罚下场吧?主席台那边都能听到你叫唤!"

耿连长故作惊慌:"您可别吓唬我营长!我胆小……主席台那边真能听到我叫唤呀?不会影响我们连的成绩吧?"

范营长还是板着面孔:"影不影响你们连的成绩得看你下一步的表现,走……到那边去,教导员和副营长都在训练队门口那儿呢。"

耿连长的心里更没底啦:"看我下一步的表现……营……营长……不会是几位营领导要宰我一顿吧?我兜里可没带钱!再说……打地矛、换木担、打拉线、捆终端扎……明线四项比赛咱连拿了三项冠军三项亚军还破了一项记录!咱没有功劳也有苦劳……没有苦劳还有疲劳!应该领导们犒劳我才对呀?"

范营长终于"板"不住啦:"你真是属葛朗台的?小店儿挂罗圈!谁说要宰你顿饭啦?告诉你吧……比宰你顿饭多多啦!你可有点思想准备……"

耿连长摆出一副任人宰割的"孬种"样子:"这下死定啦……早知道叫指导员带队来好啦!"

在训练队的门口……耿连长与教导员和副营长相互敬礼握手……

教导员边和耿连长握手边问范营长:"营长,调人的事跟耿连长说了吗?"

范营长用手势配合着:"还没说呢,怕说早了这一点也不吃亏的家伙又跟我们讨价还价!教导员,是你跟他说还是我跟他说?"

教导员往后闪了闪身子:"还是你跟他说吧?这是行政上的事……归你管!"

做好"挨宰"心理准备的耿连长有点耐不住了:"两位领导就别跟我打哑谜了,把我急出毛病来可得算工伤!"

范营长一本正经地像传达文件:"人家是沾边就赖。你是不沾就赖!为了节约训练器材……同时也是为了提高整体的训练水平;总站决定明年的新兵训练结束后……统一在总站训练队进行专业技术训练;训练达标后再分到各个连队。"

耿连长松了一口气:"这是好事呀?这项训练的改革好!连队的训练负担减轻不少……这可是总站为基层办的一件大实事!我举双手支持……但这事好像跟我们连

队没多大关系呀?"

范营长换成"夸奖"的口吻:"有态度就好!关系现在就和你讲……总站同时决定今年专业技术竞赛取得前两名成绩的战士全部抽调到训练队任教员;但关系还留在连队。你们连的两名技术尖子……是总站参谋长点了名的!比赛结束后就直接到训练队报到……"

耿连长立即变成了泄气的皮球……长吁短叹起来……

"营长呀……你这哪是宰我一刀呀?简直就是抽我的筋!扒我的皮!剐我的肉呀!我……我……我们给一个行不行?"

"后撤"的教导员又抢前一步:"在调人的问题上,一点折扣都不能打!这不……副营长也被调到训练队来啦;而且是平调!主抓新兵的训练……营长和我也是二话不讲!不但放人……而且还要送人上门!"

常副营长紧随教导员转到"前台":"耿连长呀!你可得支持我工作呀?你给一个……到时候一百多新兵训外线……你让我到哪儿去烧香磕头找教员呀?"

耿连长突然一副大义凛然的模样:"冲副营长这句话……两个我都放!也算是咱'娘家'的'陪送'啦……"

此时范营长却一脸不领情的表情:"教导员,我老说他安个尾巴就是猴!这回你领教了吧?一看这俩兵不给不行!人家一眨巴眼睛当'陪送'到副营长那儿卖了个人情……摇身变'娘家戚'啦!"

耿连长这里早就有"条件"恭候着:"咱营长说话不是针针见血!而是见血封喉!但不'封'嘴就行!不封嘴我就有话要说……刚才教导员不是说'不能打折扣'吗?"

有着"驷马难追"品格的教导员对自己的话认账:"这话是我说的!有毛病吗?"

耿连长装作厚颜无耻的样子:"教导员说话滴水不漏!哪能有毛病?我是说您说了'不能打折扣',但没说'不能讲价钱'吧?"

范营长猜到了耿连长的"小九九":"教导员我刚才还真是形容错啦!他现在是夹起尾巴就成精啦!有啥'价钱'你讲吧?"

C 是骡子是马还得遛遛看!
文书中"状元"!好样的!
十个手指都戴啦?就是有点'烀'嗓子!
营长把我给"卖"啦!

耿连长将三位营领导往阴凉处让了让,为的是怕自己讲出"价钱"来领导听见"上火"!

"领导就是领导！让咱活得明白……死得痛快！我也就痛痛快快地提条件啦？这一嘛……'一·四'的班长陆军已经是志愿兵了；对他我也就没啥要求可提了。但小吕是战士……今年刚好该转志愿兵；几位领导是不是给个口头的承诺？可别人是往'高处'走了……这兵是当到头了！"

没等范营长开口，副营长就以训练队领队的身份主动地"分忧"："这事我来打保票！只要他好好干……转志愿兵的事我承包啦！"

耿连长也赶紧为自己的战士打保票："能干好！能干好！小吕肯定能干好！咱连出去的兵有干不好的吗？"

范营长在一边则打击着耿连长的信心："你先别王小卖瓜——自卖自夸！是骡子是马还真得牵出来遛遛看！"

耿连长"真金不怕火炼"信心十足地："你们随便遛！随便遛！你们遛你们的……我可提第二个条件了？这俩战士的关系还挂在我们连……但志愿兵的指标可不能算在我们连！要不我们连可一个新志愿兵也不能转了？"

范营长皱眉思考着："这倒也是个'隐患'？这样吧，把他俩的关系挂在营部！反正营部这几年也没有要转志愿兵的战士！你说呢……教导员？"

教导员也在一边考虑着此事："这事就得你亲自出马做工作了。"

范营长是个痛快人："一会儿我就找参谋长去！老耿你还有啥条件吗？"

显然耿连长的胃口还没填满："有、有、有……两位领导先别忙着走！我提最后一个条件；我为总站贡献了两名教员……您看能不能把营部的卫生员给我们连？"

这回教导员是横刀夺路："明确地告诉你……不能！你就死了这条心吧！副营长调训练队啦；我还想叫卫生员把原先副营长管的'计划生育'那摊接过去呢，你想挖营部的墙角要卫生员……门都没有！"

耿连长是不达目的不罢休的主："教导员您先别忙着'封门'呀！你听我……"

耿连长的话还没说完，总站的大客"吱"地停在了训练队的门前。参加完全军统考的学员苗子们提着行李陆续下车……

"连长……连长……我们回来啦！"

王洪国和连队的另一名参考的战士背着行李兴奋地跑了过来……

耿连长忙着招呼："快过来见营长、教导员，还有副营长！行李先放地上吧……"

两名战士赶紧跑过去给三位营领导报告敬礼……

见到自己营的兵，范营长也很兴奋："咱这'代表队'的成绩咋样呀？"

和文书王洪国一起跑来的战士抢先答道："报告营长，王洪国考得好！听监考的首长说……在咱司令部的几百个学员苗子里……王洪国肯定是'状元'！"

王洪国拽了一下那名战士……小声道：

"别瞎说！还没发榜呢。"

教导员也关切地问："你考得咋样？"

战士腼腆地："还行吧……"

王洪国一边高兴补充："他考得也不错！对答案每科都在九十分以上！数学差不多满分……"

一向沉稳的教导员也喜形于色："好……先预祝你俩金榜题名！"

耿连长更是自豪加骄傲："文书中'状元'了，好样的！你俩先到赛场去找咱连的人去吧，我和营领导还有点事要说。"

"是——"

两名战士兴高采烈地提着行李向赛场走去……

教导员赞誉道："真是强将手下无弱兵呀！"

范营长急忙泼冷水："你可别表扬他，一表扬他又翘尾巴啦！这回你耿大业是又有吹的喽！"

耿连长一拍脑门："真是的，刚才我咋把他俩的事给忘啦？两位领导，你看我们连一下子就贡献了四个好兵！给我们个卫生员还舍不得……太抠门点了吧？再说……要是司机炊事员啥的我就不要啦；在咱外线连队……一个卫生员能顶半个野战医院！我是想卫生员都想疯啦！"

范营长瞅瞅教导员："瞧见没有？他是蓄谋已久啦！"

教导员态度坚决："我不是跟你说了吗？营部现在没医生……卫生员我还准备叫他负责营里的计划生育呢……"

耿连长的心中早有对策："不提这茬我还忘了……叫一个没结婚的'小生荒子'搞计划生育？教导员您真会开国际玩笑！哎……几位领导，我给你们讲个真实的故事吧？"

范营长知道不让耿连长把招使完他就没完："你又想编啥？这样……你编得不像罚款！编得像卫生员就……"

教导员赶紧堵营长的嘴："营长你可别松口！我可是坚决不答应……"

耿连长："两位领导先听我把故事讲完再做决定好吗？"

教导员并没有制止耿连长讲故事："那你就讲吧，不信你还能编出花来。"

向来不怯场的耿连长绘声绘色地开始"白话"："据说有一个分散连队，远离机关和城镇。有一天该连的一名排长在连队举办了婚礼，排长的爱人是农村的……没啥文化……"

见几位领导听得认真……耿连长就敢放开了……

"新婚之夜排长对他媳妇说：'咱俩都年轻，我想晚几年要小孩'……媳妇说'就依你，但听说这男人和女人要是睡在一个床上……就会生小孩！那我就先睡地上吧？等你什么时候想要小孩了我再和你睡在一张床上'！"

因为不知道耿连长的葫芦里卖的什么药……三位领导只能洗耳恭听……

"排长对媳妇说：'你不用睡地上……我有点喝多啦！你去找连队的卫生员问问咋办？他是管计划生育的……让他把咱的'计划'给往后推推……'排长媳妇找到卫生员，扭扭捏捏地说明了来意。卫生员还是个小伙……他红着脸递给排长媳妇一盒'避孕套'……并用手指头比画了一下告诉她排长应该咋用……你们猜咋样？"

范营长听得有点入神："人家两口子的事！我上哪猜去？"

教导员在一边督促："你就别卖关子啦！就讲下回分解吧？"

耿连长故意压低了声音："结果是蜜月没度完……排长的媳妇怀孕啦！于是赶紧去县里的医院把孩子做啦……卫生员感到很奇怪？就问又来找他的排长媳妇……他说：嫂子……我给你的'套'排长用了吗？排长媳妇认真地说……用啦！怕不保准……我让他把十个手指头都套上啦！"

一向"严肃认真"的教导员也被逗得乐出了声……

见达到了预期，耿连长有鼻子有眼地"继续"："卫生员一看也没法解释……于是又给了排长媳妇一盒'避孕膜'……告诉她：'嫂子……这是你用的……办那事之前用'……过了几天卫生员问排长的媳妇……嫂子……那'膜'你用的咋样呀？排长媳妇说……挺好……就是有点'呼'嗓子！"

耿连长一本正经地讲完了"卫生员"的故事……一本正经地看着三位领导笑出了眼泪……然后一本正经地回到主题……

"几位领导……故事讲完啦……营部的卫生员该给我们连了吧？"

范营长边擦眼泪边回绝说："卫生员还真不能给你……因为你这故事纯粹是胡编乱造的！"

一听这话耿连长有点急……他用手指着赛场上的女兵方阵……

"这是真人真事……就是马指导员当计划生育干事时给我讲的！有名有姓还有单位的。就是前几年发生在咱司令部直属队的事！不信咱过去问问……那不……马指导员就在那儿坐着呢！"

范营长赶紧改口："我信……我信！那是只'老虎'……我可不敢过去问！要不……教导员你过去问问……哈哈……哈哈哈……"

教导员也装作"大义凛然"的样子："营长你就忍心叫我去'葬身虎口'呀？当心我'为虎作伥'……第一个就找你！"

范营长一抬头……见白妮手里拿着一些东西朝这里走来……

"老耿，你家的'老虎'来啦……我们还是回避吧！"

耿连长一把拉住营长和教导员的胳膊……"那营部的卫生员呢?"

教导员拍了拍他的肩:"这还用问? 营长早就把我给卖啦!"

D

你想躲我一辈子吗?

白妮使劲瞪了他一眼!

他第一次读懂了女人!

没打扰你俩的好事吧?

白妮和耿连长相顾无言……却没有"泪千行"……也许"泪千行"没有写在各自的脸上……而是写在自个的心里……

沉默许久,白妮打破了僵局:"哥,你带队来总站参加比赛都两三天啦……为什么不去卫生队看我? 害得我像丢了魂似的……天天站在卫生队的窗前往比赛的会场这边看! 你知道啥叫近在咫尺? 啥叫望眼欲穿吗? 你咋这么狠心! 你想躲我一辈子吗?"

耿连长完全没了刚才讲故事时的口齿与风采……

"妮……我……我……"

白妮含着眼泪:"哥,你千万别说是比赛太忙……我想听你的真心话……你为什么不想见我?"

耿连长犹豫了一会终于鼓起勇气……

"妮……我……我……我那天喝醉了……做了对不起你的事! 我没有脸见你……我怕你……"

白妮长长地出了一口气……温柔地为耿连长整理着着装……

"哥,你那天做什么啦? 你什么也没有做……你什么也没有做成! 说对不起的应该是我,唉……我那天咋想那么多呢?"

尽管白妮没有责备,耿连长还是很内疚:"别……别……妮……那天我不该向你提那个要求! 我真混……我我……我不是人!"

因为是在操场边上,在众目睽睽之下。白妮极力克制着自己的心情,约束着自己的行为:"哥,我怎么说你才能相信我没有生你的气呢? 唉……我就都跟你说了吧,其实那天的事我不但不生气……而且我还感到很幸福! 这段时间我老是梦见你想'要'我时的场景……"

耿连长目不转睛地盯着白妮美丽的大眼睛……他怕白妮是为了减轻他的自责……为了减轻自己的心理负担而在委屈自己……

白妮使劲地瞪了他一眼!

"哥……你别这样瞅人家……我不习惯！我……"

耿连长赶紧低下了头……他的耳边想起了白妮娓娓地诉说……

"……作为一个非常传统的女人，我是想把我的一切都留在新婚之夜完完整整地交给你！但作为一个和你相恋相爱了八年的女人……我无时无刻不在心里渴望着你能'要'我！你能向我提出这个要求……因为只有这样……才能证明你是真正地爱我的！才能证明我是你心中的唯一！"

如果不是在训练队的门前……如果不是身边不时地有来来往往的官兵……耿大业真想一把将白妮揽在怀里……让她在自己的怀里融化……

白妮又满腹惆怅满腹幸福满腹悔意地："即使是我把一切都给了你……我们的爱还是无言的结局！那我也心甘情愿……我也会很幸福……因为作为一个女人……我完整啦！我得到啦！我没白轰轰烈烈地爱一回！我真的很恨自己……也许幸福来得太快太突然！我一点思想准备都没有……那天为什么拒绝了好不容易盼来的幸福?！为此……我哭过不知……"

白妮有点"声泪俱下"地："……好在我们那天有了短暂的肌肤之亲！……我我也算是你的半个女人啦……"

耿大业抬起头……他看着白妮的眼泪一滴一滴地流下……他第一次读懂了女人……第一次读懂了苦苦地等了他八年……而又无怨无悔的女人……他终于鼓起勇气……

"妮……别说啦……没想到八年来我的犹豫我的逃避给你带来了这么大的伤害！我一定……"

白妮的手把"一定"后面的话给堵了回去……

"哥，我并没有怨你……要怨我只能怨命！我知道你心里比我难……比我苦……我不要你对我有什么承诺！一切都顺其自然吧……"

耿连长激动得有些失控："妮，你是这个世界上最理解我的人！也是为我付出最多的人！也是被我伤害最深的人！我……"

白妮擦了擦"断线"的眼泪："哥，快别说啦！错不在你……咱们换个话题吧？哥你看这是最新一期的医学杂志……"

耿连长的手在杂志的"掩护"下……紧紧地攥住了白妮的手……越攥越紧……白妮轻轻地闭上上眼睛……用手和心去尽情地感知着爱的信息……直到他们的身边有人路过……"信息"因此被打断……

"妮，这杂志上都讲啥啦？你说给我听听……我就不看啦……我的眼睛有点花……小字我看不清楚！"

白妮关切地："哥你的眼睛有点散光吧？应该早点配副镜子……这期杂志上详细地讲了目前国内整容手术的状况……最近几年这方面的医学技术发展很快……也很

成熟了！咱到了该给姐姐做手术的时候啦……姐姐今年都十二啦！再拖就错过最佳的治疗阶段了……"

耿连长的心被新的"话题"牵动着："那现在国内哪家医院做得最好？"

白妮快速地翻着医学杂志："咱们军区的陆军总院就有整形科！实力很强的……我医校的一个同学在总院……我都咨询过啦……"

耿连长迫不及待地："那手术费得多少钱呀？手术需要多少时间？"

白妮忽闪着大眼睛："手术费最少得两万多吧？手术可能要做好几次……最少也得两年多时间！"

耿连长刚才的热情好像被浇了一盆凉水……他喃喃地……

"两万多！要是靠工资攒……不吃不喝也得五六年！哎……按兵龄算姐姐可以办随军啦！在部队医院做手术……可不可以享受医疗包干呀？那样就省多啦……"

白妮不忍心但又不得不打破耿连长的梦幻："不可以的！医疗包干只能在规定的体系医院看病；咱们总站的体系医院不是陆军总院。再说……整形手术本身就不在医疗包干的范围内……就是在医疗体系医院做也得自费！"

由于话题是沉重的……条件是沉重的……困难是更加沉重的……耿连长和白妮都将沉重的目光投向沉重的地面……很久很久……

白妮又一次打破了沉默："哥，钱的事你不用上火！我那还有几千块钱的存款……不够的我去借……往后我慢慢还，就是这时间不好办！我倒是能请长假或者转业……但姐姐对我……你在连队又脱不开身……"

耿连长斩钉截铁地："妮，不……不能再用你的钱啦！这几年你舍不得吃……舍不得穿……连一件好看的衣服都舍不得买，节假日想出军营，还得找机关的女干部去借便装……钱都花在姐姐身上啦！可这孩子对你还……唉……再说……我的工资是除了寄回家的……是月月光……一个子儿的存款都没有……这钱……这时间……我得想个彻底的解决办法！"

"没打扰你们的好事吧？我来得好像不是时候？"

话到人到！郝指导员的妻子苏连长包着个大包来到二人面前……

白妮借机岔开这令人沉重的话题："打扰我们的好事啦！你说怎么包赔损失吧？"

苏连长亲昵地扳住白妮的肩："呦……沾边就赖呀！那就把我赔给你吧？你可得一天管我三顿饱饭呀！耿连长你可别见笑……我们姐俩是见面就闹！就像你和我家老郝……见面就掐！"

耿连长一边数落着："这个郝阅文……咋啥事都跟媳妇说呀？"

苏连长接过话茬："啥事都跟媳妇说就对啦！耿连长你啥事不跟白妮汇报呀？"

白妮在身后的手使劲拍了一下苏连长的屁股蛋："得得……你就欺负我哥是当大伯子的不能跟兄弟媳妇开玩笑！得寸进尺了是不？我看你越学越像马纲！就不能装

回淑女呀？看你家郝指不把你休喽！”

苏连长噘着嘴：“早休我就早解脱啦……省着还得为他操心！你看我家那个傻人夏天换洗的衣服都没带……也不知道找，还不知道埋汰成啥样呢？耿连长，这包衣服就劳您大驾给他捎去吧？”

耿连长笑着应承：“这点小事客气啥？先放白妮那儿吧……走的时候我到她那儿去取！”

苏连长故意惊讶地：“看我这记性！忘了咱白军医是我没过门的‘耿嫂‘啦！活该我抱着这么个大包全总站院里地找耿连长……好像我要去外线连队拉练似的？哎……我说耿哥，啥时候让我们改口叫‘耿嫂’呀？省得我在同一块石头上跸倒两回！再捎东西我就直接送嫂子那儿去……啊呀！你看我嫂子在背后掐我……你管不管！仗着你家人多咋地？呀呀……你再掐我……我可喊人啦！”

白妮咬牙切齿地：“还破草帽子赛（晒）脸不？不说我就不放手！”

苏连长放肆地大喊大叫：“来……人……哈哈……我……我……再也不……哈哈……”

两位女兵的笑声闹声和叫声……引来了较高的“回头率”……

第十七章

A 解放军真是一所大学校呀！
这点破事值得我红眼吗？
战士合伙欺负干部！
我就不信抓不到你的现形！

"二·三"小组的院内，突然喧闹起来。

一伙人吵吵嚷嚷涌进"二·三"小组的院子里……他们当中除了乡中心小学的校长和教导主任，都是小组的熟人。

因为今天是星期天，既不需要出勤……村小学也没课；所以李排长和秦班长还有战士小赵都在小组。听到院子里好像来了许多人……秦班长放下手中正批改作业的笔……向外望了一眼后，秦班长回头喊正戴着耳机躺在火炕上跟着录音带的节奏"痉挛"的李排长……

"排长……排长……有人来啦！排长……有人来啦！"

见李排长没有反应，秦班长赶紧上前轻轻地推了推他……李排长"呼"地坐了起来……不满地盯着秦班长……

"你抽啥风！推我干啥？"

风风火火跑进门来的小赵听完李排长的话气不打一处来……不等秦班长张口就顶了他一句……

"你才'抽风'呢？别在炕上委啦……来人啦！"

人际关系有时很奇妙……秦班长的忍让助长了李排长的嚣张！而小赵的"舍得一身剐"……倒是叫李排长不得不退避三舍！李排长赶紧摘掉耳机……

"谁来啦……谁来啦？是连长吗？"

他下地穿鞋的动作还有点像摇滚乐手在投入表演，而且是"抽筋"表演……

小赵不卑不亢地："不是连长是村长和校长……看把你吓得！你俩快出去吧……我把你的内务整理一下……看你委得像鸡窝似的！"

衣着不整的李排长和衣着端整的秦班长迎出来时，校长和村长一行已经来到了小组的门口……为了给整理排长内务的小赵争取点时间……秦班长赶紧和村长寒暗……

"老村长！您这是……"

村长的形象酷似当年的"农民总理"，一笑脸上就布满了"垄沟"。只是头上少了一条羊肚子毛巾："来……我先给解放军介绍一下，这位是咱乡中心小学的尚校长，这位是刘主任。校长……这位是解放军的李排长，这位是秦班长，哎……还有一位小赵同志呢？刚才还见他在院子里呢？"

李排长刚开口："小……"

秦班长拽了一下李排长的衣角……一向不爱出风头的他，一反常态地抢在李排长的前面……分别给校长和主任敬礼！握手……

"欢迎校长和主任来我们小组检查指导！也欢迎村长和各位……"

秦班长寒暄时身体始终堵在门口……直到小赵从屋里出来……在旁边越听越来气的李排长一把将秦班长推到一边……

"校长……村长……大家进屋吧？"

同时他又故意卖弄地当着大家小声地训斥："小秦你咋这么没礼貌！咋堵在门口不让地方的客人进屋呀？"

秦班长装着没听见……但小赵还是插空狠狠地瞪了李排长一眼！但这"一眼"也很管用！

一进到小组的室内尚校长和刘主任就开始咋舌……

尚校长夸赞着："军营就是军营！你看看人家的被叠的？跟在模子压出来的似的……你看人家这东西摆的……都溜齐溜齐的！"

刘主任也附和着："咱乡里要是有驻军就好啦！让学生们都参观参观军营……从小就养成整……整……哎……那句话咋说来着？叫'整'……什么？"

他用询问的目光看着李排长？李排长不是有意不回答……而是不知道回答啥，小赵赶紧插嘴……

"整齐划一！"

刘主任："对……对！叫'整齐划一'的良好作风！这话从前小宋老师没少跟我说……但就是记不住！这回打烙印啦……肯定忘不了啦！"

尚校长扭头对刘主任："不行在假期咱把高年级的同学领来参观参观！虽然远点……就当是拉练了……"

老村长自豪地接着介绍："他们这儿每周还搞升旗仪式呢……跟电视上演的天安门前似的！不但学生都爱参加……乡亲们也爱看！一听放《国歌》大家就往小组这来……"

此时，秦班长和小赵已经用大茶缸子沏好的茶……用小杯给每人倒上并端到了跟前……

秦班长双手端着水杯:"校长……主任……老村长! 大家都喝口水吧? 小组没啥招待大家的,不好意思……"

尚校长接过水杯:"不用客气……不用客气! 哎……我说老刘……快把感谢信打开! 光顾唠嗑啦……差点把正事给忘了。"

此时小组的人才看到……刘主任的手里还握着一大卷子红纸。当刘主任把红纸抖开并高高地擎起一头时……"感谢信"三个大字格外引人! 不用看……谁都知道里面的内容是什么!

小赵在背后推了愣神的李排长一把……

"排长! 快接过来呀……别让刘主任擎着"

李排长不情愿地:"这信不是给小秦的吗?"

小赵赶紧提醒:"秦班长不也是在你的领导下抓共建共育的吗? 快……快接信呀!"

尚校长喝了口水:"解放军就是解放军! 在表扬面前都相互谦让……真是处处值得我们学习呀!"

李排长接过"感谢信"……小赵又从排长手里接了过去……

李排长顺杆往上爬着:"是……是我安排小秦去给学生们代课的! 我替他去上线路……其实我们也没做什么……你们太客气啦! 太客气啦! 还写啥感谢信干啥?"

老村长憨厚地笑着:"写感谢信不光是中心小学的意思;也是咱村学生家长们的意思。幸亏小秦班长关键的时候不含糊! 在李排长的英明领导下替小宋老师给学生们上课……要不这一个多月这帮孩子的心早跑野啦! 等小宋老师回来一年半载地归拢不好……"

一位跟进屋的村民主动接过老村长手中的水杯,毫不忌讳地将剩下的半杯水一饮而尽:"这帮孩子也挺给解放军叔叔长脸! 你说我家锁柱过去谁管得了呀? 现在回家放下书包就帮我干活……干完活就写作业……跟换了个人似的。"

另一位留平头的村民也挤到前面:"我家大娃子也是! 过去天老大,地老二,他老三! 动不动就和人家打架……身上没有不带伤的时候! 现在有日子没惹事啦……还知道照顾弟弟妹妹……"

尚校长感慨万分:"所以呀……过去毛主席都说解放军是一所大学校! 这'大学'里的人来帮咱们教育小学生……能教育不好吗?"

村民们纷纷议论……"也是! 也是……"

"校长说得在理儿!"

"这大学里还出了个雷锋呢……毛主席都给他写字啦!"

"那不叫'写字'……叫'题词'!"

"都一样……都一样……"

见李排长没有说话的意思……秦班长赶紧解释……

"我只是给同学们代了几天课……真的没做什么？要感谢你们应该感谢宋老师……这所有的工作都是她做的！为了当一名合格的园丁……她真是耗尽了心血……还有我们排长也做了很多工作……"

留平头的村民："秦班长你谦虚啥呀？该向解放军学习向解放军学习！该向宋老师致敬咱向宋老师致敬！咱老百姓心里有数……哎……秦班长……等宋老师回来您能不能也经常给学生们代代课？这帮淘小子子就你能镇乎住……他们可崇拜解放军啦！"

尚校长忽然想起了什么："听说秦班长要考军校……代课的事没耽误你复习吧？你可一定要考上呀！你一定要在部队多干几年……你啥时候考呀？到时候我来换你……这人生的大事可别给耽误喽！"

小赵忍不住："我们班长他没……"

秦班长赶快接过话茬……

"部队的考试还没开始呢……放心吧校长！我一定好好考……一定！"

校长与村长一行离开后……小组的屋里出现了少有的沉默！因为三个人当中……至少有两个人在想自己的心事！本来就心事不多的小赵……忍不住打破了僵局……

"排长……这感谢信咱挂哪呀？"

李排长没好气地："挂啥挂！有啥好显摆的？不就是领着孩子们玩了几天吗？这老百姓也是的……小题大做！"

小赵回敬到："这话咋听着这么没劲呢？宋老师有病的时候你咋不挺身而出去领着孩子们去玩呀？现在得红眼病啦！"

秦班长赶紧制止："小赵——"

秦班长的本意是想息事宁人！但李排长却想借题发挥！于是……一场激烈的舌战在所难免……

李排长像疯了似地："我得'红眼病'？就这点破事值得我眼红吗？我看倒是有的人沽名钓誉动机不纯！"

小赵一句不让："有'章程'你把话说明白……拿不出事实来你就是诬陷！"

秦班长一看自己是双方争论的焦点……既然无回天之力……索性就听之任之……但李排长的错觉是他心中一定有鬼！

李排长歪着嘴巴："证据还用拿吗？有干部在,他刚才又是敬礼又是握手地堵在门口显啥大眼！明摆着是想突出自己吗？"

一提这茬小赵更是气不打一处来："这事你还有脸说呀？大白天地你把内务'委'得像鸡窝似的不给部队丢人呀？秦班长要不是在门口挡一下,给我争取点时间把内务给你整好了……你说是啥影响？还学会倒打一耙啦！"

李排长瞪着眼珠子："我的内务不好影响能有多大？有人不爱江山爱美人影响才大了哪！兔子还不吃窝边草呢，这可是咱连长说的！"

火冒三丈的小赵叫板到："你这是吃不着葡萄才说葡萄酸！今天你要不把'不爱江山爱美人'的事说清楚……我马上就给连长挂电话！"

李排长认为自己在理，于是就理直气壮："说就说！秦耕耘你说……你为啥放弃考军校给学生们去代课？原因只有两个……一是感觉自己那半斤八两不行……怕名落孙山丢人；二是用此当苦肉计……来俘虏宋春雨的感情！我认为今天这封感谢信都是你导演的……那位村民不是说漏了吗？什么'等宋老师回来也要求你继续给学生们上课'……这不是明摆着为你俩谈情说爱创造条件吗？你倒是说呀？不说就是默认啦……不说就是心里有鬼！"

秦耕耘的心在抖……身体在抖……手也在抖！只听"叭"的一声，桌上的玻璃水杯抖起来老高……落下来时水"抖"了一桌子！秦耕耘发火啦……他穿上这身军装后是第一次发火！也是最后一次发火……唯一的一次发火！

"李排长……你有完没完？"

惊诧的李排长和小赵谁也没有想到……秦班长只说了很有分寸的几个字……

大惊小怪的李排长："好呀……你们两个战士联合起来欺负干部！咱惹不起还躲得起……我上线路去！"

李排长一边换胶鞋一边恶狠狠地叨咕……

"咱……咱骑驴看唱本走着瞧……宋春雨不是快回来了吗？我就不信抓不着你俩的现行！"

小赵幸灾乐祸地："排长你想躲呀？这可由不得你！为了您的人身安全……我还真得跟着。您要是有个三长两短的……将来谁去抓'现行'呀？我非腻歪死你……"

B 他坚定地拿起了磁石电话！
跟你背点黑锅我认啦！
你舍不得我死在井里！
你太像战士的父母啦！

李排长和小赵脚前脚后离开小组后，秦班长在桌前静坐了足有一堂课的时间。李排长由于嫉妒所产生的误解他并不在意……但宋春雨的真情他不能不在意！他慢慢地从抽屉里拿出了那盒录音带……宋春雨的声音又在他的耳边响起……

"不管你接受还是拒绝我的爱；不管你今后的身份是干部还是战士……我都会默

默地等待！因为我知道……在特定的条件下，军规大于国法！为了爱去触犯部队的规定……这不是我想要的！为了排遣'等待'的寂寞与痛苦……我只求你一件事……你能为我唱一首歌吗？一首战士的歌……一首军人的歌……一首原汁原味兵哥唱出的兵歌……"

宋春雨的声音刚刚隐去……录音带里传来了卞小珍清脆的歌声。显然……这不是一盘"空白带"……前面的歌曲是被宋春雨的心声所取代的……

"泉水叮咚……

泉水叮咚……泉水叮咚响！

跳下了山冈走过了草地来到我身旁，

泉水呀泉水你到哪里你到哪里去？

唱着歌儿伴着琴弦流向远方……

请你告诉我的新上人，

不要想我也不要想家乡，

只要你听到这泉水叮咚响，

那就是我愿他日夜紧握手中枪！

那就是我原他日夜紧握手中枪……那

就……"

不等卞小珍唱完……秦班长便关掉了录音机键。他又沉思良久……然后坚定地拿起了磁石电话……

连部里现在又成了"二人世界"。

放下电话的指导员坐到了正在埋头写材料的耿连长的面前……

"'二·三'小组的秦耕耘要求调离该组……"

耿连长并未抬头，他拿起桌上的一本资料翻着……找到了夹着小纸条的那页后才抬起头来：

"意料之中……他要求什么时候走？"

指导员随手翻着耿连长桌上的台历："他想二十二号左右。"

耿连长略加思索："就调他去一排的'一·四'小组吧，'一·四'的班长小陆不是调到总站训练队当教员去了吗？小秦是接替他的最佳人选！"

见指导员目不转睛地看着他，耿连长放下钢笔活动了一下手腕子……

"只有最优秀的班长才有资格到'一·四'小组去工作！只有最有能力的班长才能胜任'一·四'的工作！'一·四'小组太艰苦啦……在全军区都挂号呀！"

指导员紧盯着耿连长："这些我都知道！我现在想知道的是……小秦的事好像你

事先都谋划好啦?"

"你千万别误会! 千万别误会……我可没背着你搞什么小动作呀?"

"你没搞过咋地? 文书王洪国回家复习的事你是不是背着我搞的?"

耿连长装作委屈的样子:"我就是小平同志说的,新疆姑娘'小辫子'多! 但你也不能总是抓住不放呀? 文书的事我都向你检讨八百遍啦! 哎……这小子还真争气! 全司令部直属队第一;全军区第二。被南京通信工程学院录取啦……那可是通信兵的最高学府呀? 早知道是这个结果……我当时向你汇报就没这么多'罗乱'啦!"

指导员也有同感:"王洪国将来肯定会在部队大有作为,跟你背点黑锅我认啦! 现在你如实'坦白'小秦的事吧?"

耿连长又坦然地:"小秦能有啥事? 你想呀,二排长自来就妒忌小秦干工作比他强! 宋老师住院后连里又规定他替小秦出勤上线路……他肯定来气净给小秦小鞋穿! 小秦能挺到现在才向连里提出调动的请求……不容易呀! 这名战士的心理承受能力特强……他到底受了多少委屈等将来和小赵一唠就知道……"

指导员心悦诚服:"你真是太了解战士啦,简直就像是他们的父母! 唉……你说得一点不错,这个李新潮是没少搞小动作……三天两头地到我这儿打小秦的小报告。我没少批他……就是屡教不改! 真是拿他没办法……那你说小秦为啥提出要二十二号左右离开小组呢? 这里面好像也有啥说道?"

耿连长又一脸的谦虚:"你可别给我戴高帽……我这人一听表扬就容易退步! 如果我没猜错的话……小宋老师肯定是二十三四号回来! 小秦一是不想让学生们的课程中断;二是想避开和小宋老师见面!"

指导员有些疑惑:"那为啥呀? 过去他们不是常见面吗?"

耿连长一拍大腿:"这不是和尚头上的虱子——明白着吗! 肯定是那个二排长最近没少拿他俩的关系说事! 小秦要有意避嫌呗……"

指导员如梦初醒:"你分析得有道理……有道理! 小秦这次放弃考军校给学生们代课,相当于'英雄救美'的情节……你说这小宋老师会不会真的对……"

耿连长站起身来屁股倚在"一头沉"上:"还啥会不会的? 肯定会! 小秦要是考上了军校……我还真……唉……有情人真是难成眷属! 宋老师是个少有的好姑娘呀……她的思想觉悟不比咱军人低……至少要比那二排长高不少!"

指导员突发灵感:"我咋觉得他俩的事有点像你和白妮呢! 悲剧的色彩太浓啦,让人心里挺不得劲地……"

耿连长又往里挪了挪屁股:"你别把剧情往我这转移行不? 你要是精力过剩……帮我琢磨琢磨这稿子行不? 唉……你说我那天咋就心血来潮跟作战部郭部长拍胸脯揽了这么个活呢? 平时耍嘴皮子还行,真要是想做文章……提笔忘字是小;老虎吃天无处下口是大……都快憋疯啦!"

指导员幸灾乐祸地:"你立的军令状还是你自己去想办法交差吧!现在理解写稿子的人了吧?都不容易……"

耿连长央求着:"理解啦……理解啦!我早就理解文人的难处啦!你可不能见死不救呀?快帮我想想……"

然后又学着电影《南征北战》中李军长的熊样央求着:"你就看在党国的分上……伸出手来拉兄弟一把吧!"

指导员被磨得心软了:"你等我通知完小秦不行呀?要按你一贯的表现……真想给你来个落井下石!"

耿连长赶紧给指导员戴高帽:"你不会的……我就知道你不会的!因为你舍不得我死在井里……"

二·三小组的室内只有秦班长一人在接电话。

秦班长激动又感动地握着话筒……

"谢谢指导员!谢谢连长!那我就二十二号离组……不……不用接我,我直接到一排去报道。我从线路上走过去……行李我背着就行,我没多少东西……我能背动!谢谢指导员……谢谢连长……我一定在'一·四'小组扎根!我……我有充分的思想准备……是……是……是是……"

秦班长放下电话后出了口长气……他刚想闭上眼睛……宋春雨的声音便在耳边响起……

"我只求你一件事,你能为我唱一首歌吗?一首战士的歌……一首军人的歌……一首原汁原味兵哥唱的兵歌……"

他的思想斗争了好久好久……找出一盘连队发的"空白带"。他在录音机上反复试了几次……然后清了清嗓子……然后又整理了以下着装……然后又摆正了坐姿……然后才按下了录音键……

C 她心中荡漾着一首战士的歌!
《咱当兵的人》,就是这个样!
相见时难别亦难!
一排有些"潜规则"!

长途汽车在公路上颠簸……
病愈出院的宋春雨幸福地闭上眼睛……一首战士的歌在她的耳边回荡……

"咱当兵的人,

有啥不一样?

只因为我们都穿着,

朴实的军装!

咱当兵的人,

有啥不一样?

自从离开了家乡,

就难见到爹娘!

……"

伴随着浑厚的男中音,一个熟悉的身影……一张熟悉的脸庞浮现在她的眼前……崎岖的山路上……手扶拖拉机在颠簸前行……宋春雨随着车厢的颠簸来回扭动着身躯!歌声又从耳塞机中飞到了她的心里……

"……

说不一样,

其实也一样!

都是青春年华,

都是热血儿郎!

一样的足迹留给,

山高水长!"

跳下拖拉机的宋春雨飞快地向小学校跑去……歌声紧随着她……

"……

咱当兵的人,

有啥不一样?

头枕着边关的明月,

身披着雪雨风霜!"

宋春雨急切地推开教室的门……讲台前是空空的……正在上自习的学生们惊呆了!宋春雨无力堆坐在讲台前,同学们围了上来……她听不清同学在说什么……她的耳边荡漾的还是那首兵哥唱的兵歌……

"……

咱当兵的人，

有啥不一样？

为了国家安宁，

我们紧握手中枪！"

通信线路上，走来了三名通信兵……

新任的一排"一·四"小组班长秦耕耘和一排"一·一"小组的班长王奉广，还有战士杨喜快步走在线路上……

已经长大的"路虎"撒欢地跑前跑后……

宋春雨站在山泉村小学的校门前，眺望着远方的通信线路。眼泪像断线的珍珠，但歌声还在她的耳边回荡……

"……

说不一样，其实也一样！

都在渴望辉煌，都在赢得容光！"

王奉广边走边向秦耕耘介绍着线路上的情况……秦耕耘认真地听着……不时地问着……

讲台上，宋春雨擦干了眼泪在投入地为学生们讲课……但歌声还在她的耳边；在她的心中挥之不去……

"……

说不一样，

其实也一样！

一样的风采在共和国的旗帜上飞扬！"

杨喜跑前几步要接秦班长肩上的行李……秦班长笑着拒绝了他！他又伸手去抢王班长手中的旅行袋，王班长将旅行袋扛在了肩上……并用受伤的手向他做了个手势……

只提着脸盆等生活用品网兜的杨喜气得噘起了嘴……秦班长和王班长相互笑笑……秦班长将肩上的背壶递给了杨喜……

歌声跨越了时空，跟随着通信兵的脚步……

"……咱当兵的人……就是这个样！"

线路的前方……传来了一排长马继承的呼唤……

"小秦……小王……小喜子……我们来接你们来啦!"

杨喜将双手括成花筒:"哎……排长……我们在这里哪!"

"汪汪……汪汪汪……"

"路虎"也跟着杨喜兴奋地"呼喊"起来……

和排长马继承一同来接秦耕耘的是一排"一·二"小组的吴班长与该组的一名战士。

由于一排维护的线路穿越的是原始森林,到任何一个小组都无法借助任何交通工具!

所以无论人员是调入还是调出……全要靠各组的战士们一站一站地送,如同田径场上的接力赛!交接的地点一般都在各组间维护区的分界杆处……

见马排长他们已经越过了分界杆来接自己……秦耕耘心里热乎乎的!他赶紧向前紧跑了几步向张排长敬礼报告……

"排长同志……一排'一·四'小组班长秦耕耘前来报到……请指示!"

马排长还礼后迎过来与秦班长握手问好!然后便伸手去接秦班长肩上的行李……秦班长赶紧用手护住行李……因为吴班长和秦班长都是熟人……不用排长介绍他们便彼此问候起来……

秦班长紧了紧行李的背绳:"排长不用您……我还是自己背吧!这行李不沉……吴班长你好……今后在一个排里工作……请多关照!"

吴班长热情地:"欢迎……欢迎!关照谈不上……我们应当向你学习!'一·四'的位置让你抢了去……我们一排的几个班长都挺嫉妒的!是吧,王班长?"

王奉广笑而不答……但他手中的旅行袋还是被排长抢了过去……

杨喜手中的网兜则被吴班长生拉硬拽地接了过去……

部队有个不成文的"潜规则":一般的时候都是新兵要比老兵干得多!那是要多给新兵创造进步的机会……

而一排也有个"潜规则":老兵要比新兵干得多!干部要比战士干得多……那是将爱兵落实在行动上!

据说这是耿连长当一排长时立的规矩!因此两名空着手的新战士便凑到一边去唠嗑。正好他俩是老乡……见面好像有说不完的话。比两名新兵更新的"路虎"好像对杨喜他们的谈话更感兴趣!它摇着尾巴跟了过去……

爬了几公里的山路,马排长招呼大家:

"来……把东西先都放下,咱们歇一会儿再走!王班长……你们组的情况都向秦班长介绍了吧?"

秦班长赶紧接话："一路上王班长把'一·一'的情况都向我介绍啦……很详细的……"

马排长又转向吴班长："那一会再让吴班长给你介绍'一·二'的情况。在咱排当班长……全排的情况都得掌握……关键的时候都得当排长用呀……这也是咱连长当排长时立的规矩！"

吴班长半真半假地开着玩笑："是……我们随时做好当排长的思想准备！但咱一排好几个'候选,……排长的位置让谁坐呀？要不我们几个轮流坐庄！可……可排长您咋办呀？"

王奉广十分认真地："那排长就当连长呗！"

吴班长："那咱连长呢？"

王奉广："咱连长就当营长呗！"

马排长也跟着玩笑道："要让王班长去管干部,用不了几年我就当总站主任啦！可惜呀……你不是'一把手'……这事得怪咱连长……硬帮你保住了'二把手'！哎……你的手最近恢复得咋样啦？"

王奉广举起受伤的手活动着："都能拿筷子啦！就是写字还不行……跟带蛋的老蟑爬似的！你看……都能伸直……握拳也行……"

马排长几人边休息……边议论着连里的、排里的、班里的、部队的、个人的事……完全是一幅和谐的大家庭的画面……

D 与"雷锋班"、"国旗班"媲美！
"有名"与"无名"的辩证关系。
得与失面前的正确选择！
解放军叔叔来啦！

在返回小组的路上,王奉广与杨喜并肩而行……

性格活泼外向的杨喜不时地向班长提出这样那样的问题。"路虎"则一路嗅着它留下的气味在前面带路……并不时警觉地向四处张望。一对立起的耳朵像雷达天线般地变换着角度……捕捉着信息！

走在前面的杨喜好奇地问："班长,二排的秦班长为啥调到咱一排的'一·四'小组？刚才吴班长还说咱一排的班长们都很嫉妒……"

王班长边走边回答："吴班长那是在和秦班长开玩笑！'一·四'小组的班长从来都是在全连选！用咱连长的话讲'只有最优秀的班长……才有资格到一·四工作;只有最有能力的班长……才能胜任一·四小组的工作'！"

杨喜更加疑惑:"那为啥呀?'一·四'小组不也是小组吗? 它又不是'雷锋班',又不是'国旗班'?"

王班长耐心地解释道:"和'雷锋班''国旗班'相比,咱连队的'一·四'小组确实是默默无闻。但它也是咱全军区通信官兵的一面旗帜,一面鲜红的旗帜! 那是因为'雷锋班''国旗班'是咱们军队的窗口单位,他们在全国亿万人民的关怀与注视下,在各级领导的帮助与指导下,不断地取得进步……不断地为人民再立新功是必然的……而我们'一·四'小组则始终是……"

杨喜有些惊讶:"班长,真没看出来……平时你的话不多,但肚子里还挺有墨水的! 讲道理不紧不慢像咱指导员似的……"

王班长推了一把只顾说话放慢了脚步的杨喜:"你又贫嘴! 小心回组后我罚你上下杆……"

杨喜却态度极其认真地:"班长,我说的是真话! 你接着说咱'一·四'小组吧……它咋是通信兵的旗帜? 我当兵都半年多啦……还没见过有记者去采访呢?'旗帜'咋能不上报纸? 不上电视呢?"

杨喜的话是真诚的……目光是真诚的……提出的问题更加"真诚"!

王班长也极其认真的:"咱们'一·四'小组的情况与'雷锋班''国旗班'正好相反……全国的亿万人民没有人知道的存在! 各级领导的关怀也很难直接到达小组……他们吃苦奉献全靠自觉自愿! 他们在恶劣的自然条件下的生存与发展……全靠坚定的信念和自我鞭策……"

杨喜如梦初醒:"班长我明白啦! 他们就像咱连长常说的'领导在与领导不在一个样'……是吧?"

王班长夸奖道:"思想进步不小呀! 你还明白什么啦?"

杨喜被表扬,更加兴奋:"指导员前几天给咱们搞'人生观教育'时不是谈到'英雄'吗? 他们就是指导员所说的'无名英雄'! 就是在平凡的工作岗位上甘当'螺丝钉'的那种英雄! 你刚才说咱'一·四'小组是'旗帜'……是指他们是吃苦吃亏的'旗帜'! 是默默无闻的'旗帜'! 对吧班长?"

见两人唠得热乎,"线兵"停下来注释着他们……好像他也在思考这个问题……

王班长满意地:"看来'人生观教育'你及格啦! 指导员不是布置要每人都写一篇心得吗? 你就围绕刚才说的写……"

杨喜突然脸上愁云密布:"说'及格'还早点! 唉……我现在正面临一道人生观的考题呢……我都愁完啦……"

王班长眉头一皱计上心来:"我说你最近咋有点打蔫呢? 是跟前几天家里来信有关系吧?"

正在犯愁的杨喜:"我发现咱连不管班长还是排长;咋都像咱连长似的? 只要你

心里一有事……他一眼就能看出来！而且还能猜个八九不离十……班长你们都是跟连长咋练的？"

王班长推着又慢下来的杨喜："咋练的往后我再告诉你！先说说你遇到的'人生观'问题吧？"

杨喜寻思了一会才边走边开口："怎么跟你说呢？我家我爷爷奶奶……爸爸妈妈都是工程师；爷爷和爸爸还是高级工程师呢！他们一心想让我也考名牌大学也搞技术……可我偏偏不争气！就是对学习提不起精神来……所以他们就把我送到了部队来，想让我在部队学一门专业技术，回地方好找工作……"

王班长也边走边帮杨喜分析："像你这样入伍动机的战士不少！尤其是咱通信兵……这也很正常呀！引导好了这还是岗位练兵的动力呢……连长指导员在班长培训时都反复强调过这问题……"

杨喜的脸上还是愁云不散："但轮到我这就不正常啦！家里听说我学的是外线维护……总认为技术含量太低！因此就四处托人想给我调动调动……在他们那儿，就认准了没技术就没出息！就认为当兵不学一项好技术太吃亏啦！"

王班长边行进边思索边回答："家长的工作要慢慢做……思想觉悟没有一下子提高的！你可以把咱身边的人和事先说给他们听：就拿咱连长来说吧，在连长的岗位上都干了七八年啦……而且听说嫂子就牺牲在咱们小组……你说他亏不亏？还有咱马排长，家里是养殖专业户……早就是几十万富翁啦！为了让他早点回家去挣大钱……他爹都跟他闹翻啦！可咱排长就是蹲在这深山老林不动摇……结果现在都没谈上女朋友……你说他亏不亏？我相信你的家长会慢慢想通的……你也能在这得与失的面前做出正确的选择！"

杨喜的心豁然开朗啦，脸上也"多云转晴"："我一定会！哎……班长，你说啥样的战士才能到'一·四'小组工作呀？"

王班长不加思索地回答："只有经受过考验；经得起考验的战士才有资格去'一·四'小组……工作……"

两名战士的声音渐渐远去……

刚才贪玩落在后边的"路虎"，"汪汪"地叫着追了上去……

俗话说"山里的天……孩儿的面……说变就变！"

刚才还是蓝天白云……转瞬便电闪雷鸣！王班长和杨喜顶着大雨在线路上跑步前进……

突然，跑在前面的"路虎"好像发现了情况……"汪……汪……"地冲着前面的线杆叫了起来！王班长和杨喜赶紧从工具袋里掏出了"武器"……十分警惕地向线杆接近……

线杆下……四个十四五岁的采蘑菇的小姑娘正抱在一起相互取暖。大雨已将她们淋得体无"干"肤！湿透的衣服裤子紧贴在身上……远远望去好像是四个女孩在"裸浴"……

见有解放军叔叔到来……四个小姑娘大哭了起来……王班长和杨喜赶紧脱下军装上衣撑起来为她们挡雨……

王班长关心地询问："你们都是那儿的？咋跑到这山里来啦？快……快离开这线杆！到这边的空地儿来……线杆容易引雷！"

小姑娘们断断续续地哭诉……

"我们是'九站'林场的……"

"我们顺着这解放军的电话线进山来采蘑菇……"

"结果遇上了这大雨……"

"我们找不到回去的路啦！叔叔……"

"叔叔，我们好像遇上'鬼撞墙'啦！（山区的人迷信地称在山里迷路为'鬼撞墙'）我们好害怕呀！"

王班长连哄带安慰："你们不用怕……先跟叔叔们回小组吧？明天等雨停了叔叔送你们回去……"

杨喜拎起了小姑娘们的蘑菇筐就要走……

一个小姑娘急得拽住杨喜的胳膊直喊："叔叔……叔叔！我们不能走……'山花'还没找着那！"

杨喜追问到："'山花'……'山花'是谁呀？她在哪儿？"

一个满脸雨水泪水汗水交织的小姑娘抽啼着："'山花'是我们一起来的伙伴……她刚才和我们跑散啦！还在树林里。叔叔……叔叔……你们快去救救她吧？"

杨喜飞快地和班长交换了一下眼神……

王班长抚摸着小姑娘的头："你们都别害怕！给叔叔们带路好吗？"

小姑娘们都使劲地点头……

"山花……山花！你在哪里？"

"山花……山花！解放军叔叔来救你啦！"

"山花……山花……"

呼喊声在山林里回荡……偶尔还传来"路虎"的叫声……

第十八章

A 杨喜的热血在"沸腾"！
北京来电话都说啥呀？
要吃杨叔叔的"拿手菜"！
面对"美女"，"路虎"有点蒙⋯⋯

山雨磅礴,线路上的能见度也只有十几米。如果不是对路况烂熟于心的巡线战士,确实很容易迷路。

"山花⋯⋯山花！⋯⋯你别哭！你的脚没事⋯⋯一会到小组叔叔给你包上⋯⋯再给你上药⋯⋯"

杨喜背着山花一咊一滑地向小组跑着⋯⋯

他的军装上衣裹在山花的身上⋯⋯他后面的王班长肩挎手拎着好几个蘑菇筐！与几个小姑娘深一脚浅一脚连跑带颠地紧跟着⋯⋯

山花刚才吓坏啦！也冻坏啦！因为脚被树枝划伤⋯⋯她与小伙伴们跑散啦！越是害怕⋯⋯越是想起大人们讲的关于山⋯⋯关于鬼⋯⋯关于猛兽吃人的故事！

于是她咬着呀爬上了一棵大树⋯⋯当杨喜他们找到她时,山花竟手脚不听使唤⋯⋯死抱着大树下不来！这也是因为瓢泼的大雨已经带走了她大部分的体温⋯⋯她的手脚在痉挛！

现在她趴在解放军叔叔温暖的脊背上⋯⋯感觉到安全;感觉到放松;感觉到温暖⋯⋯;感觉到幸福⋯⋯感觉到一种小女孩从未有过的感觉！于是她用胳膊将杨喜搂得很紧⋯⋯将胸脯紧紧地贴在杨喜的脊背上,"贪婪"地接受着从那里传感过来的体温！

王班长在身后喊着:"杨喜！把山花放下⋯⋯我替替你呀？"

杨喜头也不回地答道:"不用⋯⋯班长我能行！快⋯⋯快到小组啦！"

虽然已经背着山花在大雨里跑了几公里的山路,虽然此时的杨喜已经是气喘吁吁⋯⋯但他确实还能继续坚持！

因为他的脊背接收到了一股赐予他力量的信息！那是山花已经开始发育⋯⋯已经微微隆起的胸脯传递过来的！于是他的脚步更快⋯⋯更快⋯⋯

趴在杨喜背上的山花突然搂紧杨喜的脖子问道:"杨叔叔！你冷吗？"

杨喜边跑边回答:"叔叔⋯⋯不⋯⋯不冷！"

山花将杨喜的脖子搂得更紧:"杨叔叔你冷……你肯定冷! 你都冻哆嗦啦!"

杨喜的心头一紧,他的身体确实在哆嗦! 但那不是"冷"的,而是"热"的!

青春期的他还是平生第一次接触到异性!

杨喜的热血在"热点"的刺激下开始"沸腾"!

跑在最前面的"路虎"发出了"汪汪"的叫声!

那是告诉大家"到家啦"!

王班长跑前几步为杨喜推开小组的院门……

"路虎"却衔起一个蘑菇筐第一个跑了进去……

"一·一"小组的室内和室外一样很冷!

进屋后的几个小姑娘各个上牙打着下牙……身上的雨水还在成流地往下流!

杨喜把山花放在炕上后……赶紧和王班长一起找出些叠得板板正正的军装……王班长摸了摸火炕……

王班长吩咐道:"杨喜,你把军大衣也找出来……让她们穿上! 我去把火生着……把炕烧热点……"

杨喜找出军大衣和那摞冬装夏装内衣外衣一起放在炕上……

"山花,你们几个赶快把湿衣服换下来……来……把湿衣服都放在这个盆里! 谁穿哪件衣服自己拣……我和王叔叔给你们烧水做饭去! 换好了喊我们一声……我好给你包脚上的伤口……"

杨喜退出后带紧了门,此时王班长已生着了炉子……厨房里的烟很大……但外串的火苗也给这雨夜冰冷的屋子带来了光和温暖……

呛得直流眼泪的杨喜蹲下身来:"班长……小姑娘们肯定都饿坏啦? 给她们'查'(入声)锅粥吧?"

王班长一把一把地往灶坑里续着柴火:"光喝粥不抗饿! 今天没蒸干粮……咱不是还有两籽儿挂面吗? 给她们下热汤面……再卧点鸡蛋……"

杨喜起身:"好咪! 我再去抱点柴火进来……屋里的这点怕不够。"

王班长叮嘱道:"院里的柴火都浇湿啦,你去抱棚子里的。多抱点……做完饭还得给她们烤衣服哪! 哎……哎……你穿上雨衣!"

已经走到门口的杨喜回身:"不用啦,反正身上这身衣服都湿透啦! 再说雨衣在里屋呢,咱现在不能进去!"

等杨喜顶着雨又抱回两趟干柴火后……里屋传来了小姑娘们的声音……

"王叔叔,杨叔叔,我们换完衣服啦! 你们进来吧?"

王班长和杨喜推开门一瞧……两人都乐啦……

只见五个小姑娘都挤在炕上……又肥又大的军装把她们装扮得像夸张的喜剧演员!

见两位叔叔在笑,小姑娘们相互瞅瞅……也被彼此的滑稽相逗乐了……并相互取笑打闹起来! 刚才雨中的寒冷与恐惧……顿时烟消云散!

王班长往盆里拾掇着小姑娘们换下来的湿衣服:"杨喜,你赶快给山花处理一下伤口吧,别感染啦……我给她们下面条去……"

王班长将衣服和盆放在了厨房的地上后,转身进仓库去取挂面。

杨喜找出并打开了总站卫生队下发的药箱……

山花脚背上的口子划得很长……但不是很深。她十分听话地裹着军大衣坐在炕上……看着杨叔叔为她的伤口消毒……

山花瞪着刚才哭红的大眼睛天真地问:"杨叔叔,这所房子里就住你和王叔叔两个人呀!到了晚上你们不害怕呀?"

杨喜用碘酒给山花的伤口消着毒:"我们是解放军……什么都不害怕!"

一位穿着军大衣的小姑娘凑了过来:"杨叔叔,我知道……你们这部队的电话线往北能通到国境上!那往南能通到哪里呀?能通到北京吗?"

山花被碘酒杀得"呀"的一声……然后她瞪了那个小姑娘一眼!

"你咋啥都问呀?这可是军事秘密!对吧……杨叔叔?"

给山花清洗完伤口的杨喜开始给她的伤口上消炎粉:"是军事秘密的叔叔就不说啦!这电话线真的能通到北京……这不是'军事秘密'!"

杨喜的回答满足了小姑娘们的遐想,山花神神秘秘地问:"杨叔叔,北京常给你们这里来电话吗?都说啥呀?"

杨喜也故意神秘地:"北京常来电话呀!今天下午刚下雨的时候,北京就来电话啦,说'九站'林场有几个小姑娘不听大人的话!到电话线旁边的山林里去采蘑菇回不来啦……你们快去救她们吧!"

几个小姑娘疑惑地议论起来……

"不会吧?咱们出来家里的大人也不知道呀……"

"是不是杨叔叔在唬咱?"

"我看不像……也没见他笑呀?他要是唬咱肯定得笑!"

"会不会是这电话线上有眼睛……能看见咱们?"

"差不多吧……要不王叔叔和杨叔叔咋那么快就赶来救咱们呢?"

正为自己善意的谎言而心中得意的杨喜突然心中一惊!于是手中的绷带跟着一紧……山花又痛得"呀"地叫了一声……

杨喜停住手问:"山花……对不起!对不起呀!哎……刚才你们说出来的时候大人们不知道?现在家里肯定在到处找你们吧?"

一句话提醒了小姑娘们……于是又喳喳地相互埋怨起来……

"都怨你枝子!我说出来时告诉家里一声吧?现在我妈肯定急疯啦!"

"老丫你不讲理?要是告诉大人咱能来得了吗?要怪就怪山花!是她出的主意说这边林子里的蘑菇多……"

"怪我干啥?我又没绑着你来!是你死皮赖脸跟着来地……活该!"

杨喜一边认真地给山花包扎一边调停："都别吵啦！给你们的家里打个电话吧？咱小组到'九站'林场有条线路……"

小姑娘们争着抢着报出自家的电话号码……但杨喜一听犯了愁……

"咱小组的勤务线要不了你们家的地方自动号！你们谁家有通过总机转的那种电话呀？"

小姑娘们异口同声地道……

"山花家有……她家有！"

"……她爸是咱林场的一把手！"

"她爸是孙场长……和你们解放军可熟啦！"

"杨叔叔你肯定认识他爸？"

杨喜确实认识山花的父亲孙场长！一排的官兵们谁又会不认识孙场长呢？于是他赶紧要通了林场的总机……此时王班长在厨房喊他……

"杨喜，来帮我把碗筷拿进去！哎……你先把桌子放上！"

"知道啦！"

杨喜赶紧放下电话去放桌子……

"山花，你听一下电话……现在总机正接你家呢！"

在厨房里正忙着盛面条找碗筷的两名战士突然听到山花在屋里喊……

"王叔叔……我爸让你听电话！"

王班长疑惑不解地问杨喜："她爸叫我听电话！山花他爸是谁呀？咋还能把电话打到咱小组来？"

杨喜歉意地解释着："班长，刚才一忙活忘了告诉你啦！山花是林场孙场长的女儿……"

王班长听后很兴奋："真是无巧不成书！过去没听说孙场长有这么大的一个女儿呀？哎……山花，告诉你爸……我马上就来！"

待杨喜端着热气腾腾的面条进屋时……接完电话的王班长正在往桌子上摆碗筷……

饥肠辘辘的小姑娘已经围坐在桌子前……

杨喜学着饭店里的服务员："来喽，开饭喽！"

小姑娘们狼吞虎咽地边吃边议论……

"真香呀！我都饿死啦！"

"哎……你说解放军叔叔是男的咋还会做饭呢？"

"那有啥奇怪的……我爸有时就在家做饭！"

"我家全是我妈做……我还是第一次吃男的做的饭呢！而且还是解放军叔叔做的……"

听着小姑娘们天真好奇的对话……王班长和杨喜都乐了……

王班长有些歉意和小姑娘们说："今天叔叔们没啥准备,你们就简单对付点? 哪天叔叔们准备几个好菜……再请你们来! 对啦……你杨叔叔还会炒几个拿手菜呢? 哪天让他给你们露一手?"

山花急不可待:"杨叔叔……杨叔叔! 你的'拿手菜'是什么呀? 告诉我们吧? 我都谗啦! 老丫……你丢我干啥? 你不馋呀? 看你的哈喇啦子都下来啦!"

杨喜神秘地笑着:"杨叔叔的拿手好菜现在还是'军事秘密'! 等到时候你们就知道啦……"

小姑娘们笑着……闹着……吃着……

同样是饥肠辘辘的"路虎"摇着尾巴凑了过来……杨喜赶快取来它的专用餐具,给它盛了一碗面条……

杨喜抚摸着它的头又拍了拍它的背:"'路虎',你吃吧。你今天是功臣……山花就是你先找到的!"

山花放下筷子:"杨叔叔……它为啥叫'路虎'呀?"

杨喜学着耿连长的口吻:"它叫的是线路的'路'! 因为它从小就跟着我们上线路呀? 但愿它像一只和我们一起守卫这通信线路的猛虎! 这名字还是我们连长给起的哪……是不是'路虎'?"

杨喜抚爱地拍着'路虎'的头……'路虎'则使劲地摇着尾巴……算是回答……

山花也伸过手来摸着"路虎":"'路虎',今天谢谢你救了我! 我下次来一定给你带骨头……"

"路虎"抬起头望着山花……然后向她伸出一只爪子……

叫"老丫"的小姑娘尖叫到:"山花,'路虎'要跟你拉钩呢!"

小姑娘们一起笑了起来……都争先恐后地来跟"路虎"拉钩……

面对众多的小美女……"路虎"有点蒙……

有点不知所措……

B 让你猜猜他像谁?
女的不能让男的抱! 背没事!
哥哥十八岁! 英莲多大呀?
毛主席的战士最听党的话!

小组的厨房里……王班长和杨喜狼吞虎咽地吃着面汤泡剩饭……

杨喜端着碗:"班长,这些小姑娘的饭量真大! 两籽挂面都没够吃。"

王班长边吃边答:"山里的孩子从小就干活……再说跑了一天肯定是饿坏啦! 明天早上咱给她们烙饼,咱这当叔叔的咋地也得让她们吃顿饱饭再走呀! 来……我不饿……给你拨点……"

王班长要把自己碗里的饭给杨喜拨……杨喜赶紧把碗转到旁边……

"班长我也不饿,我吃饱啦……真的!哎……班长,你刚才许愿说我会炒拿手好菜?可我现在饭都不会做呀!"

王班长抬起头:"那就赶快学呀!在小组待一回,不会做饭;不会炒菜;不会做针线活……那肯定不是一个合格的士兵!"

杨喜恍然大悟:"班长你真会做思想工作!"

杨喜的话被屋里传来的声音打断了……

山花的声音:"王叔叔,杨叔叔,你们这没电视呀?"

王班长大声回答道:"咱这没有电……有电视也看不了!咱这有录音机……你们会用吧?"

山花兴奋地:"会用……这录音机和我家是一样的!"

已经钻进被窝的小姑娘们一点睡意也没有!因为宿军营……对她们来说是奇遇!终生难忘的奇遇!

一个叫老丫的小姑娘拉了拉被角:"叔叔们不说我还没注意,这屋里点的是油灯!我说咋这么暗呢?"

叫枝子的小姑娘嘟哝着:"我也才发现……解放军叔叔们在这真苦!看不着电视我一天都待不了!"

山花挖苦着:"知道你俩刚才为啥没发现油灯吗?因为……因为你俩刚才光顾吃面条啦!一碗接一碗的……差点把碗都吃了!"

老丫的小嘴也不让人:"你好!那你刚才为啥也没发现油灯呀?"

不太爱吱声的小姑娘叫大梅,她突然开口:"山花刚才光顾跟杨叔叔唠嗑了呗!"

枝子在一边也说着风凉话:"杨叔叔长,杨叔叔短!好像杨叔叔是你一个人的。"

老丫的话更狠:"是不是还想让杨叔叔背你呀?呀……你别咯吱我……我……我喘不过……过……气……气……"

山花没有停手的意思:"你们四个没良心的!白领你们出来啦!呦……我的脚……呀……疼死我啦!"

喘过气来的老丫突然起身神秘地问:"你知道杨叔叔像谁吗?你们猜?"

枝子使劲地想着:"像……像……哎呀!好面熟呀,就是想不起来啦!"

不爱吱声的小姑娘大梅突然发话:"像苏友朋!就是'小虎队'里的'乖乖虎'!"

另一个始终沉默的叫小珍小姑娘尖叫道:"那可是山花的偶像呀!山花做梦都想他!晚上睡觉都楼着'乖乖虎'亲……"

山花任小伙伴们拿自己开心,就是一言不发!

老丫好像猜透了山花的心思:"山花肯定早就看出来啦!我说她咋不瞅面条就瞅

杨叔叔呢？你们看，山花的脸红啦！脸红就是承认啦！”

枝子又尖叫起来：“完啦！完啦！山花让‘乖乖虎’给背啦！这下全完啦！”

喜欢沉默的小珍不再沉默：“山花没事！女的不能让男的抱！背没事！”

情窦初开的山花，心中闯进了一只小鹿……

和完面的王班长拢起了火盆……然后用树枝一件一件地架起杨喜为小姑娘们洗好的衣裤……

火光映红了王班长的脸：“杨喜……那两件离火盆远一点……别烧着啦！”

杨喜往后退了退：“离远了我怕明天早晨烧不干。”

王班长边往火盆里添柴边回答：“没事！这屋里热……能干透！一会在拉根背包绳……把烤得差不多的晾上……”

杨喜面露难色：“不行！背包绳在里屋呢……她们八成都睡了吧？没法进去拿呀？”

王班长侧耳：“她们没睡！你听还在屋里闹呢，你喊山花……叫她给扔出来！我的背包绳就在枕头包下面……”

炕上的小姑娘们正作得欢……门外传来杨叔叔的声音……

“山花……山花……你把王叔叔枕头下面的背包绳给叔叔扔出来……叔叔给你们晾衣服……”

山花在屋里边找边问：“哎……知道啦！要宽的还是要窄的？”

杨喜冲着屋里：“都要……”

老丫有点吃醋，说话酸溜溜的：“我看杨叔叔有点偏心！啥事都喊山花……”

山花噘着小嘴：“我不理你啦！我听录音机！哎……你们想听啥歌呀？叔叔们这有这么多带呢！”

小姑娘们有的钻出被窝……有的披着大衣围了过来……老丫对小组用的“方 A”电池很感兴趣……

“呀……叔叔们用的电池咋是四方的呢？真沉呀！”

将背包绳递到门外的山花回身：“别乱动！小心爆炸了！”

老丫不服气地顶道：“看你悬乎的……电池要是能爆炸！叔叔们还能把它放在桌子上呀？”

因为山花是这几个小姑娘中的“头”，所以她“大度”地：“不跟你犟啦……快说想听哪盒带吧？”

老丫抱怨着：“这油灯也看不清！就……就听这盘《电影金曲》吧？”

小组的屋里……响起了优美的歌声……

“九九那个艳阳天来呦！

十八岁的哥哥呀想把军来参，

风车呀跟着那风转呀，

哥哥惦记着呀小英莲!"

山花听得很入神……她自言自语……

"这歌真好听!"

老丫好奇地问："这歌你以前没听过呀? 这是电影《柳堡的故事》里的歌! 这片咱们林场放映过……就是上个月……可好看啦!"

枝子插嘴纠正着："不对! 是大上个月,那天蚊子可多啦! 给我咬够呛……山花你没去看吗?"

山花又失落又遗憾的："大上个月我去我姥姥家啦! 都怨我妈,非得领我去……这么好的电影我都没看着!"

"九九那个艳阳天来呦!

十八岁的哥哥呀细听我小英莲;

哪怕你一去呀千万里呀,

哪怕你十年八年呀不回还!

只要你不把我英莲忘呀,

我等你胸带红花呀回家转! 我等你……"

山花趴在老丫的耳朵上悄悄地问："哎……老丫,电影里的哥哥十八岁! 那小英莲多大呀?"

老丫寻思了一会："好像他俩差不多吧?"

枝子听到后又在一边插嘴："不对! 英莲肯定比哥哥小! 你没看咱们林场搞对象的……都是男的大女的小!"

天生好拔尖的老丫不服："那可没准! 我家就是我妈大……"

枝子抓住了话把："要不林场的人都喊你爸'小丈夫'呢! 嘻嘻……"

不肯吃亏的老丫动口又动手："看我不撕你的嘴!"

枝子赶紧告饶："呀……我不敢啦! 我再也不说啦! 嘻嘻……"

山花有点不耐烦地："你俩别闹啦! 枝子你说……英莲有多大?"

枝子喘匀了气回答："要我说呀……她应该十六七……"

老丫突然神秘地掰起了手指头……然后又煞有介事地……

"山花你今年才十四! 要当小英莲最少还得等三四年……呀……我也再不敢说啦! 救命呀! 快救我……"

厨房里……火光把两名战士的脸映得通红……

杨喜起身边往行李绳上搭衣服边问："班长，你说'一·四'小组跟咱们小组有啥不同？"

王班长拨弄着火盆里的柴火："'一·四'小组是往前走几十公里往后走几十公里能见着人！也就是有小组……但往左往右几百公里都见不着人！别看他们那才比咱这高几百米……但冬天他那的雪比咱这厚一倍还多！经常是大雪把门封住出不来人……听排长说……再冷的天'一·四'小组也不能封窗户；一旦大雪封门……人就得从窗户里往外爬……"

杨喜还不满足地继续刨根问底："还有呢？"

王班长想了想："他们那一年四季吃不到蔬菜！也就是夏天能吃一两个月的蘑菇和野菜……一年有十多个月就靠啃咸菜；看报纸和来信都要晚二十多天！我没去过'一·四'小组……这些都是听连长排长他们说的！还有好多好多呢……等往后我慢慢地给你讲……"

累了一天的王班长打了一串的哈欠……

"今天还真有点困啦……杨喜你唱首歌吧？咱们坚持把这几件衣服烤干！"

同样是疲惫不堪的杨喜抱起吉他……手指轻轻地拨弄着琴弦……

"毛主席的战士最听党地话，

哪里需要到哪里去……

哪里艰苦哪安家！"

还没入睡的山花她们听到外屋的歌声都悄悄地凑到了门前……争着从门缝里往外看……

厨房里虽然也是油灯昏暗，但燃烧的柴火却将两名战士的脸庞照耀得十分清晰。

老丫占据了最好位子："呀……杨叔叔唱歌真好听！像录音带里唱的……"

枝子跷着脚："你别说……杨叔叔长得还真有点像《柳堡的故事》里的班长！"

老丫用小屁股使劲拱着想往前挤的其他女孩："我看比电影里的好看！起码个比电影里的班长高……牙也比他齐……但他更像'乖乖虎'！"

枝子手扒门框："你说杨叔叔有多大啦？"

老丫认真地看了一会："和电影里的班长差不多吧？你看他还没长胡子呢……"

枝子拍了一下老丫的屁股："你咋看那么细呀？是不是有……有……"

老丫使劲拧着枝子的大腿："别瞎说……别瞎说！山花该……"

老丫悄悄地用手指了指山花……

山花悄悄地倚在门边……好像有什么心事……

山花隐约感到她俩好像在说她……但她并没有起来和她们闹……只是用手轻轻

地拽了拽老丫的衣角……

"老丫……老丫……我求你一件事呗?"

老丫不耐烦地扒拉开山花的手……头也没回……因为她一旦回头……门缝上最佳的观测位置就不再属于她啦……

"啥事!说吧……烦人!你拽我干啥呀?"

"……

祖国叫我守边卡呀,

扛起枪杆我就走……

嘿……

打起背包就出发!"

山花小声央求:"你给我讲讲《柳堡的故事》呗?求你啦!"

老丫不耐烦地:"等我听完杨叔叔唱歌的……真烦人……你还拽我干啥呀?"

"毛主席的战士最听党的话!

哪里需要到那里去;

哪里艰苦那安家……"

C

"全麻"都得瞪着眼睛!

油我心痛!兵我更心痛!

一草一木都"长"在心里!

检验一下你的判断能打多少分?

连部里的气氛少有的紧张!

耿连长像驴拉磨似地在屋里转圈,这也是他遇到大事时的"习惯动作"。指导员沏了杯浓茶递了过来……

"来,喝点茶提提神……"

墙上地挂钟的时针指向凌晨两点,床上的被子说明他俩已经就寝过……

耿连长没有伸手接杯、"这'神'还用茶来'提'呀?这大通路一阻断……就是给我推手术室里'全麻'我都得瞪着眼睛!盗线……肯定是线路被盗造成的人为阻断!"

门外传来了报告声……

耿连长冲门外喊道:"进来!"

房进进屋后哈哧带喘地立定报告："连长,指导员,抢修排已经起床啦! 现在正在装器材……"

耿连长没有停止"拉磨":"多装几盘铜线! 这回铜线还不知道丢了多少呢? 哎……炊事员起来了吗?"

房进:"起来啦……就是没剩饭啦……炊事员正在下面条……"

耿连长的"拉磨"动作终于"暂停":"叫你的兵们装完车赶紧到饭堂'垫巴'点……这活儿还不知道干到啥时候呢? 哎……告诉都把大衣穿上,这一上秋风就扎骨头……别活还没干先冻坏两个!"

房进转身跑步出门:"是! 我马上去落实!"

房进离开后……叠被子的指导员问耿连长:

"连长,是不是等'二·四'的小姚他们到故障点把情况搞明白了咱在出发? 万一要是一个小故障? 咱这又是车又是人的可就白折腾啦! 你不心疼那油呀?"

耿连长的"拉磨"动作又"开工":"油我也心疼! 兵我也心疼!! 但我更心疼这阻断时间!!! 上个月那次线路被盗,咱全年的人为阻断时间就消掉了一半……看来今年咱是非超指标啦!"

指导员对耿连长的判断心存疑虑:"你咋那么肯定是人为阻断? 那么肯定是线路被盗呢!"

耿连长将没叠的被子重重地往床里上一推! 然后坐在床帮上开始系鞋带……

"前半夜是下了场大雨! 但故障的附近既没有河沟也没有高大的树木,因此水毁和树砸的可能性都可以排除! 再说……一般情况下是要断都断……哪有只断铜线不断铁线的呢? 而且连勤务线也没断?"

指导员又重新设想着其他的可能:"能不能是机务站测得不准? 再说你也没到现场……咋对周围的自然环境判断得那么肯定?!"

耿连长系紧鞋带后在地上跺达着脚:"你是机务站出来的,那'脉冲'测试连十米误差都没有……你还怀疑啥? 要说我没到现场就知道周围的环境,那也不是乱猜,这当外线连长的要是不让每一空线路周围的自然情况包括一草一木都'长'在心里! 那不是站着茅坑不屙屎吗?"

房进又推门报告:"面条煮好啦!"

耿连长立即吩咐到:"叫抢修排的人先吃! 不用等我们……让他们越快越好! 别细嚼慢咽的……"

房进小步快倒地去了饭堂……

耿连长又耐心地为指导员解疑释惑:"我说是线路被盗……而且是大的被盗也不是空穴来风! 你想呀:要是一般的村民盗线;他们是太阳一卡山就动手……谁还会等到这后半夜? 还在这前不着村后不着店的荒郊野外? 再说……阻断的地点附近有一

条非等级公路……但能走车……我估计盗线分子肯定有交通工具！所以这次线丢得肯定不少！走……跟我们混碗面条去吧？"

指导员"严重"地提示："咋叫'混'碗面条呢？我也去现场！"

耿连长赶紧改口："看来指导员对本连长独立完成任务的能力是不放心呀？"

指导员也借机发难："我是对你'自信'不放心！我要到现场检验一下你的分析判断到底能打多少分？"

耿连长做了一个"请"的动作："那就快走吧？"

二人刚走出连部的门……

"铃——铃——"

急促的电话铃声就让他们停住了脚步……走在后面的指导员赶快返回来接电话……

"喂……不是……我是指导员！请讲吧……能听清吗小姚？请讲话……什么？嗯……嗯……那你们保护好现场！同时要注意安全……听清楚了吗！连长我们和抢修排马上就出发……"

指导员放下电话后神情十分严肃……

也跟回来的耿连长急切地问："小姚他们到现场啦？什么情况？！"

指导员定了定神："被你言中啦！线路是被盗的！盗了多少他们还在核查……但不低于二十空……"

指导员的话音刚落耿连长扯开嗓子冲饭堂就喊：

"房进……房进！组织抢修排上车……立即出发！"

喊罢耿连长抬腕看了看表……

"小姚也是好样的！他们是跑步到的现场！"

见抢修派的战士们都以紧急集合的速度往外跑……

耿连长遗憾地嘟哝道："这碗面条谁也没'混'上！抓住这伙盗线贼……老子非把他拧成面条！走……上车……"

D 篱笆墙外传来了"掌声"！

我想借一件东西。

山丹丹开花红艳艳！

"路虎"，咱俩"撤退"！

"一·一"小组院里正是一幅劳动的场景。

班长王奉广和战士杨喜在院子拾弄柴火；王班长用锯将晒干的树枝截成段；杨喜

抡着大斧头将粗的木段劈开……

"杨喜,我换换你呀？看你的汗都下来啦！"

杨喜擦了把汗:"我没事班长！你的手还在恢复期……不能震着！哎……班长……咱攒这么多柴火干吗呀？这山里不是遍地都是树吗？"

王班长边锯木头边说:"遍地都是树咱也一棵不能砍,森林法是有规定的！咱们烧的柴火只能是砍路障砍下来的,路障一般两年才砍一次……咱不多攒点就不够烧的！"

杨喜又问道:"那咱们咋不烧煤呀？烧煤屋里还干净！还省事……"

王班长也停下手中的锯:"煤运到咱这运费比煤都贵！咱烧得起吗？来……加把劲把这点干完！一会还得训练呢……"

杨喜痛快地回答:"好咪！"

杨喜往手掌吐了两口吐沫……又抡起了大斧……

外线连队落实正规化不光体现在内务卫生和物品摆放上……该连的各组连柴火的"摆放"都有统一的要求！尽管柴火截得长短有些"差距"……但"摆放"时朝外的一面却一律找齐！远远看去……就像是高级瓦工用木头砌的一面墙！

两位战士摆好了柴火扫完了院子开始按训练计划进行队列训练……

虽然只有两个人,但是他们一步一动做得非常认真！特别是在做正步走的分解动作时……两人相互纠正着动作！两人都既是"教员"也是"学员"……"路虎"在一旁看得很"投入"……它是队列训练的忠实"观众"！

王班长和杨喜的最后一次"合练"刚刚"立定"！

院子的篱笆墙外面传来了掌声……

班长和杨喜寻声看去……"路虎"摇着尾巴领着山花老丫几个小姑娘进了院子……

山花蹦蹦跳跳地来到面前:"王叔叔,杨叔叔,你俩刚才走路的样子像每天在天安门前升国旗的叔叔！"

老丫跟在后面:"对！我也在电视上看见过……就是这样！"

老丫学着军人走正步的样子……逗得大家直乐……

山花瞪着天真的大眼睛:"叔叔,叔叔你们也不去天安门升国旗……干吗也要练这样走步呀？"

王班长笑着认真地回答:"解放军叔叔要立如松、坐如钟、卧如弓、行如风……所以要经常地训练！刚才我和杨叔叔是在进行队列训练……"

山花等几个小姑娘似懂非懂地听着……

杨喜关切地问:"山花……你的脚好了吗？你们是不是又偷着跑出来要进山呀？"

山花欢快地回答:"杨叔叔……我的脚早好啦! 不信你看! 我们今天可不是进山去玩……我今天是特地给'路虎'送骨头来啦! 那天我都和它拉钩啦……我不能说话不算话呀! 是吧……'路虎'?"

闻到香味的"路虎"一劲地摇尾巴……

山花打开手里的塑料袋,送到"路虎"的面前……

"路虎"使劲地嗅了嗅……然后抬起头望着王班长和杨喜?

杨喜给它下达"命令":"吃吧……这是山花奖励给你的!"

得到命令的"路虎"一口叼起塑料袋……头也不回地向屋后跑去……

杨喜批评道:"真没礼貌! 也不谢谢……就知道吃!"

"路虎"还是没回头……

但尾巴却使劲地摇……就算是感谢啦!

小姑娘们一起大笑起来……

王班长招呼大家:"来吧,都进屋吧? 外面晒得慌!"

山花真诚地请求到:"王叔叔,我们在院里参观参观行吗? 上次来的时候是晚上;走的时候是早上……再说还下雨……我啥也没看见!"

王班长欣然同意:"那就让杨叔叔领你们在院子里转一转吧? 我先进屋了……"

杨喜领着山花她们在院里转完回到屋里时……王班长已沏好了满满的两军用茶缸糖水,见他们进来便用小缸给每个小姑娘倒水……

山花喝了一口……"呀……真甜哪! 谢谢叔叔!"

没吱声的老丫一仰脖子把杯底喝完了……"叔叔,能再给我一杯吗?"

王班长笑容可掬:"走了十几里的山路,都渴坏了吧? 随便喝……管够喝! 叔叔再给你们沏……"

枝子在一旁挖苦着:"你们看老丫又像那天吃面条似的……没够啦!"

小姑娘们都朝着老丫笑了起来! 老丫也不理会……一仰脖子又喝了一杯!

山花红着脸腼腆地问:"杨叔叔,我……我……我这次来是想朝你借一样东西……行吗?"

杨喜痛快地答应:"行呀! 你说借啥吧?"

山花支支吾吾地:"我想借……借……"

老丫一抹嘴……"看你说话这个费劲! 平时跟我们的章程哪去啦? 杨叔叔,她想借盘录音带! 就是那盘《电影金曲》……"

枝子也帮腔到:"就是有《九九艳阳天》的那盘带!"

杨喜归拢着小姑娘们用过的水杯:"带子都在抽屉里……是哪盘你们自己找吧。"

老丫从抽屉里迅速找出那晚她们听的磁带……

"杨叔叔……就是这盘!"

山花一把抢过去藏在身后……

山花还是唯唯诺诺地："杨叔叔，我……我……我给你打张借条吧？"

杨喜被逗乐啦……"还挺正规！打什么借条呀？看你们还想听什么带就一起拿吧！"

山花高兴得一甩小辫："别的不借啦！那我们走啦……谢谢杨叔叔！老丫……咱们走吧？"

小姑娘们像一阵风似地刮出了门……差点把端着两缸子糖水进门的王班长撞倒！…王班长赶紧一侧身……

"慢点……慢点！小心烫着你们！看洒你身上了吧？"

跑出门的老丫回头道："对不起啦王叔叔！"

王班长无奈地摇了摇头："这帮小疯丫头……"

院里传来山花银铃般的声音……"杨叔叔……过几天林场来慰问时我就把录音带还给你！"

杨喜望着班长……"过几天林场来慰问？这'八一'过完啦……'十一'还早呢呀？"

王班长还没来得及回答……院子里又响起了比"银铃"还清脆的声音……

"王班长在吗？王班长在吗？"

王班长赶紧和杨喜迎了出来……

"呦……沈台长来啦！杨喜……来……我给你介绍一下，这位是'九站'林场'广播电台'的沈台长；这位是我们小组今年来的新兵叫杨喜。"

杨喜赶紧上前敬礼……

"沈台长您好！"

被王班长称作"沈台长"的是一位二十出头的姑娘……

她眉目清秀……端庄大方……脸上浅浅的"高原红"是山里妹子的"身份证"！但她的气质与举止同时证明……她与普通的山里妹子身份"不同"！

"你好，杨喜同志！我叫沈丹……是林场广播站的,别听你们班长瞎说……哪来的什么'台长'不'台长'的！"

王班长认真地："我没瞎说呀？林场的人都这么叫……我……"

沈丹羞红着脸："林场的人是和我开玩笑！你是解放军叔叔，可不能跟我开玩笑呀？会'影响'军民关系的！"

王班长一时语塞："那……那……那我们称呼您是……是……是沈站长？或是沈记者吧？"

沈丹纠正道："你以为我也是军人呀？姓的后面总得加个职称！就叫我沈丹……或者小沈也行！记住了吗？"

不知所措的王班长："记住了！那……沈……沈……沈丹……丹……您今天来小组……是……"

沈丹忍不住"扑哧"一声笑了出来……

"我的小名还真叫'丹丹'……但不该你叫呀？"

知道自己有点"失言"，沈丹赶紧往回圆。

"山丹丹开花红艳艳嘛。"

王班长的脸一下子红到了军装的领子里……手上的伤口都一蹦一蹦地……

见此，沈丹接着转移话题……

"刚才山花她们来啦？"

王班长终于走出窘境："来了，刚走……"

沈丹故意将视线从王班长的身上移开："我碰上了，也不知到啥事把她们乐那样？"

杨喜随口答道："她们来借了盘录音带……"

沈丹就势把话切入正题："我今天就为她们来的！听说前几天你和杨喜救了她们？我是专程来采访的……"

王班长赶紧摆手："这件事没啥好说的！我们是上线路碰上的，真没啥好说的……真的……"

一向落落大方的王班长又躲又藏地边说边往屋里"撤退"……

沈丹紧追不舍……

"王班长咱们也算是老朋友啦？你可得支持我的工作！这可是孙场长亲自交办的……采访完我还想和你核计一下慰问时演的节目呢，最近出了首新歌《十五的月亮》……你听过吗？这次联欢要有军民一起的合唱……这也是孙场长亲自交代的……"

看着王班长和沈丹边说边走进屋里……

杨喜站在原地犹豫了一会……

"'路虎'，走……咱俩'撤退'！"

杨喜和"路虎"欢快地朝院外跑去……

第十九章

A 盗线分子肯定是团伙！

都把眼睛睁大点！

不吃人？我看都快把你吃啦！

想唱《十五的月亮》我教你。

野外，被盗的线路上一片狼藉！又死一样的寂静……

初秋的北方山区晨雾弥漫，耿连长与指导员带抢修队一行带着一身的露水赶到故障现场时，天已放亮！

车还没有停稳心急如焚的耿连长就开门跳在了地上！

在此守候的二排"二·四"小组姚班长和一名战士赶紧跑上前来要敬礼报告，耿连长向他们挥了挥手：

"免啦……免啦！快说说情况……"

姚班长的报告简洁："线路丢了三十三空……估计是我们赶到时听到动静盗线贼才跑的！"

耿连长与指导员在姚班长的带领下朝被盗的线路快步走去……排长房进指挥抢修排的战士们卸器材准备作业……

耿连长快步前行思维也在快速地"跟进"："说说你的分析？"

姚班长已经把现场情况"吃透"了，所以他从容地分析着："盗线分子应该是从前面往这里开始割线的……估计最少要有两个上杆掐线的；两个在杆下收线的；还有一个放哨的；还得有一个司机！因为地上有车辙印……还挺多挺深呢！"

耿连长来到最后一根被盗的线杆下。

线杆上的两对铜线已经被剪断……线头搭在地上！

而断线的另一端则完好地挂在下根杆上。

耿连长用手指了指地上的线头……又指了指没有被盗的那根线杆……

"是根据这个判断这伙盗贼是发现你们后才跑的吧？"

姚班长肯定地回答："是，一般的情况下盗贼只要掐断一头肯定要掐另一头！或者是缠到下一个杆根下就地掐断；不会把快弄到手的线丢弃的！"

耿连长回头对房进喊……

"房进！器材别都卸在一个地方；让司机顺着线路开……隔两个杆空卸一盘铜线；派两个人先用备复线导通……你带剩下的人开始接线！"

耿连长弯腰捡起被掐断的线头，认真地看着断茬……然后又递给指导员："小姚分析得一点没错！这伙盗线贼最少得五六个……肯定是团伙作案！开始下手的地点是在前面……的第三十三根杆！因为脉冲测试后数值再没变化，就固定在第一根被盗的线杆处！而且他们是朝着咱来的方向跑的……"

姚班长补充道："连长说得对，他们肯定是朝那个方向跑的！因为我们来时没遇到一辆车……连车的声都没听到！"

指导员像过电影一样回忆着："咱来的时候也没遇到车！要不卸完器材后我带车再顺着他们跑的方向去追追看？哪怕能发现一点有价值的线索也行！"

耿连长对此持否定意见："不用啦！前面不远有好几条岔道，咱一台车没法追！这样吧，我在这组织抢通……你带车和小姚去镇派出所报案！最好请他们到现场来一趟……一起分析一下案情！"

指导员想了想："也好！那我们马上就走，有什么情况咱们想办法联系！小姚……咱们走……"

小姚转身跟上指导员："那连长……我跟指导员去啦？"

耿连长对他挥了挥手……然后又喊房进……

"房进，告诉大家都眼下留点神！一是保护好有价值的痕迹；二是看看能不能找到点物证啥地！来……抬我这盘铜线，我先把这里的断线接上！"

远处的房进回答后开始向战士们传达连长的指示……

"都把眼睛睁大点！"

一排"一·一"小组的线路上是一片祥和。

清晨，班长王奉广和战士杨喜一前一后地走在线路下的山路上……

露水将他俩的军裤打湿……军裤变成了一深一浅两种颜色！

"路虎"不时地停下来抖着身上的露水……

王班长加快了脚步："杨喜，今天出来得早！咱过交接杆去迎迎排长他们？好详细地汇报一下林场来慰问的事！"

杨喜随着王班长加快了脚步……

"班长，不提我还忘了问你：9月15号是啥日子呀？林场为啥每年都选今天来小组慰问呀？"

王班长对此也是一知半解："9月15号是'传统教育日'……具体的教育内容那天孙场长会给你讲的。哎……昨天沈台长来采访时……你跑哪去啦？怎么喊也找不着你……还笑你……"

杨喜的笑容继续:"你还叫人家'沈台长',不怕见面再挨呲呀?我昨天不是故意躲的,我有点怕那位沈……沈……哎……还是叫沈台长吧?她的嘴跟刀子似的!我怕她采访我……所以……"

王班长边指责边解释:"所以就把我一个人晾那儿啦?其实沈台长是刀子嘴豆腐心人挺好的。你怕她干啥?她也不吃人!"

杨喜的笑容瞬间变成了惊诧:"还不吃人呢?我看都快把你吃了!你不是就多说了一个'丹'字吗?看她那眼睛瞪的!班长……她到底是啥'台长'呀?再见面我到底该怎么称呼她?"

王班长详细地介绍着:"林场的文化生活少!前几年又没有电,因此广播站就成了他们心中的一块……一块?哎……按咱们部队的叫法是'文化阵地'!因为职工和家属们都特别喜欢广播站的节目,因此就叫广播站为'林场广播电台'!沈丹是既当台长、又当记者、又当编辑、又当播音……唉……也真难为她啦!不厉害点还真挑不起这摊来,她那'播音'的小屋!还没咱的厨房大呢……条件可简陋啦!"

杨喜的思维在"跳跃":"班长你挺了解她呀?别……你别瞪我!我……我没别的意思!我是想问问你……再见面我朝她叫啥呀?"

对杨喜的认真提问,王班长也在认真地考虑:"你比她小……叫啥她都不会介意的!就……就……就叫沈记者吧?"

杨喜的思维又跳跃到一个新的"领域":"班长,昨天我听'沈记者'说要和你唱什么《十五的月亮》?那首歌可好听啦!是……好像就是咱们军区的一个女演员唱的!你想学我教你……"

这个问题是王班长昨天才患上的"心病":"还说呢?我就是不想唱……今天才起大早想当面向排长汇报去!快走吧……离'交接杆'还挺远呢……"

杨喜的跳跃性思维开始"止步":"遵命……!路虎''路虎'……快跟上!"

B 把看家本事都给我使出来!
比天大的事是赶快抢通!
唱歌要当政治任务去完成!
要为公安队伍清理门户!

被盗的线路旁。

耿连长正指挥抢修排的战士们争分夺秒地抢通被盗的线路……

"房进,杆下我负责,你带两个人上线杆紧线调垂度。对……一空一空地往前倒!

快……手脚都麻利点！把平时练的看家本事都给我使出来！快……快……"

连部的大车飞也似地开了过来……司机小马从驾驶室里探出头来：

"连长呢？连长在哪？"

一名接线的战士指了指前边："连长在那儿呢……那不是吗？"

小马一加油，汽车朝着连长所在的位置飞驰过去！然后"吱"地一个急刹车停在连长的跟前……

耿连长猛一抬头……

"你毛了咋地？当这'大解放'是赛车哪？我……"

小马也不解释也未下车……只顾伸出脖子冲着连长使劲地喊："连长——出事啦！出事啦！"

耿连长瞪大了眼睛："说清楚点！出啥事啦？指导员他们呢？"

小马急的眼睛瞪得比连长还大："指导员和派出所的人干起来啦！你快过去吧……"

耿连长把手中的接线钳子往旁边的战士手里一递：

"走！我去看看……小马你赶快调头呀！还愣着干吗？"

小马也不答话，汽车又飞也似地朝前面的一处较宽的路面开去！

房进放下手里的紧线器从杆上往溜……离地面老高就蹦了下来！几名问讯的战士也往这里跑……

耿连长把眼珠子一瞪……号喽就是一嗓子！

"干什么？想去打群架呀？天大的事我一个人顶着；比天还大的是赶快抢通！房进，我限你小子一个小时内完活……不然我撤了你！小马……开车……快点！"

大解放朝着小山子镇的方向疾驶而去……

一排维护的线路上，两组会合的巡线坐下来攀谈。

一排长和王班长并肩坐在线路下的一棵枯树上……"一·二"小组的吴班长和杨喜盘腿坐在对面……

王班长还是面红耳赤地想说服排长："排长，我……我……我还是不想唱那首《十五的月亮》！不行你换个人吧？要不换吴班长？"

马排长态度坚决没有商量的余地："亏你想得出来？为一首歌还得叫你们两个班长交换场地呀！再说这班长调动也不是我的权限呀！不就是唱一首歌吗？人家沈台长都没说啥，你个大小伙子怕啥呀？大大方方的，既然是孙场长交代的……就当政治任务去完成！"

王班长默不作声……用手使劲抉着树枝……

吴班长一边旁敲侧击:"咱王班长啥时候变得这么封建呀?唱首歌还难为成这样!这要是将来相对象可咋办?"

马排长用树棍点了一下吴班长的头……吴班长知道自己有点"多嘴"……因为一提对象的事王班长就有点神经过敏!

马排长连哄带安慰:"既然练就得练好,你主动点!别让人家沈台长一个大姑娘家老翻山越岭地往小组跑!正好……你去林场练歌时顺便到供销社买点文具,慰问那天送给山花她们……拿着……这是一百元钱,就说是你们小组买的!"

王班长接过钱还在犹豫:"排长这钱也不能叫你一个人掏呀?我们……"

马排长:"你们加一块儿还有我挣得多呀?多挣多掏……这可是咱连长立的规矩!"

王班长不再提钱但央求着:"排长你们那天一定得来呀!对了……咱是不是还得出个集体的节目?"

马排长十分痛快地保证:"那天我起早就来!吴班长他们也来,给你壮壮胆……助助威!省得你在沈台长面前总是阴盛阳衰!集体的节目你们就定吧!定好了告诉我们,咱先分着练……我们提前去合一遍就行!还没想通哪?咋跟上刑场似的……打起点精神来!这样可不像咱一排的兵……"

王班长振作了一下精神:"是——

小山子镇派出所里气氛凝固,仿佛有人划根火柴就能引起爆炸!

镇派出所的值班室里,指导员虎着脸坐在长条凳上;小姚站在指导员的旁边。值班的正是姓贾的民警。

其实这里并没有发生"战争",只是指导员被姓贾的民警气了个半死,便和他拍了桌子!但姓贾的民警倒是来了个以静制动……就是不接招儿!

耿连长带着一肚子的火……一身的风闯了进来!

此时姓贾的民警连眼皮子都不抬……照样一杯茶水一支烟……一张报纸看半天地在装清闲……

耿连长进门便问:"指导员,咋回事?"

指导员脸色铁青眼里冒火:"还能咋回事?人家拿咱线路被盗不当回事……就是不肯去现场!"

此时的指导员真想耿连长能胖揍这阴阳怪气的贾警察一顿!大不了他替连长背个处分,革命有时候还真不能"温良恭俭让"!

耿连长不用问第二句就知道了事情的来龙去脉……他一步跨到跷着二郎腿的贾警察面前,顺手抽过他手中的报纸往地上一扔!然后把他跟前的茶杯推到一边,一屁股坐在了桌子上……

"真是冤家路窄！你小子还在公安队伍里混哪？这身皮真是让你穿白瞎啦！你给我把那二郎腿放下！这不是你家炕头上。"

耿连长没等他把二郎腿"放下"……便用脚把那高跷的二郎腿给踹下！

贾警察呼地站了起来！但他的腿有点发软……于是又坐下："姓耿的你想干啥？小心我到军区……"

知道自己说走了嘴……他把下面的话咽了回去！

耿连长横眉冷对："说呀！接着说呀？你不是想说到军区去告我吗？你就是到军委告我老子也得先为公安队伍清理门户！不信咱试试？看咱俩谁是软皮蛋！不敢就是大姑娘养的……"

耿连长说着手就伸了过来，贾警察赶紧往后躲……

"你想干什么？我警告你别胡来！我不是不去现场，现在没到上班时间；值班的就我一个人。再说不就是丢了点铜线吗？就是抓到了也一不够判……二不够押的……你着急也没啥用！咱这镇上一天到晚地比这大的案子多啦……这小偷小摸的事都到现场我们跑得过来吗？"

耿连长边说边要动手："看来我还真得给你上上政治教育课……帮你提高提高对国防线路重要性的认识！我告诉你：盗割正在使用的……担负重要通信保障任务的军用线路！其性质就不是盗窃……而是破坏！"

贾民警边说边往后退："你嘴大……我不跟你犟！但你说是'破坏'你拿出法律条文来？嘴说有啥用？我还说盗线的该判死刑哪！但法院干不？"

耿连长肺都气炸拉！他攥紧拳头刚要动手："你——"

派出所值班室的门呼地被推开……房进带着几名战士冲了进来！跟在后面的小马手里还拎着汽车的摇把子……

房进高声呐喊："连长……指导员……谁想跟部队干仗？谁呀……谁？"

耿连长松开拳头："没人干仗呀？就是这位警察同志腿脚有点不利索；想去现场不方便；麻烦你们把他给我抬车上去吧！因为不去他总以为国防线路上又发生了'小偷小摸'的事呢……"

房进心领神会……

："是——上——"

几名战士"呼啦"把贾警察围在当中……

"呦……一大早晨就来了这么多的客人呀？快坐快坐……小贾……咋不给解放军同志让坐呀？"

说话的是该派出所的游所长……一脚门里一脚门外的游所长不知道值班室里发

生了什么？但他感觉到发生了什么！

C

林子里啥鸟都飞出来啦！

大打"人民战争"！

"采蘑菇的小姑娘"

"声声赞歌唱亲人……"

为了便于介绍情况，耿连长与指导员都挤坐在派出所的小北京吉普车里。

游所长不停地说着道歉的话："老耿，你就消消气吧？我替他给你赔个不是还不行吗？这小贾就是不会办事，没他那么说话的！指导员……对不起啦！我治警无方……我检讨……"

耿连长则话不离主题："老游呀，咱们兄弟过去的事就不提啦！你还是一会到现场研究研究破案的事吧？这次肯定是有组织的团伙作案……太嚣张啦！"

游所长既是个老基层，也是个老公安，一提这案件的事，也是一肚子苦水："上周你们线路上的被盗案我就判断是团伙作案！本来我要亲自抓侦破，但紧接着又发生了一起盗窃农电设施案；连变压器都偷走啦！上级限期破案，我在底下一直蹲到现在也没找到点有价值的线索！这不今早上刚回来就碰上你们……唉……我也是焦头烂额呀！"

对游所长的苦衷，耿连长表示同情和理解，因为毕竟是打过多年交道的老熟人了："我们也是想尽量少给你们添麻烦，这几年驻地群众盗割线路的我们没少抓；今天老张家要编笊篱……明天老李家要拉电视天线……都上咱线路上去绞！抓住了人家还说：不就一小骨碌铜线铁丝吗？你的杆上还有那么多呢？解放军真抠！你说这样的我都往派出所送……你咋处理？但这有组织的团伙作案危害性太大，不打掉不行！"

对耿连长的理解，游所长也是万分感动："感谢你的理解！你说这法治建设咋越建越没法制？要换'文革'那咱，谁敢动这军用线路一手指头……全家都得当现行反革命！不枪毙也得蹲大狱！从来也没听说过丢线这码子事？现在可好……一开放了……林子里的啥鸟都飞出来啦！"

也过了气头的指导员愤愤地道："改革中出现的问题可以在改革中去解决……犯罪分子和团伙出来一个打掉一个！社会治安会从根本上好转的……"

耿连长用商量的口吻："游所长你看这样行不？咱们来个两条腿走路，我们部队重点抓预防；我们印一些宣传关于国防线路重要性和盗窃军用线路危害性的宣传品沿线张贴发放……不断提高沿线群众对国防线路重要性的认识。你们公安部门重点抓破案……双管齐下！"

此话正中游所长的下怀："好……好……我举双手赞成！今儿下午我就召集各村

的治保主任开会,咱再多建一些'堡垒户',鼓励和奖励举报……咱这也叫大打'人民战争'!"

耿连长指了指前方:"盗线的地方快到啦……"

虽然不是节日,但一排"一·一"小组院内节日气氛很浓。人声鼎沸!

林场来慰问的人有多名……起早就赶到的马排长带领几名战士列队欢迎!跑在慰问队伍前面的是山花等几名小姑娘,山花她们今天都化了妆,离远一看就像"杨柳青"的年画煞是活泼可爱!

孙场长将随行的人员一一向官兵们介绍……

"马排长呀……你是兵强马壮呀!小组配这么多人啦?"

马排长汇报道:"小组今年就俩人,吴班长他俩是'一·二'的;今天特地和我一起赶来欢迎林场的各位领导。"

孙场长满脸笑容:"那各位辛苦啦!都是老朋友啦,整这么隆重干啥?我就是每年不过来看看心里总惦记着是回事儿!来……把给解放军的慰问品搬进来,一排二排的每个小组都有份,连部也有……哎……你们耿连长咋没来呢?真不够意思!你们大家都屋里屋外好好参观参观吧,看看解放军这日子过的……比咱们像样多啦!"

马排长和战士们赶紧把慰问的人员往屋里让:"欢迎各位领导检查指导!多提宝贵意见!孙场长您每次来都带东西,真叫我为难……我们连长和指导员现在在二排的维护区给沿线的群众搞宣传脱不开身……但他们特地来电话向您问好!"

孙场长笑容依旧:"这话我信……这话我信!你们连长只要是能脱开身,他一定会到场!那人讲究,啥事都不拉过!其实我们来也没带啥东西,都是山货,吃不了就邮家去,也算是你们没白在这深山老林里待一回!今天咱们是以联欢为主……不是什么……位……位……"

孙场长指着黑板上的标语卡了壳……沈丹赶快在一边提示:"'莅'临指导……"

孙场长仍然笑着,不过现在他是在笑话自己:"这'位'字加个草字头咋就立起来了呢?还是解放军有文化……还得向解放军学习呀!"

二排的维护区内的通信线路上……

耿连长与指导员带领几名战士正在往线杆上贴宣传品……然后又在附近的明显方位物上贴宣传品……

一排"一·一"小组的院子里的慰问演出已经开始。

以小组的房间为背景……山花等几个小姑娘正在表演节目……

"观众"们围成了一个半圆,不时地送上掌声和笑声!

"采蘑菇的小姑娘，

背着一个大箩筐，

清晨光着小脚丫

走遍树林和山冈……"

孙场长用慈爱的目光看着正在表演的小女儿，马排长等"观众"使劲地为小姑娘们鼓掌加油！

孙场长低声和马排长攀谈："我这个老丫头，就爱唱歌跳舞！这几年咱山里能看电视啦，她就整天跟着电视和录音机学呀！练呀！场里的小丫头们都叫她小程……程……程啥来着？就是那个什么东方歌舞团的小演员？你别说，她还真好像有点文艺细胞！这节目就是她组织几个小伙伴们自己练的……"

马排长边看节目边回答："是小歌星'程琳'吧？山花她俩长得还真有点像！这《采蘑菇的小姑娘》就是程琳的原唱。山花学得挺像，是挺有天赋的，我还以为这节目是沈台长帮她们排练的呢？那就让她好好学，将来考个艺术院校，肯定有发展！"

孙场长摇了摇头："山里的孩子想出息不容易呀！"

"她采的蘑菇最多，

多的像天上的星星数不清。

她采的蘑菇最大，

大的像那小伞装满筐……"

其实，台上的山花最在意的观众是杨喜叔叔。见杨喜叔叔看得很认真，她的心里甜甜的……

山花是最后一个跑下台的，这是她排练时就精心安排好的。她边跑边向杨喜叔叔招手……招手……

在热烈的掌声中……沈丹接过话筒，她娴熟地试了试音量……

"下面我把一首边疆人民都喜爱的老歌献给在座的解放军同志，这首歌的名字叫《边疆的泉水清又纯》。"

沈丹微微地示意，录音机里伴奏声渐起……

"边疆的泉水清又纯，

边疆的歌儿暖人心，

暖人心！

清清泉水流不尽，

声声赞歌唱亲人……"

二排维护的通信线路旁。

耿连长一行人还在进行着国防线路重要性的宣传。他们在为种地的农民讲解着……在为放养人讲解着……在为赶车人讲解着……然后他们吃力地帮赶车人将车推上坡……赶车人感谢地握着他们的手!

　　一排"一·一"小组院内的慰问演出渐入佳境……
　　"唱亲人边防军,
　　军民鱼水情谊深,
　　情谊深……"
　　初秋的北国山区,已是层林尽染!虽然没有了山花烂漫,但也是色彩缤纷,格外的迷人。
　　沈丹的歌声还在林海中回荡……
　　"顶天的青松……
　　扎深根……
　　人民的军队爱人民……
　　爱人民……"
　　在沈丹的歌声中,不同人的脑海里浮现着不同的画面……
　　山花的眼前浮现出雨夜杨喜叔叔背着她在山路上奔跑的画面;
　　马排长的眼前则是秦耕耘在为山泉村的孩子们认真地上课……
　　"浩浩林海根相连,
　　军民联防一条心。
　　一条心保边疆,
　　锦绣河山万年春。
　　万年春!
　　哎……哎……哎……"
　　二排维护的通信线路旁的村落里。
　　耿连长一行走村串户,挨家挨户地上门宣传着。乡亲们把他们送到门口,村口。与他们握手……招手……

D 我宣布:要临时加一个节目!
　今天是我再生的生日!
　我们是真正的生死兄弟!
　差一点永远没有你啦!

　　一排"一·一"小组院内的演出逐渐推向高潮。

一排长带领两名班长两名战士跑步上场,一套标准的队列动作引来一阵掌声!他们的合唱是今天早晨才合练的……

"咱当兵的人,

有啥不一样?

只因为我们都穿着,

朴实的军装……"

穿着朴实军装的人;用朴实的歌;打动了朴实的"观众"!人们的眼前浮现出一幕幕连队官兵值勤与生活的画面……

"都是青春的年华,

都是热血儿郎!

说不一样其实也一样,

一样的足迹,

留给山高水长……"

通信官兵的足迹不仅仅是留给草地、山地、林地、雪地、湿地……还留给了边关军民心中比山高比水长的"圣地"!

"头枕着边关的明月,

身披着雪雨风霜。

咱当兵的人,

为了国家安,

我们紧握手中枪……"

通信战士手中的枪就是他们所维护的通信线路!为了"紧握"手中的"枪",他们战洪水!斗猛兽!顶风雨!爬冰雪……一张张坚毅的脸上,写满了对祖国和人民的忠诚誓言!

"都在渴望辉煌,

都在赢得荣光!

说不一样其实也一样,

一样的风采在共和国,

旗帜上飞扬……"

"唱得好!唱得好!当兵的人,是这个样……就是这个样!"

孙场长情不自禁地站起来带头鼓掌!

沈丹拽了拽刚下场的王班长……

"该咱俩的节目了。"

沈丹和王班长站在场中时,山花的小嘴噘得老高老高!

沈丹清脆的声音唱出了第一段歌词……

"十五的月亮，

照在家乡……照在边关！

宁静的夜晚，

你也思念……我也思念！"

王班长浑厚的声音承接着下段歌词……

"你守在婴儿的摇篮边，

我巡逻在祖国的边防线。

你在家乡耕耘着农田，

我在边疆站岗值班……"

也许是下面的合唱刺激了山花，她悄悄地起身溜到了杨喜的身边，使劲地搔聚精会神看节目的杨喜……

"啊丰收果里有你的甘甜，

也有我的甘甜！

军功章呵……有我的一半，

也有你的一半！

……

万家团圆，是你的心愿，

也是我的心愿……啊……啊……

也是你的心愿……"

二人还未来得及在掌声中"谢幕"，山花一蹦一跳地跑进场，她一把夺过沈丹手里的话筒……

"我宣布，临时加一个节目！由我和杨喜叔叔对唱……"

沈丹笑着在山花的鼻子上刮了一下，山花把扎小辫的脑袋摇得像拨浪鼓……

"你早熟呀！这么小就知道吃醋？"

山花一句不让地对付道："你晚熟！你才吃醋呢？我吃酱油！"

围坐的众人笑得前仰后合见杨喜坐着没动地方，山花跑过去往起拉……

"杨叔叔，你快起来呀？我都报完幕啦……快呀！"

杨喜为难地："我真不会这首歌。我没唱过，记不住词！"

没想到山花早有准备："我这有词，都写好啦，你会谱就行！你看我的手势听我指挥……"

马排长在一边既动员又命令："杨喜你就和山花唱吧！当任务完成！"

杨喜起身像小脚女人似地走到场地中间，山花饮水思源……给马排长深深地鞠了一躬："谢谢马叔叔！"

在山花的指挥下，杨喜当起了"十八岁"的哥哥，他拿着山花早就写好的歌词……

有点腼腆……

　　"九九那个艳阳天来哟,

　　十八岁的哥哥呀坐在河边,

　　东风呀吹得那个风车转哪,

　　蚕豆花儿香呀麦苗儿鲜……"

　　山花显然是练过好多遍……她努力地模仿着比她成熟的小英莲的声音……

　　"风车呀风车那个衣呀呀地唱哪,

　　小哥哥为什么呀?

　　不啊开言……"

　　孙场长笑着马排长唠着……

　　"我这个老丫头呀,从小就要尖!都是她姥惯的……"

　　"九九那个艳阳天来哟,

　　十八岁的哥哥呀想把军来参。

　　东风呀跟着那个东风转哪,

　　哥哥惦记着呀小英莲……"

　　老丫等小姑娘们不停地为山花和杨喜叔叔鼓掌加油!山花越唱越投入……

　　"九九那个艳阳天来哟,

　　十八岁的哥哥呀细听我小英莲。

　　哪怕你一去呀千万里呀,

　　哪你十年八年呀不回还。

　　只要你不把我英莲忘呀,

　　等待你胸佩红花呀回家转!

　　等待你胸佩红花呀回家转……"

　　大家越是叫好,杨喜越是有点不好意思!虽然"音准"没有受到影响,但发声却不由自主"颤抖"得厉害。好像一个成熟的歌手在故意卖弄演唱的技巧。特别是山花那双"会说话"的大眼,火辣辣的"真情告白","说"得杨喜更是心里打鼓耳根子发烧;当孙场长把他叫到身边拉家常时……他更是有点局促不安……

　　孙场长细细地端详着杨喜:"你叫杨喜吧?你可是我家山花心中的偶像呀!自从上次你们在山里救了她,回去后逢人便说,我杨喜叔叔那歌唱得才好呢!人家抱着吉他边弹边唱,就得李……李……丫头……李什么来着?"

　　山花赶紧补充道:"李春波!"

　　孙场长接着夸奖:"对,就得那个唱'村里有个姑娘叫小芳'的李什么波?还有,我杨喜叔叔会炒拿手好菜,就是现在还没有出空来给我炒呢!还有……我杨喜叔叔跑得好快呀!他背着我一口气跑了十多里呢!看她那么崇拜你,我这当老爸的都有点妒忌啦！"

见大家一阵哄笑……山花使劲地用小拳头捶着爸爸的背！杨喜红着脸赶紧岔开话题……

"孙场长，今天是什么日子呀？为什么我们要在每年的今天联欢？"

孙场长陷入了沉思中："今天是我的生日呀！今年的今天是我'十五'岁的生日……"

孙场长脑海中的胶片……回放到十五年前……

"那时我是采伐队的一名队长，我们采伐队有十几个人……外出作业经常是几个月回不了家！记得那天我们断了粮，于是就采来一大筐蘑菇熬了一大锅。寻思吃完这顿就撤回林场，结果忙中出错……蘑菇没有认真地检查……一锅蘑菇汤撂倒了十几个人！我们带着求生的希望向解放军的通信线路爬呀爬……"

山花趴在父亲的腿上，眼里两颗晶莹的泪珠在转来转去……

"也许是上天的安排，命不该死的我们刚爬到你们维护的线路上，就遇到了两名巡线的解放军战士。问明情况后，那名班长爬上杆就挂电话向连队报告……我迷迷糊糊地看到：他上杆下杆统共也没用上几秒……简直就是在飞！然后他背起中毒最重的我就往小组跑，后面是战士背着另一名伐木工人……"

孙场长抬起头，充满深情地环视着小组，环视着小组周围的一切……

"当时我是四肢无力心里明白，我记得当时我吐了那位班长一身！我还记得那位班长一口气都没歇地背着我跑回了小组！然后又返回去背下一个中毒的伐木工人……"

山花被老爸的故事感动了："那后来呢？"

孙场长抚摸着山花的头："在他和那名战士把最后一个人背回小组时，连队的领导也带着解毒的药品赶到啦！他们身上的军装，好像是刚刚洗完……是解放军给了我们这十几个伐木工人第二次生命呀！我们的再生之地就是咱们的'一·一'小组……"

杨喜也急切地追问："救你的那位班长是谁呀？"

孙场长又环视着大家："他就是你们耿连长呀！我们是真正的生死兄弟呀！那时林场的规模小，条件差，与外界没有电话联系……后来总站经请示上级后，特地给我们架过去一条电话线。十几年来，我们林场与外界的联系……全靠这条'生命线'呀！"

山花瞪大了眼睛……

"爸爸，这事我咋不知道呀？"

孙场长揪着女儿的小鼻子……

"那时还没有你哪……差一点永远都没你啦！"

山花揉了揉被揪红的鼻子……天真地掰着手指算了算……

"老爸你今年才十五岁呀？老爸你真恶心……吐了人家耿叔叔一身！杨叔叔……我就一点也没吐你身上是吧？"

在场的人都开心地笑了起来……

E | 耿连长若有所思……
不能跟着机关的指挥棒走！
盯着耿连长使劲地想！
可把你找到啦！

通信线路旁。

一路宣传一路张贴，为了让沿线的村民群众更多地了解保护国防线路重要性，连长与指导员已经走屯串户地忙活了一周多。这天，他们来到了抗洪时加固过河杆的地段，站在河边的公路上，耿连长若有所思……

"指导员，这线路两边两三公里之内的村屯咱是都走完啦！但我觉得好像还有死角似的？"

一句话提醒了指导员："说说你的想法，还有什么死角？"

耿连长开始抖搂出自己的想法："你看呀，当时咱们确定宣传的范围是步行一小时内能够到达咱们通信线路的距离。但这一小时车程范围内的村屯咱没有计算在内，就像这样与咱线路交叉的公路，十里八里的开个农用车用不了半个小时就到咱线路下……现在哪个屯子里都得有几辆农用车，这就是咱护线宣传的死角！也是隐患呀！"

指导员被耿连长一语点醒："你说得有道理！那咱就把凡是有公路能到达咱线路地域的宣传范围扩大到一小时的车程，像这样的路况农用车一小时大约跑多少公里……"

耿连长还核计着："在不济也能跑二十公里吧？咱们就把宣传的范围扩大到二十公里吧？"

指导员催促着："那咱就抓紧跑吧，月底咋地也得将这项工作完成，总站的综合检查组不是下月初要到个连吗？"

耿连长并未和指导员完全想到一起："他来他的，咱干咱的！要是跟着机关的指挥棒走，咱就一事无成啦！哎房进……快回来上车走人……快回来！"

耿连长叫回了要去查看过河杆的房进，三个人上车后沿着公路前行……

这是一条似曾相识的乡村公路。

一个村子的村口，几个上岁数的村民正在树荫下下棋唠嗑……耿连长他们的车停在了旁边,跳下车的耿连长向房进交代着……

"我和指导员在这个屯子宣传,你带车到下一个屯子去宣传,结束后再回来接我们。哎……你串前面来,带车就得坐到带车的位置……这是规定!"

房进在车上边串坐边答应:"是——"

大屁股北京吉普车一溜烟地沿着公路向前开去……耿连长和指导员上前去和村民们打招呼……

"大爷,没事在这下棋哪?"

见有解放军同志打招呼,村民们都围了过来……

一位上岁数的村民起身答到:"咱这老农民哪会下棋呀? 我们在玩'走五道'……没事闲的。瞎玩……瞎玩……"

耿连长边套近乎边把话引入正题:"大爷,从咱屯子往前十来里地有条解放军的通信线路您们知道吧?"

一位留着胡子的村民摇着头:"十来里地儿,什么线路? 我没理会呀!"

说话的村民盯着耿连长使劲地想着……

另一位年轻些的村民呲哒到:"瞅你这记性,真是越老越不中用啦! 我知道,是有一溜儿电线杆子,过道后奔河西去啦……没错吧解放军同志?"

耿连长赶紧应承:"对,您说得对,就是那一溜儿电线杆子! 那是一条军用的电话线路……"

留胡子的村民使劲地一拍脑门……惊喜地叫了起来……

"我想起来啦,我想起来啦! 你就是发大水那会儿给我们打欠条的那位解放军当官的! 没错……没错! 就是你……就是! …我说一下车就瞅着你脸熟呢?"

村民们"呼啦"一下把耿连长和指导员围在中间……耿连长和指导员的脑袋里"呼啦"一下全是两个字……"后悔"!

村民们七嘴八舌地呛呛着:

"把他们弄村委会去!"

"别让他们走了!"

"村长找他们都费老心思啦!""

快……快! 快去叫村长……叫村长去!"

耿连长与指导员被连拉带拽地朝村里去……

指导员小声地:"智者千虑……必有一失吧?"

耿连长满不在乎地小声道:"'杨白劳'遇见'黄世仁',还不起钱就还人! 你就准备当'喜儿'吧?"

指导员小声地放着狠话:"到这节骨眼上了? 你还有心思……"

第二十章

A 他们是自己送上门的！

等着撤职，等来的却是垂直拨款！

耿连长拿出了带来的宣传品。

西瓜甜也不要钱！

某村村委会门前挤满了看热闹的村民。

"村长来啦！"

"村长回来啦……"

守在村委会门前的村民们让出一条道，村长乔某跟着前去找他的村民急匆匆地走了过来。

虽说村官也是官，但乔村长一身的泥土倒让人感到这村官当得也不容易……

一位想"买功"的村民赶紧迎上前来："村长，你可回来啦，两个解放军当官的让我们圈屋啦！"

留胡子的村民也挤过来："村长，这解放军是我认出来的！刚才老刘头子还说我老得不中用了呢？咱让村长说说，我中用不？"

因为走得急，村长喘着粗气："你们是咋找到他们的？"

想"买功领赏"的村民又抢先答道："没用找，他们是自己送上门来的！还是坐车来的呢，不过这回他们坐的是小吉普车！"

留胡子的老头得意地捋着胡子："这事该着我立头功，那个解放军当官的下车就奔我来啦！还跟我唠了半天嗑呢。"

被称作老刘头的村民挖苦道："你这老糟头子又到村长跟前买好！想让村长答应你死了可以埋呀？没门！你不是怕火吗？怕火也得炼了你！"

村长不再理会村民们的逗哏，径直朝屋里走去……

某村村委会的室内很冷清，只有被村民们关了"禁闭"的耿连长和指导员。

村委会虽然是最初级的政府，但这政府"寒酸"得让人对政府的"职能"有所怀疑。

耿连长和指导员被"圈"在村长的"办公室"里，村长办的全部设施是一张桌子，两把椅子……外加一张不睡人都要"塌方"的单人床！

乔村长进屋后耿连长和指导员礼貌地起身相迎……他们心里盘算的是怎样兵来将挡,水来土掩!

乔村长进门后先自报家门:"两位解放军首长辛苦啦!辛苦啦!我姓乔,是这村的村长;咱村的书记上调啦!书记我也临时兼着。快坐……快坐……别客气!"

耿连长也主动介绍:"我姓耿,是驻军通信连的连长;这位是我们连的指导员。刚才您说书记'上吊'啦!为啥呀?"

乔村长"扑哧"一声乐了:"两位都是解放军的大官,有点听不懂咱这老百姓的土话。我们村的书记不是上吊自杀!是调到上边升官啦!现在乡里当副书记,管党群那摊。两位首长能主动上门来找我们真是感激不尽呀!"

耿连长顺着村长的话往下捋:"是啊,听说村长找我都要找疯啦?我们就主动来啦!有啥条件就提吧?您也别客气!"

乔村长笑容可掬地:"一看耿连长是个爽快人!这事都办到这样啦,咱还能有啥条件?一句话……就是感谢!万分的感谢!"

村长的一席话,倒让料事如神的耿连长如坠迷雾!指导员更是……

乔村长见几个村民挤进了屋,便吩咐到:"快……去张罗给解放军同志倒水呀!哎……老张头,去你家地里摘几个瓜来!你家的瓜还没罢园吧?"

老张头:"还没哪,我就去!"

心里没底的耿连长嘴上谦让着:"不用啦!不用麻烦啦!我们一会还有事哪……"

乔村长则不慌不忙地:"不碍事,不碍事!咱现在就办正事儿,我说司会计……司会计哪?"

司会计挤进了屋……

"来啦!来啦……你们都挤在门口干啥呀?要不就进屋里来,要不就出去……多挡害呀!"

乔村长损嗒道:"司会计你死哪去啦?咋才冒上来?耽误事不是?"

满头大汗的司会计解释着:"我不是给送水泥的结账去了吗?再不结账人家就不给送啦!我怕耽误工程进度……"

乔村长吩咐道:"你把解放军同志打的那张欠条拿来,快点!人家解放军同志军务在身,还得忙去哪!"

耿连长与指导员对视了一眼,彼此告诉对方……该到主题啦!

司会计拿着个账本走了进来,"欠条"是从账本里抽出来的。

乔村长接过"欠条"认真地看了看,然后双手呈到耿连长的面前……

"解放军首长您看一下,这是您写的吧?"

耿连长接过"欠条"扫了一眼,"欠条"下面记的车牌号排了一长串,有些已经被雨水洇得模糊不清……

"没错,是我写的! 你说个数吧? 这事……"

乔村长打断了耿连长的话:"这事就不用说了! 是你写的就好,就好!"

乔村长小心翼翼地接过"欠条"……将它小心翼翼地叠了起来……

看着他怪异的动作,耿连长和指导员更是不解,因为刚才他俩在"村长办"事已经合计过,只要不是狮子大张口,他们就答应! 一是连队现在有这个经济能力;二是还要以宣传护线和防盗线为主……

乔村长自言自语:"这数还用说吗? 我……我……我张得开口吗?"

耿连长倒是痛快:"你也别顾忌啥? 该咋办咋办!"

乔村长喃喃自语:"还是解放军说得对! 该咋办咋办……"

乔村长的办法叫耿连长和指导员目瞪口呆! 他竟然把"欠条"撕了! 一下一下地撕的,撕得粉碎粉碎的!

耿连长瞪大了眼睛:"村长你! 你这是……"

乔村长激动得面部有些痉挛:"这是我的一块心病呀! 不找到您当着您的面把它扯了我睡不着觉呀!"

指导员也大惑不解:"为啥呀? 乔村长……"

乔村长的嘴唇哆嗦着:"咱农民呀! 有的时候就是目光浅,光看到自己眼前的那点利! 不是说:要想富先修路吗? 咱村就集资修了这村里的路。你们也都看到啦,咱是一个贫困村……修这条路村民们是勒着裤带干的!"

耿连长被村长的真诚所感动:"是呀,可是为了让抗洪的车辆通过……把村里的路又压坏啦!"

乔村长依旧哆嗦着嘴唇:"所以呀,越穷小农意识就越强! 当时村民们拦路要买路钱我……我是默许的。唉……现在想想真丢人呀! 我们这不成了劫道的了吗?"

指导员安慰道:"不能那么说,当时也是一下子转不过弯来……"

乔村长停了一会,待情绪稍稍平息后又接着开口:"可不……后来一下子就转过弯来啦! 看看那泄洪区的村民……为了大局把家毁啦都没说半个不字! 都是一样的老百姓……咱的觉悟哪去了? 这脸还往哪搁呀! 还有那些抗洪的解放军……老百姓往后撤……解放军往前冲! 人……人家就不是爹娘养的? 人家的命就不值钱? 人家为了谁呀? 还不是为了保卫咱? 可我们还叫人家打'欠条! ……这是人做的事吗?"

耿连长反过来安慰道:"乔村长您别那么说!'欠条'是我自愿打的……没人逼我!"

乔村长懊悔地摇着头:"你就别给我宽心丸吃啦,我心里明白是咋回事! 我从乡里开会回来一看'欠条'就傻啦,心想这回就等着撤职吧! 我等呀……等呀。洪水一撤……我们等来的是省里给我们垂直拨来的修路款……"

耿连长听到此处终于明白了事情的原委,但他并未插话……

乔村长更加悔恨地:"我们不明白是咋回事?四处一打听才知道,是您耿连长在省长面前亲自给我们要的钱。而且打'欠条'的事压根就没提!您真是咱村的大恩人……是我老乔的大恩人呀!"

乔村长的手很有劲……但耿连长明显感觉到他的手抖得厉害……

"乔村长您别这样!这是我该做的,要感谢你得感谢省领导;是他们把咱老百姓的事放在了心上!哎……咱村的路开始修了吗?"

一提修路的事,乔村长立马来了"电":"开始修啦……开始修啦!我就为这事到处找你哪!本想让你为咱这修路开工剪个彩,找不到你我们只好就先开工啦。这下好啦,等竣工的时候您两位首长一定要来!这路我还等着您给起名哪?一定呀!一定……你看我这一身土……我刚从推土机那来……"

耿连长帮村长拍打着身上的尘土:"好……到时候我们一定来!我们今天来还有一件事……"

耿连长边说边拿出了他们带来的宣传品……

"西瓜来啦……保准是沙瓤的,不甜不要钱!"

瓜把式老张头捧着两个大西瓜满头大汗地从外挤了进来……

一位村民接话道:"甜也不应该要钱!人家解放军给咱办了那么大的事,你想要钱村长不揣咕死你!"

另一位村民学着电影《小兵张嘎》里胖翻译的口气:"老子在城里下馆子都不花钱,别说吃你几个烂西瓜!来……把西瓜留下来一个!"

老张头死抱着西瓜不松手……

"你个老不死的也想装二鬼子胖翻译开抢呀?村长……村长……胖翻译要抢我……的瓜!"

"哈哈……哈哈!"

村民们的笑是发自内心的……

B 没血性、不张狂活着干啥?
少拿基层当"实验田"吧?
"吃肉才是硬道理"!
离了我这臭鸡蛋……

清晨连部院内已打扫得干干净净。

"一——二——三——四!"

出早操的队伍喊着口号跑步进了连部的大门,虽然他们的队伍并不"雄壮"。但这十几个人要是底气十足,口号声还是很有士气的!

队伍解散后,战士们纷纷回宿舍去整理内务。耿连长和指导员解下武装带朝后院的猪圈房走去……

耿连长又开始"王小卖瓜":"五千米越野……还能保持队形不散花!过硬吧?"

指导员没有"回敬",而是奉承道:"你将来转业要是当个中长跑教练,准能带出一支'耿家军'!我这可不是忽悠你,我来咱连也就一年多点吧?要是总站开运动会,除了你我敢和所有的连长指导员叫号!你可要知道,在来咱连之前我是蹲坑道的……腿都蹲得像麻秆啦!你看现在这肌肉……棒棒的!"

指导员用武装带朝大腿上抽了几下,大腿的反应是把武装带弹得老高……

耿连长也顺势夸道:"你是越来越像咱连的官了,啥事咱就是敢叫号!不敢叫号还是男人吗?一点血性……一点张狂都没有活着干啥?"

指导员适时地转移了话题:"听说这次年底验收的综合检查组可是和基层'叫号'了?后勤给各连定的硬指标是连部的养殖业要达到'二百条腿'!站组的养殖业要达到'一百条腿'!不达标的连队不能评先进!这叫什么'两业生产的一票否决权'?"

耿连长不屑一顾地:"那叫'叫号'吗?那叫'叫唤'!不切实际地瞎'叫唤'!他总站还没抓'两业生产'的时候咱连就搞'菜篮子'啦。'南泥湾'精神'北大荒'精神早就有,那是光荣传统!传统只能发扬光大不能发明创造!我看有些急功近利的领导为了出政绩,为了给自己脸上贴金,都快把'自己动手,丰衣足食'变成他自己的手写体啦!"

对耿连长的牢骚加批评,指导员表示一半的认同:"你说的这种现象存在!但没那么极端也没那么严重!作为连队这一级,咱只能是听招呼,守纪律。上级让咱干啥咱就干啥!听说三营有的连队为了'达标'过关,把老百姓家的鸡鸭鹅狗猪都赶到站组去啦……"

耿连长咬文嚼字地纠正道:"你刚才还落了一句,'干啥就要干好啥'!对吧?"

指导员并未理解耿连长话中还有话:"不对难道还错?一切行动听指挥吗!"

耿连长不再兜圈子:"那得看上级指挥你去干啥?遇上林彪那样的上级,指挥你去搞政变,叫你去害毛主席!你也去干?你也去干好?"

指导员终于开始"自卫还击":"你别总是把一般的行政命令和政治斗争联系在一块!好像我们都是非不分?好像我们政治上都是'阿斗'……"

耿连长却还是步步紧逼:"你不是'阿斗'你是'诸葛'行吧?那我倒要请教请教'诸葛军师':像咱们这严重缺编的连队,说白了就是每个小组才俩人,你说这要养'一百条腿'还能不能上线路了?是主业重要还是副业重要?当年那八路军新四军要是都去开荒种地……还有平型关大捷吗?还有百团大战吗?小日本还会投降吗?我这么比喻不是抬杠吧?"

指导员一时找不出反驳的话,他拣起猪圈外的一把青饲料扔给了圈里的小猪……耿连长却由此又找到了话题……

耿连长又因势利导:"搞两业生产一定要因地制宜因组制宜! 像咱二排的各组,在不影响正常值勤的前提下,多搞点种养殖咱大力提倡! 但像一排的各小组,人吃的都运不进去强供上……你让他们拿啥去养一百条腿? 再说,这'一百条腿'的提法本来就不严谨,养蜈蚣两条就一百多条腿……养鱼一万条也没一条腿!"

耿连长也拣起一把青饲料扔给小猪……还一语双关地问……

"是吧,小猪?"

指导员没有斤斤计较:"是,我是老猪! 但检查这关咱咋过呀?"

耿连长一脸的"无所谓":"不能过咱就不过呗……反正弄虚作假溜须拍马的事咱不做! 不切实际的事机关折腾几天就杀猪不吹蔫退啦……但说不定哪天又没屁格勒嗓子整出点啥新花样来! 哎……我说你将来要是调到机关可别无事生非地总是拿基层当'实验田'! 少给基层添乱,就是给基层减压啦,就是给基层办的最大的实事啦!"

指导员没好气地:"我要是到机关,就天天在咱连蹲点,非腻歪死你!"

耿连长的态度却始终"比较好":"你这人不但'抱负'心强,'报复'心也强! 还真跟我对撇子,还真舍不得你走! 哎……你看这五六头猪都够刀啦! 咱是不是节前就杀一只……先给小组送去……"

指导员认真劲又来啦:"检查组马上就快转到咱连啦! 杀一头就少四条腿,还是等等吧? 咱不弄虚作假……咱也得实事求是吧?"

耿连长也来了犟劲:"那就杀两头,连部和小组一起吃! 不管你养了多少条腿? 这肉吃到官兵的肚子里才是实事求是! 否则就是搞花架子,就是弄虚作假! 套用小平同志的话'吃肉才是硬道理'! 为啥非得等检查组'验明正身'才能杀? 这是典型的做表面文章! 领导要是年底前也不来,这'一百条腿'是不是还都要养到来年? 那养它们还是为了改善官兵的生活吗?"

指导员理屈词穷:"你说得对,你说得有理还不行吗? 就算是我求你啦! 还是杀一头……杀一头吧? 啥时候能把你这犟驴给杀啦? 我好省点心……"

耿连长"扑哧"一声乐啦……

"想杀我这'犟驴'呀? 你得顺毛摩挲!"

"连长……电话!"

值班员爬在窗户上喊……

"知道啦……来啦!"

耿连长回身快步向连部走去……

连部里的内务还没有整理,显得有些凌乱。

指导员回屋时连长的电话还没有接完,从表情上看就知道不是啥好事……

"嗯……嗯……是……是……我就去！就去！"

指导员关心地问耿连长："啥事呀？满脸的愁云惨雾的！"

耿连长叹了口气："唉！白妮病啦……"

指导员一连串关心的问号："重吗？住没住院？你得过去看看呀！我找教导员给你请假吧？"

两人边说边开始整理内务……耿连长认真地叠着被……

"不用啦,刚才李队长说他已经和教导员给我请完假啦！白妮没住院,她在卫生队打点滴呢！唉……她病得真不是时候！"

指导员"严厉"地批评道："有病还能挑时候呀？净说没用的！你还是收拾收拾赶快走人吧,白妮在这个时候还不定咋想你哪？"

耿连长牵肠挂肚地："说走就走！有那么轻巧吗？这检查组来了你咋对付？特别是这防盗线的工作,才开了一个头！唉……不是我杞人忧天！有时离了我这臭鸡蛋,还真难做成槽子糕……"

指导员终于等来了"机会"："毛主席不比你伟大呀？他老人家没了地球不是照样转吗？你放心去吧,有事我和你电话联系……你遥控指挥！"

耿连长突然正色道："刚才在猪圈那儿我说你调机关的事,我不是和你开玩笑！你认真点……正经点行不？你可得抓紧运作啦,要不等到年底……两个主官一起动不容易呀！"

指导员也认真地："提拔你是我意料之中的事！这不会影响到我……"

耿连长的表情有点让人琢磨不透："不是'提拔'！怎么跟你说你？唉……我是想离开部队……但这决心还没有下呢？"

指导员闻听此言有点惊骇！他停下来坐在内务的旁边……

"如果是这样？那我就不走啦！基层锻炼人……更需要人！咱俩一对臭鸡蛋……不能一个也不留呀？这个决心我早就下啦！"

耿连长没再吱声,只是用力地拍了拍指导员的肩膀,指导员开始继续整理内务……

C
白妮的脸上泛起了红晕。
啥事叫你上这么大火呀？
缺的就是尚方宝剑呀！
空穴来风也是风！

白妮的宿舍就在总站卫生队的楼上。

白妮的宿舍十分整洁,这十分符合她的职业。

白妮正在用手调着点滴的速度,苏连提着一大袋水果进来……

白妮像见到了救星:"你真是及时雨呀! 快……快帮我举一下吊瓶,陪我去趟厕所,憋死我啦! 你不来我只能把这点滴调快点……"

苏连赶紧一只手举着吊瓶,一只手去搀白妮……

"你们卫生队李队长也真粗心! 这么重的病号也不派个卫生员陪着? 万一出现点输液反应咋办呀?"

白妮赶紧替卫生队李队长开脱着:"这事不怨队长,是我没叫人来陪。卫生队现在对外门诊可忙啦! 恨不得一个人都当两人用! 中午的午休都取消啦! 再说都做过试敏啦,不会出啥事的。"

苏连关切地:"要不我晚上派个女兵来陪你吧? 你自己太不方便?"

白妮还是拒绝:"不麻烦啦! 今天这是最后一瓶……"

李队长和耿连长来到白妮宿舍时,苏连正在为白妮削苹果……

一见苏连长李队长调侃道:"呦,到底是妯娌呀? 关心到'家'啦!"

苏连长的嘴也不让人:"把你家嫂子找来,我们就是妯娌仨啦! 俗话说三个女人一台戏……到时候有你们好看的!"

白妮脸上泛起了红晕,她捅咕了一下苏连……

"你别跟队长没大没小的! 你啥时候能有点正型呀?"

苏连故意大呼小叫地:"呀……呀……我还真忘啦! 我这位嫂子还没过门哪,看看……脸都红啦! 耿连长……咱俩不用办交接手续吧? 我先'回避'啦,她要是再上厕所……我可不管啦! 李队长……你也'回避'吧? 哈哈……"

该"回避"的人都"回避"啦,屋子里只剩下两个无须"回避"的人……

白妮有气无力地:"哥,你咋来啦? 你是咋知道我病啦?"

白妮的话还没说完便干恶起来……耿连长赶紧过来帮她捶背……

"我把枕头给你垫床头上,你靠一会吧? 别老躺着啦。"

白妮顺从地:"是……躺的时间长了就恶心! 特别是点的这红霉素,有点刺激胃! 哥……我想靠你身上! 对……就这样,你再往里一点……"

由于有了"靠山",白妮的心情和病情都好多啦,精神状态也好多啦!

白妮喘匀了气后又追问道:"哥……你还没告诉我是咋知道我病了呢? 是谁嘴这么不严?"

耿连长将白妮揽在怀里,轻轻地摇着……

"妮,你这是何苦呢? 李队长都告诉我啦! 你要是有个……"

白妮腾出没扎点滴的手捂住了耿连长的嘴……

"哥,我没事的! 你看我现在不是挺好的吗? 你不用担心。"

耿连长还是心疼地数落着："你说你白班夜班连轴转地值班,就是铁人也受不了呀?不知道的以为你是想进步瞄着队长的那个位子,可我心里明白,你是奔着对外门诊每天补助的那几块钱,好给姐姐……"

白妮的手再次捂住了耿连长的嘴!这一次她感知到了他的脸上嘴边已经变成了"湿地",还是"温泉湿地"!两股"温泉"也在她的脸上悄悄地流过……

"哥,再苦再累都撂不倒我……我这是一股急火呀!"

耿连长变换了一下坐姿……让白妮的后背与自己的前胸接触的面积更大……贴得更实……

"啥事叫你上这么大的火呀?你快说呀!"

白妮沉默不语,耿连长使劲地摇着怀中的白妮……

沉默了很久,白妮终于开口:"哥,你……你……你是不是前几天找财务股长打听你要是'复员'能拿多少'复员费'?你真的要……"

这一次是耿连长用手捂住了白妮的嘴,这一次是耿连长沉默不语……这一次是白妮用虚弱的身体使劲地摇着他……时间一分一秒地随着两个人脸上的"温泉"流淌着……流淌着……流淌着……终于……

耿连长鼓起勇气:"妮,我说过,姐姐的病我要想一个彻底解决的办法!这也许就是唯一的……彻底解决的办法!"

时间又一分一秒地"流淌"着……流淌着……流淌着……终于……

白妮咬了咬牙:"哥……你知道'复员'对你意味着什么吗?"

耿连长早就做好了心理准备:"妮……我知道……'复员'对我来说是起点变成了终点!一切都要从零开始……一切都要从头再来!"

白妮眼泪由"温泉"变成了"喷泉":"哥……这么说你已经下决心啦!这么说一切都无法改变啦?"

时间又是一分一秒地流淌着……流淌着……耿大业没有再言语……只是将怀里的白妮搂得更紧……更紧……

白妮宿舍的门被敲了两下,还没等里面的人答话外面的人就急不可耐地推门而入!进来的是卫生队的一名女军医……

进门的女军医有点尴尬:"对不起!我不是故意坏你们的好事!耿连长……值班室有您的电话。说找你有急事,好像线路又被盗啦……反正来电话的人又急又横!白妮,刚才我可啥也没看见呀?真的啥也没看见……"

通信线路旁又是线路被盗得一片狼藉。

耿连长赶到被盗线路地点时,指导员已经带抢修排用最快的速度抢通了被盗所造成的断线。但即使是用最快的速度抢通,连队还是受到了总站与营里的点名批评!因为该连全年的人为故障率已经超了百分之百。

耿连长与指导员垂头丧气地走在已经恢复的被盗地段,耿连长手里拿的树枝不停地斩断着路边疯长的野草!

同样沮丧的指导员解释着:"要不是这次线路被盗的数量超过了前两次的总和,我是不会你刚到卫生队就把你追回来的。哎呀……总站和营里把咱连这顿臭批!"

咬牙切齿的耿连长也开了口:"从总站回来之前我到业务室了解了一下情况,这次线路被盗在全军区都挂了号!总站和营里也挨了通信部的狠批!原因是被盗时间是在大白天,正是线路忙的时候,影响极大也极坏!挨顿'臭批'……还真是便宜咱啦。"

指导员疑惑地:"以前每年连队线路被盗的次数多吗?咱都是咋解决的?"

耿连长不加思索地回答:"线路被盗就出现在近几年!但大都是三空两空的,看来今年是重灾年啦!"

指导员驻足在一根被盗的线杆下:"而且咱们很可能还是重灾区!最近我看省报和地区报连续刊登了不少关于地方通信线路和输电线路被盗的消息,咱们连所在的地区可是报上有名呀!看来这防盗线的工作靠宣传……靠打人民战争只是手段之一呀?"

耿连长仔细检查着线杆周围是否还有盗线分子留下的痕迹:"这话你说到点子上啦!我最近也在琢磨:盗窃分子为啥越来越嚣张?越来越疯狂?关键就是打击的力度不够呀!盗窃罪量刑太低,而且有的按被盗物品的价值算根本就不够抓不够判的,但它所造成的严重后果法官们却很少考虑到量刑里去!想彻底根治……咱们缺的就是重拳和尚方宝剑呀!"

"改革开放有几年啦,诸多的社会问题也就暴露出来了。这犯罪分子的胆子是'放开'啦,可法律的'紧箍咒'还是'过去时'!要解决法律条文滞后的问题,还需要时间哪。"指导员像是在自言自语,又像是在宽慰耿连长。

耿连长真的有点耐不住性子:"时间?多长的时间?等咱这'有线连'被盗割成'无线连'?一万年太久,只争朝夕!咱得'自力更生'想点法儿来给法律提提速,缩小这法律与现实的时间差!"

"怎么'提速'?"

"我现在还没想好。但我相信'牛奶会有的!面包也会有的!'"

指导员和耿连长坐在线路旁的树荫下……指导员用手指找跟前的一根线杆……

"就是从这根杆开始的,往北一共四十多空,2.3公里……"

耿连长撅了根草棍嚼着:"由此看情况就更严重啦!大白天敢明目张胆地作案,证明这火盗贼根本就不怕被巡线的战士们撞上!如果真要是撞上你想会是什么后果?"

指导员也学着连长嚼着草棍:"我也在想这个问题:一般正常的情况下,咱们出勤的战士只有两人;而犯罪分子至少是战士的几倍! 看来不光线路的安全是个严重的问题,战士的人身安全也是个严重的问题!"

耿连长紧皱着眉头:"听业务室的刘参谋讲:前几天西北的某导弹基地,在进行洲际导弹实验时,有线通信线路被盗! 造成传输数据丢失,试验失败! 在他们那里就发生过巡线战士被多名盗线贼打伤的事件! 哎……这可是小道消息! 你可不能再往外传啦?"

指导员狠狠地揪着身边的野草:"无风不起浪,空穴来风也是风! 现在的问题不是咱传不传;而是上级有没有对这些问题引起重视,能不能拿出行之有效的对策! 走吧……派出所的游所长还约我们去研究案情哪。"

耿连长起身拍打着屁股上的尘土:"走…… 去看看老游那里有啥破案的线索没有?"

D | 早也盼,晚也盼! 尚方宝剑来啦!
枪弹分离那还叫枪吗?
笔杆子不如枪杆子好使!
令箭也不能当"鸡毛"!

连部里的气氛有些异样。

接电话的耿连长在电话记录上记完最后几个字,兴奋得把笔一扔! 然后把屁股从椅子上挪到了桌子上! 夹着话筒继续听……倒出两只手来做着各种出拳的动作!

上完政治课的指导员进屋后没理会连长的反常行为……他坐在自己的办公桌前嘟哝着……

"今年的政治教育给突发事件让路太多啦……就是见缝插针地补课也是'缺斤短两'呀!"

没听到耿连长答话,他才转过身来,发现耿连长有点怪异有点反常! 由于是用肩夹着电话,所以耿连长的嘴离送话器很近,吐沫都溅到了话筒上……

"哎……哎……是……是……我们一定立即落实,严格执行! 明白啦……明白啦!"

耿连长放下电话他把电话记录本往指导员手里一递……然后清了清嗓子……

"早也盼……晚也盼,望穿我的双眼! 怎知道,今日里,打土匪进深山……"

还没看完电话记录的指导员高兴地打断了耿连长的即兴"演唱":"太好啦! 尚方宝剑来啦!"

余兴未消的耿连长推开连部的门，冲着走廊又扯开了嗓子……

"房进……房进！开枪库……擦枪！"

指导员一边吹着冷风："哎哎……我说连长，你还真别高兴得太早啦，上级对进行武装巡线的要求还真是挺严的！这不……要严格做到枪弹分离！还要做到……"

耿连长用一只手挡开指导员递到他眼前的电话记录本，一只手从抽屉里翻出一把钥匙扔给进屋来的房进……

"手枪，冲锋，半自动……全部都给我擦一遍！包括弹夹和枪刺……"

猜到了要有"好戏"唱的房进也难掩兴奋："是——"

耿连长这才安静下来回指导员的话："我的大指导员！要求归要求，执行归执行！枪弹分离那还叫枪吗？那叫烧火棍！只要这枪不在枪库里；不在铁皮柜里；不是用那三把锁锁着；不是用那'三铁一器'看着！只要枪杆子握在咱官兵的手中，咱就让它发挥应有的作用！最起码要发挥好'威慑'作用吧？"

因为是"重大"问题，指导员也半步不让："不管它是啥作用？这上级的规定咱执行起来可不能走板……这动枪动刀的可不是闹着玩的……出事就是大事！出事就一下子捅到天啦……"

耿连长也针锋相对："谁也没说动刀动枪是闹着玩的，战争年代是枪杆子里面出政权！和平年代是枪杆子里面出安全！这刀枪入库的结果如何呀？哪个犯罪的亡命徒怕你这穿着军装玩'空手道'的啦？！再说……咱口口声声地喊'党指挥枪、党指挥枪'！但枪都在枪库里，党咋指挥呀？这不是政治笑话吗？"

指导员也反唇相讥："你那是对'党指挥枪'狭义的理解！这话哪说哪了，可不能当着战士们讲呀！容易误导……"

见谁也说服不了谁，耿连长高挂"免战牌"："不管是'狭义'还是'广义'！我不误导你去引导吧，走吧……咱俩也去跟着擦擦枪……你去引导引导战士如何紧握手中枪吧，快走吧！"

这里的通信线路上静悄悄。

两名肩背冲锋枪的战士走在前面，耿连长和指导员肩挎着手枪跟在后面，线路上的火药味很浓！他们所经之处……似乎连飞鸟和走兽都退避三舍……线路四周是死一样的寂静……

指导员紧了紧手枪的背带："看来这笔杆子是不如枪杆子好使！真是写一百条标语也不如背着枪在线路上走一趟！你看这几天线路上多消停？"

耿连长又持不同意见："我和你想的正好相反！哎……指导员你说，那些盗线分子是不是见到枪就改行行善……立地成佛啦？如果可以这样推理，那公安干警的腰里天天别着枪……社会上就不应该有各种犯罪了！"

指导员用手正了正腰带:"你分析得有一定的道理!接着讲……"

于是耿连长接着分析:"咱的手里要是没枪还不如老猫!有了枪咱就是老虎!可这老虎也有打盹的时候呀?"

指导员注释到:"你是说这盗线分子现在蛰伏在暗处……等待时机?"

耿连长的脸色阴沉:"还不只这些呢!如果只有两名战士持枪巡线……犯罪分子要是再把目标瞄准这武器?"

指导员倒吸一口冷气!下意识地扫了一眼四周……手按在了军用手枪的枪套上:"不是没有这个可能!你说该怎么防范?"

已经对此有所考虑的耿连长答道:"这被动的方法很简单,把抢修排的战士分散到各组,保证巡线时要三人以上。这主动方案吗?我……我还没有想好……"

指导员又提出了异议:"抢修排的人员要是分散到各个组,线路上要是一旦出现其他情况该如何应对?"

耿连长放慢了脚步:"难就难在这里!就是线路上不出意外情况,咱这'持久战'能坚持多久?这倒让我想起了毛主席在《论持久战》中的一句话:只有大量地消灭敌人,才能有效地保存自己!"

指导员疑惑地:"你的意思是……"

耿连长咬着牙:"犯罪分子不除,永远是咱的心头之患!永远是颗定时炸弹呀!哎……指导员,你看咱这样行不?为了能把出现场的时间缩短,咱把抢修排集中在二排的……"

抢修车在夜路上急驰。

坐在带车位置上的耿连长不时地看着表,不时地催促着司机小马提高车速……

大屁股吉普车的后座上,房进和几名战士紧紧地抱着各自手中的枪,神情严肃又兴奋!好向一只只准备出击的猎鹰……

指导员坐的大解放被甩得老远!大解放的车厢里装的是抢修器材。不用问……肯定是线路又发生了被盗事件!

耿连长把脸贴近小车的玻璃,仔细地辨别着所处的位置,离脉冲测试的故障点还不到一公里的距离……他开始下达命令……

"再最后检查一下枪支和子弹,下车后子弹上膛!接近现场时两人一组,没有发现目标前要枪口冲上……发现目标后可朝天鸣枪示警!有敢反抗的就给我往腿上扫……听明白了吗?"

战士们低声回答:"明白啦——"

"'令箭'咱也不能当'鸡毛'!"

耿连长自言自语。

耿连长又接着命令:"房进……在前面的杆我带第一组人员下车,然后每隔一百米下一组……你在最后一组下……"

房进压低了嗓音："是——"

吉普车"吱"地停下来！耿连长跳下车后掏出了手枪，带领两名持枪的战士向通信线路摸去……吉普车又向前窜去……

指导员坐的大解放赶到被盗现场时，各组搜索的战士刚好汇合到耿连长的周围。两手空空的战士们一律'枪口冲上'地等待着连长发话，神情由刚才的兴奋变成了沮丧！

指导员还是明知故问："怎么样？抓到了吗？"

耿连长虎着脸也不答话，默默地收起手枪后他接过房进手中的冲锋枪……突然朝着天空扣动扳机！一梭子子弹带着尖叫……带着亮线射向了天空！

枪声过后，耿连长稳定了一下情绪："这帮乌龟王八蛋！跟老子玩闪电战，早晚叫你撞到老子的枪口上！房进……组织收枪……卸器材抢通！"

房进也打了蔫："是！大家注意，第一步卸下弹夹；第二步，退出枪膛里的子弹……注意不能枪口对人！"

见房进按部就班地组织战士们操作……指导员凑到连长的跟前，他用手电照了照腕上的手表……

"从断线到现在总共还不到两个小时……这帮盗贼跑得可真够快的啦？"

耿连长也在思索这个问题："按正常情况咱从连部赶来的话……还应该在半道上，这帮盗贼好像掐着时间和咱们捉迷藏！是不是咱埋伏在'二·四'小组被他们……"

第二十一章

A盗线造成了国际影响!

地县两级要求限期破案!

几乎没有任何线索。

武装巡线是总参的命令!

连部会议室里,连长指导员正在收听总站的电话会议。

会议机里传来了总站钱主任震怒的声音!由于线路里不时有串杂音的出现,主任的讲话有点像盗版的录音带。但他讲话的音频……远比"正版"的还要高!

"三连的这次通信线路被盗,造成大通路阻断两小时四十七分钟。使边防部队与上级指挥机关的有线通信联系一度瘫痪……这次阻断带来的后果是极其严重的影响面极大!影响极坏!"

守在会议机旁的耿连长与指导员面面相觑!为一次通信阻断总站专门召开电话会议是第一次;为一次阻断总站主任发这样大的火也是第一次!俩人都预感到了事态的严重。但他们无论如何也预感不到"严重"的程度已经超越了国界的范围!

钱主任的震怒未消,依然是很激动!很冲动……

"这次阻断带来的影响大到什么程度,在座的都难以想象,大到了超越了国界,大到了带来了极坏的国际影响!"

听到此时,耿连长和指导员如坐针毡,过去他们的主观认识是这条国防线路是"牵一线动全区";认识拔到最高也就是"牵一线动全国";至于这"牵一线动国外"……打死他们也没有想过!

"之所以这样说,不是耸人听闻。阻断的当天夜里凌晨……边界国军方得到可靠情报,该国境内有一伙非法的武装分子要在两国的界河上进行一次大规模的走私活动。考虑到在陆地抓捕难度较大,因此邻国立即和我边防部队联系,要求我边防部队的巡逻艇大队配合行动……在江面上实施堵截!但这样大的与邻国联合军事行动,须报军区作战部批准……"

耿连长与指导员此时已经知道了下面的事态发展……耿连长使劲一拍脑门……

"完啦……完啦!这回是放屁赶裆上啦!"

指导员也忧心忡忡地:"这无巧不成书的情节真是百年不遇呀!你说咱是有幸呢?还是不幸呢?"

耿连长用手指了指电话会议机……俩人硬着头皮往下听……

"待边防部队通过迂回线路请示军区作战部并得到批准后,已经错过了最佳的抓捕时机!临界国军方误认为我边防部队是动作迟缓,是故意延误时间!是不友好,是不配合……并以会晤的形式向我军方提出质疑和抗议!"

虽然早已猜到了结局……但两位"当事人"还是感觉到腰椎发软!坐在椅子上的身体有点往下堆……

"为此,军区已经用传真电报的形式向全区部队进行了通报,并对军区通信部及我们通信总站进行了严厉的批评!"

钱主任的口气终于有所缓和,他停顿了一下……

"今天的电话会议结束后,我还要和总站的参谋长立即赶到军区,会同通信部领导一起向军区分管直属队的首长进行当面的汇报并做出深刻的检查。临行前我要强调两点……一是各营连都要以此为教训,认真查找我们在防盗线方面存在的漏洞和不足,进一步从思想上引起重视,坚决杜绝重大被盗事件的发生;二是机关要会同各营组成工作组,到近期被盗事件的高发区;重灾区蹲点……会同当地公安机关破案!坚决打掉以盗窃破坏军用通信线路为犯罪目的的惯犯和团伙……从根本上遏制盗线分子的嚣张气焰!对此……军区首长有什么重要指示我会及时向总站通报……"

总站的电话会议结束后耿连长和指导员谁也没有伸手去关会议机,任凭交流声"嗡……嗡……"地响着……好像是常鸣的警钟!直到连队的值班员推门进来……

"连长,范营长的电话。在连部哪……"

小山子镇派出所里烟雾缭绕气氛紧张。

军警联合的案情分析会是在该连盗线频发区的小山子镇派出所进行的,军方的与会人员有范营长、总站政治处保卫股的黄股长、耿连长和指导员……

警方参加会议的是游所长和三名干警,其中包括负责二排"二·四"小组驻地区域姓贾的片警……

派出所的游所长狠狠地吸着烟:"听了范营长和黄股长的情况通报我很震惊!也很惭愧呀!这几起重大的盗割军用通信线路的案件都发生在我所的管辖区……是我们的工作没有做好呀!"

范营长礼节性地安慰道:"游所长不要这么说吗,你们还是做了大量的工作,这些在来之前耿连长和指导员已经向我和黄股长做了详细的汇报……你们开展的军警民联防联户就收效很大吗!近期群众盗线的现象不是基本杜绝了吗?"

耿连长插嘴到:"是基本杜绝啦!游所长和我们是定期,定点地进行宣传!还在各村都建立了一些'堡垒户',派出所投入了很大的精力和警力呀!"

黄股长不会吸烟,他喝了口水:"现在看,近期发生的几起盗线是团伙所为!不知道现在你们警方是否掌握了有价值的破案线索?"

游所长无可奈何地摇了摇头……

"从案情上分析,可以肯定是团伙作案!而且还可以排除流窜作案的可能!但这火盗贼非常的狡猾,每次作案的现场基本没有留下有价值的线索。地县两级公安局也要求我们限期破案!我们的压力也很大呀!"

黄股长放下水杯道:"是不是可以从销赃的渠道入手?同时发动群众进行有奖举报……"

游所长无奈地摇着头:"我们已经着手从销赃渠道入手进行调查了。这几天小贾他们已经分别对全镇所有的废品收购点和小五金厂进行了两次拉网……但收效甚微呀!几乎没有获得任何线索,这有奖举报吗……这奖金……"

范营长明白游所长的意思,于是表态:"只要是提供的线索确实能够帮助我们破案!这奖金可由我们部队出。具体的数额咱们再商定……"

见"条件"得到了满足,游所长心喜:"那好……那好!那咱们就研究一下具体的行动方案吧?小贾你们也谈谈吧……"

姓贾的警察不紧不慢地:"最近咱们镇大案小案的出了不少,我们也是疲于奔命!线路上的事还是由你们军方负责吧?出了情况我们随叫随到!就是……老百姓对……"

黄股长追问到:"有什么话就讲?这里除了咱军警又没外人!"

姓贾的警察卡巴着眼睛:"就是老百姓对你们当兵的成天扛着枪在线路上转悠有点害怕!担心一旦走了火伤着人,再说盗窃犯罪再重也够不上用枪打呀?咱们警察在什么情况下可以使用枪支还有严格的规定呢……"

黄股长与营长和连长指导员交换了一下眼神,因为他代表着总站机关,所以他最有权回答这个问题……

"进行武装巡线是总参谋部的指示!是针对全军的,我们也是在执行上级的规定!希望你们能理解……也多为我们向群众做些解释工作!再则,我们对什么情况下可以使用枪支也是有严格规定的。武装巡线其主要的目的还是震慑犯罪分子,同时保证巡线官兵的自身安全……"

耿连长好像有话要补充,但范营长的手及时地搭在了他的腿上……于是他把到嘴边的话咽了回去……

姓贾的警察好像对黄股长的回答很满意……连声道……

"这就好……这就好!我们会向群众解释的……我们会向群众解释的。"

范营长接过话头:"既然没有什么别的意见……咱们就研究具体的行动方案吧?"

游所长赶紧应承:"好……好……咱们……"

B | 线路旁有一双双警惕的眼睛！
研究研究正当防卫的条件。
我做梦都梦见娶她！
我是大公"有"私！

野外的通信线路上依然是寂静无声。

在一处曾经多次发生过被盗案件线路旁的树林里，一双双警惕的眼睛注视着线路周围的一切！

范营长黄股长坐在离线路稍远一点的树丛后面研究着什么……耿连长猫着腰悄悄地摸了过来……

"两位领导辛苦啦！先垫巴点干粮吧？这是水……还有煮鸡蛋……"

耿连长将手中的挎包搁在地上……然后一件一件地往外掏包里的东西……

范营长拧开背壶的盖喝了口水，黄股长则拣起个鸡蛋开始扒皮；范营长示意猫着小腰的耿连长坐下：

"战士们都吃了吗？"

耿连长小声回答："战士们都吃啦！每人一份……"

范营长若有所思："现在天凉啦！早晚的温差大……夜里会很遭罪呀……"

耿连长明白营长的意思："战士们都带雨衣啦，晚上连铺带盖……没事的！就是这蚊子太烦人，还不敢使劲去拍，怕整出动静来……"

吃着鸡蛋的黄股长也有同感："可不是吗，这山里的蚊子太邪虎啦！隔着衣服都能叮透！我这身上咬了不下二十个包……我有点招蚊子！"

黄股长说着又轻轻地在脸上拍了一下……蚊子虽然"粉身碎骨"！但黄股长掌中的血却是他的"付出"……

耿连长自责着："都是我们的工作没做好！让两位领导跟着受苦啦！"

范营长也开始野餐："你小子也别啥事都往自己身上揽！不是你没做好……而是你命不好！谁让你摊上了呢？"

耿连长赶紧递话："谢谢领导理解！谢谢领导理解！"

范营长斜愣他一眼："你小子就别虚乎啦，少耍两次驴比啥都强！你们连出了这捅天的事……钱主任也没在电话会议上点你的名你就偷着乐吧。"

耿连长此时没有一点的脾气："我知道，我心里面有数……我心里面有数！"

黄股长安慰道："你还真该心里有数！钱主任临走前还特地对我说：关于盗线的事你们就不要批评耿大业啦，这段时间他肯定是焦头烂额啦！他不是那责任心不强的人。预防工作肯定是做到家啦！你们去了就想办法破案吧……"

耿连长听后没再吱声，只是将另一个背壶默默地递给了黄股长……

范营长一边提醒："不光这事，别的事你也得心里有数！今天我要是不拦着，你是不是又要就'武装巡线'的事跟那个姓贾的警察掰哧？"

一提姓贾的耿连长就气不打一处来："我一看那姓贾的就……"

黄股长赶紧压着："跟地方的公安部门打交道你可得注意点，不一定哪句话说大了就会变为你的'呈堂证供'！上次你揍三拐子闹派出所的事就给人家抓到了不少把柄，要不是总站领导出头找省公安厅给他们施加压力……他们还能饶了你呀？军区不处理，他们都准备往中央军委写信啦！反正往那儿写信都是八分钱的邮票……咱穿军装的跟他们玩得起吗？"

"唉……"

耿连长长长地叹了口气……

"这工作上的事都忙得脚打后脑勺啦，咱是真跟他们玩不起呀！可这帮盗线贼咱不用枪……就……"

黄股长知道耿连长的想法，也支持他的想法。于是启发着："法律是柄双刃剑……咱们也要学好……更要用好！抽空你研究研究关于'正当防卫'的条款……对'武装巡线'会有用的！"

耿连长翻愣眼珠子想了半天……黄股长拍了拍他的肩膀……

"想不明白使劲想！听说这是你的口头语呀？你在这使劲吧，我到那边树林里使劲去啦……这两天上火有点大便干燥……"

黄股长钻进远处的树林后……范营长用手中的树棍打了一下还在愣神的耿连长……

"哎，平时你猴精猴精的，咋这个小弯还转不过来啦？看来这普法教育你们连是没落实呀……这一连之长都接近法盲的水平！"

耿连长突然眼前一亮……然后便嬉皮笑脸地扒了个鸡蛋递给营长……

"看你说的营长，这法盲的'荣誉称号'咱可享受不起！我刚才是寻思这'正当防卫'的具体实施方案呢。"

范营长："想好啦？"

耿连长："想好啦！"

范营长也不询问："想好了就在肚子里装好啦，别到处胡嘞嘞！哎哎……你也别跟我说……我可不想听！我是啥也没说……啥也没听呀！"

耿连长又像打了鸡血："我明白……我明白！谁也没教我什么……谁也没暗示我什么，我就是一切都按照法律的条文来……"

范营长调整了一下坐姿："你想明白啦！有两件事我还没想明白呢，一是你和白妮的事想拖到猴年马月呀？李队长找过我和教导员好几次，说白妮近来的情绪很不好……都快得抑郁症啦！你真是麻子不叫麻子——坑人呀！我就不明白了，你个'二手男人'？人家白妮哪点配不上你？你还拿起把来啦……"

耿连长刚才的兴奋一扫而光，他耷拉着脑袋闷不作声……范营长像挑瓜似地扒拉他的头几下。见不回答不行……耿连长无可奈何地抬起了头……

"说句不怕你笑话的话，我是做梦都想娶她呀！对啦……前几天我还做梦早就和白妮结婚啦，孩子都跟常副营长家龙龙那么大啦！"

范营长对他的解释并不买账："你少胡扯六拉的，说实质性的问题！"

耿连长只能硬着头皮："唉……清官难断家务事！人人都有本难念的经呀！不过我对天发誓：我和白妮俩的事……'瞎子磨刀——快啦'……"

见此范营长也不再追问："不想说我也不逼你！咱也不是法盲……知道你有隐私权！但你小子要是花心想当陈世美？小心我替白壮燋你！现在我问你第二件事，哎哎……你提起点精神来，别跟霜打了似的？我发现只要一提白妮你就瘪茄子……瞒不住这里面还真有'冤情'呀！你没事吧？"

耿连长提了提精神："我没事，营长你说第二件事吧？我听着哪……"

范营长想了想："你个人是咋打算的？"

耿连长一下子没转过弯来："营长，除了白妮……我还有啥个人的事？"

范营长又好气又好笑："你少给我揣着明白装糊涂？我是说职务问题，咋想的！不会是想把马继承房进他们也都'靠'走吧？"

转过弯的耿连长赶紧解释："不会的，这件事以前还真没想过，现在还真有点想法……等过几天想好了我再向您汇报……"

范营长提醒着："你小子跟我玩深沉？你可得快点给我和教导员个准信儿！我实话告诉你，这常副营长的位子可是不少人在盯着哪，我和教导员都快顶不住啦！真要是过了这个村……没了这个店……你可别埋怨我和教导员不关心你的进步！你再不提就过'杠'个屁地啦！就别再跳肥拣瘦啦……听明白了吧？"

"听明白了……我先谢谢营长和教导员！这件事我尽快给两位领导个准信。哎……黄股长回来啦……我再到别的地方看看去？"

战士们潜伏的距离是每隔一百米为一个点，耿连长猫着腰一溜小跑……逐个点地检查叮嘱着。最后一个点是指导员的位置，耿连长来时指导员正与卫生员小陆在说事……见耿连长过来，指导员朝着小陆努了努嘴……

"正好……小陆你把想法跟连长说吧？"

耿连长的话抢了先："你这个'陆院长'可是我用'一·四'的陆班长换来的！在咱分散连队……一个卫生员就要顶半个野战医院用！你这个当'院长'的……有啥盼咐就赶紧说吧？"

卫生员小陆"遵命"开口："连长,我想去买点花露水和清凉油给大家发下去。花露水我带了一小点……来以后用了一用……防蚊效果挺好的!这清凉油能提神解困……但这两样东西我都带得不多,我想……"

耿连长痛快地表态："主意倒是不错,但这事往后一定要提前想到!提前想到叫'运筹帷幄';现在想到叫'亡羊补牢';回去后再想起来就叫'马后炮'啦!懂吗?"

小陆嘿嘿一笑："懂啦!连长……"

耿连长抬手指点着："你顺着这往前走三百米,咱连的小车就停在树林里,小马在车上呢。你俩快去快回,一定要注意隐蔽!小马那有钱,顺便再多捎点吃的……明白了吗?"

卫生员小陆痛快地回答"明白啦!"

耿连长把手一挥："快去吧……"

小陆伏身离开后……耿连长凑到指导员的跟前……

"我盯着……你眯一会儿吧!"

指导员揉了揉眼睛："我不困,你说这'守株待兔'的成语是形容蠢人!咱这'守线待贼'能管用吗?我看成功的概率太低啦!"

耿连长安慰着："那你说还能有啥好办法呀?咱现在是只'瞎猫',能不能撞上'死耗子'就看运气啦!别那么悲观,这招公安部门也常用。人家管这叫'蹲坑',有时一蹲就个把月呢……"

指导员还是没被说通："就不能想点别的招吗?咱要是蹲个把月可毁啦……其他的工作就全撂荒啦!"

耿连长拍了拍指导员的肩："咱营长和保卫股长都在那头'蹲'着呢。这俩'高人'都没想出啥高招来,我看咱还是老实蹲着吧?"

指导员又问道："营长找我谈了没有?"

耿连长装着糊涂："谈啥呀?"

指导员直截了当："你少装蒜吧?教导员来过几次电话啦,你和白妮的事咱不了解……咱也没敢瞎说!不过关于职务的事?我说不论是论功劳、论苦劳、还是论疲劳……你都该调啦!我可以代表支部的意见……"

耿连长严肃认真地："那是你的意见!唉……我知道你们都是为我好!可我是去意已定……那天我不是都跟你说了吗?"

指导员还是想尽量挽回："这么大的事你可不能心血来潮太草率了!一失足成千古恨哪……"

耿连长还是十分认真："就是为了避免心血来潮刚才营长找我谈时我才没提想走的事呢,因为我有两块心病没了呀!"

指导员紧盯着耿连长："能说出来听听吗?"

耿连长摇了摇头:"一言难尽！到时候你就知道啦……还是说说你的事吧,那天我不是跟你说了吗？按惯例连队可是没有双主官同时离队的！既然我想年底走……你最好是近期就运作赶快调到机关……晚了可能就得在这扎根啦！"

指导员也认真地道:"连队现在的各项工作都在节骨眼上,这时候我去张罗自己的事,就是张得开嘴……也拉不下脸……狠不下心呀！还是不提这事啦……"

耿连长却很无所谓的态度:"过去的口号是'大公无私'！现在的说法是'大公有私',没有一点儿私心那是神不是人！说白了……我想离队也是因为'有私',到时候找组织谈时我是有一说一……不像你总是藏着掖着的！"

指导员转而唉声叹气:"哎……我有我的难处！"

耿连长一语道破:"不就是你和苏连都是高干子女吗？高干子女咋地啦？高干子女也是人！哎……说实话,过去我对干部子女也没啥好印象！咱俩搭班子这一年多,我对干部子女认识的转变可以说是脱胎换骨的！就拿你和苏连来说吧,也都是快到而立之年的人了,要房子没房子！要孩子没孩子！时时处处谨小慎微……恐怕给老子的脸上抹黑！活得真累呀！跟你比……我倒是潇洒多了！因为我的老子啥也不是……我反倒是无所顾忌！"

指导员的眼睛湿润了:"谢谢你的理解！这还像个老大哥说的话,但我不想马上离开连队……并不是想当小脚女人！我是确确实实地感到我人生有很多的课需要在这里补上！走过路过……千万不能错过！"

耿连长苦笑着:"你就少跟我玩高尚……玩哲学吧,今年总站分房子你要是'错过'了,苏连能饶了你吗？我这人不会'点到为止';我只会'说透为止'。我没说错吧？"

指导员不再言语……只是用眼睛使劲盯着线路……

夜幕降临,蟋蟀开始鸣唱起来！一双双警惕的眼睛在线路上不停地扫描着……

C 这里面肯定有"鬼"！
革命队伍中有"王连举"！
那人的表情我也注意啦！
回答是斩钉截铁的！

二排"二·四"小组内人声嘈杂。

范营长把小组的桌子拍得直颤……那双熬红的眼睛在往外喷火……

"有鬼……这里面肯定有鬼！"

小组的室内只有范营长、黄股长、耿连长,还有指导员……由于再一次发生了盗线的案件,房进正带着抢修排的人员在现场抢修。营长等几人也是刚从现场返回……每人都是一身的泥土……

黄股长用手绢擦着脸："是呀,咱两次蹲坑守候,每次都是两三天的时间。线路上都是平安无事,可每次咱们前脚一撤……盗线分子后脚就跟着来'收割'！他们这不是变成咱肚里的蛔虫了吗?"

姚班长和战士端着两盆洗脸水进屋,他们将水放在凳子上,然后摆好毛巾肥皂悄悄地退了出去……

指导员接着刚才黄股长的分析:"咱们进行蹲坑守候的行动的具体方案只有军警双方掌握,咱们军方是绝对没有问题的！警方本身就是负责侦破工作的,难道是我们的行动不够隐蔽? 或者是盗线分子对我们的行动进行了跟踪侦察?"

范营长盯着耿连长:"老耿你又在那儿玩啥深沉? 说说你的看法……"

耿连长好像并没有听到范营长的话,依旧是眯着眼睛想事……见此,指导员赶紧给营长和股长倒水,耿连长突然抬起了头……

"营长您刚才说啥?"

范营长没好气地说:"我叫你谈谈有啥想法!"

耿连长开始阐述自己的分析:"我刚才也是捋着你们大家说的在一个一个环节地回忆。首先,咱们行动自我暴露的可能性不大。因为抢修排是从连部过来进入潜伏位置的,路上我们并未遇到可疑的车辆;再说,怕军用牌照的车辆太扎眼,咱们是特地从林场借的地方牌照,就连司机和带车干部都没带领章帽徽……"

范营长和黄股长对视了瞬间！虽然他们直接参与并且指挥了潜伏行动,但还真没注意到连队的车辆挂的是地方牌照,更没注意到司机没带领章帽徽的细节！因此他们更加相信能不露声色地把准备工作做到家的耿连长的分析是基本正确的……

耿连长接着分析:"在潜伏期间我注意过过往的车辆和行人,并且做了记录。因为咱们设伏的地点很偏僻,车辆特别是行人非常的少,所以我们有足够的时间观察他们。具体的情况都记在这本上……请两位领导过目吧?"

耿连长伸手递过一个没有塑料皮的工作日记本……范营长没有接,黄股长伸手接了过去……

范营长有点不耐烦:"你就直接说结论吧,别绕弯子啦!"

耿连长十分肯定地:"结论很明显,既然我们的行动自身没有暴露……那就是这革命队伍中一定是出'王连举'了!"

十分短暂的沉默后……

范营长也表明了自己的判断:"这回我们的分析没'裤裆里放屁整两岔'去。看来咱们的判断是一致的！这个'王连举'不是出在咱们军方,肯定是出在……"

一向沉稳的黄股长开了口:"分析归分析,但要是想挖出这'王连举'来还真不是一件容易的事！面对执法的犯法者,我们需要的是铁证如山呀！否则很可能是打不着狐狸惹一腔的骚……"

"铃铃……"

急促的电话铃声打断了四个人的推理和议论……两长四短是在要"二·四"小组上线！接下来急促而长的震鸣则是"加急"的预示！耿连长一把抓起单机……

"喂……我耿大业！请讲……嗯……请稍等，营长……您的电话……"

耿连长将单机递给营长，范营长起身接电话。随口问到……"哪里？"

耿连长答道："总站参谋长！"

总站的参谋长把电话直接打到小组来找营长？肯定事情是非同小可！三个人的眼睛都紧盯着范营长……范营长的表情则是愈加凝重……

"是……是！请总站领导放心，我们就是全营官兵都累死在线路上，也要保证这次重大通信任务的完成！是……是……"

范营长放下电话长出了一口气，他稍微稳定了一下情绪……

"真是越渴越吃盐！这伙盗贼还没抓到，又来了一项重大的通信保障任务！近期中苏两国要在边境举行部长级会晤，因为谈判内容涉及国家外交国防经济等方面的核心机密……保密等级为'绝密'级！所以我方代表团与国务院及军委领导人之间的有线联系由军用线路担负！为此……总参……军区及通信部都给我们总站下了死令！会谈期间线路的阻断率要为零……否则……"

黄股长表情严峻："这不亚于一场战争呀，考验我们的时候到啦！范营长，保障什么时间开始？到什么时间结束？"

范营长的表情同样严峻："保障任务从十三号零点开始，还有不到三十个小时的准备时间！具体结束的时间不定，护送电话保密机的国家安全部、总参保密局、总政保卫部的有关人员已经到达军区！估计今天下午就能到达咱们总站……黄股长……老耿小郝你们看这样……"

野外的通信线路上死一样的沉寂。

耿连长和指导员全副武装地快步行走在线路下的小路上，虽然已经是秋高气爽，但二人的迷彩服还是被汗水沁出了各种图案……

每隔数百米的距离，便有一名全副武装的战士在线路上巡视，耿连长和指导员不时地停下来向战士们询问着情况……然后继续向前巡视……

指导员巡视着周围："咱营长这招'敲山震虎'还真起了作用！今天已经是通信保障任务的第五天啦……但愿直到结束都太平无事！"

耿连长肯定地说："直到通信保障结束线路上肯定是太平无事！因为在此次重大通信保障任务期间……'一旦发现可疑分子接近国防通信线路就开枪射击'的'上级指示'已经被'王连举'传达给了那伙盗线贼！你没见营长在派出所讲这番话的时候

有个人眼珠子直翻了吗?"

指导员也肯定地:"那个人的表情我也注意了,是有瞬间的不正常!我看黄股长也紧盯着他哪……你没见那小子又提不能随便开枪的事黄股长呲儿他吗?"

耿连长附和着:"黄股长那句话是挺硬实……'这是总参的命令'!不是你这个级别的人该过问的!还有那个比喻……就好像在抗洪的紧要关头你到大坝上去挖土……不该就地正法吗?那小子当时就灭火啦!可是这通信保障任务一旦结束……盗线分子肯定要疯狂地作案!他们得把这段的'损失'补回来呀?"

指导员:"到那时候我们再集中出击!一定会有收获的……"

耿连长:"到那时候恐怕有点晚!最好是现在……"

指导员:"现在?现在我们不是在……"

耿连长:"现在咱正好'借东风'……"

当耿连长趴在指导员的耳朵上把他的锦囊妙计和盘托出后……指导员有点大惊失色……

"不行,这太冒险!万一……"

耿连长的决心已定:"只要咱组织严禁……就没有啥万一不万一的!这叫兵不厌诈!你别担心……这么大的事咱也不能蛮干!我现在就请示营长……"

耿连长又一次展示了他徒手上杆的基本功!骑在线担上,他用随身携带的单机和营长进行联系……下杆后的耿连长异常的兴奋!不用问……营长同意了他的计划……

在线路旁的一处树荫下……耿连长指导员带领着房进和一排长二排长在开小会……耿连长用树枝子在地上画着……

"今年发生的盗线案件虽然多,但规律性很强!大都集中在'二·四'小组维护区的这两个路段。因为这两个路段通信线路与公路是并行的……这从地形上有利于盗线分子的机动作案!这样……我们防范的范围就大大地缩小啦,等营长派来的人员和'道具'一到,我们就上演这出引蛇出洞的戏!一排长你和房进带人在重点的 A 号地区;二排长你带人在 B 号地区;咱们的大车隐藏在这里……我和指导员带小车迂回到这里……现在的任务是在 AB 区和我们埋伏的地点架设备复线网……保证彼此之间的有线联系。还有……单机的铃碗都给我用胶布粘上,防止夜间联系时铃声暴露目标……都听明白了吗?"

"听明白了……"

"明白了……"

二排长有些不解:"连长,为啥抓捕的时间要在盗贼上到线杆的一半时呀?"

耿连长解释到:"盗贼还没上杆时你一抓他就跑啦!黑灯瞎火的他往哪一蹲你还有个找呀?他要是上到杆头你抓他……他狗急跳墙把线给掐了事就大啦?这回明白了吗?"

二排长终于："明白了……"

耿连长："都给我记住了……你们等盗贼一着地就给我使劲削！先打得他失去反抗能力后再把他们都给我捆在线杆上……谁也不能心慈手软！这可是伙亡命之徒……身上很有可能携带凶器！"

房进还有问题："连长，如遇反抗可以开枪吗？"

耿连长开导着："开不开枪你们视情况而定！但只要盗贼亮出凶器，你们就不要去接近……击伤还是击毙都是正当防卫！"

房进兴奋得摩拳擦掌……回答也是斩钉截铁：

"是——"

耿连长与指导员分别坐着大车小车在公路上巡视警戒……三位排长带领战士们开始在线路旁的树林里架设备复线，一张大网在悄悄地张开……

第二天上午营长派来的一辆大解放拉着十几个携带枪支的战士在公路上与耿连长他们汇合……带车的干部跳下车来与耿连长和指导员握手……

耿连长感激地："桑排长你辛苦啦！回去后给你们连长带好……就说改日我一定登门道谢！"

该营某连的桑排长："都是一家人还谢啥呀？营长和连长来前都交代啦，一切行动听耿连长和郝指导员的指挥！对了……这是营长特地给你们借来的对讲机……"

指导员也插话："营长想得真周到呀！具体的任务耿连长给你布置……"

耿连长领着桑排长沿线走着讲着……

桑排长恳请着："耿连长，我们连这次没有担负通信保障任务，回去也没啥事。再说我们大老远来的……您就安排我们参加抓捕吧？"

耿连长耐心地安慰："鱼能不能上钩就全靠你们了！这演戏的任务比抓捕还重！…到时候你们的车要一直往我们连部的方向开……还不知道什么时候能绕回你们连呢……你们的担子也不轻呀。"

桑排长也很理解耿连长的良苦用心："是……我们天不黑不往连队返……"

D 精神点，鱼要进网啦！

几个黑影朝通信线路窜去！

清脆的枪声在院子里响起！

黑洞洞的枪口顶住了他！

翌日，小山子镇派出所里热闹非凡。

耿连长和指导员与游所长和几名干警握手寒暄,其中包括姓贾的警察……

耿连长笑逐颜开:"多余的客气话我今天就不说啦!我们俩还得忙着往总站赶……军区首长要接见这次担负通信保障的连以上干部。等我们回来再聚!到时候我请你们警方的全体人员……我请!"

游所长也客气道:"耿连长你也太见外啦,啥请不请的!只要这段线路上没出事咱就烧高香啦!说实在的,我们的压力也挺大呀……省厅都下通知啦……这段时间部队的线路要是被盗……也要追究当地派出所的责任!唉……谢天谢地好歹算结束啦!可得睡个消停觉啦……"

耿连长:"不请我心里过意不去呀,等我们回来咱还得研究防盗线的事呢,不请我怕你挑理呀?"

野外的线路上……

耿连长与指导员指挥桑排长及战士们"撤退"……

耿连长催促着:"快点……快点!把弹夹都卸下来,枪弹分离……"

待战士们都依次上车后,桑排长过来和耿连长握手道别……

"耿连长,那个摩托车在这走了一个来回啦……您注意到了没有?"

"我早看到啦!注意……别往他那瞅!"

耿连长故意提高了嗓门:"回连后枪一定要擦好再入库!我和指导员从总站回来可要检查……"

桑排长也故意提高了嗓门:"是,您就放心吧!"

耿连长坐的小车朝着省城方向的公路而去……

桑排长和战士们乘坐的大车则朝着连队的方向疾驶……

后面远远地有一辆摩托车尾随着……线路旁的树林里,一双双警惕的眼睛注视着公路和线路上的一切……

夜,万籁俱寂……一辆摩托车停在了线路旁的公路上,骑车人下来向线路走去……

单机里传来房进压低的声音:"连长……连长……动手不?"

耿连长命令:"别理他……这是来侦察的!耗子拉木锨……大头在后头呢。"

开摩托车的人在线杆下撒了泡尿……又四处望了望……然后骑上摩托一溜烟地走啦……

耿连长拿起话机……

"都给我精神点!鱼要进网啦……准备战斗!"

远出传来农用车发动机的轰鸣声。少许,一辆没开车灯的农用车停在了路边,几个黑影朝线路窜去……

耿连长下达了命令:"准备行动!"

黑暗中,一个个黑洞洞的枪口瞄准了每个黑影……枪刺闪着微弱的寒光!没有持枪的战士,各个都弓起了腰……摆出了饿虎扑食的姿势!当黑影向杆上窜去后……

耿连长一声怒吼:"上——"

转眼间埋伏的战士们像箭一样同时射到了杆下……紧接着传来的是:

"不许动!举起手来!"

"不许动……"的吼声……

再紧接着传来的便是"爹呀……妈呀……"的嚎叫!

停在路旁的农用车突然启动向前窜去……

指导员有些沉不住气了:"快……快……拦住他!"

耿连长却不慌不忙地:"别忙……别忙!小马,别开车灯,跟着他……"

农用车在前面狂奔!吉普车远远地在后面尾随……对讲机里传来了房进兴奋的声音:"报告连长……报告连长……六个盗线贼全部拿下!一个也没跑了!"

耿连长对着对讲机:"好……很好!马上跟营长联系……营长和黄股长的位置在二连……营长和省台的记者们不到……你们不许离开线路!那帮盗线贼就始终给我捆在线杆上……"

房进:"明白……明白!那你和指导员呢?"

耿连长:"我和指导员去端他们的老窝!"

由于通信的距离迅速拉大……对讲机的信号中断了……

快到小山子镇时,农用车拐进一个独立的大院里。三拐子跳下车狂喊……"快关门……快关门!"

但是晚了……耿连长已经提着冲锋枪堵在了门口……指导员握着手枪……小马拎着根棒子跟在后面!

院子里的人有六七个……见此三拐子疯了似地喊道:"他们人少!抢他们的枪!抄家伙……"

耿连长低声吼到:"都给我放下凶器……不然别怪枪子不长眼睛!"

三拐子穷凶极恶:"别听他吓唬!他不敢开枪……他们的枪里没有子弹!上呀……"

耿连长没再答话,只听清脆的枪声在院子里响起……拎着砍刀……挥着镐头的几名歹徒立马在地上打起滚来……

三拐子像丧家之犬似地朝后院跑:"当兵的杀人啦!当兵的开枪杀人啦!"

耿连长还是不答话……手中的冲锋枪又是一个点射……三拐子捂着那条好腿劁猪般地栽倒嚎叫起来!

指导员有点惊诧:"连长你!"

耿连长很自然:"怕啥? 这是正当防卫!"

院子里厢房的房门突然打开……姓贾的警察醉醺醺地跑出来……

"谁杀人啦? 谁开枪啦?"

当他定神看时……一个黑洞洞的枪口已顶住了他的胸口……

耿连长两眼冒着杀气:

"'王连举'我可找到你啦!"

第二十二章

A 深夜电话铃声刺耳！
正人君子对付得了泼妇吗？
你说这病算是去根了吗？
这结局早就设计好啦！

又是一个寂静的夜晚，连部里传出了轻微的鼾声。

夜深人静的时候电话铃声格外的刺耳！被刺耳的电话铃惊醒的指导员迷迷糊糊地拿起了听筒……一般的情况下连长的手比指导员快！可今夜却是一点反应也没有……

"喂……不，我是指导员，有事你就讲把？啊……啊……我知道啦……我知道啦，你们千万不要动手！我和连长马上就赶过去……好……记住了吗？"

指导员接完电话冲着连长的床喊了两声……

"连长……老耿！"

没听到答应他翻身下地打开了灯，连长的被子是瘪瘪的，用手一摸……被窝里是凉凉的……显然出去有时候啦。

连部机务站是连队唯一不能"沉睡"的地方。

指导员穿好衣服在连部的里里外外找了个遍也不见连长的影子，于是他来到了机务站……值班的是一名志愿兵技师。

指导员开口就问："你值班呀，你见到连长了吗？"

值班员放下手中的业务书籍："见到啦，连长查完哨在这待了一个多小时呢。"

"他现在去哪儿啦？"

"连长走了有半个多小时啦！可能去厕所了吧？听卫生员小陆说连长这几天痔疮犯啦……刚才小陆还追到这逼着连长吃药呢。要不指导员你替我值会班……我去找找连长？"

指导员转身就往外走："不用了……还是我去找吧！"

连队的厕所建在连部后院。

指导员来到连部后院的室外厕所,朝着里面喊了两声:

"连长……连长!"

耿连长果然在里面答应……不过声音没以前有底气……

"我在这,你等我一会!"

指导员催促着:"你还真得快点……有急事!"

稍许,耿连长提着裤子从厕所里出来,一只眼睛上还挂着滴眼泪……走路的姿势有点像"小脚女人"!

"啥事呀?半夜三更地……让人屙屎都不着消停!哎……哎哟……"

"你就不能说得隐晦点?叫'解手'或者叫'如厕'……"指导员禁着鼻子。

"屙屎这事你要是说得太'隐'啦,听的人恐怕就不'会'啦!要不然咱来个既直接又文明又有文化的,就称屙屎是'排泄'或'或'新陈代谢?'"耿连长咽泪装欢地献上"苦恼人的笑"。

指导员不再抬杠,而是关心地问:"听说你痔疮犯啦,挺重的咋地?"

耿连长咬着牙装轻松:"没事……没事……快说你的事吧!这两天我大便干燥,'新陈代谢'有点费劲,刚才一着急!可能是……哎哟……你还真得再等我一下,我得回厕所去'处理处理'……"

耿连长不等指导员回答又扭头往厕所去,姿势更像小脚女人……

指导员追着问:"你自己能行吗?要不我给你找卫生员吧?"

耿连长在厕所里答话:"不用啦,我先擦擦,等回屋再上药……"

耿连长和指导员小步快倒地往连部走着……

指导员简要地介绍着刚才电话的内容:"情况就是这样。你这情况也不能坐车,要不你在家……我去解决?有什么事再和你电话联系!"

耿连长无力地摆着手:"我没事,你去叫司机小马提车吧,我先回屋上点药……你一个正人君子哪对付得了地方的泼妇。"

吉普车在夜路上颠簸。

坐在副驾驶位子的指导员不时地回过头来问倚在后排的耿连长:

"你能行吗?躺着能得劲点……"

耿连长龇着牙:"没,这样挺好!咱这叫'骑毛驴……拄拐棍……舒服一会儿是一会儿'!小马……我没事……你快点开吧!"

指导员猜测着连长的病因:"最近啥事上这么大的火呀?我没猜错的话……打掉这个盗线团伙算是了了你两块心病其中的一块!你应该高兴才是呀?哎……你能不

能透露透露另一块心病有关内容？看看我能帮上点忙不？"

耿连长有气无力地："第一块心病算你猜对啦！这第二块心病吗？到时候你不帮倒忙我就给你烧香磕头啦！"

指导员不再追问："我明白啦，这第二块心病肯定不是啥好病！到时候我还真备不住给你帮点倒忙……"

耿连长故意挑着毛病："还识文抓字的文化人呢？这病还有好坏之分吗？你倒是给我举例说明，啥病算是'好病'？"

指导员也没心思跟连长犟："咱歪不过你不歪行吧？快说说你到底为啥事上这么大的火？"

耿连长唠叨着："要说这去了一块心病是不该上火，但这块心病是去表不去根，治标不治本呀！"

指导员回过头来瞅了瞅耿连长……

"我水平低！理解慢，请你明示吧？"

耿连长也不捂着掖着："只要咱这线杆上的铜线不被其他材质的线条所取代，那就是悬在空中的一张张百元的大票子！'三拐子'是临死放屁玩完了！但打掉个'三拐子'；明天还会冒出个'四拐子''五拐子'！人为财死，鸟为食亡！你说这病算是去根了吗？"

指导员感觉耿连长避重就轻："你少打马虎眼！为这预测的事你不会上这么大火的？哎……你是不是为开枪的事上级还没有个明确的说法上火呀？"

耿连长一语否定："我还真不为这事上火！这事的结局咱早就设计好啦！"

指导员讥讽道："呀……呀！就知道小平同志是改革开放的总设计师！你咋也奔着设计师的职称使劲呀？不会是也想流芳百世吧？"

耿连长随口回敬道："我倒是想遗臭万年！但论资排辈还不够格！你想想，我为啥要在通信保障任务没结束之前就下手呀？这就是给'正当防卫'找个更'正当'的理由！别说是开枪击伤犯罪分子，就是击毙也合理合法！当时我还真是手下留情了……"

指导员如梦初醒："哦……我明白了！怪不得还要把盗线分子绑在线杆上等记者来拍照录像呢，整个是给他们挖了深坑叫他们往里跳呀？这着够狠的！"

耿连长深入"注释"："不狠能有'疗效'吗？咱这就是按毛主席的指示办事……这就是用革命的两手，来对付反革命的两手！要的就是杀一儆百！要的就是杀鸡给猴看！要的就是叫老百姓们去传……谁敢偷军用线路……那些当兵的可真敢开枪打！这个效果……"

指导员跟着"注释"："你还要叫法院审判时根据当时咱们担负相当于一级战备的通信保障任务这一情节……对这伙盗贼严打重判！是还要这个效果吧？"

耿连长心满意足地："倒是搞政工的，上路子真快！既然盗线分子过去能钻法律的空子逃过应有的制裁！咱们为啥不能利用法律的武器狠收拾他一下？听黄股长说……最近公检法正在联合对危害严重的社会犯罪进行严打！这个时候'三拐子'他们还敢顶烟上……那就算他们活该倒霉撞到枪口上！"

指导员的兴奋神经也受到了刺激："从此咱通信战士一声吼,盗线分子也要抖三抖！"

话到兴头上,耿连长又手脚并用地来了个射击的造型："这就是要扫除一切害人虫,全无敌！"

人的情绪也真是个怪物,指导员的担忧是"才下眉头,又上心头"："可玩了这个'欲擒故纵',以后跟派出所的关系就不好处啦！游所长肯定有老大想法了！肯定觉得咱把他给涮了……"

耿连长的想法正好相反："他要是不缺心眼的话还应当感谢咱呢！咱不帮他揪出这公安队伍中的'王连举';不帮他挖出埋在身边的'定时炸弹';说不定哪天就被炸得粉身碎骨！我看那姓贾的玩他是一个愣一个愣的,把他卖了他还被不住帮人家点钱呢！再说……黄股长对省、地、县公安机关汇报时没奏他的本！还说这次行动他是计划和组织者之一……这话我已经透给他了……"

指导员急切地："那他咋说的？"

耿连长蔑视地："他乐不得顺杆爬！不一定给自己编了多少事迹呢……"

指导员终于放下心来："这么说他还真得感谢咱！下次去得叫他请咱……得让他也出点血！"

此时耿连长的"痛苦"已荡然无存："出不出血倒无所谓,他肯出力就行！估计这顶'高帽'给他戴上……防盗线的事今后他得比咱还上心！这就是毛主席说的……叫调……调……哎……那句话咱说来着？瞧我这记性……就在嘴边就是想不起来了！"

指导员："调动一切积极因素！团结一切可以团结的力量！哎……我咋感觉你不像是想不起来……倒像是在考我呢？你是明知故问吧？"

耿连长一脸的诚恳："不是明知故问！不是明知故问！那不是班门弄……弄……哎……哎！小马你不能轻点颠呀！我这……又弄出来啦！指导员你那有手纸吗？这痔疮真他妈的烦人……跟老娘们来事似的！"

B 小组刚被抄完家！

排长躲哪当缩头龟去啦？

你做的事还不够肉麻呀？

穿军装的人都跟你脸红！

"二·三"小组的室内并未按时熄灯。

"二·三"小组的室内一改往日的整洁,屋里好像刚被"文革"时期的红卫兵抄完家! 小组的书籍表报被扔得一地;"粉身碎骨"的水杯为地上铺满了玻璃碴子;内务也被弄得七零八乱! 耿连长和指导员进屋时,战士小赵正和班长秦耕耘调走后又补充来的一名新兵在收拾,见此惨状……耿连长把眼珠子一瞪:

"这是咋回事? 你俩说说,先别忙着收拾……赶快给我说明白喽!"

新战士支吾着:"这……这……"

耿连长不耐烦地:"小赵,你既是老兵又是老人! 还是你说吧!"

小赵低着头涨红了脸……吭哧了半天……等不及的耿连长火啦!

耿连长扯着嗓子吼道:"平时你小子挺能白话,今天咋一杠子压不出个屁啦? 是你惹的祸吧?"

小赵终于鼓足了勇气:"说就说,反正这事不彻底解决小组的日子也没法过啦! 反正我问心无愧! 我不是打谁的小报告! 我这也是被逼无奈! 我……"

耿连长不耐烦地:"得得得……你别来不来先往外摘自己! 废话少说! 赶快讲正题……讲正题!"

小赵梗着脖子:"我们排长好像在老营子镇处了个女朋友,可不知为啥他又不干了? 怕这女的到'二·二'去找他……所以这几个月就躲在我们小组……"

耿连长听明白了:"那他女朋友是啥时候找到这来的?"

小赵想了想:"有两个月啦! 就……就是秦班长调走不长时间……"

指导员也跟着问:"他女朋友是找来就闹呀? 还是现在才闹的?"

"一开始排长总是躲着,后来被那女的给堵着过两次。他们见面就吵!"

新战士补充着:"他们吵得可凶啦! 有一次还把我们排长给挠啦……脸都挠破了! 后来她就隔三岔五地老来小组闹!"

耿连长追问着:"那女的是干啥工作的? 你们知道吗?"

"这事排长不说,我们也没敢问! 这次来闹我们才听说,她好像在什么'发廊'干,那女的管跟她一起来的一个岁数大的叫……叫什么'老板娘'! 我给连里挂电话后那个'老板娘'还边骂边砸……说什么'老娘是个体户! 就是不服天朝管! 只要我一不偷;二不抢;三不反对共产党! 别说找你们连长来……找你们团长来我也不怕! 想占完便宜就甩我们……没那么容易'!"

站在一旁的新战士也插话道:"哎呀……这俩女的可恶道啦! 头发一个是红色的,一个是黄色的,好像是晒掉色啦! 那型……那型就像是要爆炸啦!"

耿连长和指导员用眼神交流了一下……

"明白了……你们排长哪? 他躲哪当缩头乌龟去啦!"

新战士结结巴巴地:"排……排长一听着她们的动静就跳后窗户跑啦! 那俩女的一看他的行李还在,就朝我们要人……然后就开砸!"

小赵咬了咬牙："我们排长肯定是躲到村东头老养官那去啦！上次他就在那躲了一宿……"

指导员又问新战士……："你知道老羊倌那儿吧？"

新战士："知道……我知道……闭着眼睛我都能找到！"

指导员吩咐道："你快去把你们排长找回来吧……我和连长再跟小赵谈谈……"

新战士："是——"

新战士走后……指导员绷着脸问小赵：

"这么严重的事你咋不早汇报？你也是老兵啦,还有点组织纪律观念吗？"

小赵耷拉着脑袋嘴噘得老高……憋哧了一会开始嘟哝……

"我不汇报还成天挨收拾呢！汇报了还有好日子过呀？我觉得连里不公平……秦班长有啥错……生生叫排长给挤对走啦！再说……"

指导员刚想说话……耿连长摆手示意……

"再说啥呀？没事……你接着往下说……"

小赵小声申辩着："再说……部队规定战士不能在驻地附近搞对象！也没规定干部不许呀？要是连排长搞对象的事我也朝连里汇报……你们会咋想我呀？搞不好还会激化我和排长之间的矛盾……现在我俩之间就够紧张的啦！"

指导员听后一时无话可答……还是耿连长接过了话茬……

"你的想法也对也不对,首先……你们班长是自愿调走的。'一·四'是咱连甚至是咱全军区的标杆小组……你说秦班长到那工作是受排挤呀？还是受重用呀？"

小赵好像出了其中的道理……他抬起头望着连长……

耿连长耐心地："你们排长搞对象你是无权干预！但他搞对象给小组日常的工作带来了影响,你又没能力解决；又不及时向连里汇报……这对吗？致使矛盾越来越大……直到闹得像今天这样不可收拾！你就没责任吗？"

小赵好像想"明白了",他诚恳地望了望连长；又望了望指导员……

"连长……指导员……我错啦！我接受批评！"

耿连长安慰到："认识到自己的错误就好！既然你知道自己错在哪儿了……我再批评就没意义啦！后来那两个女的咋走了呢？"

小赵："估摸着你和指导员也快到了,她俩合计合计就走啦。还说……今天老娘困啦,先回去睡觉！你们排长三天内要不给个说法……我把小组的房子给你们点了！"

耿连长皱着眉头："看来这是块狗皮膏药呀？指导员你说咋办好？"

灰头土脸的李新潮站在连长指导员的面前时就差把脑袋耷拉到裤裆里……

耿连长强压着火："小赵你俩到小车里去陪陪小马……省着他困！"

小赵懂事地回答:"是……"

懂事的小赵拽着还在收拾东西的新战士出了门,耿连长看了一眼指导员,意思是叫他先问。指导员心领神会……

"李新潮,你说说吧,到底是咋回事?"

李排长浑身哆嗦着:"我……我……我……"

耿连长一旁提醒着:"纸里包不住火,雪里埋不住死孩子!不说明白了,就是我们能饶了你……那发廊的小姐能放过你吗?"

李排长的话终于能连成句了:"其……其……其实我也没做什么……真没做什么……"

指导员质问道:"没做什么为啥人家到小组来又作又闹的?"

耿连长继续敲着边鼓:"苍蝇还不叮无缝的蛋呢!全连这么多官兵……她咋不找别人呢?"

李排长忐忑地:"就是有一次我到老营子镇的'阿娇美发'厅去理发,那天我的脚走起了泡……不敢着地!薇薇……就……就是说我跟她搞对象那个女的,帮我把脚上的泡挑了……然后又……又……又……"

指导员咬着牙:"又什么了?"

李排长的声音也来越小:"然后她又给我按了按脚……我……我就走啦……"

指导员再三追问:"就这些……再没别的了?"

李排长肯定地答到:"再没别的了!对了……还有她问过我有没有对象?还叫我常来……"

指导员压着火:"那后来呢?后来你又去了吗?"

李排长的脸憋成了猪肝色:"我有点害怕……所以再也没敢去……所以她就老来找我……"

耿连长敲打着:"不做亏心事……不怕鬼叫门!你怕啥呀?"

李排长支支吾吾地:"我……我……我是怕她们一见面就又说那些肉麻的话。我还怕……她们……"

耿连长牙都要咬碎啦:"你做的这些事还不够肉麻呀?你把头给我抬起来……"

李排长胆突地抬起头……一件出乎指导员意料的事情发生了!只见耿连长手臂一挥……李排长的脸上挨了一实实成成的大嘴巴!

耿连长边扇边骂:"这一撇子我是替你爹你妈扇的!他们怎么养了你这么个现世报?我早就知道你光腚骑摩托不是个好得瑟!那什么美……美……美发厅是你该去的吗?现在你还美不美啦?"

耿连长话落手起……又是一撇子重重地扇在李排长的脸上!对于耿连长的左右开弓……李新潮倒像是有充分的思想准备。他不躲不闪……一副愿打愿挨心甘情愿相……

"这一撇子我是替全军官兵扇的！想找对象啥样的没有？偏去撩扯些下三烂……所有穿军装的人都跟着你脸红！这回沾包了吧？这回你是临死放屁玩完了呀！我看你是跳进黄河也洗不清啦！"

耿连长第三次抡起巴掌时被已经有了思想准备的指导员拦住了……

"连长……你……"

耿连长的气还没出来："我什么我？我知道条令里有规定不能打骂体罚战士！但没有规定不许打骂干部！我看他就是欠揍……我是帮他清醒清醒！"

李排长抢身把指导员的胳膊挡在身后……主动把脸伸到连长的跟前……

"指导员您别拦着！就让连长帮我清醒清醒吧！我是该清醒清醒啦！连长指导员……你们打我骂我处分我都行！但你们一定要救我呀？我不想'玩完'……不想'玩完'！我……呜……呜……"

李新潮鼻涕一把泪一把地痛哭起来……耿连长"唉"了一声放下了已经举起的手,他拽了拽指导员,两人来到了外屋……

"看来这李新潮在二排是待不下去啦！得想办法给他挪个地方！"

指导员无话可说："你就定吧……我听你的！"

耿连长也无奈地摇着头："唯一的办法是叫房进和他……"

耿连长和指导员进屋时……李排长还在那抽搭……

耿连长也不正眼瞅他："行了……行了……行了！耗子尾巴长疖子……看你那点能(脓)水！赶快收拾东西吧……"

李排长使劲眨着哭肿的眼皮："连长指导员……你们要把我送哪儿去呀？"

耿连长狠狠地："送你去'脱胎换骨'！"

指导员安慰道："调你回连队……快打背包吧。"

C 只能"以毒攻毒"！
但愿他,站直了！别趴下！
我是往"火坑"里推你！
从门缝里挤进一张调皮的脸！

黎明前的黑暗,"二·三"小组院内也很昏暗。

耿连长和指导员与小赵交代着事情……小赵不住地点头……

"连长指导员放心！我们一定做到……一定能做到！"

耿连长按了按小赵的肩："从现在起,你就是'二·三'小组的班长啦！就照你们秦班长的样子别走板,不用我教你吧?"

小赵还是吞吞吐吐地:"是!可是连长……那两个女的要是再来闹咋办?"

耿连长给小赵吃着定心丸:"她们再也不会来了!你们就安心干好本职工作吧。"

耿连长和指导员与两名战士握手道别后上车……

停在院外的吉普车里已经发动。

"嘭"……耿连长重重地关上车门!

"开车!"

司机小马问道:"回连部吗?"

耿连长板着脸:"去老营子镇!"

指导员看了看夜光表……

"都快天亮啦!你看……"

耿连长没看指导员的表,却另有话题:"你说这李新潮大小也是个穿'四个兜'的部队军官,而且还是屈指可数的军事院校毕业的高才生,论长相也算是相貌堂堂的。这样的个人条件,要找对象那还不扒拉着挑呀?可这挺好个屁咋就让他给放个稀碎呢?!"

指导员有些愁眉不展:"再脏咱也得给他擦这屁股呀。这残局要是不帮他收拾好,这李新潮可是要一辈子满盘皆输呀!"

习惯了处理基层突发事件的耿连长胸有成竹:"你就把心放在肚子里吧,老弟。咱虽然不算九段高手,但也不是臭棋篓子,接下来的几步你看我咋走,咱给她来个以毒攻毒!那个老板娘不是说'天老大、地老二、她老三'吗?我今天就叫她知道知道有老子在她还得往后排!她折腾咱一宿没合眼……她也别想睡消停觉!"

指导员想息事宁人:"算了吧,跟她们'制'那气干啥?好男不和女斗!"

耿连长纠正道:"那是好男不和好女斗!像这样牛板筋加猪哈喇吧子蒸不熟煮不烂的滚刀肉!你越躲她越狂……咱想夹尾巴溜,她明天就能追到连部去闹!她不是叫号要把小组给点了吗?咱这就去接她来点……不敢来她就是大姑娘养的!这就叫'以毒攻毒'!李新潮,你给我把腰挺起来!别跟腰肌劳损似的……像个男人点!"

清晨,连部门前的路上传来了官兵们跑步的音频。

出早操的官兵已经跑远啦……

上气不接下气的李排长拖着灌了铅的双脚掉队在后面……耿连长解下腰带在他屁股上抽了几下!

李新潮又咬了牙继续向前!指导员也离队等他俩……然后用手势叫连长去赶前边的队伍……自己则和李新潮并肩向前……

边跑边鼓励他……李新潮脸上的汗水往下淌……热血却往上涌!目光中多了自

信和坚毅……

连部的训练场上。

耿连长在做着上杆示范……

李新潮认真地学着……然后认真地体会……不断地重复着……

秋风落叶把训练场装饰成成熟的黄色……

连部里，耿连长和指导员各自忙着。

耿连长望着训练场上正在上杆下杆的李新潮：

"但愿他这次站直了，别趴下！"

指导员放下手中的笔活动了几下手腕……也来到窗前……

"以前还是我们的工作没做到家呀！我是管干部的……责任在我呀！"

耿连长目不转睛地盯着窗外："这不是责任不责任的问题……是如何带好学生官的课题！哎……我说指导员，政治处不是要你整理咱们防盗线的经验还有秦耕耘共建共育的材料吗？这可是当前咱连两件大事！也是这新形势下部队建设面临的两个重要课题，我看你还是到机关去写吧？那样修改起来也方便……我已经跟教导员给你请好假啦！"

指导员心存感激："你又先斩后奏！咱俩搭班子这一年多，你的用心良苦我领情！既然是兄弟……感激的话我就不说了！"

耿连长受宠"不"惊："你可别理解错了？我这是往'火坑'里推你！你以为写材料是啥好事呀？没听宣传股长说吗？写材料是'嘴起泡、尿黄尿、省媳妇、费灯泡！'换我……打死也不写！"

指导员望着窗外没再言语……这是他第一次没有欲望跟连长唇枪舌剑地掐！因为他心里只有感激……没有别的词……

总站招待所很简陋，设施有点像战士宿舍。

指导员放下手中的钢笔，揉了揉眼睛伸了个懒腰！

门开了……从门缝里挤进一张调皮的脸！传进来一个调皮的声音……

"请问……郝阅文同志在吗？我想和他谈谈……"

背对门的指导员也没回身……

"郝阅文在呀！不过他现在不能和你谈，因为他老婆一会要来……他老婆可是一个大醋坛子呀！你不怕吗？快进来吧疯丫头……都当连长了还没正形！"

苏连跳进屋里随手关上门……然后又跳进指导员的怀里……

"我就没正形……我就没正形！在你面前你就得让着我……疼着我……惯着我……我就长不大！你能咋地吧？谁叫你刚才又说我是醋坛子呢？"

坐在指导员怀里的苏连撒娇地搂住郝阅文的脖子……嘴唇凑了上去……

指导员有些生理反应:"这大白天地抱着个美女……我可不能坐怀不乱呀!"

说罢他把苏连放在床上……就……

苏连赶快起身:"你想干啥?走廊里还有人呢……我喊人啦!"

指导员知道自己大白天的提出此要求有点"过",他克制着冲动:"我不管……都是你撩扯的!那也得叫我咯吱你几下……"

苏连小声喊着:"呀……救命!我不敢了!我怕痒痒……"

两口子疯了一会儿,闹了一会儿,又亲热了一会儿……

苏连整理着头发:"材料写咋样啦?白天我都没敢来打搅你!'马指'还泡我……说这老夫老妻就是跟小年轻的不一样!白天各干各的……晚上直奔'主题'!"

指导员也整理着着装:"你们那位'马指'呀,我算是心服口服了!一见她我就胆突的……两份材料的第二稿都完事啦,就等着明天机关领导'验明正身'了!今晚咱可以轻松轻松……"

苏连又像服了兴奋剂:"呀……太好啦!哎……咱俩上江沿去溜达溜达呗?我都一年多没去江沿啦!今天正好是周末……"

指导员的情绪也被苏连感染:"行呀……今天我陪老婆去江边'压马路'!咱也浪漫浪漫……"

苏连涨红着脸:"我都激动得……你摸摸我的心!"

指导员刚要伸手,苏连又突然反悔。她双手护住丰满的前胸:"算了……不让你摸了……你又该趁机没完没了的!我去换件地方衣服……你带地方衣服了吗?"

苏连说话时人已经出了门……指导员在屋里回答:

"我带了件夹克衫……"

D

比江水和鲜花更亮丽的景色!

两口子压马路不笑还哭呀?

江边有一个熟悉的身影!

白妮默默地点了点头!

江畔的公园里景色宜人。

秋高气爽,秋水瑟瑟;绿水载白帆,两岸花万朵……

大桥跨南北,油龙如穿梭的迷人景色引来的是游人如织……

在如织的游人中,苏连是一道比江水和鲜花更亮丽的风景!

苏晓红上身着一件西洋红的高领毛衫,虽然只是极为普通的反正针织法,毛衫上也无任何的装饰图案,但紧身的效果勾勒出优美的曲线,让她平添了超凡脱俗的华贵!特别是那一袭黑纱的百褶长裙……更让她在动感飘逸中展示出气质的高雅……

红与黑的绝妙组合,如同《红与黑》那本名著一样魅力四射!光彩照人……也光彩'招人'!

虽然苏晓红只穿了双半高跟的瓢鞋,但顾长的身材已经让她有点鹤立鸡群!有点脱离群众!有点让人仰视啦!

身穿蓝灰夹克衫的郝阅文被出众的妻子所引来的目光弄得有点不好意思,所以主动与之拉开了距离……苏连却大大方方地靠过来挽住他的胳膊……

"干吗离我那么远……我又不影响市容?"

指导员随口调侃着:"从飒爽英姿……一下子变成'婀娜多姿'!我……我有点不太适应……"

苏连将头依偎在丈夫的肩上:"我这是不爱红装爱武装,偶尔也要着红装!部队不让化装;不让带装饰品……我都感到有点男性化了。"

指导员安慰道:"你们还好,女兵连队就像男人世界中的女儿国!野战军里和男兵们一起摸爬滚打的女兵……那才真的男性化了呢!不过男性化也没什么不好,动物界里最美的都是雄性呀?军人也是美在气质……美在素质!"

苏连调皮地转到指导员的前方,倒退着前行:"那好呀,为了实现雄性的美……明天我买点'大宝生发灵'天天往脸上抹!等你再见到我时……在后面瞅迷死你!在前面看吓死你!哈哈……哈哈……"

笑声引来了游人的关注,指导员有些窘迫:"小点声……我的小姑奶奶!旁边的人都瞅你哪!"

苏连依旧大大方方:"怕啥呀!两口子压马路不笑还哭呀?浪花里还能飞出'欢乐的歌'呢!哎……你没听说吗?三十不浪四十浪;五十正在浪头上;六十还要浪打浪呢?你猜咱俩现在是啥浪?"

指导员假装认真地:"咱俩是无'疯'不起浪!你要是不疯疯癫癫的,就一点浪漫也没了!你呀……就是严肃不足……活泼有余!"

苏连又转回身来与指导员并肩同行:"那就对啦!咱俩正好互补呀!咱又不是七老八十的,整天死气沉沉……整天满脸苦大仇深的好呀?要不一张口就是'天上布满星,月牙亮晶晶,生产队里开大会,诉苦把冤申'……呜呜……"

指导员被妻子惟妙惟肖的模仿给逗乐了!乐得也不顾及周围那好奇的目光!

"'文化大革命'时你才多大呀?这些你都是在哪儿学的呀?"

苏连骄傲地昂着头,:"我有音乐的天赋!要不我能当上文艺兵吗?唉……司令部业余演出队要是不解散多好啊?我可是独唱的第一把交椅!现在可好……唱歌的嗓子整天背条令……都腻歪死啦!"

指导员立刻装起了"领导"的口气："哎……哎……你这当连长的可不能有灰色情绪呀！条令条例可是治军之本！"

苏连噘起了小嘴："又来了……又给我上政治课！我倒不是有抵触情绪，就是感到特长发挥不出来心情总是有点压抑……"

指导员耐心地开导着："爱好必须服从需要！干啥就得吆喝啥，这点道理你该懂吧？就拿我来说吧，我爱好的是文学，可我是干完内线干外线……搞完政治教育搞法制教育！我要是图心情舒畅整天捧着诗歌散文……那就是不务正业了！"

苏连突发联想："可你总算是快熬出头啦！哎……听组织股长说，王主任很欣赏你的文笔！很可能把你调到政治处来，到时候你就爱好和需要相统一……天天开开心心地'爬格子'了！"

对于这样的"好消息"指导员却并不兴奋："唉……搞文学和搞材料那可是南辕北辙呀！根本就是两个心情两股劲……不能混为一谈的！"

苏连相当的不理解："那有啥大的区别呀？就像唱美声的与唱民族的与唱通俗的不就是个发音的区别吗！李谷一过去还是唱花鼓戏的呢，现在唱通俗歌曲还成名了呢！好了……别一提写材料就苦瓜脸了！"

指导员无可奈何地解释着："看来你是真了解文字与文字的区别呀？晓红……有件事不知你听没听说……咱军区报社有十多名编辑参加地方的自学考试，结果写作文没有一个及格的！有一个知名作家用化名给报纸投了很多的稿，结果是连个萝卜条豆腐块都没上！为啥呀？就是文不对'体'，不是一个路子！"

苏连还是一脸的俏皮："行了……不跟你讨论这关于文字'魔方'问题啦！反正你要是被调到政治处来……不是凭关系，不是凭面子，凭的是你有真才实学！凭的是你笔下生花！我的脸上也有光！"

指导员不再言语，也不再浏览美景。闷不作声地被妻子牵着往前走……

苏连又挽起了指导员的胳膊轻轻地摇着："你真是个文学家的性格！哪句话又让你多愁善感啦？"

指导员仍旧思索着："我是在想呀……其实最有真才实学的是那些实干家实践者！我记得好像毛主席说过……最聪明最有才干的，是那些最有实践经验的战士！写材料的人笔下能生出'花'来；全靠实践者在具体的工作中先生出'根'来！否则再有才的作者也是风中的芦苇，山间的竹笋。"

苏连又噘起了嘴："咱们今天是出来'浪漫'的，不是出来'实践'的！理论问题留着晚上枕头边研讨吧？哎……你过这边来给我挡一下……"

指导员感到有点突然："你要干吗呀？"

苏连将嘴凑到指导员的耳边："我涂点口红，这还是在演出队时用过的呢……"

指导员惊诧道："军人不许化装的……"

苏连耍起了小孩子脾气："我不么！我就涂一点……我又没穿军装？也没人认识我！你没看刚才过去那个女的吗？比我岁数大多啦……人家还描眉了呢？"

指导员无可奈何地："差不多行了吧！别整得跟刚吃完生肉似的，不穿军装也别太出众了！"

苏连高兴地："我知道……我知道！等回总站之前我就擦了！不会给我'一本正'的老公带来'不良影响'的……"

"哎……哎，阅文！你……你看那是谁呀？"

利用指导员的身体做掩护涂口红的苏连突然惊喜地叫了起来！

因为在郝阅文肩头上面的空间里，出现了一个她熟悉的身影……还不等指导员转过身去，苏连已经绕过他奔了过去……

紧靠江水的台阶上，身着长款米色风衣的白妮正端坐在那里出神……她的脚下放着几个用画报纸叠得精细的小船……

苏连从后面一下子蒙住白妮的眼睛：

"你猜我是谁呀？猜不出来我就叫你下水啦！"

吓了一跳的白妮被手朝后一抓……苏连尖叫一声跳开！白妮站起来转过身……

"一身的痒痒肉！还能是谁呀？呦……郝指导员也来啦！你可得好好管管你家的疯丫头！差一点把我给推水里去……"

指导员快步上前："白医生你好！自己来的？我家的疯丫头是没治拉！不行就拉到你卫生队去针灸吧？"

白妮用身体护着苏连："我看行！就怕你心疼！不过你舍得我还舍不得呢……"

苏连挽住白妮的胳膊，又趁势给了指导员一拳……

"看你问的？我嫂子要是不自己来……我哥能干呀？哎……你别说……这'我哥'叫起来是挺顺嘴的！嫂子你不吃醋吧？"

为了和江水保持安全距离，白妮往更高的台阶上退了两蹬，顺势又把苏连拽到身前："早晚我把你的嘴给缝上！哎……你的嘴？涂口红啦！真是个美人呀！"

苏连神秘地："好看吗？我给你抹点！来……"

白妮躲闪着："不……不……不行！我从来没抹过，我不像你，你是'欲把西湖比西子……淡妆浓抹总相宜！'"

苏连使劲地捶着白妮……

"你咋也像文人……这么酸呀？哎……等你结婚的时候我给你化妆，我化妆可是专业水平的……你信不？"

白妮神色黯然，没再言语。苏连知道说走了嘴，赶快岔开话题……

"呀……这小船是你叠的？真像……真好看！给我一个吧？"

白妮将拿东西的手一下子藏到身后："不能给……一个都不能给！你想要……回

去我给你叠……要多少都行?"

苏连生气的模样更好看:"你真抠!这样吧,你说出来这几个小船你有啥用?我就不要啦……"

白妮没有回答……手只是死攥着小船不放……苏连突然眼前一亮……

"我知道了……是不是'弯弯的小船悠悠……是那童年的阿娇'呀?"

白妮忧愁地叹了口气:"唉……我告诉你吧,我们老家有个风俗……谁要是有啥心愿,就叠个小纸船把心愿写在上面,然后把船放在水里让它把心愿载走……心愿就被保佑着实现啦……"

苏连冷不丁一把抢过小船……

"我看看你是啥心愿?肯定是早点结……结……"

苏连愣住了!把小船递给了指导员……小船里写得全是四个字"妞妞痊愈"……

指导员看罢眉头紧锁:"我明白啦……耿连长最近是不是为妞妞整容的事上火?"

白妮默默地点了点头……

指导员接着追问:"耿连长想转业是不是也是为了这个?"

白妮又点了点头……眼里滚动着泪花……

"不是转业,是复员!"

苏连一听急了:"你哥他疯啦!为啥呀?"

白妮的声音很小很小:"妞妞的手术需要一大笔钱!"

三个人谁也没再吱声……他们默默地将小船放航在水里……

一道残阳敷水中,半江瑟瑟半江红!小船满载着残阳和期望……向江中飘去……

第二十三章

A 播音员送来了"重大事件"！
又一场严峻的考验来了！
全连紧急集合！
叫大家给家里写几句话！

深秋，北方的山区五彩缤纷。

连部静卧在迷人的秋色之中，俨然是"五花山"中的第六种颜色的"花"！

晚饭后……

"小陆……小陆！快把会议室的电视打开！快……快点！"

耿连长在走廊里边喊边向会议室快步走去……

集文书与卫生员于一身的小陆应声小跑着打开了会议室的门……在进门的过道里指导两名战士出黑板报的指导员也闻讯赶来，和耿连长脚前脚后地进了会议室。

二人谁也没有坐，全都站在电视机的跟前……

基层连队的实事教育主要靠每天的"三个半小时"，即半小时读报，半小时听广播，半小时看电视……但因交通问题"日报"已经变成了"周报"。因此，"时效性"让"三个半小时"基本"精简"成了只有广播和电视的"两个半小时"。

连队的电视一般的时候频道都定在中央一台，而且连队的电视信号也只能收到中央一台！所以电视机打开后出现的画面是一台的新闻节目，播音员清晰的声音传送来的是一个重大事件……

"这场森林大火共有起火点多处……目前过火的森林面积已达三十万公顷！大火现已吞噬城镇三座，林场七个，烧毁房舍二十余万平方米，造成三万余人无家可归！为了迅速扑灭这场特大的森林火灾，党中央国务院中央军委已调集三万多解放军官兵紧急赶往火灾现场……与当地的林业和消防部门一起扑救……"

电视画面上是一片火光……一片火海！

虽然电视机是黑白的，但观者似乎还是能够感觉到来自画面的烧烤与灼热！

而耿连长和指导员的心里窜起的是条条火蛇！他们心里明白……又一场严峻的考验来了！

耿连长少有的严肃:"刚刚接到营里的电话,上级命令我们连迅速架设一条通向八里岗方向的临时通信线路;那里是第二起火点的火灾中心;现在火借风势正在迅速向西北方向蔓延!第C集团军的一个整编师正向该地机械化开进,这条临时通信线路一定要在扑火部队到前开通!一是保障扑火部队与上级指挥机关的有线通信联系……二是保障随扑火部队现场采访的中央及各级新闻媒体对一线火灾火情等新闻稿件的及时传输……因为当地的多条地方的邮电线路已经被烧断了……"

耿连长的表情严峻……因为水火无情……时间更加无情!指导员也同时意识到了这一点……

指导员急切地追问:"扑火部队大约什么时间能够到达?"

耿连长转身朝外走:"不超过二十小时!走……咱俩去挂图室吧?"

连部挂图室是连一级的指挥所。

耿连长和指导员快步走进挂图室,耿连长回手招呼小陆……

"小陆……告诉连值班员……全连紧急集合!先到会议室收看有关大山火的新闻……叫李排长和司务长到挂图室……还有……问一下一排长和房排长在什么位置!快……快去!"

小陆利索地回答:"是——"

小陆飞奔而去!耿连长拉开挂图板前面的纱帘……第一幅挂图就是该连维护区域五万分之一的军用地图。耿连长的目光跟着手指在上面迅速地搜索着……

耿连长的手指突然停下:"这里……就是这里!刚好在地图的边上……再远五公里咱这幅地图上就找不到了!"

指导员的目光也认真地在"图上作业":"从图上看……目的地到咱们线路最近的地点直线距离也要二十多公里!而且全是原始森林……要是迂回就……"

指导员用手在地图上量着……耿连长用手在地图上搜索着……

耿连长眼前一亮:"哎……有啦!指导员你看:走直线不但架设的难度大……而且距离远……就是把线路架设过去也讲不通话!因为咱们没有那么多的信号放大器,要是改变一下方向……咱们从九站林场开始往八里岗架设就近多啦!也就……也就……也就十几公里,咱们可以加单路或三路载波机和林场原有的载波机对接开通,咱连的器材库里高三路……低三路的载波机都有!"

指导员用手在地图上反复量着,下决心后问道:"从'一·一'到九站的这段线路情况咋样?"

耿连长的眼睛始终盯着军用地图:"情况不错!完全可以和备复线对接……就从这架了……"

"报告——"

李新潮和司务长跑步进入挂图室……小陆跟在后面……

耿连长立即布置："司务长你现在去准备十几个人两天的给养,要是没那么多的干粮就多带点钱,路过林场商店时多买点面包和饼干……连队要去执行紧急任务!"

司务长也没问是什么任务,他也不需要问! 反正按照连长交代的去做就是了,司务长离去后耿连长又对李排长交代……

"咱们要去为扑火部队进行通信保障! 一会动员后你组织抢修排人员装车;把器材库里的备复线全装上;还有线拐子……反正架线的工具都带上!"

李新潮也奉命去落实……

耿连长布置完眼前的任务后喘了口匀乎气:"幸亏抗洪的时候备复线都收回来啦,要不现在就麻爪了!"

指导员感觉还有遗漏,于是想了想提醒道:"那也不一定能够……好像还缺几公里的……"

耿连长心中有数:"几公里的好办! 让营里给送来或者我们去取都行……这样误不了进度! 哎……小陆! 一排长和房排长联系上了吗?"

小陆气喘吁吁地跑来报告:"都联系上啦! 一排长在'一·二'小组;房排长在'二·四'小组。"

耿连长边整理桌子边吩咐,头也未抬:"好……叫他们等我电话! 我马上就去!"

小陆响亮地回答:"是——"

耿连长又转向指导员:"指导员……你去给战士们做动员吧? 不但要把任务讲清楚,还要把困难和危险讲清楚! 火场如战场……什么情况都可能发生! 最好给每人十分钟的时间……叫大家给家里人写几句话……然后由小陆统一放进每人'后送'的包里……"

耿连长顿了顿……指导员知道他要表达的意思……

"是呀……在执行'急、难、险、重'的任务时,必要的思想准备是应该的! 那我去给战士做动员了……你去给一排长和房进交代任务吧?"

B 明白了就快去落实吧!

火头离线路只有十几公里!

那么"悲壮"干吗?

草根也是隐患,斩草一定要除根!

连部的会议室里气氛紧张。

指导员给战士们做完简短的动员回到连部时……耿连长正在和房进通话……

"对……对! 每个小组抽一名战士……你带队! 是……连夜往'二·四'赶,明天早上……对……对！就是那个差路口……连部的大车在那儿接你们。还有……这次任务的危险性一定要和大家讲清楚……一定要先写一封信放到后送的包里……这也是任务！听明白了吧？明白了就快去落实吧……"

耿连长放下电话后又拽着指导来看桌子上的地图,这备份的地图平时锁在连长的办公桌里……

耿连长的手又在地图上搜索着:"刚才又接到营里的电话,根据最新的火情通报……八里岗的大火有往咱们线路方向蔓延的趋势,现在有一股火头离线路也就十几公里啦！因此上级要求我们兵分两路……一路随扑火部队跟进架线……另一路在线路上警戒防范！两个方向都要有一名主官……你看……"

耿连长的话还没有说完,指导员就抢过了话茬……

"我知道你想叫我在线路上警戒防范,因为在扑火一线比较危险！告诉你……我坚决不同意！抗洪的时候你说我是'旱鸭子',总是危险的时候你抢在前面！我也是共产党员,我也是连队的主官,我也知道'越是艰险越向前'才能在官兵中建立起威信！"

指导员突然顿住了,他在想用什么理由能够说服连长。耿连长也没插话,他在体会着指导员的心理感受……

指导员真情地:"老耿,这一年多来你像'老抱子'似地时时处处护着我！怕我不熟悉外线的情况有什么闪失……我从心底里感激你这个当老大哥的！这次就算求你啦！就算我求你把立功的机会让给我……我这'独立完成任务的能力'不提高……将来还怎么有资格接你的班?"

耿连长听完指导员的话还是没有言语……他本来想用"站好最后一班岗"来说服指导员！但指导员却用"站好第一班岗"说服了他。他默默地拿起了电话机……

"给我要一排长！喂……马继成吗? 你的任务有变化,你现在立即赶往九站林场……对……你找孙场长给你派一个熟悉山里情况的向导。等指导员他们一到你的任务就是协助指导员为扑火部队架线……房进和李新潮也归你指挥！什么……你管那么多干吗? 那是该你操心的事吗? 记住你的任务……你明白了吗?"

大战之前,空气似乎在做爆炸前的能量"蓄积"！

在离连部几十公里的一处公路的岔路口上还是黎明前的黑暗。

天刚放亮……星夜兼程的连队官兵就在一处公路的交叉口与房进和二排临时抽调的四名战会合了！耿连长跳下车,指导员也紧跟着下来,卫生员小陆也跟着跳下了车……

耿连长第一次正装其事地与指导员握手……

耿连长双手传达着复杂的信息:"水火无情……一定要注意安全！一定……我在

线路上挂一部单机,随时与你联系!"

耿连长使劲地在指导员的胸口擂了两下……

指导员故作轻松地调侃:"你放心吧,我们一定注意!别跟生离死别似的……那么悲壮干吗?"

耿连长没有回指导员的话,而是转向房进:"房进……你带两名战士上车!小陆……你也上车!小赵……你们俩留下跟我走……"

指导员握紧了耿连长的手:"不是说好了房进和二排的所有战士……还有小陆都跟你走吗?怎么……你又……"

耿连长抽出被指导员紧握的手:"计划没有变化快!线路上暂时用不了那么多的人!再说一排的四个小组不是还有八名战士吗?一集中起来我们也是十多个人……行了……别争了!咱们都赶快争分夺秒吧?再见……哎……房进……把车上的镰刀给我们多扔下来几把!还有那刀锯……"

指导员接过房进递下的工具交到连长的手里……

指导员目不转睛地注视着连长:"再见——"

该连一排所维护的通信线路上是金秋的色彩。

秋风已把枯萎的树叶从枝头上打扫干净,树干下的山地是一片片成熟得诱人的色彩!与这满山尽带黄金甲的色彩交映的是一株株……一簇簇……一片片翠绿挺拔的青松……

耿连长领着两名战士无心去欣赏秋天的美景……他们的目光紧盯的是通信线路下齐腰高的已经枯萎干透的野草!一旦有山火袭来……这些野草将毫不犹豫地变成线路下的一条火龙!

耿连长争分夺秒地布置任务:"小赵你俩从这里开始用镰刀割线路下的茅草,特别是线杆的四周一定要割得干净!割下的草往前进方向右边的林子里送,明白了吗?"

小赵握紧手中的镰刀:"明白了……连长!"

跟在小赵身后的新战士不解地问:"为啥要送到右边的林子里呀?"

没等耿连长回答,小赵便抢先告诉那名新兵……

小赵用镰刀指着线路前进的方向:"那还用问!大火肯定是从线路的左边烧过来的……放在左边不等于火上加柴吗?"

耿连长满意地点了点头,他拍了拍两名战士的肩……

"挎包里有干粮和水吗?饿了你俩就先垫巴两口,然后顺着线路往前干……我先到前面去迎迎一排的战士!给他们交代一下工作……"

小赵坚定地回答:"连长您放心去吧!我俩现在就开干!"

耿连长拎着工具和镰刀走出了很远又回头嘱咐……

"小心镰刀别搂到脚上！"

已经开干的小赵："知道啦——"

心急火燎的耿连长一路小跑地往前赶！路遇伸向线路的树枝……他便蹿上树将其用锯锯折……

接近中午时分,他遇到了按要求也在线路上割草的"一·一"小组的班长王奉广和杨喜。

最早发现连长到来的是小组的狗"路虎"！见耿连长也是穿"黄棉袄"的,"路虎"朝着耿连长叫了两声……然后又回头朝着杨喜他们"汪汪"起来……

王奉广训斥着："叫唤啥？咱连长你都不认识啦？一边去！"

王奉广赶紧跑上前来报告……耿连长向他摆了摆手……

"免啦……免啦！其他小组都上线路了吗？"

王奉广起身回答："都按连队的要求在割线路下的茅草,刚才我还和他们各组联系过了呢？估计天黑前我们能在'一·三'的路段汇合！"

王奉广说罢用手指了指挂在线杆上的单机……

"连长你跟各组联系吗？我给你要……他们也都把单机挂在线路上……好随时保持联系！"

耿连长摆手："先不用！指导员他们来电话了吗？他们那的情况怎么样？"

王奉广："指导员他们没来电话……刚我要了一次没要通……我再要一下看看……"

耿连长检查着线路下已割过的草地："我自己来吧！注意……线杆四周的草一定要割干净！镰刀要贴着地皮搂……草根留得越长隐患越大！"

王奉广和杨喜齐声答"是——"

"路虎"友好地凑到耿连长的跟前……

C 指导员掏出军用指北针！

风往哪儿刮哪儿没好呀！

我们的位置要前移啦！

千万不能迷失方向！

山林里因为人迹罕至,因此还保持着原生态状态。

密林里,年复一年的落叶给地面盖上了一层层的棉被,由于人走在上面不能"脚踏实地"……所以有点像醉汉……

指导员等官兵像一帮"醉汉"似地在密林中艰难地向前架设着备复线路！遇有灌

木还要先"开路",后架线！一排长领着两名战士充当着开路的先锋……他们的手上……脸上已经被树枝子划出了道道的血口子。林场派来的一位向导不时地走走停停在前面辨别着方向……

指导员掏出军用指北针,细心地调整着方位……然后紧跑几步来到向导面前……

"师傅……咱的方向没错吧？是不是稍微有点偏西啦？"

向导辨别了一下方向,然后肯定地回答："是有点偏西,直着走再有一里多地是一大片榛材棵子……一个人钻里头采榛子都费劲！像你们这样又背着东西又架线,根本过不去！咱只能绕着走……"

指导员紧跟在向导的身后："师傅……您对这林子里的情况挺熟呀？"

向导也乐意和解放军唠嗑："我家祖祖辈辈都是打猎的,会走道时就跟着大人在这大森林里绕晃！要是记不住路……早就喂野兽啦！"

指导员踩着向导的足迹："这次就得辛苦您啦！"

向导脚不停步地："说这话就见外啦！咱这山里的人只能是靠山吃山,这大火要是把这山上的林子都烧没啦,不管是伐木的还是咱打猎的,都得喝西北风！你们解放军是为谁呀？咱心里有数！"

向导朴实的语言让指导员心头一热："谢谢你的理解！您看咱要是照这速度干什么时候能架到八里岗？"

向导边带路边开路："说不好……我看最早也得天黑后！"

指导员又问："那您说这火能往咱们这里烧吗？"

向导抬头看了一下天空："那就得看风向啦！今年上秋一场雨都没下,这树枝子和地上的树叶子都干透啦……看这架势是风往哪儿刮哪儿没好呀！"

"指导员……电话！指导员……电话！"

在后面试线的房进扯着嗓子喊！指导员赶紧返回身去接电话……

电话是耿连长打过来的,虽然只分开了十几个小时,彼此却像是久别一样……

"怎么也要不通你……急死我啦！你那里的情况怎么样？喂……这线路的声音还挺好的呀！"

指导员手握刚刚接通的电话："我这里一切还算顺利！就是备复线快用完啦……"

电话那端的耿连长："营里不是已经派人往林场送了吗？"

指导员抬起手腕看了一下表："是……可能现在快到啦！但我要是派人返回去取……可能要耽搁两三个小时的时间！"

电话里传来了耿连长的声音："你不用抽人回去取啦！我马上联系孙场长派人给你们送去……"

指导员心中有了底："那在好不过啦……这样我们准能在扑火部队到达前把线路

架通！"

耿连长又面面俱到地："你那其他的情况怎么样？离火场还有多远？"

指导员紧蹙着眉头："具体的距离说不准！但这天上的直升机过得挺多……估计离火场不远啦！你那现在咋样呀？"

线路中传来耿连长清晰的声音："我这正在割杆下的荒草，估计天黑前也能干完！你就放心吧，你们离火场越近越要注意安全！特别是可能有逃难的野生动物！带两支枪就好啦……"

为了让连长放心，指导员提高了声音："我们的向导是猎人……他背着枪哪！好啦……我们的位置要前移啦……一会再和你通话！"

通信线路上战士们挥汗如雨。

耿连长走到哪儿……他的指挥位置就移动到哪儿！他一手攥着刀锯……一手拿着话机在讲话……

"谢谢……太谢谢啦孙场长！你真是雪中送炭呀！不……不对！这满山都着着大火呢？再送'炭'赶火上浇油啦！反正感谢的话先不说啦……"

因为又有一棵树的杈子伸向了线路，王奉广跑过来从连长的手里接过了刀锯。耿连长随口嘱咐道……

"这棵树是歪的，把它连根伐了！要不火一烧容易往线路的方向倒……"

王奉广脚不停步地："知道啦——"

此时孙场长在电话里问到……"你说啥……我没听清楚！"

耿连长赶紧解释又赶紧布置："刚才不是跟你说话！你最好再给指导员他们送点干粮进去！他们可能要跟着扑火的部队走……带的干粮不多！"

线路上……虽然还没有大火蔓延过来的迹象……但战士们还是争分夺秒地清理着线杆下的一切可燃物……并不时地和处在线路中段的连长保持着联系……

杨喜边割着茅草边哼唱着……耿连长从后面赶了上来……

"小喜子……你唱啥歌呢？"

杨喜直起腰："连长，我唱费翔的《一把火》呢……"

耿连长一听便皱起了眉头："哦……就是今年春节晚会那个台湾来的大个子，还边蹦跶边唱那个吧？"

杨喜如同找到了知音："是……连长您记性真好！'你就像那一把火！熊熊火光照亮了我……'"

耿连长急忙制止："你先别照亮啦……那《一把火》都引来一场火啦！这个'费翔'也真点正，现在整个火灾地区不知道得有多少人在叨咕他……这小子肯定耳根子发烧！你想当费翔第二……你不怕引火烧身呀？"

杨喜伸了下舌头！他不再唱了……而是摘下背壶递给连长……

"连长您喝口水吧？我'估摸'着咱们快与'一·二'小组会合啦！"

耿连长摘下军帽擦了擦汗……拥了一大口水！然后从地上拽起一棵茅草用手举在空中……草尖被风吹得向线路的左边歪去……

耿连长脸上的表情复杂："乖乖……风向又变啦，火头暂时不会向咱们这个方向烧！你去用电话通知各组的战士，原地休息二十分钟！喝点水吃点干粮……"

密林中的架设线路工作争分夺秒地进行着。

树林上空直升机的轰鸣声越来越大！不时刮来的山风中夹杂着焦煳的气味……官兵们不断加快着作业的速度……

指导员停步高喊："房进……房进！"

房进应声从后面赶了过来……

指导员长话短说："估计咱们离火灾现场不远啦！你和向导先走一步……看看救火的部队到达没有？"

指导员又看了一下手表……

"估计救火的部队还没到达！你们和当地林管部门先联系一下，看救火的部队到达后指挥所预计设在哪里？我们好直接把线路架过去……快去快回！哎……你们在走过的路上留下点路标！"

房进和向导消失在前方的密林里……指导员招呼身边往树上固定线条的李新潮……

"李排长……你去告诉前边开路的一排长，一定要沿着房进他们留下的路标走，不能迷失方向！哎……电话在哪呢？给我要连长……"

D 夜幕下，战士"会师"在线路上！
让线路成为防火"隔离带"！
一定要坚持到扑火大军到来！
组成了"懂存瑞"姿势的群雕！

通信线路下的紧张空气暂时得以缓解。

耿连长接过杨喜递过来的电话……

"是……是我，好……祝贺你初战告捷！时间……时间你们肯定要按规定的提前不少！我……我这暂时还是太平无事！对……对，我们只能是严阵以待啦。线路上的杂草天黑前肯定能收拾干净！今晚……今晚我们就分散开住在线路上，好……好……你就把火头前进的方向及时告诉我就行！对……对，就说坐标就行！那样我们防范的压力就小多啦！最起码我们可以及时确定重点的防范地段！好……好，我随时听你的电话……好好，就这样！"

夜幕降临时……一排各组的战士"会师"在线路上！小赵见了分别几个月的秦耕耘格外的兴奋！耿连长把大家召集在一起开了个小型的现场会……

"咱们的任务是既要保护好通信线路，又要让线路起到防火隔离带的作用！决不能让大火越过咱们的线路烧对面的林子……咱们现在的位置是'一·二'靠近'一·三'小组的地段，由于现在风向不确定，大火什么时候，从哪个地段烧进咱们的线路还是未知数。因此我们只能分散开来在线路上死看死守！大火不灭……我们就吃住在线路上！"

耿连长咬了一口馒头喝了口水……

"从现在起我们十一个人分成四个组……'一·二……一·三……一·四'给你们每个组加一人，也就是你们是三人一组！我带杨喜为一组，咱们从这往前排……每个组之间拉开五公里的距离！只要咱守住这中间路段……也好向两边机动！不论哪个组发现情况……都要及时向每个小组通报！指导员那里一旦在扑火前线得到准确的火情消息，我会及时通知你们的……大家明白了吗？"

"明白啦——"

"明白啦——"

……

各组的班长都有力的回答！

王奉广感觉有些不妥，便请示道："连长……你和杨喜两个人太少啦！让我也在你们这组吧？"

小赵也争着："还是让我在这组吧？"

耿连长制止道："都别争啦！王奉广你今年负过重伤，就不要在野外过夜啦！你就到'一·三'组，你们的任务更重！今晚一是要警戒；二是要多做些干粮。我们也许要打场持久战！蒸馒头来不及就多烙些饼……明天早上送到各组！"

"一·三"小组的班长和王奉广同时答道："是——"

耿连长接着对留下的人员布置着注意事项："野外露宿一定要找个背风的地方！多划拉点树叶子和咱们割下的茅草盖身上，还要防野兽的袭击！镰刀和砍刀都要用手攥着睡觉！三个人要轮流站岗……不能……"

山林里的夜色一点都不迷人，甚至有点恐怖！特别是猫头鹰的叫声……一听就叫人想上厕所……

杨喜的身上被耿连长给盖上了厚厚的一层茅草，虽然不算太冷……但他还是睁着眼睛不能入睡,有生以来他是第一次在野外过夜……兴奋赶走了睡意！但他只能平躺着不能动……因为茅草和树叶子不是棉被……一动就要功败垂成！

杨喜扭头对连长说:"连长……还是您先睡吧？我值班……"

耿连长更没睡意:"少废话……赶快睡！我一会儿还要和指导员通话呢,哎……你是不是有点害怕呀?"

杨喜悻悻地翻了个身:"我不害怕……就是有些兴奋！"

由于身上盖着很厚的杂草。耿连长说话时身体保持着"僵尸"状:"不害怕就对啦！害怕就不是军人。再说啦……咱们也是三人……"

杨喜不解:"不就咱俩吗?"

耿连长诙谐地:"这不是还有一位'路虎'吗？虽然它不会说话,但要论站岗放哨……咱们俩绑一块儿都不如它！"

靠树坐着的耿连长爱抚地拍了拍"路虎"的头,"路虎"使劲地摇了摇尾巴……但耳朵却始终机警地直立着……

杨喜又借机提出疑问:"连长……我们小组附近的林场又不通火车,以前连汽车都没有。为啥叫'九站'呀?"

耿连长耐心地讲解着:"咱们这地区有个最大的林管局叫'十八站','十八站'的名字来自于清朝光绪年间从嫩江修往漠河金矿驿站的第十八站……但咱九站的名字比它早,据说是通向当时边关送信的一个驿站,但现在还没有人去详细的考证……"

杨喜突发奇想:"它要是送信的驿站……不就和我们小组性质一样了吗?"

耿连长对杨喜的判断非常满意:"说得好！小喜子,古有驿站,现有小组,都是为镇守边关的军队传递消息……都是为了守好这中国的北大门呀！"

电话铃突然响起……耿连长迅速抓起电话……

"喂……是……是我！指导员……有什么新情况吗?"

和杨喜一样兴奋得今夜无眠的还有班长秦耕耘和"二·三"小组的新任班长小赵。值第一班的战士是"一·四"小组的战士小辛……见秦班长和小赵久别重逢,他知趣地坐在离他俩很远的一棵大树下……

小赵嘀咕着:"真是活见鬼啦……那盘录音带我明明是锁在抽屉里啦！可怎么也找不到啦？跑不了是那姓李的给……"

秦班长沉稳依旧:"没影的事别瞎说！丢就丢了吧,这件事你也不要对宋老师说……要不她该……该……你就说已经交给我啦！"

小赵为难地:"说交给你啦倒行……可你总得给人家回个信呀！宋老师一见面就问我,哎……班长……你对宋老师到底是咋想的？人家可是一提你就掉眼泪呀！"

秦班长认真地:"咱是军人……任何事情要以服从命令为天职！部队不允许战士在驻地附近搞……"

小赵理直气壮地："你不是马上就要转志愿兵了吗？部队不是规定志愿兵结婚，家属在一百五十公里之外就可以吗？'一·四'离咱山泉可是有二百多公里啦！"

秦班长坚决地否定："那也不行！毕竟我在'二·三'小组工作过，明摆着……是……是……反正这事不可能！你就不要再提啦！"

小赵噘着嘴："我不提可以……但宋老师要是问起来我咋说？"

秦班长想了想："你就说我最近很忙，等过段时间我会给她去信的！记住了吗？就这么说……"

小赵杞人忧天地叹着气："唉……看你们活得真累！要是换我……哼！不说啦……不说啦！"

东方欲晓，晨雾笼罩山林……"路虎"突然狂吠不止！耿连长一个高蹿了起来！远处，几只狍子突然从线路左侧密林中窜出，越过线路下的空地……没命地蹿入右边的山林里！耿连长吆喝住要去追赶的"路虎"……他抓起一把枯叶抛向天空……

"不好……风向变啦！杨喜……杨喜……快醒醒！"

杨喜揉着惺忪的眼睛坐了起来……

"连长……该我换班了吧？"

耿连长纠正道："不是该换班啦，而是该上班啦！快……快要其他各组问问情况……"

还没等杨喜抓起话机……电话铃便急切地响了起来……杨喜一把抓过话筒……

"喂……我是……我是！连长，'一·三'……小组电话！"

正在往线路上跑的耿连长回过头来……

"你问他们啥情况？"

接完电话的杨喜紧接着又接了其他两个小组的电话……然后冲着从线路上跑回来的耿连长喊……

"连长，三个点都发现了情况！'一·三'小组那儿都能闻到糊巴味啦……"

耿连长边跑边说："快通知其他两个点往'一·三'方向集中……赶快和指导员联系一下……"

指导员的电话赶在杨喜之前来啦……耿连长快步跑过来抓过电话……

"是……我们也观察到啦！你讲……你讲！杨喜……把我背包里的地图拿来……快……快点！"

耿连长用腿垫起地图……用手指在上面迅速地搜索着……嘴里不断重复着指导员的话……

"北纬……北纬……东经……东经……对……对！最前面的火头就是奔咱'一·三'小组去的，我们马上就往那里赶！一定……一定能坚持到扑火大军到来！"

耿连长和杨喜跑步赶到"一·三"小组附近时,浓烟和烈焰已经逼近了通信线路!

由于小组建在线路前进方向的左侧,火蛇已经将小组的板障子烤着了!先期到达的战士们正合兵一处从小组里往外般东西……耿连长大声指挥着……

"把行李器材抢出来就撤!每人一百米线路……死看死守!决不能叫大火越过线路烧到对面的林子!指导员和扑火大军正往咱们这赶呢……坚持就是胜利!"

通信兵虽然不是担负扑火任务的主力部队,但在通信线路形成的"放火隔离带"上,他们担负起了绝对的"主力"角色……

大火最先点燃的是"一·三"小组的营房,这是它给这些通信兵的"下马威"!

眼看着自己心爱的营房像火把一样燃起……战士们有的流下了眼泪!

因为他们现在的岗位在通信线路上……他们此时的使命是保住线路……保住森林……而不是保住自己的家园!

大火向线路的"进攻"首先是从空中发起的!

树头上蹿出的火蛇把电线杆烤得沥青冒着泡"吱吱"地带着青烟往下淌……很快……有两根线杆的杆头和线担燃烧起来!

耿连长率几名战士飞奔过来用树枝子打火,无奈"枝长莫及"……怎么也打不着杆头的火苗……

小赵带上脚扣子就要往杆上爬……被耿连长大声制止……

"不能上杆……这沥青沾哪哪着……不等你上到杆头就把你烤熟啦!"

急红了眼的小赵:"连长……那该咋办?"

耿连长命令到:"小赵……杨喜……你俩快去砍点带叉的树枝子,越粗的越好!下面要留长点,每个线杆下扔几根……明白吗?"

"明白——"

"明白——"

连长接着命令:"留两个人在这打能够着的火……不让火烧到杆根!"

"连长……连长!火从地上烧过来啦!"

一个战士在疯了似地喊着!

耿连长带着剩下的两名战士奔了过去……

一条火蛇贴着地皮想越过线路!虽然线路上的茅草已经被割掉,但是草根还是跟着燃烧起来……

耿连长等几人挥舞树枝扑打着地上的火苗……但是有点"杯水车薪"……眼看着地上的火苗在向前"突破"……耿连长把手中的树枝子一撇……

"都给我卧倒!"

耿连长带头第一个用身体滚压着在地皮上肆虐的火蛇!

树根和草根无情地"刺激"着他们的身体……几乎每个人的军装上都洇出了

血迹!

突然……线路上像潮水般地涌来了无数的绿色身影……跑在最前面的人高声呼喊……

"耿连长……耿连长！我们来啦！援兵来啦！"

耿连长一个鲤鱼打挺从地上蹦了起来……

"指导员……这里交给大部队了！通信连的……都给我去保护线路……上！"

此时有两根杆上的木担已经烧折……滚烫的线条从天而降！一名战士伸手去接……"呀"的一声又撒开了手……因为他的手掌上已经连皮带肉被粘掉了一层！

耿连长大声呼喊："不要用手抓……快脱军装……快！"

耿连长带头用军装裹住线条……然后用手高高地将线条擎起……

"不能叫电话线接地——"

这呐喊如同"为了胜利向我开炮！"一样的惊天地！泣鬼神！

线路上，一队站在烈火中的通信战士，组成了董存瑞炸碉堡姿势的群雕！

擎起了一条永远不中断的通信线路！

第二十四章

A 东北的雪更"厚道"!
特殊的运输队艰难地前行!
不信敲不开你的"脑壳"!
你真是我肚里的蛔虫呀!

大火有痕,火灾后的通信线路上到处是焦灼的景象!

"我爱你,
塞北的雪,
飘飘洒洒漫天遍野。
你的舞姿是那样的轻盈,
你的心地是那样的纯洁……"

耿连长手里的半导体收音机里飘出优美的歌声……

耿连长有感而发:"塞北的雪美,东北的雪更美! 你看这第一场雪就这么'厚道',有二十多公分吧?"

指导员也有感而发:"可惜这场雪是姗姗来迟呀! 否则……这场森林大火就不会这么肆虐! 最起码地上的明火要少一些。"

耿连长站起身来,他看了看眼前这群"满面灰尘烟火色,两鬓斑斑十指黑"各个酷似"卖炭翁"且极其疲惫的战士们,把关掉的半导体交给小陆……

"大火的考验结束啦,大雪的考验来啦! 现在说啥都是白扯,得赶在第二场大雪之前把维修的器材运到现场……否则这段火毁线路今年就修复不了啦!"

指导员也站起身来,他活动了一下关节……朝着坐在一根卧在雪中的线杆上休息的官兵们挥了挥手……

"小伙子们……再加把劲! 今天务必要把这四根油榨杆运到现场……大家有没有决心!"

"有……"

"有……"

也许是刚休息完还没进入到兴奋的状态,也许是连续作战的过度疲劳,官兵们根本无法再兴奋。因此刚才的回答是异口"异声",既无力又不齐……耿连长听后把眼珠子瞪了起来!

"咋地……想耍熊了是不?咋有点没死带活有气无力的?别忘了,在扑火的战斗中……咱是胜利者!虽然大火烧毁了咱的几十棵线杆,但它却没有烧断咱们的线路!一分钟也没断!还有更大的胜利就是这股火头到咱线路的边上就望线兴叹……没能再前进一步!没能流窜进对面的林子……因此说……我们是在一场战斗中取得了两次胜利……"

耿连长使劲活动了几下肩头的关节,然后用坚定的目光扫视了一眼大家……

"胜利者是有权骄傲的,面对现在这点小困难,我们的口号是'骄兵必胜'!现在大家都骄傲地喊一声……有没有决心?!"

"有——"

官兵们骄傲的声音响彻山谷……

大雪把大火留在地上的痕迹深深地掩埋起来,只有那过火树木张牙舞爪地将死亡的躯干伸向天空……

大火留在官兵们身上脸上的印记也没有被掩盖,很多官兵的手上还缠着绷带……

官兵们四人一组抬着线杆的一头往山上连拉带拽!线杆的另一头在雪地上画着长长的波浪式的曲线……

前面出现了一个陡坡,抬第一根线杆的一排长和秦耕耘他们上了几次都滑了下来!耿连长和指导员放下肩上的抬杠……

耿连长一挥手,"上!给他们搁一把……"

后面的战士们都放下肩上的抬杠围了上来,大家喊着号子将一根根线杆抬到坡上!这支特殊的运输队继续艰难地前行……

耿连长和指导员边走边你一句我一句地唠着……

指导员先开了口:"按一天运进四根杆子算,咱要运八天呀!"

耿连长皱着眉头:"线担和铜线铁线还要运两天。但愿这十来天别下雪,气温也别再降……老天保佑的话半个月就完活!"

"那'一·三'小组的营房今年还修不修啦?"

"房子都烧落架啦!砖都烧酥啦!没有修的价值!只能是明年翻盖啦,但料最好是明年开春雪还没化时运进去,运早了水泥就过性喽……"

"你说这样的环境……当时线路是咋架进去的呢?"

"听说当年是野战军干的……他们有专门的架线连和架线营。一个连队有一百多号人呢。"

"跟他们当年架线比起来,我们今天吃的这点苦真不算啥!"

"是呀……要是比起当年的铁道兵、工程兵和基建工程兵……咱通信兵是比较享福的啦!"

"这就是不比不知道,一比吓一跳!往后咱再搞教育,最好糅进点这方面的内容,总是'苦不苦……想想红军两万五;累不累……想想革命老前辈',连我这搞教育的人都腻啦!教育也得不断地更新内容……否则就没有吸引力!"

耿连长:"你这个想法好呀!等眼前的事忙过……我给你提供点素材。听说当年给咱们架线的连队有一名连队干部胳膊被老虎咬折啦!测绘大队的外业人员还有被野兽吃了的呢……"

一提起野兽,耿连长又若有所思……

经受了火的洗礼,通信线路已经面目全非!几十棵"过火"的线杆虽然还"屹立"在线路上……但高度却降低了一半!昔日臂膀一样骄傲地伸向两侧的线担已被参差不齐粗细不均的树干所替代,弯曲不直的线条是被临时固定在横杆上的,垂度也是七高八低……像是错行的五线谱!

由扑火队直接"改编"的整修队……费了九牛二虎之力才把第一组线杆运到火毁的路段……

耿连长指挥着:"来……来……把杆都放在线路下……每空放一个……离原先的杆子一两米就行……"

一排长并未停下来歇气:"小秦……咱们继续往前走,放到最远的那空!"

一排长等人抬着线杆继续前行……

耿连长招呼着:"王奉广……镐头和铁锹呢?"

王奉广扛着镐头和铁锹赶了过来……

"连长……镐头和铁锹在这那儿!"

耿连长接过镐头,他用脚从第一棵被烧毁的线杆向前量了一步……然后朝手上啐了口吐沫……

冻硬的大地对镐头的回应是将刨下来的镐尖又高高地弹了起来!耿连长顿时感到虎口一阵发麻……

耿连长不服气咒骂着:"奶奶的!刚上冻就冻得这么实成,我就不信老子敲不开你的脑壳!"

放下线杆赶过来的房进伸来手来接连长手中的镐头……

"连长……还是我来吧?"

耿连长又瞪眼啦:"咋地!连你也觉得我老了是不?这第一块骨头老子还就啃定啦!闪开……"

耿连长甩掉棉衣,抡圆了膀子一顿地"狂轰滥炸"!冻土层终于全面"崩溃"……

耿连长将镐头扔下,弯腰捡起一块冻土……指导员过来将棉衣给他披上……

"快穿上……别感冒了!"

耿连长摆弄着手中的冻土块:"你看这冻得还不厚,也就十多公分。这坑得抓紧挖呀!越晚冻得越厚实!哎……房进……下面的用铁锹能挖动不?"

正在用铁锹往下挖的房进头也不抬,用脚踩着锹背在往下扩大着"战果"……

"好挖……太好挖啦!一锹就能下去十多公分,就是这坑口还得扩大点!再往下就不好下锹啦……"

此时,也赶过来的李新潮抢先拾起了镐头……

"房排长,你先上来……我给你扩一扩边!"

本想表现表现的李新潮使足了劲一镐头刨了下去!但事与愿违……不但镐头弹飞了!差一点削到指导员的脑袋上……自己也被闪了个趔趄!幸亏耿连长一把将他扶住……

耿连长并没有责怪他,而是拣起了镐头给他示范……

"刨冻土用的是寸劲不是蛮劲!镐头下去的时候靠的是惯性往下悠……而且要做好它反弹回来的准备!来……你再体会体会?一下是一下的……心急吃不了热豆腐!刚才多危险呀?"

李新潮红着脸又重新接过了镐头,一下一下地体验着这劳动中的"知识"……

耿连长凑到指导员身边:"我说指导员……看来咱这抢修的计划需要调整调整了。"

指导员直接说出了"谜底":"你的意思是先挖坑?再运杆?"

耿连长开心地笑啦:"越说越对!你都快成我肚里的蛔虫啦!"

对此赞誉,指导员并不买账:"干吗非得我成你肚里的蛔虫!你就不能说点'英雄所见略同'这好听点的?"

耿连长加重了语气:"蛔虫有啥不好的?这才叫生死与共哪!要不我是你肚里的……"

指导员赶紧制止:"打住……打住……我肚里可养不下你!别啥恶心说啥啦!还是说这刨坑的事吧。"

耿连长连招呼带喊的:"来……来!一排长,你跑两步!咱几个干部开个碰头会,李排你也过来……小秦,你领几个战士把这个坑挖完,一定要够深!得到一米五……王奉广那有尺。"

不像机关擅长的马拉松会……五个干部开的碰头会可谓速开速决……而且基本是一言堂……

耿连长最后一锤定音:"刚才我和指导员统一了一下想法,咱们先挖坑;再运杆和其他的器材。因为现在的冻土层已经达十多公分啦,晚一天就要加厚四五公分! 估计明天用镐刨就费劲啦! 现在咱兵分三路,一排长你带几个人返回后直奔林场……我不管你找谁,也不管你想啥办法,必须解决十把大锤十根钢钎,再到劳保用品买几十副线手套……明天咱开始啃硬骨头!"

一排长的特点之一就是领受任务时从不讲价钱,也从不问第二遍……

"明白啦——"

耿连长接着布置:"指导员你和李排再带一个战士返回'一·二'小组……张罗一顿像样的饭吧? 就算是战前动员啦……给大家鼓鼓劲! 哎……一排长……你在林场副食商店顺便再买点熟食回来……"

指导员:"那你呢?"

耿连长:"现在天还早……我领剩下的人再挖几个坑……把这几根杆立起来!"

指导员:"我也不和你争啦,天一黑你们就收工! 要不这死冷寒天的不好走……一排长……李排长……咱们走吧?"

耿连长冲着指导员的背影嘱咐着……

"指导员……最好给做几个过油的菜! 我们可能晚点回去……等一排长他们回来一起吃……"

山野里传来已经走远的指导员的声音……

"炸黄豆也算过油的吧?"

耿连长笑了笑……然后朝剩下的人一挥手……

"开干! 指导员今晚给咱打牙祭……肯定没有炸黄豆!"

B 我可不想再往医院送伤兵!
战士上线路得背着行李!
又是一个认识上的误区!
需要有合格的带头人来继承!

火毁后通信线路上热火朝天。

"叮叮当当"的大锤与钢钎撞击的声音是这平时寂静的山谷里少有的乐章! 仅隔夜的时间,冻土层就加厚了不少! 镐头此时已经彻底失业,耿连长来回在线路上走着……那张"婆婆嘴"也不停地叨叨着……

"慢点……慢点! 小吴你给我一下是一下的! 别毛毛愣愣的! 房进……你显摆啥? 知道你以前抢过大锤,你要是砸到战士的手……看我不撸了你!"

指导员从对面过来,摘掉手套弹了弹身上的土……

"进度挺快……两天这杆坑肯定能抠完!"

耿连长的心情没有指导员轻松:"越是这样越是要勤叨叨这点……这大锤可不是闹着玩的! 一锤砸歪了就是第二个王奉广,而且是粉碎性骨折! 我可不想再往医大送伤兵啦! 哎……你知道战士们的这股子干劲是哪来的吗? 告诉你吧……全是你昨晚的那顿红烧肉给鼓的! 咋样,伙食搞好了真的能抵半个指导员吧?"

指导员回敬道:"照你的逻辑推理,我明天应该去当炊事班长! 只要是有鱼有肉……政治教育就可以免啦? 行啦……咱俩别在这嘴皮子上消耗体力啦,我看有你这张'婆婆嘴'盯着,大家都挺小心的! 咱是不是把一排长叫来合计合计'一·三'小组的事……这事定下来我也该回连里啦。"

耿连长抬了抬手:"一排长不是在那呢吗? 咱俩过去吧? 哎……昨天我求你做两个过油的,你才做了一个,回连后你可得补上呀!"

耿连长指导员一排长三个人蹲在一起,因为都是刚干完活……因此三个人的身上都冒着热气!

耿连长简捷地分析着:"看来明年8月份之前'一·三'小组的房子是竣工不了啦! 这近十个月的时间'一·三'小组值勤和生活问题怎么解决? 你是一排长……你先说说有啥打算吧?"

一排长发表自己的见解:"我的意见是把'一。三'的两名战士撤到'一·二'……因为'一·二'的房子宽绰一些,送给养也方便……"

耿连长提出疑问:"那勤务的事情咋解决? 这维护的距离可是远了一倍多呀!"

一排长肯定对此已经深思熟虑:"因为维护的距离太远啦! 当天肯定赶不回来,所以我想索性当天就不回来啦!"

耿连长理解了一排长的意思:"你的意思是出勤从'一·二'直接走到'一·四'……住一宿第二天再往回返?"

一排长补充着:"这样的话还有一个问题,就是出勤的战士得背着行李……否则……"

耿连长一激动又要说脏话:"没啥否则不否则的! 耗子来'例假'……"

还没等耿连长把精彩的歇后语说完,知道下句的指导员就干咳了两声!

耿连长立刻明白的指导员的意思,于是把下面的话咽了回去……

毕竟一排长是未婚青年……有些浑嗑是"不宜"的! 这是指导员给他硬性规定的"底线"……

耿连长书归正转:"明天从连部给你们带两床公用被来……放'一·四'小组不就得了吗?"

向来话语不多的一排长:"那问题就解决啦!"

虽然只有仨人,耿连长却又发扬起了民主精神:"指导员你还有啥意见吗?"

始终在认真倾听的指导员:"一排长的方案挺周全的!就这么办吧?"

决议既然已经形成,耿连长立马开始抓落实:"那你就赶快回连部吧……教导员和组织股长不是都等你一天了吗?"

指导员也不推让,他晓得此时必须争分夺秒:"那我就先回去啦……他们偏赶在这时候来……唉……我先走啦!"

指导员走了几十米远后,耿连长又追了上去……"指导员,你等等……咱连副连长的事你再跟教导员说说……这可是个机会呀!"

连部里挺冷清的。

教导员在连部里翻看着报纸,然后起身倒了一杯水……指导员刚好推门进来……

"不好意思教导员,连部除了炊事员饲养员和两个载波值机的,全都在线路上……这倒水的人都没有,还得领导亲自动手!来……我来吧?"

教导员摆手拒绝:"你们连今年是真辛苦呀!我们这些当领导的也帮不上具体的忙,要是连喝水都不能自己动手……那就离回家卖红薯不远啦!哎……组织股陈股长那完事啦?"

指导员还是接过教导员手中的暖瓶:"该问的他都问完啦,该说的我也全说完啦!陈股长在挂图室正写哪……他让我随叫随到!"

教导员端起水杯:"你们报上去的材料我看啦,事挺多,挺厚实……但思想高度不够!这工作干好了只算完成了任务的一半,把经验总结出来……把事迹宣扬出去才算是完成了全部!"

指导员不住地点头:"我明白了教导员!这救火的材料我也感觉粗了点……关键是时间太紧啦!这不……连队紧接着就抢修被火烧毁的线路……连口气都没喘!我是真不好意思在这叫劲的时候不在一线呀!"

教导员坐下身来:"看来你还得提高提高对政治工作重要性的认识!这是分工的不同……并不是谁想偷懒坐办公室,'爬格子'也是一件十分辛苦的事,还真不是谁背段'下定决心'就能完成得了的!"

指导员也拉过椅子坐下:"其实这个道理我也懂!就是感觉到基层连队的政工干部还应该是以干为主……"

教导员又伸出一个指头:"这又是一个认识上的误区!我给你举个例子:这次扑火的部队有好几万人……但出了名的就一个'大胡子师长'!为啥呀?"

指导员点着头:"这点我也注意到啦……有的部队一天就上了几次中央台!人家把新闻记者都抓住啦……报道得及时!像我们担负通信保障的那个部队,迎着大火上……追着火头打!根本没人也没时间去接受采访,最后我只是在咱军区的报纸上才看到了一小条他们的消息……挺不公平的!"

教导员因势利导:"这个责任在谁呀?就在那个部队的政工干部!黄继光董存瑞的事迹要不宣传出来,革命的英雄主义靠什么去作为载体?又怎么去弘扬?珍宝岛战斗过去快二十年了吧?它留给我们的是什么?是'生命不息、冲锋不止'的大无畏的革命精神!……是'一不怕苦、二不怕死'的战斗口号!这是我们这支军队无往而不胜的精神力量,人民军队中的政工队伍……应该是这强大的思想武器的制造者呀!"

指导员虚心地听着:"我明白了教导员!我一定配合陈股长把我连这次参加扑救大山火的材料整好……把通信官兵赴汤蹈火的英雄事迹宣传出去!"

教导员喝了口水:"军区司令部可能要给你们连立集体二等功……你可是要代表总站完成好这项任务呀!再说……你马上就要成为机关的人啦,你就站在机关的角度去完成这项工作吧。"

指导员坐在那里半天没吱声,教导员又喝了口水观察了他一会……

"怎么,调机关的事没思想准备?你一点消息都没听到?"

指导员有点口吃:"这事我倒是听到点风,但我想继续留在连队……我……"

教导员有点不解:"是不是怕有人说风凉话呀?这次机关想调你,还真是你凭真本事干的!谁也没给你开后门……所以你不要有啥顾虑,机不可失呀!脑袋削尖想往机关里钻的人可在你后面排了一溜哪!"

指导员诚恳地解释着:"我不是有啥顾虑,在外线连队工作的一年多的时间,我感觉学到了很多以前没学到的东西!我一是想再丰富些实践经验……二是我觉得咱们连队有好多精神……经验需要有人深入地去挖掘、去总结、去继承……这些宝贵的财富不能丢呀!"

教导员沉默片刻:"我明白了……你是不是担心耿连长年底要走的事?他的想法跟我谈过……我没表态……干部的进退去留问题要服从组织的安排!再说干部的接续问题组织上也有考虑,我提前给你下点毛毛雨,马继承接副连长的事总站已经报上去啦。"

指导员大喜:"那太好啦……我留在连队正好给他扶上马……送一程!"

见教导员半天没有言语,指导员像是在自语,又像是在叙述……

"特大的森林大火被扑灭啦,所有参加扑火的部队都撤回营区修养喘息。而我们同样是赴汤蹈火的通信战士,却要发扬连续作战的精神,立即投入到另一场更为艰苦卓绝的战斗当中!这种特别能吃苦,特别能战斗的优良传统顽强作风……需要有合格的带头人来继承!来弘扬呀!"

教导员与指导员的眼前……浮现出了耿连长带领官兵们用铁锤钢钎向坚硬的大地开战的场景!

下雪啦……封山的大雪已经没过了膝盖!耿连长带领官兵们在积雪中,抬着、拽着、拉着、推着、抱着、扛着沉重的线杆和沉重的器材艰难地前进！

在千里冰封……万里雪飘的大森林中，一根根线杆顽强地站立起来。它们又骄傲地伸开臂膀……擎起一条条闪亮的银线！

C "士兵"就要残而不废！

标准就是"表里如一"！

把小辛的手攥得更紧！

让你们连长接电话……

通信线路上官兵挥汗如雨。

抢修工作接近尾声，耿连长拎着大锤使劲夯实着每个线杆下的冻土，班长小吴拿着刀锯过来……

"连长……这些'下岗'的线杆是不是贴根轧折运回去当柴火烧？"

耿连长制止道："当柴火烧那不是大材小用了吗？ 这冻土的下面还埋着一米多长呢！ 加上没被烧毁的那段……最短的也有四米多。 虽然再让它们当'战士'已经不够格啦，但把它们运到'一·三'小组明年盖房做檩子那可是'杆'尽其才！ 这上面还有沥青的防腐外衣……真是千秋万代呀！ 这就叫'残'而不'废'！"

见吴班长似懂非懂，耿连长又补充道……

"这'战士'就是日夜站立在这里的士兵！ 难道这线杆不像一个个坚定不移地站在千里银线上的士兵吗？"

吴班长惊喜地拍着自己的脑门："像……像……太像啦！ 连长你的比喻太经典啦……回去我得记本上！"

耿连长也被逗笑了："你小子啥时候也学会拍马屁啦？ 去吧……快忙去吧……"

站在线杆上作业的杨喜高声地问连长：

"连长，这段铜线还挺好的，还用换新的吗？"

耿连长抬头用双手拢着音……

"你小子来会过劲啦？ 只要是被火烧过的铜线就都得换！"

杨喜大惑不解："为啥呀？"

耿连长仰着头耐心地问杨喜："铜线上走的是载波信号知道吧？"

杨喜在杆上回答："我知道！"

耿连长的脖子有点酸，于是换了个角度："载波信号是通过线条的外皮传输的，这叫'肌肤效应'懂吗？"

杨喜尽量向下探着身子："我才听说……"

一阵穿山风刮来,耿连长不得不加大音量:"被火烧过的铜线表面氧化……电阻加大……信号衰减……通话质量不好!"

杨喜:"我全明白啦!"

耿连长:"检查线条合不合格……标准就是'表里如一'!"

杨喜:"是!"

正好走过来的李新潮重复着耿连长的话……"表里如一! 表里如一!"

耿连长边检查验收,边督促着战士们:"小伙子们……再加把劲儿! 争取一个小时完活。今晚到'一·二'小组玩扑克……吃红烧肉!"

秦耕耘走过来憋了半天才悄悄地对连长说"连长……我想完工后直接赶回'一·四'小组?"

耿连长当然不同意:"为啥呀? 都干了快一个月啦……回'一·二'小组改善改善……放松放松……不差这一宿啦!"

秦耕耘只好兜出实底:"我们小组留守的战士小辛肚子疼! 我想赶回去看看……"

耿连长急忙追问:"疼多长时间啦?"

"疼了一周多啦! 这两天有点挺不住啦……所以我想快点回去!"

耿连长一拍大腿:"那你咋不早说呀? 真耽误事!"

秦耕耘像犯了错误似地:"小辛不让……他怕影响工程进度! 他……"

耿连长一下子火啦:"他什么他? 他是班长还是你是班长? 小陆……小陆! 陆院长! 快……谁去把'陆院长'给我叫来! 让他带药箱……跑步来!"

"一·四"小组的室内有些凌乱,显然卫生有几天没打扫了!

耿连长带着卫生员小陆与秦班长来到"一·四"小组时,天已经放黑。战士小辛衣冠不整地躺在床上……剧烈疼痛时翻滚留下的"狼迹"还依稀可见!

耿连长第一个跨进屋,他一把攥住小辛的手……

"小辛……怎么样啦? 疼得厉害吗?"

浑身是汗的小辛无力地握着连长的手……

"我没事……连长你咋来啦? 班长,我不是不叫你告诉连长吗? 你……"

耿连长按住想起身的小辛:"你先别说话……这是咱连的卫生员小陆,'陆院长'……赶快检查!"

小陆摸了摸小辛的头,然后迅速取出体温计给他夹在腋下……

"现在他高烧……最少四十度!"

耿连长关切地:"病成这样啦你咋不早说呀? 小秦,一会我还得批你!"

小辛无力地申辩着:"连……连长,这……这事不怪我们班长,我……我是今天下午才告诉他的,下……下午我痛得实在受……受不了啦!"

如果小辛不是有病,耿连长肯定又要大发雷霆:"那你为什么不早说呀?耽误了可咋办?"

小辛惭愧地:"连长……抢……抢修工作我……我没参加上,就不……不能在给连里拖后……后腿啦!"

耿连长没再言语,只是把小辛的手攥得更紧!

卫生员小陆开始为小辛检查:"你疼的位置在哪儿?现在怎么样啦……什么时间开始疼的?"

小辛指了指右下腹:"救火的时候抻了一下,一周前就开始肚子疼。一开始是这里……后来就全都疼!疼了大概有七八天啦……你们刚来之前好多啦!好像没事啦!"

小辛说着接过秦班长递过来的毛巾擦着脸。小陆用手轻轻按了按他的腹部……有取下体温计看了看……

耿连长关切地:"怎么样?问题大不?"

小陆把连长拽到一边……

小陆表情严肃:"问题大啦!现在他的体温四十一度……腹部肿胀坚硬!按症状判断可能是急性阑尾炎……已经穿孔啦!但我还有点说不准,我只是对照书上说的……我没实习过临床……"

不等小陆说完,耿连长就插话:"那后果呢?"

小陆想了想:"后果是腹膜炎……然后是败血症!连长……您……您最好挂电话问问卫生队李队长!"

李队长的电话很快接通了,小陆向他介绍完病情后……把电话又交给了连长……

"嗯……嗯……我理解!我理解!卫生队临床经验少……不能轻易下结论我理解!可我上哪儿找权威给电话确诊呢?哎……您说得对……我就找她!队长您真是活菩萨呀!不多说啦……先看病要紧!"

耿连长接着又摇上了总机……

"喂……总站总机吗?请给我找一下你们苏连长!什么……我是哪?我是她爱人连队!我是谁?我是她大哥……听明白了吗?快找吧……我有急事!"

趁总机找人的工夫,耿连长捂着话筒回身对小辛说;

"小辛……你能讲话吗?一会我怕小陆说不明白……不行你就直接和医生讲!"

总站女兵连连部。

连长苏晓红接起电话:

"喂……是我!什么……我哥?你接过来吧。喂……是……我是苏晓红,你好耿连长!我一猜就是你,啥事您说吧?客气啥呀?嗯……嗯……这事好办!直接问我爸就行!他是老内科的啦……正好他今晚值班。刚才还给我来过电话呢。你等等……

我现在就给你要……你别撂电话呀!"

苏连没放电话而是快速地敲了几下'压叉'! 这是内线电话特有的一种呼叫总机的方式……

"总机吗? 外线连的电话先别撤……你再给我要军区陆军总院,要总院医务部! 找苏主任! 对……就找我爸……越快越好!"

军区陆军总院医务部。

正在值班的苏主任防下厚厚的病历本接起电话:

"喂……好,你接过来吧! 喂……丫头呀,不是刚通完电话吗? 怎么又想老爸啦? 我猜也是……你要是没事不会主动给老爸打电话的,啥事说吧? 哦……哦……那你快把电话接过来吧?"

苏主任一手拿着电话一手拿起了笔,同时拽过来几张空白的病历纸……这是他的职业习惯……

"喂……你好你好! 不用谢,不用谢! 先叫卫生员介绍病情吧? 哦……你说吧……稍微慢点!"

苏主任认真地听着……认真地记着,虽然不用记他也能准确地判断和复述病情……但他就是有这样认真写病历的工作习惯……

"嗯……嗯……你让生病的战士听一下电话? 哦……我问啥……你答啥? 不要紧张……你腹部的疼痛是不是一下子就消失的? 哦……哦……现在是不是感觉肚子里发胀! 但是没有疼痛感……而且肚皮硬邦邦的! 哦……让你们连长接电话吧……"

D

特事就要特办!
都是带兵的人,理解也支持你!
冬夜里的《一把火》!
官兵们向空中敬军礼!

一·四小组室内的气氛有些紧张!

耿连长抓过电话:

"主任您好! 我是他们连的连长……是……能确诊吗? 是……是……听明白啦! 现在大雪已经封山啦……要是抬出去最少也得两天;用爬犁拉也得一天一夜! 现在我们这的气温是零下三十度! 是……是……肯定要冻坏的! 是……我们马上向上级汇报! 马上……谢谢苏主任啦!"

耿连长放下电话后又立即要通了指导员……

连部里虽然只有指导员一人，但紧张的气氛不亚于"一·四"小组！

指导员握着听筒的手越攥越紧……

"好……我马上向上级汇报！这事就交给我啦！你那要电话不方便……对……对……那你就做准备吧，好啦……一会我把汇报的情况跟你沟通！先挂啦……"

一·四小组室内。

小组内的气氛骤然紧张起来！耿连长在屋里转了两圈……

"小陆……难道现在我们就没什么临时的办法啦？"

小陆："刚才苏主任不是说了吗，只能点青霉素缓解一下炎症……但我这只有口服的常用药……"

遇事不乱是耿连长的强项，他边思索边布置："小秦……你去看看能不能找几块板子做个大一点的爬犁……"

秦班长："是——"

电话铃声突然响起！耿连长一把抓了起来……

"是……是我！哦……一排长呀，人员全都回到小组啦！好……好……这儿的情况比较严重！你不用过来……人再多也顶不了一把手术刀！是……咱现在是拉屎攥拳头，有劲使不上！行啦……先不多讲啦……别占线的时间太长指导员的电话要不进来！"

耿连长刚放下一排长的电话，指导员的电话就挂了进来……

"喂……怎么样？不行！这事按部就班地一步步走肯定不行！特事就要特办……我想办法吧？啥叫又隔着锅台上炕……我现在想隔着锅台上天！"

总站女兵连话务班交换台前。

亲自上阵的苏连正头戴耳机与耿连长通话……

"主管司令部的副司令和副参谋长都在基层部队调研，就是找到也不方便联系！你看还找谁好？是……是，情况准确……都是我亲自要的！我看……我看……我看只有找军区一号首长啦！是……要不是考虑到战士有生命危险我也不敢冒这么大的风险！事后军区一号台和我们连都得挨批！我们这当然是违反规定啦！没事，一号台上现在给你要电话的也是她们连长……都是带兵的人既理解也支持！好……那你听好了……"

耳机里隐约传来了军区长话连一号台话务员的声音……

"喂……您好……是首长办公室吗？有一件紧急的情况要向首长汇报！好……我现在就把电话接进来！通信连！通信连！首长在听您讲话……请讲！"

连部里的气氛有所缓解。

指导员正兴奋地跟耿连长在电话里传达着上级的指示……

"是……是……总站已经接到军区的通知啦！直升机大约在二十二点起飞……到达小组的时间大约在明天凌晨一点三十分。通信部首长和军区陆军总院的医护人员随机前往！我汇报啦……可以……咱们'一·四'小组屋前面新开辟的菜地面积就够！大约五百多平方米就可以起降！空军方面给我们提出了一条要求……由于上次的森林大火烧毁了咱们驻地附近许多导航的灯标！对……现在还没有恢复……需要咱们在小组燃一堆篝火为飞机导航……是……是……"

一·四小组内的气氛也有所缓解。

耿连长依旧紧握电话："篝火大约在什么时间点燃？好……我们马上就去准备！我建议一排的各组都点一堆篝火……这样直升机从进山开始就能够看到啦！对……最后一堆篝火就在'一·四'小组！好……你请示完就通知各组吧，一定要他们注意安全……同时要做好灭火和防火的准备……好……一切就由你来安排吧！"

一排的各个小组。

官兵们都兴奋地站在各自小组的院子里……每个院里的中央……都堆放着一堆干柴……

连部里。

指导员接完电话后紧盯着手表……当时针指向零点三十分时……指导员拿起了电话……

"一排的各组注意……一排的各组注意……我是指导员……现在开始点火！开始点火！"

一堆堆篝火熊熊燃起……生命的火焰……希望的火焰照亮夜空！

远处的天际传来了马达的轰鸣……由远而近！

一架直升机闪着夜航灯从各个小组的上空飞过……

小组的官兵们庄严地向空中敬着军礼！

这冬夜里的《一把火》映红了他们的脸庞……燃烧着他们的激情！

第二十五章

A 总站要来重要的领导检查呀？
你可是"军级单位"的负责人！
"三拐子"被枪毙啦！
走进这深山老林的第一个女兵！

连部门前张灯结彩。

几名战士匆匆忙忙块抬出两块黑板摆在连部门前的两侧，黑板显然是刚用黑板油刷过……因此衬托得上面用彩色粉笔写的标语更加的鲜艳夺目！

一块黑板上写着"热烈欢迎上级领导"！另一块黑板上的内容是"莅临我部检查指导"！每块黑板上标语的下面还画了一簇簇盛开的鲜花！

连部的大屁股北京吉普车还没进大门就按响了喇叭！

因为天冷在走廊里等待的战士们像听到了集合的号声迅速跑到门前列队……戴着"值班员"袖标的李新潮整完队后站在了排头的位置！

吉普车停稳后，从副驾驶的位子上下车的是总站女兵连的连长苏晓红！苏连一见连队这阵势……立刻回头问正在下车的耿连长："耿连长……总站要来人检查呀？"

耿连长一本正经地板着脸，用手扶了一下在他后面下车的指导员："是呀，还是重要的领导来咱连检查工作呢！"

指导员刚刚站稳："你去车站接我们时咋没提这事呢？是不是想故意出我的丑？或者是想考验一下我的应变能力？"

耿连长没回答，他诡秘地眨了眨眼睛……然后抢前一步，用手指了指苏连长……

"值班员……快过来报告吧？"

连值班员李新潮立即跑步向前……

恍然大悟的苏晓红狠狠地瞪了一眼装作若无其事的耿连长！

"耿连长……你——"

耿连长满脸歉意的笑容："苏连长……先接受报告吧……回头再向您解释！"

见木已成舟……指导员也在后面轻轻地推了苏连一把……苏晓红只能硬着头皮向前一步……

李排长立定敬礼："首长同志！二营三连迎接首长检查……请指示！"

好在苏连经多见广，她还礼后按条令的规范下达指令："请稍息！"

李排长转身跑向队前……苏连红着脸后退几步凑到耿连长跟前。

苏连羞涩地小声道："耿连长……您是成心出我的洋相呀？我那是什么'首长'？吓得我都没词儿啦！"

耿连长还是不迷途知返解释……他紧走几步来到队列的前面……

"同志们……苏连长今天既代表总站首长，又代表总站的全体女兵，还代表咱们连队的全体'军嫂'来看望大家！我们鼓掌欢迎！"

虽然耿连长是鼓掌的"带头人"，但战士们的掌声比他鼓得有水平！耿连长用手捅了一下指导员……

"别傻站着……赶快给'领导'介绍介绍咱连的官兵呀？"

无可奈何的指导员只得按照部队的"礼仪"上前给苏连介绍列队的官兵……

这边介绍还在进行，耿连长就忙着布置任务："你们跟首长握完手的过来两个，帮'陆院长'和小马把车上的东西卸下来！指导员和苏连长的包直接送招待所去……"

耿连长猛感到腰上一痛……是指导员在后面狠掐了他一把！

"你也太狠心点了吧？！拿我们两口子当羊肉涮呀？"

耿连长忍痛赔笑脸："你误会了是不？这欢迎的场面绝对不是我安排的，确实是战士们自发的！不信你一会就立案侦查，我肯定是比窦娥还冤呀！"

指导员回头招呼苏连："晓红……你看到了没有？咱两口子是绑到一块也算计不过他吧？你看耿连长装得有多无辜！"

耿连长也转向苏连："苏连呀……你可得明镜高悬哪！说你是总站领导……自古就有宰相家人七品官之说吧？凡是从总站来的……我们一律称'总站领导'！再说，'娘子军'……'娘子军'……你可是'军级单位'的负责人！这欢迎您的规格我感觉还低了点呢？连队就这条件……你可千万别挑理呀！"

有些狼狈的苏连哭笑不得："阅文，你真说对啦！还真是叫我们连的马指导员来跟咱耿连长搭班子最合适！那才叫'棋逢对手'……'将遇良材'呢！"

耿连长一听有点发毛："打住……打住！我知道我错啦……我改还不行吗？千万别提马钢，一提她我我就有点老鼠见猫的感觉……特自卑！千万别再吓唬我……我胆小！千万……"

耿连长现在的一脸真诚可不是装出来的……

三个人爽朗的笑声也不是装出来的！

连部里没有了往日的斗嘴场面。

卫生员小陆坐在指导员的办公桌前，耿连长半拉屁股倚在自己的办公桌上……

"你小子这'院长'没白当吧？还跟着坐了趟飞机去陆军总院！哎……小辛的病咋样啦？"

卫生员小陆依然沉浸在坐飞机的亢奋之中："小辛没事啦……我们是下了飞机就上了救护车……下了救护车小辛就直接被推进手术室啦……连一分钟都没耽误！遗憾的是当时是晚上……我趴在机窗上往外看……啥也没看着！后来我就听咱通信部的首长和总院的苏主任唠嗑来着。哎……连长……苏主任就是苏连长她爸爸呀？咱指导员管他应该叫……叫……"

耿连长："当然也叫爸啦！"

小陆疑惑地："不是该叫岳父……或者是老丈人吗？"

耿连长纠正着："你说的那两个是'职称'，是书面语！不是口语随便叫的……明白了吗傻小子？哎……通信部领导和苏主任他们都唠啥来着？"

小陆认真地回忆着，恐怕有所遗漏："他们主要是唠小组的事……通信部的首长好像说什么'百闻不如一见'……说要想办法给小组解决电的问题……一定要让小组看上电视……不再点煤油灯！苏主任还建议要下决心给小组打深水井……他说冬天战士们老是喝雪水严重影响身体健康！还有一定要解决小组战士一年四季吃不到蔬菜的问题……"

耿连长脱口而出："小辛这一刀还真没白挨呀？这些问题要是都能解决啦……小辛就是第一号的功臣！"

小陆："连长……这些问题要是真的都解决啦……我看你是第一号的功臣！连长你别瞪我……我可不是拍马屁……通信部的领导和苏主任就是这么说的！"

耿连长："编……我看你怎么给我往下编！编得不像小心我把你的'院长'职务给撤了！"

小陆："连长……我真不是编瞎话！苏主任说'你们的那位小连长的魄力可真够大的……他竟然敢把电话打到军区一号首长那里去'！通信部的首长说'那小子胆比倭瓜都大！这在部里都挂号……找不到一号首长他敢把电话挂到中南海去！不过我们还真得感谢他！不是亲眼所见……坐在大机关的你我都无法想象小组的环境是这样的恶劣！小组战士的生活是这样的艰苦！这次真正了解小组现状的机遇……还就是个小连长给我们创造的'！连长你咋还瞪我呀？我学的是两位首长的原话……一点都没添枝加叶！我……"

连部的门开啦，指导员兴冲冲地推门进来……

"呦……连长你啥事又吧眼睛瞪得像硬币似的！看把小陆吓得！这次小辛没出大事……还真得感谢这'陆院长'的正确诊断啊！咱这高度分散的连队……一个卫生员确实能顶半个野战医院呀！"

耿连长："小陆你去忙吧？哎……放你一天的'长假'……好好休息休息！"

小陆兴奋地："谢谢连长！谢谢指导员！那我先走啦……"

小陆出了连部后，指导员随手关上门……

耿连长感觉有点奇怪："啥事那么神神秘秘的？还非得关上门说，不就是总站政工会议精神的那点事吗？啥时候向我传达不行呀？你现在的主要任务是陪好总站的苏连长！其他啥事都是次要的，我可不想让人家苏连挑理……说咱们接待工作不热情！"

指导员一本正经："今天我可没工夫和你逗哏！三件事……得马上跟你说一下！"

耿连长还是嬉皮笑脸地："看你这一本正经的……好像是真有事！哎……这三件事都是好事还是坏事呀？我今天心情不错……你先挑好事说吧？"

指导员有点像宣读圣旨："第一件事是一排长的副连的令下啦！政治处通知可以马上到位！"

耿连长乐得一拍大腿！然后又当胸给了指导员一拳……

"太好啦！实话实说……一排长提副连长的事总站研究完我就知道啦，可然后就没了动静……我以为又是夜长梦多要泡汤呢？现在一块石头总算落地啦！真是好事多磨呀！今天就通知他来连里报到吧？不过……不过这事得你通知，干部工作归你管……"

指导员也绷不住笑啦："看把你乐得……好像兴奋剂吃过量啦！如果我没猜错的话……这件事是你的第二块'心病'吧？要说实话呀！"

耿连长："还记着'心病'那档子事哪？我还真实话告诉你！这还……还……还真不是我的'心病'！充其量算个'后顾之忧'……"

指导员："看你支支吾吾地就没说实话！今天本指导员也高兴……就不予追究啦！现在我告诉你第二件好事……'三拐子'那个盗窃团伙判完啦！结果吗？这'三拐子'被判的结果是……"

耿连长："你是成心想把我急疯呀？结果是……五年？十年？要不就是……"

指导员："你就别猜啦！凭你那点法律知识……猜也是瞎子点灯白费蜡！告诉你吧……判的是没年头！"

耿连长差一点蹦起来："是无期？太好啦！这回咱线路上正经能消停几年啦！"

指导员故意泼着冷水："你别高兴得太早……比'无期'短多啦！"

耿连长一下子把眼睛瞪得又跟"硬币"似的……

"什么？你是说'放了'！唉……"

见耿连长的情绪受到了"狠狠"的打击，指导员安慰道："瞧你这心理素质！不是'放啦'……是'毙了'！你的这块'心病'该'去根'了吧？"

耿连长呆坐了半天，他使劲地盯着指导员的眼睛！

指导员借机挖苦到："看来你不光是心理素质不行！是不是心脏的承受能力也成问题呀？"

指导员说着就装着要给耿连长号脉，耿连长不耐烦地把他的手推开……

将信将疑的耿连长："我看你才是心脏有问题呢！这媳妇一来咋乐得都说胡话了呢？这玩笑哪开哪了……下不为倒呀！"

被逼无奈的指导员只好和盘托出："我媳妇一来乐颠馅了行了吧？这是地区中法转给总站的判决书！政治处特地给咱连复印了一份……你要不眼大漏神就自己看吧！不认识的字问我呀！"

耿连长接过指导员递过来的一沓子复印件一目几行地看着……

"我说呢……光是盗割军用通信的事罪不该死，原来他们还多次盗窃和破坏农电设施！在抗洪和抗旱的时候还多次作案！还……还有……啊……他们已经是带有黑社会性质的犯罪团伙啦……那就罪有应得啦！"

指导员拍了拍自言自语的耿连长："这回知道是谁有病了吧？哎……听说在召开公审大会时……'三拐子'是坐着轮椅被推上去的！让你掐折的那两条腿……到死也没接上！"

耿连长万分感慨地："要是早知道这小子这么罪大恶极……当时我一枪结果了他就是啦！还给法院省颗子弹……一颗子弹一块多钱呢！哎……指导员，我这法律的底子是不咋厚……你说这'严打'的时候就可以'从重从快'！不'严打'的时候是不是就要'从轻从慢'呀？唉……这法律呀，赶'变形金刚'啦！咱还得学呀！"

指导员开始转移话题："要学你也得先端正态度……别老钻牛角尖！这事我倒有个想法……你不是老说要学会'借东风'吗？咱是不是就借这次严打重判的'东风'，再在沿线进行一次严打破坏军用通信线路的犯罪行为的宣传活动……巩固巩固你那一梭子子弹的威慑力！"

耿连长瞅了瞅指导员："这真是教会徒弟……饿死师傅呀！既然你都想好啦……那你就布置吧？哎……这第三件事肯定不是啥好事啦？咱明天说行不？今晚上欢迎你家苏连长全连会餐……你让我高高兴兴地喝点小酒行不？到时候你可别护着你媳妇……扫了全连官兵的兴！苏连可是走进咱这深山老林的第一个女兵，全连官兵的心情比过年还好……基本上相当于'开国大典'！听说苏连过去是司令部业余演出队的大梁……到时候你叫她大大方方地给咱们唱两首……让我们也当把追星族？"

指导员顺水推舟："行行行……今晚我们两口子就'一切听从党安排'！但这第三件事我还是得现在跟你说……"

B | 不给我脱今晚我就"全副武装"！
老耿是个粗中有细的人！
父亲说：不能当"逃兵"！
两地生活，"旱""涝"不均呀！

连部招待所是用战士宿舍改造的。

说是"改造"，也就是将单人床"改造"成了双人床。

指导员和卫生员小陆搀着苏连回到连里的招待所,苏连喝得面似桃花……但脚下却好似无根的浮萍……

苏连说话虽未"走板",但有点磨叨:"小……小陆,谢谢你啦! 你不笑话嫂子吧? 嫂子今天真掉价吧? 喝得唱歌都走调啦……"

小陆将苏连安置好后:"嫂子你的歌唱得真好! 一点都没跑调……大家都议论说你的嗓子比张暴默还好! 指导员……嫂子……我去给你们打洗脸水去!"

指导员摆手制止:"不用啦……晚饭前我打回来啦! 你也刚从总院赶回来……早点休息吧?"

小陆知趣地转身要走:"那我先走啦? 有事喊我!"

小陆临出门时又拿起暖水瓶掂了掂……确定里面的水是满的才转身退了出去……指导员回手插上了门……

二人世界,指导员开始数落着:"晓红……我叫你悠着点,悠着点! 咋样……喝高了吧? 那小烧后返劲可大啦! 来……起来多喝点水! 你想吐不……我给你拿盆呀?"

苏连并没有"烂醉",心里还清楚:"我没事……最后的两杯,小陆给我倒的是水……要不我真不行啦!"

比苏连心里还清楚的指导员纠正着:"啥小陆偷着给你倒的水? 是耿连长安排的! 要不是他关键的时候保护你一把,你以为你还不'现场直播'呀? 来……起来! 把鞋脱了……看你把床单子都蹬脏啦!"

苏连开始借酒撒娇:"我不……我叫你给我脱! 还有衣服……还有……你不给我脱我今晚就全副武装! 看你……哎……这么说我还错怪连长啦? 看一开始的阵势……我还以为他搞人海战术想把我喝倒呢? 我当时还核计……有着一日你要是落到我们女兵连的手里……我非用酒给你淹死! 我们连有几个丫头蛋子……喝酒就跟喝凉水似的! 机关干部都叫她们给灌怕了……连队会餐的时候请谁谁告饶! 连女兵连的门都不敢蹬 !"

指导员边给苏连脱鞋边解释:"你看耿连长好像是要发动群众斗群众似的……但他的目的是怕冷场! 你是第一个穿'四个兜'来咱连的女兵,你要是绷着个脸……谁还敢敬你酒呀? 老耿这人是粗中有细……有时办事挺有分寸的! 这也叫大事面前不糊涂,小事面前不计较! 他要是计较的话……你偷着吐的那两口还不罚死你呀? 哎……你往里串串……你不想让我上床呀? 那我可回连部啦?"

苏连往床里串了串,给指导员腾出了地方:"借你个胆你也不敢走! 也舍不得走! 唉……今年加一起咱俩也不足十次……我都快未老先衰……提前进更年期啦! 哎……说点高兴的! 你们连的战士真逗! 什么'激动的心,颤抖的手,就想敬嫂子一杯酒! 我喝一大杯,您喝一小口'! 那满脸的诚恳呀……不喝真过意不去! 他们都是跟谁学的这套嗑呀?"

指导员坐在床上开始"更衣"："还能跟谁学呀？要说这语言的魅力呀,咱耿连长可不是老师是导师！这也是咱战士们苦中有乐的精神食粮呀！你盖上点被吧……别凉着！咱这是'两情若是久长时……又岂在朝朝暮暮'呀！"

苏连还在撒娇："我一点也不冷！浑身都发烧……不信你摸摸！哎……该摸哪儿你都忘啦？今天你咋正人君子起来啦？"

指导员话到手到："这可是你叫我摸的！你不怕我趁机没完没了啦？"

苏连的脸更加的红润："今天我想没完没了！哎……你先把灯关了！"

指导员闭完灯后躺在床上半天没有动作也没有言语……

苏连有些醒酒了,她感觉有点不对劲："你咋地啦……傻啦？咋一点反应也没有呀？是不是你有……"

指导员没有顺着她："你别瞎想！我问你,你这次来是不是兴师问罪的?"

苏连故意板着脸"审问"："是呀,你都干啥违法乱纪的事啦？如实招来,免得皮肉受苦！"

指导员唯唯诺诺地："晓红……我想放弃这次进机关的机会是因为……"

指导员的发言权迅速被"剥夺"了！良久……他感到自己的脸上唇上沾满了妻子的口水和泪水！

指导员更加的小心翼翼："这件事我没征得你的同意就擅自放弃……错全在我!"

苏晓红还是没有言语……只是喘气的声音不再像刚才那样"壮怀激烈"！指导员也没敢继续解释……她突然翻身伏在他的身上……

苏连的态度变得柔和："阅文……我确实是为这事来的,但不是兴师问罪。而是……你脑血栓后遗症呀？哆嗦啥呀?"

指导员惶恐地："我……我是被你压得有点喘气费劲！没事……你说吧？你说啥我都能接受……"

苏连的手在指导员的胸前漫游着："看你'认罪'的态度挺好……我就对你宽大处理吧。"

这回是他把她压在了身下……

卸下心理包袱的指导员兴致大发："谢谢啦……我的好老婆！谢谢你的理解！谢谢能宽大处理!"

苏连抵抗着丈夫手的"深入"："呀……你要干啥呀？今晚我说好了要'全副武装'……不行……我就不!"

但苏连很快就被解除了"全部武装"……当终于"风平浪静"时……苏连把脸紧紧地贴在丈夫的胸前……

"二人的世界真好！我的心声就是那首歌……'我想有个家……一个不需要很大的地方'……"

指导员坚定而又自信地:"我们还年轻……还有的是机会!"

苏连依旧的泪水涟涟:"我不是小孩……你不用拿'面包会有的,牛奶也会有的'这句台词来哄我!说实话……我能改变想法同意你留在连队……这'解铃'的人还是我爸爸!"

指导员感到有些出乎意料:"呦……原来这主任一级的医生……连思想问题也能手到病除!我真是'只缘身在此山中'呀!哎……老爷子咋批评教育你的?"

苏连抹了把鼻涕和眼泪,并顺势将其抹在了指导员的胸前:"你少幸灾乐祸吧?我爸才没批评教育我呢,他去你们小组接完病号回来给我来了一次电话……"

指导员用纸巾擦着前胸:"那算远程教育……老爷子都说啥啦?"

苏连开始娓娓道来:"他就说了两句话……一句是'能在这么艰苦的连队当一回主官……那是一生的财富'!另一句是'要是当不好这主官或是干不满一届……那就是逃兵'!说完他就把电话挂啦……"

指导员慨叹到:"言简意赅!两句顶我一万句!所以你特地请假过来是想体会体会是什么叫你爸有感而发……"

苏连揪着指导员的鼻子:"你只说对了一半!"

指导员想听下文:"那你还要……"

苏连用食指轻轻地戳着指导员的胸肌:"我还要慰问慰问你这不想当'逃兵'的人呀!呀……你干啥?我……"

指导员的动作有点"火爆":"你不是要好好慰问慰问我吗?我想再一次地接受你的慰问呀!"

苏连顺从地配合着:"烦人……你真又没完没了呀?唉……这两地生活呀,旱的时候旱死!涝的时候涝死!"

此时指导员勇猛无比:"所以呀……咱才要发挥连续作战的精神!你往里点……都要把我挤掉地上啦……"

C

耿连长坐在椅子上出神!

代表组织政审女方不合格!

黑熊转眼奔到了杆下!

不能干扰本连长的决策!

今晨的连部里静悄悄。

耿连长第一次破例没有出早操,指导员扎着腰带回屋时……耿连长正坐在椅子上出神……

"哎哎……哎！你是不是该把桌子上的两只脚请下来呀？是不是我这老虎不在家，你就要猴子上房扒呀？你昨天还没我媳妇喝得多呢，咋还跟没醒酒似的？眼泡都肿啦！我叫小陆来……"

耿连长打起精神回话："一大早晨你不陪媳妇多热乎热乎……上外面得瑟啥？显你觉悟高呀？"

指导员苦笑道："不是我觉悟高……是我们家那位心气高！非要跟战士出操比一比……她以为中国体育是阴盛阳衰她就可以巾帼不让须眉啦！结果是出师未捷先岔气……害得我陪榜当逃兵！"

耿连长批评道："你这'护花使者'咋当的？…她想跟着跑操你就由着她呀？你这大老爷们来咱连还是半年以后才不掉队的呢……万一累出点事来马钢都能把你吃了！"

指导员又叹气又摇头："我家的那个'法人'就是'不到黄河不死心'的脾气！都岔气了嘴还硬哪，说明天提前做完放松运动再去出操！不过她以前是挺能跑……在演出队那会儿每天早晨吊完嗓子还能跑五千米！不过今非昔比……现在人老珠黄啦！"

耿连长并不同情："你是越学越像那些名人……最擅长的就是用谦虚来抬高自己！想夸媳妇也不是砢碜事儿……用得着转弯抹角的吗？累不累呀？！"

指导员不再诉苦："我看出来啦……你今天就是一'别理我，烦着哪'的'愤青'！哎……昨天我跟你说的那第三件事咋办？政治处还等着要调查结果和处理意见哪？"

耿连长稳坐泰山："那你着啥急？让上边多等几天……这事咱不急着报！"

指导员却有点坐不住："这事你拖不黄！那地方的发廊女到总站找了两次啦……人家是非李新潮不嫁！把咱俩也告啦……说咱们干涉他们婚姻自由是违法的！还说她和李新潮已经……"

耿连长也有点火啦："那她可是血口喷人！想讹谁她是找错人啦！你就对上汇报说李新潮是交友……不……是交女友不慎！要不然性质可就变啦，现役军人'接受异性按摩'事可就更大啦！恐怕得是全军第一！就说咱俩是代表组织政审女方不合格！这个李新潮呀！咱咋给他开屁股也逃不了处分啦！哎……还有一件事我昨天没告诉你，主要是怕影响你的情绪！你看看电话记录吧？不认识的字我告诉你……"

指导员接过电话通知记录本："昨天我说的话……你今天还想着还给我？你睡不着觉你该！啥……又要调走一个兵！咱成光杆司令没事……这小组可不能唱空城计呀！"

指导员将电话通知记录本狠狠地摔在桌子上……

火毁后的通信线路已经被抢修得焕然一新。

"杨喜……快跟上!"

"哎……班长……我来啦!"

通信线路上的积雪已经到了膝盖……外出巡线的班长王奉广和战士杨喜一前一后地艰难跋涉着……路虎"则不停地在两人的身前身后撒着欢……

杨喜:"班长……你说那天晚上的直升机飞得能有多高?"

王班长:"好像也就一千多米……反正飞机上的舷窗都看得挺清楚!"

杨喜:"这两天我老梦见飞机!一闭眼睛就跟演电影似的……飞机的螺旋桨老是'嗡嗡'地在脑瓜子里转!"

王班长:"那你就好好干……说不定将来上级还能派飞机来接你去北京那!到时候我也跟你借把光坐坐飞机!"

杨喜:"班长你又泡我?班长……以前我总是有个想法……因为太落后了我始终没敢说!"

王班长:"啥想法?说吧……认识到落后啦证明你就有进步啦!"

杨喜:"过去不论怎么搞教育……我总是觉得咱在这深山老林里蹲着有点像没娘的孩子……"

王班长:"那现在哪?"

杨喜:"那天飞机从我头上飞过去的时候这个想法就跟着飞走啦!再也不回来啦!"

跑在前面的"路虎"突然停住,并向他们发出了低沉的吼声!

王班长:"有情况……杨喜!你看那是啥?"

杨喜:"是脚印……这昨晚刚下的雪!谁比咱们还早就上线路来啦!"

王班长走近脚印看了看……

"杨喜……这是黑瞎子的脚印!而且是刚踩的……"

杨喜:"班长咱们撤吧?"

王班长:"恐怕来不及啦!你先戴上脚扣子上杆……上去后把安全带系好……咱们可能遇到大麻烦啦!"

王班长的话音刚落!"路虎"疯了似地狂叫着向前蹿去……

杨喜:"班长……你手不好使……脚扣子给你!我徒手能上去!"

王班长:"那就快!快上……"

当两名战士刚上到杆头……一头体形硕大的黑瞎子就奔到了杆下!它不顾"路虎"在身前身后的骚扰偷袭……气急败坏地用掌拍着线杆!线杆与线条被震得直颤……发出"沙沙"的声响……

王班长:"杨喜你不用怕!别看黑瞎子会上树……但这线杆太滑它上不来!咱把

安全带系好了就跟它耗……你赶快把电话接上！'路虎'……'路虎'……你躲它远点……别往前来！"

懂事的'路虎'保持着和黑瞎子的距离……但只要黑瞎子一有想上杆的动作……它便不顾一切地猛扑过来！

连部里的气氛陡然紧张！

"小陆……小陆！快开枪库！快……"

走廊里传来了耿连长声嘶力竭地喊声和急切的脚步声！应声跑来的小陆和闻讯从招待所出来的指导员撞了个满怀……

指导员拉住有点惊慌失措的连长："连长……出啥事啦？出啥事啦？！"

耿连长顾不上回答："正好……指导员你那把枪库钥匙哪？小陆……这是我和指导员的两把枪库钥匙！取一只半自动……一只冲锋枪……都要带刺刀的！各带两夹子弹……明白了吗？"

机灵的小陆："明白啦！"

耿连长还是没搭指导员的茬……又在走廊里喊了起来……

"小马……小马！赶快发动汽车！快……开连部门前来！"

一口气交代完两件具体工作后……耿连长才转过身来……

"'一撮毛'又出现啦！"

指导员也是一惊："就是那只黑瞎子？它在哪呢？！"

耿连长简捷地介绍："在靠近'一·一'小组的线路上……它把王奉广和杨喜逼到了线杆上！我得快去……晚了怕两名战士有危险！"

倒抽一口冷气的指导员："那叫一排长……不……叫副连长赶快先过去吧？"

耿连长也顾不上自己的态度："叫他赶过去送死呀？！我不是早就说过吗……'老虎一个能拦道！耗子一窝也喂猫'！手里没有枪……你寻思咱还能比耗子强多少呀？"

小陆连背带挎着两支枪跑了过来……门外也传来了小车喇叭声……那是小马在通知他已经在待命……

指导员："那我也去……"

检查枪支和弹药的耿连长斜愣了一眼……

耿连长："你去可以……但黑瞎子可不听你上政治课！这是你死我活的斗争，到时候你可不能慈悲为怀干预本连长的决策！"

指导员："到时候我不当念紧箍咒的唐增行了吧？快上车吧……有事到车上理论去！"

D | 最多两个小时就能赶到!
八年啦,该有个了断啦!
它要是扑上来你就扫射!
你想当"东郭先生"?

吉普车里。

耿连长紧抱着半自动坐在副驾驶位子……那表情……就像护食的孩子搂着堆好吃的不撒手……

指导员焦急地问道:"咱多长时间能够到达?"

耿连长目不转睛但口中回答:"咱用不了一个小时就能到'九站'林场,咱的车有前加力……还能往小组的方向再开一段! 然后再走七八公里……最多两个小时就能到!"

"这段时间里不会出问题吧?"

"估计不会!'路虎'不是也在吗? 要不着两个点黑瞎子不把杆推倒,也把杆啃倒啦……那'路虎'挺顶个! 它会缠着黑瞎子的……"

指导员思索着:"由此看来……每个小组是应该养几条好狗……这也是安全工作的需要呀!"

耿连长附和着:"上次咱从省城要来的几个狗崽子不是都养在二排吗? 明年繁殖起来各组就都有啦。那狗的品种不错! 正宗的德国黑背!"

指导员又开始担心:"能不能咱这趟扑个空……咱赶到了黑瞎子早没影啦?"

耿连长使劲地摇着头:"不会的……我和这'一撮毛'今生有约! 都打了八年的'游击'……该有个了结啦?"

"'了结'……怎么个'了结'? 那可是保护动物……那可别胡来呀?"

"它是'保护动物'! 那人是啥? 咱的战士是啥? 我知道更该保护谁!"

"那……那……那就见机行事吧。"

通信线路上积雪很深

黑瞎子'一撮毛'守在线杆下一副"志在必得"的样子……能把两个战士撑到一根杆上……这可是意外收获!

假如山上开满鲜花,但在牛羊的眼里却是饲料!

这穿军装的战士……在熊的眼里也许就是绿色食品!

想着进食美味的感觉……"一撮毛"起身想先散散步……杆上的战士却以为它要

离去……

王班长站在临近的杆子上大声地喊着："杨喜……杨喜……快再给它扔点干粮！"

杨喜不情愿地从挎包里掏出个馒头……揪了一块扔给"一撮毛"……'一撮毛'嗅了嗅……用舌头一舔就送进了肚里！也许它心里还在不忿……'这点小恩小惠'想打发我……没门！

虽然寒冷已经冻得人接近"面瘫"，但杨喜还是使劲地嚼了嚼冻僵的嘴："这干粮我是留给'路虎'吃的！现在都便宜了黑瞎子……这不是敌我不分吗?"

见黑瞎子得到了它不该得到的"奖赏"，"路虎"确实有点不平衡……它在远处大声地抗议着！

王班长继续隔空喊话："这叫舍不得孩子套不住狼……连长叫我们这么做的目的是想把黑瞎子拖住……拖到他们赶到就是胜利！"

杨喜不情愿地答道："知道啦……'一撮毛'！再给你一点……这可是你最后的午餐！"

杨喜又揪了块馒头扔给了黑瞎子……

所谓的急行军……就是介于竞走与长跑之间的一种运动方式！

耿连长他们此时的"急行军"……却是介于长跑和短跑之间的运动形式！跑在最前面的耿连长不住地抬头看着线杆上的编号……他突然示意大家挺住！

耿连长警惕地："小陆……你上杆和王班长他们联系一下，核实一下地点和现在的情况，一定要小声点！"

小陆点头应是，然后将武装带打馈套在脚上……这是徒手上杆的方法之一……

在耿连长的手下当兵……不管你的"分工"如何……明线作业的基本功必须先过关……卫生员也不例外……所以……小陆的上杆动作也是干净麻利！

耿连长和小马端着刺刀出鞘子弹上膛的半自动和冲锋枪在警戒……不一会小陆悄悄地溜过来报告……

"报告连长指导员！王班长他们离咱还有六棵杆的杆距……'一撮毛'就在他们的杆下绕呢……"

耿连长小声命令："小马……咱俩上！指导员你和小陆没带武器就留在这里！小马……走！"

指导员不同意留下："我俩也去！人多也是优势……我俩有'冷兵器'！"

指导员和小陆的手里……分别攥着一把军用铁锹和军用镐头……

耿连长不再争："那你们跟在后面……保持一定的距离！"

线杆上的王班长和杨喜知道了连长他们已经到达心里异常的兴奋……他们在杆上不停地大声朝"一撮毛"吆喝着……目的是分散它的注意力！同时也是在用声音告

知连长他们的准确位置……

"路虎"也好像明白了主人的意图……在远处弓起身子摆开了出击的架子！

在离王班长他们的线杆还有六十米左右的时候耿连长他们停止了前进……耿连长等人匍匐在雪地里观察着动静……

此时的"一撮毛"被杆上大喊大叫的两名战士的异常之举所吸引，正人一样后腿站立地向杆上张望着……耿连长调好标尺后开始瞄准……

小马压低了声音："连长……还是用冲锋枪吧？冲锋枪一梭子就解决问题！"

耿连长有些不耐烦："少废话！这'一撮毛'可不是'三拐子'……一枪不解决问题它就会扑上来！你做好准备……它要是扑上来你就扫射！不要心疼子弹！"

小马："明白！"

耿连长的枪口突然被一只手按住……

指导员的声音低沉："我看它好像没有伤害战士的意思……放两枪把它吓走算啦！这野生动物保护法……"

耿连长没好气地："你想当东郭先生还是想讲农夫与蛇的故事呀？好……我成全你！"

此时"一撮毛"好像发现这边的情况……呼地转身向这边扑来……

耿连长急啦："快放手——"

"叭……叭……"

清脆的枪声在山谷里响起……一群特殊的"观众"扑棱着翅膀向远山逃去……

第二十六章

A 不是雪白血红,而是雪白血黑!

听说你高升,它郁闷啦!

不是吃啥补啥吗?

回小组就卷铺盖卷走人吧!

通信线路上仿佛空气都在冲动!

快速奔跑在雪地上……人有点"踏浪"的感觉!脚底板扬起的积雪让人很容易联想到划水者身后拖着的"尾巴"……

耿连长和小马枪口朝天的快速接近仰面朝天的"一撮毛",耿连长在运动中还不断发出指令:

"王奉广……杨喜,你俩先别下来! 防止'一撮毛'装死!"

在距"一撮毛"还有二十公尺时……耿连长和小马又将枪口一起对准了它……小心翼翼接近……

刚才被枪声吓了一跳的"路虎"已经反应过来瞬间所发生的一切……它迅速扑过来一口咬住"一撮毛"的喉咙! 但此时的"一撮毛"很"宽容",任"路虎"如何的撕扯都无动于衷。这就是动物与人的区别……俗话说'虎死如猪,人死如虎'! 再凶猛的野兽只要一灵魂出壳……它那震慑生灵的威风也就'灰飞烟灭'了!

本应是雪白血红的杀戮现场……却是雪白血黑的水墨丹青效果! 只是一片喷射状溅在积雪上的图案,才用"满地星"的效果暴露出黑里透红的底色……

一颗子弹正好穿过了黑瞎子的心脏! 刚才还被杆上的两个"美食"刺激得要沸腾的一腔热血……此刻已逐渐降温成一地的冷血! 也许这只罪行累累的黑瞎子……本性就是"冷血"的!

耿连长关上步枪的保险,用脚蹬了蹬这只被称为"一撮毛"的黑瞎子……

"头一次见你'装熊'呀? 你真是想死我啦! 王奉广……赶快给你们排长……不……是咱连的马连副挂电话! 他在离这里三十多空的杆上猫了也快一个点啦,比那次我罚他在杆上听电话会议的时间长一倍,这黑瞎子比我还'黑'呀! 是吧……指导员?"

自从枪声响起……指导员便再没有说话。因为他实在是无法判断眼前发生的故事是对还是错！反正那《野生动物保护法》压在他的心里很沉重！站在线杆上的王奉广和耿连长的对话稍微让他缓解了一下……

王班长："连长……副连长要通啦……他问你有何指示？"

耿连长："叫他跑步赶过来！告诉他这里有份庆祝他荣升的见面礼！哎……你别这么说……就说叫他赶过来向老朋友的遗体告别！唉……你和副连长……还有这'路虎'都跟这'一撮毛'有血海深仇不共戴天呀！还有……唉……不说啦……"

耿连长后半部分的话分明是说给指导员听的，但结尾的话却刺激了自己！因此他无可奈何地"打住"了……还是有点转不过弯来的指导员终于开了口……

"这要是传出去咋办？"

耿连长故作惊喜地："我的天呀……你当了半天的哑巴？原来是'杞人忧天'呀！这事就咱连的几个人知道……咋能传出去呢？退一步讲……就是传出去啦咱还不好说呀，就说它是自己撞到枪口上的……属于'自杀'！哎……《追捕》里那句台词咋说的……就……就是'作为野生动物犯下如此罪行我追悔莫及……因此我要就此结束自己的生命'！咱就这么说……"

指导员还是有点郁闷："你不能有点正形呀？当着战士的面……"

其实被胜利"冲昏头脑"的战士比连长还没正形！小马把冲锋枪交给了小陆后……顺手在刚从杆上下来的杨喜的裤裆上掏了一把……杨喜赶快躲开！但由于在线杆上站的时间过长……腿脚有点不听从指挥……"呀"地一声坐在了地上！

杨喜坐在雪地里哀求着："马班长……你别闹！我的脚有点麻……"

司机小马假装正经地："我没闹……我想摸摸你这新兵蛋子刚才吓没吓尿裤子！"

耿连长把眼一瞪！大声地训斥着……

"快把杨喜扶起来！还看新兵蛋子吓没吓尿裤子？你老兵就牛呀？要换你在杆上蹲两三个点……我看你小子得屙一裤子！"

小马嘿嘿笑着把杨喜拽起来，又去扶下杆的王奉广……因为在耿连长身边干的时间长了……挨两句呲他倒觉得挺舒服……

王奉广下杆后来到众人面前："连长……指导员……我在杆上看见你啦，见你瞄了半天也没动静……又和指导员唠起嗑来啦。我心里这个急呀！这回要是再让'一撮毛'跑了……那就是放'熊'归山啦！今天我们要是动作再慢一点……可能就当烈士啦！连长……这让熊咬死能算烈士吗？"

耿连长没有回答，只是努了努嘴："这事你得问指导员……他可以用法律为准绳……以事实为依据去衡量！"

指导员听出耿连长话里有话！绷着脸回敬道……

"你别哪壶不开提哪壶！你就不能'厚道'点呀？"

耿连长赶紧"休战"："那我还是提'一撮毛'吧？我还没给它'验明正身'呢……我看看它头上的那撮白毛还在不在？"

杨喜抢前一步："在……在！连长你看在这里呢？刚才我在杆上看得老真亮啦！"

耿连长没话搭话地："哎……指导员，你说它这撮白毛是不是'少白头'呀？"

指导员还是没好气地："这事你最好去问它父母……还有可能是遗传呢！"

"连长……指导员……我来啦……"

已经知道"战果"的马继承还真是跑步赶来的！

见此指导员责备着连长："看你……干掉一只黑瞎子就得意忘形啦？非下令叫副连长跑步赶来！"

耿连长极力辩解着："我不叫他跑步来……他也得跑步来！跑这么几步对他来说还不是张飞吃豆芽——小菜一碟呀？你看怎么样……副连长脸不变色心不跳吧？这气喘得多匀……"

跑步没让副连长马继承"大喘气"，但这"重大喜讯"却让他呼吸急促："连长……指导员……'一撮毛'干掉啦?!"

指导员没答话，耿连长努了努嘴……

"不用再核实啦！它可是在这一排陪你玩了有年头啦！听说你高升……给它郁闷得呀！一不留神就玩完了呀！"

指导员依旧严肃依旧心事重重："这大冷天的……就少'逗哏'吧？咱三个连干部都在……看看这只黑瞎子咋处理吧？"

不说话"能憋死"的小马插了一句……

"连长……这熊肉好吃吗？最好把这熊掌剁下来给王奉广吃！"

耿连长也有些糊涂："为啥呀？"

小马极其认真地："不是吃啥补啥吗？"

听"明白"的耿连长又好气又好笑："那这熊的脑袋应该砍下来给你吃！"

这回轮到小马有些糊涂："为啥呀？再说我一个人也吃不了呀？"

耿连长假装认真地："不是吃啥补啥吗？吃不了慢慢吃……保证没人和你抢！"

在大家的哈哈大笑中……小马如梦初醒！使劲拍了排脑门……

"我是得补补啦……是得补补啦！"

大家又是一阵开心地大笑……

指导员踢了踢"一撮毛"："连长……这是你的战利品……你做决定吧？"

耿连长也不推让："要数'一撮毛'的滔天罪行！真是剥它的皮……剜它的心……吃它的肉也为之不过！虽然它是死有余辜……但那样这事的性质就变啦！就会有人说我们是为了吃野味而大开杀戒！所以还是拖到林子里……先用雪埋上吧？等明年开化啦……再给它挖个坑……让它入土为安……咱这也算是一了百了！也算是不计

前嫌……也算是人道主义了吧?"

指导员:"得啦……你就少给自己贴金吧? 你那叫'熊'道主义! 大家都过来……找根铁线把这黑瞎子拖到林子里去! 先用雪埋上……"

大家七手八脚地开始给"一撮毛""打包"……杨喜凑到马副连长身边……

"副连长……你啥时候能回一排来看我们呀?"

一句话倒是提醒了耿连长……

"杨喜呀……他啥时候回来也看不到你啦! 你调到通信训练大队去啦……一会儿回小组卷铺盖跟我们走吧!"

杨喜听后有惊无喜! 于是赶紧向指导员求证:"指导员……这是真的吗?"

指导员拍了拍他的肩:"是真的……调令都来了两天啦!"

杨喜像泄了气的皮球! 一屁股坐在了"一撮毛"的身上……

"不走……我那也不走! 我都给家里去过信啦……他们咋还找人给我调动呢? 我这回就不听他们的! 我的事我自己做主!"

耿连长和指导员交换了一下眼神,这是个意外……也是个惊喜!

指导员开导着:"家里希望你能多学点技术也是为你好! 能把你调到通信训练大队也肯定是托了不少人……费了不少事! 这事你可要考虑好呀? 不能凭一时的冲动……"

杨喜极其认真地:"我不是一时冲动! 调动的事家里早就跟我说啦,我始终没同意! 不信你问我们班长?"

班长王奉广赶紧替杨喜做证:"连长……指导员……杨喜是早就写信对家里说过要在咱们连队扎根! …他在给家写的信里……还引用了不少咱们'革命人生观'教育的内容呢! 几封信我都看过……"

耿连长一把把杨喜拽了起来! 拍了拍他身上的尘土和雪……

"它要'熊'你不能要'熊'! 你是战士……战士到什么时候都要站直了! 别趴下! 不想走就留下……我们举双手欢迎! 就冲这……连里就得给你个嘉奖! 是吧……指导员?"

心中暗喜的指导员按住杨喜的肩:"你的想法和要求我们可以向上汇报,但家长的思想工作你要耐心地做! 哪个当父母的都望子成龙,你先给家里写信表明你的态度和自己的理想抱负……适当时候我会以支部的名义与他们沟通交流的……"

杨喜大喜过望:"那我真的可以不走啦? 太好啦! 不过……"

耿连长心头一紧:"不过什么? 想变卦现在还来得及!"

杨喜有点不好意思开口:"不过我要是留下来得有个条件! 连长……指导员……你们能答应吗?"

指导员和蔼地："有什么条件你就讲吧。"

耿连长："小新兵蛋子都学会讲条件啦……当上老兵你还不成精呀？别吞吞吐吐的……说吧？"

杨喜终于鼓足了勇气："我留下来的条件是：调到'一·四'小组去工作！其实……其实没有调动这档子事我也想向连里提这个要求，'一·四'小组的小辛住院后我……我……我就想给连领导挂电话……但不好意思没敢！今天是话赶话我就提了……我不是讨价还价……真的不是！"

耿连长……指导员……副连长……六目相互交流对视了很长的时间……长得叫杨喜有点手足无措……

耿连长心里这个乐呀："小喜子……好样的！将来你肯定能干出一番轰轰烈烈的事业！本连长拟同意啦！指导员……副连长你们的意见是……"

指导员的脸上终于有了笑容："连长都'拟'完了……我俩只能是'同意'啦！"

杨喜高兴得差点蹦起来……

"那我明天就想去'一·四'报到！"

耿连长从心里笑了："你这是怕夜长梦多呀？这事还真得你们王班长定，看'一·一'小组的工作是否能脱离开？"

班长王奉广立即表态："我没意见……小组的工作暂时我一个人能顶起来！"

杨喜嘴都有点乐瓢啦："谢谢王班长……谢谢连长指导员！谢谢副连长……也谢谢马班长！"

小马学起了《智取威虎山》里的台词：

"把虎搭着牵着马！走……"

耿连长扒拉了一下小马的头："你小子演土匪还真像！我们可是打土匪……进深山……救穷人……脱苦难……"

耿连长边唱边拣起根树棍在小马的屁股上抽了几下……

战士们拖着"罪该万死"的"一撮毛"向山林里走去……山林里传来了他们的歌声……

"高高的兴安岭，

一片大森林。

森林里居住着英雄的鄂伦春！

一人一匹猎马，

一人一杆枪。

翻山越岭打豺狼！

护呀护森林……"

B 你俩是不是"泡"电话泡到一起的?

我在马路边丢了二分钱!

条件是:就找女兵,不找"民兵"!

结婚就是"零存整取"!

连部招待所门前传来了歌声。

"……森林里居住着英雄的鄂伦春……

一人一匹猎马……

一人一杆枪……"

听到有人敲门……站在门口正在洗漱的指导员顺手把门开开……先进到屋里的是耿连长哼出的歌声……

卫生员小陆礼貌地站在门外:"指导员……可以进来吗?"

指导员侧身:"可以……可以,快进来! 没事……你嫂子还没休息!"

正坐在床上看电视的苏连赶快起身……

"快进来……小陆! 别在门口站着!"

小陆应声进屋……他手里端着一个铝饭盆,还攥着一把筷子;他身后是连部炊事班的炊事员。炊事员用个大托盘端着几个刚出锅还冒着热气的菜……炊事员的后面是一脸得意的耿连长……

指导员一脸疑云地瞧着连长:"连长……你这是?"

耿连长也不回答:"进屋说……进屋说! 快……你俩把菜先放在桌子上!"

苏连赶紧拦着:"先别放……我把桌子擦一下!"

耿连长自嘲地:"咱连的这些桌子呀? 都是文物级的! 漆都掉没啦! 再擦就木见本色了! 还是铺儿张报纸吧……"

指导员拦住要铺报纸的苏连:"晓红……这几张报纸别动! 这是新的,用那几张我剪完的……"

耿连长拿起一张被指导员剪过的报纸,把剪口对着灯照了照……

"苏连长呀……看你家'党代表'多吝啬! 人家雁过拔毛'……他是'报'过开'窗'! 自从他走马上任后……我们连的大报小报就没一张能'全身而退'的!"

指导员夺过连长手中的报纸铺在桌上:"你少转移目标! 半夜三更的整这么多菜

……你想作啥妖呀？"

耿连长对付着："苏连呀……看你家'党代表'的政治嗅觉多敏感呀！还'转移目标'？我还转移斗争大方向呢！我的鼻子不行，就能闻出这小笨鸡炖野蘑菇真香！小陆……去把副连长叫这儿来！就说要开支委会！炊事员……你再去取几个酒杯来……"

指导员两口子和副连长落座后，耿连长一本正经地为大家斟满酒……

"既然今天是支委会……咱就提高点档次！今天就不喝散装的小烧啦，咱喝点精装的瓶酒！虽然我们老家粮食紧张，但这酒可不是地瓜酿的！是货真价实的粮食……"

指导员一把夺过酒瓶，认真地看了看……

"'白沙液'……这是湖南的名酒！咋成你们河南的啦？真会沽名钓誉！快造句吧？理由不充分可别怪我撅你！我这支部书记今天还真要认真地行使一下职权……"

耿连长又夺过酒瓶给大家斟酒："平时你还少撅我啦？没关系……习惯成自然啦。今天咱是研究一个议题喝一杯酒！这杯稍大一点啦……这炊事员可真实在……把喝啤酒的杯给拿来了！行呀……反正咱研究的都是大事！大杯就大杯吧……"

苏连长赶紧找理由推脱："连长……我是'旁听'的外来户，我就别'一视同仁'了吧？这大杯我看着都眼晕！"

耿连长接过苏连紧攥的酒杯："你是上级机关派来参加我们'民主生活会'的！党内生活，一律平等！这话没毛病吧……党代表？"

指导员从中调节着："晓红你还是少说话……说不定哪句就把你给绕进去！咱今天也来个'酒囊饭袋……喝死不赖'！看他咋蹦跶！"

耿连长认真地目测着每个酒杯中酒的高度："进步挺快呀！我那点'酒文化'全被你学去武装头脑啦！那今天你俩就团结得紧紧地……试看我这支部副书记能怎的？这第一个议题就先研究研究你们俩过河拆桥的问题，来……你俩先敬我和副连长这两位媒人一杯！分两口喝也行，反正这议题进行完……谁剩了就罚谁！"

指导员端起酒杯并未有喝的意思："我和晓红是自由恋爱！没有媒人！再说就是有也轮不到你呀？咱们才认识几天呀？你要是江郎才尽了就换个话题……这不贴铺衬的话可不像是你的水平！你要真是想当老媒婆收点礼的话……我俩明天就买二斤槽子糕……两瓶果子露给你送去！"

耿连长嘿嘿笑着："这话可是你说的？媒人一般的都是收四色礼……你最好还得再加两瓶水果罐头……两瓶红烧猪肉罐头！这不是东西多少的问题……是……"

指导员抢前道："是'无功受禄'的问题！讲下一个'议题'吧？这菜都快凉啦，别说……我还真有点馋啦！我先啃块鸡脖子……你不嫌累就在那儿废话吧？副连长……动筷呀?"

耿连长非常自信地:"你寻思副连长就那么容易被你腐蚀拉拢呀?这革命不是请客吃饭!我现在就打开窗户说亮话吧,你俩谈恋爱时一个在载波……一个是总机……是不是泡电话认识的?"

苏连还没喝脸就红啦:"这事耿连长你咋知道的?阅文……你说的?"

指导员的嘴正"忙"着,咽下了口中的鸡肉才回答:"别听他诈你!他是在瞎蒙哪!我俩就是泡电话认识的……与你有啥关系吗?咱通信兵里的双军人……大部分都是泡电话泡成的!还都算你保的媒……你拉的纤呀?"

见指导员中计,耿连长亮出了底牌:"你还算诚恳!副连长……你帮我记着点,今天是坦白也不能从宽!我问问你们……泡电话离开电话线能行吗?这就叫'千里姻缘一线牵'!你们说我和副连长这些维护线路的……是不是你俩'牵线'的媒人?你俩是郎才女貌,你们这'才貌'公司的成立,敢说和我们这'线路公司'没关系?"

指导员狠狠地撒了一巴掌自己的嘴……

"我真是吃一百个豆子还记不住豆腥味……瞪着眼睛跳坑里去啦!我认罚……我喝……"

指导员干完后放下酒杯:"说来话长……要说我和晓红能'终成眷属'确实有你们外线官兵'牵线搭桥'的功劳!但我俩的认识却和'外线'无关,你这个'媒人'有点沽名钓誉,刚才这杯酒喝得有点冤!"

耿连长跟着放下空杯,一本正经地道:"那今天就给你个申冤的机会,就把你和苏连长'一见钟情'的故事如实招来!"

指导员干咳了两声清了清嗓子,苏晓红知道丈夫要开始"杜撰",于是便一脸"真诚"地"洗耳恭听"着。心想看你能编出"花来"。

"那是1978年,全军业余文艺演出队在我们军区举行文艺汇演……我原先的连队和军区礼堂在一个大院,于是经常被抽来担任维护秩序的值勤任务……"指导员故意拉长了声,给自己的"创造性思维"争取时间。

"编,接着往下编!编得不像不但罚你重编;还要罚你重喝!"等不及的耿连长口头威胁着。

指导员还是不紧不慢地:"有一天我在礼堂后门值班,就见一个化了妆的小女兵站在路边哭!就'满怀好意'地上前询问'小同志,你哭啥呀?'小女兵抽泣了半天'我的二分钱掉……马葫芦里啦……'"

苏晓红幸福地剜了丈夫一眼:"什么'满怀好意'呀?我看你是'不怀好意'!耿大哥,那年我才满16岁,啥也不懂,就是个小傻丫头!"

指导员怕"思路"被打断,于是不等耿连长开口……:"我对小女兵说'别哭啦,我给你五分钱。'没想到小女兵还哭!我问她还哭啥呀?她手里攥着五分钱说'那二分不丢就七分啦……所以呀,我俩是千里姻缘硬币牵! 没你耿连长啥事呀?!"

"阅文,你太有才啦!"苏晓红笑出了眼泪。

"就是就是! 让你当指导员真是大材小用啦! 但编得还是有点不像!"耿连长自斟自饮着。

"遭到耿连长的表扬本人万分荣幸! 本人自愿陪一杯。至于编得'不像'那我就自罚一杯,下次一定好好编!"

见此,耿连长又假惺惺地装起了好人:"哎哎哎……知道错了就好! 你就喝半杯吧? 苏连长你随便……表示表示就行! 咱们一贯是惩前毖后治病救人……批评教育从严……组织处理从宽! 下个议题就给你们改正错误的机会!"

苏连忍不住:"耿连长……你真幽默! 听你说话就像是听相声……全是包袱!"

指导员又夹起块鸡肉压了压酒:"晓红你可别表扬他! 他要是一骄傲……还不一定给咱'临场发挥'出啥难题来呢,耿大连长……快说下一个'议题'吧? 我准备'戴罪立功'哪……"

耿连长故意不给面子:"你还真没机会啦……这'立功'的好事我得留给苏连长……苏连长表现得比你好……是吧副连长?"

马副连长憨厚地答道:"是……嫂子表现得好! 指导员表现得也好……一杯酒都喝啦!"

耿连长对此回答不太满意:"我这傻兄弟呀……给你打进步的机会你都不会把握! 我看就你表现得不好!"

指导员赶快力挺副连长:"副连长没你那么多弯弯肠子! 第二个议题快说吧? 要不就算否决了! 进行下一个……"

耿连长:"别……千万别! 苏连长……你说这情人都成眷属啦! 媒人是不是也得有人关心关心呀? 这也算饮水思源吧?"

指导员:"我明白啦……这弯子叫你绕的……叫我家苏连帮副连长介绍个对象就直说呗? 还给我们个'将功补过'的机会? 真是故弄玄虚!"

苏连长:"马副连长还没谈对象哪……说说你是啥条件?"

耿连长抢着回答:"我们马副连长没啥条件……他就想向指导员看齐! 就想找个女兵……不想找个'民兵'!"

副连长满脸通红:"连长我! 我……"

耿连长使了个眼色:"你什么你? 还不先谢谢苏连长! 快……端杯……"

苏连也主动地端杯:"这事嫂子还真差不多能给你帮上忙! 我们连现在还真有两个新提的女干部……条件都不错! 来……嫂子陪你干了!"

耿连长又递眼色又禁鼻子:"副连长……你再补一杯,看你嫂子多爽快……指导员你是不是也陪一口呀？苏连要帮咱解决的可是'老大男'问题呀？哎哎……你别摽着我？这是你政治工作的范畴！我是旁观者清……旁观者清……"

指导员威胁道："你还是先把杯清了吧！我还得给你倒满呢！"

耿连长装出委屈的样子："苏连呀……这'党代表'在家是不是也跟你这么'斤斤计较'？这'党性'也太强点啦！好……好……我喝，我喝还不行吗？你说这恋爱结婚呀……我琢磨着咋像存款似的呢……"

苏连被此话吸引："像'存款'？……真有意思……"

指导员横着插了一杠子："晓红你先别打岔……让他先喝了再说！要不他又想蒙混过关！"

耿连长一仰脖："看……这杯里可是一滴嗒也没剩！这回我'过关'了吧？咱接着唠……接着唠……刚才唠到哪啦？"

苏连提醒："恋爱结婚就像存款……"

耿连长："对呀……就像是存款！你们这恋爱结婚的……就像是'零存整取'！这感情一点一点地投入……投入到一定的时候……就一下子把媳妇整个'取'来啦！"

苏连笑得面似桃花……

"阅文……咱俩你可'零存'得不够！你这'整取'可是'透支'呀！"

耿连长从中调解着："千万别……千万别算历史的旧账！你们要是老婆斗老公……我这不成罪人了吗？'透支'就'透支'啦……往后慢慢存……可不兴翻小肠！我主要的目的是想启发副连长……谈恋爱的时候要在感情上舍得投入！一句话……想娶媳妇就主动点！"

指导员终于抓住了"战机"："你这经验挺丰富呀！你是咋存咋取的呀？"

耿连长大方地："我是父母包办……算是先'取'后'存'的！而且是'整取'……'零存'……银行都没这业务……风险太大呀！"

众人笑得前仰后合！耿连长却故意板着脸，正色道："现在研究下一个议题……也就是第三个议题！"

指导员手捂酒杯："得得得……适可而止吧？再研究'议题'可就整多啦！副连长今天刚走马上任……你是想搞一个小范围的欢迎活动这我知道；我家苏连过两天要走，你也想借此欢送欢送我也从心底里感谢！但三个连头要是聚一块都撂倒了影响不好……咱们就杯中酒吧……杯中酒吧？"

耿连长不依不饶地："副连长走马上任不是走马观花……因此呀就得快点进入情况……咱平时不是老把'解决问题不过夜'挂在嘴边上吗？咋一轮到解决你的问题就'想过夜'啦？"

指导员被说愣啦："我的问题？你胡扯啥呀……来……我再陪你喝半杯……行

了吧?"

耿连长不买账:"你少跟我玩那转移斗争大方向……咱现在就研究你的事!"

C | 难舍难分难入睡!
　 | 它算是和你同期调动!
　 | 虽然是"平调",位置很重要!
　 | 为"'亲'兄弟连"干杯!

虽然是冬季,但"一·一"小组的室内很温暖。

"你的事今天整得挺明白呀?"

今夜无眠……班长王奉广和战士杨喜裹着被躺在火炕上唠嗑……因为杨喜明天就要去"一·四"小组报到……所以难舍难分让他们睡意全无……

躺在被窝里的杨喜望着天棚:"班长……你说我的事整得明白,其实我也没想到……想去'一·四'的想法我早就有,但始终没敢说!因为我知道自己的条件不够,但今天一听要调走的事我有点急啦,所以就一股脑地说啦!这也算歪打正着……坏事变好事吧?"

王班长翻身和杨喜面对面地躺着:"你这可不是无意插柳……第一,你在新兵里进步是最快的;第二,想去'一·四'的打算你早就有……我都看出来了!今天你机会把握得不错……恰到好处!"

杨喜怕班长误解,于是解释着:"班长……我想调到'一·四'去工作,不是嫌咱们班不好!我是……"

王班长反过来安慰他:"这点你不用多想!咱连凡是要求进步的战士……没有一个不想去'一·四'锻炼的!刀在石上磨……人在苦中练嘛!这是上进心,又不是私心,我不会有啥想法的!说心里话……我也一直努力想到'一·四'小组去工作,只是始终有比我干得更好的战士排在前头!"

杨喜心存感激:"班长谢谢你的理解!我现在又有点担心……怕到'一·四'小组干不好……给你的脸上抹黑……"

王班长又鼓励着:"自卑和自信虽然就差一个字……但作用正好是相反的!只要你时刻想着你是最棒的!就一定能够干好!其实你也是最棒的!'一年兵'就调到'一·四'去工作……你是全连的第一个,我还真有点妒忌你!你这走得太急,也没来得及给你买点纪念品……往后有机会再补吧,你可别挑班长的礼呀?"

杨喜赶紧安慰班长:"我又不是复员回家!买纪念品干吗呀?不过……不过……"

"还没走就见外了吧……不过啥呀?不过……我能猜到你'不过'啥啦!"

"班长你真神……你真能猜到我'不过'啥?"

"你的'不过'是想从咱小组带走一样东西……对吧?"

"对……对……对班长? 那你能猜到是啥东西吗?"

"是'路虎'! 没错吧?"

因为王班长猜得太对了……所以杨喜半天没敢吱声……他怕班长猜出他所有的心事……

王班长安慰道:"'路虎'是你的'同年兵',和你朝夕相处;就是你不想把它带走……它也要跟你走的! 我想留都不一定能够留住!"

"班长……你太了解我啦! 我……"

"'一·四'的秦班长会比我更好地照顾你,'路虎'不算是小组给你的礼物! 它……它……它算是和你同期调动!"

连部招待所里酒局继续,四个人借着酒劲推心置腹……

"调动的事你必须重新考虑! 你是'党代表'……更要服从党的领导呀? 对工作挑肥拣瘦的那觉悟何在? 不行……这事无论如何也得先罚你一口! 不行……你这也叫一口呀? 上坟烧报纸……你糊弄鬼哪?"

被耿连长逼得没法,指导员只有硬着头皮坚持……

指导员的脸已经微红:"我不想去机关确实不是为了给你年底调职让路,你就别自作多情啦! 我确实是想在连队多锻炼几年,不信你问晓红? 她也举双手赞成的!"

苏连端起酒杯自己闷了一口:"我那可不是赞成……是服从! 别到了关键的时候就拿我当挡箭牌!"

喝酒比较"讲究"的耿连长也自觉地跟着苏连的节奏捂了一口,然后嘲笑着指导员:"露馅了吧? 都是老中医……你少拿那偏方来给我下药! 你……你是不是想一步到位呀? 哎……苏连……你这有大蒜吗?"

苏连起身找蒜:"有……我给你扒几瓣!"

耿连长吩咐到:"副连长……快去帮你嫂子扒蒜,这打进步得从细小工作入手!"

见苏连和副连长都离开了桌,耿连长往前凑了凑……然后压低了声音……

"这次组织股要你……算是背心改胸罩,基本上是'平调',虽然是'平调'……但'位置'很重要!"

刚端起水杯喝了半口水的指导员一下乐呛着了! 不住地咳嗽着! 耿连长赶紧给他捶背,并跟回到桌前的苏连和副连长解释……

"没事……没事! 呛了口水! 唉……你说你呀指导员……喝酒你不口急! 喝水你急啥呀? 没人和你抢! 只听说有护食的还第一次看见护水的,真让我长老见识啦!"

指导员边笑边咳……

"你……你！你刚才说得太……太……"

耿连长赶紧打岔："我……我……我刚才说啥啦？不就是说'跟着宣传部……总是犯错误；跟着组织部……总是有进步'吗？还至于把你笑成这样？"

耿连长说罢……狠狠地在指导员的背上捶了几下！指导员明白了他的意思……

苏连把扒好的蒜放在桌子上，自己斟了一杯酒……

苏连激动地举杯："耿大哥……我敬你一杯！你对这些老弟的关心和照顾……真是叫人感动！"

指导员纠正道："啥大哥老弟的，多庸俗！咱当兵的不兴称兄道弟的……就叫战友！战友是最亲切的！"

耿连长又反驳道："错……错！这称兄道弟的不是庸俗是通俗！你说'战友'是最亲切的？那歌里还咋唱战友战友亲如兄弟？为啥不唱兄弟兄弟亲如战友呀？"

指导员折服了："别说……你这歪理邪说还真……真……"

耿连长借机扩大战果："真的假不了！自古就有'打仗亲兄弟……上阵父子兵'的说法，这战友的感情上升到一定的境界……那就是兄弟！我的感觉就是'战友可以像兄弟！兄弟不能像战友'！"

指导员又惊又喜："新大陆……绝对的新大陆！我找到'感情带兵'的真谛啦！把所有的战友……都当成'亲兄弟'，就这么简单！来……耿大哥……我也敬你一杯！"

副连长也呼应着："我也敬大哥一杯！"

耿连长又纠正着："大哥就是大哥，加个'耿'字就远啦！你比如我管苏连叫'小妹'和'老妹'都行，要是叫'苏小妹'就诧异啦！一是我没有苏东坡脸长！再说咱苏连长得不比那'苏小妹'靓多啦？听说那'苏小妹'的'锛楼头'像雨搭似的？来……喝酒……"

美酒下肚，耿连长的谈性大发："刚才指导员你说什么'感情带兵'……什么'真谛'？其实这只是说对了当好官、带好兵的一半……不……只能算是三分之一！"

指导员谦虚地端着酒杯："洗耳恭听！洗耳恭听！"

耿连长先抿了一口酒："比'感情带兵'更重要的是要'真情带兵'！更更重要的是要'深情带兵'。那首《驼铃》里不是唱吗'战友啊战友，亲爱的弟兄……'这'亲爱的'要是用在男女之间那就是'夫妻'，就像你和苏连……"

指导员插话："还是少拿我们两口子说事吧！接着讲下文！"

耿连长不紧不慢地又抿了口酒："这'亲爱的'要是用在同性之间那就是'真情''深情'！'可亲可爱'的战友就是我们的'骨肉同胞'血脉相连呀！这可比简单的'感情带兵'要'复杂'多啦。"

因为同是带兵的人，苏连听得很入神，不住地点头称是。

指导员也认真地咀嚼品味着："大哥所言极是，'真情'和'深情'是'感情带兵'的精髓和灵魂呀！我们连之所以特别能吃苦、特别能战斗，那是因为我们是一支用'真情'和'深情'凝聚在一起的'兄弟连'连，一只'亲兄弟连'呀……难怪咱连的官兵只要一提'我的连长我的连'都无比的自豪无比的骄傲，那是因为在这'亲兄弟连'中有一位他们无比信任无比佩服无比爱戴无比崇拜的'大哥'呀！"

对指导员的总结和表扬，耿连长并未推辞，他起身为大家斟满了酒："指导员总结得好呀！来，为我们的'兄弟连'……为我们的'亲兄弟连'干杯！"

指导员等大家都干完了杯中的酒……他绷起脸来正色道："既然咱们是哥们……那咱哥们就研究研究大哥的问题！哎……大哥……你别给老弟使眼色！这是今晚的第四个'议题'……"

D

想用新的方式和家里交流？
万里长征就剩下几步啦！
你知道"复员"意味着什么？
大不了从头再来！

已是夜深人静的时候，"一·一"小组里的两名战士还没睡意。

王班长："指导员说得对，父母的工作一定要做好！你家就你一个儿子，不能弄得很僵让他们太伤心！"

杨喜："我知道这个道理，可和家里讲过几次就是做不通他们的工作。特别是我爷爷……非叫我子承父业……他说这叫知识报国！"

王班长："想改变长辈的一些传统观念……需要耐心和时间！你先试探着和家里先把这次不调动的理由谈一谈……谈不通的再找连长指导员想想办法。"

杨喜："我先不给家里写信……我想……我想……我想用一种新的方式和家里进行交流！"

王班长："你要是想好了就先试一试！早点睡吧？明天咱们还要早点出发哪……晚了你就赶不到'一·四'小组啦！"

连部招待所依旧是推杯换盏，唇枪舌剑。

指导员的脖子上青筋直暴："你的困难和处境我们都知道，但你想选择'复员'来彻底解决问题我还是无论如何也想不通！"

耿连长也是半步不让："想不通就使劲想！再想不通就……就……这样吧，你把想不通的理由说出来我听听……看看你能不能说服我。"

指导员："这么严肃的事你能不能认真点? 我可没心思跟你嬉皮笑脸的!"

耿连长:"好好好……我严肃……我满脸阶级斗争还不行吗? 我现在洗耳恭听……洗耳恭听!"

指导员用手比画着:"第一,你干了七八年的连长……现在眼瞅着职务问题可以解决啦! 就算是万里长征也剩下没几步啦,你为什么不能坚持到底? 第二,明年部队就要实行新的军衔制啦。不是所有穿过军装的人都会有这个机遇,但所有穿过军装的人都做过扛肩牌的梦! 第三,你要选择'复员'的形式来结束军旅生涯! 你知道'复员'意味着什么吗?"

耿连长的眼睛有点湿润:"你真是我的好老弟呀! 咱俩虽然不是'一见钟情'……但咱们是凉水泡茶慢慢浓的! 这样的感情有滋味……够品位! 为这……我先干半杯!"

指导员不耐烦地催促着:"得得得……还是先回答问题吧? 完了你喝一杯都没人拦着你!"

耿连长自嘲着:"瞧我这人缘混的? 你们刚才都一口一个大哥长大哥短的! 现在大哥想喝酒没人管啦? 看来我只有'坦白从宽'这一条路啦!"

耿连长无可奈何地放下酒杯……拣起一瓣蒜扔进嘴里! 眼泪……不知是辣出来的还是……

耿连长动情地袒露着心声:"俗话说,这'人往高处走……水往低处流'! 什么能证明你是在往'高处走'呀? 那就是职务吗,职务'步步高'啦……人也就'步步高'啦! 要说我在连队干了这么多年一直没提起来! 这责任在我……不在上级! 因为有两次调职的机会都是我主动放弃的! 为啥呀? 为了一个情结! 唉……早走晚走……早完得走! 既然调职和离队都是要离开连队……那我就要选择最彻底的方式!"

耿连长又拣起一瓣蒜扔进嘴里,也许是口腔适应的原因……这次没有眼泪滚动……

耿连长意味深长地:"要说这扛肩章吗? 我还真没当回事! 扛上扛不上咱不都当过兵吗? 不是有一首歌里有这么一句话吗……'生命里有了当兵的历史……一辈子也不会感到懊悔'吗? 所以只要我当过兵啦……授没授衔我没啥懊悔的! 我这回答问题也过半啦,是不是可以喝一小口啦? 平时我还真不馋酒……但这酒要是摆在眼前不让喝的话……还真是挺残酷的!"

见指导员没有阻拦,耿连长迅速地抿了一口……

指导员沉默了片刻:"你要复员的真正原因还不止这些吧? 听白医生说,妞妞看病急需一大笔钱? 你是想用复员费……唉……虽说这一分钱难倒英雄汉! 但不是还有我们这些兄弟吗？还有组织吗？姐姐看病的钱一是我们大家可以凑点；二是可以从连队借点……咱连现在的日子好过啦，账上不是有几万元的结余吗？我今天说的也算是支部的决定……"

耿连长的特点是喝完酒不吃菜，特别是动情的时候就是干喝："真是我的好老弟呀！你们的情我领啦，但兄弟的钱我不能要！你们谁也不是大款，谁都要养家糊口呀！连队的钱我更不能借！咱连的经济刚刚翻过身来，等着花钱的地方多着呢！我宁可让看病的事拖垮我一人，绝不能拖垮一个连队！在钱的问题上，公、私必须要分明呀！要说这'复员'意味着什么？不就是意味着艰苦奋斗十几年……一夜回到入伍前吗？就算是卫生球不是卫生球……是'白玩(丸)'又能咋地？大不了从头再来！"

耿连长端起酒杯……一仰脖搠了进去！

第二十七章

A 雪堆开始慢慢地蠕动！
是不是白天吓着啦？
今晚的"第五个"议题？
非得叫我"痛说革命家史"？

野外山林里风高林黑。

月光给野外的山林涂抹了一层淡淡的冰冷色调。一座硕大的雪堆像一座恐怖的坟墓盘坐在阴森的树影下！远处食肉动物的眼睛像鬼火不停地闪现，而食腐动物则蹲在枯枝上耐心地等待着收拾杀戮的残局……

两双军用大头鞋踩着厚厚的积雪向大雪堆接近，接近！突然……雪堆开始苏醒……开始慢慢地蠕动！

两双大头鞋同时停住，立定在离雪堆不远的地方。雪堆蠕动的振幅迅速地加大，瞬间……雪堆以爆炸的形式雪崩……飞溅的雪块四射！

黑瞎子"一撮毛"摇摇晃晃地从雪堆的废墟中站了起来，它震荡极快地抖了抖身上的积雪……用右掌摸了摸胸前的伤口……然后舔掉掌上的血渍……然后仰天长啸！

两双军用大头鞋掉转方向在雪地上狂奔……"一撮毛"在后面边追赶边凄厉地号叫着……

两双大头鞋零乱地向线杆上蹬去，"一撮毛"跃起抓住了一只大头鞋……狰狞地张开了血盆大口……

"一·一"小组的室内漆黑一片。

"班长……班长！快开枪……快开枪！'一撮毛'咬我的脚啦！打……快打！"

睡梦中的杨喜呼地坐起来用手使劲地扑打着……

被惊醒的班长王奉广赶紧打开手电，杨喜身下铺着的褥单已被他揣成了一团……缠在他的一只脚上！

"杨喜……杨喜……你是不是做噩梦啦？你坐起来醒一醒……醒一醒！"

惊魂未定的杨喜半天才把大气喘匀……王班长点燃煤油灯……帮杨喜把褥单重新铺上……

"你是不是白天有点吓着啦？来……喝口水压压惊！"杨喜一口气喝了半缸水后翻身下地……

"班长……我去撒泡尿！"

"外面太冷啦……你就往外屋的泔水桶里……"

还没等王班长的话说完，外屋已经传来"哗哗"的声音！回屋后的杨喜睡意全无……他围着被坐在火炕上……

重新钻进被窝的杨喜还是没有睡意："班长……你说过去在动物园里啥猛兽都见过……咋和白天在线路上遇见黑瞎子时的心情不一样哪？当时要不是你那么镇定，我还真备不住吓尿裤子啦！就这还拉一点呢……真丢人！现在想起来还有点后怕……"

"其实我也害怕！只是比你多遇到过几次猛兽，有点经验了……在这黑瞎子面前说自己'临危不惧'……那全是假话！"

"是呀……谁有章程当着'一撮毛'嘴硬？…不过现在好啦……'一撮毛'终于死啦！可它还在梦里追我……太可恨啦！"

"在梦里追你总比在线路上追你强！这'一撮毛'要是不死才是咱们真正的噩梦呢！这几年它是真没少祸害人……听说咱连长他家属和他女儿就是被……"

连部招待所里气氛热烈。

"说说'一撮毛'的事吧？这是今晚的第五个'议……题'！"

指导员显然是有点到量了！说话舌头有点拖泥带水……

也已经微醉的苏连劝着指导员："阅文……今天你咋还来劲了呢？都没少喝……有话明天再唠吧？"

指导员借着酒劲比比画画的："不……不行！今天我非得叫大哥把'一撮毛'的事说清楚，你……晓红你今天是没看见呀！还有副……副连长也没看见！咱耿连长是'阶级仇……压胸膛！民族恨……喷怒火！瞄得准来打得狠……一枪消灭一个侵略者！消灭侵略者'！叭……那个准呀！"

耿连洋洋得意，端起酒杯抿了一口……

"多谢夸奖……多谢夸奖！我是两枪消灭一个侵略……侵略……唉……要说侵略者……还真是有点'栽赃'人家'一撮毛'啦！其实那片大山林是它的家园……咱们才是侵略者呀！按常规，黑熊到冬天是要冬眠的。我也四处打听过，如果它的生存环境突然遭到破坏，入冬时它的体内没有积累够冬眠消耗用的脂肪，极个别的黑熊就不能冬眠……冬季的食物更难觅，因此饿急眼的黑熊更凶残更具攻击性！"

耿连长的心情一下子"晴转多云"！他脸色暗淡地端起酒杯……把剩下的小半杯酒倒在身后的地上……

"'一撮毛'呀……'一撮毛'！虽然你作恶多端……罪行累累！罪该万死！死有

余辜！但我还是要实事求是……客观公正……一分为二地来评价我们之间的恩恩怨怨！刚才这杯酒就算是……是……是用这种方法寄托我们的哀思啦……你也瞑目吧？"

指导员不解其意："二寸照片你少整景！我现在怀疑你是公报私仇？哎……你说实话……这'一撮毛'是你的第二块心病吧？"

耿连长痛快地认账："是……是！这'一撮毛'不但是我的一块心病……还是我最大的一块心病！至于你的怀疑吗？说'公报私仇'我也太小人啦！说'一心为公'我又太圣人啦！我……我……我就算是'公私兼顾'吧？对……就是公私兼顾……"

指导员不依不饶："那咱们今天就'公私分明'！先把你的'私心'暴露暴露……讲出来你就'心底无私'啦！听说嫂子的死和妞妞的病都跟这'一撮毛'有关……是吗？"

苏连也劝说着："耿大哥……你就给我们讲讲吧？我们都是零星地听说过点这件事……既然咱们是兄弟兄妹啦……你就讲给我们听听吧？来……小妹我给你满上！我……我们大家都满上……"

耿连长咬了咬牙："看来我今天是非得'痛说革命家史'啦！八年啦……"

耿连长的眼前浮现出八年前的画面……

B 八年前,风雪夜,大祸从天降!
见了饺子,就不看嫂子啦?
不敢再去回忆当时的画面!
我发誓! 耿嫂慢慢地阖上了眼睛!

八年前的"一·四"小组室内。

"八年啦……别提他啦！"

电子管的收音机里，传来了"猎户老常"悲愤的声音……

"爹爹……我说……我说！"

坐在火炕上包饺子的耿大业跟着"小常宝"哼了起来……"八年前……风雪夜……大祸从天降……"

耿连长含着泪开始诉说："那时我在咱们连当副连长。因为那年老兵复员走得多……基层出现了'一人组'！于是……在年前我带着来队探亲的家属和孩子下到了一排的'一·四'小组和战士一起过年！那年妞妞正好四岁……"

耿连长的脑海在"回放"着老画面：

……他和小组的战士一起包饺子……妞妞也跟着炕上炕下地忙活着……看着妞妞一脸的白面……大家笑得开心……小组里一幅其乐融融的过年景象……

外线连队是纯粹的男人世界……这男人的世界里一旦融入了女性……"世界"将由寂寞变得神秘……

烧火的小战士不住地偷眼看弯腰煮饺子的副连长爱人……火光把她美丽的脸庞涂上了一层淡红的粉底……紧系的围裙勾勒出她凸凹的身段……随着她不停地'格弄'锅里的饺子……她丰满的胸脯也有节奏地颤动着！小战士的脸也被火烤红了……也被火烤热了……连心都被烤酥了……

热气腾腾的饺子端到了桌子上……小战士为刚才自己的窥视感到心慌……他尴尬地有点不敢目视副连长和他的爱人……只是低着头吃……

耿副连长在他的头上摩挲了一把……

耿副连长风趣地："傻小子！好吃不如饺子……好看不如嫂子！你咋见了饺子……就不看嫂子啦！"

耿副连长的爱人用筷子打了一下他……又嗔怪地瞪了他一眼！

耿副连长："你在部队好好干……等转上志愿兵我叫你嫂子帮你找个漂亮的对象！我们那地方好看的妮子一个赛一个！温柔贤惠也一个赛一个！"

妞妞突然拍着小手叫了起来……

"叔叔脸红喽！叔叔脸红喽！"

给小战士"解围"的是急促响起的电话铃声！

副连长带着战士出门时叮嘱爱人……

"一定要把门插好了！别到院子活动！最近林场巡山的民兵说咱这左右有黑瞎子活动……线路的故障点不远……我们很快就回来！"

副连长爱人懂事地点了点头……副连长和战士踏着厚厚的积雪消失在通信线路上……

副连长的爱人一个人继续包饺子……她将包好的饺子整齐地摆在盖帘子上……妞妞翘着小脚拽开了门划……她好奇地走进院子里看着这白雪皑皑的世界……

"妈妈……救命呀！哇……"

副连长的爱人听到了妞妞的哭喊声拎起擀面杖疯了似地冲出了屋子……

耿连长似乎不敢再去回忆下面的画面！他喝了一大口酒强压着内心的疼痛……所有的人都默默地陪着他端起了酒杯……寂静在凝固的气氛中延续……苏连试探着想了解接下来的情节……

"那后来呢？"

耿连长将白酒和泪水一起咽下："……是在附近巡山的林场民兵听到了哭喊及时地赶了过来……才让他们娘俩没有葬身熊口……"

耿连长使劲眨着眼睛不想使泪水流出来……

耿连长:"等我们接到信赶回小组时……见到的只是满地的血迹!还有姐姐的一件被撕扯碎的棉袄!还有……还有……还有你嫂子的一缕一缕带着头皮的头发……还……还有她的一只鞋……"

苏连急切地:"那嫂子和姐姐呢?"

耿连长的眼泪终于和鼻涕会合到了一起:"他们被民兵们用行李裹着抬到林场医院去啦……姐姐受了点轻伤……但她的小脸蛋被黑瞎子抓了一把……破了相!你嫂子伤得重……腰都被黑瞎子拍折啦!几天后就死在了林场的医院里!是在白妮的怀里断气的……"

指导员忍不住揭开了谜底:"那只伤我嫂子和姐姐的黑瞎子就是'一撮毛'吧?"

耿连长抹了把鼻涕和眼泪:"我当时并没有见到它……后来听救你嫂子和姐姐的民兵们说……被他们用枪赶跑的黑瞎子头上有一撮白毛!后来它又伤过几个伐木工人……还伤过咱们的战士!'一撮毛'……"

耿连长的耳边响起了"小常宝"切齿的唱腔"恨不能生翅膀……持猎枪……飞上那山冈……杀尽豺狼……"

苏连含着眼泪:"白妮那时是……"

情绪稍微平稳些的耿连长:"白妮那时已经提干在卫生队工作,她是听到信以后星夜兼程赶来护理你嫂子的!你嫂子在弥留之中总是跟白妮重复两句话……'我对不起姐姐……我不能把她养大啦……我对不起姐姐……我不能把她养大啦……'"

耿连长的眼前又浮现出那让人肝肠寸断的画面……

"也许那天是回光返照吧?你嫂子突然清醒了很多!她紧紧地攥着白妮的手……'妹子……我对不起你哥!我没照顾好姐姐……我对不起姐姐!我恐怕是不能亲手把她拉扯大啦!这……这……这样一个破了相的苦命孩子……啥样的后妈能容得下她呀?我……我……我真是闭不上眼呀!妹子……你……你能替嫂子照顾好姐姐?照顾好你哥吗?嫂子求……求……求你啦!我在九泉之下……'"

白妮抱着嫂子恸哭……"嫂子……嫂子……你会好的……嫂子……你会好的……"

其实……她的嫂子已经踏上了黄泉之路!只是一双期盼的眼睛还死死地盯着白妮!白妮用手在嫂子的鼻子下试了试……又趴在她的胸前听了听……她止住了眼泪……

白妮强忍着悲痛:"嫂子你放心!我会替你照顾好姐姐……照顾好我哥的!我发誓……我……"

嫂子的眼睛终于慢慢地闭上……带着一丝的欣慰……

耿连长擦了擦泉涌的眼泪……端起杯子一饮而尽……众人全都默默地跟随

着……

C
你们为什么没有走到一起？
你到底有几个好妹妹？
这四个女人的债我咋还呀！
想用歌声表达我的心声！

苏连放下酒杯："不提我还忘啦！白妮给你带来了一包东西……说是给姐姐的……这个白妮也真怪，她回家休假……不顺便把姐姐的东西带回去……还非得带给你转交……真是的！"

耿连长惊诧地："她回家休假？"

苏连想了想："好像是请的事假吧……"

耿连长痛楚地摇着头："可她还哪有家呀？这个妮子……咋不和哥说一声呢？"

苏连憋了半天："大哥……我冒昧地问一句，既然白妮已经答了耿嫂……那你们为什么没有走到一起？你为什么不能给她一个家呢？"

耿连长神色黯然地长长地叹了一口气……

"这件事的责任全在我呀！你嫂子死后我的心情一直不好……另外我以为白妮人家一个黄花闺女……唉！没想到这丫头还是真的重情重意……一心要兑现她的承诺……她把所有的钱都花在了姐姐的身上！除了不能在姐姐的身边照顾她……真是和亲妈没啥两样！可三年以后我们回家准备结婚时……却出了一件意想不到的事……"

见三个人都瞪大眼睛想知道下回分解，耿连长只能将所有的一切都如实说来……

"在我们准备结婚的前一年……妞妞上了小学。妞妞随我……也是斑痕性体质，脸上被熊抓的伤口越长疤瘌越大！学校的淘小子们常拿她取乐……今天在她的课本上画一张鬼脸；明天用橡皮把她作业本上的'妞'字擦掉个偏旁，于是'妞妞'变成了'丑姐'……最后变成了'丑丑'！孩子承受不了呀……就辍学啦……"

苏连还是不解地："这和白妮有啥关系呀？"

指导员："你别插话……听大哥讲！"

耿连长的话有点断断续续："你嫂子家是姐俩，她还有个亲妹子……妞妞辍学那年她正好准备考大学！那丫头学习可用功啦……要是考试准能考个不错的大学！唉……都是为了我们姐姐呀……"

耿连长端起酒杯看了看……见已经见了底他又自斟自饮了一口……

"她小姨为了姐姐留下的苦命的外甥女不成文盲，放弃了考学来到了我家！一边给姐姐上课一边照顾姐姐的生活……同时还照顾着我的父母！可这些我当时是一点也不知道……也许是血缘的关系吧？姐姐很快就对小姨产生了依赖……晚上睡觉都摸着小姨的……等我和白妮探家时……已经懂事的姐姐对白妮产生了强烈的排斥心理！她不但倔强地管白妮叫'姑姑'……还不让白妮和我单独在一起……最后竟当着白妮的面管小姨叫'妈'！"

也许是女人更容易被女人的故事所打动……苏连流下的眼泪竟然超过了"当事人"……

耿连长停顿了老半天："回部队后我对白妮说……咱俩就在部队把事办了吧？白妮说……那样对姐姐的伤害就更大了！还是等姐姐再大一大……可等来等去……把我等得也没信心啦……反倒是怕白妮提结婚的事！因为姐姐她小姨今年也二十四五啦！在我们老家那里……她早就成'老姑娘'啦！再说……一个姑娘在原先的姐夫家一住就是五六年……已经快被吐沫星子淹死啦！还怎么嫁人呀？前几天姐姐给我来信时还说……小姨头发白了很多……经常一个人偷偷地抹泪！爸……你什么时候能回来娶小姨呀？我想要个妈妈！"

"唉……我真是作孽呀！白妮……姐姐……姐姐她小姨……还有我那死了的媳妇！我欠这四个女人的债可咋还呀？我……我……我也不知道我做错了什么！刚才我还说'生命里有了当兵的历史……一辈子都不会懊悔'！可……可我这当兵的历史却是四个女人用生命和付出……用血和泪铸成的！我不'后悔'……但我问心有愧呀！"

"不常说每个成功的男人背后都有一个女人吗？可我这个并不'成功'的男人背后，却有四个因为我而受到伤害的女人！因为我……我……我不是'鄂尔多斯羊绒衫'……我无法去'温暖全世界'！"

"来……你们三老弟老妹……再陪大哥干一杯！一醉方休也许能让我解脱解脱……"

列车的车厢。

汽笛长鸣……一列火车飞驰向南……白妮靠在车窗前的座位上……眯着眼睛想着心事……

通信线路上积雪已经很深很深。

"杨喜……你能跟上吗？要不咱们歇一歇？"

已经穿上"志愿兵"服装的班长秦耕耘关切地问杨喜……他们脚下的积雪快没到大腿根了……"路虎"也吃力地在雪地里做着"跨栏"动作……杨喜踩着秦班长趟出的"路"紧赶了几步……

"班长……我能行！班长……咱们小组维护的路段雪都这么厚呀？"

"也不是……咱们这里是山顶……窝风的地方雪厚,风口的地方还没有雪! 但有时大风刮得人直张跟头……那'白毛风',像刀子似的! 前……前面就到最大的风口啦!"

杨喜抬眼望去……前面是一块开阔地……

"班长……前面咋一棵树也没有呀? 是被人伐了吗?"

"不是被人伐的……而是被风刮的! 那里的风常年都在五级以上……不但不长树……连草都是贴着地皮长的…! 知道人们管这里叫啥吗?"

"不会是叫'斑秃'吧? 你看这满山的林木……就这里像块没头发的地方!"

"你还真猜对啦……山里的采蘑菇人和猎人管这里叫'鬼剃头'……和'斑秃'是一个意思……"

"但'鬼剃头'有点太恐怖啦! 好像是一块死亡地带……听着就瘆得慌!"

"那确实是一块死亡地! 别看它长和宽都不足千米……但要真是遇到大风……想走出来得两三个点! 而且要背着风倒着走!"

"为啥要倒着走呀? 那也辨不清方向呀?"

"不倒着走……一会风就能把你的衣服扣都吹开! 眼睛都睁不开……倒着走你就看着头上的线路就行!"

"班长……到'鬼剃头'啦! 风……风真大……我倒过来啦!"

贴着地皮肆虐的'白毛风'……有点像慢拍快放的镜头……两名倒走的战士的身体像后仰着……与前进方向的地面成锐角!

"班长……真好玩……想往下躺都躺不下去! 好像有人在调你! 班长……这招是谁发明的?"

"听说是咱连长在咱小组当战士时发明的! 当时还差点被批判……"

"发明创造应当表扬……为啥还要批判呢?"

"那时正是'文化大革命'……那时讲的是革命战士只能勇往直前! 背身走路那不是'后退'吗?"

"'文化大革命'时真那么不讲理呀?"

"真那样! 我爷爷抗战的时候是当地的地雷大王……他喜欢叫地雷是'铁西瓜'! 听我爸说……'文革'的时候当地有伙造反派要到我家抄家……说我爷爷管地雷叫'铁西瓜'是一种汉奸行为! 因为'西瓜'是好吃的东西……把好吃的东西送给日本鬼子吃……那不是汉奸吗?"

"这不是明摆着整人吗? 那后来呢……"

"后来他们要游斗我爷爷! 我爷爷急啦……他把眼睛一瞪……把'铁西瓜'给日本人吃我是汉奸! 那我把这好吃的东西送给你们造反派吃! 说着他拿起个地雷就要点……吓得造反派屁滚尿流地往外跑! 我爷爷在屋里哈哈大笑……'老子把小日本

都炸回老家去啦……还怕你们几个龟孙子？想回老家的随时来……老子送你们去'！"

"你爷爷真是个英雄……他当年打鬼子的时候有多大呀……你家咋现在还有地雷呀……"

"听我爸说爷爷当年出名的时候还没我现在大呢！可能跟你差不多吧？因为我爷爷是'地雷'大王……所以政府特批他留了两个地雷做纪念品……但里面根本就没有炸药！"

"我真的好羡慕战争年代呀……时势造英雄……黄继光董存瑞都跟我的年龄差不多……"

"有时英雄也能造时势……雷锋不就是时代的楷模吗？"

一·四小组的室内。

巡线归来的秦班长和杨喜进屋后使劲地跺着脚上的雪……并相互拍打着身上背上的雪壳子……

"班长你说咱俩像啥？"

"像啥呀？"

"像雪雕，我们老家每年不但有冰灯展览，还有雪雕展览。咱俩就像是雪雕展览上的两个雕塑……只是眼睛还会动。"

杨喜摘下帽子使劲拍打着上面的霜……秦班长拿起扫帚帮杨喜使劲扫着大头鞋上面踩不掉的残雪……

秦班长关切地："你调动的事写信告诉家里了吗？这事别拖太长时间！还是早点告诉家里，免得家长们惦记！"

"还没告诉家里哪，不知道该怎么说……也不知道怎么说才能让他们能理解我！我倒是有个想法不知道行不行？"

"行不行那得试一试看，我现在做饭……你去试一试你的想法吧。"

"班长……今天该轮到我做饭啦！你……"

"做好家里的工作也是艰巨的任务……你去完成'任务'吧……"

秦班长硬是把杨喜推进里屋……自己开始做饭……"路虎"可能是饿啦……它围着秦班长不住地转……秦班长先找出点剩饭倒在它的专用"餐具"里……

秦班长端着热气腾腾的饭菜进屋时……杨喜正抱着吉他坐在录音机的旁边愣神……秦班长以为他想家啦……边摆好了碗筷边等他……

"呦……班长不好意思！刚才有点精神溜号……还让你又做饭又盛饭！来……我来吧？"

"想家啦……咋没见你给家里写信呀？吃完饭还是给家里写封信吧？要过年啦

……家书抵万金呀！哎……我刚才做饭时好像听你在唱歌来着……"

杨喜："我刚才给爷爷奶奶爸爸妈妈唱了一首歌……我的理想……我的誓言都在这首歌里！我想用歌声表达我的心声……他们一定会理解也会支持我的选择的！"

秦班长："快吃饭吧……咱俩边吃边说……"

D

美丽的夜色多沉静……
小组的门只能开一条小缝！
"路虎"从窗户钻了出去！
两名披斗篷的"银线卫士"！

"一·四"小组院子笼罩在夜色之中。

窗户上透出小组煤油灯昏暗的光线……两名战士的身影在窗户上不停地晃动。

天空中飘起了鹅毛大雪……没有月光的雪夜……洁白也变成了神秘朦胧的灰色！

"一·四"小组的室内。

秦班长和杨喜边收拾碗筷边继续唠着……

"杨喜你的吉他弹得真好！我真羡慕你们有文艺细胞的人……唱歌最能抒发人的感情！"

杨喜擦着桌子："班长……抽空我教你识谱和弹吉他！其实音乐并不神秘……入门挺容易的！"

秦班长憨厚地笑了笑："我可不行……我太笨……而且天生的五音不全！"

杨喜放下手中的碗筷把吉他塞进秦班长的怀里……用手指把着秦班长的手指弹了几下……

秦班长："不行不行……我的手指头'窝'铁线还行！扒拉这细钢丝回不过弯来，等会我把碗筷送到厨房去……回来听你给我唱一首，就像刚来那天边弹边唱……"

秦班长从厨房回到里屋时，杨喜已经调好了琴弦……

"班长……你是愿意听老歌……还是愿意听流行歌曲？"

秦班长细心地叠着擦完手的毛巾……

"我喜欢听老歌……流行歌曲不看词听不出唱的是啥。"

"原来咱秦班长有怀旧情结呀……那我就给你唱首怀旧的老歌……还是抒情歌曲呢……"

杨喜轻轻地拨弄着琴弦，动听的歌声和动听的琴声撞击着两颗年轻的心……

"美丽的夜色多沉静，

　　草原上只留下我的琴声。
　　想给远方的姑娘写封信,
　　可惜没有邮递员来传情……
　　来来来来来……来……"

　　歌声把宋春雨忧郁的眼神带到了秦耕耘的脑海里……他的心猛然一抖!因为灼伤的感觉让他想喊!想哭……想……

　　"等到千里雪消融,
　　等到草原上送来春风。
　　可克达拉改变了模样,
　　姑娘就会来伴我的琴声……
　　来来来来来……"

　　不能来伴琴声的宋春雨只能用苦涩的泪水来陪伴心上的人……秦班长的眼睛湿润了……那挥之不去的身影让他痛苦并幸福着……
　　"班长……班长……你咋地啦?你有心事吧?你是不是想……"
　　"别瞎猜……我没心事!刚才是一个喷嚏没打上来……"
　　杨喜不再作声……秦班长也不再作声……煤油灯的火苗突然一跳……秦班长的眼前一亮……
　　"杨喜……除夕那天晚上连队不是要进行电话卡拉 OK 比赛吗?你好好准备准备,一定拿个第一名!咱们小组什么奖项都拿过第一名……这歌咏比赛的第一咱也要当仁不让!再说你是半专业的水平,肯定能拿到第一……"
　　小组的三面墙上……挂满了各式各样各个年代的奖状……这是"一·四"小组的历史,也预示着小组的未来!
　　"咱小组得的奖状都是集体的,要唱咱俩就来个合唱!我个人要是拿个第一……也没资格把奖状挂在墙上呀?"
　　"那我可要拖小组的后腿啦,再让我把你给拐搭啦……"
　　"反正你是班长你得带头!熟能生巧……有些歌唱家唱自己拿手的歌还行,唱不熟悉的歌也跑调!咱多练练就行……歌我早就选好啦!班长你看就是这首……"

　　"也许我告别,
　　将不再回来。
　　你是否理解是否明白?

也许我到下,

再不能起来。

你是否还要永久地期待……"

"班长……现在我唱一句你跟着唱一句:'也许我告别……将不再回来'……唱!"

"也许我告别……将不再回来……"

"班长……你注意头两个字,也许……也许……"

"也许……也许我……"

"一·四"小组的院里一夜之间被大雪铺盖。

清晨……小组的门使劲地忽悠了好多次也没有打开!因为门前的积雪已经达到了半米多厚!门只能开开一条两寸多宽的小缝……

"杨喜……别推啦!再推容易把门推坏了……还是我从气窗钻出去吧?咱们的气窗没封……今年咱们已经是第三次大雪封门啦!"

"班长……人不好往外钻……让'路虎'从气窗钻出去就行!来……'路虎'……上……上!"

"'路虎'出去后知道该做什么吗?"

"班长……你就瞧好吧。"

"路虎"从气窗跳到院子里后在厚厚的雪地上打了几个滚……然后好奇地打量着这一夜之间被大雪改造成的童话世界!杨喜使劲敲着门……"路虎"马上跑了过去……杨喜隔着门在里面指挥着……

"'路虎'……扒……扒……"

"路虎"试探着用爪子扒了几下门前的积雪……然后抬起头从门缝里望着杨喜……好像是在询问对错。

"'路虎'好!好!扒……扒……"

完全领会杨喜意图的"路虎"……飞快地用爪子扒着门外的积雪……积雪一团团地射向院子的中央……门很快便能推开二十多公分的缝……杨喜侧着身子从屋里挤了出来……

秦班长和杨喜连扫带搓地忙了一早晨……他们清理出了一条通向院子外面的路……

"杨喜……走回屋吃饭去!看来今天咱们全天的任务就是清理积雪啦!"

杨喜用双手捧起洁白的雪:"班长,不是说瑞雪兆丰年吗?今年的年景肯定好。农民该包饺子啦!"

"但这场大雪对于咱们来讲却是一场灾难!现在线路上雪厚的地方恐怕雪快到腰了吧?一个小时也就能走一公里多……"

"那咱们上线路就像是在雪中游泳啦！多有意思呀！"

"等累得你走不动道……你就感觉没意思啦！"

早饭后……秦班长和杨喜把小路上的积雪用铁锹拍成了两条整齐笔直的雪墙……这也是全体外线小组的一个传统……

夏季小组的四周是整齐的榆树墙……让小组真正成为"绿色军营"！冬天银装素裹的雪墙则让红砖灰瓦的小组分外妖娆！

"班长……路上的雪堆成雪墙啦……院子里的雪往那儿堆呀？院子里的雪大概能有二十多立方吧……要是往外运工程量可太大啦！"

"那咱们就在院子里堆两个雪人吧？让他们和咱一起为线路站岗！"

"堆雪人……太好了……要是能多堆几次……等我复员后备不住能参加我们家那儿的雪雕展呢。"

"那咱俩就一人堆一个……好相互学习……相互借鉴！争取让你复员前练个成手……"

院子里雪花飞舞……两个雪人在两名战士的手下不断地"长高"……不断地成型……

秦班长堆的雪人"魁梧""雄壮"……好像运动场上的"三铁"运动员

杨喜堆的雪人则棱角分明……给人以力量与刚毅！

杨喜用两节木炭给自己堆的雪人"点睛"……秦班长的雪人则瞪着一双大大的"松塔"眼睛……

杨喜将铁锹插在雪人的怀里……秦班长的雪人则抱着扫帚……虽然他们手中的"武器"不同……但都是威风凛凛！

"班长……你给这两个雪人起个名吧？这样一是便于'管理'……二是'名正言顺'呀！"

"杨喜你的口才比我好……名字就由你来起吧？"

"咱们总站不是办了份报纸叫《银线卫士》吗？这两个雪人就叫'银线卫士'……行不班长？"

"好……这个名字好！那咱俩就把名字给他们刻上！你那个是排头……就刻'银线'……我这个是'卫士'！"

两名穿绿军装的"银线卫士"……两名披白色斗篷的"银线卫士"……共同守卫着身边的千里银线……

第二十八章

A "先生"不是要"先死"吗？

走马换将要演啥节目？

今天给个明确的态度！

线路出现大通路阻断！

连部的院子里"年味"十足。

除夕……指导员在连部的门前指挥着战士们挂彩旗和灯笼……还有几名战士在往门上贴对联……

指导员认真地指挥着："左面的再高一点……再高一点……好！横批再往上一点……现在正好！"

对联是指导员亲笔所书……上联是"献身国防讲奉献"……下联是"护线千里话畅通"……横批是："不辱使命"！

耿连长背着手走过来端详了半天……

"不错……不错！指导员的墨宝很是了得……你的这字体有点像华国锋的！这笔画胖的胖瘦的瘦……贫富不均呀？"

指导员解释着："这是颜体字。颜筋柳骨，懂吗？"

耿连长笑着自我嘲解道："我刚才是关公面前舞大刀啦！见笑见笑……我要是有你这两下子，就到马路边上卖字去……大小也算是个舞文弄墨的！那要换在旧社会……尊称可是'先生'！"

指导员立马拒绝道："按你过去的'反动观点'……'先生'不就要'先死'吗？我可不干！"

耿连长装作认真地纠正："大过年的说点吉利话！先生就是先往上高升……"

指导员也据理力争地反驳："让你高升你也不去呀？你不是全军第一……也是全军唯一！我算服你啦！"

耿连长高挂免战牌："你今天是哪壶不开提哪壶！成心不叫我过年有个好心情呀？算啦……我不跟你磨牙啦！副连长……副连长！你过来一下……到这来……"

副连长跑步过来……

"连长……指导员……有事吗？"

耿连长开始交代："交办点急事。你从抢修排挑名老兵……现在带车到二排的'二·一'小组……把班长关小伟给换回来！顺便给他们小组带去点牛羊肉……快去快回……一定要赶到会餐之前回来！"

副连长领命："是！指导员您还有事要交代吗？"

指导员补充道："雪大……路上滑……一定要注意安全！"

耿连长接着强调："指导员说得对！别怕费油……挂上前加力跑！四轮驱动比两轮驱动抓地！也不打滑！去吧……"

副连长走后……指导员凑到连长跟前……

"这大过年的你走马换将要演啥节目呀？"

耿连长的心情不错，于是耐心地解释道："我没事不是老爱往小组打电话问问菜谱吗？这'二·一'小组一年的菜谱里就没出现过一个'猪'字！他们小组的新兵不是个回子吗？也真难为关小伟啦！真是革命靠自觉呀！"

指导员如梦初醒："我昨天刚接到回民战士家长给连党支部来的信。说感谢咱们把两个回族战士分到了一个小组，对咱们这种尊重少数民族习惯的做法很满意……我还想着跟你核计着给关小伟一个连队嘉奖呢？你动作倒是比我快！"

耿连长："你指导员给的嘉奖是精神奖励！我当连长的给的是物质奖励！我跟炊事班都交代过啦……关小伟到连队后，从脑袋瓜到脚末丫……猪身上的东西给他调样吃！一直吃到他打嗝反油……放屁漏油为止！"

指导员禁着鼻子："啥叫放屁'漏油'呢？真恶心人！"

耿连长一副有错就改的样子："那咱就改成放屁油裤子……行吗？"

指导员挖苦着："我看你是逮个屁字嚼不烂啦！"

耿连长反击："你这'屁'从口入……更恶心！"

"一·四"小组的院子里也有"年味"。

秦班长和杨喜在小组的门前也在贴对联……

秦班长贴……杨喜指挥……

对联也是指导员写的，刚刚捎到，上联的内容是"居深山以组为家"……下联为"踏冰雪以线为业"……横批是"志在千里"！

红纸黑墨的对联一下子给小组带来了喜庆的年味……两名战士贴完后欣赏着……议论着……

杨喜的脸上喜气洋洋地："'以组为家……以线为业'！这真是咱们外线维护战士的誓言和口号呀！"

平时不善言语的秦班长却语出惊人："没有外线维护的生活……不是从心底里热

爱这项默默无闻工作……肯定写不出来这样贴切的豪言壮语!"

"班长你说……这横批的'志在千里'是啥意思呀? 我有点理解不透……"

"'志在千里'是点题显志呀! 你想一想……我们通信战士把平时作为战时,辛勤工作的目的不就是为了让千里之外的部队……与千里之外的上级指挥机关能够顺畅的联系……所以我们的志向是远大的!"

屋里传来了电话铃的震鸣声……

"班长你去接电话吧……我想把院子再扫一遍……"

"一·四"小组的室内。

电话是二排"二·三"小组的小赵打来的,而且是来"兴师问罪"的! 因此……在屋里就能听到受话器里传来的斥责声……

小赵很激动:"宋老师前几天又大病一场……差一点死了……人都瘦得脱相啦! 这责任全都在你!"

秦班长支吾着:"我……我……我……"

"我什么我? 你今天就给我个明确的态度! 我也好给人家宋老师回个准信……别再折磨人家啦!"

秦班长还是语无伦次地:"唉……我……我……我怎么说呢? 我对宋老师……你……你……你知道我对宋老师是怎么想的! 但我是战士……我不能违反军队的规定! 所以想法归想法……感情归感情……行动归行动呀!"

"我看你那是找借口! 你现在是志愿兵……志愿兵是允许恋爱结婚的! 再说……你现在的驻地离山泉村二百多公里……哪条部队的规定也没违反呀?"

"可我毕竟在山泉村工作过……人们还是会以为我是在那时就……"

电话那端的小赵气歪了鼻子:"听兔子叫还不种豆子了呢! 你总是前怕狼后怕虎的……唯独不怕宋老师得相思病? 我看你这还是一种自私! 秦班长……我从心底里佩服你……崇拜你! 可在这件事上……我瞧不起你!"

秦班长终于下了决心:"我……我接受你的批评! 好啦……在电话里就不多说啦! 我知道该怎么去做啦! 提前给你们拜个早年……祝你们春节愉快!"

"也祝班长春节愉快……你的话我可以对宋老师讲吗?"

"不用啦,我会自己对她讲的……到时候你帮我把'话'转交给她就行啦!"

"我明白啦!"

放下电话……秦班长呆坐了半天……然后他打开了录音机……试了试麦克风……

"一·四"小组院子里,室外。

杨喜还在打扫院子……秦班长突然推开门……急切地喊他……

"杨喜……快……快回来! 快回来!"

"啥事那么着急呀?"

"线路上出现大通路阻断啦……咱们得马上上线路去抢通!"

"那今晚上的晚会我们参加不上啦!我们的第一'马歇尔'啦?"

秦班长:"第一咱下次在拿吧,现在的任务是抢通!现在是节日战备期间……必须要争分夺秒!"

B 我回去就要写入党申请书!

朝各自家乡的方向磕头!

真是钢铁战士呀!

线杆上隐约传来歌声……

通信线路上。

班长秦耕耘和战士杨喜艰难地沿着线路前进!脚下的积雪一会没膝……一会儿到腰!"路虎"吃力地跟在他俩的身后……

"班长……第一个电话是谁来的呀?"

"第一个电话是二排'二·三'小组的赵班长来的!他……他……他也没啥事,就是提前给咱拜个早年!还特地给你带好呢!"

"真的呀?赵班长想得真周到……赵班长想得真周到!哎……班长……赵班长是不是接你的班?"

"是呀……你好好干……将来也接我的班当班长……直接当咱'一·四'的班长!"

"那我得先入党呀!我……我……我还没写入党申请书呢!因为我……我觉得自己的条件还不够!所以没好意思写……"

"入党申请书不是等条件够了再去写的……写入党申请书主要是向党组织表明你对党的认识和态度!表明你愿意为实现共产主义事业而奋斗终生的决心和信心!至于现在还有差距……可以在今后的工作中不断提高呀!"

"我明白了……我回去就写入党申请书!班长你能帮我吗?"

"我能教你写……但不能帮你写!另外组织上入党只是形式……思想上入党才是关键!对共产主义的信仰和信念……不是从入党宣誓时才开始建立的!要靠平时不断的学习……"

"班长……你有关于党的基础知识方面的书吗?"

"有呀……回去后我给你找……每周我再给你讲两课……"

"那太好啦!哎……班长……咱们出门前我好像觉得录音机还开着……本来想关……一忙就忘啦!"

"糟啦……我是用录音机录着……接电话时没来得及关,接完电话就光想着抢修的事啦! 周末的班务会上我做检讨!"

连部饭堂里热闹非凡。

连部的除夕会餐已经开始了半天……热烈的气氛让本该想家的人们在本该想家的时候忘掉了想家的痛苦……副连长站起来提议……

"咱们指导员的家属……总站女兵连的苏连长,在百忙之中抽时间来和我们大家一起过年……我提议……让苏连长为我们讲话……大家鼓掌欢迎!"

苏连红着脸向耿连长和指导员求助……

耿连长:"老妹呀……你就讲两句吧? 可别打消咱连官兵的积极性呀!"

指导员也劝道:"晓红……不好意思讲你就敬大家一杯酒吧?"

苏连鼓起勇气:"那好……我代表总站女兵连队的全体官兵……敬我们常年驻守在偏僻山区……默默无闻地工作……默默无闻地奉献的外线官兵们一杯酒! 祝你们在新春佳节之际……身体健康……工作顺利! 再接再厉取得更大的成绩……干杯!"

大家齐声响应! 共同举杯!

"干杯!"

"干杯!"

"干杯!"

通信线路上。

"干!"

"干!"

坐在雪窝子里的秦班长和杨喜用背壶当酒杯碰了一下! 但他们以水代酒的想法破产了……因为背壶的外面虽然有棉套……但里面的水还是凝结成了冰!

杨喜丧气地嘟哝着:"一个小时前我还喝了几口哪……咋这么快就冻啦!"

"那咱们就以雪代酒……咱这才叫《'雪'染的风采》哪!"

两名战士捧起身边的积雪"痛饮"着……然后他们从怀里掏出馒头啃着……

"小喜子……怎么不说话啦? 想家了吧?"

"嗯……有点想,每年的这个时间我们家都在吃年夜饭。人可多……可热闹啦! 今年……今年……"

"'咱们是山当书桌月当灯……盖着蓝天铺着地'……还'喝'着《'雪'染的风采》! 多浪漫……多有诗意呀?"

"我倒不是因为艰苦想家……我担心的是因为调动的事家里的人还在生我的气! 过年的心情都让我给搅和啦! 来……'路虎'……这个馒头是给你的,等回去再给你煮饺子……"

"那咱们就给家乡的父母和亲人们拜个年吧……祝他们过年有个好心情!"

两名战士跪在雪地里……朝着各自家乡的方向磕头！

"爸爸妈妈爷爷奶奶……过年好！"的祝福声在雪野里回荡……

补充完给养又重新前进的两名战士加快了脚步……因为此时已是夜色朦胧……

"班长……咱们离故障点有多远？今天上线路咋干走不到呀？"

"大约还有四公里！还得两个小时吧？咱俩用六个多小时走了十多公里……成绩已经不错啦……"

"那咱俩还能赶上连队的晚会吗？我是说到故障点时……"

秦班长借着月光看了看手表……

"能……肯定能！连队的文艺晚会肯定结束不了……"

"那咱们就再快点……"

"不行……长途跋涉一定要掌握好体力的分配……否则就很危险……"

"明白啦……班长……"

连部的会议室里热闹非凡。

连队的文艺晚会已经开始了……第一个节目是抢修排的合唱"七律·《长征》……上台的战士们站好后……排长李新潮上前一步……

爱出风头的李新潮终于有了用我之地："长征是播种机……长征是宣传队……长征精神永远鼓舞我们战胜困难不断前进的强大动力……"

"红军不怕远征难！
万水千山只等闲……"

雪地里……秦班长和杨喜艰难地向前跋涉着……他们的脚步是那样地坚定……那样地铿锵……

"五岭逶迤腾细浪，
乌蒙磅礴走泥丸……"

雪地里……走在后边的杨喜有点掉队……秦班长回头鼓励着他……并把他身上的工具袋夺过……挎在自己的肩上……

"金沙水拍云崖暖，
大渡桥横铁索寒……"

坐在最后一排的耿连长悄悄地把小陆叫到身边……向他耳语着……小陆领命后出去。耿连长看表的次数要远远超过看节目……

小陆跑回到连长身边……他压低了嗓子……

"连长……秦班长他们刚跟机务站联系过……估计再有二十分钟就能到达故障点……"

"更喜岷山千里雪，
三军过后尽开颜……"

指导员从前排悄悄地走了过来……

"小秦他们怎么样……现在到哪啦？"

耿连长心情复杂地："现在快到啦……小秦和杨喜他俩走了七个多小时呀……真是钢铁战士呀！"

指导员不失时机地："抢通后让他们上会议线……给大家讲两句好吗？这可是最好的奋勇拼搏的教材呀……"

耿连长点头同意："好呀……那你就安排再去一趟机务站……告诉他们……"

通信线路上。

秦班长借着月光在接断线……杨喜从杆上下来……用备复线把磁石单机扯了过来……他兴奋地把话筒按在秦班长皮帽子的耳朵上……

杨喜兴奋地："班长你听……咱连的晚会正在进行！"

秦班长的手冻得有点不好使，他使劲搓了搓手："你先听吧……我得把断线接上！哎……现在是谁在唱呢？唱什么呢？"

杨喜认真听了一会，然后告诉秦班长："好像是司务长和他家属在对唱！是……是男女对唱！这歌的名字叫……叫《两地书·母子情》！今早连队传过来的节目单上有……没错……准没错！"

连部的会议室里。

司务长正在和家属对唱……司务长的家属是一名小学的音乐老师……她的歌声甜美动人……

女声：

"孩子啊孩子，
春天我想你，
小燕做窝衔春泥……

你在远方守边疆，

何时何日是归期……"

指导员和连长边听边议论着……小陆进来向他们报告后悄悄地坐在旁边……

男声：

"妈妈啊妈妈，

春天我想你！

门前的枣树仍依旧……

风车小桥在梦里……"

野外的通信线路上。

挂在线杆上的磁石单机里隐约传来歌声……

女声：

"孩子啊孩子，

夏天我想你，

日日夜夜守阵地！

日日夜夜守阵地！

缺水断粮多艰苦，

前方后方怎相比……"

秦班长和杨喜使劲地拽着断线……

"班长……你说为啥一出现故障基本就是大通路阻断……而很少有勤务线断的时候？"

"大通路走的都是铜线……铜线的拉断力差！懂了吗？"

杨喜不住地点着头……

男声：

"妈妈啊妈妈。

夏天我想你，

几番梦里回家去！

喝尽家乡清泉水，

吻遍家乡芳草地……"

秦班长用紧线器拽着断线的一头……带着脚扣子一步一步地向线杆上爬去……杨喜目送着班长上到作业的位置后……开始整理工具……

女声：

"孩子啊孩子，

秋天我想你！

丰收的日子多甜蜜,

丰收的日子多甜蜜!

捎上一篮大红枣,

带上一篓香水梨……"

秦班长用紧线器吃力地调整着线路的垂度……零下四十度的气温……把紧线器冻得不太听从"指挥"!

男声:

"妈妈啊妈妈,

秋天我想你!

山高路远情依依,

莲蓬结子一颗颗,

心儿永在妈心里……"

C 报告:线路已经抢通!

为战友送去"冻"人的歌声!

必须抓紧时间往回赶!

值班员急匆匆地跑进来!

连部会议室的对唱还在继续。

女声:

"孩子啊孩子,

冬天我想你!

家家的儿女添新衣,

家家的儿女添新衣……

妈妈不在你身边,

知寒知暖靠自己……"

被歌声所感染的官兵们各个眼含热泪……坐在后排的耿连长和指导员也在不住地点头!

连队的值班员急匆匆地进来……趴在连长的耳朵上汇报……耿连长兴奋地道:"好……好……这首歌唱完就接过来!"

男声:

"妈妈啊妈妈,

冬天我想你!

雪打红梅吐春意,

等到凯旋回家乡,

欢欢喜喜在一起……"

耿连长往指导员跟前凑了凑小声地:"指导员……秦班长他们马上就上会议线啦……你去讲两句吧?"

指导员也不推辞……起身朝前走去……

歌声在掌声中结束……会议机里传来的报告声打断了"两地书"在官兵们思路中的延续……

秦班长的声音很不清晰:"报告连长指导员……线路已经抢通!线路已经抢通!"

指导员手握话筒:"我是指导员……我是指导员!我现在在连队的晚会现场和你讲话……能听清楚吗?请回答……请回答!"

"能听清……能听清楚……请问指导员您有什么指示?"

指导员第一次这样的激动:"那你们现在先听我讲话!同志们……就在我们举杯畅饮吃年夜饭的时候,就在我们放声歌唱庆祝新春的时候!一排'一·四'小组的班长秦耕耘和战士杨喜在野外零下四十度的严寒里……行进七个多小时……终于抢通了阻断的线路!他们用行动为新春佳节献上了一份厚礼!听我的口令……全体起立……"

官兵们齐刷刷地立正站好……

指导员的声音有些颤抖:"让我们向秦耕耘和杨喜致敬……敬礼!"

虽然秦班长和杨喜看不到这激动人心的一幕……但他们能听到……也能感受到这份激情……

秦班长的声音更加的颤抖:"我和杨喜在线路上给全连的官兵们敬礼啦!这次抢修我们做得不好……用时太长……我们回去后向连里检讨!"

指导员的心头一热:"小秦……线路上积雪最深的地方有多厚?"

秦班长:"大约有一米二……平均有八十多公分!"

指导员的眼睛湿润啦……耿连长的眼睛湿润啦……全体官兵的眼睛都湿润啦!苏连长和司务长家属掏出了手绢……

指导员紧握话筒的手在颤抖:"谢谢你们!我代表全连的官兵谢谢你们!下面请你和杨喜给大家讲几句话吧?大家欢迎!"

掌声过后……会议机里传来了秦耕耘激动的声音……

秦班长的声音中夹杂着风声:"报告指导员……我和杨喜给大家唱首歌行吗?我们准备了好长时间啦!"

指导员用询问的目光看了看连长……

耿连长立即表态:"这是他们的心愿……唱完后立即返回小组!"

指导员立即传达:"唱完后立即返回小组……注意和机务站保持联系!"

秦班长的声音很激动:"是！谢谢指导员……"

野外的通信线路上月光惨淡。

在严寒的野外放声高歌真是件美丽"冻"人的事！

秦班长和杨喜肩并着肩……对着送话器为连队的战友们送去了"冻"人的歌声……

"也许我告别将不再回来，

你是否理解你是否明白？

也许我倒下将不在起来，

你是否还要永久地期待……"

连部会议室里鸦雀无声。只有会议机里传来断断续续的带着低温的低音……

也许是凛冽的寒风吹得两名战士张不开口……也许是严重的体力透支让他们的声音有些低沉……但这更增加了歌声的穿透和感染力……

"也许我的眼睛再不能睁开，

你是否理解我沉默的情怀？

也许我长眠再不能醒来？

你是否相信我化作了山脉……"

被激情燃烧的官兵们不由自主齐声唱起……

"如果是这样，

你不要悲哀！

共和国地土壤里有我们付出的爱。

如果是这样，

你不要悲哀！

共和国地旗帜上有我们血染的风采！

血染的风采……"

野外的通信线路上已是漆黑一片。

秦班长在撤收接磁石单机的备复线……杨喜装完工具过来跟班长商量……

杨喜央求着:"班长……咱们再听一首歌吧……好像按节目单上下一首歌就是指导员家属唱的啦……"

秦班长态度坚决:"不行！咱俩唱完就立即返回小组……这是命令！再说……来时咱俩走了七个多小时……回去咋地也得十个小时！一是咱们空腹；二是路过'鬼剃头'那里是顶风！指导员又不调走……听他家属唱歌的机会有的是！咱们还是抓紧

往回赶吧!"

杨喜悻悻:"是——"

连部会议室里晚会还在进行。

幸亏秦班长没有让杨喜等着听下一首歌……因为苏连的《热血颂》被串到了最后,变成了晚会的压轴戏!秦耕耘和杨喜踏上归途后的很长时间……苏晓红催人奋进的歌声才在晚会的现场响起……

"当你离开生长的地方梦中回望,

你可曾望见门前那棵亭亭的白杨?

每一棵寸草都忘不了你日夜守望,

思念你的又何止是那亲爹亲娘……"

由于是顶风……秦班长和杨喜每前进一步都非常艰难!秦班长摔倒啦……杨喜将他搀扶起来……杨喜掉队啦……秦班长用手使劲地拽着他前进……

"当你握别温暖的手泪落几行,

可曾感到背影凝聚着滚烫的目光!

每一颗赤诚的心都深深理解你,

每一个热切的希望都充满你的力量……"

野外突然风雪交加!在寸草不生的"鬼剃头"……大风把秦班长和杨喜吹得几次滚出很远!虽然他们只能倒着前进……但他们被吹倒时就变成了爬着……

"你奔向远方,

带着亲人的希望。

你奔向远方,

带着火热的衷肠……"

值班员急匆匆地跑进来……

耿连长听完后立即招手叫指导员过来……两人简单交流了几句后匆匆地向挂图室走去……

D 下暴雪啦!他俩正好是顶风!

连长一把抓起电话,出大事啦!

这样能节省多少时间?

所有的人都无声地脱帽……

连队挂图室气氛陡然紧张!

耿连长严峻地："现在已经超过规定的联系时间半个多小时啦！而且据'一·二'小组报告……现在山里突然下起了暴风雪……他们俩正好是顶风！"

指导员也急切地："能判断出来他俩在什么位置吗？"

"值班员……秦班长他们最后一次和机务站联系是在多少号杆？"

值班员认真看着手中的值班登记："是1056号杆……"

耿连长和指导员迅速地在图版上搜索……耿连长用手圈定了一个线段……

耿连长手突然停在地图上："'鬼剃头'！肯定在'鬼剃头'！他俩肯定被困在'鬼剃头'那个鬼地方啦！"

指导员："那赶快通知距离最近的小组去接应吧？"

耿连长重重地把拳头擂在图版上……

耿连长愤愤地："'一·三'小组被森林大火烧毁啦，最近的小组是'一·二'……就是顺风这五十公里的山路也要走二十个小时！来不及的……"

指导员眉头紧锁："那还有别的办法吗？"

耿连长的脑海里迅速地搜索着……他突然抓起电话……

耿连长的声音也有些颤抖："机务赶快给我要九站林场的孙场长……电话接挂图室来！值班员……通知副连长和抢修排紧急集合……带好防寒用具……叫司机把大屁股车的油加满！对啦……让炊事班划拉点干粮……有多少划拉多少！还有……告诉小陆准备冻伤药和急救药品……"

值班员刚刚离开……林场的电话就接进了挂图室……耿连长一把抓起电话……

"喂……是孙场长吗？是我……不是给你拜早年……没工夫和你逗哏……连队出事啦！真出事啦！'一·四'小组的两名战士抢修回来时和连队失去了联系……现在可能是被困在'鬼剃头'一带啦！是……是有名战士叫杨喜的！对……就是原先在'一·一'工作的那个……我现在跟你咨询点事？你们采伐和运输过火林木是不是在林子里开了不少的临时路……那有没有能到'一·四'小组附近的？'一·三'……'一·三'附近的也行！在……在……在哪里？好……好……太好啦……我们现在就出发……你在林场等我吧……我怕天黑找不到，什么……到……到……好……那里我能找到……咱们就到那里会合！对……还是你想得周全……这样能节省一个小时的时间……就这么定啦！"

耿连长放下电话后大声地喊值班员……

"值班员……通知参加救援的人员立即上车出发！"

在走廊里……耿连长边走边向指导员介绍……

"孙场长说有一条运过火木材的简易路能通到'一·三'和'一·四'之间的路段……估计咱的小车挂上加力能跑过去！"

指导员："这样能节省多少时间？"

耿连长迅速地思索着："最少也要节省五六个小时！关键是步行的距离缩短了四分之三……能确保救援的人员不出意外！"

指导员："那最快也得十二三个小时能够到达？"

耿连长和指导员迅速地登车……

耿连长又不放心地询问道："照明的设备都带了吗？再检查一下自己的防寒用具！开车……指导员……你给大家介绍一下情况吧……"

野外山林的一处岔路口。

一辆挂地方牌照的越野吉普车停在路边，几个举着火把的林场人员神情严肃地站在路边……站在暴风雪里！头戴貉皮帽子的孙场长更是表情严肃得让人压抑……"全副武装"的山花紧紧地依偎在他的身边……

吉普车的灯光由远而近……车还没停稳耿连长就跳了下来……

"老孙……你早到啦？"

"刚到十多分钟！"

"我上你车……具体情况路上说……"

"张医生……你坐部队车吧？大家灭火把……上车！"

两辆越野车一前一后地拐进了山林里……由于路面极度地崎岖……车灯像四只亮笔……在天地之间心烦意乱地划拉着！

六个小时后。

车到山上已无路……全部救援的人员开始弃车步行！暴风雪已经谢幕……此时已是东方欲晓，一抹血色祥和地挂在地平线上！山花拒绝留在车上等候……倔强顽强地走在大人们的中间……

十五个小时后。

强烈阳光照射下的林海雪原……反射光刺得人睁不开眼睛！但"一·四"小组的轮廓出现在视野之中时……每个人的眼睛还是瞪得圆过了硬币！此时……他们多么希望能够看到两名战士笔直地站在院子的门前敬礼……此时……哪怕是两名累坏了的战士躺在炕上睡过了头！大家的心情也会回到"大年初一"应该有的喜庆之中……

副连长鼓足了劲向小组飞奔……他想第一个目睹奇迹！但他目睹的是门上的一把冷冰冰的将军锁！他拖着比灌了铅还沉的脚步回到了队伍中……他沉默不语……所有的人都沉默不语！突然……耿连长将一双早已冻僵的手括在嘴边……

"秦耕耘——杨喜——"

寂静的山林里不断地反射着他的呼唤……

"秦耕耘——杨喜——"

"秦班长……小喜子……"

声声不断地呼喊……是从每个人的心底里反射出来的……

"秦叔叔……杨喜叔叔……"

山花的呼喊声里夹杂着泪流的声音……

又过了十几分钟……

三百米……仅仅三百米！该死的三百米！令人肝肠寸断的三百米！

在离小组三百米的一片松林下……所有的人都不由自主地被映入眼帘的画面施了定身法……

雪地上是三具冰冷的雕塑！雕塑的上面是厚厚的积雪……无人打扫过的积雪！

杨喜趴在雪地上……头朝着小组的方向……两只胳膊前伸……

秦耕耘也趴在雪地上……一只胳膊伸向小组的方向……一只胳膊伸向杨喜！两个人的手……紧紧地攥在一起……

"路虎"同样趴在雪地上……不同的是它是屁股朝着小组的方向……它的嘴里衔着杨喜的另一只胳膊……牙齿已经将杨喜的袖口扯碎！

抢修排的一名战士不顾一切地冲了上去！他想把战友抱起……扶起……背起……

他要把自己的体温和热血输送给战友……然后一起走完这最后的三百米！

"别动！"

"别动！"

林场医院的张医生和卫生员小陆同时发出了指令……因为常识告诉他们……冻僵者的肢体是很容易被折断的！

两个人同时来到"雕塑"前蹲下……同时向"雕塑"的鼻子伸出了手……又同时用手去感知"雕塑"的脸……

许久……两人不约而同地慢慢站起身来……同时在凛冽的寒风中摘下帽子……又同时垂下了头……

所有的人都无声地脱帽……所有人都无声地垂下头来！

"杨叔叔！喜子哥！喜子哥——"

山花疯啦！她发疯地向叫杨喜的那具雪雕奔去……发疯地脱下身上的皮大衣……发疯地将皮大衣裹在已经像铁铸一样"坚硬"的杨喜身上！发疯地扑在杨喜的身上……发疯地哭喊着！

"喜子哥——喜子哥——你睁开眼呀——你快睁开眼呀——你看看我呀！我是山花……我是山花……我是采蘑菇的小姑娘呀！你听到了吗？你快说话呀——快呀——快……"

泪飞顿作倾盆雪！松枝上的积雪被山花哭喊的声波撕碎……震落……

第二十九章

A 我恨你！塞北的雪！
这是意料之中的！
你哥他不会再寂寞啦！
让烈士给我当人梯?!

"一·四"小组的室内。

耿连长盘腿在小组的火炕上，一动不动！俨然是一个打坐的高僧……

"我恨你！塞北的雪！"

耿连长突然爆发出了歇斯底里声嘶力竭地怒吼！

吼声过后，他又咬牙切齿地："塞北的雪。你要是下在农田里，你是瑞雪。你下在通信线路上，夺走了我亲兄弟的生命！你就是恶雪！你就是刽子手！我恨你！恨……"

病愈归队又重返"一·四"小组的战士小辛。领着指导员一行进了门……指导员轻轻地推了耿连长几下……耿连长恍若隔世地睁开眼睛陌生地看着他默默无语……

"耿连长你好！大哥……你怎么啦？你病了吗？"

小组自从建组以来第一次萦绕的女性的温柔的声音……让耿连长又轮回到这生灵的世界……他揉了揉惺忪的眼睛……

"呦！苏连长……你怎么来啦？我……我……我这不是在做梦吧？"

苏连摘下军帽夹在腋下，腾出手来搓着冻僵的脸："大哥……你不是在做梦！来……你们几个快过来……我给你们介绍一下……这就是我哥！这就是你们崇拜的大名鼎鼎的耿连长！哥……哥……"

耿连长还是盘腿坐着……只是机械地向前伸出了手……

苏连："哥……这位是我们连长话排排长齐月，这位是我们连话务班班长田甜，这位是我们连自动站技师肖丽萍……"

耿连长真的被眼前的一切弄糊涂啦……他笨拙地与女兵们握着手……嘴里不断地重复着……

"欢迎……欢迎！热烈欢迎！欢迎……欢迎……"

他猛然惊醒……一把拉住指导员……使劲地摇着他的胳膊……

"指导员……指导员! 你跟我说实话……一定说实话! 咱们连是不是被移交给女兵连啦? 是不是? 唉……都怪我都怪我! 连队出了这么大的事……唉……这是意料之中的,这是意料之中的,我抗得住! 抗……"

指导员低声吩咐着:"副连长……李新潮……你俩过来! 把连长搀下来走走……"

与指导员一道而来的副连长和李新潮含着眼泪过来搀耿连长……

耿连长挣扎着:"我不用搀……我自己能走! 我自己来……副连长你快和苏连长办移交吧……"

强烈的刺痛也没有让他真正地还原了理智……耿连长"呀"的一声又坐在炕上……

"哥……哥! 你怎么啦? 你的腿,你是不是关节炎又犯啦?"

耿连长更糊涂啦……这声音不是苏连的! 那……那……那是谁的呀? 怎么这么耳熟呀……怎么就想不起来了呢!

"哥……你的腿! 你的腿咋肿成这样了呢? 这是……"

指导员严肃地:"小辛! 连长这是……"

小辛怯生生地:"指导员……连长他每天都要到秦班长和杨喜遇难的地方坐几个小时! 我……我们劝不了! 我……我……我向你汇报过呀?"

耿连长终于想起来啦……想起这熟悉又亲切的声音啦……

"妮……妮……妹子!"

耿连长一把把白妮揽在怀里……越揽越紧……

耿连长双泪长流:"妮……妮……哥想你! 哥想告诉你……白壮他……不是……是你哥他不寂寞啦! 咱连有两名战士去陪他啦……两名最好的战士! 有一个叫杨喜的战士还会弹琴……歌唱得也好听! 你哥他不会再寂寞……不会再'千里孤坟无处话凄凉'啦! 这话是你说的……对吧?"

白妮依偎在耿连长的怀里:"哥……哥! 你这是咋地啦?"

耿连长:"我……我……我没咋地呀! 我……我刚才是不是又装疯卖傻啦?!"

如梦初醒的耿连长有点窘迫地望着眼前的人们……

指导员话语沉重而又坚定地:"总站提出了'学烈士精神;走烈士道路;创烈士业绩;做烈士传人'的口号! 要把向两位烈士学习的活动进一步推向深入……推向持久!"

苏连伏下身来:"我们女兵连组织了一只'学精神,走线路'的小分队。准备以两位烈士牺牲地为起点……走一遍咱们连所维护线路的全程! 让我们通过'千里之行'……来比较一下什么是温室里的花朵……什么是暴风雪中的青松!"

耿连长似懂非懂地："好……好！这个活动好！但全程就不必啦……因为这死冷寒天的……太危险！太遭罪……"

指导员按着耿连长的肩："这个事再商量……再商量！"

清醒一些的耿连长吩咐道："副连长……你是一排的老排长……你就先介绍情况吧？妮……你是——"

苏连解释着："白姐是总站特地为我们这次活动调配的军医……"

指导员也伏下身来："另外白军衣的任务也是来接你下山，自打两位烈士牺牲后，你在'一·四'都待了一个多月啦！你这次要是还不走……我就把小组的战士都撤啦！让你和白军医在这开夫妻店……建夫妻组……"

耿连长："你是招招都取命门呀！好啦……咱别喧宾夺主……别喧宾夺主！咱俩到外面唠去吧？"

"一·四"小组院子里。

院子里的两个雪人风采依旧！显然……有人不断地为他们担当着造型师的角色……

耿连长一瘸一拐地来到院子里："这男女授受不亲……来这么多娘子军可住哪儿呀？"

指导员伸手扶他站稳："我都安排好啦！男兵住器材库……女兵睡火炕。这些事你就不用操心啦！还是说说你吧……记者来你躲着！巡回报告团你不参加！让你去营里接副营长的位子你顶着！口口声声说要引咎辞职！你到底是啥意思？各级对你可是很不满意呀！"

耿连长揉着被雪的反光刺痛的眼睛："我不是成心给各级出难题！要走的事我早就给上级打过报告！唉……无所求就无所惧啦！我不想再解释什么。"

指导员不是故意和耿连长过不去："你不解释还真不行！两位烈士的事迹都上了中央电视台的新闻联播……全军区都掀起了向他们学习的活动！你这位教育两位烈士成长的光荣连连长……闹着要复员！你不解释清谁能理解？"

耿连长有点被激怒了："给烈士当过连长的就应该提呀？那给朱德当过班长的咋还回家当农民了呢？什么逻辑！再说……让烈士给我当人梯！爬上去的那不是天堂……那是地狱！是灵魂的地狱！"

指导员不再和耿连长理论："你不下地狱谁下地狱？这事咱俩回连再掰扯！哎……这还有本带给你的书……就是军区的那位尚作家写的，他还特地给你签了名……让你'斧正'哪！"

耿连长接过指导员递过来的书,仔细端详着封皮……

耿连长嘴里念叨着："'雪'……'雪'……《雪染的风采》！是写秦耕耘和杨喜的

事吧？这一个多月书就出来啦……现在这作家也学会紧跟啦！还让我'斧正'……谦虚过油子了吧？"

指导员还是忍不住"回敬"道："你尊重点别人的劳动好不好？你先在这认真地拜读吧,我进屋看看去……"

B 你们知道猜不出来有多痛苦?
就是想听一听战友的歌声!
再不能听你弹琴,听你歌唱!
生命中有了当兵的历史!

线路上的一片松林里。

在秦耕耘和杨喜的牺牲地……两个雪人屹立在线路旁……旁边还卧着一条忠实'军犬'……

这是耿连长用"心"雕刻出的作品！他们不但形似……而且神似两位牺牲的烈士！

耿连长盘腿坐在雪雕的面前。

他将手中的那本《雪染的风采》一页页地撕下……撕碎……然后抛向空中！嘴里还振振有词……

"耕耘呀……小喜子……你们俩还好吗？你们见到白排长了吗？这本书里写的全是你们的英雄事迹……我给你俩送去啦！你们抽空看看吧……也不知道你们想不想看？也不知道你们想要什么？唉……和你们白排长一样……连句话都没留下！就让活着的人这么猜……你知道猜不出来有多痛苦吗？"

微风吹得纸屑打着转在天空中飞舞……好像那夜的大雪……

"不用猜啦……我知道耕耘和喜子想要什么！咱现在就给他俩送去……"

耿连长惊回头……指导员和几个女兵们站在他的身后。副连长提着小组的录音机……小辛和小组的另一名战士已经将备复线从小组扯到了雪雕的跟前……李新潮将怀中抱着的会议机认真地接上……

指导员一字一顿地："其实两个战士的心愿很简单！他们生前最大的愿望就是参加连队的联欢晚会……就是想听一听战友们唱的歌！今天我们就为他们实现心中的愿望……"

白妮走过去搀起耿连长……并为他细心地整理着着装……

指导员朝着副连长点了点头……副连长冲着会议机的送话器说了声"开始"……会议机里传来了全连官兵们深情的歌声……

"戈壁滩上的一股清泉，
冰上的一朵雪莲，
风暴不会永远不住！
啊……
我的眼泪，
能冲垮帕米尔高原……"

各个小组的战士都手握着单机眼含热泪地吟唱着……

"瓜秧断了哈密瓜一样香甜，
琴师回来都它尔还会再响……"

连部的官兵们在会议室里排着整齐的队形……低声吟唱着……

"当我永别了战友的时候！
好像那雪崩飞落万丈！
啊……
亲爱的战友，
我再不能看见你雄伟的身影，
可爱的脸庞……"

各个小组和连部的官兵们终于放开喉咙……他们对战友的怀念之情喷涌而出……

"啊！
亲爱的战友！
我也再不能听你弹琴，
听你歌唱……"

歌声在山谷里久久地回荡……

耿连长热泪盈眶："唱得好呀！我们是再也不能听你弹琴……听你歌唱啦！喜子那吉他弹得多好呀……说走就走啦！歌声和琴声都没有留下……"

指导员面朝着大山："他们留下啦……歌声和琴声我们都能听到！能听到！"

指导员言罢朝副连长点了点头……副连长按下了录音机的播放键……扬声器里

传来了杨喜的声音……

"亲爱的爷爷奶奶爸爸妈妈你们好！因为调动的事我惹你们不高兴了吧？我想把一首歌唱给你们听！我想……你们一定会喜欢……一定会谅解我的！"

杨喜的声音好像是一剂兴奋剂……耿连长咬着牙站直了栽栽歪歪的身子……

"十八岁十八岁我参军到部队。
红红的领章映照我开花的年岁！
虽然没有啊戴上大学的校徽，
我为我的选择高呼万岁……"

耿连长的眼前浮现出杨喜抱着吉他可爱的身影……杨喜拨弄着琴弦……顽皮地朝耿连长做了个鬼脸！

"生命里有了当兵的历史，
一辈子也不会感到懊悔！
生命里有了当兵的历史，
一辈子也不会感到懊悔……"

杨喜对着镜子打量着自己……微笑着对着大家……然后又敬了个标准的军礼……

"亲爱的爷爷奶奶爸爸妈妈，这是我走进绿色军营学到的第一首歌……我为我的生命里即将有了当兵的历史感到骄傲和自豪……但当我有了一年多'当兵的历史'后……我深深地体会到……有了当兵的历史不等于一辈子都不感到懊悔……只有当你有了当一个合格士兵的历史时……你才有资格不去懊悔！合格的士兵只有一个标准……"

杨喜又抱着吉他唱了起来……

"毛主席的战士最听党的话！
哪里需要到哪里去，
哪里艰苦哪里安家！
祖国叫我守边卡呀扛起枪杆我就走，
打起背包就出发！

祖国叫我守边卡呀扛起枪杆我就走，

打起背包就出发……"

背着背包的杨喜兴高采烈地和战友们走在通信线路上……他向送他的王班长挥手告别……然后他又对着镜头招手……

"就这样……我放弃了你们为我创造的调动的机会……打起背包去了最需要我的地方……去了我们全军区最艰苦的小组！在这里我虽然学不到更多的专业技术……但却能磨炼我坚强的意志和不屈不挠的品格！因此……我不会懊悔的……亲爱的爷爷奶奶爸爸妈妈……你们能理解我吗？儿盼望着你们的原谅……"

C 这是最好的教材呀！他们内疚！

山花的哭声，撕碎了人心！

老师是最了解学生的！

因为他有一个战士的胸怀！

"讲得好！小喜子……"

耿连长脱口而出的话……代表了在场所有人的心声……

苏连擦干了泪水："这盘录音我们一定要翻录带回连队去……这是最好的教材呀！"

耿连长疑惑地："指导员……喜子的事迹材料里好像没有这些内容呀！这是咋回事？"

指导员："这盘录音带是杨喜的父亲处理完他的丧事离队前交给我的，他千叮咛万嘱咐……不要把它交给上级的工作组！他们不想在儿子的事迹材料里看到这个'闪光点'……那样他们的心会流血！因为写给儿子的信他们晚发了一步……杨喜临牺牲也前没有看到家长们对他正确选择的理解和原谅……他们内疚！"

耿连长大振幅地点着头……不住地点着头！

耿连长又想起了什么："副连长呀……你给苏连长翻录时……也给山花录一盘吧？喜子是她心中的偶像！唉……这丫头！哎……山花的病好点了吗？"

副连长低声答到："山花出院啦……但还在家里治疗！医生说她是受到极度刺激患上的癔病……完全恢复需要很长的时间！哎……我去看她时……听说连队要给杨喜和秦班长开个特殊的演唱会……山花还特地给杨喜唱了首歌呢,我现在就放给杨喜听……"

山花的声音是沙哑的……而且有点语无伦次……有点像刚才的耿连长……

"喜子哥……你还冷吗？你的手都冻硬啦！手脚冻了不能用火烤……那样会烤坏的！一定要用雪搓！喜子哥……你等我……等我的病好啦我就去给你用雪搓手！喜子哥……你疼吗？我给你唱首歌吧？听了我的歌你就不疼啦……"

山花灿烂的笑脸已经枯萎……透彻的眼睛已经失神……她捧着录音机……就好像捧着杨喜冻僵的脸……

"九九哪个艳阳天来呦！

十八岁的哥哥呀细听我小英莲，

哪怕你一去呀千万里呀，

哪怕你十年八栽呀不回还！

只要你不把我英莲忘呀，

我等你胸佩红花呀回家转！

只要你不吧我英莲忘呀……

我等你……我……"

"我知道喜子哥你骗人……你说话不算话……你说过等我从采蘑菇的小姑娘长成英莲那样的大姑娘就领我去你们家看冰灯的；你说过要教我弹琴要教我识谱的；你还说过等下一次联欢还和我唱《九九艳阳天》的！现在你走啦……你再也不想见山花啦……哇……"

山花的哭声，撕碎了每个人的心……催下了每个人的泪！

山花的哭声，惊天地！泣英魂！

耿连长："是呀……小喜子你骗人！你走啦……你连招呼都不打就走啦！让一个采蘑菇的小姑娘终生为你心碎！终生为你流泪！"

稍许，耿连长又补充道："孙场长说，山花想要两张杨喜的照片。杨喜的影集不是还保存在连队吗？有机会拿去让山花自己选吧……这也许对山花是一剂治病的良药呀！"

指导员接过话题："'骗人'的还不止杨喜！终生心碎……终生流泪的也不止一个山花！咱们大家再听一首歌吧？"

指导员从上衣口袋里掏出一盒带，示意副连长放给大家听……

"亲爱的耕耘你好！没有经过你的允许就这样的称呼你……请你原谅！"

"是宋春雨……宋老师吧？"耿连长忍不住问道……指导员默默地点了点头……

宋春雨的声音娓娓动听：

"当我听说你为了给山泉村的孩子们代课放弃了参加军校考试！你知道我是什

么样的心情和感受吗？我之所以会爱上你……选择你……就是因为你没有现在很多年轻人的轻狂和浮躁！你的沉稳源于你有远大的理想和抱负！考入军校……是你实现献身国防事业这个理想必须经过的一个驿站！你为之付出的艰辛努力我最了解……因为我是老师，老师是最了解学生的……"

所有见过和没见过宋春雨的人，眼前都能还原出一个美丽而又文静……一个智慧而又有涵养的端庄姑娘的身影……

"为了能让我安心地养病；为了山泉的孩子们能够走出大山；你毅然地调整了人生的坐标！这让我明白了一个哲理……理想不是说出来的……理想是做出来的！奉献不是口号……奉献是行动！"

所有的人都在认真地听着……听着一个女人对一个男人……一个老师对一个士兵的理想和信念的解读、的批注！没有人注意到李新潮将头低了又低……

"耕耘呀耕耘……有一分耕耘就有一分收获……你辛勤的耕耘收获的是一颗芳心！也许我的条件和你理想中的伴侣还有很大的差距！你可以拒绝我……但你无论如何不应该骗我！你不该骗我说军校的考期还远而让我在医院里又多休养了一段时间！你不该骗我把你离队的日子安排在我返回的那一天让我们擦肩而过！你不该骗我让小赵告诉我说你调到了遥远的地方不能通信！其实你并没有走远……你还在这个连队……你所做的一切都是为了不去触犯那条如铁的军规！难道军人就应该有一副铁石的心肠而容不下一点儿女的柔情吗？"

李新潮突然无力地跪倒在那尊叫"秦耕耘"的雕塑前！副连长一把将他拉起……
"你的身影，
你的歌声。
永远印在我的心中！
昨天虽已消失，
分别难相逢。
怎能忘记你的一片深情……"

宋春雨的歌声是那样的凄婉……在场的人中……除了指导员……可能都误解了李新潮为啥痛哭流涕……

"我的情爱，
我的美梦。
永远流在你的怀中！
明天就要来临，
却难得和你相逢！

只有风儿送去我的一片深情,

只有风儿送去我的深情……"

李排长挣脱了副连长,扑倒在"秦耕耘"的面前……

李新潮流着悔恨的泪:"秦耕耘……我对不起你!我妒忌你干得比我出色……因此我把你挤对出了二排!宋老师给你的这盘磁带,是我从小赵那里偷来交给指导员打小报告的!我……我不是人!我……我有罪!请你原谅!"

秦耕耘牺牲前竟然没有听到宋春雨的一片心声……这是个无法弥补的遗憾……从这点出发……李新潮确实有罪!

李新潮突然起身来到耿连长和指导员的面前……

李新潮任其悔泪长流:"报告……一排'一·四'战士李新潮向连首长报告!我要沿着两名烈士的足迹……从零开始……从头再来……首先做好一名合格的士兵!请连首长批准我的请求!"

此时,在场的人才发现……李新潮已经换上了战士的服装……

耿连长看了一眼指导员……指导员示意他表态……

耿连长咬了咬牙:"说实话……我真想狠狠地揍你!但你能主动认识到自己的错误就好呀……你是该从战士做起……是该补上当战士的这一课!这是在军校里没有的课程!我想呀……秦耕耘会原谅你的……因为他有一个战士的胸怀!"

因为这不是一个无言的结局……所以耿连长又给大家讲出了一个鲜为人知的秘密……

耿连长极力平息着自己的情绪:"你们知道秦耕耘为什么这么能吃苦耐劳……能忍辱负重吗?你们想了解秦耕耘牺牲后家里为什么没来一个人……只是来信让把他的骨灰撒在他走过的通信线路上吗?"

众人跟着耿连长……走进了回忆中……

D 不能让第二个人知道他爷爷!

不能坏了军队的规矩!

战士要对身边的爱情说不!

嫂子现在就唱给你们听!

耿连长的旁白,在众人的耳边传输。

"抗战的时候……秦耕耘的爷爷曾经是沂蒙山地区威震日寇的地雷大王!小鬼子曾经悬赏要买他的人头!电影《地雷战》里就有他爷爷的原形。解放后……他在全军的英模大会上……受到过毛主席周总理朱总司令和多位党和国家领导人的接见！
光天安门城楼就登上过三次！但老英雄从不居功自傲……一直在家乡当着农民……
过着清贫的日子……"

虽然除了耿连长谁也没有见过这位可敬的老英雄……但一座丰碑还是在他们的
心中树起……

"四年前的征兵时期……当时中央军委的一位副主席到沂蒙革命老区视察！他
点名要见耕耘的爷爷。因为抗战的时候耕耘的爷爷是他的老部下！握着老英雄布满
老茧的双手……望着他沧桑得像《父亲》那幅油画的脸……还有那打着补丁的衣衫
……副主席的眼睛湿润了！他一再地问老人家有什么要求？他对随行的党政领导们
说……'老人家有什么样的要求你们都应该去满足！因为我们今天的江山就是千千
万万个这样的英雄们用血和命换来的'！老英雄的全家有十七口人为了抗日和解放
战争献出了生命,可谓满门英烈呀！但耕耘的爷爷没有提任何的要求……当听地委书
记说要给他盖几间新房……让他搬出当年打鬼子时就住的老房子时……耕耘的爷爷
摇着头说……'不……不行！咱当年打鬼子闹革命就是想让所有的人都过上好日子
……只要村里还有一户人家没住进新房……我就不能去住！我在心里向毛主席保证
过……你们一定要为我做点事……那就把我唯一的孙子送去当兵吧,其实再早我有三
个孙子,早年出天花死了一个;60年自然灾害又饿死了一个！只活下来耕耘这个最小
的孙子。这娃子挺像样的！只是因为家里穷……没念几年书……现在当兵得……得
要什么？高……高中证！咱没有呀……为这……娃子在家哭了好几天啦！唉……给
首长们添麻烦了是不？要是难……要是坏了规矩……就别办！娃子哭两天就能想
通……"

在场的人谁也没有看到当年秦耕耘为了当兵是如何流泪的……但他们都知道自
己在如何流泪……

"副主席流泪啦！他为老英雄的从不索取流泪！他为老区人民无私的胸怀流泪！
他叫过秘书说……'问一下总参……是哪个部队在该地接兵？娃子让他们领走……
再以我的名义给总政写个文……让他们破格把娃子保送到部队院校学习……提干
……重点培养'！耕耘的爷爷慌了……'那可使不得！使不得呀！是骡子是马要牵出
去遛遛……干不好他就不是我的孙子！我的'光'不能借给他……那样是害他'！"

耿连长走到"秦耕耘"的面前……轻轻地拍了拍他的"肩"……

"当时在他家乡接兵的是咱们军区司令部的直属队……我是接兵团的成员。听
到这个消息后……我抢着把他要了过来！临走的时候他爷爷拉着我的手说……'首
长呀……我求你一件事,就是不能让第二个人知道娃子的爷爷是谁！拜托啦……拜托
啦'！我兑现了对老英雄的承诺……秦耕耘也是他爷爷的孙子！好孙子！合格的
孙子！"

耿连长真想把眼前的"秦耕耘"拥抱在怀里使劲地捶打几下……但眼前的"耕耘"太"高大"啦！"高大"得让他无法拥抱……

耿连长自言自语地叨咕着："一个全军'门子最硬'的'后门兵'！却能吃苦耐劳，忍辱负重，默默奉献！这就是普通一兵！伟大来自平凡呀！"

指导员："耕耘的爷爷现在怎么样……他牺牲后家里为什么不来人？"

耿连长抹了把鼻涕和眼泪……低着头回到大家的面前……

"耕耘的父亲来信说……听到娃子牺牲的消息娃子的爷爷病倒啦！娃子他们姐妹七个……他是最小的……是唯一活下来的男娃……是唯一接户口本的孙子！但娃子的爷爷躺在炕上吩咐……'娃子死哪儿就埋哪儿吧……要是炼啦就把骨灰扔了……你们任谁也不许到部队去……娃子吃了部队好几年的大米白面……也没为部队做啥事就走啦……咱就不要再去给部队添麻烦啦'！怕我想不通……娃子的爷爷还说……'抗日战争解放咱沂蒙山的时候……那八路军解放军在咱这里死了多少人呀？哪个不是挖个坑就埋啦？有的连张席子都没裹，哪儿的黄土不埋人呀？哪个家里又来人啦？哪个的尸首运回老家啦？咱不能坏了部队的规矩呀'！"

指导员感慨万千："这就是英雄本色！这就是我们打江山和坐江山的根基！"

耿连长任泪水流了一会："在信的背面耕耘的父亲还给我写了几句话……他说'娃子的娘虽然没啦，但她还是夜夜托梦给我。说她还是有点想不通……说她在阴间一夜之间就白了头！她说现在毕竟不是打仗那会儿啦……她想娃子……夜夜都梦见娃子！那是她身上掉下的肉呀！娃子从当兵走……一次家都没有回过！临死也没能见上儿子一面！现在她们娘俩虽然都在阴间，但却隔着千山万水，她没日没夜地呼唤儿子，却没有一点回音……真是做鬼也不能安心呀！'想一想我对不起耕耘的爹娘……我没有保护好他……我问心有愧！为了慰藉耕耘娘的在天之灵……我把秦耕耘的骨灰偷偷地留了一小包！就放在我的枕头包里！我天天枕着……我想等我离队时……绕道给他爹偷偷地送去，让他把耕耘的这份骨灰埋在他娘的坟旁，看看用此'下策'能否让她们母子在阴间'团聚'？虽说自古'忠孝不能两全'，但我们还是要可怜天下父母心呀！"

指导员也任泪水流了一会儿："都是血肉之躯……母爱是最'无私'的，也是'有私'的……但这种'有私'，正是母爱的精华所在呀！这母爱应当得到满足！你做得对！"

耿连长擦了一把鼻涕和眼泪："你说两名烈士生前最大的愿望是能参加连队的晚会！能告诉我你是怎么知道的吗？能做到这一点……两名烈士应当感到欣慰呀！"

指导员极力压制着心中的悲痛："他们的'心愿'……是他们亲口说的！这要感谢录音机的帮忙！他们临去抢修前忘了关掉录音机……之所以这盘磁带我也没有交给工作组，我是怕有人在秦耕耘的个人问题上笔下生花……对宋春雨造成伤害！因为她已经被一个又一个打击给摧垮啦！"

扬声器里传来了秦耕耘浑厚的男中音⋯⋯这是久违的声音⋯⋯

"春雨你好！这是我第一次用这样的口吻称呼一个女性⋯⋯今天'二·三'小组的小赵来电话批评了我⋯⋯我认识到了在处理你我的问题上我过于冷酷⋯⋯过于回避！因此给你带来了莫大的痛苦和伤害⋯⋯在此我向你检讨道歉！说句心里话，我很喜欢你！那是因为你和我一样同是大山里走出的孩子；那是因为你有比我更远大的理想和抱负；那是因为你有比我更优秀的实践和成就⋯⋯你说过要用知识为山里的孩子们铺一条走出山沟的路⋯⋯我是多么想能够成为这条'路'上的一块基石呀！但是现在我还不能去做⋯⋯因为战士自有战士的爱⋯⋯战士可以大声地去说爱祖国⋯⋯爱人民⋯⋯爱军营⋯⋯爱战友⋯⋯唯独要对身边的爱情说不！今晚连队的晚会上我们小组要唱一首歌⋯⋯我想先把它唱给你听⋯⋯因为歌词里有很多的内容代表了我的心声⋯⋯"

一个合格战士的身影站立在每个人的心中⋯⋯一个对爱说"不"的士兵⋯⋯收获了所有人的敬慕⋯⋯

"也许我告别将不再回来，
你是否理解你是否明白？
也许我倒下将不再起来，
你是否还要永久地期待？
⋯⋯
共和国的旗帜上有我们血染的风采！
也许我的眼睛再不能睁开，
你是否理解我沉默的情怀？
也许我长眠将不再醒来，
你是否相信我化作了山脉？
如果是⋯⋯"

秦耕耘低沉浑厚的歌声被高音刺耳的电话铃声打断！录音里传来了秦耕耘接电话的声音⋯⋯"你好⋯⋯'一·四'小组到！是⋯⋯多少号杆⋯⋯明白啦！我们立即去抢通！"

秦耕耘开门喊杨喜的一段过后⋯⋯录音里传来了对话⋯⋯

杨喜扫兴地："班长⋯⋯你说这线路早不断晚不断⋯⋯咱们是不是参加不了连里的晚会啦！"

秦耕耘命令道："肯定参加不了啦！来⋯⋯把皮护膝戴上⋯⋯今天外面太冷⋯⋯"

杨喜极不情愿地:"班长……我盼了老长时间……就想参加连队的晚会!听说指导员的家属唱歌可好啦!听说她唱的《热血颂》能气死张暴默……真是气死我啦!班长……咱带多少干粮?"

秦耕耘也抱怨着:"我也生气……我也想听指导员家属唱歌!那是真正的女兵唱的军歌!这该死的故障……本来我还想好好与你配合……拿个第一的奖状!唉……不说啦……咱们抓紧出发……你把干粮多带点!我背工具和器材……"

一阵凌乱的响声过后……传来了沉重的关门的声音……

这最后的绝唱!这最后的绝句!比沉重的关门的声音还让人心情沉重!

已哭成了泪人的苏连上前一步:"耕耘……喜子!你们不是想听嫂子唱歌吗?嫂子现在就唱给你们听!"

"当你离开生长的地方梦中回望,
可曾望见门前那棵亭亭的白杨?
每一棵寸草都忘不了你日夜守望,
思念你的又何止是那亲爹亲娘!"

在烈士与暴风雪搏斗过的地方……耿连长向女兵们讲述着他们的事迹……

"当你握别温暖的手泪落几行,
可曾感到背影凝聚着滚烫的目光!
每一个赤诚的心都深深理解你,
每一个热切的希望都充满你的力量!"

副连长在小组里……在线路上给女兵们讲述着外线官兵们的生活……

"最艰苦的地方总有着战士的刚强,
勇士的肩头肩负着多少心头的崇仰!
谁不知生命的可贵谁没有幸福渴望,
你默默无闻的足迹写下不朽篇章!
你是国魂是军魂,
你是中华铁骨脊梁……"

两名烈士的身影和足迹……铭刻在女兵们的心中!

第三十章（大结局）

A 连队的训练场上很冷清！
按接待军区首长的标准！
都给我好好地活着！
为"连魂"干杯！

连队的训练场上。

由于今年的新兵在总站训练队统一集训……连队的训练场上非常的冷清！天还没亮耿连长就一个人在清扫训练场，累了他就坐在了水泥台阶上出神……指导员走过来轻轻地坐在他的身边……

"昨天晚上副连长来电话说女兵们今天下午就能走完全程返回连队，你看今晚连里是不是会一次餐，表示一下……"

耿连长没有表态："你现在是军政一肩挑！你就安排吧。走——全——程……要不是复员的事给我闹的，我也真想再去走一遍全程……再去'检阅'一遍线路上那些无言的'士兵'呀！唉……前几天王洪国来信说部队也要使用光缆通信啦！我估摸着……用不了太长的时间……咱明线上的那些'士兵'就得像我一样'复员'啦！哎……你说……转业干部都早批下来啦！我的事咋一点动静都没有呢？"

指导员半开玩笑半认真地："晓红他爸爸帮你打听啦……军区的典型要离队需干部部批！谁让你当年干得那么突出呢？你就安心等着吧！"

耿连长打起精神："听你的意思是我早知如此……何必当初吧？我不后悔……我非在连队腻歪死你！"

"哒嘀……"起床号响起！

小陆跑过来喊指导员去接电话……

接完电话的指导员把司务长喊了过来：

"今晚连队要会餐，欢送老连长！你快去准备……"

司务长问："按什么标准？战士喝酒不？"

指导员毫不犹豫地："按接待军区首长的标准！不……要比那还高！战士可以喝啤酒……多弄几个'硬菜'！"

指导员来到还在院子转悠的耿连长跟前……

"哎……告诉你一个消息！总站政治处来电话……军区司令部直工部的部长来总站检查工作！并要亲自找你谈话……让你明天就到总站报到……"

耿连长追问："没说可不可以带行李？"

指导员面无表情："我问啦……可以带！工作可以和副连长移交……"

耿连长兴奋地给了指导员一拳……

"你小子真有命！这回我是腻歪你到头啦！唉……就是来得太急了点……我是没有机会去和线路上的'战士'告别啦！"

连部的食堂里座无虚席。

这是连队有史以来的盛宴……宴会由指导员主持……

"今天我们召开一个欢迎欢送大会！欢迎总站女兵连的官兵们来我连参观指导……欢送我们的老连长去一个新的工作岗位！首先……让我们以热烈的掌声欢迎在我们连队扎根奋斗了近二十年……把青春……热血……汗水都撒在线路上的老连长讲话！"

在掌声中……耿连长起身给大家敬了个军礼！然后他慢慢地端起酒杯……

"革命生涯常分手……每次分手都喝酒！今天唱完送战友……不知啥时再次握住你们的手呀？要走啦……我不讲那些官话套话和冠冕堂皇的话！我就一个希望……希望你们好好地活着！为了未竟的事业……为了生养我们的父母……为了你们今后美好的生活……都给我好好地活着……干——"

耿连长一饮而尽！全连的人一饮而尽！副连长站了起来……

"下面……我们请总站女兵连的苏连长讲话……大家欢迎！"

苏连长起身举杯："这次来咱们连队走线路……我们听到了很多，看到了很多，学到了很多，也感受到了很多！一句话……我们也收获了很多！这些是我们连队的连魂……是我们老连长留给通信战士……留给'银线卫士'的精神财富！因为有了这样的财富……我们才能战胜一切困难确保线路的畅通！因为有了这样的财富，我们的连队才能英雄辈出！我为我们女兵连能够分享到这份财富敬老连长……敬全连的官兵一杯！"

干完酒的苏连刚要坐下……司务长起身……

"我们欢迎苏连为耿连唱首歌好吗？大家欢迎！"

耿连长："你小子要不服天朝管了咋地？哎……我说苏连长呀，唱啥都行随便唱！就是不能唱那……那首《驼铃》！我可不想看到大家默默无语……两眼泪的……"

苏连长犹豫了一下："好吧……我今天把一首《风雨兼程》送给耿连长，愿他早日'捷报化彩虹'！"

"今天你又去远行，

正是风雨浓。

山高水长路不平，

愿你多保重……"

指导员边听边招呼大家："来……你们吃菜！边吃边听。我得先敬咱们长话排的齐排长一杯！我们副连长是见了女人就害怕……见了女兵更害怕……唯独见了齐排长不害怕……往后还请你多帮助他呀？副连长……傻愣着干啥呀？你陪一杯吧？"

"还是常言说得好，

风光在险峰！

待到雨过天晴时，

捷报化彩虹！"

接下来是一杯又一杯的敬酒……尽管白妮不住地提醒，耿连长还是有点喝高了……

指导员督促道："副连长……差不多啦？不能让耿连长再喝啦！你组织大家先撤吧？不是还要和女兵连的官兵们开座谈会吗？"

耿连长头重脚轻："不行……谁也不能走！一醉方休……一醉方休！"

指导员也有点上头啦："好……我陪你一醉方休！一醉方休！"

B | **"事故"当"事迹"宣扬！**

烈士成名，鸡犬升天！

总往典型伤口上撒盐！

他们留下遗言了吗?!

连队的饭堂里……只剩下指导员和耿连长……

指导员醉眼蒙眬地："我问你一个问题？不回答我就不陪你喝……"

耿连长也语无伦次："陪喝酒还讲条件？你真是个商人！奸商！好……你说吧……谁叫咱求人家了呢？"

指导员的笑容好像是痉挛出来的："不为三分利……谁起大五更！我问你……你今天讲的话是啥意思？这好像不是你的观点呀……"

耿连长低头拾起屡次掉在地上的筷子："人都在变呢观点咋就不能变！啥意思？

就是不能再死人啦！咱一个小小的连队……一下子就死了两个！两个活生生的战士就这样没……没啦！我是穿房越脊过大厦……回头一看是鸡架呀！你说这大水大火咱都没牺牲一个……可是……可是……两名战士愣是活活给冻死啦！我……我……我心里难受！这……就是这难受！报告……回答完毕！该……该陪我和酒了吧？喝多了也许能好受点……"

指导员"洒洒列列"地端起酒杯："好……我陪你喝一杯！来干……"

耿连长舌头画龙："干……不行……你那杯没满！来满上……满杯酒半杯茶吗。"

指导员边满酒边安慰道："斤斤计较……你一点也没喝高呀？两名烈士的事你不要太伤心！要奋斗就会有牺牲吗！"

耿连长一激灵："啥？说这话你就是冷血动物！你不要拿毛主席的话来安慰我……毛主席还说要尽量避免不必要的牺牲呢……"

指导员嘟哝着："反正我觉得两位烈士是重于泰山啦！"

耿连长喝完酒后重重地放下空杯："他们是重于泰山啦……但……但……但我们这些当领导干部的是……是……是轻于鸿毛！和……和平年代……好多'事迹'的背后是'事故'！你懂不懂？又回答一个问题啦……再陪我喝一杯吧？"

指导员把酒杯一推："这杯我不能陪你喝……要喝你自己喝……因为你这个问题回答得不正确！"

耿连长瞪着通红的眼睛："哪不正确啦？我……我问问你……雷锋、王杰、欧阳海……还有现在正在宣传的苏……苏……苏宁！哪个细究起来不是事故？不是责任事故？你说……哪个不是？"

指导员赌气地："咱们连的烈士就不是事故！我们营救一分钟都没耽搁……"

耿连长的火气更大："说这话我得'呸'你！我问你……咱们要是把抢修排的战士派一个过去……我……我是说在没出事之前！也就是让'一·四'保持'三人组'……两名战士能死吗？三百米……还有三百米就到家啦……要是小组有人去接应一下……你……你知道那带毛的'路虎'是咋死的吗？它是累死的！耕耘和杨喜他们在雪地上爬的痕迹有两千多米……他们是多么的想生呀！唉……我们连队的应急方案也有漏洞呀……营救没耽搁……那是马后炮！那是上坟烧报纸——糊弄鬼哪！"

沉默了许久许久，醉眼蒙眬的耿连长又端起了酒杯，虽然有些醉意，但他的意识还很清醒，他要把积压在心头的话完全彻底地宣泄出来"……本来为了给姐姐治病我想用复员的形式结束军旅生涯，说白了就是想多拿几个子儿！因为不是啥光彩的事儿，我只求'杀猪不吹——蔫退'。谁料临了临了晚节不保！两名战士因为我那段时间想自己的事多想工作的事少，管理工作上出现的漏洞被冻死在线路上，你说我能放过自己吗？能饶恕自己吗？！你说我不该下地狱吗？！"

指导员被耿连长的"心里话"折服！而且是心服口服："胜读十年书……胜读十年书！我是见了棺材该流泪啦……啥叫襟怀坦荡？啥叫共产党人？在巨人面前，我永远是侏儒！我自罚一杯……自罚一杯！明天我也写报告请求处分！既然这是起'事故'，由此分析我也有不可推卸的责任……"

耿连长颤抖的手重重地按在指导员的肩上，这重量中包含着多种复杂的成分："这是行政事故，我是行政主官，你就别推功揽过地跟我争吃'锅烙'啦！我说我引咎辞职……那也是'自罚'……我不'自罚'……又能咋样？把各级都牵扯进去！自己想死还拉一群垫背的？但既然是事故，就要有人为事故承担责任！烈士成名……鸡犬升天！该受处分的也升迁……一俊遮百丑！良心让狗吃了吗?！我也知道，现在无论说啥做啥都是'孩子死了来奶啦'。但愿这'亡人'补牢，能处理我一个警醒还在做'傍英雄'梦的人！唉……这抓典型呀……杨喜和耕耘的两人的录音带你没交给工作组就对啦！这典型的事迹也不能为了需要啥都说……一定要考虑考虑典型和典型亲人的感受……为你终于做对了一件事……我干一杯……你也不用陪……我不占你的便宜……不占……坚决不占……"

指导员心中服气嘴上还在挑理："闹半天我这一辈子就做对了一件事呀……评价太低了吧……"

耿连长吹毛求疵地："应该是少半辈子！但你不能骄傲……剩下的大半辈子可不能就指这活着……"

指导员谦虚地："想让我革命路上不停步……那你就多给我讲点革命道理……"

耿连长使劲睁了睁惺忪的眼睛："没啥道里道外的！一句话……典型也是人……咱就拿雷锋来说吧……他是靠'忆苦思甜'出名的……但你让他天天去讲他娘被地主逼得上吊那段……他还能有眼泪吗？我敢肯定……开始是真哭……后来是装哭！最后心被揉'吃'碎了就不哭……所以……对典型的'使用'也要有度……"

指导员惊讶地："你咋啥事都研究得这么透呀？"

耿连长又纠正道："不是研究的……是经历的！当年树我当军区典型时……讲演的材料重点的一章就是我家属死的那段！唉……一讲起那段我的心里就在流血……没讲几次我的心就彻底地碎啦……这愈合的伤口总割开真是一种酷刑呀！后来我就罢工不讲啦……或者是不讲那一段……再后来上级就对我有了看法！很坏很坏的看法！说我不听招呼，不守纪律；还说我居功自傲……我也就此玩世不恭啦！从此'好罐子'破摔……来……喝……"

指导员央求着："咱别喝啦……我给你画张像吧？"

耿连长坐直了身子："那就画吧……我用不用整理整理着装？"

指导员笑着用手点达着连长："你是成心打岔呀？你这个人吧……是……是……

是想事周到……办事公道……为人厚道……工作霸道……说得到就做得到……怎么样……像你吧?"

耿连长却不太满意:"啊……小日本是'武士道'……我才'五到'呀? 不像……一点都不像……也就是'工作'霸道贴点铺衬! 来……再来一杯……咱哥俩是一杯一杯往肚里倒……喝倒了啥也不知道……"

指导员用手指使劲敲打着桌子:"你先别啥也不知道……你说我画得不像? 那你给咱俩分别画画像……"

耿连长也不客气:"画……画就画! 咱也有艺术细胞……咱不会画……画你那素描……咱也能画两笔速写吧? 我……我……我是有话就说的可悲……你……你是有话不说的可怜! 完……完啦……"

指导员摇着头:"完啦……那你还真得加个注解……我听不明白……"

耿连长端着杯解释着:"那我就让你明白明白……我……我有话就说……有屁就放……得……得罪人多……不得烟抽……不可悲吗? 你……你……你谨小慎微……小脚女人……说话瞻前顾后……办事前怕狼……后……后怕虎的……完全没有自我……不可怜吗? 来……喝……不喝你就更可怜!"

指导员据理力争到:"你说我有话不说我不服! 你不就是想说我明哲保身……树叶掉下来都怕砸脑袋吗……我心里不服! 就拿杨喜追任共产党员的事来说把……开始上级的组织部门不同意……说是杨喜生前没写过入党申请书! 我说他用行动写啦……日记里也有这个愿望……再说……他与暴风雪搏斗的场面你们都能'合理想象'……他想成为共产党员的追求为什么不能'合理想象'! 你……你现在就得给我平反……我是有话不说吗? 我是该说的说……不该说的不说……我可怜吗?"

耿连长也是有备而来:"那关于两个烈士的'遗愿'你说实话了吗? 我为啥把那本《雪染的风采》给撕了? 还什么……根据两位烈士生前的'遗愿'……将他们埋葬在生前维护的通信线路旁……他们要日夜守卫……纯粹是'没眼的鸡吧——瞎编(鞭)'! 两位烈士生前有这样的'遗愿'吗?! 这是实事求是吗?!"

指导员自己喝了一杯闷酒:"这事不怨作家! 烈士的事迹材料里就是这么写的……这是上级宣传部门的意思……是宣传'效果'的需要! 我一个小小的指导员说实话和上级硬别……那是螳臂挡车! 管用吗?!"

耿连长不再纠缠:"只求'效果',不计'后果'。这样的宣传经得起时间的检验吗?! 你还可以把这种造假这种不正之风说得更冠冕堂皇……说这是笔下生花是点石成金是化腐朽为神奇是升华……反正谁嘴大谁说了算,这也是'中国特色'……你是不可怜……是不该把这笔账算在你的头上,刚才算我说'吐鲁'嘴啦! 还……还不行吗? 你不可怜你可怕……"

指导员惊诧地瞪着充血的眼睛："你这又是啥意思？"

耿连长则眯起眼睛不紧不慢有板有眼地："该说的说，不该说的不说……一个无懈可击的人……不可怕吗？喝……喝……喝了我就不怕啦……"

C 愿有情人早点"出事"！

我知道你最后的选择？

我现在就想真正拥有你！

妞妞才是一无所有！

今夜连部的暖气烧得特好，室内温暖如春。

指导员和白妮将醉酒的耿连长搀回了连部……

指导员也有点打晃："老耿……老耿……你真的啥也不知道啦？那好白妮你俩早点休息吧！我也有点迷糊啦……"

耿连长迷迷糊糊地从床上坐了起来……

耿连长揉着眼睛反问："啥……我俩早点休息？这……这……这玩笑是该你开的吗？你……你……你是越学越不像话！也……也是……像'画'早贴墙上啦！妮……你别生气……啊……别……千万别……"

指导员终于站稳："看来你还啥都知道呀？知道就好……今晚就是白妮陪你住……谁愿意伺候你这醉鬼呀？"

耿连长胆怯地："那……那……那出事咋办？啊……"

指导员手扶住桌子："你俩要是兄妹……就出不了啥事！你俩要是情人……早就应该出事！真要是'出事'……那就该咋办咋办呗！"

指导员把门关上后……白妮端过一盆水……

"哥……我给你洗洗脚吧……你这袜子是不是好几天没洗啦?!"

耿连长用力支撑着坐在床上："妮……指导员和苏连真是用心良苦呀！你睡吧……我自己来！"

白妮执拗地给他洗着脚……小心得像是在洗一件易碎品！耿连长用手轻轻地抚摩着她的头……一股暖流……驱散了醉意……

白妮起身拿出两个信口袋递给耿连长……

"哥……你把这个收好了……是放在挎包里还是打在行李里？"

耿连长感觉很奇怪："这……这是什么？"

白妮没有抬头："是钱……"

耿连长重复着："是多少钱？"

白妮想了想:"一万八……"

耿连长的酒被惊醒了不少:"什么? 一万……一万八? 你……你……你哪来这么多钱呀?"

白妮柔声地:"不都是我的……有指导员和苏连长的六千……"

耿连长瞪大了眼睛:"那你的一万二是……是……"

白妮很平静:"我前段时间回老家把老房子卖啦……"

耿连长痛心疾首:"你把老家的房子卖啦?! 那……那可是你们白家祖上留下来的……飞檐斗拱雕梁画栋,窗户扇都是楠木做的! 那可是文物级的……你……"

白妮神色黯然:"祖上留下来的又咋样? 白家已经断了香火,已经后继无人啦! 留着也没人住……都荒啦……"

耿连长无力地瘫坐在床上:"那……那咋说也是个念想呀?! 妮儿,你这是千里背个猪槽子,为(喂)的是我呀!"

白妮坐在了他的身边。双手扳住耿连长的肩:"在这个世界上……除了你和姐姐……我还有什么念想吗?"

耿连长深深地把头垂下……他不想让白妮看到自己的眼泪……

白妮把他的头揽在怀里……温柔地抚摸着……

"哥……你别难过! 那老房子没人住年年都得修……怪费钱的! 还不如卖啦一了百了……还是'紧'着姐姐看病要紧!"

耿连长抱住白妮的腰……把脸埋在她的胸前……

"看病……看病不是还有我的复员费吗? 要不我为啥选择复员呀!"

白妮抱紧耿连长摇呀摇:"复员费要到年底才能下来……姐姐的手术还要耽误八九个月……"

耿连长依偎在白妮的怀抱中:"那……那……那指导员的钱也不能要! 他和苏连还没个家呢。你……你明天还给他们吧……"

白妮停止了摇动:"能还得回去吗? 那不是冷了人家两口子的心……咱就算借的吧? 今后你没有工资啦……我攒钱慢慢还……"

耿连长……这个倔强得刀按脖子上都不肯低头的铁血男人! 像孩子一样地抽泣着……

"你的钱我也算借的! 我……我会……"

白妮用手捂住了他的嘴……

"哥……早点睡吧! 明天还要起大早往总站赶呢……"

耿连长揽紧白妮的腰不肯松手:"妮……我……我睡不着……"

白妮像拍孩子入睡一样拍着耿连长:"唉……对啦哥……你们连的人不是都喜欢听歌吗? 那就听会儿歌吧? 我包里有盒童安格的带……挺好听的! 特别是那首《把

根留住》……我放给你听……"

录音机里传来的是童安格的另一首歌……白妮想把带倒过去……被耿连长制止了……

"妮儿，别动……就听这首……就听这首！"

"所有的故事只能有一首主题歌，

我知道你最后的选择。

所有的爱情只能有一个结果，

我深深知道，

知道那绝对不是我！

既然曾经爱过又何必拥有你！

即使离别也不会有太多难过……"

白妮的心一抖……下意识地关掉了播放键……耿连长下意识地又一把把白妮搂在怀里……

耿连长吻着白妮脸上的泪水："妮……这段时间你是不是老听这首歌？用它来安慰自己……"

白妮没有回答……只是无声地抽泣着……

耿连长坚定地点着头："不会……不会像唱的那样！你……你不知道我最后的选择！"

白妮突然挣脱开来……迅速地脱着自己的衣服……

白妮的声音颤抖着："哥……我……既然爱过我想真正拥有你！我现在就想真正拥有你！我……我想通啦……不管你最后的选择是谁，只要我叫'哥'时你能应一声……我就满足啦！我就知道在这个世界上我……我不是举目无亲！我……我还有一个亲人……"

耿连长抱起发疯得把衣服脱得一丝不挂的白妮……

突然他双腿一软，他无力把她按在床上……

看着白妮那迷人的胴体……渴望与理智在他的心中激烈地"厮杀"着……

很久很久……他轻轻地给白妮盖上了被子……

"妮……不是哥现在不想要你……哥欠你的下辈子当牛做马都还不完！哥要等到名正言顺的那一天！另外……哥的未来不是梦……今后哥要是真的一无所有啦……那哥唯一能做的，就是要留给你一个'清白'的身子……你还……"

白妮没有恸哭……只是默默地闭上了眼睛……身体在不停地抽搐着……

耿连长无声地躺到指导员的床上……

白妮声音沙哑颤抖："哥……还是让妞妞做最后的选择吧？这孩子命太苦……从

小就生活在悲惨世界里！从小就失去了母爱……失去了美丽……失去了幸福……失去了快乐……连一个完整的童年都没有！我不能再和她争夺你……那样……她才是真的一无所有了……只是当年我向嫂子发的誓……"

耿连长起身过去……把白妮抱起来紧紧地搂在怀里……

D 线路又出故障啦？
他用力握了握指导员的手！
最后的阅兵正在进行！
一路还礼，向线路的远方走去……

吉普车里。

吉普车在山路上颠簸着……耿连长有点晕！于是打起了瞌睡……当曙光照亮山谷……车子"吱"的一声停在了公路与线路的一处交叉点上……指导员推醒了耿连长……

耿连长下车后吸了口凉气……立刻精神了许多……见连队的大车停在路边……他猛地一激灵……

耿连长神经质地："线路又出故障啦？！"

指导员摇了摇头："没有。"

耿连长放眼望去……熟悉的线路上线杆都是重影！他定了定神……终于看清啦……每一根笔直的线杆下都站立着一名笔直的士兵……

副连长马继承向他跑步而来……耿连长疑惑地望着指导员……

指导员十分严肃地："线杆也是'士兵'……巡线就是'阅兵'！请您再最后'检阅'一次您的部队吧！"

马继成立定在耿连长的面前："报告老连长同志！队伍集合完毕……请您检阅！代理连长马继承……"

此时无声胜有声……耿连长没有答话……他还礼后认真地整理了着装……然后用力握了握指导员的手！然后迈着坚定的步伐向受阅'部队'走去……

代理连长马继成向受阅部队下达口令："向——前——看……敬礼！"

每根线杆下站立的士兵……都庄严地向老连长敬礼……也是向他宣誓！

耿连长一路还礼……向线路的远方走去……

他身后从车上下来的女兵们和指导员一起低声唱起了那首依依满别情的歌……

"送战友，

踏征程。

默默无语两眼泪,

耳边响起驼铃声!

山叠嶂,

水纵横。

顶风逆水雄心在,

不负人民养育情!

战友啊战友,

亲爱的弟兄,

当心夜半北风寒。

一路多保重!

多保重……"

E │ 新的"生死"考验!
│ 没能"把根留住"!
│ 无言的结局……
│ 最后的"阅兵"永不谢幕!

军人,"生"于战争,"死"于和平!

若干年后……

随着苏联的解体,随着中俄关系的缓和,随着"双边"不驻军等协议的签订……中国境内的边防部队被成建制裁减!

北疆无战事。那些不再担负战备值勤保障任务的通信连队被逐一撤编。

耿大业曾经战斗过的那个连队也是其中之一……

那条让该连官兵们魂牵梦绕的,三名烈士日夜守卫的一级国防通信线路也于同年被撤收!

成百上千次上演过的"阅兵式"——无疾而终!

耿大业没能和他与战友用生命呵护的"生命线"同"生"共"死"!这是让英雄永不瞑目的憾事!

但在每一位曾经战斗在这千里银线上的通信战士心中……"最后的阅兵"——永不谢幕!

后　记

> 独在异乡为异客！
> 山花的心愿：相约到永久！
> 千里孤坟，无处话凄凉！
> 英雄有悔！

中校军医白妮是在上世纪90年代和那条被撤收的"仪仗队"同时脱下军装离开部队的，和"她哥"一样，她也选择了"复员"回老家，其中的原因不详。

有一点让战友们很是费解：耿大业离队回老家后只给连队来过一封信……战友、小组、线路、三名烈士的墓地他问了个遍，只字未提他自己的情况，之后便音信全无。

开始战友们还能从"白医生"（白妮）那里听到些只言片语关于他的信息：……女儿的整容手术失败……二次手术需要很多的钱……他要随当地的农民一起去深圳打工……

再后来白军医只要一提"她哥"就是默默无语两眼泪……哭个没了……

再再后来白军医好像得了抑郁症，变成了"沉默的人"。总是没完没了地听乔羽的那首《思念》

"……为何你一去便无消息？

只把思念积压在我心头……"

再再再后来，回了老家的白医生也与战友们失去了联系……

白妮离队前只向部队提出过一个要求：把白壮的遗骨运回老家安葬。

通信总站经多方请示，得到的答复是：烈士墓是革命文物，要搬迁需得到省级以上民政部门的批准。但只能以组织的名义，不能是个人的行为。

在阳光灿烂的日子里被管护者遗弃在角落！但对来自各方的"援手"却坚决地说不！

这就是个别烈士墓凄惨而又尴尬的"境遇"！

白妮离队前，特地来到白壮的墓前烧了三天的纸！她也只能为"独在异乡为异客"哥哥做这些……

时间的指针指向了2014年10月。

新上任的军区通信部部长王洪国大校来该通信总站检查工作。此时的该通信总站番号已经根据全军编制的调整更新为：某某军区、某某通信团。

当年连队的文书王洪国不负众望,在解放军南京通信工程学院本科毕业后,他又以优秀学员的身份考取了该学院的研究生。然后由基层到机关一路升迁,顺风顺水……

用他自己的话讲:"我是从'正排'到'正连',一不留神进'正团'……"他的语言中饱含了老连长耿大业"通俗"的"基因"。

其实,他"进步"的真正"原因"则是得益于老连长:思想要"红"、作风要"硬"、业务要"精"的"身教"。

"莅临"的"检查指导"结束后,王部长向通信团"正式"提出了一个"私人要求":他要到那支他"没有资格"更"没有机会"(王部长原话)"检阅"的"仪仗大队"原"驻地"去故地重游一趟;他要去看望一下还"守卫"在那里的两位战友……

对于此行,王部长有三点具体的指示:一是不要惊动基层的执勤分队;二是团里陪同前往的人员越少越好;三是看能否联系到老连队的战友……

车队在那条既"熟悉"又"陌生"的山路上艰难地前行。

前面"开路"的是两辆军区给通信团装备的"猛士"越野吉普,王部长乘坐的那辆"部长专用"的装有车载移动电台的"丰田霸道"紧随其后……

按部队条令的要求,已经换上作训服和胶鞋,做好了"进山"准备的王部长坐在前排"带车"的副驾驶位子上。第二排的乘员是老指导员郝阅文和他的"老伴",当年的"娘子军"连连长苏晓红。

指导员郝阅文在耿连长离队几年后被调到总站政治处宣传股任宣传干事,后来又任股长、还任过政治处副主任。由于工作的需要,他又于某年被调离通信部队。最后他是在某军械仓库政治委员的位子上选择"自主择业"的形式被移交到了地方。

其实,就能力和德才而论,他不应"止步"于"正团职"。问题是无论在什么位置,在抓典型的问题上他总是和上级的思路不合拍,他任职过的单位虽然没有出过任何责任事故,但也没有涌现过什么有影响力的典型。

"政绩平平"成了他军旅生涯的结束语。但指导员对此"评价"却感到很欣慰,很坦然,也很期待。

一开始他应聘到某大型的国有企业负责"党务"工作,待国有企业改制为"上市"公司时,他也"改职"为集团公司的副总裁兼党委书记。

接到通信团领导煞费苦心费尽周折转达的"邀请"后,他很激动,正在外地参加某国际洽谈会的他,告假连夜赶了回来。

昔日的英俊小生早生华发,如今头发已经白得"完全彻底",据说这是"脑力劳动"过度的"标签"

已经从"军中美女"蜕变为"资深美女"的苏连长,又创造了两个令人羡慕的"神话":

一是她的风采浪漫依然,岁月几乎没有在她的脸上留痕迹。没有后顾之忧的她心情天天都是"解放区的天"! 人也愈加年轻! 只是这当年"郎才女貌"的"才貌公司"最佳组合,由于形象的"差距"变成了今日看上去像"老夫少妻"的"不佳组合"!

"才貌公司"最大的遗憾是:当年因为指导员执意留在连队继续工作了几年,因此错过了总站的分房机会,始终没有"家"的他俩始终没有要孩子。

又过了几年后,终于有了"家"的他俩终于把"革命接班人"问题提上了"日程"! 但"革命接班人"可能是经不起时间的"考验",不知急着投胎到谁家去"接了班"! 后顾之"优"演绎成了广种"不收"的"后顾之忧"!

令人羡慕和赞美的"郎才女貌"组合,没能留下才貌双全,哪怕是才貌"不全"的一男半女;"二人世界"中始终没有"第三者"的"插足",这让指导员和苏连夫妇抱恨终生!

苏晓红是在"苏副营长"的位子上"向后转"的。

虽说男女平等的口号天天喊,但部队的女干部在一定的行政职务上再想提升,那就不是"平等"而是"久等"!

说是"妇女能顶半边天",但在部队特定条件下"妇女"恐怕连"少半边"都难"顶"。不是说从能力上她们"顶不起来",而是从机会上她们"顶不着"!

苏晓红那"副营长"的命令,还是在"二等功"光环的"余光"下,上级"反复"研究后,从"编外"给下的呢。

不过,在各级组织、各级领导的关怀关心下,"苏副营"转业的工作安置倒是让很多"正营"们眼红————省某直属机关某比"实职"还"实惠"的岗位。

就在人们以为她会"安分守己"地在这棵"树"上"吊死"时,她的又一个"神话"诞生啦。苏晓红突然辞职,"跳槽"到省内最大的一家民营企业当上了"人力资源部"部长!

辞掉"公务员",当上"打工仔"、丢掉"铁饭碗",端起"金饭碗"! 这在当时是连那些"整个天"的男人都胆战心惊的"违规"之举! 毕竟连国际上的"金价"都不稳呀!

前行的路上,苏晓红就像《听妈妈讲过去的事情》那样出神地听爱人和部长讲那"过去的事情"。时而若有所思,时而感慨惆怅。

也许是因为当年爱人手下的"小文书"仅仅用了二十多年就坐上"部长"位子;也许是因为自己的军旅之梦过早地夭折、过早地"灰飞烟灭"……她的心里有些许的"失衡""失落"……

部长的座驾突然减速靠向路边,前方50码的地方,一辆对向行驶"穿迷彩服"的"国防光缆抢修车"已经停稳,车上的官兵正迅速地下车列队,准备接受部长的检查指导。

迫于"赶时间"的"硬性"要求,"遭遇"性的"检查指导"很快就落下帷幕,车队继续前行,很快进入了真正意义上的山区。

"水箱开锅啦!"

开车的志愿兵司机边报告边把车再一次停了下来。

"我们也歇歇脚、观观光,亲近亲近大自然吧?"

先下车的王部长为老"指导员"打开车门,扶他和苏连下车。

"车到山前没有路!没路'丰田'也'趴窝'呦!"

秋风瑟瑟。望着眼前曾经眷恋的景色,指导员调侃着大家的心情。

"丰田霸道。我看是有道'霸道',没道'罢工'呀!这就是'小日本'的'本色'"!

王部长精辟的总结能力,显然是得到过郝指导员的"真传",而且还青出于蓝!

"不等啦,还是检验检验我们'猛士'的'本色'吧!"

"其实山上并没有路,有了咱通信兵才有了路。"换车后的"老指导员"可能因为触景生情,喃喃地重复着"老连长"也是"老搭档"经典的语言。

于是,乘车人的话题又一次集中在"老连长"耿大业身上,并"聚焦"在寻找他的关节点上!

"心态"已经恢复"常态"的苏连也积极地参与,积极地出谋划策:"通过"战友协会"、在媒体上发"寻人启事"、在网上"人肉搜索"……

从山脚下到半山坡的"连部",过去有一条"简易"的公路,那是当年承建连部营房的施工部队留下的。基建工程兵走了,维护"线路"的通信兵来啦,不管是为了"施工"还是为了"巡线",官兵们对这条"简易"但并不"简单"的路都关爱有加。

车轮滚滚,寸草不生。山路始终保持着"良好"的现状。但眼前的"现状"是:沟壑纵横,荆棘丛生。

车轮碾不尽,春风吹又生。大自然早已"收复"了这块"失地"。

"猛士"尽显勇猛"本色"。一路披荆斩棘、过沟越壑、高歌猛进……

"连部"没有想象中的荒凉;万山红遍,层林尽染环抱簇拥着这处还有"人烟"的部队营房旧址。

当年连队撤走后,营房移交给了地方林场。

但"祸"不单行!不久林场的"性质"与任务也被"颠覆":采伐变成了种植。

如同插秧,林"进"场"退"!

最终,无处可退的"侵略者"被"赶出"了山林……

林业工人却也因"祸"得"福"。国家投巨资为"失去家园"的伐木员工们建起了比"洋房"还"洋"比别墅还酷的生活区。几辈子生活与世隔绝的"原始部落"人,做梦都没敢想过会"一步登天"。

但无论新房再好,环境再美。已经长大成人的山花就是不为之所动,死活也不想搬出深山。最终妥协的山花承包了连部的"营房"。联合了几名"留守妇女"搞起了木耳种植。

山花的用心良苦,"老林场们"都心知肚明,只是谁也不忍将此"天机"道破。

昔日"连部"的操场上搭满了遮阳棚,棚下密布的木耳椴上长满了丰硕的"秋耳",让这座被遗忘的"废都"充满了人气。

都说相逢是首歌,但"歌声"中也有苦涩。

"喜相逢"让苏连和山花喜极而泣!两个女人"相顾无言,唯有泪千行"!

昔日的小姑娘山花,如今已经是"老姑娘"了。说她"老",是因为山花也已经过了"不惑之年";说她是"姑娘",是因为她"至今未婚"!

"山花,山里的'线路'上还能进去吗?"

"文书,不……是部长……"和苏连相拥而泣的山花有点口吃。

"王部长,山里的'线路'早就找不到啦!老'线路'上长起来的树比过去的电线杆还粗还高!因为是'次生林',榛材棵子老厚啦,野猪都拱不进去,人进去都迈不开步!"

山里长大的山花,对"山里"的情况最有发言权。她边说边比画,怕王部长这个"大官"听不明白。

"线路",是大自然从"通信兵"手中收复的又一块"失地"!

"寸土必争",是自然与人类斗争的"法则",抗争的"原则",游戏的"规则"。

望着已经修复好"创伤"的山林,王部长心潮起伏感慨万千。

"通信线路虽然撤收啦,'仪仗队'虽然'收队'啦,但它们的灵魂不死!精神永存!"

年轻的部长情绪有些激动!

"铁打的营盘流水的兵。'流水'不止,传承不息!我们这些后来者,都是这精神的'传人'呀!"

部长的情绪由"激动"升级为"激昂"!

"部长,老林子里有条我们采蘑菇时踩出的小路,能绕到秦班长和喜子哥的墓地旁。这条路我最熟啦,前几年有几伙咱连的老兵回来看'他俩',都是我带的路。"

只要涉及杨喜,少语的山花就不用"一问一答"。

"王部长、老指导员,你们这次来得正是时候。过段时间大雪一封山,小道就找不着啦……"

郝指导员和蔼地拍了拍山花的肩膀:"两位烈士的墓怎么样?"

"哎——!"

山花长长地叹了口气,不停地摇头:"别提啦,老惨喽!野猪把墓碑拱倒了,坟头都快'扒喽'平啦!野草有一人多高,老鼠还在上面打了许多的洞,蚂蚁也做了窝……"

山花悲切地低下头,大滴大滴的眼泪砸在她的脚尖上又滚落在地上。

"千里孤坟,无处话凄凉!"遥望烈士墓的方向,郝指导员慷慨激昂!

"不是'天灾',这是'人祸'!'人祸'呀!!当年为了追求和放大宣传的'效果',而不计客观的'后果',我们违心地虚构……这是对烈士的犯罪!对历史的犯罪……罪不可恕!'这样的宣传,经不起时间的检验!'耿连长当年的判断真是无比的正确和准确呀!"

此时的指导员俨然是一个"良心法庭"的"审判长"。

"指导员,前年秦班长的老家有人来过。说是不想让他在这里当'孤坟野鬼'!要找当地政府接他'魂归故里'!家乡的父老要让他享受和抗日战争和解放战争时牺牲的'先烈'一样的待遇、一样的厚爱!"

山花抬起,眼神仿佛是在征求大家的意见?

"杨喜的老家有人来过吗?"

苏连向前跨了一步,伸手揽住山花的肩膀。

山花默默地摇头。

"喜子哥的墓地不迁走更好,等我死啦就埋在他的身边。我愿意陪喜子哥海枯石烂地老天荒……让我俩在阴间海誓山盟,相约到永久!"

山花的"真情告白"像一颗重磅的"催泪弹",让所有在场的军人都低头下了"高贵"的头。山花更是"泪纷顿作倾盆雨"!

"苏连长……"

随同的通信团政委,从车上取下两个洁白的花环递给苏晓红。

虽然她离队时的职衔是"少校副营长",但新老战友们还是习惯称她"苏连"。这是爱称的"格式化"。

"山花,听说我们要来,我们女兵连还能'联系上'的新老女兵,连夜为秦班长和杨喜制作的……"

山花从苏连手中接过了一只花环,小心翼翼捧在胸前。

"秦耕耘、杨喜!你们看到了吗?听到了吗?人民没有忘记你们,家乡父老没有忘记你们,战友也没有忘记你们!祖国更不会忘记你们!!!"

人到"更年",情绪容易失控。

郝指导员有些凌乱的白发,和他的心脏"同频"震荡着!好像一朵洁白的莲花在抖动。

"讲得好!祖国不会忘记人民功臣的!"

王部长紧紧握住郝指导员颤抖的双手。

"青山处处埋忠骨,何必马革裹尸还!我们的时代需要这种'英雄气节'和彻底的

'献身'精神！但也不能再人为地制造'孤坟野鬼'的悲剧啦！"

王部长又面向众人："'魂归故里'不仅仅是我们对待烈士的感情与态度问题。身在异国他乡的志愿军烈士都在陆续地被回葬祖国，今年4月，韩国一次就将四百三十多具志愿军烈士的遗骸移交给中方……"

王部长慷慨激昂："改革开放后有人宣扬远离崇高，后来出现了恶搞英雄，结果导致了我们社会出现了目前的精神缺失！这是烈士墓被'弃管'被'遗忘'精神层面的原因。今年我们国家以立法的形式确立了今后每年的九月三十日为'烈士纪念日'，明确了我们这个民族要继承和弘扬什么。伟大的复兴需要强大的精神力量，民族的崛起更离不开牺牲与奉献……"

"不能让烈士'流血又流泪'悲剧重演！不能让生死关头挺身而出的勇者有'后顾之忧'！不能再让英雄有悔呀！"

远山，

传来"有悔……有悔……"的回声！